沃野长歌 之一

风起大河

陈 涌◎著

时代出版传媒股份有限公司
安徽文艺出版社

图书在版编目(CIP)数据

沃野长歌.一,风起大河 / 陈涌著.—合肥:安徽文艺出版社,2024.7
ISBN 978-7-5396-7950-1

Ⅰ.①沃… Ⅱ.①陈… Ⅲ.①长篇小说-中国-当代 Ⅳ.①I247.5

中国国家版本馆 CIP 数据核字(2024)第 025850 号

出 版 人：姚 巍　　　　　　　　　策 　 划：刘姗姗
责任编辑：秦 雯　　　　　　　　　装帧设计：张诚鑫

出版发行：时代出版传媒股份有限公司　www.press-mart.com
　　　　　安徽文艺出版社　www.awpub.com
地　　址：合肥市翡翠路 1118 号　邮政编码：230071
营 销 部：(0551) 63533889
印　　制：合肥创新印务有限公司　(0551)64456946

开本：710×1010　1/16　印张：25.5　字数：400 千字
版次：2024 年 7 月第 1 版
印次：2024 年 7 月第 1 次印刷
定价：58.00 元

(如发现印装质量问题,影响阅读,请与出版社联系调换)
版权所有,侵权必究

题　记

这是一个苦难艰辛的时代！
这是一个激情奋斗的时代！
这是一个改变命运的时代！

致故乡

我深爱着脚下的这片土地
还有身边的那条大河
当我在水洼子里呱呱落地
当我蹒跚学步的那个时刻
就注定与深沉的沃土　奔腾的长河
一生一世不可分割

春天　在遍地的野花中欢闹
盛夏　钻进苇荡的秘窝子藏躲
深秋　爬上树头看一望无际的金浪
严冬　缠着爷爷把好听的故事　说了又说

可那一天我却离开了她
离开了生我的土地和养我的大河
我的双脚不再沾满新草的清香
我的双手不再把锹把子摸了又摸

但我身体里流淌的
还是那条大河　奔涌的波涛
我脑海中执着的
还是那方土地　倔强的性格

我还是离家前的那个小伙儿
清溪一样莹澈

沃野一样蓬勃

长堤一样坚强

洪流一样的磅礴

母亲在心中　种下了希望

父亲用锄头　打烂了懦弱

爷爷说的故事　曲折悠长

奶奶织的毛衣　厚实暖和

在外漂泊的孩子呀

收藏那份温暖在心窝

总有一天我要回去

走那条河畔　住那间老舍

在脚下的泥土里　耕耘收获

在身边的沃河中　逐浪放歌

目　录

第一章　日落 / 001

第二章　麦收 / 011

第三章　惊梦 / 019

第四章　红枫 / 029

第五章　禾舞 / 040

第六章　病困 / 048

第七章　雨殇 / 055

第八章　水缘 / 063

第九章　土斗 / 071

第十章　族争 / 078

第十一章　气新 / 086

第十二章　岁异 / 092

第十三章　年喜 / 100

第十四章　村变 / 109

第十五章　恩重 / 118

第十六章　顿开 / 126

第十七章　鼓欢／135

第十八章　霜去／142

第十九章　光来／152

第二十章　财进／160

第二十一章　名升／168

第二十二章　人故／174

第二十三章　谋穷／182

第二十四章　行速／189

第二十五章　楼起／196

第二十六章　分忙／205

第二十七章　合乐／212

第二十八章　年好／222

第二十九章　沙祸／229

第三十章　风高／238

第三十一章　怨浓／247

第三十二章　情急／256

第三十三章　粮安／266

第三十四章　东进／275

第三十五章　湖思／282

第三十六章　见学／289

第三十七章　入局／299

第三十八章　重生／307

第三十九章　突击／315

第四十章　秋意／323

第四十一章　冬寒 / 332

第四十二章　父爱 / 339

第四十三章　潮涌 / 347

第四十四章　酣战 / 355

第四十五章　泥猴 / 364

第四十六章　东风 / 372

第四十七章　朝阳 / 380

第四十八章　繁星 / 391

第一章　日落

八月中旬的一个午后，林家洼村刚刚经历了一场大风、雷雨的侵袭，豆大的雨点儿把村里那些参天杨树的叶片洗刷得嫩油油发绿，叶面上，透亮的水珠翻滚、滑落，滴滴答答地钻入地面的小水坑里。只一转眼的工夫，天已经放晴，太阳冲出了云层，在盛夏的天空炽热地燃烧着，地面上的积水开始蒸发，水雾和热浪四方窜涌，蒸笼一样把大地笼罩。

山南省的北部，沃河由西北倾斜着奔来，在河州市龙城县西边甩出个大弯，巨龙扭转了身体，奔腾着向东而去，在这片平坦的大地上谱写出壮丽的河曲，当地人自豪地称其为"千曲沃河第一湾"。沃河湾的南岸，古时是无边的森林，远古先民以居住地为姓，自称"林中人"。数千年来，沃河无数次水涨水落，无数次洪流倾泻而下，在天然冲刷形成的河道里肆虐，时而突破脆弱的黄土坡地的拦阻，在岸边的平原上恣意流淌，把大片林地和旷野抠挖得坑坑洼洼。更有几次超级洪水经年不退，天长地久，浸漫沟通成为东西连绵数十里的大片水塘沼池，生长了望不到边的野生芦苇。不知自哪一代起，水洼子的南边有人堆筑起挡水的土圩子，因洪水频发，常年流徙的"林中人"的后代开始在此定居，日复一日，繁衍生息，形成了人丁兴旺的村庄。时至今日，水洼子和村庄都被赋予了一个相同的名字——林家洼。

山南省位于中国的中东部，像是垂悬在雄鸡心头的一只宝葫芦，西北斜亘着山高林茂的乌莽岭，向东南延伸出无边无际的低矮丘陵和沃土田野。沃河和大江像两条银色的穗带，缠绕在宝葫芦的颈部和腰间，无数大小支流和形状各异的湖泊湿地，如同被大自然的华丽针法牵引勾连的丝线花帖，把这片锦绣大地装扮得壮丽秀美，更给山南省带来了无穷生机。

这是一个传统的农业大省，大片的耕地、肥沃的土壤、适宜的气候、充沛的水量，得天独厚的自然条件，加上诗书耕读的文化传承和充裕的劳动力资源,其在历史上就是重要的粮食高产区,也是中华文明的主要发源地之一。

那个叫林家洼的村子,具有典型的山南省北部村庄的特征,一条泥石路东西方向穿村而过,路两边紧挨着一家一户的村宅院落,村子北边不远就是林家洼的土圩子,向南则是无边无际的水浇田,被蛛网状的田垄分割成小块块。村子里的人家并不富裕,住房多是石基土坯的老屋,极少数特别困难的人家,住的更是透风漏雨的夯土房。二十世纪八十年代末期,陆续有在外经商、务工的乡亲回来建起砖瓦房,之后几年,本村的富裕人家也开始一间一间地翻盖起新房。这些散落在村中的红砖青瓦的各式新居,为古老传统的村庄点缀出了稍许的现代气息。

林水生的家在村子的西首,一个不大的灌风敞院紧挨着村中主路,坐北朝南三间正屋,西侧延伸出南北两间石土厢房,对面是一间年头已久的土坯厨房。院子没有围墙,好在主厢格局基本规整,整理得也算利索。厨房南边有一小块菜地,生长着各色时令菜蔬。正屋东侧窗外立着一棵硕大的枣树,枝杈上满是核桃大小的青枣疙瘩,树下有一眼铸铁的压井,旁边还停了一台手扶拖拉机。房后一排三个猪栏,再向西是一大块黑青色的夯泥打场。

雨后的空气潮湿闷热,浓浓的水汽与皮肤上的汗渍融在一起,满身都觉得黏黏的不适。男人们恨不得扒掉皮囊,女人们也穿得透薄清凉,可一起、一立、一翻、一转,细雨般的汗珠又绵绵而出,于是摇扇子的呼呼声、对鬼天气的抱怨声,从家家户户大开的门窗里传出来,更给身处酷暑中的人们增添了不安和焦躁。

林水生吃完午饭,碗筷也没帮着拾掇,便垂头懒步回到屋内,脱下被汗水洇湿的汗衫,胡乱扔在床脚,直挺挺地倒在了床上。少年十来岁,中等个头,偏瘦的身材,一双大大的眼睛里略带血丝,呆滞无神地望着屋顶。他仰面躺着,身体如僵死一般,脸上也看不出表情变化。可他的心情并不平静,就像这八月的天气,一会儿大雨滂沱,一会儿烈日灼烧。房子里安静沉闷,只有他浑浊的呼吸一进一出,维持着那具了无生趣的躯体。

林水生是龙城中学的学生,学校正放着暑假,十多天后新学期就要开始。他从小不咋说话，爱听故事、看小人书，上学后喜欢上了文学，怀揣着文学梦想，文理分科时不假思索地选了文科。他希望将来的生活能同期待中的那样，在阅读和写作中寻找快乐，与文学做一辈子的朋友。

然而，此时从林水生的身上完全看不到曾经的神采。这种状态持续好几天了，在别人面前他极力掩饰，只在一个人独处时，在他自我囚禁时，不堪忍受的痛苦才不加掩饰地宣泄出来。连着几个晚上他都没睡好，脑子里不断变换各种画面，课堂上杨老师漂亮的板书、文学社洋溢的欢笑、为广播站精心准备的稿件……校园里的方方面面、点点滴滴，一段段从他眼前滑过。他记得杨老师的教诲，人生的路就像攀登，时上时下、崎岖难行，快到山顶要缓一缓，遇到低谷要冲一冲，既不能畏惧艰险、踌躇不前，也不能无视困难、盲目乐观。他把老师的话当成颠扑不破的真理，愿意用老师传授的方法试上一试、搏上一把！可现实如何？他还不满十七岁，刚摸到高三的门槛，站在人生第一座山峰下，还没等发起冲锋，路就突然断了！他两眼漆黑啥都看不见，甚至抬不起头、直不起腰，连呼吸都无法顺畅。他的双手扒紧破席下的床板，眉头皱成个疙瘩，脸盘上、胸膛上的汗水犹如泉涌，一滴滴滚落。

"接下来咋办？是不是只有听天由命？一切都不可挽回吗？"

踢踏踢踏的脚步声停在门外，一个中年女人低低的声音透墙而来："水生，你睡了吗？"

林水生一个激灵，从幻想中被拉回了现实。他呼地坐了起来，紧闭着嘴唇，攥起了拳头，重重地捶了一下床板。只一刹那，他便做出了决定，迅速套上汗衫，拉开房门，嘴里蹦出一句："妈，我出去一下。"话音和身影同时从女人的身边飞过，撩起一阵微风，撩动女人隐隐发白的鬓角。

"你上哪去？"女人回过身，冲他的背影呼唤着。

林水生没有理会，脚下的步子更快了，转个弯就消失在母亲焦急不安的视线里。

天空还有几片薄云，但丝毫挡不住阳光的炙烤，村子里没有一丝风；地面上随处可见被雨水填满的泥坑，反射出乌幽幽的光亮；道边杨树上的八哥、喜鹊、野鸽子都不知飞到了何处，平日里成群结队作威作福的土狗们也

第一章　日落

不见了踪影，只剩下无处可去的知了拼了命地呼号，仿佛要把内心的不满控诉出来。

路上几乎没有人。在这样的午后，村民们只会把自己藏起来，在矮檐下躲避难熬的燥热，寻得暂时的安逸。

跑过村委会院门，林水生便已气喘吁吁。他放慢脚步，勾着脑袋向村东头走着，怀里却似揣着一块寒冰。昨天下午，父亲哆嗦着嘴唇对他说出的揪心话，既是商量、请求，又像负罪后的忏悔，惊醒了他的美梦，淋湿了他无瑕的双眼，扑灭了他昂扬的心火。少年的理想、对未来的憧憬、期盼已久的新生活……就像小说中的情节，主人公的命运发生了巨变，从高峰跌落谷底，坠入深渊难以自拔！他心中的压抑越来越重，不由得怅然叹息。

"还是应该找国平说说，只有他懂我、理解我。这个时候，也只能找他帮忙了！"他这样想着、走着，十几分钟就到了地方，向右拐个弯，便是张国平的家。

"水生，你来了？来找国平？"院子里，一个男人向他打招呼，嗓音洪亮，饱含亲切。

林水生抬头看去，张国平的父亲张建设正往外走着，那是个满面红光的中年汉子，国字脸，短头发，身材高大健壮，看面相就是个直性子的爽快人。

张建设比林水生的父亲林泽忠大上一岁，在林家洼周边算个响当当的人物。十九岁那年，他报名参了军，在部队一干就是十年，一九七八年退伍才回了村。一九八二年实行土地承包制，他是全村第一个站出来签字的人，说分田到户是利国利民的大事，党和政府有要求，咋能不衷心拥护！他不惜力气精心伺候八亩多水田，从林家洼挖来淤泥，还到城里拉过粪便，想方设法提高土壤的肥力，化肥农药也舍得投入。把承包地侍弄得差不多后，他又到南方战友那里学了鱼虾养殖技术，率先从林家洼引水养鱼，再用清塘时挖出的黑泥改善土壤肥力。人们眼看着他承包地的粮食高产稳产，自留地的蔬菜自给有余，养鱼的收入也逐年增加，几年时间便成了致富带头人。三十五岁那年，他被任命为民兵营长，后来又当上了村党总支副书记，三年前成了书记。在村民眼中，他敢想敢闯，遇事讲原则有办法，是个公认的好支书。

就在去年,张建设把大儿子张国诚也送到部队当了兵,小儿子张国平在县城上学不常回家,他就一心扑在工作上,家里的活计大多撂给了孩子他妈沈琼花,因为这个,没少听沈琼花的牢骚话。

"张叔,你要出门?"林水生望向张建设,心里怦怦直跳,却装出冷静的样子。

"到村委会去下,头晌那场暴雨来得突然,去看看有没有报来异常情况。"张建设把刚戴上的草帽又摘了下来,微笑着回答。

"国平在家吗?"林水生问。

"在屋嘞。"张建设说,回头喊了一声,"国平,水生来了。"

他转过头来,用草帽在空中比画一下道:"看你满头大汗的,赶紧进屋凉快凉快!"

"张叔,这天燥得慌,你也注意点!"

"没事,习惯了,呵呵。走了!"张建设挥挥手中的草帽,又扣在头上,背起手向外走去。

"水生!大中午的,你咋跑来了?"

从屋里蹿出来一个瘦瘦高高的少年,略长的头发一边倒向右趴着,肥大的白背心随意挂在肩上,一副大大咧咧的模样。少年瞪着枣核状的一双眼睛,炯炯地望着林水生,跟在脚边的大黄狗也抬起眼皮,懒懒地投过一瞥。

"有点事,想找你聊聊。"林水生神情严肃地回答。

"快进来说。"张国平紧走几步,把林水生拉进屋内。

大黄也跟着进了屋,这只土公狗是他俩从沃河湾大坝捡来的,一度是他们最宠爱的玩伴。在这样的天气里,大黄也失去了精神头,敷衍地冲林水生摇了摇尾巴,又在他腿上蹭了蹭,就没精打采地趴在地上,闭上了眼睛。

"看你热的!"张国平把一条毛巾和一把大蒲扇递了过来,"先坐下缓缓,我去给你倒杯凉开水。"

"不用了,我……"林水生支吾着。

张国平并不听他的,拉开门闪了出去。

林水生默叹一声,坐在墙边的木凳上,抬手抹了把脸,拿起蒲扇随便甩了甩,深深吸下几口粗气,平复着不安的心神,掂量着如何说那件事。

好一会儿,张国平才小步快走回来,把一大杯凉白开递给林水生:"给,喝几口降降温。"另一只手还托着一盘酥瓜,一看鲜绿的颜色,就是熟透的好瓜。

林水生放下毛巾、蒲扇,端起水杯,咕咚咕咚喝了个底朝天。入口甜滋滋的,张国平特意加了白糖,还细心地搅拌均匀了。一杯清凉的甜水下肚,林水生的心情和身体都轻松不少,不过,他还是张不开嘴,满肚子的话不知从哪儿开始。

看林水生神不守舍的样子,张国平猜到他有心事,伸手接过水杯,递过酥瓜道:"快尝尝,我妈用井水泡的,又冰又甜!"

林水生接过瓜盘,抬起头来,看向张国平:"国平……我……"他想说又不甘心,毕竟是天大的决定,他下意识地抗拒那个令他难以接受的结果。

张国平没接话,指指林水生手里的瓜盘,示意他先吃了再说,然后退了两步,坐在对面的床沿上,眯起眼看着林水生,脸上似笑非笑的,猜测自己接下来会听到啥话。

实在不愿辜负张国平的好意,林水生捏起一小块酥瓜,塞进嘴里。正如张国平所言,井水泡过的酥瓜又凉又甜,正适合这样的酷暑天气吃。可就在满口舒爽的一刻,一股悲怆从心中迸发!他极力控制住情绪,紧紧闭上嘴巴,牙齿使劲咬在一起。甜甜的汁水渗透牙缝,流在干裂的下唇上,牙齿同时刺破下唇,咸腥的味道侵上舌尖。微微的刺痛传来,他却毫不在意,与心头的悲苦相比,这点痛算得了啥!鲜血的刺激使他清醒,这注定是一场看不到希望的战斗,趁自己还没被击倒,有些事情必须直面。

林水生咽下口中的瓜碎,舔了舔嘴唇上的血水,狠下心,说出了那个痛苦的决定:"下学期,我……不上学了!"

张国平一听就乍了毛,眼睛瞪得滴溜圆,喊了起来:"你说啥?再说一遍!啥?不上学了?"

林水生平时话语不多,但做事大大方方,绝不扭捏,"平静和沉着"是张国平对他的评价。今天一见着他一头大汗地跑来,满脸都是少见的愁色,说话扭扭捏捏不畅快,就知道他指定有难以启齿的麻烦事,本来张国平还有看笑话的念头,怎料他一张口就是如此惊人的消息,张国平没忍住爆了起来。

"就是……我准备……我下学期不去……不上学了,在家……帮家里干活。"好不容易攒足的勇气被一句话耗个精光,林水生只得结结巴巴地说了一遍。

"你弄啥嘞?出啥事了?决定了吗?"张国平又是连珠炮一般发问。

林水生把瓜盘放在桌上,扭过头去,目光散漫,心潮翻滚。久久地,他才站起来,走到张国平面前,用不带一丝情感的语气,说出了一句决绝的话:"不上学了!我已经决定了!"

张国平也跟着站了起来,怔怔地,像被突如其来的变化惊呆了,脑子一片空白,不知如何继续他们之间的对话。

此时林水生却稳住了,说出了心里话:"你了解我家的情况,我爷的病一时半会儿好不了,就算能恢复,也只能在家静养,我奶早就干不动农活了,平平、成成年龄还小,一家人的负担都在我爸我妈身上。昨天……昨天我爸找我,他说……说以前靠种地和打短工,日常开销还能勉强维持。可是,前年为盖新房四处筹钱,我爷这次住院又借了不少,从你家也借了些,后面看病谁都说不准还要再花多少!我家没啥积蓄,值点钱的只有三间新房和一台手扶拖拉机。今年雨水多,小麦长势一般,收麦子那些天一直阴雨不断,收成不如往年,这样下去,压力只会越来越大……"

林水生垂下眼皮,双手不停揉搓,等抬起头,才继续下去:"我爷病倒后,我一直在想,我奶一天天老了,我爸我妈干活也不比以往,总要有人出力帮衬。我……我即使上完高三,以我家的情况,一样上不起大学,还不是回家干活!与其那样,不如提前回来,早给家里搭把手,还能让我爸我妈少些负担!"

张国平听得揪心,他拉起林水生的手,带着哭腔叹道:"水生,你成绩这么好,不上学多可惜呀!"

"有啥可惜的?农村可不都这样?我们村一起长大的,多少人没上初中?初中毕业我们班才几个人读了高中?高中同学不也有提前退学的?"林水生的声音不大,似乎在问张国平,又像对自己的决定做辩解。

"可你不一样呀!"张国平紧皱着眉头,"你这么优秀,会有出路的!"

"人哪能看那么远，不都得先顾着眼前？"

听到这句话，张国平更难过了，心头陡然产生了徒叹奈何的悲伤："水生——"他只是下意识地呼喊，却连一个字都说不下去了。他放开林水生，坐回床沿，低头看着酣睡的大黄，无趣地用脚尖踢弄大黄的脚掌。大黄把脚掌抽了回去，换了个姿势继续呼呼大睡。"还是它好！"他想，"成天只知道吃呀玩呀睡呀，把烦心事都丢给养它宠它的人。"

林水生也坐回木凳上，双手放在大腿上，脚掌在地上轻蹍着。其实他来找张国平，除了要把决定告诉这个一直以来最好的伙伴，还有更重要的事说。

"国平！"林水生踌躇地说道，"我来找你，还有件事想请你帮忙。"

"啥事？我一定帮！"此时此刻，张国平哪能说个"不"字？他一时冲动，"咚"地捶在床沿上。

"我想——"林水生还在斟酌如何启齿。

张国平像被猫爪子挠拨，嚷嚷道："快说呀，我俩啥关系！有啥不能直说的！"

"是嘞！"林水生暗想，"跟国平不该见外的！"他想通了便不再藏着掖着，直截了当地阐明了来意："我爸和我谈过后，昨晚我几乎一夜没睡，翻来覆去考虑了。我想，光凭种地解决不了我家的问题，就算省吃俭用把欠账都还上了，只要遇上事，还是不够用！想改变这种状况，一定要有增加收入的办法。你爸是村支书，手里还有技术，能不能麻烦你替我求求情，我想跟你爸干副业。我年轻有力气不怕吃苦，只要你爸愿意带我，我保证啥都能干！"

"没问题，包在我身上！"张国平一口答应，"我爸回来我就跟他说，你想干啥都行！还有，借我家的钱不着急还，我让我爸去找泽忠叔！"

"谢谢！谢谢！"林水生连连致谢，"每到关键时刻，都是你帮我！"

"你说的啥话？那不是应该的！你不也是常帮我！"说完这些，屋子里又静了。

还是林水生打破了沉默："这段时间活计多，到学校一来一回要好几天，开学我就不去了，麻烦你给我们班主任带句话，记得先前退学的都要办手续，你也帮我办了吧。"

"你不去学校看看了?"

"没啥看的。哦,还有,宿舍的东西也帮我收拾一下。放暑假时我把衣服、被褥都带回来换洗了,还有蚊帐、一些课本啥的,你看有没有用得上的,没用的都扔了吧!"

"你再好好考虑下,和家里商量商量,能不能克服下困难,真决定不上再说。"

"已经决定了!"林水生这次没有犹豫,"不过你放心,以后要是家里条件好些,说不定还要回去的!"

张国平凝视着林水生,在这个时候,所有的言语都失去了意义,他只能在心里一遍遍重复:"一定要回来……一定要回来……"

把压在心底的话儿吐出口,苦扛多日的担子便撂下了,从张国平那里得到了安慰,林水生没急着离开。他们东一句西一句、你一句我一句地闲扯着,回想曾经的经历、一起做过的傻事、放胆说过的狠话、被老师处罚的情景……有些人、有些事似已模糊,可一经提及,立刻浮在脑海,清晰起来。

时间一点一滴地在人世间流淌,也在人心中累积。身边的这个伙伴,记忆中还是个无忧无虑的男孩,一晃之间就成了半大的毛头小子。十几年的光阴、十几年的经历,如同沃河里的水,悄悄地来了,又悄悄地流走了。

譬如这一刻,同张国平聊着他刻意引出的话题,回味着昔日的美好,林水生知道,一旦走出这间屋子,从下一刻起,他们共同的记忆将越来越少了。张国平应该像那条大河,继续向未来流淌,最终汇入浩瀚的海洋;而他自己只能融入林家洼的水塘和苇荡,在这方小天地里,重复着丰收和歉收的故事。

告别张国平,已是傍晚时分,天气仍然闷热,林水生却毫无知觉。

他没让张国平送,一个人走上了回家的路。

他越走越快,渐渐跑了起来。

他穿过村子,踏上林家洼的土圩子,向西然后向北,冲过童年玩耍的芦苇荡,登上沃河湾的拦河坝,跑向林家洼泄洪闸。

林水生不停地跑着、跑着,脚下的路似乎很长,望不到头,但他清楚,这就是他的道路。虽然不知道这条路通向何方,他依然义无反顾,挥汗奔跑!

他跑进泄洪闸西侧破旧的凉亭,那曾是他和张国平的"秘密基地"。他上到二层平台,在一旁的木凳上坐了下来,大口地喘着粗气,汗水和泪水同时滴落。他脱掉汗衫,随手拧了拧,先抹了把眼泪,又在头上身上擦拭起来。

他抬头望向东北方,此刻的大河湾宁静安详,有一丝风从对岸的杨树梢上吹了过来,让人感到些许清爽。

他好像想起什么,仰起脸,向西边望去。

连绵的阴雨过去了,天上的云儿也淡了,夕阳又在天边展现了笑脸。几天没见到太阳的真容,它依旧如此美丽、如此摄魂,就像读到那句诗"长河落日圆"——他由衷喜爱的画面!

今天,即使在这日落前的时分,即使在他满心冰霜的时候,太阳仍是炽烈的!它的炽烈灼烤着他的眼睛、他的心胸,连身体也温暖了。但太阳终究是要落下去的,虽然温暖却不长久,正如此刻他的境遇。

他真的心有不甘,本来可以更好的!恰似最美的夕阳,眼睁睁看着它落下,无限遗憾却无法改变!

他倏地站了起来,昂首向天,迎着落日,张开双臂,对生他养他的这一方天地无声地呐喊!命运如此不公、生活诸多苦难,他要把满腔怒火向天地倾诉!

他不会认命、不会屈服!他要抗争、要改变!

一切只能靠自己,靠自己的头脑和双手!

太阳徐徐落向地平线的尽头,西边的火烧云映得天空一片赤红,还有同样赤红的一湾河水。那赤红燃烧着这片土地、这条大河,燃烧在那个少年倔强的脸上……一瞬间,整个世界都变成了赤红的颜色,慢慢地,又黑了下去。

第二章　麦收

林水生后来回忆，一九九三年的那个夏天，是他人生选择最紧要的关口。也许当时他有了这样的意识，也许还不那么明白。只是他知道，人生的道路千万条，每个人只能选择其一，怎样走、走多远，才是自己能够把握的。

五月中旬，同其他家在农村的同学一样，林水生也申请了夏收忙假，回到了林家洼村。别看林水生年龄不大，做起事来却有模有样，干起农活也不惜力气，早早就成了家里家外的好帮手。还在蹒跚学步的时候，他就跟着大人们在地头玩耍，每到农忙时节，更是成天滚在泥巴地里。他九岁那年，母亲怀上小妹，他心疼行动不便的妈妈，自告奋勇帮忙收割打捆，学习拔苗插秧，包括打场的活计，很快上了手。那时他的身体还不够结实，每次干完活浑身肿胀酸疼，像散了架，可看到自己的劳动成果、家人脸上的欣慰之色，再累也是值得的。

沃河流域地处中国南北分界线，这里土地肥沃、河沟纵横，具有开展农业种植的天然优势。勤劳聪慧的祖先，根据当地的气候和水文特点，引水灌溉、精耕细作，总结出了一年两季、麦稻轮作的农业生产方式。五六月份的"双抢"，正是一年中最繁忙的时节，也是除春节外村里最热闹的时段。在外打工的、上学的都要回来，男女老幼一同上阵，田间地头人流不息。育秧、收麦、翻晒、整地、灌水、插秧，起早贪黑，日头的暴晒、身体的疲累、劳作的辛苦、熬心的烦躁，都是对隐忍和执着的考验。一个多月的劳苦总是值得的，收获了去年种下的喜悦，插下了今年秋天的希望。这是农民赖以生存的根本，没啥比这个更重要。

终于忙完了这一季，林水生却不像其他人那般轻松，一张稚嫩的脸成天阴郁着，见不到丁点儿阳光。也难怪他少年老成，因为让他放不下的，是最亲的爷爷。

林水生的爷爷林济良今年六十七八岁,身体之前一直都还硬朗,种了一辈子庄稼,老了还舍不得撂下锹把子。老汉常说:"我这一手老茧,都是锹把子磨的,它们可是亲近了几十年,谁都离不开谁呀!"家里人拧不过老汉的倔劲,收割、插秧这样的体力活不再让他上手,一些不太重的活计,就由着他去做了。

夏收前那些天,林济良终日心神不定、坐立不安,除了异常天气的搅扰,还总寻思一件大事将要发生。

每年芒种前后,麦收的大戏便拉开了帷幕。老话说:"麦收一晌,龙口夺粮!"大家除了不时下地查看小麦的成熟度,最关心的就是前后几日的天气。一旦在收获的关键时刻水龙王发威,因为大风和降雨造成了损失,更会让人心疼不已。这段重要农时的气象信息,也成了他们心头最大的记挂。上了年纪的老人,地里的体力活干不动了,但日积月累的经验还在,麦穗成熟了几分,云层如何变化,啥时开镰最佳,刮风下雨怎样处置,完全要靠自家决断,他们还是当仁不让的。

林济良也不例外。虽说有几年没下地收割了,但他并不会闲待在屋里,家里人在地里干活,他一定从头至尾陪着,在土埂上溜达溜达,哪块没割尽就补上几镰,需要的时候也上去搭把手。他还能做得更多,就拿收麦子来说,扎捆、装车、脱粒、翻晒等力所能及的活计,他还都没放下。一九九一年沃河那场特大洪水后,这两年老天爷给脸、水龙王安宁,风调雨顺说不上,起码水情还算平稳,收种的忙季没遇到太多麻烦,收成都还不错。但今年的情况似乎不妙,水龙王好像变了性子,据乡里通报,麦收那几日的天气形势不容乐观,极有可能遭遇连续降雨。村里的大喇叭每天都在播报上面传来的气象预报,村干部也时常广播提醒大家做好抢收抢种的准备。各家各户都提前行动,早早把劳动力集中起来,夯打场、备农具、整机械,无论如何都要把地里的粮食抢回来。

要说麦收有多重要,对农民来说,可不仅仅是饭碗里有没有吃食,更关系到一整年的生活光景。公粮和提留要交,青黄不接时借的口粮要还,赊种子化肥农药没结清的白条、盖房看病借的现钱、结婚生孩子办白事赊下的账物,甚至是打牌耍钱欠下的滚利债,除了少数条件殷实的人家,各家多多少少都要靠这一季的收成清偿。

林济良家也不例外,债务的压力自然也有,盖房子借了亲戚好友不少钱物,还有雇工费没结完,他脑子里有本清账,何时还、如何还,早已盘算妥当。他认为当下最紧要的不在于此,他担心的是无常的风雨,而越是天气不好、需要抢收抢种的时候,缺少人力的矛盾就越发突出。

村里已经有了几台收割机,那是用手扶拖拉机改造的新型机器,大剪刀一样的割片叠排在机头前部,后面是把着方向的机手,驾驶机器笔直地向前走线,一割就是一溜排,然后再打捆装车,确实节省了大半的人力和时间。前几年那玩意儿刚刚出现,围观的村民就发现,它真是个管用好用的家伙,效率比人力高出几倍。林济良家却从未用过这种时兴的东西,一来林姓家门中不缺劳力,各家根据小麦成熟度错开几天收割,有空当就互相帮帮忙,既解决了问题还维护了亲情;二来租用收割机,一亩地需要七八块工钱,十几亩地就要百十块,多辛苦几天就能省下如此大笔开销。村里像林济良一样舍不得的大有人在。

"如果今年的天气真像上面通报的那样,各家都要赶好天突击收粮,或许还要多几天翻晒时间,想找帮忙的人就难了!"

"自家与那几个机手从来没有雇佣关系,眼下这个情况,临时说请如何能成?也张不开嘴!再说了,全村近万亩小麦,单靠几台收割机,也远远满足不了需要!这样一来,十几亩粮食就有可能遭灾了!"

"自己和老太婆几年没下地挥镰了,两个孙女还小,只能捡捡麦穗儿,儿子和儿媳孙霞正是干活的年纪,孙子也能顶上大半个劳力。但是,仅靠他们三个,晴天还行,遇上连雨天一定应付不下来!更何况水生还没啥经验,他还没碰到过倒伏的麦子,他还没在泥地里抢割过庄稼……"

想到这些,林济良更坐不住了,平嘴的"大团结"一根接着一根,卷起裤腿一趟一趟往地里跑,这瞅瞅那掐掐,搓几颗麦粒放进嘴里嚼嚼,要不就跑去村委会,把上级关于天气形势的电话通知看了一遍又一遍。他左右寻思,到头来,完全不顾家人反对,把使了多年的老镰刀翻了出来,正反两面磨得锃明瓦亮。他还没老朽,还有一把子力气,今年一定要下地挥镰,就像年轻的时候一样,与天斗、与地斗。

正如通报的那样,间歇下了十几天雨,人们的心情也随着雨水一天一个变化。不过,情况还不算不可挽回,各姓的族长都发了话,越是困难,越要有扶助精神,眼里别光盯着自家那点事,地里的麦子收得差不多了,就捎带着给忙不过来的人家帮个手。这可说不上谁亏谁赚,大家看在眼里、记在心里,受了惠的必然挂念这份仁义,更何况还有割不断的血脉亲情。族长的话虽说不是家法,但谁家先收完、谁家需要有人帮把手,不用亲自指点,每个人都看得清清楚楚。哪怕内心十二个不情不愿,但总不能任由一门子里哪家哪户遭了灾。退一步说,就算铁下心不搭理也不会受处罚,可往后自家遇见个难事,族人会是啥态度?这就要动动脑筋、掂量掂量了。

在林家洼周边的乡村,族姓观念依旧根深蒂固,可此时所谓的家族,与传统观念上的宗族门庭相比已是天壤之别。族人之间的关系靠亲情和血缘维持,各家在利益和话语权上大体平等。家门推出的族长,不过是公道正派、有相当威望的老者,经多数族人点头后挂上的虚名。他们不再有一言九鼎的权力,他们的作用更像是民间事务中的"大知",依靠族人的信任和处事积攒的声誉,发挥调解矛盾的作用。谁家和谁家有了摩擦,看在亲眷关系或者事情大小上,打官司不至于,就会请来族长和其他长辈,说明事情原委,根据族中惯例和妥协的意见,一碗水端平、两边不偏袒,这就是中国几千年来形成的乡村治理的基本模式。随着经济社会的发展,年轻一代对族亲和权威的认可度越来越低,人口越来越频繁地流动,他们更重视个人利益的现实,也使得血缘关系渐趋松散。别说出门在外的,就是常住村里的,有的脾气硬倔,有的独善其身,还有的称霸一方,宗族对他们并不具备任何约束限制的能力。说到亲戚之间的关系,本门里少不了关系好的常常走动,也一定是建立在相似的性格人品和做人准则之上;否则,抛开辈分和年龄差距,即便是岁数相当的平辈兄弟,也不见得比外姓朋友更加亲近。不知道在将来,当个人的独立意识和对利益的追求到达某个临界点,当人们普遍漠视乡规村约,更加注重用法律手段解决问题的时候,传统保守和现代新潮的思想观念会面临怎样的碰撞?以血缘关系形成的宗族家门会面临怎样的冲击?这是诸如张建设等新时代乡村治理的带头人必须直面的课题。

  林姓的现任族长叫林济安,快七十岁了,是林济良的同门堂兄。林济安年轻时支书、村主任一肩挑,年纪大了才卸了担子。他当然清楚现下的家族门风,他老了却不糊涂,他有他的应对策略。
  那天早晨,林济安坐在堂屋,一边抽纸烟,一边收听河州市人民广播电台转播的《新闻和报纸摘要》,紧接着就是气象信息。阴雨暂时停下,家家户户赶天抢收,往后几日大都是多云或多云转晴,也有利于打场翻晒,对焦虑了一阵子的农户来说,是个不错的消息。林济安关了收音机,到厨房看了眼刚从地里送饭回来的老婆子,便出了家门,迈开步子,走向了那片人喊机鸣的冀望之田。
  刚刚开镰割麦,几乎所有人天不亮就下了地,这会儿,女人们送来了早饭,路边茁壮的大树下、青草婆娑的田埂上、阴湿清凉的水沟边,人们到处扎着堆,田野里回荡着说话声、逗笑声、吹嘘声。在农忙的日子里,即使光景不好的人家,哪怕拉下脸子开口去借去赊,也要准备点可口可心的吃食。冬春两季天天见面的煮红薯和红薯面窝窝,把人吃得想到白面就流口水,不让人吃饱吃好,哪能应付得了接下来的体力活?平日里抠抠搜搜的女人们突然就大方了,把家里仅存的白面统统拿出来,掺上一半玉米面,做成白里有金的二面馍馍,再煮上一锅大米稀饭,配上嘎嘣脆的腌萝卜干,就是受欢迎的美味。还有的人家做了蒸菜团子,熬一些玉米面糊糊,炒一大碗辣雪里蕻,也都是常见的搭配。当然,天黑后回到家那顿犒劳的晚饭,才更加让人期待。主食通常是纯白面擀的柳叶面条,副食有炒鸡蛋、花生米、新鲜的时蔬蘸酱,再来二两小酒,就是对美满生活的直白诠释。
  此刻,经过两个多小时的弯腰撅腚、挥汗如雨,人们早就饥渴难耐,趁着吃早饭的空当,坐下来歇歇气,抽根烟、喝口茶,抱着陪奶奶送饭来的闺女亲上两口,让紧绷的身体得到短暂松弛。这边手头刚刚闲下,那边就有人起哄闹腾,最活跃的当属在外打工的年轻后生,有意无意就往一堆儿凑,眼光离不开同样扎堆的姑娘媳妇,嘴里还不干不净说着荤话。他们议论的焦点多集中在赵家新娶的小媳妇,抑或邹家那个娇滴滴的嫩婆娘上,她们从黄澄澄

第二章 麦收

的麦浪里站直身子，抬手绾起垂散的秀发，擦一擦额头细密的汗珠，再握起拳头轻捶酸软的腰肢，那妩媚得难以形容的一举一动，还有暖风吹拂之下、贴身薄衫包裹出的完美曲线，在小伙子们自我陶醉的荤言秽语中，宛然成为这个季节、这片天地里，最撩拨人心的景致。

一路上不停有人招呼林济安，他随口应承着，有时停下来问上几句，"收成好不好""有没有啥困难"，听到满意的答案，便继续巡视的脚步。他就像整个村里最慈祥的长辈，他喜欢看收获的景象，更喜欢看一张张笑逐颜开的脸庞。

前面就是林济良家的地头了，林济安对这块地很是熟悉。分田到户那会儿，正是在他的主持下，村里按"上中下"将水田划分了等级，根据各家承包签字的顺序依次挑选。他无数次给村民解释过这样处置的目的，一来鼓励积极承包土地，二来尽可能地做到公平公正。结果却造成了每家的承包田这里一片、那里一块，耕种、管理、收割都不方便。后来随着灌溉沟渠和机耕道路的完善，林家洼村紧靠着沃河又不缺水，为了方便农户，同样是他拿出的意见，在自觉自愿的基础上，在乡里村里的支持下，农户之间通过友好协商调换承包田位置，双方签字画押后，村里便会出具相应的手续。眼前的这块地，原本就是他家的，后来跟他济良兄弟互相调换过。

林济安的脚步并没停下，眼睛也在四处张望，他知道这个时候济良兄弟在家坐不住，必定守在田边。两家关系走得近，老弟兄见了面要多聊几句。可他没瞧见田埂上有人，"看来他家早早吃过饭了"，他这么想。他向地里看过去，林泽忠和孙霞正伏着身子干活，没注意他的到来。那块地的前头还有个人影一起一伏，脚下的麦秆不断被收割放倒。林济安站着，会心地笑着，是水生那个娃娃，还别说，干得真像那么回事。林济安转身要走，目光扫过麦田的另一头，一个熟悉的身影一闪而过。他心头一跳，眯着眼仔细辨认。呀！刚刚扶腰站直的那人，他不会认错的，在生产队的时候，他和济良兄弟是数一数二的庄稼把式，他对那个身影熟悉得如同镜子中的自己！不用琢磨，就明白咋回事，他跺了跺脚，没开腔便转头离开，向着自家的地里疾走而去。

林济安的大儿子林泽传是现任村主任，除了村里的工作，他家还开了一个经营种子化肥农药的门市部，别看只在西高台的路边有一间小小的门脸，却有比种庄稼高得多的稳定收入。这是个细水长流的买卖，进货渠道正规，质量可靠，不追求高额利润，老百姓方便实惠了，口碑才能流传，生意才会持久。

农忙时节恰恰也是村里工作任务最重的时候，林泽传忙不过来，原先地里的庄稼他都是雇请帮工去割，后来有了收割机，再也没用人工收过。今年也是一样，常年雇请的机手早早地就上了他家的麦地，才一个多小时，就割尽了一亩多。他们再把齐齐倒向一边的麦秆打成细捆，麦穗向上堆立在贴地的麦茬上，等待装车拉回打场晾晒，干燥后用脱粒机脱粒，弄不干净的还要用石轱辘反复碾压，绝不能浪费一粒粮食。

几个人也是刚刚吃完早饭，林泽传并不着急，扔了包烟给坐在一边的机手。林泽传悠悠然连抽几根，正准备继续开工，就听到有人喊他小名，回头看到他爸急匆匆地走来，就知道有事找他，赶忙迎了上去。父子俩站在田垄上嘀咕了一阵子，林泽传小跑着回来，对散坐着的几人说："你们继续收麦，我有点事去处理一下。"说完从地上挑出一把镰刀，跟着他爸走了。

中午时分全村就传开了：林家族长带着当村主任的儿子，去帮林济良家割麦了！

林家洼村的林姓家族，现有老少六个辈分，最长的是"润"字辈，还在世的有两位八十多岁的老人，下来就是林济安和林济良他们这辈了。

林济安在村里几十年攒下的威望自不用说，林济良虽没当过村干部和族里的"大知"，可他从小独立自强，成人后正派公道，在家族也算话语有分量的老人。当年县里要求加强农村基层干部队伍建设，各村都要选拔培养年轻的党员骨干，林济良顺势把张建设推荐给了支书、村主任一肩挑的堂兄林济安。林济安当了二十多年村干部，从未与张家结交下顶实的盟友，他也想趁自己退休、大儿子接任的节骨眼上，多施点恩惠、攒些人脉。再说，凭个人经历、文化程度、入党时间、在村里的口碑，张建设在年轻一代中是公认拔尖的，还是个根红苗正的退伍军人，如果自己儿子进了干部梯队而张建设名落孙山,无论对上对下都很难交代。既然是姓林的主动推举,还有姓张的大力支持,林济安乐得做个顺水人情。事实证明,张建设是个难得的好领导,做事认真、对人实诚,处理问题思路清晰,和林泽传的关系亦是相当融洽,二人配合着把村政村务打理得井井有条。

　　林家族长亲自带当村主任的儿子给人帮手,无疑摆明了态度,下午就有人过来给林济良家帮忙,张建设也提上镰刀割了几趟。没几天工夫,原本令人犯愁的十几亩小麦就被收拾得干干净净。

　　粮食收完了,林济良心里的记挂才刚刚开始。"人敬我一尺,我敬人一丈""滴水之恩,当涌泉相报",老话说的都有道理,更是他们这辈人的处世原则。如何记恩、记多大恩?可不像红白喜事随上十块、二十块的礼钱有个定数。困难的时候别人愿意拉一把,这种情义要感念一辈子,完全不能用金钱衡量。不管什么时候、什么事情,同样能拉对方一把时,就决然不能算计其中的利害得失了。

第三章 惊梦

又是两天小雨,脱了粒的麦子还带着潮气,这样的麦子,粮站是不会收的,留着磨面做口粮也会发芽生霉,还需要几个好日头,才能晒得透干。

总算等到一个难得的大太阳天,早晨摊开的粮食经过一整天的翻晒,打场里到处是阳光的温热和小麦的清香。太阳快下山时,林家老小来到打场,把摊晒的小麦收拾装袋。林水生跟着爷爷先用扫帚和铁锹把平铺在夯土地上的粮食赶成大堆,再铲入蛇皮口袋压实,随后他爸会把袋口扎紧,撂到小推车上运到家中堆放。

几年前林水生就和爷爷一起装粮。开始是爷爷带着他干,他帮忙支着袋口,爷爷负责铲装,十四岁那年,在他的执意要求下,爷孙俩交换了角色。大蛇皮袋高度近一米、周长六十多公分,装实了足有百十斤重,起初他的力气不够,需要爷爷帮忙才能提起压实,等勉强能拎得动了,他便固执地不再让爷爷搭手了。

太阳落到了树头下面,阳光时而从杨树浓厚叶片的间隙中透射出来,向四周散发出金色的光芒。打场那头是邻居林济时一家,也在收装着粮食,他家那条叫大黑的狗不停地跑来跑去,也想参加这场幸福的收获。

孙霞领着平平和成成清理地面残留的麦粒,姐妹俩却不愿做妈妈的跟屁虫,一会儿跑来帮爷爷,一会儿跑去撵大黑,尽情释放着孩童的天性。

又装满一口袋,林水生放下铁锹,双手用力提起来,移放在先前装好的袋子旁。他弯腰捡起一个空口袋,撑开后交给林济良:"爷,你把着!"再用脚面一钩锹把,抓在手里。

"唉!"看着孙子热得发红的脸庞,额头上被夕阳照得发亮的汗珠,老汉既心疼又高兴。

割麦那几天,虽有不少亲友过来帮忙,林济良却没搁下镰刀。抢收最紧的当口儿,谁家不需要人手?别人扔下地里的粮食给你家帮手,那是他们做人讲究,自己没理由袖手旁观,当甩手掌柜,那样不仅堵不住说闲话的嘴,自己心里也万万过意不去。割麦是个苦活,老汉当真体会了什么叫"岁月不饶人",坚持是坚持下来了,但后来打场的活计就没插手。他在家躺了这些天,还是腰疼腿疼胳膊疼。一大早搬运、倾倒、推铺这些,都是泽忠爷俩包办的,傍晚收粮装粮,他俩还不让老汉上手。林济良急了,把把口袋总行吧! 没理由再不让他活动活动了。

林泽忠来来回回跑了几趟,见随意卸在堂屋的粮食堆放杂乱,他想先打起垛来,便冲儿子喊了声:"水生,先跟我回趟家,把粮食码好再回来装。"

"来了!"林水生爽快地答应着,回头对爷爷说,"你先休息休息,我去去就回。"

"去吧去吧。"老汉松开口袋,看着孙子扶着车把儿推车离开。他走到场边的石碾子上坐下,摸出一根纸烟,划着火柴点上,一口一口吸着。

纸烟抽了几十年,想戒总也戒不掉,村卫生所的赵医生说了,老人家要逐渐减些烟量,可一累一烦就忍不住要抽上一根。好在身体没啥大毛病,不像他济安哥抽多了爱喘,就没刻意戒断。

烟头明明灭灭一闪一隐,老汉眼角的皱纹越来越深:"今年虽说有些减产,但最困难的那几天总算挺过了,过阵子插水稻,身体保管利索了,还要亲自下田。生活不能被一次两次的不如意就掀翻了个儿,只要不怕劳苦、肯下功夫,土地就会给出回报。"

一根烟燃尽,没见孙子回来,林济良又点燃一根,吹灭火柴,随手扔掉,抬头眯眼,望向打场。孙霞还在仔细收罗地上的麦粒,平平和成成在场边的麦秸堆上玩得开心,满头满身都是细碎的麦秸秆;西头,济时兄弟向他扬了扬手,大黑跟着"汪汪"几声表达了殷勤。

收获后的劳作是幸福的,连空气中都是香甜的味道,这是老汉钟爱的场面。成天在太阳下暴晒,在水田里蒸腾,在土地里挥汗,不就为了这点粮食! 只要锅里碗里实在,哪怕没有山珍海味,日子也过得稳健踏实。

很快又抽完一根,总坐着也不是个事,不用等孙子回来,自个儿先装着,这点活计还不在话下。林济良扔掉烟屁股,回到麦堆旁,弯腰捡起口袋,把袋口摆成圆圈状,铲了两锹扔进去,再抓住袋口往上提提,又是几锹进去,口袋就成了个矮胖墩子。

"爷、爷,我来帮你!"林平平跑了过来,大声唤着爷爷。

"爷,我也来帮你!"林成成也蹦蹦跳跳地跟了过来。

"好、好,来、来!"林济良扶着腰呵呵直笑,"你们两个抓着袋口向两边抻,我来装粮好不好?"

"好!"清脆的童声在耳边响起,落日下的打场,生机更浓。

"爷,你撒到我手上了!""爷,都撒到外面了!"小姑娘们叽叽喳喳,如同快乐的喜鹊。

"爷,口袋装满了!""要撒出来啦!"

"我来镦一镦,还能再装点。"林济良搁下铁锹,双手抓起袋口,向上一提。

就在一刹那,他只觉得头晕目眩、两眼发黑,脚下踩着散落的麦粒开始打滑,酸软的腰腿再也支撑不住,双手一撒,口袋倒在地上,人也歪倒了。

"爷、爷——"两个小丫头弄不清发生了啥事,小手抓着爷爷的胳膊用力摇晃,嘴里不住大声呼喊。

见爷爷没有反应,林平平站起来张望,见妈妈正半蹲着看向这边,立刻挥手大叫:"妈、妈,你快来,我爷摔倒了!"

孙霞放下篮子就跑过来:"爸、爸,你咋了?"她俯下身体,抱起公公的头颈,"爸,你睁睁眼!"

咋都叫不醒,孙霞意识到事态严重:"快去叫你爸你哥!"她急忙对林平平喊道。

"呜——爸、哥,我爷摔倒了!我爷摔倒了!"林平平一边哭,一边向家里跑。林成成也哭着跟了过去。

林济时发现了这边的动静,带着家人迅速围拢上来,关心地询问他济良哥咋样。"汪汪、汪汪——",大黑狗烦躁不已,在人堆外面一个劲吠叫。

太阳落到了半树高,天就要黑了……

等林泽忠爷俩用拖拉机把林济良送到宋集乡卫生院,已是晚上八点多了。

路上连续过了几个大坑,剧烈的颠簸把林济良震醒,他不明白咋回事,使劲搜寻记忆,模模糊糊想起了晕倒前的一幕。他扭扭身体,看到紧紧抱住自己的孙子,头发被风吹得凌乱,脸上尽是泪水与尘土混合的黑垢,想抬手给孙子擦擦,却颤抖着使不上力气。等孙子大声说完当时的情况,林济良才弄清此时的境遇。他挣扎着想坐起来,可孙子就是不答应,反而把他搂得更紧。老汉心里着急,懊恼委屈一起涌上来,眼泪也跟着哗哗直流。

值班医生给林济良做了肢体检查,量了血压,又问了些问题,心中大概有了数。他对林泽忠说:"老爷子血压很高,又多日劳累,我怀疑他的心脑血管出了问题,要到县医院做全面检查。不过,现在送到县城太不安全,最好留在卫生院观察一宿,我先给他弄点药吃,让他安静地睡上一觉。你们有啥意见?"

父子俩同时看向对方,除了大眼瞪小眼,还能说出啥意见!

值班医生说:"你们留个人看护他,另一个回去准备钱,他这个情况肯定要住院的,你们要有思想准备。千万记住,晚上不能让他乱动,更不能下地,要解手床下有便盆。陪护的人不要睡着了,发现任何不对劲,马上到值班室找我。"

目送医生出门,父子俩简单商量几句,林水生留在卫生院照看爷爷,林泽忠回家弄钱,明天早早赶过来。

等医生拿了药来,给林济良灌了,老汉很快昏昏入睡,睡得深沉,呼噜声不断。林水生忙了一天,还经受了爷爷病倒的惊恐,等送走父亲,一静下来,精神松弛,身体疲惫,坐在长条椅上就犯困。他反复提醒自己不能睡觉、不能睡觉,眼皮子却总往一起黏,没多久也迷糊了过去。

恍惚中,林水生做了个奇怪的梦,梦见站在自家地里,目光所及没有一个人影,只有风吹麦浪不停地起落翻滚。成熟的籽粒颗颗饱满,丰腴的穗头摇晃着诱人的金色,每一缕风都送来隐隐的麦香,一波又一波涌向鼻端。这场景,正和一句诗里描写的一模一样——"君看大麦熟,颗颗是黄金"。他高兴地咧开了嘴,忍不住撸下一束麦穗,使劲揉搓,吹掉麦皮,一把塞进嘴里。几根残留的穗须掠过鼻尖,撩得他酥痒难耐,忍不住笑出了声。倏地,一阵阴风吹过,一大块乌云飘来,天空瞬间变得昏暗,淅淅沥沥的雨点跟着洒落下来。雨越下越大,打湿了沉甸甸的麦穗,浇透了孤零零的少年。林水生着急万分,这片麦田可是全家人辛辛苦苦半年多的成果,是全家人生计的来源,是他维持学业的依靠,无论如何不能打了水漂!他捡起镰刀奋力挥动,可双手软弱无力,连一棵麦秆也劈砍不断;他想叫人过来帮忙,可任凭撕裂了喉咙,也发不出一点声响;他要回家告诉他爸,可直跑得两条腿瘫软,仍然寸步难移……巨大的恐惧在心间爆发,他从梦中猝然惊醒,一时分不清是真是幻,直到听见爷爷熟睡的呼噜声,看清周围的景象,方如释重负,一身冷汗逐渐消退。他赶紧过去看看爷爷,见爷爷还在深深的昏睡之中,才放心地坐回长椅,后半夜他始终睁着眼坐着,再没有睡着一分一秒。

第二天天刚亮,林泽忠便带着弟弟林泽义赶到了卫生院。林泽忠铁黑着脸,紧闭着嘴;林泽义则眉头深锁,脸拉得老长,一边走一边埋怨为啥昨晚不告诉他。林泽义四十露头,初中没毕业就下了学,先在家种地,实在待不住,偷跑出去自谋了营生。后来他找了个宋集街上的媳妇,政策放开后又在街上开了个杂货店,在林家算是见过世面的人。

林泽义看着沉睡中的父亲,伸手摸了摸他的额头和侧脸,又拉起一只手轻轻按揉,头也不抬地问林水生:"昨晚你爷咋样?醒了几次?说了啥没?"

林水生和叔叔的接触本就不多,在宋集读初中时都很少去叔叔家,更何况爷爷出了这么大的事儿,昨晚他还差点睡死了过去,觉得叔叔的不满都是冲他来的,不免有些胆怯,先喊了声"叔",才小声答道:"昨晚送来的路上清醒了,到卫生院医生还问了话,吃过药躺倒就睡着了,一夜都没醒。"

林泽义还不抬头看人,只用略带责备的口吻说:"我跟卫生院的宋院长还比较熟,如果你们昨晚就告诉我,我咋的也给他拉来看看,说不定当时就治上了。"他看了看手表,"我先去问问情况,再去宋院长办公室等他,他一到就带过来。水生,你爸带了早饭,看能不能把你爷喊醒,多少让他吃点,哪怕喝点稀的也行。"

八点半左右,林泽义陪着一个五十多岁的男子走进病房,一进门男子就问:"老爷子一夜都没醒?"

"是嘞,睡了一夜,刚给喊醒了,喂他东西也不吃,倒头又睡了。"林水生说。

"老爷子、老爷子。"男子呼唤着,拿起林济良的手有节奏地拍打。

林济良嘴里发出一阵嘟嘟囔囔的声响,好一会儿眼睛才睁开条缝儿,无神地朝两边一扫,闭眼又迷糊过去了。

宋院长拿出听诊器、血压计,一阵忙活,又抓起林济良的手:"老爷子,醒醒、醒醒。"等老汉睁开眼,才继续问话,"你感觉咋样?有没有啥地方难受?"

老汉又嘟囔开,还是听不清楚说了啥。

林水生俯下身子,趴在爷爷的耳旁问:"医生问你哪里不舒服?"说完把耳朵凑到爷爷的嘴边,老汉嘴皮嚅动着,发出断续的、含糊不清的声音。

"身体没劲、头晕、想睡觉。"林水生听明白了,一字不差地转达给宋院长。

宋院长点点头,问林泽忠:"平时他有慢性病吗?"

"有时说头晕,晚上睡觉不咋好,让他去医院瞧瞧也不肯!其他嘛,倒没发现啥毛病。"

"嗯——"宋院长略作思考,对林泽义说,"你爸的血压很高,意识不很清楚,怀疑是脑血管的问题,劳累导致的血压异常,又摔了一跤,脑出血的可能性比较大。还好送来得及时,昨晚是发病初期,他一直睡觉没乱折腾,要不然,极有可能造成二次出血,颅内的瘀血更多,那就麻烦了。"

林泽义"哦"了一声,追问道:"那你看要咋治?"

"我们这里技术和条件都不行,要送县医院!"宋院长话音一变,"不过,坐客车或拖拉机肯定不行,搬上搬下折腾几次,再一路颠簸,怕他受不了。卫生院没有救护车,我可以介绍一辆面包车给你们,车上改的卧铺,安全没问题,司机常往县里送病人,很有经验,只是车费贵点,要一百多块。你们看咋样?"

"贵点就贵点,安全送去就行!"林泽义谁都没问就做了决定。

"那就说好了!你们可以跟两个人去,车来了就出发,到县医院直接挂急诊。路上一定注意,把人在铺上扎紧了,看管得周密些,上车下车动作要慢,轻抬轻放,可不能急性子!"

站在一旁的林泽忠听到"脑出血""送县医院",搞不清到底啥病,只知道脑壳里的血管破了,弄不好还要再流血,立马紧张起来,一动不动愣在那里。

看到他这副模样,林泽义给侄子使了个眼色,林水生喊了声"爸",拉了拉他的衣襟。林泽忠漠然转过头,黝黑的脸盘呆呆的没有表情,两只手控制不住地直打哆嗦。

林泽忠的表现让林泽义看了心里也直发毛,他追问宋院长:"你说,我爸不会有啥事吧?"

宋院长一边收起血压计,一边安慰道:"只要就医及时,应该不会有生命危险,就怕有后遗症,要看恢复情况。泽义呀,现在担心没用,要紧的是尽快送你爸到县里住院治疗。"

林泽义拱手作了个揖:"好的好的,先谢谢了!有话等我回来再说!"

"不说这个,我去叫车。"宋院长拍了拍林泽义的肩膀。

林水生踏进家门,一家子女人立刻扔下手中事务,呼啦一下围了上来,一个个眼睛红肿,泪花涟涟。林水生没细说病情,只重复了叔叔教的说辞:"人没大事,具体啥病,要到县医院确诊,可能要住院养一段时间。"

这话暂时安抚了哭哭啼啼的女人们,可林水生自己提着的心却放不下来。父亲和叔叔坐上面包车走后,宋院长才告诉他,昨晚他爷事实上处于轻度昏迷的状态,如果脑部出血量再大些,那就是最危险的阶段!想到自己没心没肺睡得那么香甜,林水生别提多自责、多后怕。提心吊胆了几天,林泽传到家里来了一趟,给了五十块钱,说他爸让送来的,还说泽忠打电话到村委会,说济良叔被确诊为脑出血,好在出血量不多,情况不算太差,已平安度过了危险期,转到普通病房继续治疗。林泽传说,泽忠还让递话,家里麦收后,让水生早点回县城上学。这下林水生稍稍好受了些,可他仍希望早点到县医院,亲自照顾爷爷。

林水生打小就跟张国平一起玩,带着同龄的孩子疯跑,在水洼苇荡里摸鱼捉虾,捞别人下的丝网和地笼子,还偷跑到沃河里扎猛子游泳。更让人生气的是,碰到有人布设的捉鸟的粘网,他们一定要扯拽干净,撕烂后揉成团团再埋到苇根下的淤泥里。但凡有人上门告状,或者偷跑去游泳被他爸他

第三章 惊梦

025

妈发现,水生少不了挨一顿训骂,每每这个时候,爷爷就会出来说话:"小孩子顽皮,做长辈的应该多教育、少训斥,多讲道理、少动拳头。""下河游泳有啥?你们小时候不也总偷着往河边跑?""来告状咋了?你们没见被粘网缠死的鸟儿雀儿一袋一袋往班车上装?你们不清楚来贩鸟的都是些啥人?"话是这么说,但为了让孙子少往水边苇荡去,只要老汉有时间,就拉来孙子和张国平,给他们讲各种民间故事、奇闻趣谈,遇上外出办事,定不忘捎一两本小人书回来。得益于爷爷的熏陶,小水生常沉醉在与真实生活完全不同的奇异世界里,渐渐喜欢上了看书、听故事,常跟在爷爷的屁股后面求着给他们讲故事。老汉总是会说:"爷讲的都是老故事,等国平和水生长大了,要自己写新故事。"林水生放在柜子里的几本旧练习册中,就记录了不少自编的故事章节,可以说是爷爷启蒙和培养了他。

爷爷看起来和和气气,骨子里却要强得很,老了脾气更加倔强,啥事都不爱对人说。头晕失眠是老毛病了,他总说没大事没大事,就是不去医院检查,不舒服也要硬扛。这下病倒,一定相当憋屈难受,一时半会儿转不过弯来。父亲的性格更倔,好话憋烂了都说不出口。陪伴和疏导的差事,只有他这个大孙子做最合适。

其实林水生还有个小秘密。麦收假期结束,他又请了事假,前后加起来快一个月了。他想早点回学校,把落下的功课补上,还有就是很久没见到同学,没见到宋兰了。

终于等到有人带话来,那天大清早,林水生提上个黄帆布包便要出门。妈妈交给他一个厚厚的手绢包,反复叮嘱要收藏妥当,一定要亲手交给他爸;奶奶又递来一个布袋子,是半夜起来蒸的菜包子,拉着他这个那个唠叨不停。耳朵都听出了茧子,才看到小班车从西边突突驶来。林水生向司机挥了挥手,车门刚打开个缝,他就一步跳了上去,没等站稳,小班车便蹿了出去,只留下一路尘土,还有路边眺望的目光。

从林家洼村去县城需要倒一次车,先坐小班车到东边十里的宋集街,再换乘路过的长途客车。只要坐上小班车,林水生就情不自禁地心生忐忑,还带着莫名的渴望。宋兰家就在宋集街的西口,每次到宋集街转车,林水生都盼着遇见宋兰,甚至两年来碰上几次、说了啥话,都清清楚楚地记得。

宋兰是林水生在宋集读初中时的同年级同学。初二那年,县里组织迎新春诗歌朗诵会,辅导员安排林水生和一位女生代表学校参加,朗诵王蒙的那首《青春万岁》:

> 所有的日子,所有的日子都来吧,
> 让我们编织你们,用青春的金线,
> 和幸福的璎珞,编织你们。
> 有那小船上的歌笑,月下校园的欢舞,
> 细雨蒙蒙里踏青,初雪的早晨行军,
> 还有热烈的争论,跃动的、温暖的心……

放学后,林水生在办公室等辅导员,听到有人敲门,转头一看,一位女生刚收了手,向他大方地一笑:"你是林水生吧?我知道你,我叫宋兰,是和你一起参加朗诵会的。"

是她!万万没想到!他也知道她,但只远远地看见过,这样面对面说话还是头一次。

宋兰背手站在门口,掉了漆的木门框就像色彩斑驳的相框,几缕夕阳从斜后方射入,她高挑的身材在光晕中亭亭玉立,就像她的名字,春天里的一枝兰花,纤瘦不张,却充满生机。

林水生紧张得心里打鼓,声音微弱地说:"我也知道你,很高兴和你一起参加这个活动……真的!"

那次朗诵会,是林水生首次面对盛大场面,县政府礼堂坐满了人,气氛隆重又热烈。在后台他就控制不住紧张,看着别人上场,心脏也扑通直跳。宋兰倒是平静,还出言安慰他,"我们准备得那么充分,一定没事的""做做深呼吸,想想高兴的事情,就会好的"……

说来奇怪,轮到他们上场,林水生怔怔地往台上走,脚底踩上主席台的木地板时,头脑一下子清晰起来,朗诵、动作、眼神、表情,完全发挥出了排练时的水准。待如潮的掌声响起,他又开始发蒙,糊里糊涂就下了场。尽管如此,他心里知道,在人生的第一个舞台上,他和宋兰做到了最好。

"车来了、车来了——"
忽然间,声音嘈杂起来,去往县城的客车进了站。
林水生随着人流上了车。"这个车能到县医院吗?"他问售票员。
"能。"
"我买一张票。"

林水生肩靠车厢,眼睛望向窗外,记忆中的美好一直在脑海中回放,只是可惜,今天没有同路的人。

几年后,当他在一家餐厅偶然听到那首歌,"我从山中来,带着兰花草,种在小园中,希望花开早……"他才恍然大悟,原来,就在那个初春的黄昏、在他的心头小园,早已深深种下了一株兰花草。

第四章　红枫

"小伙子,马上到县医院了!"胖胖的售票员大姐把林水生从昏睡中唤醒。他摇了摇头,又揉了揉脸,让自己尽快恢复清醒。

个把月的艰苦劳作、十几天的心神不宁,将之前的生活规律彻底打乱,特别是每天夜里纷繁的思绪,让这个原本倒头就睡的少年提前领悟了"夜不能寐"的含义。从宋集到县城不到一个小时的车程,他竟在大客车不停的颠簸中做起了美梦。

林水生从行李架上取下黄布包,挤到车门旁,不多会儿,客车靠路边停了。

"县医院到了。"售票员再次提醒他。

林水生冲售票员点了个头,嘴角向外扯出些笑意,一步跳了出去。他把黄布包甩到肩上,转过身来,随着大客车徐徐离开,眼前呈现出一个由铸铁栏杆围起来的大院子,正对大门是一座灰白色的楼房,顶上立着七个硕大的红色汉字——龙城县人民医院。

林水生穿过马路,走进县医院,院子里、大厅内到处人头攒动,一股直冲上头的嗡嗡声在不大的空间中回荡。他用心打量这个嘈杂陌生的环境,正前方有一圈白色台案,张贴着三个红色的字——"服务台",里面坐着两个身着护士装的中年女子,半趴在台面上嘻哈说笑,脸上不时浮现出八卦起某个小道消息的满足感;挂号和取药的窗口都排着长龙,每个人的神色和姿态都不加掩饰地透露出焦躁;更多人穿过大厅向后院走去,手里拿着各种物品,脚下的碎步急促又不失灵活,躲避着身前的推车和行人。林水生走近服务台,说了声"同志你好",随即报上爷爷所在的科室和病床号。一个护士瞥了他一眼,伸出手指向边上的小门点了一下,又低头捂嘴,继续巧笑私语。

穿过那道小门,又是一栋灰色楼房,林水生步入楼道,恰巧见一位男医生路过,他忙又上前打听。顺着男医生的指引,他爬到四楼,再次询问了一个年轻护士,总算找到了爷爷的病房。

林水生向病房内望去,爷爷身体半侧,斜靠在南边临窗的床位上。

这是一个不大的房间,并排有三张病床,中间只留了很窄的过道,外面两个铺面上各躺着一位正在输液的病人,床边床尾坐着病人几个亲属。病房向南的窗户也是大开着的,从房内散发出浓浓的酒精和消毒水的味道。屋里没有人说话,气氛有些沉闷,恰好从窗外吹来一缕清风,让压抑的感觉稍稍缓解。

林水生轻手轻脚走进病房,林泽忠坐在床角的木凳上正发着呆,看到儿子进来,笑着点了点头,起身走到床头,把手搭上父亲的肩膀:"爸,水生来了。"

林济良蜷缩着左腿,左手抱在怀里,手上挂着吊瓶,闭着眼睛,似乎睡着了。听见呼唤,他睁开惺忪的双眼,扭过头来看到孙子,右肘支着床铺就要坐起来。

林水生几步跑过去,边跑边说:"爷,你躺着别动!"他放下手里的布包,双手轻轻按扶在爷爷肩上。

"你来了——"只是三个字,听起来混浊、悠长,饱含着无尽的伤感。

"爷,我该早点来的——"看到朝思暮想的爷爷比想象中的还要萎靡些,林水生一阵难过,话只说了一半,就被泪水阻断。

"来了——就好,还哭——啥嘞!"林济良疼惜孙子,一着急,说话也磕巴了。

林水生抹了把眼泪,带着哭腔问:"你现在好些了吗?"

林济良提高了声调:"没啥事啦!医生说了,病情稳住了,过几天就能出院了,回家后多锻炼,很快就会恢复的。"老汉轻咳一声,"家里都好吧?"躺在医院的这些天,家里的情况没少问,儿子天天说这好那好,可他怎么都不放心。

"爷,都好!都让我给你问好嘞!我奶半夜起来蒸了包子,你要不要尝一个?青菜粉丝馅的,可香了!"说着话,林水生从黄帆布包里拎出布袋子,就要拿包子出来。

林济良摇了摇头，接着问话："麦子都入仓了吧？没糟蹋了吧？"

这是老汉心头最记挂的大事，若是他的缘故让粮食受了损失，可比遭病还要让他心疼。

林水生把布袋子放在床头柜上，回答道："都晒透了，济时爷带人来帮的忙！"

林济良合上眼，过了几分钟才问："地里咋样啊？"

这话问到了林水生心里，他有点小小的骄傲，毕竟父亲有段时间没回家了，他是头一回成为家里的主要劳力。他努力装出高兴的样子，说："水稻都栽下了，我妈带我插的秧，村里很多人过来帮忙，我叔我姑也来看过。"

林济良的心里涌起了一阵酸楚："唉——都是我拖累的，让你们受苦了！"他不敢细看孙子，生怕发现哪里不对劲，更加过意不去。

"哪有！你看我不是挺好的嘛。"林水生的笑容有些生硬，"我妈也很好，跟她一起干活才发现，她还真能干嘞！"

"是嘞，爸，你看水生不还那样，没黑没瘦的。我打电话回村里，连支书和泽传哥都直夸他！"林泽忠帮着腔，从床头柜一侧的细绳上取下毛巾，给林济良擦了擦脸。

林济良又"唉"地叹了一声，仍不放心地问："来帮忙的人都记下了？不能忘了人家呀！"

"都记着嘞，我妈怕忘，写在本子上了。"

孙子的回答都合他心意，林济良默默靠在支起的枕头上，眼角渗出些许水渍。这些问题困扰他很久了，不问不放心，问了更揪心，都是他这把老骨头不争气，才会连带起这么多风风雨雨。心思了了，他便不再吱声，也不想看到儿孙笑意伪装的面孔，索性又躺下，闭上了眼睛。

林泽忠父子站在床边，一会儿工夫，看老汉渐渐平静，似乎又睡了。林泽忠看了眼输液瓶里药水的剂量，冲儿子做了个手势，示意到走廊说话。

"我爷到底咋样？"一出门，林水生就急切地小声问道。

"医生说他血压高，加上摔了跤，脑血管破了，好在出血量不大，人没糊

第四章 红枫

涂,就是说话不太利索,左半边身体活动受了点影响。"林泽忠一改刚才的轻松口吻,语气低沉下来。

"他脸上咋回事?"林水生肃容问道。

"眼睛嘴巴有点歪,爱流口水,医生说是并发症。"林泽忠解释道。

"能治好吗?"

"很难,脑子里瘀血压迫了神经,能治成啥样,要看情况。"

"吃饭走路没问题吧?"

"右手影响不大,饭可以自己慢慢吃,左手抖得厉害,不能拿东西,左腿也控制不住,走路还不行。"

二人并排坐在墙边的长凳上,林泽忠用手肘支着膝盖,双手护头,五指分开插入蓬乱的头发,自责地说:"都怪我、都怪我!要能早带他到医院瞧瞧,早吃上降压药,不让他干重活,兴许不会这样!"

林水生想宽慰父亲几句,但看到父亲伤感憔悴的模样,一时找不到合适的言语。他靠着墙,望着对面的墙角发呆,一只手在父亲的后背轻轻拍抚。

可能是儿子的安慰起了作用,林泽忠缓过劲来,低语道:"医生说没啥好办法,只有坚持吃药,慢慢调理康复。还说家是农村的,住院费不能报销,没必要住太长时间,不如早点出院回家调养。你爷听了就吵着要走,我死活没同意,想再治治看看,能不能治得彻底些。"

一阵冷冷的沉寂,林水生猛不丁冒了一句:"爸,你回家吧,家里离不开你,我在医院陪我爷。"

林泽忠侧过头,吃惊地瞪儿子一眼,半晌才问:"那你不去上学了?"

林水生内心老大不情愿,但还是咬咬牙,硬着头皮说:"过过就放暑假了,回去也学不了啥,下午我就找班主任请假,再拿些书来,在医院也不耽误自学。"

林泽忠把头垂得更低,父子俩谁也不出声,紧紧地挨坐着。他们平时话就不多,一个屋檐下生活,彼此早有了默契。对他们来说,沉默就代表了相互的支持和鼓励,在沉默中各自纾解苦闷。

走廊里非常安静,偶尔有巡查的医生来往,还有护士们疾走的身影。他们长年与病患相处,对林家父子表现出的"痛苦中的沉默"早已习以为常,只扫一眼就匆匆过去。倒是有些病人家属投来好奇的目光,通常也在沉默中表达了理解和同情。

林泽忠突然说:"我坐一会,你先进去陪陪你爷,流的口水帮着擦擦。"

林水生闻言,默默站起,转身进了病房。

林泽忠更紧地抱住头,深深埋进怀里。这些天来他茶饭不思、悲痛交加,却要轻声细语、强装笑脸,不能让伤感情绪哪怕有一点点显露,已到了崩溃的边缘。这一刻,他再也不想忍了,他的身体因为哭泣而搐动,泪珠如雨点般落下。这个憨实健壮的中年男人,此时却像个脆弱的孩子,毫不保留地放纵情感,要把心中的憋屈发泄出来!等他再次站起,肩头又能扛起一座山来!

……

一阵咯吱咯吱的声音从楼道入口处传来,有人推进一辆手推车,一个女高音开始回响:"打饭了,打饭了——"

林泽忠撩起褂襟抹抹眼睛,缓缓起身,长舒几口气,搓了搓脸,走进病房,对儿子说:"喊你爷起来,该吃午饭了。"

林济良躺在病床上,看似昏沉入睡,心头却是波涛翻滚、浮想联翩。很多天了,脑海中不时浮现出旧时的画面,也许人老了、有事了、有病了,都喜欢念旧吧。

身为土生土长的林家洼人,林济良一生守着家乡和土地,也因此经受了无数苦难。他出生于一九二六年,在那个战乱不止的年代,家里添了一个大头小子,自是欢天喜地的头等大事。然而,个人和家族的力量太过渺小,每个人的命运都被国家和民族动荡的大势推碾踩躏,既无力抗争也无处申诉。

那个年代,河州地域先是霍乱流行,荒野乡村死者甚众,横尸满地无人掩埋;紧接着,沃河水患又至,方圆数百里洪水肆虐、饿殍枕藉。北洋军阀无休止的混战,国民革命军数次北伐,孙传芳、张宗昌、李宗仁、何应钦……你方唱罢我登场,城头变幻大王旗!天灾不止,人祸连连!林济良目睹了父母亲人一个个撒手人寰,在他幼年的记忆里,留下了难以抹去的悲伤和恐惧。稍大一些,花园口的黄河水刚淹漫过去,日本人和"二狗子"便接着杀来,他们对村民极为凶残。林济良还没有锹把子高,就跟着乡亲们跑反,在东躲西藏、饥一顿饱一顿中,一晃长成了大小伙子。好不容易熬到日本鬼子败了,迎来了安稳日子,他顾不上高兴,凭着一己之力,耕种着租下的几亩水淹地,修缮了快要倒塌的两间泥坯房。族里的长辈有心张罗他的婚事,但八字还没一撇,国民党又挑起了战火,还在沃河湾和林家洼打过几场大仗。这一次,他没再跑反,他早听说过那支专为穷人打仗的队伍。等他们强渡沃河,解放了林家洼,他就推上独轮车,参加了运输队,一直把队伍送到大江北边,在那里盘桓许久,看着他们过了江,才恋恋不舍地回了村。

终于迎来了新生活,可以一心一意过日子了。林济良很快娶了媳妇,第二年有了泽忠,一九五一年村里土改,又有了土地,隔年就抱上了二小子。对他来说,脚下的土地就是根,身边的沃河就是魂,守着女人孩子好好过日子,就是他全部的希望。从此他再没离开过家乡,生活过得再苦再难,他也从未丢掉立身的根、做人的魂,从未舍弃家族和亲人!

泽忠是他悉心教大的孩子,他把对土地的深情全都灌输给了这个孩子,相比之下,对泽义的管教就少了些,这也难怪,人往往是抓紧了一个就放松了一个,难得事事都完美。但他并不认为二小子不好,他不干涉孩子们的选择,干啥不重要,只要知礼守法、自食其力。就像他的孙子,在他膝边长大,尾巴一样在他屁股后面打转,眼看就成了知识青年,多么有出息的后生!时代不同了,孙子这般的年轻人,就应该去外面经历风雨、增长才干!还有两个可爱的孙女,都是他的心尖尖肉呀!为了儿孙们的前途,为了维持费尽千辛万苦才支起的家门,他恨不得捧出血肉!只要身子骨顶得住,就不能放下责任。

可这一次,他被彻底打败了!他身体受到的伤害,远没有心里受到的打击来得严重。

"自己已是个废人,成了家庭的拖累,再不能为家人出力了!家里还欠着钱,孙子孙女还要上学,这个时候咋能倒下!身体还能恢复吗?还能干得动农活吗?如果啥也做不了,将来咋办?还能靠谁嘞?"

……

出乎林水生的意料,又一次续假同样顺利,班主任张老师问清事由便同意了,只是再三嘱咐要注意身体,要坚持自学,要按时参加期末考试。

离开办公楼,林水生漫无目的地在校园里闲逛。离课间还有一会儿,他要趁课间去趟教学楼,把续假的消息告诉张国平。

六月的校园,一片生机勃勃,到处洋溢着生命的气息。路边是一排排海桐树墙,间杂着隽秀的南天竹,草地上遍布不知名的小花,稍远些则是茁壮的大树,无数只鸟儿从天空掠过、在枝头跳跃,在绿色的海洋中,尽享自由的欢乐。

龙城中学有着近百年的悠久历史,校园里随处可见岁月积淀的印记,花亭、古桥、老井,既是历史又是风景。最具代表性的当属教师办公楼,这是建校时就盖起来的三层青砖小楼,中西合璧的样式,砖柱石梁、青墙灰瓦、飞檐翘角,其不言而喻的庄重和不拘一格的气质,彰显了一个文明教化的殿堂应有的精神和风骨。这些老建筑经历了百年沧桑,虽屡遭战火破坏,但依然闪耀着高超的建筑艺术的光辉,成为饱含龙城地域特点的文化符号。

林水生走到教学楼东边,他能清楚听到楼道里传来老师的讲课声、同学们的朗读声。这是一栋四层的新式建筑,高中三个年级都集中在这栋楼内,只有全县最优秀的学生,才能在这里度过刻骨铭心的三年光阴。三层和四层是高三的教室,窗外的墙壁上横拉着标语:"全力奋战一百天,不让青春留遗憾""努力顽强拼搏,未来在我手中"……绕过教学楼,南边是一大片运动场,遥遥望去,篮球场上球架成列,足球场上绿草如茵,几个班级正在上体育课,依稀能听到酣畅的呼喊声。

建校以来,无数龙城的优秀青年在这里学习、成长,在这里焕发精神、增强体魄,从这里开启人生、走出精彩,把家乡的文化传统向全世界播撒。现在,轮到林水生他们了,虽然他暂时还不能回到那间吵闹拥挤却令人奋进的教室,但相信不会太久,一切都会好起来的。

下课铃响了,林水生来到二楼高二理三班门外,找人喊了张国平出来,他简单描述了爷爷的病情和自己续假的事情,又让张国平去找宋兰,晚饭前在食堂外见个面。等铃声再度响起,目送张国平回到教室,林水生又去宿舍看了看,打扫了卫生,收拾了几本教材装进书包,心想时间差不多了,应该早点去食堂，等待想见的人。

食堂的大门还紧闭着，林水生躲在西侧一棵巨大的红枫树下，不时地来回踱着步。

这棵红枫树有三四层楼高，树干一抱有余，据说和龙城中学的岁数相当，是清末一个来龙城传教的美国牧师亲手种下的，是正宗的美国枫。在动荡的年代，前院的大树都因为"出身不好"被砍伐殆尽，这棵因为躲在后院的角落，并且一度枝叶枯萎好似濒死状态，才幸存了下来。不死不活的样子维持了好多年，国家的政局好转，老树立马焕发了新生，眼见着茂盛起来。近百岁的大树，依旧生机勃勃，枝干遒劲俊逸，满树巨掌翻飞，每当轻风吹过，就发出沙沙的声响，像睡觉时奶奶摇着的扇子，又像妈妈哼着的童谣。春秋两季，刚长出的嫩叶和霜打过的老叶，越发夺目；特别是深秋，火花似的硕大掌叶在枝头交相辉映，"红掌贺秋"已成为人们争相观赏的一道风景。

文学社的辅导老师，也是教林水生语文的杨老师，曾以此景写过一首诗《深秋的孤枫》，在校园内广为流传，其中的诗句被许多学生当成人生的座右铭，也包括林水生。

寒天冻地一孤枫，冷雨凌枝艳欲穷。
莫惧三冬霜雪劲，春风化雨润新红。

林水生抬头望向树顶，巨大的伞冠、碧绿的叶片，这棵红枫仿佛身披翡翠斗篷的斗士，在初夏的阳光中傲立。他每次静下心来观赏，激动便会充盈胸中，心脏也会随着枝叶的起伏而蓬勃跳动。

树后沿食堂北墙是一排盛开的月季，轻摇摇地随着红枫的歌声起舞。他喜欢花草，最爱是兰花。他崇尚兰花的平凡质朴、清雅高洁，他欣赏这种气质，做人亦要有同样的品格。月季也不错，平时其貌不扬，花开却姹紫嫣红，生活原本如此，有高有低，平淡且热烈……

正当他思绪纷纷，教学楼那边传来一阵嘈杂，下课了。

"你到得挺早！"张国平小跑着过来，顾不上擦汗，便邀功似的说："给宋兰说了,她下课就来。"

见林水生没啥反应,张国平扬了扬手中的饭盒:"想吃啥,别跟我客气!"

"不吃饭,说几句话就走。"林水生答道。

"咋了？嫌食堂的饭不好吃？"

"我从家带了包子来,我爸在医院食堂订了稀饭和咸菜,回去和他们一起吃。"

张国平不再多说,很随意地站在林水生身侧,抬手拽下一截树枝,边掐树叶边问:"你爷还要住多久？"

"说不准,医生说这个病没办法治愈,能恢复成啥样子,得看康复训练情况。"

"林水生！""水生哥！""回来了？"……陆续有人过来,冲林水生打招呼,还有几个从宋集中学考上来的,在林水生身边围成个小圈子。

张国平不耐烦地挥挥手:"今天有事,散了散了。"

等小圈子散开,张国平又退到一旁,吹起口哨,摆弄着手中的枫枝,对经过的熟人挤弄一双枣核眼。"啦呀啦——"他心中暗笑,不由自主地哼哼起来。忽然,他用树枝招了招林水生,提醒道:"宋兰来了。"

林水生早看到了,在一大波人后,两位女生有说有笑地走向这边。宋兰穿着墨绿色的衬衫、藏青色的直筒裤、黑色的布鞋,垂肩发扎成一个马尾辫,随着步履左右轻摆。边上的女生个头稍矮些,圆圆的脸庞,圆润的身材,穿的是时髦的灰色针织衫和蓝色牛仔裤,脚下踩着一双白色运动鞋。女生叫殷凤华,也是宋集中学考来的,是宋兰文科班的同学。殷凤华性格开朗,还带着一股火辣,再加上名字的谐音,有了一个好听的绰号——银凤凰。

宋兰不爱和女同学叽叽喳喳,背后有人说她骄傲,有人说她孤僻,她只同殷凤华要好,从小学到高中,相处了十年,殷凤华了解她。上学期文理分科,她俩又被分在同一个班,殷凤华专门找到班主任,要求与宋兰住一间寝室,还成了上下铺,关系越发亲密了。

"你好,林水生,好久不见。"殷凤华率先开口,她的声音非常清脆,脸上亦如阳光般灿烂。

"你好,殷凤华。"林水生应道,又转向宋兰,"你好,宋兰。"

"你好。"宋兰回敬了问候。

"请了这么长时间的假,一回来就找宋兰,有啥话着急说?"殷凤华盯着林水生,故意绷起脸,似要审讯他。

林水生颇有些难为情,这个率真女孩只一句问话,就把他的小心思拎了出来。

"别捣乱,我们有正事!"张国平一点儿不客气,要帮好友解围。

殷凤华白了张国平一眼,鼻子里轻哼一声,故意拖长声音说:"那你们就先——忙——正——事,我去排队打——饭——了——"

她向宋兰摆摆手,故意从张国平身边擦了过去,两人身影交错,她还不忘昂起尖尖的下巴,挺起丰满的胸脯,做出个夸张的表情,一只手还握成拳头,示威似的向张国平扬了扬,活脱脱一只高傲的银凤凰!

张国平也不示弱,抬了抬眉毛,回赠一个针锋相对的眼神。

看着他们故作敌视的夸张表现,宋兰只觉得好笑,这两个人上辈子定是互相欠了债,一见面就掐架。等"银凤凰"走开,宋兰转头回来,上下打量了一下林水生,才轻声地问:"你不去打饭吗?"

"不了,我有件事想麻烦你,说完就走。"

宋兰眨眨眼睛:"哦!那你说。"

"我爷病了,在县医院住院,我要陪护,又找张老师续了假。张老师让我抓紧自学,按时参加期末考试。我已经耽误不少课了,除了要把欠下的课补上,还要复习应考,怕是有点难度。我想,要是有笔记对照课本效率会更高,能不能借你的笔记看?周六下午借周日下午还,不耽误你用。"

"当然可以。"宋兰略歪着头想了想,"我回去整理一下,周六你拿去,周日不用还我,我用另外的本子记,到下个周六我们交换,这样你能多看几天。"

真是万事顺利的一天!林水生面露喜色,连道:"那太好啦,太感谢啦!"

"就这样说定了!"宋兰说,接着又问,"你爷没大事吧?"

"是脑出血,医生说出血量不大,等病情稳定,要进行康复训练。"

"那你要多辛苦了,注意身体。"

"好的,谢谢了!我还要去医院,先走了。"

"再见。"

目送宋兰进了食堂,张国平一只手往林水生肩上一搭:"我送送你!"拥着林水生就向校门口走去。

第四章 红枫

第五章　禾舞

　　河州市地处黄海平原和江海丘陵的过渡地带,古称"徐扬交襟、龙珠在沃",地理位置相当重要。龙城县在河州西边的沃河上游,气候温和,境内平原广阔、河流纵横、湖塘密布,远古时期就有人类活动的踪迹,绵延至今,生生不息。在这里,悠远的历史和古老的传说交相辉映,南北文化碰撞交融,君皇圣贤和文人墨客繁星耀目,无尽的苦难和抵死的抗争无休止地轮回。数千年来,不计其数的大小古国在此建立、消亡,云诡波谲的纵横捭阖不断上演,天下大势的锋面、南北争霸的大军,将此地割磨践踏得集血成河、人畜不生。沃河更像一条桀骜不驯的魔龙,一次次冲开束缚,在这片土地上狂奔怒走,所到之处尽被肆虐得疮痍满目。

　　特殊的地理位置、频繁的自然灾害和人类战祸的交互侵袭,使这里成为历史上有名的多灾之地、流民之所。曾经闪亮夺目的沃河明珠,光芒被血泪遮盖,传奇被悲歌屏蔽,在史册上留下了暗影,久久无法抹去。直到新中国成立后,社会逐渐安定,人心趋于平稳,情形才得以根本改变。

　　龙城县城往西不远就是林家洼,这一大片水塘洼地北靠沃河,东西横跨十多里地。西南侧的围堰外世世代代聚居着的林姓族人,是最先定居于此的。在漫长的岁月里,中原地区战火不断、祸乱频仍,不断有士族高门或庶民百姓为逃避战乱举家南迁,有些人看上了这片蓄载力极强的河畔洼地,通过各种手段向世居于此的林姓家族表达善意。林家接纳了这些或饱读诗书或颠沛流离的异姓人家,他们得以在此落地生根、开枝散叶。

　　对生活在这里的人们来说,林家洼带来的不只是水患,更多的是对生存的原始渴望。

　　在天灾人祸纷扰不堪的年代,不管形势如何恶劣,只要林家洼的湿地和苇荡还在,周围的百姓就有盼头,不至于丢掉活命的最后希望。日本鬼子占领龙城的年月,季季对乡野进行扫荡,年年要放火焚烧苇荡,希望以此清空抗日武装的藏身之所，把这片土地改造成向西、向南侵略的后方基地。焚烧苇荡这招还真狠毒，但日寇没想到，人们眼前的苇荡消失了，百姓心中的怒火却被点燃了。大火过去，沃河和洼塘里的鱼虾菱藕依旧丰盛，源源不断的给养依旧秘密向南输送，无数坚定的抵抗者依旧出没于此，林家洼以南遍布河沟的广袤平原，一度还成为彭雪枫领导的抗日武装最活跃的地域。灾荒之年，远近县乡的受难群众纷纷逃至此地，林家洼善良的庄稼汉们，硬是靠着仅有的一点存粮和大河水塘里的出产，救助了无数饱受饥馑之苦的难民。在百多里地范围内，百姓都尊称林家洼为"救命塘"。

　　林家洼村是方圆数十里最大的村庄，有上千户人家、五千多口人。村子呈东西走向的链条形，主路横向拉开七八里长，两侧是如犬牙般交错的农家宅院，家家门前有泥石小路连通。院中正屋大都坐北朝南，四面散种着枣树杏树，屋边地头到处生长着高大的杨树。

　　村子最西首，房屋的布局非常杂乱，是传统的林姓生根户的聚居区，被当地人称为"上林"，又因为地势略高一些，还有个俗名叫"西高台"；东部以整族迁来的张姓人家居多，得名"后张家"；村子中间地形有些凹陷，原先只有一些姓林的分家后迁居于此，被称作"下林"，后来不断有人家搬迁而来，渐渐演变成杂姓混居的区域，如今的村委会也建在这里。

　　早前，村里的老人往往首选本村不同姓氏的家族为儿女撮合一门亲事，他们认为同在本村本土家风熟悉、口碑可靠，彼此还方便照应，因此同村人大都有或远或近的姻亲关系。林水生的奶奶就是下林赵姓人家的女子。新中国成立初期，这种"亲上加亲"的习俗仍持续了一段时间，直到二十世纪六七十年代，随着文化的普及、经济的发展、交通条件的改善，人们的行动范围扩大了，思想认识提高了，对优生优育更加重视了，主流的婚嫁思想才逐渐淡出了。

　　林济良父母去世得早，他是吃百家饭长大的，最关心他的当属他的大伯，也就是林济安的父亲林润发。世事平稳的时候，林济良年岁尚小，大伯把他接到家里吃住，和林济安一起读书。待硝烟燃起，大伯大娘先后死于祸乱，林济安带上他一起跑反，在生死患难中，结下了深厚的情谊。新中国成立后,这哥俩一起参加土改,一起在公社劳动,一起修水利炼钢铁,一起熬过艰难的岁月。林济安长上两岁,事事走在前头,林济良一声不响跟在后头,是林济安最鼎力、最可靠的支持者。几十年过去了,除了打小那会儿顽皮打闹,两人基本没红过脸,村里人都说,他哥俩真比亲兄弟还亲。

听说林济良病倒了,林济安去不成县里探望,心理比谁都挂念。他先让儿子送了点钱去,又亲自到集上买了糕点,耐心等待林泽忠回来。他深思熟虑后,有话要对侄儿说。

临近晌午时分,盘算着林泽忠该下地回来了,林济良提上糕点,溜达着走了去。刚进院子,就放开嗓子高喊:"屋里有人吗?哪个在家嘞?泽忠在不在?"

"在家嘞!"林泽忠边应边跑出来,见是林济安,一溜小跑过去,唤道,"伯,你来了,快到屋里坐。"双手搀住林济安的胳膊,就往堂屋让。

林泽忠的母亲也从厨房探出头,"他伯来了!"她嘴里招呼着,回去脱了围裙,用裙边擦擦手,冲儿媳妇说,"你济安伯来了,我过去说说话。"扔下围裙便走了出来。

林济安把糕点递到林泽忠手上:"听说你回来了,我过来问问济良的情况。"

"伯,来了就行,咋还拿东西!泽传哥都给拿过钱了!"林泽忠接过糕点,把林济安请到八仙桌前,"伯,你坐。"

林济安笑吟吟坐下,后脊梁不挨椅背,一只手半搭桌边,指头轻轻敲击着桌面。林泽忠从里屋拿来纸烟和火柴,给林济安点上,泽忠妈端上新泡的茶水,母子俩分别在两侧的木条凳上落了座。

林济安抽完纸烟,把烟屁股扔在地下,用鞋底蹑灭了,又端起茶杯呷了一口,轻轻放回桌面,一套仪式做毕,才清清嗓子,开口说话:"泽忠,回来几天了?你爸是个啥情况?"

"我前天回来的,水生在医院陪着。我爸是高血压引起的脑出血,医生说出血不多,天天吊水吃药,不几天该能出院了。"林泽忠答得扼要。

"嗯,我也听说了。手脚还不利索吧?"

"左边手脚不利索,嘴还有点歪。医生说这个病不能急,要慢慢养。"

林济安叹道:"年纪大了,毛病就是多!就说你润照爷和润瑞爷吧,看着都好好的,就是浑身疼,不能动弹,门也出不了,人离开一会儿都不行,家里不放心,也不让他们住敬老院。我也一样,纸烟抽了一辈子,咋都戒不掉,天一凉就喘个不停,要把心肝都吐出来一样!唉,就是天天数日子过喽!"

林泽忠来到桌前,又拿起纸烟让着,笑着劝道:"伯,你身子硬朗得很,日子长久着嘞!"

林济安摆了摆手:"不抽了不抽了,戒是戒不了,那也要少抽!你爸这下应该彻底戒断了吧?"

"他哪能再抽,医生说了,一定要戒烟戒酒。"

林济良叮嘱道:"我身体这样,也去不成县里看你爸,你啥时候再上医院,代我给你爸问个好,让他好好调养,有话回来我们慢慢说。"

"一定给我爸带到!"说着,林泽忠指指桌上的糕点,"伯,你来说说话就好,这东西和泽传哥拿的钱——"

"一点心意吧!看人还能空着手!"

"那我替我爸谢谢你了!哪天我去县里,给我爸带过去。"

歇了一下,见林济安光用手指敲点桌面不再说话,林泽忠弄不清他的来意,又不能让气氛冷下来,只好找话说:"伯,你可得好好保重身体,有啥不得劲的提早去瞧,别像我爸那样拖出大病来。"

林济安点点头,算是听进了。他上身稍稍欠了欠,对泽忠妈说:"济良媳妇,你千万别累坏了,济良回来,还要靠你照应嘞!"

"哎,哎——"老婆子连连答应,讷讷地接不上话。

林济安又坐直身体,面向林泽忠,恳切地说:"泽忠,按说你家有人,不该让你爸住敬老院,可话说回来,若是你爸身体总不利索,家里管顾不上,就送过去,那边总归有人照应,抽空过去看看就行。你们不方便,我来跟建设说,我想他不会不同意。你们按上面给五保户拨款的数目交点钱,村里其他人想来也能通融,如果真有三两个说闲话的,我让泽传出面找他们摆摆道理!"

这下林泽忠没打顿,立马表态:"伯,还是在家吧!有我们伺候着,就不给你和泽传哥添麻烦了。"

泽忠妈也憋不住了,赶忙接上说:"在家、在家!谁请都不去!搁哪能有在家好!"

林济安又点点头,说:"那样也好!我看也是在家好。家里人伺候得精细,比交给外人强!"

泽忠妈跟上附和:"在家好、在家好!"

"泽忠呀,"林济安顺着规划好的头绪,继续说着,"你爸住院要花不少钱吧?住院费够不够?你家还欠着账吧?手头不够的话吱一声!虽说大家都不宽裕,但找族里人凑凑,总比一家硬挺着强。"

林泽忠脸色微红,嘴上却很犟:"回来前我在医院窗口问了,也没短多少钱,我弟我妹说他们这几天去看我爸,先垫一点,我们也还能拿一点,应该够用。"他不肯轻易松口,也不想再让族人为他家操心。

"是要多准备点,结账时别不够用。"

"知道了,我要了电话号码,去前到村里打个电话问问清楚,一定带足了。"

林济安露出了满意的神色,端起水杯又呷一口,利用这工夫,再斟酌下如何开口说那事儿。放下水杯,他先是"唉"了一声,接着语重心长地说:"泽忠,你不在家的时候,我去地里转悠,每次都能看到水生干活,水生真是个好孩子,踏实肯干还能吃苦受累,农活也干得像模像样的。我们村那么大的孩子,就水生和国平还上着学吧?我是真喜欢水生,也希望他能有大出息,给老林家争口气,祭祖的时候腰杆子也硬。但是——"林济安顿了顿,"你家现在的情况,你有啥考虑没?"

"没啥考虑的!"林泽忠干脆地回答,"水生要上学就供他上,要出去就供他出去!"

"话是这个话,理也是这个理,哪个父母不盼着孩子好?从农村走出去个人不容易!孩子有本事,家里怎能不支持?咳咳!"林济安干咳两声,"可你爸这么一病,我看不是仨月俩月的事情,往后家里的生计,你要考虑清楚呀!光指着你和孙霞能顶得过来吗?好,就算你们吃糠咽菜把水生供出来了,还有平平和成成,想过咋弄了吗?说句不该说的,你也要提前谋划谋划,万一你俩再累趴下一个,剩下那个还能撑得住吗?"

林济安这番话就像无情的尖刺,根根扎在林泽忠的心头。他青黑着脸,牙齿紧咬着,他不敢张开嘴巴,害怕喷出一口血来!泽忠妈也不抬头,佝偻着腰,一个指头一个指头抠搓着。

看看这娘俩的样子,林济安只好又补充一句:"我只是给你们提个醒,话轻话重都别上心,主意还要你们自家拿。"

虽然身为族长,虽然真心为兄弟的家门考虑,但此时此刻,林济安也不好再多说了。他站起身子,拍了拍衣角,说道:"济良媳妇,我先回去了,家里有事一定要知会一声,都是门里的亲人,再加上我和济良的关系,多多少少能帮点忙的。"

泽忠妈也站了起来,沙哑着嗓子说:"吃过饭再走呗,饭菜都做上了,家里还有新下的鸡蛋,我去炒上几个,让泽忠陪你喝两杯!"

"不了不了,够你们忙的了,我家的也做上饭了,有时间再来说话。"说完,林济安又看一眼林泽忠,背起手,踱着步子出了门。

吃晌午饭时,林泽忠没扒拉两口,就搁下蓝瓷碗,闷声不响地回了屋。

孙霞搞不清咋回事,冲屋里喊了声:"你不吃了?"

林泽忠没吭气,拿了件褂头子搭在肩上,到堂屋撂了句话:"我到地里看看。"出门开上拖拉机,突突突地走了。

孙霞纳了闷了,从地里回来还好好的,这又咋了?莫不是济安伯来说了啥?她望向婆婆,婆婆也像故意躲她,端起碗去了厨房。

一个锅里吃了小二十年饭,各人啥脾气谁还不清楚?婆婆和男人的异常,坐实了孙霞的想法:"定是济安伯说了不中听的话!"她又一想:"按说不会呀,济安伯跟公公的关系亲密得很呀,说啥也不该太过分!难道是公公的病情不好?泽忠有事瞒着?不行,等他回来我得好好问问!"

林泽忠把拖拉机停在机耕路上,走上了田间的土垄子。碧绿的禾苗在午后强烈的阳光下闪着油油的光亮,尖嫩的禾梢水波似的起起伏伏,像为这个天天为它们操心、陪它们成长的庄稼汉翩翩起舞。

望着这一大片稻田,林泽忠有些感动,还有些憋闷。济安伯的话仍在他

第五章 禾舞

的耳边回响:"真是个好孩子……农活也干得像模像样的……"

"是呀!"林泽忠伤感得想哭,"这片稻秧是水生插下的,水生不再是常常犯错被自己责骂的孩子了,他长大成人了,能够顶起这个家了!"可他多想儿子还没长大,不需要现在就面对家里的糟心事,不需要现在就咽下生活的酸和苦。他和他爸一心守着这十几亩地,他却不想让儿子再像他们,仅仅为了吃一口饱饭就抛下一切、消磨一生。

"他有他的未来,他有他的活法,他不该被拴在林家洼,一辈子蹚田里的浑水!"一直以来,林泽忠都这么想,也在为此拼命。他和他爸流了多少汗、遭了多少罪,只有亲历过才清楚!

就说一九九一年那场特大洪水,小麦绝收,西高台被淹,家里也遭了水。水生正赶上初中毕业,考虑到救灾和经济状况,他提出不上高中,读个好就业的中专,能省不少钱不说,还能提前几年参加工作支援家里。水生说,有几个学习拔尖的同学也这样劝他,农村孩子读中专是最实惠的。林泽忠怎会不明白儿子的心意?上大学是儿子的梦想,虽说水情如何发展还无法预测,但越是灾害深重的年份,国家救助和鼓励农民自救的政策力度越大,他们应该抱有希望。林泽忠告诉儿子,不要多想家里的事,也不要因为暂时的困难分了心,铆足劲头往最好的方向努力,无论如何家里都养他、供他。谁知林泽忠错误估判了形势,三间土坯正房太旧了,经不住一个多月过膝高的水冲水浸,不得不彻底扒掉重建。这笔开支成了林家肩上最重的负担! 就算这样,林泽忠还在咬牙硬挺,打零工、跑运输、养鸡喂猪……啥挣钱干啥!只要儿子能做喜欢的事,这些又算得上啥?

可现实呢? 狠狠抽了他一个耳光!

"济安伯今天说的,哪句不是发自肺腑? 若不是关系顶实的长辈,若不是真心为我们考虑,谁愿意唠叨这些招人烦、惹人嫌的事?

"长辈的话句句都是金玉良言,走了几十年的路,哪里高哪里低、哪里要跨过哪里要停停,都是吃尽苦头才攒下的经验!

"现在父亲倒下了,再也下不了地,抡不动锹把子了! 自己当然要接着干,为了儿子的前程,为了他的幸福生活,必须接着干下去! 可自己能坚持多久? 就像济安伯说的,万一哪天自己也倒下咋办? 是不是真该提前谋划下？"

思前想后，咋都不合适，林泽忠不免懊恼。动脑子本就不是他擅长的，偏偏又是如此艰难的抉择。

既然想不明白，索性把所有算计都放下，先看看能不能"顶得住"！

林泽忠踢掉鞋，一手拎起铁锹，一手拿了锄头，迎着正午的大太阳，走进热水盆一样的稻田。

他天生是个庄稼人，摆弄庄稼是他最拿手的活计，只要脚下踩着泥巴地、长满老茧的手紧握锹把子，心里就无比踏实。

日子苦点算啥？活得累点算啥？只要还有这块水田，双手还有力气，就不怕没指望！

天黑透了，从林泽忠的屋里传来一阵窸窣的说话声，稍后是呜咽的啼哭声，又是低哑的嗡嗡声，接着是幽幽的叹息声。"吧嗒"一下，有人拉灭了梁上的白炽灯。

泽忠妈的房间内，往常床头亮到半夜的赤色灯早早熄灭了，之后再没发出一丁点响动。

整个小院被包裹进一块暗幕，连青蛙和蛐蛐也不再唱鸣。

可是，在这样黝黑黝黑的夜里，谁知道哪些人的心中还点着烛火，散发出点点希望的微光，照亮着一个个简单得几乎空空如也的心房？

第五章 禾舞

第六章　病困

　　林水生在病房住了下来。他爸从楼下的小卖部租了个折叠椅,用衣服把书本一裹就是个枕头包,晚上睡在南边窗户下,次日起早再收拾利索。他亲手负担起护理任务,还在医生指导下帮爷爷揉搓按摩,做康复训练。

　　林济良的精神和心情逐渐有了改善,训练也有了成效,对手腿的控制一点点在增强,在旁人的搀扶下已经能够下地站立,紧接着又开始练习踱步行走。只有一件事让他极不习惯,他这样的病人,蹲下站起成了极具危险性的动作,大便根本无法独自完成,需要在床上或凳上用便盆解决。不仅是他,脑外科病区绝大多数病人——无论老少男女——都是这样,林水生并不觉得麻烦,端屎端尿、接涮擦洗,很快上了手。

　　忙忙碌碌中,林水生没忘记自学,宋兰的笔记起了很大作用,她把知识点抄录得十分清晰,水生把笔记与书本对照理解,再借助例题习题反复练习巩固,不比在课堂上的学习效果差。

　　每隔几天,张国平准会跑来一趟,陪他们说说话,或者送几套模拟试卷,有一次还买了"黄记包子王"的牛肉粉丝大包,给吃食堂的爷孙俩解解馋。张国平没忘帮宋兰传话,她说那天见到林水生比麦假前黑瘦许多,要他别透支身体,注意劳逸结合,适当增加点营养。

　　在医院的日子,为林水生提供了接触外部世界的机会,让他看到了与熟悉的农村和学校截然不同的陌生环境。医院又是个极其特殊的场所,目睹的是常人难以触及的病患和伤痛,耳闻的是病友发自内心的无奈和无助,这时他才认识到,人生并不总是幸福祥和,躲藏其后的,还有艰辛与残酷。

　　可以这么说,除了亲戚朋友、老师同学,第一个给林水生留下深刻印象的,是一个叫"猫子"的人。

　　猫子有个文雅的学名叫罗修才,长得也精神,是个很不错的大男孩。刚住进来，他们就在打饭时认识了，猫子问了林水生所在的床号，下午便出现在病房外，见林水生正在给爷爷擦洗，也不进去打扰，只羡慕地看着。晚饭前有段空闲，两个男孩在楼道碰了面，猫子一点都不见外，问了林水生几句，便详详细细谈起了自己。猫子说，他从小就比同龄人壮实，是孩子王，水里的功夫无人可比。可他偏不爱读书，也不喜欢干农活，十六岁不到就跟堂兄外出闯荡，在建筑工地打工，靠一身力气，专挑工钱高的活干，别的小工都没他挣得多。猫子很骄傲，出门不到四年，寄回去的钱比得上他爸半辈子存下的。村里人都羡慕他，媒婆拿来的姑娘照片都有十几张。猫子小声说，他偶尔感到身体不舒服，他爸说了，不是什么大病，等治好了，回去就相亲结婚，生儿育女，光宗耀祖。猫子说他还要出去打工，要挣好多钱，他不想儿女像他一样活得太累……

那天多是猫子在说，事无巨细的，让林水生觉着，猫子就是哪里不适到医院调理的，可隔天的一幕，却把他吓傻了！

十点多钟，爷爷还在输液，林水生捧着书本看得认真，门外蓦地传来痛苦的呼号。他不知发生了什么，禁不住好奇心驱使，扔下书本跑出去看热闹。见不少人围在病房外，他也凑上前，从人缝中看去，就见猫子表情狰狞，双手抱头，口吐白沫，蜷缩成一团，在病床上翻滚。"让开让开！"人群从后面分开，猫子爸带着医生急慌慌赶来，按住猫子打了一针，没多久猫子便睡了过去。

打那起，猫子再没找过林水生，那种可怕的症状却越发频繁。听人议论，猫子在工地吃了病死猪肉，染上了绦虫病，虫囊进脑诱发了脑囊虫病，为治病花光了家里的积蓄。

猫子和他爸不久就从医院消失了，据说是因为掏不起住院费，趁夜逃走的！病友们常谈起这事，有个干部模样的家属颇有些见地，他说，农民生场大病，就可能陷入因病致贫、愈病愈穷、愈穷愈病的无解境地。就像猫子家，医不好的病就是无底洞，救治还是放弃？一旦选择了前者，必然在极贫的泥沼里越陷越深。

猫子不是个例，林水生还见到不少让他深有感触的离奇事。

一天下午，楼外传来嘈杂的叫喊声，有看热闹的带来消息，一个建筑工地起吊水泥楼板,吊绳保险没锁紧,楼板掉落砸中一名工人,送到医院没抢救过来。死者的家属来了一大群,太平间那边摆满了花圈,还把西侧的院门和道路封堵上了。

事情还在处理中,又发生了一起围堵县医院的事件。同样是施工事故,这次是沟槽坍塌,两名工人被埋,挖出送医后一死一伤。

接连两起事故冲淡了猫子逃离医院的热度,充斥在医院的哭闹声制造着新鲜的话题。听人说,死伤者的亲属提出了巨额赔偿,不达目的绝不撤走,最终在政府和警方的干预调解下,经过多轮谈判才达成协议,平息了事态。

一个个案例深深震撼着林水生,他的阅历尚浅,尚不能理解其中的原委,却促使他走上通往成熟的漫长旅程。爷爷的病患是痛苦的,家庭的遭遇是不幸的,但放眼四周,相比经历巨大变故的家庭、身患重疾的普通人,他家的困难又不值一提。"幸福的家庭都是相似的,不幸的家庭各有各的不幸",当有一天他能参透其中的奥义,并且有能力面对这些不幸,才会真正懂得人生追求的该是什么。

失衡的日子不会长久,在重新达成平衡的过程中,每个人又会找到新的起始状态。林济良也希望如此,情况正向好的一面发展,深受困扰的两大难题——锻炼和解手——因为儿女的一次探望而圆满解决。

林泽义是和妹妹林美勤一起到医院看望父亲的,林美勤还带来了二小子胡庆意。胡庆意今年上初三,寒假后就没去学校,在家闲待着。他对父母说,升学是决计不想了,只等毕业前再去混过几天,拿个毕业证就行。

林美勤进门喊了一声"爸",搂着父亲哭了一场。林泽义也眼泪汪汪地陪着难过。等情绪平稳下来,兄妹俩对父亲说了说家中情况,又把林水生美美夸赞一通,便一同前往医生办公室,找主治的乔医生询问病情和治疗方面的事项。

胡庆意打进门就没机会张嘴,只站在墙旮旯发呆,等他妈和二舅出去了,才凑近林水生说起话来。

"表哥,你累不累?来时我妈说了,你学习紧,耽误不得,我反正没啥事做,来医院陪我姥爷吧。"说着话,不忘瞄几眼林济良。

"不用你来,我都习惯了。再说了,你对城里和医院都不熟悉,我好歹在县中上了两年学,还有宋集一起考来的同学,有事好照应。"林水生说。

胡庆意"噢"了一声算作回应,便不再多话,干站着也无聊,顺手拿起窗台上的一本破旧杂志。

"庆意,你真的不去上学了?"在家时,林水生就听说表弟不肯去学校,今天表弟过来,正好逮住问问。

"不上了,上有啥用? 你看我哥,初中毕业不也在家待着,除了种地,还能干啥?"胡庆意小声辩解。

"是不是宋集街上那几个混混还敢欺负你?"林水生警惕地追问。

"没有,我二舅找过他们,后来就不惹我了。"

"那你为啥不去?"

"学也学不进,上不上没差别,你说去个啥劲儿?"

表弟的话挑不出毛病,很多孩子都是半路辍学的,在农村,这不算大不了的事。林水生想了想,又问道:"那你将来咋打算?"

胡庆意显然有所准备,坦率地说:"先把毕业证拿到手,看有没有机会去当兵,其他就不指望了!"

林济良一直支棱耳朵细听小哥俩的交谈,插话道:"不管上学、当兵、打工、务农,都要好好干,中途不能打退堂鼓! 依我看还是该回去,最后几天咋都要坚持下来。"

胡庆意只"嗯"了声,没接姥爷的话,他有些怕姥爷,更何况是他不在理。在胡家,胡庆意是老孙子,从小被爷爷奶奶宠着惯着,要强任性,受不得一点委屈。跟他妈回娘家,没轻没重地欺负两个表妹,被姥爷拉过去说了几句,就忘不了姥爷的"严厉",落下了"怕"的"病根"。长大后这种"怕"有所减轻,却又自发有了排斥心理,与姥爷说不上多亲近。这次要他到医院陪姥爷,也是他妈硬逼的,必须在回学校和去医院中二选一,不得已他才答应的。

林水生理解胡庆意,但毕竟是表兄弟,有可能的话还要多劝几句:"不管怎样,都要拿了毕业证,当兵也要初中毕业才行。"

"我知道,没说不拿。"胡庆意无奈地小声嘟囔着。他不愿再纠结这事,

第六章 病因

岔话道:"表哥,我妈说我和我哥都没出息,家里就你还行,等你哪天发达了,别忘了我们。"

林水生拍拍胡庆意的胳臂,轻笑道:"我不就比你们多上两年学嘛!我姑说我有出息,还不是为了鼓励你们?"

"那你的意思,是不管我们了?"胡庆意赌气似的问。

"庆意,做事要靠自己,不干咋知道不行?就像我爷说的,做事要有恒心,不能打退堂鼓。"

林水生说的是实话,他能想到最好的归宿就是当个老师,哪有兴旺发达、光耀门楣的抱负?看到胡庆意的神态,想到表弟从小就爱跟在自己身后当跟屁虫,真不忍心一口回绝,于是安慰道:"你放心,不论如何,我们是兄弟,都是一家人。"

话已至此,胡庆意再不想出声,低头翻看起旧杂志。林水生也不好多劝,拿上脸盆出去接了温水,搓了把毛巾给爷爷擦脸。不多时,林泽义兄妹回来了,把从乔医生处听来的话逐条交代一遍,还不放心,又对林水生细致安排,才抹着眼泪向老父告了别。

站在医院门口,兄妹俩商量一番,把身上的钱凑凑,买了把乔医生推荐的康复椅和一个便携式的多波段收音机,又折返送了过来。

这下林济良高兴了,两件都是好东西。特别是康复椅,扶着能锻炼,坐上能休息,还能当便桶,实用好用不说,大便也能自己解决,比啥贵重礼物都合他的心意!心情一好,也就爱动了,得空就喊孙子陪他锻炼,眼见着身体利索起来,林济良脸上也有了久违的笑容。

林济良的主治医生叫乔宁侠,四十岁出头,戴着琥珀色的塑料框眼镜,留着利落的短发,一副和蔼可亲的模样。乔宁侠是龙城中学的老三届毕业生,在林家洼南边的黄庄下放过,对那一带有种特殊情感。她对林老汉相当上心,教授了林水生许多康复训练知识,只要值班,她有事没事都要去看上两眼,问问情况,叮嘱几句,才能放心。

那天也一样,刚查完房,乔宁侠就把林水生喊去,说有事交代。

乔宁侠没卖关子,直言道:"你爷恢复得不错,刚才我和石主任碰了个头,他可以出院了!"

天大的喜讯!真是天大的喜讯!林水生一阵激动。爷爷的状态确实一天比一天好,却没想到这么快就能出院。

乔宁侠翻开病例,边看边说:"你爷头一次脑出血,并且出血点不多、血量不大,病情不算严重。从近期的检查结果看,各项指标都不错,你天天陪他锻炼,对他的康复也起到了促进作用。你可能还不知道,你爷偷偷对我说过几次想要出院,我也了解你家的情况,出院就出院吧,只要不中断训练,即使手脚完全恢复不太可能,生活自理还是有希望的。"

"那以后要注意点啥?"林水生很内行地问。几乎每个病人出院前,都能听到家属提出这个问题,他也随口问了出来。

"村里有卫生所吧?"

"有!"

"经常带他去量量血压,波动大了就得找医生调理。平时注意休息,锻炼要循序渐进。还有,不能抽烟喝酒,保持心态平和,不能着急生气、乱发脾气。这病要是犯了,一次比一次重,要做到预防为主,别像上次,发病后再往医院送就迟了。"

林水生挠挠头,没好接话。

乔宁侠继续下医嘱:"我给你开了张处方,药必须坚持服用,不能中断。"

"知道了。"林水生说。

乔宁侠把处方和一张写着电话号码的纸条递给林水生,目光慈祥,关切地问:"看你学习抓得挺紧,考试没问题吧?"

林水生双手接过,答道:"现在不敢说,还有几天,我会全力以赴的!"

乔宁侠点点头,鼓励道:"最近老听到有人夸你,说你做事用心、有毅力,不错,就得有这个态度。以后有困难可以来找我,包括你个人的事,别担心麻烦人,遇事有人拉一把,比一个人干着急强。"

林水生的眼眶一下子就红了,他给乔宁侠深深鞠了一躬:"谢谢你,乔医生!"

告别乔医生,林水生一路跑回病房,把好消息告诉爷爷,随即去小卖部打电话到村委会,请人带话给他爸。

过了三天，林泽忠才来，只说有事耽搁了。当天下午办完手续，他便带林济良回了村。

　　林水生没跟着回去，他又走进课堂，稍做准备，就参加了考试。隔日分数就出来了，水生各科成绩都在中等偏上，年级排名只掉了十多位。

　　班主任特意找林水生谈了话，说他成绩比预期要好，说明他的自学能力强，学习方法也有效。班主任要他充分利用暑期，抛开一切干扰抓紧复习，把薄弱环节自主补上，在高三的开局阶段争取再次站到年级前列，以良好的心态和完美的状态，全速冲刺，迎接人生最为关键的一次选择！

第七章　雨殇

　　整个七八月间,老天爷的心情都是时好时坏,晴晴雨雨,高温和潮湿交替。多变的天气考验着人们的忍耐力,也考验着水田中禾苗的生命力。

　　放暑假回到家,林水生便给父亲当起了帮手,把地里的活计不分轻重都承揽了过来。林泽忠有意识地手把手传授起田间管理技术,管水、施肥、除草、防虫,平时听惯看惯的,亲手摆弄起来却比想象中复杂得多。好在林水生是个有心人,父亲咋说咋做,他都一一记下,他想,只要慢慢积累,父亲口中看似东一句西一句的,最终会成为他生存的本钱。

　　最近林泽忠不再往地里跑,每天早出晚归,林水生猜测,父亲又出去打短工了。林水生还小的时候,父亲就经常出去帮工,若那地方离家不远,他也会跟过去,看父亲毫不吝惜地挥洒汗水,他就在一旁独自玩耍。后来他上学了,自由的时间少了,往返学校的路上仍时不时看见那一幕。

　　忙完地里的活,林水生还会跑到北边的苇荡和水洼里,下几个丝网或者地笼子,捕些鱼虾改善伙食。夏天的日头毒,水田里蒸得厉害,早晚清凉时抓紧干活,其他时间都用来学习。他制订了一个学习计划,哪门课、啥内容、用多长时间,一定要落实了才肯罢休。张国平偶尔来地里找他,两个人赤脚蹚着泥水,一边拔草一边说笑,也没忘了彼此提醒要抓紧学习。

　　放假前几日,宋兰和殷凤华主动邀约林水生和张国平同行。趁暑假把床单被套和换季衣服带回家清洗晾晒,女生比男生更加积极,还有些复习用的书本,她们都收了个大大的包裹,挤长途车需要有人帮忙拿上拿下。在学校多留了两天,躲过了返乡的高峰,四个人才动身出发。路上说起考试成绩,两位女生都对林水生夸赞有加,两个多月没上课,排名比她俩还要靠前。殷凤华说,她打心眼里佩服林水生,他要是正常上课,说不定在全校都能排到前几名。宋兰也说,这个假期是高考前仅有的大块时间,大家都应该有个计划,不然浪费了太可惜。

到家后,林水生就列了个计划表出来,钉在书桌上方的墙壁上,一抬头就能看到。他要求自己,无论多忙,都要完成每天的任务,那是答应宋兰的,他必须做到!

如果生活就是这样,日复一日,机械又平淡,林水生可能会有一个他憧憬的未来——顺利读完高三,凭借努力考上大学,实现理想当上老师,继续保留着文学爱好,广泛阅读,写作著书……

可是生活偏不是这样,它忽高忽低、变化难料,它不拘常态、不可捉摸,就在你漫不经心、毫不在意之际,生活已悄悄改变,它将完全颠覆你的想象,可惜你无数次忽略了它的暗示。

又是一个闷热的下午,林泽忠早早回到家,和父亲说了几句话就钻进西屋,晚饭没出来吃,孙霞送进去的馍馍他也一口没动,只喝了半碗粗面糊糊。

饭后,林水生照例躲进房间学习,一张卷子做完,天就麻麻黑了。他放下圆珠笔,起来做了一组拉伸动作,便同往常一样,去东屋给爷爷按摩腿脚。这套手法是乔医生教的,家里人都学会了,但只要林水生在家,都由他来做。出门没走两步,就听到父亲的呻吟声,从西边卧房半闭的窗户传出:"哎——哎——疼——轻点轻点——"

"是我爸,他咋了?"林水生心头一动,放轻脚步来到墙边,细听动静。

"叫你别去就是不听,别人家去起藕的都是二三十岁的壮劳力,你都四十好几的人了,还当自己是小伙子!"孙霞小声抱怨着。

"没啥事,就是有点累,不注意闪了一下腰。"林泽忠辩解道。

"哪次出去干活不是嘱咐再嘱咐、提醒再提醒,别出蛮力,别干重活,千万不能伤到哪里!话说了千遍万遍,你往心里去过吗?"孙霞心里难过,越说声音越大。

"行了行了,你小声点!"林泽忠说了她,"不就是闪了腰嘛,又没断胳膊断腿,三两天就歇过来了。"

"只会说没事没事,天天光挑重活干,这样下去谁能受得了!"说着孙霞便开始抽泣,但她努力控制,不能哭出声来,免得让公公婆婆听到,更加放不下心。

林泽忠有些不服气，反问道："不干咋办？一天二十块工钱嘞！"

"光想着挣钱，挣钱是要紧，可也不能熬坏了身子！"孙霞不依不饶，其实是心疼，说出的话又像抱怨。

"我知道，就是抻了一下，上点药挺挺就过去了。"

"挺着咋行？明天到乡卫生院看看去。"

"我不去！自个儿啥情况自个儿有数，休息几天就好了。"

"你听听我的话，还是去看看吧！你爸不舒服不去看，现在弄成这个样子，你要再落下个病根，一家老小该咋办呀！"说到伤心处，孙霞忍不住哭出声来。

林泽忠也有些急了，又说孙霞："你哭啥嘞！我不是没事嘛！"

孙霞没理他，啜泣声更大了。

"唉——唉——你别哭了、别哭了——"林泽忠的措辞软了下来，"我去看还不行嘛！"

孙霞没再理他，还能听到断断续续的呜咽声。

"我爸又跟年轻人拼体力去了，腰还受了伤！"林水生很伤感，回身坐在木门槛上，心头一阵酸一阵疼。他从小爱看父亲干活时的痛快劲儿，他还记得父亲指挥上梁时自信沉着的神态，那一身结实的肌肉和黝黑的皮肤，就是不惜体力换来的奖赏。长年的身体透支也让父亲付出了代价，这不是第一次受伤了，听着那痛苦的呻吟，与印象中铁塔一般壮硕的身躯，简直是天与地的反差！

林水生把头埋进双膝，眼睛有些湿润。他知道父亲这么拼是为了啥，他由衷地敬佩和感谢父亲，可除此之外，又能帮上什么忙？

半晌，屋里又响起说话声。

"那件事——你到底咋想？"孙霞吸了吸鼻子，能听出话语中的不安和迟疑，"早早跟水生说了吧！拖着也不是个事，两天三天不还是要说？难道非等你累趴下才算！"

"那件事——！"林水生似被抽了一鞭子。他能猜到是啥事，一个多月来，他多次想到过，不得不承认，那才是正确的选择。而他却不愿直面，只顾幻想高三生活,或是因为生活表面的平静、内心深处的抗拒,自以为是地把真相忽略了。

他突然清醒了,他的宿命要来了!

在父亲的长吁短叹中,他扶墙站起,溜回自己的屋子。

他靠在门板上,紧紧闭上眼睛,使劲抽着鼻子,一遍遍调整呼吸。过了几分钟,他一回头又出了门,"咣当"一声把门关上,故意拖着鞋底发出"啪啪啪"的声音,嘴里高喊:"爷,我来帮你按摩。"

"吱呀"一声,西边卧房的房门开了,孙霞瞪着通红的眼睛,一手抵住房门的把手,身体却无力地倚着门框,丢了魂似的望着她的孩子。

林水生对母亲笑了笑,眉眼闪耀:"妈,我去给我爷捏捏腿脚。"一抬手,推开了东边卧房的木门。

接下来几天,林泽忠并没去乡卫生院,甚至连房门都不咋出。孙霞也不下地,屋里屋外手脚不闲,皱着眉头不搭理人。

天气闷得让人难受,接连下了几场雷阵雨,看样子还要再下。林水生带上雨披,一早就跑去田里。前阵子都是大太阳,水汽蒸发得快,田里的水层就灌得高些。雷雨天要根据降水多少,及时调整水量,既要保证进入幼穗分化期的水稻有充足的水力正常发育,还要有利于土壤通气,增加含氧量。

忙得不亦乐乎的还包括林平平。她今年十二岁了,该升初中了,难得有个没有作业的轻松假期,每天看看书、帮着做做家务,还要负责家里的几十只鸡崽鸭崽。听说要下大雨,她担心这些小家伙挨淋,不晓得向谁要来几张巨大的荷叶,又翻出几块塑料布头,给鸡窝子加了个防雨层,用几块红砖压实才罢手。早晨起来上下检查一番,趴在鸡窝口细细查看,拾掇得差不多了,拎上篮子去菜地摘了些油菜和茄子。妈妈忙的这几天,厨房的活计大都是她操办的,妹妹写完作业也会过来帮忙。姐妹俩聊着鸡窝子的事,小鸡小鸭很可爱,走路跌跌撞撞还要打架,都不是好孩子!听到有趣处,林成成"咯咯"笑个不停。一阵激烈的争执声突然在北屋响起,炸雷的竟是爷爷,他用夸张的声调教训着谁。姐妹俩吓了一跳,家里很少发生争吵。她们停止私语,瞪大眼睛看向对方,还没等出去看个究竟,孙霞眸中含泪进了厨房。

"妈,我爷咋了?你又咋了?"林平平眨着眼睛,怯怯地问。

孙霞没给答案,她关上门,身体靠在门板上,哀怨的目光在两姐妹身上一闪即逝,又低头走向灶口,俯身抓起一把麦秸,划着火柴点燃,把一团火红塞进灶膛。好似被溢出的浓烟熏燎,两行清流从孙霞的脸颊滑落。她轻轻摇了摇头,顾不得涟涟泪雨,捡起几根枯枝填进灶门。

姐妹俩又对视一眼,乖巧地垂下眼皮,心不在焉地择弄着菜叶。也就在这会儿,北屋的动静消失了,小院恢复了原本的平静。

午饭端上了桌,菜式看着不错,几样自家地里的菜蔬,还有些杂鱼小虾。一家人围坐在饭桌旁,都不说话,偶尔有碗筷相碰发出的叮当声、牙齿咀嚼蔬菜的嘎吱声,让人觉得浑身都不自在。

林济良的脸色难看至极,他的眼神闪烁着、游移着,从孙子的脸上扫过,立马收了回去,垂下眼帘,不再与人交流。林泽忠紧绷着黝黑的脸盘,用菜汤泡了米饭,胡乱往嘴里扒拉。赵老太和孙霞也各怀心事,不开口张罗,也不给人夹菜,没吃几口便先后离席了。

林平平没吃几口就跑了,回到房间便扑倒在床上,失声痛哭起来。北屋吵闹那会儿,妈妈故意把她和妹妹关在厨房,可她还是把爷爷的话听了个大概。算算时间,哥哥该从地里回来了,她顶了张荷叶溜了出去,在路边伸长脖子眺望。好容易等到哥哥,她把听到的一字不漏地转告他,又抄小路提前跑回家去。她早就是个大人了,知道北屋的争吵意味着啥。她心里难过,还空落落的。哥哥的今天,会不会是她和妹妹的明天?

……

总算吃完了难以下咽的饭菜,放下碗筷,林水生就要回屋。

"水生!"林泽忠喊住了他,声音听起来很无力,"你下午有事吗?"

"没啥事,做做题吧。"林水生平静地说。

"你先睡个午觉,起来后我找你说个事。"林泽忠慢慢站起,垂头弓背,缓步踱进屋去。

林水生回到房间,侧靠在床头,眼眶里渐渐有水汽弥漫。他闭上眼睛,一个个片段不断在脑海中闪现,爷爷铁青的面孔和不停颤抖的手脚、奶奶浑浊的双眼和深深的皱纹、父亲疲惫的身影和直不起来的腰杆、母亲那晚的话语和看向他红红的眼睛、妹妹们瘦小的身体和纯真的笑容,还有在医院窗口交钱时父亲涨得通红的脸盘、家里消失了的大猪和鸡鸭……

一个未谙世事的少年,早早尝到了生活的悲苦!他多想离开土地改变命运,他能够凭借努力实现梦想,他多次登上县里最大的舞台展露了才华,他还希望做得更多,他有能力做得更多,冲锋号就要吹响,他却在总攻前投降。

他无比压抑,却无处释放;他满腹话语,却没人倾听!

他想起了医院里的人和事,想起了一次次身不由己的无奈,想起了猫子的笑脸和发病时的恐怖,想起了一条条再也挽回不了的生命……从今天起,他也将同那些人一样,面对无法选择的人生!

莫名的悲伤由内而外,难言的痛苦随之而来,明明知道前方什么在等待,他却没有退路、无法逃脱,除了接受,别无选择!

无法克制的泪水从眼中喷涌而出,他的双肩因为悲伤而耸动,他的喉咙因为痛苦而干涸,他几乎控制不住自己!他一把扯过枕巾裹住头脸,任由那方小天地里山崩地裂、洪水肆虐!

他想到了高尔基的《海燕》,"让暴风雨来得更猛烈些吧!"他的内心狂暴地怒吼。

……

张国平只比林水生小几个月,出生时家里写信给在部队服役的张建设报喜,要他给儿子起个名字,张建设还沉浸在国家结束动荡的狂喜中,不用合计,就叫国平吧。

张国平和林水生一起长大,一起光着屁股挂着鼻涕玩耍,一起钻苇荡下水洼,后来上小学、初中都在一个班,上了高中才分到不同班里。张国平天生开朗外向,成天乐乐呵呵的,不见有个烦心事;林水生别看个头不高,却是不服输的性格,遇事格外较真。打小他们没少跟玩伴们吵闹打架,好在他俩心齐,一个身高臂长、一个聪明敢斗,每每是只赢不输的战局,两个人的同盟关系也日益得到了巩固。

　　林水生登门而来，一张面孔写满悲情，一番话语掏心掏肺，又让张国平有了哥们儿义气！"一定让我爸想想办法，不能让水生胡混下去！"有个声音在他脑海里浮现。晚饭时，他特意让他妈多炒几个菜，还给他爸端一大杯酒，等他爸乐滋滋地几口下肚，他才说起下午林水生找来的缘由。

　　张建设耐心听完儿子的抱怨，装作恍然大悟："我说今天太阳咋从西边出来了，原来还真有事呀！"

　　张国平嘿嘿地笑，用讨好的口吻说："爸，这件事你一定要上心啊！再说以我们两家的交情，他家出了事，说啥咱也要帮呀！"

　　"这个忙是要帮，明天我去看看济良叔，再给泽忠说一声，借的钱不着急还！"张建设不疼不痒地说。

　　"那水生咋办？他多可怜呀！"张国平打起了感情牌。

　　"要说可怜，我看你泽忠叔才真可怜！"张建设卖了个关子，先没着急细说，一口酒一口菜下肚，放下筷子，才感慨地往下展开，"这些年为了多挣点钱，让水生兄妹都能上学，泽忠和济良叔吃了多少苦、受了多少累！特别是泽忠，除了操弄十多亩地，村里盖房、修路、拉货、搬运、清渠、挖沟、起藕、打苇……啥挣得多干啥，要不以他家的条件，能供得起三个孩子？水生早该回家帮工了！你知不知道他家前年盖房借了多少钱？还有多少没还上？你知不知道你济良爷这次住院又花了多少？你济良爷出院前，泽忠专门找我，要把他家的两头猪卖了，让我帮忙联系收猪的贩子。大猪卖了就卖了，小猪才百十斤重也要卖！我没同意，让泽忠拉回家了，说急用钱先从我这里拿。他没干，回去又把几十只鸡鸭逮到宋集街上处理掉，还让他弟他妹从家里挤了些钱，才凑齐了住院费。自把你济良爷接回家，泽忠几乎每天都出去打零工，没闲过一天，干得太狠了，前几天去起藕，劳累过度伤了腰。"

　　"唉——"张建设唏嘘着，看儿子的神情已然没了刚才那股子义愤填膺，便继续解释道，"以前我也想帮泽忠搞副业，可是挖鱼塘要本钱吧？买鱼苗、买饲料都要本钱吧？他从哪里凑钱来？就算借到钱干起来了，说不定哪年发了洪灾，他赔得起吗？刨开天灾不说，弄鱼塘可不轻松，看塘就得两三个人，每年还要清淤、整修、晒塘、消毒，他能干得下来吗？但凡找个人帮工就

第七章　雨殇

得花钱！这些年我是看透了，别管弄点啥，旁人看着都简单，只有真正上过手的才能体会其中的艰难！哪个买卖弄不好都是个烧钱的坑！我还想过让泽忠到我家鱼塘干活，可搁我这不比干壮工挣得多，咋能拴住他？所以我也没帮上啥忙，就是村里有活需要人手的时候拉上他，好歹能增加些收入。"

张国平这才明白前因后果，不过他还不死心，接着问道："那水生上学的事真没办法了？"

"国平！"张建设忽然绷起脸，"你马上就成人了，做事不能再那么冲动。就说朋友间相处，能帮的当然一定要帮，但有些事情外人是不方便发表意见的，不是想咋样就能咋样的！刚才说的那些情况，还仅仅是我掌握的，谁知道还有没有其他难言之隐？设身处地想想，如果你是水生，现在咋办？你思前想后才下的决心，旁人改得了吗？"

听到父亲的问话，张国平像被噎住了，这也不怪他，做选择总是让人头疼的，更何况是他人的选择，旁人更加无能为力。

"带他干副业总行吧，你不能再推了！"张国平几乎是在哀求了。

张建设并不动心，反问道："我能带他干啥副业？养鱼吗？你还不清楚，我现在哪有时间去鱼塘？不都是你小舅管着！学养鱼找你小舅才对！再说了，以他家的条件，以前拿不出挖鱼塘的钱，现在就能拿得出来？"

话一出口，张国平再也受不住了。"爸！"他喊出了声，唰地站了起来。

"才说过不要冲动，这就憋不住了！我又没说不帮忙！"张建设抬手向下压了压，示意儿子坐下。

"咋帮？"张国平不理，睁大眼睛追问。

"我看，只能像他爸那样，农闲的时候，给他找些活干！"张建设慢条斯理地说。

"咒"，张国平又一屁股坐回了凳子上。

张建设看着儿子，原本白净的脸庞又红又涨，不给些说辞今晚可能难以善了，于是不再为难他，神神秘秘地补充了一句："快了、快了，估摸着，到时候活计会多得干不完！"

第八章　水缘

林水生似乎与水有着不解之缘。他出生那年，前几个月天气还算正常，端午过后便天天艳阳高照，地里的水只见灌不见存，刚返青的稻秧都被晒烤得叶片干蔫。旱情面前，大队发出倡议，全体劳力齐上阵，抽水疏渠，灌溉保苗。火毒的日头把人晒脱了皮，高强度的劳动让人疲惫难忍，持续了快一个月，仍是没见一滴雨。旧社会跟随父母拜过神灵的老人们扎堆议论，按说入了梅便是连雨天，今年不仅没下雨，连云团都少见，莫不是破除端午祭水的迷信活动，惹得水龙王不开心，给予了小小的惩罚？几个好事的私下搞起串联，筹划偷搞传统的祭拜仪式了！

小暑之后，又过了几个大晴天，天公骤然变脸，倾盆的大雨临空而降，连天加夜下个不停。不几日，沃河上游山洪下泄，林家洼水满为患，大水漫过围堰淹没了农田，倒灌进村子。上林地势高情况还好，下林和后张家每家每户水深没足。林济良父子被生产队喊去看坝排水，上坝之前，林济良和赵婆婆专门去了张建设家，接上他怀孕的媳妇和大小子张国诚，把他家的粮食禽畜也都弄了过来。男人们走后，赵婆婆带着两个孕妇，外加一个两岁大的天真男童，白天黑夜守护老屋和鸡鸭粮食，为与洪水酣战的男人们守住生活的希望。

也许是劳累动了胎气，也许是不安分的小家伙受到雨水的勾引，孙霞的肚子提前疼起来。去乡里的土路完全被淹没，送卫生院断是不行了，赵婆婆蹚水回了娘家，找来会接生的女人，洗煮消毒，忙碌开来。当天下午，在一片汪洋泽国里，在林家西边那间土坯房的木板床上，一个男婴呱呱降生。

让人感到不可思议的是，似乎这个孩子的啼哭声感染了水龙王，水龙王一挥手就散去了云雨，露出了夏天应有的蓝底白花。上游的来水小了，林家洼泄洪闸开闸放水，男人们又把十几台大功率抽水泵架到地里，连续几天几夜没停机，内涝终于得以排除。

奇妙处还不仅于此,当洪水退去,人们下到田里,发现被浸泡的秧苗并没出现大面积倒伏,经过洗苗扶理、补苗补肥,不久就重现了生机,秋天还实现了稳产。

亲眼见证这一系列异常,找不到合理的解释,村民就把目光投向了林家在洪水中出生的那个小子。

有这个太爷辈的老人出面发话,水龙王念林家世世代代守水守土,借着这场雨水,恩赐了一个属龙的男丁,这小子注定是林家洼的希望,此生必定前程无量、大富大贵。孩子满周岁,林济良专门请太爷给孩子取个官名,太爷略一忖量,挥手写下两个字交给林济良,嘴里还说:"我们林家守水有功,这孩子也是天生亲水,这是祖上积德,命中注定,天意难违呀!我看,就叫'水生'吧。"

太爷赐的官名固然不错,可大家更喜欢叫他"水娃子",家里人也中意这个既应景又亲昵的称呼。太爷又专门传话过来,说这孩子沾染了水龙王的气运,大家小心,莫要亵渎了龙王老爷,如今官名有了,小名万不能再叫,都叫他"水生"吧!

十多年来,林水生无数次听人说起这个故事,接受过无数或羡慕或质疑的目光。不过,他除了学习成绩还算不错,没觉得有何特殊,更谈不上水龙王的富贵气。

每当想到这件"逸事",再联系到现实命运,水生总觉得是个极大的嘲讽!当下的他,正是被雨水牵连,才被迫提前下学,彻底断绝了鲤鱼跳龙门的念想,双脚深深陷在这泥沼水坑里,像一条浑身污秽的泥鳅,别说大江大河,在巴掌大的池塘里也翻不出水花来。

然而他并不知道,另一条不同寻常的道路,正在他脚下徐徐铺开。

这要从两年前沃河那场罕见的洪水说起。

一九九一年,沃河流域经历了百年一遇的特大洪灾。五月下旬,流域各地提前入梅,降雨不绝,上游来水势急量大,水位上涨迅速。进入六月,流域三十天的平均雨量最大超过四百毫米,河州水文站测监水位突破历史极值。河州市各区县均遭受巨型洪峰的严重侵袭,特别是龙城县境内沃河湾的迎水面大坝,承受着奔腾而下的高位洪水的不断冲刷,经历了严峻考验。

灾情面前,河州市发动十几万军民死守大坝、抗洪除险、抛石护岸、打桩固堤,夜以继日奋战近三个月。为确保大坝安全,保证重点城市和区域不受侵害,在上级统一指挥下,沃河流域各行蓄洪区先后开闸放水,林家洼几里宽、十几里长的蓄洪区转眼变成大湖汪洋。没几天,湖水又突破蓄洪区的防水围堰,一路向南倾泻,数十万亩尚未收割的冬小麦地化为一片泽国。

那场洪水,让林水生深刻认识了水力的波澜壮阔和神秘莫测,温情时波光潋滟、诗情画意,狂暴时雷霆万钧、排山倒海,也更让他为祖先们围水护田的执着精神所叹服!

林家洼村那年受灾最为严重,村子完全被淹,下林低洼处洪水及胸,林水生的家也是水面过膝。绝大多数村民被疏散出去,只有上林西高台还留下几个基干民兵做最后的坚守。

十五岁的林水生没能上坝参战,但他和张国平一起,积极参与抗灾自救的行动之中,有机会亲眼见证、亲身体会人们战天斗地的勇敢无畏和面对灾难的坚忍顽强。

同年九月,国家启动了全面治理沃河流域水灾水患的宏大工程,推出了一批水利重点建设项目,各省市县也按照国家的部署,分级分批、积极开展水利基础设施的建设和维护。

一场现代人类与自然灾害的全面对决拉开了帷幕。

一九九三年入秋,陆陆续续有人员、机械开进林家洼村,其中一支队伍就驻扎在村委会的院子里。他们在西墙边搭起一栋两层的活动板房,白色的大板、蓝色的边条和房顶,非常洁净雅致。二楼八间是宿舍和储藏室,一楼用来办公,最南边一间布置成一个小会议室,门旁挂了个白底黑字的牌子——"林家洼蓄洪区治理项目部"。

村子一下炸了锅,村委会天天人来人往,有些胆子大的还径直闯进项目部办公室,有询问工程情况的,有打听是否需要招工的,有毛遂自荐要求包工的。村委会和项目部统一了口径,派出专人出面接待,既不做出承诺,也不透露任何消息,只把来访者一一打发回家。

林泽忠也听到了风声,他的心思也活了。为了看家,他回绝了外出打工的邀请,听说那些人一笔一笔往家寄钱,早就羡慕不已。最近腰伤好透了,父亲还不放过他,家门口的零工也不让干,天天让他陪着走路锻炼。父亲的康复训练是头等大事,他不得不压下做工的冲动,暂时窝在家中。

打项目部进来,他往返跑了几次,都没打听到个准信儿,倒是儿子跟他嘀咕了个大概,估摸是张国平从他爸那里听来,给自家小子透的风。

听水生说,张国平返校前找过他,说这次是国家布置下来的大任务,整个沃河上下都有工程队施工。上面的几个大项目早就开工了,今年冬天市里县里的项目也要启动,沃河湾大坝、林家洼泄洪闸、林家洼蓄洪区几个工地都要同时动工。水生还说,按照国平他爸的说法,国家下了决心,不仅要根除沃河湾和林家洼的水患,还要提高防洪等级、改善灌溉条件。往后,再有大洪水也不用怕,可以放心地种地养鱼、发家致富了!

听到这些,林泽忠如同屁股生刺、心里长毛,大好机会咋能轻易放过?他带水生找到父亲,当面向老爷子摊了牌,无论如何要想办法上工地,他去找支书、找村主任出面说和。他让父亲放心,他的身体早就痊愈了,家里有孙霞在,一定能安排;他就在村子边上干活,啥事也不会耽误。林水生也趁机表态要上工,张叔已经答应帮忙了。

林济良看着踌躇满志的儿孙,竟说不出反对的话来。他目光浑浊,又似有水波闪动。

林泽忠心中叨念,要抓紧时间把拖拉机呀、锹呀镐呀啥的准备好,很久没干活手都痒痒了,这个冬天一定要大干一场。

国庆节后,几个项目先后举行了开工仪式,紧接着,大批量的人员、机械陆续到位,在沃河两岸开辟了大片战场。林家洼附近村庄都有不少劳力被项目部雇用,男的下水洼、女的搞后勤,农民工广泛参与各个项目的建设中。

林泽忠被选入运输队,开上自家的手扶拖拉机,在水洼内外拉土石、运装具。他暗暗揣摩,这个工种好,不用出体力还能挣运费,一定是张建设或者林泽传暗中使劲,不然这种好事哪能轮得上他!不过既然没人说破,他也不用问,牢牢记着就行,总有水落石出的一天。上了工地,他很快发现真没来错,在工程初期,要在林家洼的泥窝子里整理出作业点,再一点点扩大成作业面,项目部那些看着高大威武的载重车辆,真没拖拉机好用。再加上他干活从不挑挑拣拣、不分白天黑夜,让干啥就干啥、让去哪就去哪,不多日子,拉料单就攒下了一厚摞。

  林水生没上工地干活,而是受村里指派,执行一项特殊任务。

  中秋节那天,张国平又来找他,说学校对高三学生抓得紧,中秋加国庆才放了两天假,特意回来看看他,还把他留在宿舍的东西带了回来。宋兰也捎了话来,她会把高三的书本、笔记、试卷都留着,如果林水生明年回去复读,都能用得上。张国平还带来了好消息,他爸答应帮林水生在工地上寻个差事,但没透露具体消息,他爸说,让林水生洗洗澡、理理发,换身干净衣服,过完中秋就去报到。

  林水生如期来到村委会,张建设正站在院子里,同一个中年男子争论什么,见他来了,招招手喊他过去,指着中年男子介绍道:"这是项目部的沈经理,这个工程的总负责人!"

  "沈经理!"林水生礼貌地招呼一声。中年男子只扫他一眼,没加理会。

  张建设上下打量林水生,很满意的样子,亲切地说:"不下地的时候就得收拾得利落些,这才像个高中生嘛!你先去我办公室,我跟沈经理再说几句话。"

  林水生"唉"了一声,扭头跑开了。

  过了十几分钟,张建设还没回来,林水生很不自在地踱着步,站也不是坐也不是,索性探头看去,见张建设还在边比画边说,中年男子只闷头抽烟,偶尔接上一两句,或者干脆不张嘴,只是点头摇头。

  林水生偷偷看了几眼中年男子,那人说不好多大年龄,感觉比张建设年长些,中等个头,粗壮的身材,黑黑的国字脸,面无表情,显得相当严肃。他穿着白色的确良衬衣、藏青色裤子、黑色皮鞋,看着像乡上的干部,不过干部们比他皮肤要白些、身体瘦弱些。他抽完一根烟,接着点上一根,脚下的夯土地上,散落着好几个过滤嘴。

  二人的交锋终于结束,和中年男子作别,张建设回到了办公室。

"你坐。"他冲林水生摆摆手,走到办公桌后面坐下,端起水杯灌了几大口下去,惬意地靠在椅背上,自我辩解似的说道,"项目马上就要全面铺开,很多事情还没完全落实,沈经理偏偏又是个急性子,一点不满意就甩脸子,话也没一句好听的!你知道,林家洼围堰里有人填地种庄稼,还有人挖了池塘,哪个村都有,不是一年两年了。虽说都在工程的作业范围内,应该无条件限期清除,但老百姓的工作是那么好做的?村干部磨破嘴皮子,挨家挨户上门好说歹说,还拍了胸脯担保可以让他们上工地做工,那些人才答应配合,可这需要个过程,总不能不由分说就把老百姓种的养的一股脑清理掉吧?理归理事归事,做事不慎重些,一旦矛盾激化,麻烦只会更多!这不,一说起这个他就上火,坐也不让坐,硬把人拉到外面罚站,非要我给个期限!"

发了几句牢骚,张建设才进入正题:"今年沃河流域集中开工的水域治理项目很多,上级非常重视,县里乡里对附近的几个工程也提出了服务要求。我们村主要对接林家洼蓄洪区治理这个项目,就是沈经理的项目,还要配合乡里搞好泄洪闸和大河湾两个项目的有关事务协调。既然是对口服务,我就想派个人过去,负责村里和项目部的联络工作,人算村里的,由村里按劳务记工钱,平时在项目部办公室帮忙。我和泽传商量了一下,要找个人品好、有文化,头脑也机灵的年轻人,左想右想你最合适。这个工作不难做,不需要专业知识,说白了就是搞搞服务、做做内勤,要听招呼、有眼色、手脚勤快。你考虑下,别有顾虑,没意见的话,我这就带你去报到。"

林水生本来有思想准备,充其量干个小工壮工,凭力气换点辛苦钱,没想到要去办公室做内勤,当服务员。他不由得想起县医院民工聚集的阵势,想到沈经理冷若冰霜的神情,还有张建设发牢骚说起沈经理的急脾气,一时矛盾,吃不准如何回答。

看他不说话,张建设误会了,又教训道:"你别一听由村里记工钱就不乐意,上工地是挣得多,但就你这个身板,能干几天真不好说!那些老工头可不好对付,干工程就相当于混社会,啥样的花花肠子没有?落到他们手里能有好果子吃?坐办公室虽然工钱少点,但是稳定、轻松,你要是有心,说不定还能学点东西。坦白给你说吧,听说要派个人过去,文书小邱第一个报名,不让去还有意见嘞!"

"张叔,我不是这个意思!"林水生赶忙分辩,"就是没把握,怕做不好耽误事!"

"有啥做不好的?打扫打扫卫生,烧烧开水,跟着跑跑腿,让你传话别记错了,这些都会吧?"

"这些会!"

"那还担心个啥!年轻人不多见识点咋行!走!我带你去见沈经理!"

穿上工作服,意味着在农民和学生之外,他又多了一个崭新的身份。绣在白色的确良衬衣口袋上方的蓝色汉字——南港水建,是江东省南港市水利工程建设有限公司的简称。

蓄洪区项目的负责人沈玉林,听说是个颇具传奇色彩的人。他出生在南港市,十九岁那年参加了军垦师,在青海广袤无垠的天地开启了他的奋斗人生。起初,他被派往格尔木农垦团,没多久,所在连队进驻鱼卡煤矿,为农场修水渠、垦荒地,在一望无际的大地上书写青春。在那里,沈玉林度过了艰苦奋斗的青年时代,知道了什么叫苍凉悠远、大漠孤烟,经历了身体疲惫和心灵寂寞的双重磨炼。工作之余,他喜欢坐在山坡上,眺望圣洁的雪山和南归的大雁;他喜欢骑上连队的蒙古马,在蓝天白云下策马狂奔;他喜欢和同乡战友聚在一起,喝最浓烈的青稞酒,唱最豪放的西北歌。就这样,水渠修了一道又一道,庄稼收了一茬又一茬,歌儿唱了一遍又一遍,日子过了一年又一年。等他从青海回来时,已是三十多岁的"老家伙",十几年的风沙霜雪给了他成熟、给了他沧桑,却没给他一个家。他索性把全部时间都交给工地、交给泥土和江河,陪着他的,除了一拨又一拨的年轻人,就是没完没了的工作,还有能给他快乐、治愈悲伤的工程现场。

项目部的管理人员不多,负责技术的鲍家华,因对质量精益求精,遇到问题难以通融,对施工质量不达标决不放过,所以当面大家都称呼他一声"包公",背地里却都无奈地喊他"包加班";负责财务的黄广斌,整天乐呵呵地开玩笑,嘴皮子一动就停不下来,可只要拿起账本,立刻聚神凝气、目不斜视,把老乌木算盘打得噼啪脆响;负责机械设备和物料的王长海,三十多岁的精壮汉子,平时难得听他说几句话,多数时间都在一线忙活;负责图纸资料和文书档案的杨海宁，是个毕业不久的大学生，岁月的沧桑还没在他脸上留下太多印记，说话办事仍保留着书生意气；司机兼后勤徐金胜，潇洒人生的践行者，几乎没有他不知道的段子、接不了的话题、扯不清的道理，用他自夸的话说，喝酒、聊天、开车是三大"必杀技"。

　　因为年龄和气质相仿，林水生首先对杨海宁产生了亲近感，只要忙完手头的事务，就凑到杨海宁身边，吊尾巴一样跟着，杨海宁忙不过来也会喊林水生帮忙。杨海宁常说，别小看了他分管的工作，这可是整个项目的基础环节，工程的组织筹划、文件的拟制和上报下发、工程设计和施工方案、质量标准和相关要求、工作进度和完成情况，都要辑录成资料档案，交由他来管理；哪怕一丁点儿不细不准，或者遗失一份图纸资料，都可能带来不可预知的后果，甚至导致工程无法验收交付。杨海宁还告诉林水生，工程资料应该如何分类、如何归档、如何保存以便于查找使用，如何建立有效的管理制度……

　　林水生更喜欢听杨海宁说大学生活，说毕业后参加过的工程项目，说项目部里的逸事趣闻，包括每个人的小秘密。沈玉林的传奇故事就是杨海宁讲给他听的。听杨海宁说话，林水生有时由衷地羡慕，有时又止不住幻想，有时还会有小小的忧伤。回头想想，杨海宁大学毕业，不也要忙着这些杂事、琐事？只要跟定他们好好干、好好学，把他们的技术学到些皮毛，不辜负张支书的美意，就算对支书、对自己最好的回报。

第九章　土斗

新鲜的工作和环境，会对人产生正面刺激，带来情绪的亢奋和精神的愉悦。林水生亦是如此，他沉浸在忙忙碌碌的畅快里，手脚一刻也停不下来。没几天，林水生就明白了张建设的良苦用心，别看干的只是个打杂传话、跑跑颠颠的差事，但看到的、听到的、接触的，都是项目部最重要的事项，也适合他这样有心、有想法，还愿意付诸实践的人。在这里，他接触到了工程进度、质量控制、人力需求、力量调配这些专业名词，他用心观察如何从工程总体考虑、从品质和进度出发，统筹安排各项工作，他还切身体验了如何综合运用资源、协调解决棘手问题。他觉得这里全是知识，书本上没有的知识、课堂里学不到的知识、没人刻意传授的知识、做小工接触不到的知识，都在简陋的办公室内、在早晚的碰头会上、在收发的文书里、在每个人的话间和笔端。

鲍家华有时也找他帮忙，工地上测量、放线，还有作业面和施工方案的认定，现场条件怎样、土质和环境好坏、工程机械和车辆进出，这些基础性的工作，难免要在烂泥地里一趟来一趟去反复确认，都要有人配合。他兴致极高，哪怕腿上鞋里糊满了泥浆，但同干农活相比，还是轻松太多，更何况在一线还能学到更多应用技能，他乐此不疲。

工程开端非常顺利，各方面力量都被调动起来，南港来的工头每人带上一个班组，作业点东西排开两公里长，沈玉林等人也都下到现场指导督促。

项目开工是当前的首要任务，上级对帮办工作有明确要求，"大问题当场办、小问题连夜办"，为此，村干部排班上围堰跟班，有时乡里也会派人下来巡查。

工地上偶尔也会发生点摩擦，有的因为方言问题导致沟通不畅，有的因为农民工的标准与班组长的要求存在差距，这是可控的磨合过程，不至于影响工程进度的大局。做任何事,起初都难免磕磕碰碰,更需要关注的是发展方向和计划的完成度。

开局的完美出乎了张建设的预料,原先他估计多少会遇上点困难,如天气不好、施工条件差、人力跟不上、村民不配合,为此都有针对性措施,大功率的抽水泵堆在村委会,垫路用的条木和钢板拉到了围堰上,人手不够有后备的农民工名单,需要村里出面随时有干部留守值班,各方面都想到了,说啥不能拖了后腿。紧张了个把月,作业面向前推进了一大段,到处平安无事,一派大好景象。村干部再要跟班作业,除了增加身体疲劳,起不到任何作用,就撤了回来。

任谁都想不到,他们刚撤回来,就有人惹出了麻烦,村民和施工方因为机械进场问题发生了争执,还差点引起群体性冲突。

下林有个叫邹世利的农民,在全乡都很有名。一九八二年分地那会儿,他家人口少,只分了八亩多水田,原本是够维持吃喝的。无奈他两个儿子十几岁就在外面混社会,没结婚就带了女青年回家,只几年工夫就给邹世利生下了五个孙子孙女。承包的责任田一点儿没多给,吃饭的嘴巴却多出一倍多,又赶上计划生育抓得紧了,超生的罚款没钱交,家徒四壁没吃没喝,一大家子穷成了一窝窝。好歹有林家洼水里的产出,不至于要饭或者饿死。万般无奈之下,他家在围堰里开了一块地,种点红薯玉米补充口粮,年景好的时候,也种些豆子花生卖点钱零用。

林家洼原本是个没人管的沼泽苇荡,新中国成立后为治理沃河,被确定为蓄洪区,一九五五年修完泄洪闸,围堰以内就被划归政府管理。每次泄洪前,县上乡上都会派来人员和机械,把私人填整土地上的杂堆乱建铲除一清,再把围堰上私开的小路挖断,在堰顶派驻人员昼夜值守,防止人畜进入造成误伤。寻常年份里,只在雨季汛期之前下个清除的通知,并无精力和时间清理蹲守。村里更是睁一只眼闭一只眼,蓄洪区本就不归村里管辖,开田种地又是关系到村民吃饭活命的生死大事,只要不是大汛泄洪或者上级明令要求,没人愿管这种出力不讨好的闲事。

蓄洪区治理开战在即,围堰以内都是施工区域,淤泥堆和芦苇荡暂时动不了,条件稍好的地段都被村民填上种了庄稼,项目部派人去了几次,都无法完成勘察和测量任务。迫于无奈,沈玉林给张建设下了"通牒",如若村里做不通工作,他就报到乡里,乡里再不行,他就报到县里市里。沈玉林信誓旦旦,他们大老远跑来做这个项目,原本就是沃河流域水患治理区域协作的要求,上面都是一个"婆婆",总能找到说话管用的。

这件事让张建设头疼万分,在围堰里填地种粮的都是些真正困难的,其中数邹世利家填的最多,其他人都盯着他家。邹世利爱钻牛角尖,是个数得着的难打交道的倔头,工作难度很大,张建设和林泽传轮番上门或托人说情,他都不理不睬。邹世利还放出狠话,谁敢平他家填的地,过年就让女人孩子去谁家吃饭;若是村里集体讨论决定的,他一样会把人送到村委会。眼看中秋国庆快到了,节后没几天就是开工典礼,到时县里乡里领导都要参加,几个项目的人往一起一坐,哪个村配合得好、还有哪些困难,沈玉林一说,他如何交得了差?这事万万拖不得!最后村里开了会,指定由副书记赵增云专门负责做邹世利的工作。

在林家洼村,除了林、张两姓之外,赵姓和邹姓都算下林的大姓。赵增云不仅在赵家有较高的权威,他屋里还有一个姓邹的女人,邹家人也认他的话,有两姓人家抬轿子,他也成了说话顶事的。赵增云了解清淤工程的重要性,从中央到省里市里县里,从上到下逐级分解的系列工程,无论从政治上、经济上、法律上、民生上,哪是一个旮旯里的小人物可以阻挠的?工作必须做,能说通当然好,实在不行上强制手段,那也是情势所迫。真到那个份儿上,决定不由他来下,责任自然不在他身上。

功夫不负有心人,赵增云把好的、坏的、强的、弱的、官的、民的、亲的、友的,方方面面的话都说尽之后,邹世利才答应了,同时也开出条件:第一,两个儿子都要上工地干活,并且不能无故被辞退;第二,他家地里还有作物没收,如果施工破坏了,要按市场价赔偿。听了赵增云的汇报,沈玉林二话没说就答应了,不仅是邹世利家,其他在围堰里有种养的人家,都可以按此标准执行;同时也给出时限,项目部最晚只能等到十月底。

沈玉林谋算过,那些地块种的大都是红薯玉米,按当地的农情,十月底之前应该能收刈干净。即便一点儿不收,按行情几分钱一斤,总共也赔不了多少钱,没必要锱铢必较。项目部要靠村委会的支持,更需要村民的理解,与其没完没了扯不清,不如把精力花在优化方案上。

谁知世事总难得圆满。夏收由于阴雨误了些时日,围堰内排水整地又用了不少时间,秧苗下地就迟了。到十月下旬,红薯的茎蔓叶片还鲜绿茂密,刨开几颗看看,大的像成人的拳头,小的才土豆大小;玉米也一样,苞叶和果穗仍是碧绿的,用手捏一捏,籽粒依然绵弱松软。于是村委会再次出面做工作,项目部承诺赔偿,按产量和单价核算,要钱要物都行。邹世利又搞起了串联,要大家统一口径,实物坚决不要,还是拿现钱划算。张建设和林泽传也认为给钱划算,村里乐得配合做好这个两全其美的事情。

到了机器进场前夕,村里和项目部开了碰头会,研究了实施方案,先用挖掘机把下围堰的土垄子挖出个大窝坑,再沿堰底开出一条深沟,同时,推土机从堰下向北作业,把表层的填土和上面的作物一起推掉。那些地块离村庄和道路都近,正好可以平整出一个大场坪,用来堆放沙石材料。村里也有考虑,毕竟作物还没收完,要防止有人出来捣乱,劝阻工作由村里负责,村干部伴随施工机械,天一亮就进场。

不知谁走漏了风声,那天凌晨刚有些光亮,邹世利家就全体出动,拉了辆架子车横在下地的小路当中,把车辐辘卸下藏进了玉米丛;邹世利的女人带着两个儿媳妇,每人抱了一个娃娃,分坐在车架左右,把小腿绑在木栏杆上;邹世利和儿子则拿着铁锹锄头护在车前,两个大点的孙子立在车架后面,每人面前都有一堆碎石块。

太阳刚冒点头,当施工的小队赶来,邹家早已摆好了阵仗,工人还没到围堰边上,邹家大儿子邹金强就开始叫唤:"谁都不许过来,这是我家开的地,谁敢动我跟他拼命!"

见工人们还往这边来,老二邹金喜也嘶声呼喊:"我家孩子可小,他们砸石头我们可管不了,砸到哪个头上,可别怪他们不懂事!"

说完,他回头冲守着石堆的小子们低吼一声:"别怕!他们敢过来你们就使劲砸!"

邹世利昨晚就做了准备,把全家召集在一起哭诉一通,南港人不讲信誉、刨我家的地、让我孩吃不上饭,怎么苦怎么惨就怎样说,把小子们挑唆得愤愤不平。刚才,他又给守着碎石堆的小子做了动员,谁胆大砸得狠,回去就奖励谁!小子们正蠢蠢欲动的当儿,听到邹金喜的吼声,浑身血脉偾张,捡起石子砖块就往人头上扔。

最先到达围堰下的,是几个被派来垫路的工人。本来他们都是小工头,王长海担心安排农民工可能泄露消息,就把垫路的任务强塞给这几个从南港带来的人。他们天不亮就被喊醒,工地小灶刚煮了一大锅鸡蛋挂面,王长海带着几个装备机手正呼啦呼啦吃得热乎,他们也想捞一碗垫垫肚子,厨师却说没多准备,让他们垫过路回来和吃大灶的一起吃饭。他们干这种杂活本就不情不愿,空着肚子还憋了一股怨气,听到邹家父子的叫嚷,还有人扔石块,他们干脆把铁锹往地上一杵,用邹家人听不懂的南港方言叫骂了起来。

这下邹世利可不干了,以他的做派,以为对方只有听着的份儿,现在被人指着鼻子臭骂,还听不懂骂了啥,怎么也咽不下这口恶气。他扔了铁锹,抓起一把碎石子,一抬手甩了过去。那边的人也上了火,跟小孩子可以不计较,可这个老家伙扔一把石子明显是冲人来的,他们也从地上捡起几块扔了回去,嘴里不忘送上一串难懂的咒骂。

一来二去,眼看僵持不下,邹世利冲他女人使了个眼色,老婆子心领神会,伸手在孙女的胳膊上拧了一把,骂了句:"还不哭!"几个鼻涕拖得老长的小娃娃,早被眼前的景象吓傻了,还被奶奶又掐又骂,便"哇"的一声大哭起来。

有了哭声助威,邹世利的女人更凶悍地叫骂起来:"你们这些天打雷劈的,你们砸到我孙女了!我孙女还没断奶嘞,真要有个好歹,非让你们再给我赔个孙女!"……"你们这些天杀的,有本事把我们都打死,都打死了,你们再刨我家的地!"……接着便一把鼻涕一把泪,放开嗓子哭号。她一边跺脚,一只手还一边拍打车架,用夸张的动作和节奏为咒骂造势:"老天爷呀!有人打到我们头上了呀!你长长眼吧!让他们过来,我跟他们拼了呀!""让他们打死我,我要他们偿命呀!"……

有了女人孩子被欺负这一条做铺垫,邹世利又冲儿子骂道:"你们两个

第九章 土斗

075

软蛋、孬种！他们打你妈、打你老婆、打你娃，还不回去叫人！"

邹金强不敢顶嘴，扔了锄头就往村子跑，一边跑一边骂："有种你们别跑！一会让你们给老子磕头！"

那几个工人也是见过世面的，在工地摸爬滚打多年，什么人什么事没碰上过，还怕在阴沟里翻船？越是这个时候越不能示弱，不然后面就被动了！遇事要靠实力说话，哪边人多哪边就硬气！其中一个也掉头就往宿舍跑，剩下的向后退了退，不再往对面扔石块，嘴里的骂声却丝毫不减。

等杨海宁和林水生赶到，双方的对峙已形成了一定规模，一边是下林邹姓的几十个男女老少，一边是项目部的南港工人，两边同样群情激奋，叫跳不已。张建设和沈玉林各带着几个人，站在两波人马中间，把冲突双方隔离开来，对己方人员做着安抚。稍远处，围聚了更多看热闹的人，对场上指指戳戳，就眼前的情势发表着看法。

邹世利身边围着几个五十多岁的门里兄弟，正听他边骂边说，如何受了屈辱、被外人欺负；他女人还在歇斯底里，相好的妇女要解开系在婆媳腿上的麻绳，遭拒绝后，痛惜地把她们死死抱住，用恸哭表达同情；邹家兄弟带着二十几个年轻男子站在围堰顶上，嘴里不断重复几句骂人的经典台词，手里抓举着各式农具，直指对峙的人群。南港的工人亦不示弱，也各自挥舞趁手的工具，把满腔怒火齐齐喷向围堰上的村民。他们身后停着几台机械，发动机"嘭嘭嘭"低吼着，似也要参与这场大规模的对抗之中。

杨海宁和林水生只远远看着，他们下意识觉得，他们不该出现在任何群体之中；他们更不具有说话的权威，参与不了对场面的控制和调解，只能作为局外人静观其变。

"真想不通，怎么有人这么贪！"杨海宁不屑地说，"协议签了，补偿拿了，占了便宜还不知足，用女人孩子做筹码讨价还价！如果每家都这样，哪个工程能做下去！"

林水生的看法却略有不同："话是这么说，但他家可是出名的贫困户，也许想从项目上多捞点实惠。"

"我刚毕业那年也遇到过相似的情况。"杨海宁说，"那次能镇住场面的人迟迟未到,双方发生了小规模械斗,都有人受伤,也都有人被警察带走。钱没捞到,工程不可能停下,好几个被判了刑,我就纳闷了,还有人如此愚昧!早已不是靠拳头说话的年代了,搞群体性对抗更解决不了问题。今天如果不是领导们早有准备,一旦控制不住场面,动起家伙,法律可不认他们是工人还是贫困户!"

杨海宁的话无疑是正确的,可林水生还是有不同想法。杨哥是被老天眷顾的人,他是吃商品粮长大的城里人,他没尝过贫穷的滋味,他不明白饿肚子多么可怕,他不清楚粮食对贫困家庭意味着什么。他可以心无旁骛地学习、工作,他不像自己,因为家庭困难被迫辍学,他不知道自己曾经多想拥有更多的钱,哪怕只多一点点。林水生不能对杨海宁说这些,杨哥没有身为一个穷苦农民的真实感受,说了他也不会懂。

人在饥饿时对粮食的渴求、在贫困时对金钱的贪婪,这是一种与生俱来的本能。生活在新时代的幸福的人,没几个亲身感受过这种本能了!

两辆小车从村子那边飞驰而来,拖着长长的尘土尾巴,刺耳的警笛声随之传来。

前面的吉普车还没停稳,林泽传便纵身跳下,三步两步冲到人群当中,指着邹世利大声训斥:"邹世利你个老家伙,还不把铁锹放下!"接着又向两边指了指,用更大的声音高喊道,"黄乡长来了,都把手里的东西给我放下来!"

第十章 族争

乡长黄兴康及时赶到,制止了这场规模不大但动静不小的持械对峙。黄兴康发表了措辞严厉的讲话,派出所所长时凌封、民警周志鹏与村委会、项目部的负责人一起,组织双方人员有序离场。见到黄乡长和时所长,邹世利的嚣张气焰顿时熄灭。时凌封指着邹世利呵斥道:"你要再敢无理取闹,妨碍重点工程施工,不管造没造成后果,都要受处理!"

等聚集的人员撤回,黄兴康召集双方负责人碰了个头,千叮咛万嘱咐,一定要化解矛盾,把后续处置工作做好。项目部好说,沈玉林宣布停工整顿一天,开展安全生产和群众纪律教育,研究对几个工人的惩罚措施,并要求从管理人员到一线工人,都要写出对事件的看法,应该吸取什么教训,如何避免与所在地百姓再起冲突。村里就麻烦些,必须要走程序,召开支委扩大会,通过表决的方式拿出处理意见。

村支委扩大会邀请了退下来的老领导、各姓氏的族长,商量给对峙事件定性,给接下来如何配合施工定调,以及对邹世利一家如何处理。

张建设首先转述了黄乡长的讲话精神。

黄乡长说,他赶来前,与在县里开会的朱安民书记通了电话,朱书记一再强调,在宋集乡地界上同时开工的三个项目,不仅是治理沃河的安全工程,更是推进农村全面建设、改善农业基础设施、提高农民生活水平的政治工程、经济工程、民生工程。确保工程按计划推进,是当前全乡压倒一切的中心任务。如果因为哪个村、哪个人的问题影响到项目进度,乡党委、乡政府一定严惩不贷、决不姑息!

黄乡长指出,蓄洪区治理可不是挖泥清淤这么简单,还包括围堰除险加固、按设计要求增大库容量、灌溉沟渠整修,等等,可以说,这个工程完工后,林家洼除了防洪蓄洪能力会有极大提升,还能更加快速合理地调配水资源,林家洼周边的每一块水田都能获益。如果认识不到这点,只一味迁就少数人的私利,影响工程的顺利实施,导致来年汛期之前无法竣工,一旦发生洪水,损失的将是所有人的财产。

黄乡长强调,私自在蓄洪区开垦土地、种树种粮是违法行为,组织人员非法聚集、阻挠重点工程施工同样是违法行为。煽动不明真相的人制造对立,一旦引发暴力对抗,造成人员伤亡,谁都负不起这个责任。林家洼穷是穷点,但绝不能出蛮民!有客登门尚要敬烟敬茶、好言好语,对帮我们治水的贵人,更应该衷心欢迎,无条件配合。

黄乡长提醒,这次事件是一记响亮的警钟,不仅是林家洼村,全乡都要深刻反思,要怎样对待工程施工人员。有句老话说得好,吃水不忘挖井人。那可不可以说,丰收不忘修渠人?施工人员是林家洼的亲人、恩人,是值得奉上真心的兄弟,是"朋友来了有好酒",绝不是"豺狼来了有猎枪"!

黄乡长最后说,朱书记和他的态度是非常明确的,项目是中心,谁有意见到乡里找他们,他们随时接待。如果不来明的,而在私底下做小动作,别怪他们不客气!

张建设动了点小心思,黄乡长的讲话精神不敢改动,措辞用句却加上了他的风格,等他转述完,定性定调的问题就解决了,谁还有异议,找书记、乡长去。可如何处理邹世利一家,意见就不好统一。有的说要严惩,请乡派出所介入,以破坏生产或者敲诈勒索的罪名收拾他们;有的则反对,说既然黄乡长都要求化解矛盾,又没造成什么后果,就不该小题大做,得饶人处且饶人;有的刷糨糊,说处理的目的是保证工程进度,只要他们承诺不再阻挠施工,目的达到了,不如各退一步,多一事不如少一事;还有人建议,光处理当事人不够,还要给所有人一个警告,支持项目部开除邹家那两个吃里爬外的儿子,参与对抗的也都要扣工钱……

张建设见赵增云只低头抽烟,一个字不说,就问了一句:"老赵,你是副书记,安全治保和下林片区的综合治理是你的管辖范围,你说几句?"

赵增云把烟头扔在地下,用脚踩住蹍灭了,抬抬眼皮,慢悠悠地说:"说实话,没出大乱子,实属侥幸。若不是村干部行动迅速,一旦发展到不可收拾的地步,在座的不少人都要受牵连!大家说的都有道理,重罚轻罚我都没意见,只要是集体讨论做出的决定,我都支持都服从!关键是要按照朱书记和黄乡长的要求,把下一步的配合工作做好。"

张建设和林泽传对视一眼,继续问道:"具体点,你认为应该重罚还是轻罚?"

赵增云脸色如常,来了一句:"我看轻重都无所谓!"

"怎么说?"林泽传问。

赵增云抬手揉揉下巴,趁机观察众人的表情,心中了然,挑明道:"处理轻一点,工作好做,是他违法在先,不由得他不服;重了,有黄乡长的话搁在那里,也不怕他反弹!他能弹到哪去?他有那个胆子吗?要说他的脾气倔是倔了点,认死理钻牛角尖,但都到了这一步,他还敢再要横?我琢磨着,他就是觉得项目部财大气粗,想多弄几个钱,想弄钱有错吗?谁家不想趁机多弄点钱?只不过他在圩子里填了地,事情出在他身上,放在别人头上,说不定闹出的动静更大!"

赵增云从口袋里摸出半包香烟,让出几根,自个儿用打火机点上,抽了一口,接着说道:"刚才有人说了,这事虽然影响不好,但没造成不可挽回的后果,不管用啥罪名处理他,好像都靠不上边。他不是想多弄点钱吗?那就从钱的角度出发,工作才有针对性,效果才更好。"

张建设想了下,说:"你说说看,咋从钱的角度出发?"

赵增云瞥了一眼对面姓邹的老汉,老汉也正给他暗递眼色,他把眼神移开,坦言道:"让他儿子上工就有钱,开除了就没钱!这样行不行?我们去找找沈经理,让邹世利和他儿子给项目部负荆请罪,并保证按先前的协议执行,绝不再提任何非分要求。他两个儿子暂时留用察看,该做检查做检查、该罚款罚款,今后表现不好任凭项目部处置。这是最简单的办法,不激化矛盾,两边都有台阶下。如果沈经理认可,邹世利的工作还由我来做,一定让他说不出二话来。"

张建设四周瞅瞅,又看看林泽传,大家都不说话。他伸手挠挠头,为难地说:"这个我们做不了主,得要沈经理点头。他们也在开会,不知道有没有结论,稍晚点我去问问,如果他同意就按老赵的方案来,要是他说不行,一定要讨个说法,那就再议。"

会议室里暂时安静下来。恰在这时,外面突然传来激烈的吵闹声。

"他们都在开会,你不能进去!"听着是谁被拦住了。

"你算个啥东西!"骂骂咧咧的是邹世利,他的声音村里人都不陌生,"老子要反映情况,关你屁事!给我让开!"

"不管你干吗,没有村干部的话,就不能进!"拦人的是林水生,面对邹世利的辱骂,他气得青筋暴突,但绝不让步。

"谁家狗绳没拴好,把你放出来撒野!给老子滚开!惹急了老子,看不抽你!"邹世利的腔调更高,语气也愈显凶恶。

林水生也不服软,高喊道:"邹叔,你别仗着年纪大就随便骂人!我是村里派的值班员,说不行就不行!"

原来,村里开会文书小邱要做记录,张建设便安排林水生看门,有人上门办事,就解释清楚,改日再说。如果邹世利来项目部找事,必须拦住,向村里报告。听那动静,邹世利果然来了,林水生借喊声向他们示警。

林泽传呼地站了起来,几步冲出会议室,厉声呵斥道:"邹世利你闯了天大的祸还不够,正研究怎么收拾你嘞,你还敢来找事!"

林泽传是邹世利的克星,听到骂声,邹世利的脸腾地就红了,争辩道:"我不是来找事的,我有困难要反映!"

从会议室又陆续出来几个人,邹家老汉推了赵增云一把,赵增云抢先问道:"你有啥要反映的?给谁反映,村里还是项目部?"

"给村里,反映责任田的事!"邹世利颇为理直气壮地回答。

邹家老汉骂道:"既是给村里反映,村干部在这边,你别在那边鬼闹!"

邹世利果然听话,不再搭理林水生,把目光投向了张建设。张建设神色肃然,想发脾气又不好驳了邹家老汉的面子,迫不得已地说:"有事别冲孩子去,到会议室说。"

回屋落了座,又是赵增云率先开口:"邹世利,趁村里的老领导和各家的老人都在,你有啥困难,把话说清楚。"

这句话暗示性极强,邹世利咋会听不懂?不过,这么多人盯着他,他还是有点紧张,结巴着说:"我……我家……人多地少,不够……吃喝。"

"你还好意思说!"林泽传又是一声呵斥,"不够吃喝怪谁?怪地少?我看是人多吧!你今年才多大,你家两个小子才多大?就下了那么些崽儿!

计划生育是国策,你家为啥不执行?说到这事,还没找你算账嘞!你家老大带着老婆全国'打游击',村里派了多少人出去找,你不清楚?按现在的话说,你和你老婆就是窝藏加包庇!这还不算,没两年你家老二也打起了'游击'!我说你脑子咋长的,算没算过你家的地能种多少粮、能养几口人?你说没东西吃,你儿子儿媳在外面跑了这些年,咋没见饿死一个两个?若不是后来不生了,说不定还要多几张讨饭吃的嘴嘞!"

听到林泽传当着这么多头面人物毫不顾忌地挖苦讽刺,连儿子儿媳的隐私也被说出来恶心人,邹世利猛地转过头去,眼中冒火,死死地盯住林泽传。

林泽传并不惧他:"你盯我干啥?我说的不是实话?黄乡长说了,有事找他去,你咋不去?怕了,不敢去找黄乡长,就到村里来耍横?"

"泽传,我来说两句。"看儿子越说越离谱,一直没开口的林济安坐不住了,这个浑小子,都快五十了还搂不住性子,把握不住说话的分寸!他早看出来了,黄乡长和时所长没把邹世利带走,就是留了余地,村民有困难找村委会,同样合情合理。刚才大家讨论,姓邹的、姓赵的都想把事情捂下去,张建设也表态同意了赵增云的意见,你咋就不长长心眼儿?村里就你一个正直的干部?不明白言多必失的道理?不懂得当干部第一条就是要搞好团结?不担心结下仇家换届时遭到报复?于是他果断地抢过话头,把儿子晾在一旁,好好冷静冷静。

"世利侄儿,分地的事,是我们几个老家伙弄的,在座的都是亲身参与的。"林济安不愧是老领导,一句话就把责任推到众人身上,"当时的原则很明确,'地分上中下,谁签谁先选',在数量上也是公平的,'论人不论户,均分到人头'!记得我和你三叔上门劝你先签,你总说等等看等等看,结果最后只剩下边边角角,没啥挑选的余地了。你那几块地距离是远了点,但我敢拍胸脯保证,无论质量还是数量都是达标的,我们绝对没有私心,也不敢有私心!那时候,上级为了推动包产到户,让各村想想办法,调动积极性,我们权衡再权衡,坚决不能突破'均分到人头'这个口子,不然就做不到公平,也就推行不下去。建设是第一个出来签字的,他也仅仅按照'上中下'选了地块,土地的等级、大小,和你家的完全一样!"

林济安左右看了看,见大家都点头认可,邹世利也垂首不语,知道这些话说到了要害,于是口吻一变,婉言道:"世利,泽传的话是有些冲了,可他真为你着急呀!你说,如果你跟大家伙关系弄好点,这几年兴许就能把地调到一起了吧?还有,地是同样的地,区别看下了多少工夫,别人不说,就说今天屋里坐的,哪个不比你流的汗多?我们是老了,遇事没有发言权了,不过你要相信,有建设、增云他们在,大事小事都能处理好。但是不能再由着性子,不能再出乱子了!"

"济安叔,我没想到事情闹得这么大,更不知道这个工程这么重要,听黄乡长一说才明白。"邹世利又偷瞄一眼林泽传,"林主任,我不是有意见不敢找黄乡长,我家确实有困难,又不归他管,只能找村里。"

没等林泽传搭腔,赵增云主动接话:"分地的事老支书说了,那是你自己的原因造成的,别说村里,就是乡里县里都没办法解决。如果只说这个,你就先回去吧,我们还要继续开会!"

"我还有话,你们听我说完。"邹世利赶忙说道,"分地的事我知道不好弄,我要反映的还不止这个。支书、主任、济安叔,我家的情况你们都清楚,若不是在圩子里填了点地,说不定真饿死人了!现在项目部要把圩子里都挖一遍,黄乡长说还要扩大库容,我担心以后再也种不成了,那我家咋办?真要等着把人饿死,还不如豁出去拼了,死得干脆些!"说完话,邹世利把头一歪,下巴一抬,一副泼皮样。

邹家老汉终于忍不住了:"你还敢胡说八道!"他放声斥责,又向赵增云努努嘴。

赵增云也怒道:"就你这个态度,是想说事还是想找麻烦!"

张建设抬手挥了挥,示意不要纠缠下去:"都不要赌气,想解决问题就要心平气和地说,如果赌气有用,那还开啥会?"

"世利,"张建设接着说,"土地的事老支书说明白了,第一轮土地承包,各地出了不少土政策,我们村是最平稳的,这都是老班子方向把得好。土地是关系到老百姓吃饭活命的大事,当年包产到户推得急,这几年陆续出了一些问题,这些国家都知道,已经着手进行土地情况调研。历史遗留问题怎样解决、第一轮土地承包到期后怎样继续,上面都收集了意见回去研究。眼下期限还没到,上级也没有新政策,谁敢私下乱动？这个事找谁都没用,只能靠自己！你家的地本来可以种得更好些,那需要人力财力投入。现在灌溉条件好了,拖拉机进出也不是问题,按说私下调换也不难,但以你家几块地现在的状况,谁愿意跟你调换？我看,倒不如趁林家洼清淤,多囤点深塘的老泥堆上肥,改善改善土壤条件,化肥该用也要舍得用,再下下力气强化管理,产量应该能提高不少。土壤条件好了,将来找块合适的换到一起,省时省力方便耕种,省出时间还能做点副业。至于洼塘里,那是国家的地盘,我们管不了。你这样想,这个工程一上,防汛能力提高了,水患治住了,家家不再遭灾,不也算增加收入吗？还有,你两个儿媳妇也别天天猫在屋里,不能学其他妇女做做手工？你三叔家一年光编芦箔也不少挣吧？这样算,只要肯干,咋就没饭吃了？"

话是有道理,可邹世利哪肯轻易松口,不依不饶道:"你说的是以后！圩子里一亩地一年光红薯就能收几千斤,没了那些,以后的吃喝咋办？"

"你可别尽钻牛角尖！"张建设不怒反笑,"今年你家拿了补偿款,够吃喝了吧？"

邹世利反问:"不说今年,明年、后年咋办？"

张建设针锋相对,继续问道:"你两个儿子做工每天能挣多少钱？"

邹世利把头扭向一边:"听说十几块吧,还没发过工钱,不清楚。"

"那就先按十块钱算,一天十块,一周休息一天,一个月二十六天就是二百六十块,两个人五百二,干半年就挣三千多,你家种几年地能挣三千多块？能买多少红薯？够吃多长时间？如果我是你,就要算算大账,不要光盯着那一点小利！你要考虑的,是怎样把事情解决圆满,征得项目部和沈经理的谅解,让两个小子继续留下打工挣钱！还能磨磨疲沓的性子！如果你连这点都想不明白,那我就无话可说了,马上打电话报告黄乡长,交给乡里处理！"

邹世利还不服气,又怕真告到黄乡长那里,只好闭上了嘴巴。

先前那会儿,林济安明说暗示,林泽传早已明白他爸的意思,正好逮住这个空当,便把口气放温和,补救道:"世利,咱村里谁家拉不上点亲戚关系,都是一起长大的弟兄,我不为你还能为谁？我急是急了点,但如果我不急,谁能管得住你那臭脾气？刚才老张说的都是掏心掏肺的话,你说哪句不在理？我看你丢了那块地,不过是丢了粒芝麻,抱起的却是个大西瓜！芝麻和西瓜哪头大哪头沉,还要我们帮你掂量？"

赵增云也给邹世利连使眼色,帮腔道:"我告诉你,我们正在研究对你的处理意见,若你服从村里的管理,会上商定后还要找项目部协调;如果不服从,那你就自由了,是找黄乡长还是找朱书记,是继续干扰破坏还是谋划其他勾当,我们不再对你负责,自有人来治你,你考虑清楚了！"

貌似一直稳坐钓鱼台的邹家三叔也清了清嗓子,补充一句:"你小子可别再犯愣,让你两个儿子好好打工挣钱,不比那点地要强得多！"

连他三叔都发话了,邹世利知道希望全无,才彻底死了心,口气也软了下来,不情不愿地说:"好好好,我服从,啥都服从,听村里的安排——"

第十一章 气新

冬天的第一股寒流自北向南穿过这片田野,林家洼却没像往年一样寂寥清冷,方圆数十里一片繁忙景象,到处机器轰鸣、人喊车吼,火炉一样把寒冬点沸。

中年男人们的兴致无疑最高。原本在家猫冬,人闲生是非,不是找兄弟朋友喝酒打牌,就是跟媳妇老人吵架拌嘴,把好好的日子过得鸡零狗碎。现在终于找到正经事做,他们都憋着股劲,要在这个冬天大赚一把,也能少受些无端的窝囊气。

小伙子们也纷纷走进围堰、走上大坝,做起辅工、壮工,开启命中注定的劳作人生。他们这边迈出家门,那边村子就静谧下来,酗酒、滋事、赌博、偷窃等不良事件大幅减少,一派安定和谐的大好局面。

大姑娘小媳妇们最爱抱团扎堆,每天照例聚在村头说笑嬉闹,打发平淡如水的日子。不用对付坏男人的撩拨挑逗,她们身上不见了泼辣,表现得既热情又大方。可她们说不出口的,总有个"坏家伙"蠢蠢欲动,扰动一汪汪蛰伏思春的心湖。

自打离开校园,林水生总算寻找到另一种快乐时光,项目部似有不可抗拒的魔力,吸引他早去晚归,甚至日日夜夜守在那里,十天半月不回家也无所谓。和家里那间泥石小屋相比,这里少了独处的幽静,却实实在在是个与外界亲密接触的"窗口"。这里的人与他以往见过的全然不同,他们说的话、做的事,让林水生这个土生土长的农村青年倍感新鲜、乐于接受。特别是杨海宁,比他大不了几岁,大学毕业,文质彬彬的相貌,阳光一般的气质,与他交往始终保持平等的姿态,丝毫没有"成功人士"的傲气和冷漠,怎能不让他产生亲近感?

征得同意,林水生在杨海宁的房间里搭了个铺,"大冷天的,屋里多个人更暖和",杨海宁也这么说。当然,住项目部还有个好处,不管加班、开会或者其他活动弄到多晚,水生都能及时收拾干净,不必次日天不亮就起床、顶着寒风赶来清理。

度过了适应期,适应了工作节奏,林水生的积极性和主动性逐渐体现出来。常规任务不用指派也无须提醒,他看到便马上去做,从不拖延等待;一些"分外"的活计他也毫不推辞,只要教会他怎么做,一定完成得有板有眼。他的勤奋得到了肯定,变化最大的当属沈玉林,看他的眼神不再冰冷,脸色和言语亦柔和许多。一次沈玉林还把杨海宁找去,就如何帮带他做了安排。潜移默化中,林水生把自己当成了这里的一员,由衷地喜欢上了这里。

项目部每人都有分工,通常各忙各的,利用早晚时间,一天两次碰头会,大家一边吃饭,一边把工作做个交流。哪里施工遇到了问题、哪些材料需要尽快补充、哪个工段的员工违反了纪律、工作计划是否需要调整……用不了半小时,短平快的议事过程和碗中的餐食一同结束,大事小事都有了决定。

工作是紧张有序的,也是繁杂劳累的。结束一天劳作,回到宿舍换上干净衣服,才能享受属于"生活"的那部分时间,每个人都要充分放松肉体和灵魂,为单调枯燥的日子添加活力。也只有在这个时候,这个孤星一般存在的聚居点,才显露出活跃、温暖的一面。

首先说说杨海宁。人如其名,大海一般宁静,就是他的写照,唯一的兴趣是看书学习。杨海宁出生在南港的一个县城,父母都是老师,从小被家庭的书香墨韵熏陶,养成了温文尔雅的性格。父母希望他有平凡幸福的生活,不太显赫的岗位、贤惠的妻子、可爱的孩子,既安逸舒适又不失情调。教师无疑是二老心中最理想的职业,这是个燃烧自我、照亮别人的良心事业,是值得用一生为之奉献的高尚选择。不过,男孩子天性不甘平凡,时代进步又令他们见识飞涨,别看平时不声不响,心胸却比天宽、比海阔;他们不愿被隅困在一个方寸世界,总希望能有更大的空间,做出非同寻常的业绩。高考填报志愿,杨海宁最终没有听从家人的建议,选择了建筑学。他有改变山河的壮志,他喜欢平地起高楼的手笔,他原想大学毕业后能去一家大型建筑公司,干几个不负此生的大工程。家里托了几层关系,他才被分到了市属的水建公司。理想与现实的差距就像摆脱不了的影子,两年多了,他只能跟文件资料打打交道。他知道这很重要,年轻人需要实践历练和经验积累,但内心告诉他,他不属于这里,应该去更大的舞台,一个能发挥想象力的地方!现在的岗位不能助他实现理想,那他就要创造机会!

几乎每天晚上,杨海宁都是在建筑学相关书籍的陪伴下度过的。他毫不隐讳地说,他立志报考研究生,并且只学建筑学。他常有奇思妙想,只要自身足够强大,这些妙想终有一天将会实现。这不是着急的事,他要稳得住,先加满油充足电,做好一切准备。

杨海宁建议林水生看一些专业书,虽然林水生学的是文科,并且没读完高中,但并不妨碍继续学习,很多专业不需要深厚的理论基础,更重要的是思路和经验。当然,文学也很好,生活的艰辛、命运的不幸、常人难以遇到的打击,这些都是文学创作的源泉,林水生能把这些都写出来,一定会有读者乐于接受。

杨海宁的话说到了林水生的心坎里,他回家抱了一摞书,把台灯也拿到宿舍,只要晚上没别的安排,就和杨哥一起徜徉在书本的海洋。那间宿舍里的两朵灯花,往往要到深夜才会熄灭。

沈玉林也爱看书,据杨海宁说,不管沈经理去哪里,随身的宝贝必不可少——几条烟、几箱酒、几斤茶叶、一小箱书。杨海宁说,每次新项目开工,沈经理都要精心挑选必读的书目,除了工程需要的专业书、介绍项目所在地风土人情的图志类书,再就是一两套外国名著。

外国名著!林水生颇感意外。想起沈经理黑黑壮壮的体型,圆圆的眼睛,几乎脱光的头顶,细细品来,还真有点"异域风情"。他留心记下这个信息,想着有机会到城里,也买上几本外国名著尝尝鲜。

与杨、沈二位相反,黄广斌和徐金胜爱动不爱静,他们就喜欢凑热闹,只要有时间,一定会找人打"八十分"。

要论最受工人师傅欢迎的游戏,打"八十分"绝对排在首位。工作之余,很多宿舍都会开上一桌,到处都能听到"甩老 K"的声音。老黄和大徐总是打对家,徐金胜手气火爆,往往能抓到大牌,出牌完全围绕捡分跑分,根本不留"胜负手";黄广斌则精于算计,对手出了什么牌、手里还剩什么牌,基本上算得大差不差。常年一起配合，彼此的牌风早已摸得透熟，他俩搭档，不仅在沈玉林的项目工地，就是在南港水建也颇有些名气，只要不是运气太背抓不到牌，基本上胜多负少。

两人配合上虽然默契，性格上的差异却难以协调。有时黄广斌为保底留下大牌，使分数受损，徐金胜张嘴就说，两句三句便引来一通争论。两个人谁也不让谁，吵得面红耳赤，直到下一把抓到好牌、打了漂亮仗，才"转阴为晴"。后来沈玉林立了规矩，闲暇时打牌可以，但如果发生争吵影响别人，就要掏钱请客。他们有自知之明，为避免损失，干脆跑到工人宿舍，在一群人的围观下，噼里啪啦闹到半夜，才轻手轻脚溜回来睡觉。

王长海难得整晚待在屋内，只要夜间有机械干活，他就要上工地巡查，每天清晨也是早早起床，溜达一大圈才到开饭时间。走得多了成了习惯，早晚不迈迈步子，就像有事没做，浑身上下都不舒坦。

只有鲍家华的业余生活无规律可言，有时看看书，有时陪王长海走走路，有时在屋里写写字、画画图。遇到涉及施工工艺和工程质量的问题，他会找沈玉林商量，两人往往一坐就是大半夜，直到拿出合适的解决方案才算罢了。

他们还有个共同爱好，每隔一段时间，就会有人提议，大家凑钱买些酒菜，一起改善改善伙食，顺便——呵呵，喝顿酒！

同每个身处异乡的游子一样，隔三岔五聚聚餐，是他们最真心的交流、最有效的放松、最容易得到的快乐。在这方面，管理者与工人师傅们并无差别，也许，他们做小工的时候，每晚的时光也是这么打发的。

林水生不会喝酒，但不反感喝酒的人。还没长到桌面高，他就学会了给爷爷倒酒，还常拿着个小茶杯，一下一下敬着爷爷。每次爷爷喝得脸色通红，就会讲他爱听的故事，有神魔仙侠、有才子佳人、有古老的寓言，还有家乡的传说。那时的小水生，每每瞪大了眼睛，眸中满是惊异和崇拜，仿佛在爷爷瘦小的身体里，收藏了无穷无尽的童话，就像他梦里的世界一样奇幻多彩。

沈玉林等人也大致如此，他们的人生故事，往往也在酒酣之后才会真实地展现。

刚在酒桌旁坐下,人人表现得大方得体,几杯酒下肚,久久压抑的另外一个灵魂开始萌动,随着如火的热液在体内燃烧,心理防线终被熔化,隐藏在记忆深处的秘密被一点点挤出。

只要端起酒杯,沈玉林就不再刻板严肃,有时还会面带笑容,一杯一杯敬着老鲍老黄;每每喝到兴处,就要上演那个众人看过无数遍的程式——先是互相敬祝,两个酒盅"当"地碰出脆响,"滋溜溜"把浅浅的一杯喝下肚,一抹微红从脸上一闪而逝,再吸一口烟,慢慢吐出来,他们就被氤氲在雾气中,喝下的酒,也要从眼睛里流出来。这时大家都不说话,沈玉林轻轻叹息,再斟满一杯,一口灌进去,呛得直咳嗽。

杨海宁悄悄示意林水生,沈经理又想起他的战友、想起从前的事了,后来喝下的那杯,是为了敬他的过往。如果沈玉林恰好心情不差,接下来,就会讲述陈年逸事,或许只是杜撰——智斗狼群、抗击暴风雪、寻找走失的马匹,都是他反复说过的,众人每次都能听出新意,从不觉得厌烦。

就算沈玉林兴致不高,气氛也不会冷清,有人会主动补位,绝不比沈玉林说的故事逊色。老黄眯着眼睛,大声说起荤素不忌的笑话,随便逮住一个就问:憋不憋得慌?想不想女人?回去见到老婆最想做什么?不需要有人回答,只看对方脸上的表情,他就心满意足。鲍工也不再惜声,挑剔起大徐的酒杯里"养了鲸鱼",酒量大还耍赖,态度有问题,必须罚一杯。徐金胜则把矛头指向杨海宁和林水生,开始施展他的"绝技"——"喝酒作风要实、动作要帅,坚决不能耍滑放赖",编着顺口溜,硬逼着他俩敬酒。无论他俩如何告饶,徐金胜都绝不轻易放过,无奈之下,他俩只得豁了出去,拿起酒杯一干而尽,一下烧出个大红脸。

……

南港来的普通工人,大都是常年跟随项目奔波的中年汉子。干工程是个辛苦活,几个月不沾家,他们是为了生活才走到一起,成为工地上最辛劳、最普通,但也是最值得依靠的力量。

他们在一个个工地上辗转、在春夏秋冬挥汗;他们起早贪黑、栉风沐雨;他们用粗糙的双手建设起一栋栋高楼、一座座桥梁,一座座城市被他们美化、一片片乡村被他们点亮。他们是这个时代最坚强也是最脆弱的人,他们看似肮脏卑微,却是推着时代飞速向前的不竭动力。

他们的日子虽过得简朴,但同样是有血有肉的人!他们有七情六欲、有喜怒哀乐,他们在奋斗时可以搏命,闲下来也会享受生活。

他们的快乐往往很简单。酒足饭饱之后,一群人围在一起瞎侃,用聊天消解心中的苦闷,用友情缓解对家乡和亲人的思念。男人扎堆的地方,女人总是敏感话题,每当说起在食堂帮厨的妇女,说起到工地找人的小媳妇,说起远在天边的自家女人,那种对异性的渴望、对心理需求的寄托,还有对不可言传的温柔的眷恋,就随着他们的眉飞色舞和手舞足蹈,猛烈又迅速地传递给周围每一个人。阵阵哄笑之后,面红耳赤的他们又将迎来清冷寂寞的夜晚,在思念中独自等待下一个天明。

夜生活结束了,宿舍里安静了下来。得到抚慰的人们,或早或晚,或轻或沉,进入了梦乡。

熟睡的夜总是短暂的,离家的路总是漫长的。

在短短长长之间,日子一天天过去,回家的喜悦也就一步步走近了。

……

"有幸"成为农民工的林家洼人,也一点点融入了这样的生活。

他们骄傲地踏上工地,奋斗在各个战场上,从事又脏又累的工种;他们与江东人一起,用劳动改变家乡的面貌,靠力气换取应得的酬劳。他们和江东人共同工作生活,听江东人说外面的世界,说与他们家乡迥然不同的城市和乡村,说他们从未想到过的繁华和富庶。聆听那些动人的话语、遥想那些诗情的画面,看似遥不可及又真实存在的美好,怎不让人怦然心动?

也许他们还没意识到,几个工程项目带来的,不仅仅是务工收入的增加、防洪能力的提高、灌溉条件的改善,更为深远的,是每个人内心的变化,正一点一滴地日积月累,谁知会在哪一天,结出怎样的果实?

第十二章　岁异

　　蓄洪区治理项目推进得非常迅速，每过一段时间，工地就会变换一种面貌，看热闹的人们随时会带回新鲜的话题。林济良听得心里痒痒的，在家坐不住。一天中午林水生回来拿东西，他逮住孙子不放，一定要去围堰上看看。

　　围堰就是蓄洪区边沿的一排高土堆，是远祖先民一锹一铲取土垒成的"土圩子"，用来抵御林家洼几年一次的大水漫灌，日久天长，就形成了一道长长的堆土坝。林家洼清淤工程有一项重要任务，用泥土加拌碎石修补受损的围堰，并筑高加厚坝墙，使之成为有较高防护力的重力堆土坝。

　　土坝南侧有一排一人合抱粗的大杨树，是泄洪闸修好后不久种下的，高大黝黑的树体像极了身着铠甲的卫兵，在林家洼的围堰外默默值守。初冬凄冷的西北风把树叶从枝头打落，有些被带去了远方，有些则落入脚下的泥土，等待冬天的冰雪，将它们融入大地的怀抱。在杨树上部的枝丫里，有一丛丛黑色枯枝编成的巢穴，那是乌鸦和喜鹊用心经营的爱巢。从地面向上望去，就像巨大的黑色果实，被遗弃在无人可及的冠顶上。

　　爷孙俩站在一处新垒的高坡头，看着北边工地车辆穿梭、人来人往，把冬日的午后烘托得热闹异常。

　　又来到如梦如幻的场景中，林济良的双手微微颤动，眼神也有些恍惚，一种熟悉的情绪又在心头浮现，那是他永远都不会忘记的人生历程。

　　一阵凉凉的风吹痛了林济良干涩的双眼，一股温热的液体湿润了眼眶，他抽了抽鼻子，喊了声"水生"，语调沉沉地说起一段记忆深刻的往事。

　　"我年轻的时候，赶上国家大修水利，加强农业基础建设，提高沃河流域的行洪和泄洪能力，南漕河就是那时挖的。我们接到上面的通知，要全民动员参加兴修水利大会战，除了少数特别困难的家庭，原则上每家要出一个劳力，以大队为单位统一上报。当时你爸你叔年岁还小，家里只有我一个成年男劳力，本来可以不用上人，可我听到兴修水利大会战，心里就火烧火燎的，把家扔给你奶，拿了铁锹就上去了。那是一九六六年的夏天吧！"林济良稍停了下，似要回忆时间的准确性，"等我们赶到工地，施工线都画好了，作业区内的农户也都迁走了，农田全被推平，施工线外搭起无数个住人的草棚棚，门前插着公社或者大队的红旗……"

林济良望向前方，眼中放光，仿佛又看到那个激情迸发的时代，还有身处其中的自己。"那个时候，只有几台拖拉机，没有这些大机器，干活全靠人力，河道里满是干活的民工，光我们公社就上去了近万人。我负责运土，用的是独轮车，两边担上柳条筐，后面推、前面拉，真是费劲。夏天天气闷热，在大太阳下干活，水汽蒸发得厉害，汗是止不住的，遇到下雨更是一身泥水。后来大家干脆都光膀子，有些小年轻连裤子都不穿，反正整个工地见不到几个女同志！"

老汉眯着眼睛笑，脸庞现出点点微红："农忙时我们回队里，闲了再上去，每天从天微微亮干到满天星，眼看着土地变成了河槽，两边堆起了大坝。开始进度挺快，大家干劲也大，过一阵就有些疲了，特别是遇到阴雨天，草棚棚漏得厉害，睡觉的窝窝里也汪湿一片，根本躺不下去。我们棚子里住了十三个人，大队让我当组长，我知道，推是推不掉的，那就硬着头皮上！话说得再多也不管用，不如以身作则带着大家干！那活儿越往后越难干，上坝子的土坡陡了、路程长了，泥土的湿度和黏性大了，鞋底、锹面、车轱辘黏得都是土，得好几个人才能拉动车，还常常有雨水和渗水积在河底，排水又是另外的工程……"

林济良顿了顿，看了眼孙子："工程干了一年多，陆续有男知青被派过来，有些比你大点儿，有些也就你这个岁数。那些城里长大的孩子，哪里摸过锹把，手掌嫩得像姑娘家的，心气儿却一个比一个高。刚报到那阵子，个个神气活现的，往河道边一站，抬手指指点点，这里应该咋弄、那里应该咋搞，比指挥打仗的将军还威风，嘴巴里蹦出的词儿我们都听不懂！几天满工下来，他们又热又累，吃不好睡不好，脸蛋子黑了，肩膀破了，手心脚心磨出了血泡，浑身上下都像被泥巴糊过，个个都蔫巴了。不过，后生们大都是好样的,就这么不吭不响地坚持,过了一个多月,身体适应了,又活跃起来。他们有知识、有热情、有水平,利用休息时间写通讯、出板报、唱快板,公社的广播站也被他们承包了,让我们这些乡下人看得眼热呀!他们还讲究计策,肚子饿得受不了,就主动去食堂帮厨,认真干完活,再对师傅说点好听的,扒拉点红薯头头、萝卜缨子填填肚子。呵呵!那时我就想,有知识就是好,人活得敞亮,生命有朝气,头脑活络,做事也不死板,若是我家的孩子有条件,一定要让他好好上学,也上出点名堂来!"

说到伤心处,老汉悲从中来,不敢看孙子,捂着眼"呜呜"哭出了声。

"爷,别难过!这不都挺好的嘛!"林水生抓着爷爷的胳膊,使劲憋住,不让眼泪掉落下来。

久久地,林济良才接着说:"就这样过去了四五年,大队干部念我干不动了让我回去,你爸那时刚过二十,亲戚才给他说过对象,二话没说就顶了上去。走前我专门对他说,不能怕苦怕累、投机取巧,城里知青能干的,你就能干,这辈子你就是跟泥巴锄头打交道的,在外面可不能孬呀!"

"你爸还真是不孬!"说到儿子,林济良眼中又闪现出盈盈泪水,还伴有自豪的光芒,"我怕你爸表现不好,那阵子,只要有人回村,我就打听你爸干得咋样,有没有掉队,有没有遭罪。他们都夸泽忠做活认真、实在、有毅力,还受了几次表扬嘞!好话听得多了,心中难免骄傲,我就想上工地看看,你奶也撺掇着让我去,毕竟你爸第一次出门干活,见到面才放心,也给他打打气。"

"唉——"林济良长长叹了口气,歇了歇,才抖动着声音说,"那是他上工地的第五十二天,我抽了个空,带上你奶烙的几张二面饼子,就跑了过去。到地方找到大队干部,派人喊来你爸,当我见到他的人,我的那个心呀——"

老人放声啼哭起来,泪珠子顺着皱纹向下滑落。林水生依过去,抱住爷爷,伸手在他背上来回摩挲,不住劝道:"爷,你别说了,别说了——"

好一会儿,林济良才停止哭泣,抽抽鼻子,抹干眼泪,看向孙子,动情地说:"你爸起小就是个壮实的孩子,可那天我看到他,瘦得都不敢认呀!五十多天,他掉了十多斤肉呀!他那件白布衫子肩膀那块都烂完了,那是拉绳挑担硬磨的呀!大队干部说,他为了让我和你奶放心,只要听说有人回村,就跑去央求,家里人问只说安心的话,别说他黑呀瘦呀,他能顶得住呀!"

老汉停止了言语,此时,轻风停下了,阳光迷蒙了,时光在老汉的陈述中回溯了。林水生看到,爷爷脸上堆起的皱纹,一笔一画都像沧桑苦难刻下的痕迹。他突然想起,父亲脸上也有了同样的皱纹。当他经历得多了,会不会也像爷爷和父亲那样,把传奇都写在脸上,让后辈瞻仰崇敬?

林济良俯身望向坝底,林水生跟着望下去,依稀中,似看见父亲年轻时的身影就在土坝下面,如此渺小、如此瘦弱,肩上的担子压弯了他的腰,可他依然挺直头颈,执拗地向坝顶攀爬!

"你看现在多好,这些机器干得多快!"林济良的眼睛更亮了,伸手比画着眼前的工地,"水生呀,我都这一把岁数了,世事见得多,也看得清,解放后水利修了几十年,哪怕有些年份水情太大免不了遭灾,可这样修下去,必定会越来越好的!农民也会越来越有盼头的!你既然到了项目部,就一定要好好学、好好干,能出几分力就出几分力!只有把水治住了,老百姓才能有吃有喝,过上体面的生活!"

看着孙子郑重地点点头,林济良又仰头眺望远方,不再说话。爷孙俩互相搀扶着,静静地立在坝头,各自心中都有一团火焰在燃烧。

那时暖阳高照,西风不惊,几台推土机正平整着远处的土地,在天地间推画出一道道巨大的印记。

年头就像纸盒中的烟、瓷瓶里的酒,一支支一杯杯,没几个来回就见了底。一晃到了元旦,再兜兜转转,农历新年便快马加鞭赶到了眼前。

远近的工地都停止了施工,外来的工人们早早收拾了行李,兴冲冲赶往心念已久的家乡。在工地扑腾了几个月,每个人兜里都或多或少装着票子,家人等着他们置办年货,迎接那个雄鸡辞岁、金狗迎春的幸福时刻。

项目部只留下了沈玉林,他对张建设说,父母都不在了,哥哥姐姐也都抱了孙子,自己孤身一人,就留下来值班。他还轻描淡写地表示,过年值班是常事,不麻烦大家,自己弄点吃的喝的就行。

安全向来是工地的大事,春节期间怎么办?按张建设原先的设想,让林水生住进项目部,白天上工地巡查,晚上就睡在宿舍,国平放寒假回来,也可以住过来。如此一来,林水生就算村里专为项目部派设的值班员,春节算加班,多给他算点工钱。谁能想到,沈玉林会亲自留守?详情不方便问,张建设就好意邀请沈玉林到自家过年。沈玉林却说,留守就要像个样子,看好工地、管好宿舍是基本要求,不然不如一走了之。知道多说无益,张建设便安排林水生全程陪同,还让村会计预支了三百元钱,买了一些粮油肉菜,反复叮嘱林水生,一定要安排好沈经理的生活。

林水生高兴还来不及,找他爸合计了,去集上批发两箱龙城老烧,又从家挑来两篾筐吃食,鲜肉咸货、鸡蛋菜蔬样样不缺。张建设看在眼里,心说这爷俩比他想得还细,索性也以值班为借口,把铺盖搬进了村委会。

年关在即,他们几个却没闲着,每天巡查一遍不说,还把附近各个防汛重要节点——林家洼、泄洪闸、大河湾、宋集渡口——挨个儿跑了跑。

那是个好天,一行人早早出发,目标是西边的大河湾,大黄也"呼哧呼哧"地跟在脚后。上了沃河大堤,沈玉林便不停地指指点点、问这问那,张建设知无不言,耐心细致地做着解答。一行人边走边说,不到十点就到了大河湾。

脚踩黄土大坝,几人站成一排,举目四望。太阳将将越过东边的树梢,像熟透的苹果一样又圆又红,给冰冷的大地送来可亲的温暖。天气看来不错,随着太阳高升,天空逐渐变得明亮,蓝得纯粹,没有一点云花儿。

他们来到坝顶路的边沿,脚下就是那段曾经无数次被摧毁,又无数次被筑起的夯土高坝;河滩里有一些乌青色的柳树杨树,零星分布在裸露的荒地上,光秃秃的枝干随着河道风面夸张地摇动。

几天的行程中,张建设仿佛换了个人,不仅对沈玉林的提问答得详细,遇到自认为重要的也主动介绍,嘴上总是说个不停,像要把几十年守着沃河、守着林家洼的喜乐哀伤,都一起向这个外来的"治水者"倾囊相诉。但此时,他看上去稍显异样,收敛起张扬,变得沉默了。不是早已把话说完,也不是有心藏着掖着,而是面对一言难尽的大河湾,千言万语也说不够!

张建设的异常逃不过沈玉林的眼睛,他不确定发生了什么,这不重要,他不会放过这个一开口就喋喋不休的人。沈玉林暗暗使坏,挑了一个自认为最难回答的问题,带着戏谑和挑衅的口吻问道:"老张,总听人说,守着沃河湾千难万难,今天到了这里,你能不能说给我们听听?你可要知无不言,言无不尽呀!"

"好吧,那我就说说。"张建设神情肃穆,身板挺直,演讲似的,一字一句地往外蹦,"这条沃河是世世代代养育我们的母亲河。自从我的祖先从北方家乡逃难到这里,张家人就和林家人、赵家人一样,血肉、灵魂与沃河的水便融在了一起。沃河给予我们的恩赐,三天三夜也说不完,今天不说这些,就说说'千难万难'的根子。自古以来,沃河两岸就多灾多难,可以说'大雨大灾、小雨小灾、无雨旱灾'。天旱时还好些,守着沃河湾和林家洼,引水抽水挑水都行,只要河水不断,费费力就能应付。最怕的是洪水,百姓吃苦受难不说,辛苦种下的粮食被毁,歉收是常事,遇到大灾年,还会颗粒无收,淹死饿死的不在少数!"

话音停了,张建设低下头,用脚底板把干燥的土坷垃一个个踹得粉碎,似乎这样就能踹碎他心中难以化解的郁结。看到张建设凝重的动作,几人都不打扰他,暗暗揣摩,接下来会听到怎样的描述。

过了几分钟,张建设才抬头看向沈玉林,加快了语速:"老沈,你是沃河流域数得着的水利工程专家,你比我更清楚这条河的特殊之处,也更明白疏和堵的关系。沃河的入海水道不畅,上游山洪一来,下面却泄不掉,怎么办?只能留在河道里!防洪靠啥?只能靠这条大坝!解放后国家集中力量开展水利建设,甚至在动荡的年份也没完全停下,这段河坝谁也说不清加固了多少次,可黄土堆得再高,激流一冲、大水一泡,塌方不可避免,还能不出事儿?特别是大河湾,河道方向的改变导致水流方向的紊乱,就在我们眼见的这片水域,生出一个乱旋区,洪水冲到坝下遇到回水阻拦,那旋涡大得连几百吨的铁壳船都能吸进去!千百年来,为了治理沃河湾的洪水,从这坝前不知道投了多少石方下去!谁也说不好被卷走多少、卷去了哪里!水面下可说是乱石成堆、暗流无数!一九九一年那场洪水,如果没有解放军舟桥团一千多官兵和好几千民工日夜死守,没有几十万方大小石料投进坝底,后果如何,不敢想象!"

"最可敬的是生活在这里的乡亲们!"张建设深情地说,"每到洪峰来临,林家洼开闸泄洪，他们承受了多少本不该承受的灾祸！为了保护河州、保护龙城、保护上下游的城市和工厂，他们就算牺牲了小家，丢掉了全部财物，也从不叫痛叫屈！他们为了生存，与天斗与地斗，把个人命运同沃河大堤的安危连在一起，他们才是真正的无名英雄！"

张建设的眼眶有些湿润，他使劲挤了挤眼，做了几个深呼吸，才继续说下去："老沈，恕我直言，虽然我不懂水利工程，但是明眼人都看得出来，这坝子太矮了、太弱了！土质的坝基和护坡强度根本不行，要真正解决大河湾的水患，不仅大坝要加高，还要加宽坝体、加强护坡！与其洪水临头才玩了命地打桩抛石，不如把大坝的迎水面做成石质护堤，提高坝体的耐受强度，河滩里多种些耐水的大树，减轻水流和漂流物对大坝的冲击破坏，才能防患于未然呀！"

沈玉林一边听一边颔首："说得好，句句都是关键！"

望着凌乱不堪的坝坡工地，望着河面上并排停靠的大小船只，再望着宁静祥和的美丽河湾，良久，沈玉林收回视线，对众人说："我干水利工程几十年，见过多少次天灾人祸，多少次水淹千里！多少次心志满满地来，又多少次心有不甘地去！我做的工程，达不到老百姓的期望，心中有愧呀！但是没办法，谁让我们穷？预算就那么多，没钱没物，空有一腔热血能抵啥用？有时候我也想不通，找这找那反映，可人家说得有道理，国家要加速发展，着急办的大事太多，挤不出钱呀！财力要用在刀刃上，有些地方只能应应急！"

沈玉林蹙着眉头，表情严肃地说："我不否认，有的人眼睛只向上不向下，喜欢把政绩贴在脸上，搞面子工程，劳民伤财不说，几年后拍拍屁股走人，留下一个烂摊子，换一个理念不同的人，就推翻了重新折腾。你们说，大家都这么搞，钱能不紧张吗？谁愿意为长远考虑？当然，我遇上的好领导更多，每每说起这些，他们都痛心疾首，可请他们多拿些钱支持水利基础设施建设，却又推说力不从心！"

"但是，这次不一样了！"沈玉林右手使劲向下一挥，有力地说道，"一九九一年沃河的那场洪水，党和国家领导人多次亲临流域上下视察，也来这段大坝看过。就在那年，国家提出了沃河治理的目标，要打造百年一遇的防洪体系，部署了一系列重大工程，对完成的时限也有要求，'八五期间初见成效、九五期间基本完成'。"

沈玉林看着两个小伙子,问道:"谁知道'八五''九五'是什么意思?"

"我知道!"张国平抢着说,"是第八个和第九个五年计划,'八五'从一九九一年到一九九五年、'九五'从一九九六年到二〇〇〇年!"

"不错!"沈玉林夸道,"这几年,国家每年都要召开沃河全流域治理的专项会议,协调各方面工作,解决困难,推进任务落实。上面抓得紧,下面就干得欢!这不,不仅仅是大河湾和林家洼,从上游到下游,到处都是治水的工地呀!"

第十二章 岁异

第十三章　年喜

没等到大年三十姗姗而来,心急的林家洼人,早把村庄融汇成了欢乐的海洋。

村委会被打扫得干干净净,灯笼挂上了、对联贴上了、彩带拉上了,大门上还挂起了"欢度春节"的红色标语,把平日里嘈杂喧闹的院子装扮得喜气盈盈。

放眼望去,在村中的泥石路上、在各家的宅院里、在老百姓的脸面心头,这种氛围早被点燃,呈现出前所未有的新气象。

林家洼村有一个独特的惯例,农历新年到来之前,要组织节前巡查,边边角角、旮旮旯旯都要跑到。这个惯例已经延续了近二十年,是林济安当村支书时定下的。

节前巡查,顾名思义,年关前最后一次民情走访和综合检查,挨家挨户探望一番,说说话、拜个年,顺便把上级的要求传达到每个村民。除了这些,还有一个重要目的,就是看看各家迎新的准备情况。那时候农村"穷"的概念与现在大相径庭,说具体点,现在即便是遭了灾的年份,平时紧紧手,过年也有鱼有肉有饺子;而在那时,如果粮食没收上来,到了冬天,兴许就真揭不开锅了。孩子们又饿又馋,就盼着年三十有顿好饭吃,有件新衣服穿;大人们心里也急,还要顾着脸面,年份不好,大家手头都紧,四处去借张不开嘴,就把孩子关在屋里,免得到别家丢人现眼。村干部利用巡查这种形式,见谁家没挂灯笼、谁家没揉白面、谁家没做咸鱼腊肉、谁家孩子还穿着补丁连补丁的窝囊衣裤,把情况摸清楚,回来再做做动员,手里宽裕的人家抑或他们的族人,力所能及地给予些接济,让孩子们能凑合过个年。几次下来,各家门的长者就不好意思再让村里提醒,他们自发行动起来,在年关到来之前,把困难人家的年夜饭菜考虑周全,不让本族的孩子太受委屈。

中国乡村结构和治理的特殊性，造就了与之要求相应的基层干部，林济安就是其中的代表。他们通常是化解矛盾能力最强、方法手段最灵活的一群人，他们既是村中事务的管理者又是亲族乡邻关系的调解人，他们既要把上级的政策要求真正落地落实，还要把底层的不满情绪消化于自身，他们善于做最细致的思想工作，有时候也难免有疾风暴雨般的作风，他们的威望来自于时间的考验、点滴的积累，他们愿意用善意和温暖感染人心，让人们生活得更有尊严。

今年的巡查工作正在进行中，张建设、林泽传、民兵营长孔岩各带一个组，走走停停、聊聊听听，他们看到的听到的，与往年天差地别。

过去这一年，总体来说光景不错，没遇上大的灾祸，两季的收成不算太差，秋冬几个月，在工地干活的民工，就像城里国有企业的正式工那样，花花绿绿的票子挣了一大把。老百姓口袋充实了，心气也跟着高涨了，年里年外用起钱来就不会吝啬。女人们早忍不住买回了心仪许久的袄子围巾，男人们互敬的纸烟变成了上档次的"大河"牌，孩童们嘴里又尝到了糖果的甜香，多年没闹出大动静的旱船队早早拾掇起家伙，天天在村委会后的场院上排练，要在正月十五闹花灯时送上惊喜……男人们体面、女人们知足、孩子们欢悦，节日的气氛分外浓郁。

巡查队伍还没到邹世利家前，他两个儿子便早早迎了出来。一接一送是惯例，亦是表现主人家的姿态，任邹世利油盐难进，也不能坏了规矩。

"叔，来了！"邹家兄弟满脸堆笑，发一圈纸烟，转头在前面领路，没三五步，就进了院子。

"支书来了！都来了！"邹世利站在院子当中，挨个儿点头致意。他女人可不像往年那般拘谨，家里来了人也不搭理，扭着腰肢就进了屋。

"你家今年没少准备年货嘞！看这两只大肥鸡！"张建设指着挂在墙沿下的两只风干鸡，对邹世利说。

邹世利没来得及接话，就听堂屋的门"咣当"一声响，大家伙转头一看，他女人从屋里拎出两条腌制好的咸鱼，正吃力地往树杈上挂。张建设哈哈一笑，顺势大声夸赞："哟，这鱼看着就美！一条得有十几斤吧？自家逮的还

第十三章 年喜

是街上买的?"

"月前在坝头买的,宋集那边一个渔民打的,买回来自个儿腌了腌,不值钱、不值钱。"邹世利摇头摆手,态度谦虚。

"年猪杀了吗?"一个巡查队队员打量了一圈,问道。

"跟他叔分了一头,猪头和下水我都要了!"邹世利不无得意地回答。

张建设兴致颇高,笑着问:"三十晚上准备弄几个菜?要喝上一壶吧?"

邹世利咧开了嘴:"八大碗要上,还备了几瓶龙城老烧,定要好好喝一顿!"他一转念,"要不中午别走了,搁家吃呗!猪头肉煮好了,再蒸点咸鱼下酒!"

"哪能哪能!"张建设连连推辞,"才跑了不到一半,等都看完了,还要到村里碰头嘞!你还不知道,官不大,事情不少,一年到头闲不下。"

"那进屋坐坐,喝点水解解渴。"

"屋也不进了,站站就走了。"张建设说,"世利、金强、金喜,今年日子好,可不能傲气呀!我听说了,你们干得不错,年前票子拿了不少吧?年轻人就得这样,自己受点累,家里都跟着享福,豁出去干上几年,新房子再盖起来,到时还有啥愁的!"

"是嘞!叔,还一直没到门上谢你嘞!"邹金强说。

"谢我啥?你们不好好干,找我也没用,你们弄好了,我说话就硬气。行了,不说了,后面还有不短的路嘞,走了走了。"

"支书,点根烟吧!"

"张叔,有空到家里吃饭!"

……

皆大欢喜的巡查工作还在继续着,前脚村干部从自家院子离开,后脚家长就领着做民工的孩子,到项目部给沈玉林拜早年。

农民有农民的讲究,离得远的先不说,家门口的恩人,越是在新年到来之前,越要奉上感激和祝福。这本就是农民之间交往的惯常礼节,和巡查制度一样,也成为另一种自发的仪式。

三三两两的人陆续往村委会聚集,本来清静的院子一点点热闹了起来。

这事本在预料之中,赵增云特意留下来,协助沈玉林接待来访的村民,有些不便说的话,也要赵增云出面代劳。乡亲们的尊重和友善,沈玉林是受用的,提来的礼物却坚决不收。有些人扔下东西就跑,文书邱开泰都一一记录下来,回头再逐家逐户送还回去。

借着退还礼物的机会,林水生跟着邱开泰跑了不少人家,从未见过如此年景,户户门前张灯结彩,家家檐下挂着鱼肉,人人身上散发着自信。古老的村庄沉睡了太久太久,保守的思想麻痹了太久太久,纯朴的人们忍受了太久太久,终于,在春风吹拂下,有了觉醒的迹象。

已经好几天了,村里的崭新气象不断刺激着林水生,在他的脑海中盘旋萦绕,如同沃河里的滚滚激流,从林家洼泄洪的闸口呼啸而出。那些如开了花的笑脸,男的女的、老的少的、熟悉的陌生的,一张张在眼前闪过,就如同一朵朵浪花,在他的心胸荡漾翻腾。浪花越来越急、越来越大,一股暗流孕育在波涛之中,引导着他,对周边事物的认识水平攀上更高层次。

他想起政治课上老师对中国农村和农业的表述——"传统、保守的思想,单调的经济形态,落后的生产力水平";他看过一篇争议很大的文章,里面有这样的观点——"由于农民受传统农耕文化的影响,在思想上表现出封闭、狭隘、粗放、保守等特征"……先前,他对这些说法有很强的抵触情绪,直到如今,他才真正体悟到了其中的含义。

"我爷、我爸,村里绝大多数人家,面朝黄土背朝天、辛辛苦苦一整年,还要靠老天爷作美、水龙王赏脸,才能基本解决温饱,遇上灾荒,必然缺吃少喝,这就是所谓的粗放型传统农业的基本特征……

"祖祖辈辈留下的传统,仅仅因为几个工程项目上马,就发生了剧烈变化,这是劳动方式转变所孕育的力量,是完全不同于传统农业的新经济的力量,是社会进步的力量,是人心向上的力量……

"无农不稳、无工不富,眼前的事实证明了这句话的正确性……"

林水生把这些观点说给邱开泰听,说给张国平听,他渴望有人理解、接受,与他争论、形成共鸣。特别是张国平,没有参与这个变化当中,感受必定不够深切。他把半年来听到的新鲜事都告诉了张国平,他把自认为有价值的线索都提供给张国平,他把观察到的变化都列举给张国平,他把思想解放的过程都剖析给张国平,他不希望张国平看轻他,他也在进步,和社会的发展一同进步。

……

有件事他没告诉张国平,他很矛盾,要好好琢磨琢磨。

外面的世界为啥吸引人?为啥人们削尖脑袋都要进城?这么多年来,从村里出走的人们,为啥没见一个回来?

这些长久以来潜移默化影响着他而他却久思不得其解的问题,在看到村庄的变化后,终于有了答案!

不是他们不热爱家乡,是因为他们被新生活吸引、被新经济的力量征服、与新社会融合,他们早已是外乡人,和家乡拉开了距离。

"和家乡拉开了距离!"

当这几个字蹦出脑海,林水生像被闪电击中,思绪瞬间通透了。

从这几个字当中,他想到了自己,看到了自己,发现了深埋心底的隐秘。

他曾经幻想拥抱外面的世界、接受新的生活,但因为辍学中断了路径,这么长时间,他还常常为自己的悲惨遭遇感慨唏嘘。此时此刻他才领悟,这种自艾自怜多么无知、多么可笑!

"问题恰恰落在自己身上!"

他只想走出这片土地,这不能说是错误,却仅仅因为出去上了几年学,就在浑然不知中与家乡、亲人拉开了距离!爷爷和父亲挑起了全部的担子和责任,他却认为与己无关、理所应当!

"为啥一心只想出走?"

现在可以回答这个问题了——他从未把家庭当成责任,习惯了以自我为中心,究其根源,是个人主义和利己主义思维在作祟!

他从自掘的深井中爬了出来,看到了久违的真实的天空,呼吸了洗涤灵魂的新鲜的气息。

他清醒了!

年三十上午,林泽忠专门跑到项目部,请沈玉林去家里吃饭。

在项目部留守的沈经理春节咋过,可不只是他个人的事,朱书记和黄乡长都特别关照过。张建设好说歹说,又拿了书记和乡长的话说事,沈玉林才同意,年三十中午去林泽忠家吃饭,晚上到张建设家喝酒,也好让张建设给乡里交差。为了这,沈玉林让林水生陪着跑了趟宋集街,买了不少拜年的伴手礼物。

巧了,林水生也有心赶趟集。他从村里领了工钱,项目部又发了数目可观的生活补助,这些钱还没交给母亲,都在口袋里揣着。人生有了第一笔收入,他筹划给每个家人都买件礼物。

爷爷每天锻炼,脚上的老棉鞋早被趿拉得不像样了,给爷爷买一双黑帮胶底的军用棉鞋,保暖防水还耐穿。奶奶年轻时打苇、编席常割伤手,天一冷手指就开裂,沾了水疼得直咧嘴,要常用热水浸泡,还要涂抹油脂养护,就送她两大盒凡士林滋润膏,再去药店买一大包方便好用的创可贴。父亲日夜操劳,辛苦不说,还舍不得添置衣物,一件破棉袄穿了好些年,林水生咬咬牙,在一个卖军用品的摊子一下买了保暖三件套——军棉帽、军大衣、军用棉手套,让父亲暖暖过个冬。给母亲挑的是一件暗红色带碎花的袄子,母亲岁数不大,平时却不爱打扮,他不希望母亲这么着急老去,这件花袄该能表达心意。妹妹们过年的新衣服早有了着落,转了一大圈,才选中一组三件套——花手套、花围脖、花书包,要暖和、要漂亮、要有助于学习,这是他对妹妹们的期待。

林水生也为自己相中了一样东西。刚上高中那年,父亲给他买了件深蓝色工装样式的短大衣,他非常喜欢,整个冬天都舍不得脱下身。进了项目部,要穿统一的工作服,大衣塞不进,只得在涤卡工装内套个夹袄,圆嘟嘟的,走路一摇一晃,活像一只肥鸭。在卖军用品服装的摊子上,他看到一件军绿色的丝绵内袄,正适合套在工作服里面穿,一下就喜欢上了,心里正斗争着,见沈玉林直冲他点头,才付钱买下。

拿了袄子离开,沈玉林见缝插针,给他讲了衣着得体的重要性,"衣食住行"是基本的生活需求,古人把"衣"排在首位,除了遮体保暖的需要,合适的衣装也代表了人的品位,整洁的容貌也展现了人的修养,一个有思想有追求的人,生活条件差点、衣服旧点不算什么,但一定要大方得体、整洁干净。沈玉林说,希望他能记住,就算是旧衣服,也要穿出个样子来,要把自己当个"人"看……

对林家来说,这个春节有着非同寻常的意义。几个月前,他们还被生活折磨得痛不欲生,就在极度困顿的时候,沈玉林和项目部来了,他们才走出了绝境、看到了希望!

而在陷入困顿时,希望就是艰难向前的最大动力!

对带来希望的人,林家自然感恩不尽!

午饭是几年来少有的丰盛,先上来四个冷盘——卤猪头肉、手撕咸鸭腿、油炸花生米、自家腌制的咸鸭蛋。大家彼此推让一番,在八仙桌旁落了座,互致了拜年的吉利话,共敬了开席的团圆酒,女人们起身去厨房忙活,一会儿工夫,走地的老公鸡、沃河里的胖头鱼、或荤或素的炒菜、又白又暄的甜枣馍馍……大大小小的碗盘,便在厨房和堂屋之间穿梭。

那是怎样一种氛围!如此欢乐、如此和谐、如此温暖……精神出奇矍铄的爷爷、机智健谈的沈经理、合不拢嘴的父亲、来往忙碌的奶奶和妈妈、小鸟一样唧唧啾啾的妹妹,还有脸和心一样火热的自己……

欢乐的时光总是短暂的,但只要你愿意,它又可以永恒。也许是几个月的相处,让林水生对沈经理产生了亲人般的认同感,也许因为深受关心帮助,萌生了长辈庇护下的依赖感和幸福感,说不清道不明的,林水生觉得一家人就应该如此,就应该热热闹闹、快快乐乐。直到很多年后,那天的情景、洋溢着的纯纯暖意、少年初发的情愫,依然是他心底最动人的一团火焰……

才撂下筷子,张建设就提着一袋子罐头摸上门来。林济良招呼他坐下。一杯热茶都没喝完,他就直给沈玉林使眼色,示意跟他回家。林家人哪里肯依,又不好明说不让走,林济良厚着脸皮发话,好歹剥点瓜子花生、吃几颗山楂消消食。张建设只得笑脸相赔,又熬了个把钟头,眼见时间不早,说了一箩筐好话,见林老汉松了口风,拽上沈玉林就跑。

二人前脚刚走,林济良就把孙子喊了去,说张建设可是个能喝死牛的主,沈经理这一去,不可能少灌他酒。老汉叮嘱,农村下午开席都早,你简单收拾下,完了就回项目部,把屋子烧热点,热水被褥提前备好,说不定用得上。

林水生点头答应,却没着急出发。他回到厢房,找出从里到外的换洗衣服——干净的衬衣衬裤、奶奶织的毛裤、父亲买的绒衣、崭新的丝绵袄,一一摊开,摆得整整齐齐。他到厨房烧了一大锅热水,用肥皂把头脸脖颈仔细清洗了,又快速脱掉衣服,上上下下擦洗一遍,最后端来洗脚盆,美滋滋地泡了个透。他把换下来的贴身衣物揉洗干净,晾在系在枣树和厨房之间的尼龙绳上。不穿的厚衣服先叠放整齐,等有时间再拆洗。

收拾利索,他拿出几个烫着金字的红纸包,逐个检查无误,来到堂屋,给长辈们磕了头,每人敬上一个;再去平平和成成屋里,说了几句鼓励的话,每人给了份压岁钱。

时间不早了,他向爷爷告了别,拿上两个红枣馍馍,提上半兜子冻好的大肉馅水饺,揣上便携式收音机,精神抖擞地出了门。

返回项目部宿舍,几间房的卫生打扫完,天也就将将黑了。他把沈玉林房间的煤炉封门打开,让红色的火苗烧得满屋子都是热气,他想让身在异乡的沈经理过一个舒舒服服的除夕夜。

收音机里春晚的直播还没开始,张国平就推着自行车,把沈玉林送了回来。二人架着沈玉林上了床,张国平慌忙交代几句,就说要赶紧回家,他爸也醉成这样,他妈一个人收拾不了。

林水生把新泡的茶水倒出一半,兑了冷热适口的温茶,放在床头柜上,顺手拿了个洗脚盆放在床边,封闭了炉门,回到自己的房间。

没多久,就听到南边传来"噢噢"痛苦的声音,林水生忙跑过去,沈玉林半趴在床头,洗脚盆内外湿答答地吐了一堆。等沈玉林停止呕吐,又翻身睡了,没几分钟,嘴里就开始碎碎念,声音时大时小,有时像与人争吵,有时又似自言自语,听不清说啥。林水生收拾了呕吐物,还不放心,回屋拿来棉被裹上,搬了把靠背椅来,半坐半躺在沈玉林床边,随着沈玉林呼噜声的起停转落,竟也跟着睡着了。

新旧年的交替转瞬即逝,连绵不断的鞭炮声吵醒了沈玉林,他揉了揉眼,转头看看,窗外已经泛了白。

　　他坐直身体,脑袋里像被灌了泥浆,沉重并撕裂着。他还记得昨晚跟张建设拼了场大酒,那之后呢?他向四周望去,房间里是一如既往的洁净,外衣整齐地搭在床头,取暖的炉火透过炉盖的缝隙发出黄红色的光芒,满眼都是冬日清晨的利爽。他拍了拍还作痛的前额,隐约想起了什么,连忙穿起衣服,出了房门。

　　林水生正提着水桶过来,见到沈玉林,开心地说:"沈经理新年好!我去烧壶水,给你洗漱泡茶。"

　　沈玉林张张嘴巴,没发出声来。他扶着二楼过道的栏杆,回了回神,走进屋内,对正在忙碌的林水生说:"以后当着外人喊我沈经理,就我俩在,喊我沈叔就行。"

　　林水生闻声一怔,"哎!"随即痛快地答应道。

第十四章　村变

新年第一天，天蓝如幕，云白似絮。

放了鞭炮，吃了水饺，沈玉林和林水生搬来桌子椅子，坐在项目部楼前喝茶晒太阳。

十点多钟，张建设父子来了，林水生把椅子让给张建设，又给他泡了杯茶，拽上张国平跑去宿舍，大黄也屁颠颠地跟着上了楼。

在冬日温暖的阳光下，两个老男人就像一对斗败的公鸡，不再一见面就举冠炸毛，连"新年好"都没说，就各自靠在椅背上，脸上是掩饰不住的苍白，身体有说不出的难受，心里却慢慢热了起来。

很久没有这种感觉了，全无私心的真诚，全无做作的随性，全无不安的轻松。两个曾经的老兵、两个并无深交的汉子，在共事的几个月里，不仅没产生利益瓜葛，反而放下了戒心，给予对方充分的信任和尊重。

打破沉默的是张建设，他仰望天空，没头没脑地来了一句："老沈，真要谢谢你呀！"

沈玉林翻了翻眼皮："谢我？谢我什么？把你灌得像个傻子？"

一句话弄得张建设哭笑不得，自嘲似的干笑几声，才道："我们村一些半大小子野得很，往年三十晚上，总会有几场风波。打工回来的攒了点钱就爱显摆，留在家里混皮的还看不惯他们，喝完酒谁都不服谁，三言两语不合就抄家伙动手，没少惹出麻烦来，一搞就是一夜。今年我没管，让泽传看着，早晨他来找我，说昨晚居然平安无事。他到一户人家问了，那家的老人说，儿子年前从工地回来就天天睡大觉，说干了几个月差点累死，要好好休息休息，没几天又要开工了！说工地上有规定，不要不服管的人，不要被政府处理过的人，出门闹嘈一场说不定工作就没了！你看看，你的这个项目，比我们跑断腿说破嘴都管用，不服不行嘞！昨天没白陪你，就算真把我灌傻了，我也高兴。"

"哪有那么夸张！"沈玉林不以为意地说，"不过，你想想看，一个农村孩子，突然给他一份稳定的工资，能不心动吗？舍得丢掉吗？那孩子说得对，工地不要违法乱纪的人。有人暗中捣乱怎么办？打架斗殴怎么处理？我们最怕碰到胡搅蛮缠的，躲还躲不及哩！"

"说得没错！还都是些孩子，看起来流里流气，心里其实嫩得很，不是真黑真坏的那种，要不能饶了他们？他们辍学后没事做，农活不愿干，出去打工又没人带，除了在社会上瞎混，还真找不到去处。谁不知道讨生活？谁不想好吃好喝好穿？可没有路子，过一天算一天，最终还得回家伺候那几亩地。人活得没指望，心气低，自然过得窝囊，破罐子破摔！恰恰就是这样的人，说不得碰不得，一撩就急、一点就着，听了几句不中意的就鬼闹一场！有时候出了事，只要没破财伤人，调解调解就算了。当然不是袒护他们，是有点可怜他们，恨铁不成钢呀！"

沈玉林点了支烟，连抽几口，故作随意地说："老张，你回头问问，如果你们村有年轻人想去南港打工，我可以帮忙介绍。"

这话太意外了，张建设一转身，愣愣地看着沈玉林："那敢情好！"他猛拍大腿，"你来一趟林家洼，作用可太大了！"

说完张建设又靠上椅背，蹙着眉略加思考，伸出了三根手指："我看，至少能解决三方面问题！"

张建设如此敏感，脑筋转得如此之快，沈玉林有些好奇，不禁问道："哪三个方面？"

张建设点着指头说："第一，解决了是富余劳力的短期务工问题。以往，农闲时人最无聊、最难管、最爱惹是生非，几个工程一开，多少闲人有了正事！务工挣了钱，改善了生活，你看这过年的喜庆，就是你们带来的。第二，你说愿意介绍孩子们去南港打工，那可是为他们谋了大福利！我刚才说想出去却没门路，有门路又如何？靠谱的可不多，最怕走上邪路。有你出面，家长们谁不放心？给孩子们提供工作机会，还把他们带上正道，功德无量、功德无量呀！这第三——"张建设又停了下来，斟酌这"第三"该如何表述。

没想到张建设挺会夸人，沈玉林也不追问，支着耳朵等他的后话。

"这第三——我想可以说福泽四方呀！"张建设有些动容，慨叹道，"那天在大河湾,你让我说说到底难在哪里,回去我又细想了想,我们这里穷,根子在哪?水患是一方面,一家人辛辛苦苦积攒几年,好不容易有了点积蓄,一场洪水就成了光蛋蛋!我们有手有脚,我们也不笨,我们也想干,可哪来本钱?有心没钱管啥用?就算有人肯拿钱,不说建厂房开工厂,就说我家那口鱼塘,三年一小漫、五年一大灌,被水冲过一回,谁还敢在这种地方投钱?刨开工业和副业,光说种地,我们村的水田,都盖了厚厚一层沃河湾和林家洼冲出来的淤泥,多肥的黑土地!我们守着大河、洼塘,多好的灌溉条件!我们还有经验丰富的老庄稼把式、有大批成年劳力,这都是我们的财富。可是我们斗天斗地,斗不过无情的天灾呀!这还不算,除了天灾,更难根治的是人心。自古以来,我们这里可以说天灾刚走人祸就来,兵荒过了还有匪乱,村子建了毁毁了建!老沈,说句丧气话,多大的一个村子,上千年努力经营,竟然没留下一棵古树、一栋老房子,你能看到的大杨树都是解放后栽的!一代又一代,老百姓的心气早被消磨光了,既然留不住财、家也富不起来,那就不白费力气,凑合活着就行,反正河里塘里物产多,只要水不干人就饿不死。有人说,龙城人'在家是条虫,在外是条龙',我想就是心理状态的差异吧。"

张建设坐直了,伸手拍拍沈玉林的胳膊,苍白的脸上现出了红润,激动地说:"老沈,现在国家的发展形势这么好,社会稳定,人心思变,你们再把水治好了,就是治了我们的穷根根!你说,我能不感谢你吗?我敬你的酒,不光代表个人心意,还代表了四方的百姓呀!"

沈玉林仰头久视天空,那一片湛蓝晶莹通透,却永远也望不到底。过了好一阵子,他才小声说:"不要感谢我,要感谢,就感谢党、感谢政府!感谢守着这片土地的乡亲们吧!"

说着话,林泽传、赵增云、孔岩和文书小邱先后到来,互相拜了年,搬来椅子坐下,各自报告了情况。

林泽传说:"我和小邱在上林跑了一大圈,到往年闹得凶的几家看了,小子们都和济理叔家老孙子一样,窝在床上睡懒觉,有一两个出去玩的,也就是喝喝酒吹吹牛,没闹起事来。他们说,今年大家见面都客气,说话喝酒也都克制,不像往年见面就掐架!"

"我那头也是。"赵增云说,"邹世利家的小子说得实在,往年外面回来的见面都发玉溪、红塔山,兜里的大团结就拿不出手,今年人人发的都是大河牌,不比他们的烟孬,在工地干活开了眼,心里也不发怵。原本几个说话难听的,都不那么张狂了。"

孔岩接上赵增云的话:"他们为啥说话难听,还不是兜里装了点钱!给老人带点新鲜东西,给小孩抓几块糖、拿几个零花钱,再给兄弟们发几根好烟,请大家吃喝一顿,感觉就不一样了!谁不听他的,嘴上就骂骂咧咧,啥难听说啥,还能不出事?"

"是嘞!我和沈经理也正谈到这个。"张建设说,"人心总是向上的,可站在上面的不往高处看,只低头向下瞪眼使劲,就难免和下面的人发生冲撞,矛盾就这样造成了,再有人点把火,想不烧起来都难!"

他似有感悟,目光闪烁,正色说道:"看来,我们抓管理、抓综治、抓安全,不能只盯着乡规民约条条框框,还要往更宽处拓一拓。比如,发展经济就是一条路,经济发展了,生活富裕了,人的文明程度提高了,彼此都能平等相处,这些都是相辅相成的!这都是沈经理的功劳,是他带来的项目,给我们上了一课呀!"

张建设抑制不住喜色,看看沈玉林,又望向众人,神秘地问:"给大家报告个好消息,想听吗?"

林泽传反问:"刚分开没几分钟,哪来的好消息?乡里表扬我们了?"

张建设摇摇头,略显夸张地说:"比那更好!"

赵增云不禁笑道:"老张,别吊胃口了,大年初一就让人猜哑谜,不如给个痛快话!"

"哈哈哈!"张建设大笑几声,"直说了吧,我们不是愁项目结束后咋办吗?沈经理说了,谁想去南港打工,他能帮忙介绍嘞。你们听听,是不是大好事?沈经理不但给我们上了课,还亲手送上一份新年厚礼嘞!"

……

感激的话是说不尽的,眼看到晌午了,几个人都要请沈玉林去家里吃饭。沈玉林笑着推辞:"不去了不去了,昨天在老张家拼得太凶,得好好休整几天!你们不知道,老张家就是个大酒坑,啥都往你嘴里灌!他还是个不怕醉的老兵油子,多大的杯子都敢放曡子。以后你们可要小心,别被他的酒规矩套住了。"

大家会心地笑着,张建设也不生气,解嘲道:"今天一起床就听我老婆埋怨,昨晚光顾着喝酒,菜饭都没咋动。老沈,中午到我家消灭剩菜去,我保证不喝酒只吃饭!"

沈玉林顿都没打,断然拒绝道:"说不去就不去,今天就在项目部看家,我这有米有面有肉有菜,自己动手,丰衣足食。"

见沈玉林态度坚决,众人都不强求,又闲聊几句,便纷纷告别,各自回家去了。

送他们走后,沈玉林让林水生也赶紧回去,说他年三十没在家守夜,大年初一一定要给老人拜个年,这个传统不能丢。

林水生也想回去一趟,新年第一天,要给老人磕个头,端杯热茶,说些顺耳的话。有些事请讲究时机,错过就失去了意义。

他向沈玉林道了谢,又想起没人给他做午饭,便试探地说:"沈叔,我给你做了饭再回去吧。"

"不就做点吃的?比你年龄还小的时候,我就能喂饱自己了!"沈玉林摆摆手,"回去吧,不着急回来,多陪陪家人。"

"那我走了!"林水生不再客套,一溜烟跑了。

离开村委会,赵增云并没回家,而是溜达去了邹世利屋里。昨晚邹世利去他家拜访,拿了不少东西,还约他中午到家吃饭。他本想推辞,又一琢磨,他跨了赵、邹两姓家门,邹世利又是个难弄的人,既然主动找来,他就顺势而为吧。下林是他分工负责的区域,把姓邹的拿捏在手里,凡事会主动得多。

等邹世利的女人上了冷菜,几个人端起小酒盅,美滋滋喝了一口,一股浓烈的酒香顺着喉咙烧到肚子里。

放下酒杯,赵增云叹道:"真没想到能喝到你家的龙城贡,抽到你家的大河牌!这就叫'三十年河东、三十年河西'!"

"还不是赵书记帮忙拿主意,要不我家哪有这个条件!"邹世利赔着笑,他两个儿子也在桌边点头附和。

第十四章 村变

"要论那件事,咋说你们好!分不清轻重长短,早就说好的条件,两个人上了工,补助也拿了,硬要节外生枝,差一点就无法收拾!"赵增云指指邹金强和邹金喜,"万一项目部真把他哥俩退回来,你们算过没有,得几千块损失吧!若你再较劲下去,少不了要吃公家饭嘞!"

"是——是,我们脑子笨,眼光又短,要不是赵书记,真就把好事弄坏了!"邹世利给赵增云点了根烟,"那天,我可见识到赵书记的威风了,林济安、张建设他们也要按你领的道往下走嘞!"

"你这话可就不对了,我是站在村里的角度说话的!"赵增云把烟灰弹在地上,一本正经地说,"项目部和村里啥关系?跟咱大家伙儿又是啥关系?可以说,没有村里的支持、没有村民的支持,这个事就办不顺利!圩子里都是国家的地,这没错,但项目部的车要不要从村子过?用电要不要从村里接?用水要不要从村里拉?建宿舍要不要租村民的地?日常吃喝要不要找村民买?要不要老少爷们卖苦力?项目部和村里的关系融洽了,得到村民的拥护,他们工作才主动,才不会因为鸡毛蒜皮的小事劳神分心。你以为他们不清楚这些?我帮项目部做村民的工作,你说我站在谁的角度说话?"

"知道知道,还是赵书记有水平!"邹世利腔调一变,"只是那林秃子,太欺负人了,我以后跟他没完!"

"咋的?你连村主任也敢骂?"赵增云质问道。

"骂他咋了!哪天找个机会还要揍他!"邹世利恶狠狠地说,"赵书记,要不是头天晚上你再三交代,我真跟他干到底!当着那么多人敢糟蹋我,哪天非打他一顿不可!"邹世利越说越气,端起酒杯一仰头干了,邹金强和邹金喜也跟着骂了几句。

赵增云颇不耐烦,教训道:"都啥年代了,别一天到晚打呀骂呀的!话说回来,他为啥骂你?还不是抓了你的把柄!"

邹世利抬抬眼皮,脸色一变,讨好地说:"等下次改选,我们把你选上,让他一边凉快去!"

"你说得轻巧!"赵增云把桌子拍得山响,"这个村子姓邹的多少人?姓赵的多少人?姓林的、姓张的又多少人?林济安在你们邹家人面前说句话,谁敢对他说个'不'字?"

"唉,反正咽不下这口气,不管咋的,一定要找机会恶心他一把!"

"算了算了,别净说这些没用的。"赵增云摆了下手,"你们今后少自作主张,别给大家添乱!我看,让两个小子好好干活,多挣点钱才是真的。你看看这屋里,要啥没啥,亏着他哥俩上了工地,不然这个年咋过嘞!"

"唉,说来说去都得谢你!来,喝酒喝酒!"

沈玉林双手支在桌前,对面是刚进门的林水生。林水生一回到家,老人们就埋怨他,家里一切都好,总往回跑干啥?咋能把沈经理一个人丢下,应该请到家里,或者留在那好生陪着。吃罢午饭,林济良就撵孙子走,让他这几天都别回来,安心在那边待着。林水生笑着答应爷爷,又去和妹妹们说了会话,回屋找了几本书带着,才踏着欢快的脚步离开了家。

林水生这么快就回来了,沈玉林有些意外,本以为他会在家里待上一天两天。沈玉林示意林水生坐下,起身泡杯茶递了过去。炉子上铝壶里的水微开着,壶嘴冒着白汽,散发着温馨的气息,让人感觉非常惬意。才下午四点多钟,天色便有些暗了,心急的人家早早放响了晚饭前的爆竹,在一阵接一阵的炸响中,这里愈发显得幽静。

沈玉林突然冒出一句:"水生,有件事想问你。"

林水生正手捧茶杯傻坐着,赶紧回道:"沈经理——沈叔,啥事你说。"

沈玉林似是没来由地问:"你想没想过跟长海管理工程机械?"

"跟王工?管理工程机械?"林水生还真没想过,不知怎样回答。

沈玉林说:"工作全面展开了,计划排得很紧,机械作业时间长,问题就多,物料也要陆续进来,长海有些忙不过来,上个月就找我要人,我答应年后解决。如果让你给他做帮手,顺便熟悉下机械怎么使用调配、施工现场怎么指挥管控,你愿不愿意?"

想到王长海整天耗在工地,经常污头垢面地回来,有时连饭都吃不安稳,管理工程机械和驾轻就熟的内勤工作相比完全是两码事。林水生说不上愿不愿意,只凭直觉,他更偏爱跟在杨海宁,或者沈玉林身后。他想说又不好意思,心中犹豫,不敢看沈玉林。

沈玉林并不追问,而是换了个问题:"你将来有什么打算?或者说,这个

第十四章 村变

项目结束后,你有什么计划?"

林水生怔了怔,这个问题既客观又尖锐,他的确想过,却没有答案。毋庸置疑,他想待在项目部,干啥活不重要,摸爬滚打都行。他又明白这不现实,他不是水建公司的人,只是帮忙的临时工,他和翻泥滚土的父亲、干小工壮工的其他村民没有任何不同,他和项目部之间有一道不可逾越的鸿沟。

想到这些,林水生不免沮丧,只得求助似的看向沈玉林。

"我干工程三十多年了,那一年,我还不到二十岁!"沈玉林双手摆弄着水杯,若有所思地说,"我们连队在柴达木盆地开荒修渠,现在司空见惯的推土机、挖掘机,那时候都没有,一个连只有一台拖拉机,干活只能靠人力。我们先用铁锹和耙犁在满是碎石的荒野上平整土地,用镐头和铁钎开出水槽,再用收集来的石块铺成沟渠,小块的靠手搬,大些的用柳筐或铁丝篓抬,弄不动的就用大锤和铁锥砸开。很多人旧伤没好新伤又来,茧子结了又破破了又结,肩膀肿了又消消了又肿,弯下腰就直不起来,日子长了,不少人支撑不住,落下了病根。等我回到南港,进了水建公司,陆续见到各式各样的工程机械,才知道以前的劳动方式多么原始落后,才知道什么叫机械化作业的高效率、高质量。不夸张地说,在青海十几年干的活,还不如现在一个项目的工程量大。"

沈玉林敲了敲桌子,继续说道:"现在做项目,规划设计有专家和工程师,施工现场必须要靠那些铁家伙。只有让那些铁家伙发挥出最大效用,工程质量和进度才有保证。"

听了这一番话,林水生宛如醍醐灌顶,是呀,坐办公室的都是国家的人,他们各有专业、各当一面,而他一无身份、二无技术,注定不属于那里。也许施工现场才是最佳选择,学会如何管好用好那些铁家伙才更为实际。

林水生有了决定:"沈叔,我愿意!"

沈玉林冷峻的眼中显现出爱惜的神色,看着这个年轻人,就像看到了当年的自己,他心中感喟不已,面上却古井不波:"很好,一点就通!那就这样定了,等长海回来我给他说一下。你跟着长海,安排你干啥就干啥,施工不忙时,让他教教你工程机械的基本操作和维护保养。这个项目工期还有几个月,只要你用心,能学到点东西。"

"我一定用心学。"林水生保证道。

晚饭后,收拾了屋子,烧好开水,林水生就要告辞回宿舍。

沈玉林叫住他,走到床头,从小木箱里拿出一本书,交到他手里,说道:"这本书有些年头了,不过还不算太旧,可以说是一本'老书'吧。大过年的,我也没准备礼物,就把它送给你,你权当打发时光。别介意是本老书,送书不讲究这个。"

又是一个没料到,林水生心头一热,双手接下,说了声"谢谢沈叔",见沈玉林点了点头,便扭头出了门。

回到宿舍,一拉开灯,林水生便迫不及待地捧起那本书。

正如杨海宁所说,这是一本外国名著,蓝绿色的书皮显示出年代感,书口略略发黄,可并无破边和卷角,看得出主人保管得非常精心。

封面中间是黑色的书名《基度山伯爵》,下面署名"大仲马",右下角印有一张西方中年绅士的半身像。

翻开封面,在泛黄的扉页下部,是用遒劲的行草写下的几段文字。

第一段十二个字——"新眼光,新思想,新目标,新收获"。

接下来是稍大的八个字——"靠水而生,因水新生"。

最后一行小字——"林水生惠存　沈玉林于甲戌年正月初一"。

第十四章　村变

第十五章　恩重

"咚,咚咚——"有人用力捶门,"水生,你醒了没有?"

"哎呀!睡过了!"林水生双眼一睁,一激灵坐了起来,抓起衣服就往身上套,"醒了、醒了!"同时冲门外喊道。

"咣当"一下,宿舍的门开了,张国平从外面闯了进来,后面跟着忠实的大黄。"屋里咋这么冷?你昨晚没烧炉子?"察觉到室内温度异常,张国平生气地质问。

"烧了,咳、咳。"林水生一边穿着外衣,一边干咳几声,"可能夜里把煤烧光了,我睡得死,没起来换。"

"咋还咳嗽了,是不是病了?"张国平伸手就要摸林水生的额头。

林水生扭身躲开了:"没事,身体没那么弱,现在几点了?"

"八点多了!"

"八点多了?"

"昨晚又熬夜了?"

"看了会书,咳、咳。"

"不会感冒了吧。"张国平俯下身摸摸床上的被子,"屋里跟冰窟似的,被子还这么薄。"

"可能昨晚没注意,着了凉。"林水生的声音有些沙哑。

"可能、可能……"张国平十分不满地重复着,"你赶紧洗洗,我陪你去卫生所看看。"

"不用,我没事,你见到沈经理了?"

"和我爸在外面喝茶说话嘞。"

林水生快速整理了床铺,从水桶里打了点冷水,又拿起暖瓶加了些热的,把脸埋进去,让透着凉意的水流帮助自己快速清醒。反复几次,感觉好些了,才漱了口,跟张国平一道出了门。

"沈经理,张叔!"林水生怯声招呼道。多不好意思,打住进来头一次睡到这么晚,还被沈叔、张叔逮个正着,好在他们看上去兴致不错。

张建设故意沉下脸:"起来了,咋睡得这么死?"

"水生病了,好像感冒了。"张国平抢着替伙伴辩解。

"发烧了吗?"沈玉林问。

"没有,就是有点咳嗽。咳、咳——"

"他屋里冷得像个冰窖,还能不着凉?"张国平向林水生翻了个白眼,似在埋怨他。

"咋没烧炉子?"张建设问。

"烧了,夜里灭了。"

"夜里两点多钟我起来上厕所,他屋里还亮着灯!"沈玉林对张建设说,又看向林水生,"熬夜看书呢?"

"嗯!"林水生挠挠头,赧然应道,"看那本《基度山伯爵》,一打开就放不下,不知不觉就看到了半夜。"

"先别说这些了。"张建设打断了交谈,"先弄点东西吃,再让国平陪你去赵医生家拿点药。记得要点退烧的药。"

"唉!"

"早晨下的面条都糊了吧?不能吃了就倒掉重做。"沈玉林道。

"没关系,加点水热热就行!"

孩子们带着大黄走了,张建设起身往两人的茶杯里续了水,又坐回去,继续同沈玉林说话,没说三两句,自然而然话题又落到年轻人头上。

张建设说:"水生这小子,是难得的踏实后生,从小成绩就好,他家里都指望他将来能有大出息,可惜了,高中最后一年没坚持下来。"

沈玉林不止一次听人夸奖林水生,他并不以为然,既已辍学,多说无益,不如关心关心还有希望的人,比如张国平,便有意问道:"你家小子也不错,听说村里就他一个读高三的,考大学没问题吧?"

张建设似有些敷衍:"国平的成绩只能说凑合,谁知道他争不争气。"

第十五章 恩重

119

沈玉林却挺较真："争不争气不是你说了算的,你可别刻个模子就往他头上套。"

"这倒不至于,我担心的是他的脾气。"张建设难得地向沈玉林要了根烟,点上抽了几口,说了下去,"国平考虑问题不够细致,遇事也缺乏耐心,他身上还有些哥们义气,做事凭一时兴起,不太计较后果。他那样的性格,能进到个好单位,遇到个好领导,工作起来舒心,不至于产生抵触情绪,可能会比较顺利;就怕看啥都不顺眼,说不定连领导都不认。"

"有点脾气有什么不好,有脾气的人更讲原则。"沈玉林用手指敲了敲桌面,"如果为了所谓的中庸之道、人际关系,就放弃了原则,扭曲了性格,这样的单位,我看也没什么好留恋的。"

"话是这么说!"沈玉林的观点,张建设并不反对,他担心的不只是明面上说的那些,还有个情结始终埋在他心底,挥之不去。

情况是从国平他妈那里听来的。那年张国平还穿开裆裤,沈琼花带他回娘家,回来后就把张建设拉到里屋,心有余悸地说,在娘家时,恰好遇上个老叫花子上门讨饭,国平正在院子里撵鸡崽玩,见到生人拍门竟也不怕,屁颠屁颠迎了过去,老叫花子黢黑的两只手摸上来也不知躲闪。坐在堂屋的沈琼花看到后就急往外跑,一把从老叫花子手里夺过儿子,嘴里还不停埋怨。老叫花子并不生气,只操着外地口音说了一句："这孩子天生反骨,将来恐有祸端。"语毕便眯起双眼,再不吐一个字。儿子被那样的人捏来捏去,沈琼花早吓得六神无主,只让她妈送两个馍馍去,快快赶老叫花子走。等慌乱过去了,想起老叫花子的话,她才回过味来,不管是真是假是好是坏,该听听他咋说的。可问了她妈、她姐、她弟,都说没听说过这个老叫花子,想是从外面流浪来的。虽然张建设从不相信这些,沈琼花亦是疑惑,可这么多年过去了,一个事实日益彰显——国平与其他孩子真的不一样!村里人都议论,说这小子太"独",稀言少语的,打架却直往狠的去。只有同龄的水生是个例外,若不是沾了水龙王的气运,怕是连水生也不能幸免。按老话说,就是天生的"孤星"命。有人把这话传过来,张建设听了倒还罢了,沈琼花却觉着大有道理,再联想到老叫花子的谶语,疑心越来越重,日子久了,竟成了心病。

这些话自不好对外人讲,张建设只能打个迂回,婉转地说："就怕国平静不下心来,一旦处理不好和领导、同事的关系,咋还能安心工作?前途更不谈了。"

"这就是现实。"沈玉林又重重地拍拍桌子,"现在人员流动受限太多,年年月月就看那几张脸。没办法,要吃公家饭,就得按公家的规矩来,要不只能拍屁股走人。个人的小性格,没人会在乎。"

"别说城里,咱农村还不一样?我这个村支书,外人都觉得威风,说一不二。可事实上呢,哪有那么风光?做人做事还不得看人脸色!领导的话要听,农民的好恶也不能不管。安排的工作农民不干,你能咋办?带人强迫他干?若这样能行,那就不需要村两委了,选几个力气大的,不就简单了!"

"当然不行,那要党的基层组织还有什么用?"

"是呀,党的执政理念变了,基层组织建设也要相应调整。比如说我,那年老支书选中我,是因为国家政策的变化和组织上的需要,我是复员军人,是党员,是致富带头人,是个不到四十岁的年轻人,正符合干部'四化'的要求。可这些年过去了,在村里管事的还是当初选出来的几个,同样是几张老面孔,也可以说是一潭死水。有时候我也感到思想上有差距,工作的主动性有所减弱,现在这个村委会,需要补充新鲜血液呀!"

说者无意,听者有心,"新鲜血液"四字一出,沈玉林便领会了暗含的意思,他忍住笑,装作不解地问:"让林水生来项目部,是不是早就计划好的,是你们'补充新鲜血液'其中的一步?"

张建设没有点头,也没有否定,含糊地说:"他才多大年龄,刚满十七岁,还早着嘞!"

"哎,你这话有问题啊!"沈玉林挑起理来,"十七岁怎么了?霍去病十七岁就被封为'冠军侯'了!南方的私人老板,哪个不是十三四岁就出去打拼的,十七八岁的小老板也多了去了,你可别瞧不起年轻人。"

"这倒没有,我的意思是水生还小,不着急考虑后面要做啥、能做啥。作为村支书,我是村务的第一责任人,除了要管现在,还要看长远,手头事固然要紧,但更关键的是眼里有能接班的人。以眼下农村的条件,没有哪个大学生愿意下来,那农村建设咋办?谁来带领村子向前走?我看不能指望别人,完全要靠自己。像水生和小邱这样的年轻人,潜力是有的,能力和阅历暂时

第十五章 恩重

差点。可他们爱动脑子、踏实肯干,人品又不错,为啥不能早早培养?要培养,就要给任务、压担子,在事上练!就要在实务中学习、磨炼,一点点成长、成熟。眼下形势发展得这么快,说不定哪天我们就彻底落伍了,先培养几个人备着,总比到时候抓瞎强。"

说话间,张国平和林水生回来了。

"吃过药了?"张建设问。

"吃了。"还是张国平抢着回答,"有点低烧,感冒药退烧药都吃了!"

张国平搬来凳子,屁股刚刚坐下,就听他爸说:"去找个杯子,给水生倒杯热水。"

林水生忙站起来:"别麻烦国平了,我自己弄。"

张国平冲他挤了挤眼,径直走进他爸的办公室。张建设示意林水生坐下,安慰道:"不用担心,多喝点热水,按时吃药,你这个年龄,三五天就好透了!"

林水生"唉"了声,不大会儿,张国平端了个白瓷杯过来,递给林水生。

林水生双手接过水杯,一阵温热从手上传来。揭开杯盖,里面是刚泡的清茶,茶叶不多,茶汤碧绿,猜想准是张建设收藏的好茶。他用杯盖轻轻抚开水面漂浮的茶叶,吹了吹热气,抿下一小口,一丝清香和一股暖流混在一起,顺着咽喉滑下去,身体和心情立马好了几分。

刚才沈张二人聊天,说着说着就跑了题。张建设像是无意说出的"补充新鲜血液"的想法,是他真实的心声,源于他对村子高度负责的态度,这点瞒不过沈玉林。

合作的这几个月,只要双方有事协调,张建设就会叫上邱开泰和林水生,理由是冠冕堂皇的,他们二人不仅要知情,还要了解决策过程,才能把事情落实好。沈玉林也不反对,这两个小伙子,他从陌生到了解,经历了一个短暂的过程,早都摸透了秉性。邱开泰是高考落榜生,干文书有几年了,积累了一定的工作经验,说话办事有板有眼,是个值得培养的好苗苗。至于林水生,刚来他就察觉到,张建设对这孩子有种特殊的关怀,一段时间里他故意挑林水生的毛病,就是想摸摸这个小家伙的底,机不机灵、踏不踏实,能不能挨得了白眼、受得了委屈,结果是让他满意的。到后来,他也会不时点拨一下林水生,生活上亦给了了关照,他也看好这个年轻人。

见林水生的脸色好了些,沈玉林没绕圈子,直接问他:"昨晚看到什么地方了?有什么感受?"

"上卷看了一多半,唐泰斯逃离伊夫堡,找到宝藏,向他的恩人报了恩,就要复仇了!"说到昨晚沉迷其中的章节,林水生立马来了劲,书中的情景好像印在脑子里,在睡梦中都不肯离去。"至于感受——"林水生稍一思忖,"我觉得好人就应该有好报,坏人就应该遭到报应。"

"啥伊夫堡、宝藏?"张建设不解地问。

"一个外国小说里的地名,就是水生熬夜看的那本。"沈玉林解释完,又接着问,"你说说,怎么区分好人坏人?"

林水生仔细想了想,找了一个他认为最合理的答案:"好人心存善念,与人为善;坏人心怀恶念,为达目的不择手段。"

"那为什么坏人就该遭到报应?"

又是一阵沉默,林水生回答:"因为他们的所作所为,伤害了别人,制造了仇恨。"

"制造了仇恨就必须遭到报应吗?"

沈玉林这几个问题,一个比一个奇怪,一个比一个深奥,特别是最后那个,答案不是明摆着吗?林水生一时糊涂了,弄不清沈玉林想听到啥。张建设在一旁鼓励:"想到啥就说啥,错了也没关系。"

林水生无言颔首,良久才轻声说:"我想应该是吧,鲁迅先生说过,'犯而不校是恕道,以眼还眼、以牙还牙是直道'!"

沈玉林从烟盒里摸出一根烟,并没点着,只在手里揉搓着,口中不紧不慢地说:"《基度山伯爵》是我买的第一本外国名著,说老实话,我买这本书并不是出于爱好。听团里的战友说过,这是一部关于报恩和复仇的书,特别是复仇,主人公把手段运用得出神入化,过程设计得完美无缺!"

他的神情有些暗淡,还在不停把弄那根香烟,语调却沉重许多:"那时候我还年轻,刚从大西北回来,心中有些感念,有恩也有怨,许久都放不下。报

第十五章　恩重

恩简单，可以做得很直接、很隆重、很痛快，让大家都看得到，我是有恩必报的人。报仇就不能这样，要悄无声息地达到目的，不留丝毫痕迹。于是我就买了这本书，想从中寻找报仇的'灵感'。看完了我才发现，原来外面的世界跟自己每天面对的如此不同，既然这本书让我看到了外部世界的一角，那就索性多看几本，了解得多些。就这样，一直坚持了下来。

"水生刚才说的——好和坏、善和恶，以眼还眼、以牙还牙——都没错，比我年轻时强多了。但到了我这个年龄，渐渐少了激情和冲动，多了些成熟和沧桑感，对事情的看法也不再黑白分明，不再认为不是善就是恶、不是好就是坏。"

沈玉林做了个深呼吸，终于把烟点上，默默地抽了两口，又缓缓说道："很多年以后，再回头想想那时的经历，看清楚了周围的世界，年轻时曾发誓永志不忘的恩怨，忽然觉得都是过眼云烟，没什么大不了的。别人的恩一定要记得，那么恨呢，是不是要铭心刻骨？是不是'君子报仇，十年不晚'？"

听到如此深刻的心灵拷问，几个人都陷入了深思，久久地，才听见沈玉林自问自答："我想呀，所谓仇怨，只是藏在心底的阴影，如果阴影一直盘踞在那里，人心就只能生活在黑暗下面。什么时候太阳照到心底了，阴影消失了，仇怨也就淡了。"

"也许我的观点不对，不过没关系。"他接着说，"每个人对人生和遭遇都有不同理解，没有谁是谁非。但是，心里的负担放不下，那颗心就永远是沉重的，越提着越累，最终不堪承受，折磨得自己想要发疯。哪天一旦放下了，才会感到真正的轻松。"

"好个阴影和太阳！"张建设叹道，"老沈，越跟你交心，就越能发现你非同凡响，真让人不服不行嘞！"

沈玉林身形懒散地靠上椅背，抽一口烟，淡淡地说："我只不过多吃了几年苦，吃过苦的人，才知道什么叫甜！"

时间过得真快，一晃快十点了，张建设突然想起来什么，一拍大腿，伸手拉一把沈玉林，兴奋地说："我差点忘了，今天要和你比试比试厨艺！"

"比试厨艺？"沈玉林没领会张建设的意思，反问道。

"是呀！"张建设有些得意，"我老婆回娘家了，我和国平没地方吃饭，就带了些肉菜过来，搁在我办公室。一会儿让两个孩子打打下手，我俩一人做几个菜，我就想和你比比，到底你们军垦团的手艺好，还是我们野战军的厨艺高！"

沈玉林闻言哭笑不得，无奈地说："老张呀老张，让我说你什么好，都快知天命的人了，还这么争强好胜！"

张建设皮笑肉不笑，嘴倒还硬着："咋的？我读的书没你多，思想没你深刻，工作能力没你强，阅历和你更是相差十万八千里，这些我都承认，但要说厨艺，可真不一定不如你！为了挫一挫你这个老军垦的傲气，我就争强好胜一次不行？"

林水生和张国平对望一眼，脸上浮现出会心的笑容。

太阳终于挣脱了云层的缠绕，散发出灿烂的光芒。

第十五章 恩重

第十六章　顿开

天才蒙蒙亮,张建设就起了床,转了一大圈,八点来钟回到村委会,林水生已经煮好了鸡蛋挂面。张建设一边吃早饭,一边问沈玉林,接下来几天有何安排,要不要去河州或龙城逛逛,再不就登涂山看风景,山上有方圆数百里内数一数二的道教名观禹王宫,还能瞻仰一个大名鼎鼎的圣迹——也是河州地名的由来,禹圣劈山导水形成的荆涂相望、水秀山高的壮丽场景。

饭后,张建设还在兴致勃勃地介绍河州的风土人情和历史文化,办公室的电话响了,当班的小邱跑了出来,冲张建设喊道:"支书,乡里吕副书记来电话,问村干部谁在,我说你在,他就让你接电话。"

张建设举手示意听到了,冲沈玉林一撇嘴:"刚才说的,你考虑下。"

走进办公室,拿起电话,张建设便向乡领导问候道:"你好,吕副书记!我是张建设,给你拜个晚年。"

话筒里传来宋集乡党委副书记吕连科熟悉的声音:"老张,过年好,也给你拜年。咋样,这个年过得还顺心吧?"

"是嘞,麻烦事少多了,我们也安稳。这都要感谢上级领导,送来了几个大项目,给老少爷们都找了事做,依我看,现在可以说人心向上呀,谁没事在这个时候找不快活!"

"乡里的几个项目都是重点工程,领导们都很关心。老张,听说沈经理亲自留守了?"

"可不,我看他闲得慌,想请他出去逛逛嘞。"

"哦,说好去哪儿了吗?啥时间去?"

"正说着这个,你的电话就来了,还没定下。对了,吕副书记,你找我有啥指示?"

"我也是刚接到通知,河州市文化局要送戏下乡,本想去离市里近点的地方,初一大早市领导到各单位拜年,问起了春节期间的文化工作安排,要求文化下乡要真正深入下去,送到边远乡村、服务重点地方,文化局要县里选报符合条件的村镇,县里不知从哪听说沈经理留守,你们村又是个典型的农业大村,就定了你们村。"

说着,吕连科加重了语气:"老张,你们可要重视呀,到时候,市文化局和县乡领导都要亲临观看演出,市电视台也要随队采访,可不能搞砸了!"

张建设心中一凛,问道:"啥时候来？演的啥内容？"

"时间定在初六上午,演出内容是河州花鼓灯。你们准备个大点的场地,能安排下主席台、跳得下大花场,你们村也要组织群众观看,人都要坐得下。"

"哦,村委会后墙外正好有一个打场,平时开大会都在那,接电也方便,我们收拾收拾,应该够用了。"

"那个地方我知道,我看可以,记得把周围的垃圾清理干净,还有草垛子啥的,该处理的也要处理,简单布置一下,清清爽爽的,拍出来好看。另外,要注意电视台的采访环节,你给沈经理通个气,再安排几个明白点的骨干,给他们搞搞培训,免得出纰漏。"

"这都没问题,一定安排好。"张建设打包票道。

"还有,原本不要村里安排饭的,但是从市里过去路途太远,演出完回去吃饭赶不及,需要你们准备四十个人的午饭,县里通知便餐就行。便餐就便餐,严格按县里的要求办,不过我个人建议,最好有点当地特色,能体现农村的淳朴,还要表达对来慰问的领导和艺术家的欢迎和感谢。"

"请领导放心,我们一定弄得像样点,后面还有啥消息也请尽快通知,村里随时有人值班听电话。"

"我知道了,你们多辛苦! 对了,你不是说想请沈经理出去逛吗？需要的话,我可以协调派出所的警车接送,定好时间提前告诉我。"

"那就先谢谢领导了。"张建设连忙答应。

放下电话,张建设就忙了起来,先给沈玉林说明了情况,又让邱开泰把村干部和村民骨干挨个儿找来,开了个专题会议,分工到人,分头准备。于是乎,请沈玉林出去散心的事情,就被暂时搁置了下来。

第十六章　顿开

为迎接年初六的演出,村里从上到下都被调动起来,林水生也被安排了任务,帮忙布置会议室,还要收拾几个房间出来,供演员化妆和更衣用。

张建设的提议触动了沈玉林,沈玉林觉得自己既帮不上忙,待着也无趣,还碍事碍眼的,不如去趟河州,亲眼看看这座规模不大、名气不小的城市。他去乡里赶过集,也去龙城采买过,在哪坐车转车心里大概有个数,挎包里还装着介绍河州的书,逛哪条街、看哪几个景点,简单拉了个条目。

第二天凌晨,天还黢黑,他便爬了起来,在炉子上烤了个馒头吃了,留了张字条在宿舍桌子上,在路边上了去宋集的中巴车。

林水生起床后才发现沈玉林出去了,沈叔有事一向不爱对人说,更何况是这个节点。他看时间还早,便回屋继续读他的书。为了不误正事,他把屋门大开着,太阳一出来就能照进来,院子里有动静也能看得到。

九点钟左右,邱开泰来了,林水生下了楼,两个人一起动手打扫卫生,收拾会议室。昨天村里开会定下,领导休息就安排在村委会的会议室,把破损的椅子换掉,桌面铺上从乡里借来的桌布,再买三十个白瓷杯、两斤好点的茶叶,架个烤火炉,就差不多完事了。男化妆间用村里的办公室,女化妆间就在项目部一楼的会议室,卫生搞好,摆几个镜子,点上火炉,放上暖瓶水和水杯,基本条件具备就行。

年轻人干活麻利,林水生虽然身体状态欠佳,但心中有事,手脚也一刻不停。午饭之前,几间屋子就收拾得干净整洁,只等村干部验收,摆上新买的物品即可。

随便弄点饭吃了,林水生又拿起了那本书。连续几天,他有空就捧着书看,已经通读了全书。毕竟他从未涉猎过外国小说,对欧洲的历史、地理、文化、风俗、宗教等都不了解,有些情节还没完全看懂,有些人名地名翻篇就忘,他要多读几遍,加深理解。还有就是,大致回想沈玉林说过的话,他要在重读时做些针对性的思考。

"仇怨是藏在心底的阴影,只要阴影还在,那颗心只能活在黑暗里。"

"心里的负担越放不下,就会越累,最终让自己无法承受!"

林水生觉得都在说他,半年多来他就是这么度过的。"沈叔读过的第一本外国名著,恰好也是自己读的第一本,沈叔那些令人耳目一新的观点,自己能否找到同样的灵感?"

天都黑透了,沈玉林才回来。听到推开铁门"咯吱、咯吱"的声音,林水生放下书本,小跑下楼迎了过去。

沈玉林已进了院子,见到林水生,把手中的塑料袋递过去,问道:"吃饭了吗?这是在县城买的'黄记',牛肉馅的,我吃过了,你吃几个。"

林水生接过袋子:"我也吃过了,留着明天吃。"

两个人一先一后进了沈玉林的房间,炉火烧得正旺,一片暖意融融。林水生拎起炉子上的水壶,往脸盆里倒了小半盆热水,用手试了试水温,对沈玉林说:"沈叔,你洗洗脸。"

"嗯!"沈玉林答应一声,脱掉外套,拿起毛巾擦洗起来。

林水生又拿起暖瓶,给搁好茶叶的杯子添满开水,放在桌子上,站在一旁,等沈玉林洗好,他再把水倒掉。

沈玉林把冰冷的双手泡在盆里,长出一口气,享受着水温带来的通体舒泰。"都说'五九六九,沿河看柳',可一早和一晚,还真有点冷。"

"把手泡透,喝点热茶,炉子多烧烧,很快就暖和了!"林水生应道。

沈玉林把泡得发红的两只手从脸盆里拿出来,侧身让过林水生,取过毛巾擦干,再把毛巾搭回床头,坐到桌前,端起新泡的热茶喝了一口,接着点上根香烟,过瘾似的大口吸着。

"你们的城市建设得不错!"等林水生端着空盆回来,沈玉林示意他坐下,迫不及待地说,"我去看了沃河铁路桥,快一百年了,仍然在用,还在国家南北交通的主干线上,当初费了多大工夫可想而知!比德国人修的兰州黄河大桥都不差。

"早听说河州的商贸发达,我特意到市中心转了转,果然名不虚传,大马路、老天桥、百货大楼,到处人头攒动,人人提着新买的衣服鞋子,还真有点'小上海'的感觉。

"还有三马路市场,按说过年期间商户都该歇业的,没想到热闹得很,还有不少操外地口音的,许是和我一样慕名前往的吧!"

第十六章 顿开

沈玉林一句接一句，讲述他在河州逛街的感受，似要把所见所闻，一一做个回顾。

河州林水生去过几次，都是匆匆去匆匆回，沈玉林提到的铁路桥呀、百货大楼呀、三马路市场呀，他没一点概念，因此接不上话，只能洗耳恭听。

"下午我还爬了涂山，真让我大开眼界！荆涂相望、沃水东流、台桑有子、启母望夫，多么壮丽的景色！多么动人的传说！"沈玉林罕见地表现出亢奋，表情也异常丰富，"我爬到山顶，恰巧赶上河州市摄影家协会上山采风，在禹王宫，有个专家给他们讲涂山的历史，总结起来就几句话——"他从挎包里拿出一个小本本，翻到有折痕的一页，读了起来，"'大禹治水，开山导流，娶涂山氏，三过家门而不入，涂山氏梦熊而诞启，禹会诸侯于涂，斩防风氏，万国臣服，夏始兴也！'中国文化实在博大精深，短短几十个字，就把一段历史完整呈现出来了，多么神奇！多么令人向往！昨天听老张的介绍，还有我那本书上的内容，都不够详细，听了专家的讲解，我才知道，所谓'禹会诸侯'就发生在涂山脚下，夏启就诞生在涂山之上，而夏朝的建立，又是中国历史上原始社会和奴隶制社会的分界，是个极其重要的历史事件！了不起呀！了不起呀！

"后来我就跟着那位专家，听他说涂山地望、说历史典故、说文化传承，越听越觉得不一般！和氏璧就出自隔河而望的荆山汴河洞，旁边的白乳泉被大文豪苏东坡书题'天下第七泉'，还有涂山的禹王宫，竟然是汉高祖刘邦敕令建造的，汉唐以来，不断有文人名士登临涂山瞻仰圣迹，留下诗赋墨宝无数！这次我算误打误撞，领略了风光，还收获了知识，不虚此行！真是不虚此行呀！"

林水生听得起劲，这是他头一次听人如此详细地介绍涂山。龙城人通常称涂山为东山，高一时学校组织春游去过一次，除了山脚下的油菜花和山路旁的石榴树，并没留下特殊印象，反倒觉得就是个普通的石山包，山顶所谓的禹王宫，也只是几间又小又破的红房子，没啥看头。听到沈玉林的描述，他同样被涂山的非同凡响所震惊，心中的自豪感油然而生，家乡的悠久历史和璀璨文化，被沈玉林精辟的语言高度浓缩，让他惊喜又感叹。

沈玉林的高兴劲儿还没过去，他晃晃手中的小本本，炫耀似的说："我把专家的话都记了下来。要不是赶时间,我一定跟着他听到最后。回来的路上,我有感而发,编了一首打油诗,你先听听。"

紧接着,就听到他用浑厚的嗓音朗诵:"甲戌正新年,兴来上东山。荆涂夹断谷,禹圣镇雄关。沃水欢歌去,启母望夫还。台桑与君誓,霁月伴风眠。"

"呵呵呵!"沈玉林很难得地笑出了声,"你这个文艺青年,给我提提意见。不过——"他拉了一个长音,"我这就是首打油诗,不讲格律章法,只求直抒胸臆!"

听到"提意见"三个字,林水生连忙摆手:"不行不行,我可没那个水平!我们那个所谓的文学社,就是一群爱看杂书的人。诗词确实有人学着写过,不是自由体就是长短句,格律诗辅导老师还行,我们都是外行。"

"见笑了,见笑了!"沈玉林意犹未尽,"找个时间,考考你们的张支书,我猜他无论如何想不到,我这次收获有多大!说好了,你可别泄密。"

一提到张建设,沈玉林想起了村中的大事:"哦——对了,准备工作还顺利吧?"

"顺利,卫生都打扫好了,明天把买来的东西摆到会议室,后天一早再把会场布置一下。"

"你的身体呢?吃得消吧?"

"一直吃着药,没啥事了。"

"夜里不要熬得太晚,书不是一天就能读完的。"

"那本书我已经看完了!"

"哦?都看懂了?"

"故事情节懂了,有些地名、人名啥的,总记不住,还要多翻翻。"

"记不住很正常,多读些欧美历史文化方面的文章,慢慢就好了。"

这两三天,林水生一边看书,一边回忆沈玉林说过的话,他也有了些想法,见沈玉林兴致很高,就说了出来:"沈叔,那天听你说对人生和遭遇的理解,我觉得每句话都在针对我,所以看书的时候,我也在用心领会,不知道理解得对不对,想听听你的意见。"

"哟!"沈玉林发出惊诧的声音,"你说说,怎么理解的?"

第十六章 顿开

"关于报恩和报仇,我还没完全消化,感想主要来自基度山伯爵复仇的过程。"

"接着说。"沈玉林双手抄在袖子里,非常仔细地听着。

"他的计划太周密了。"林水生瞪大眼说,"他设计了一个很大的圈套,把所有与复仇有关的人都装了进去,再用一个接一个的小圈套,把看似毫不相干的人和事联系起来,按照事先设定的剧情发展,最终达到他的目的。整个过程一环扣一环,环环相扣,每一个看似偶然的事件,都有发生的必然性,让圈套里的人,在毫无察觉时便扮演了他提前设计好的角色。"

对这番明显是打好腹稿的陈述,沈玉林没做评价,而是问道:"为什么他的圈套能一次次成功,而不被识破呢?"

"那是因为他的目标明确,准备得充分。"林水生张口就答,"他用了九年时间,一边改变自己,一边编织圈套,以有心算无心,怎能不成功!"

"说得有道理!做一件事,坚定的目标、严密的计划、充分的准备、超乎寻常的耐心、日复一日的等待,这些都必不可少。很不错,能认识到这些,说明你是动了脑筋的。其实还有一个重要因素,同样不可或缺。"

"啥因素?"林水生的眼神闪亮,满是探寻的神色。

"人性!"

"人性?"

"对!把人性发挥到极致!"沈玉林把手搁在桌面上,身体前倾,同样目光炯炯,看着林水生,"好人有好人的性格,坏人有坏人的性格,具体到个体身上,都有不同的脾气和习惯。基度山伯爵把人性研究透了,利用了人们对善恶、贪婪、荣誉、恐惧等情绪的不同反应,引导人们往他设定的路径上走。"

"当然了,这是作者把主人公神化了。"沈玉林笑了笑,"就像金庸和梁羽生武侠小说里的绝世高手,拥有飞天遁地的本领。现实中,这样的成人童话是不可能存在的。"

林水生的目光闪烁,这又是一个新观点,要一字不落地记在脑子里。

谁知下一刻,沈玉林就变了腔调:"可是,这样的人生真的幸福吗?"

林水生又蒙了,沈玉林咋又弄出个矛盾,似要把结论带到相反的方向。

幸好,这次不需要他回答,沈玉林主动做了讲解:"一个人有坚定的目标,持之以恒地做某件事,这是好的一面,可以集中所有精力,充分激发潜能。但也会带来一个问题。没有目标的人,过一天是一天,随遇而安,他的未来就会有很多可能,生活也会相对轻松;而目标明确的人,为了达到目的,需要动用一切资源,有时甚至豁出全部身家作为赌注,不顾一切地押上去。最终的结局只有两种,成功或者失败!成功当然是人生幸事,可如果失败了呢?将会输掉所有本钱!事实上,绝大多数人追求目标的过程,都是以失败告终的。在奋斗之前,如果没有做好失败的准备,当那一刻真的到来,几个人能承受得住?"

"水生!"

听到沈玉林叫他,林水生从回味中醒过神来:"沈叔!"

"文学作品不光供人欣赏和消遣,还有更多值得深思、暗藏在字里行间、等待让人发现的地方。那些写下传世作品的大师,无一不是思想家、哲学家,他们在一个又一个夜晚苦思冥想,费尽心机把线索隐藏在看似平常的情节中,他们有时还会陷入自己编撰的故事中无法自拔,就是为了把思想传递给读者,并在读者的头脑中产生共鸣。就我个人理解,根据作者想表达的内容和阐述的方法,又分为不同的风格,有些思维深刻,有些情节跌宕曲折,还有些逻辑严密、感情充沛,无论持什么观点,一定来源于生活,表达作者的人生态度,并期待读者能够接受。"

最后,沈玉林用一句话做了总结:"这就是我对读书的理解。"

林水生听得入了神,他觉得脑子有些"干渴",沈玉林今天的说法再次超越了他的接受能力,他找不到话语应对。作为文学爱好者,他读了不少作品,若是比照沈玉林的标准,他读得还远远不够"深入"。有些书,读时觉得感动,放下后并没有被触动,可能没能与作者的思想产生共鸣吧。

"再说说你,现实生活不也像小说里那样。"沈玉林没给林水生留下思考的时间,继续说道,"我听说了你的事,可不可以说,你曾经也有过明确的目标,但你失败了,从此一蹶不振?我看这没关系,你还没成年,把先前的失败一扫而过,重新来过并不算迟。如果你愿意,那就想好到底追求什么,再选一个目标,并为之而努力;如果不愿意,或者暂时想不清楚,那就先放放,没目标也罢,将来再说也罢,总比陷在上一次失败里拔不出来强!"

第十六章 顿开

"沈叔,我——"林水生张张嘴,脑子却是空白的,噎在了那里。

"对年轻人来说,即使没有宏大的志向,能好好学习、好好做事、好好生活,就很了不起了!"沈玉林站到林水生身边,轻轻拍了拍他的肩膀。

第十七章　鼓欢

花鼓灯是沃河两岸孕育和发展起来的民间艺术形式,据考证,其历史比龙城县的历史还要长,甚至同传说中治水的禹圣人有关。

清初的剧作家孔尚任写过一首《舞者词》形容花鼓灯的特点:

一双红袖舞纷纷,软似花鼓乱似云。
自是擎身无妙手,肩头掌上有何分。

花鼓灯集锣鼓、舞蹈、灯歌于一体,锣鼓节奏感强、衣装色彩艳丽、舞姿舒展优美、动作紧凑欢快、表演生动有趣。它的题材通常取自农村生活,曲调和舞美有着强烈的乡土气息,灯歌直接来源于民间小调,唱念都基于当地语言,内容大多表现百姓生活,因而在沃河流域有着广泛的群众基础。

沃河周围的百姓,特别是上了岁数的老人们,几乎人人会唱几段小调、舞几个花架。每到传统节日或高产丰收的日子,村里的老头老太就会组织起来,划旱船、舞河蚌、耍花伞,都可以看作花鼓灯在民间演绎的不同形式。

但在沃河流域之外,花鼓灯却往往有着令人心酸的特殊含义。古往今来,被迫从龙城出走的百姓,为了路途上的吃食生计,很多人会打起小鼓、唱着巧词儿,讲述自家的悲苦和对主家的祝福博取好感。本应登堂入室的文化精粹,不得不与乞丐和流民画上等号,以这种凄惨的方式传播名声。

新中国成立后,特别是二十世纪九十年代以来,河州市政府支持民族文化的力度持续加大,民间艺术受到了前所未有的保护,作为本乡本土最有代表性的艺术形式,花鼓灯的传承和创新被摆上了突出位置。传统的"四大流派"再度蓬勃,各专业团体也纷纷引进花鼓灯艺人,将其精华吸收进戏剧、舞蹈、歌曲中,通过舞台表演展现于大雅之堂,创作、演出呈现出欣欣向荣的景象,涌现了很多优秀的青年传承人。

市剧团要来的消息像长了翅膀，在村民中飞速传开。原先他们只盼着正月十五村里旱船队的表演，没想到还能欣赏到市里专业剧团的慰问演出，与明星演员面对面接触，心里有了期待，干起活来也动力十足。没费村干部多少口舌，打场周边就被彻底清理干净，几十个稻草垛子全被搬运一空。

左等右等，到了演出那天，村委会北边打场上一片欢腾。靠近村委会后墙的位置被布置成一个宽大的演出场，几根木桩之间拉起布条和彩带充当背景，夯土地面铺上红毯就是舞台，四周插上缤纷的彩旗烘托气氛。张建设又让人在红毯左右分别堆起三个澄黄黄的新草垛，上面搭了竹席顶盖，再挂上黄澄澄的干玉米串，浓浓的乡土气息扑面而来。不止这些，在舞台上方、两棵大杨树之间，还拉起了一条大红色的横幅——"热烈欢迎市文化局送戏下乡演出"。舞台正对面摆了一长排桌椅，算是设置的临时主席台，稍远处是用白灰划定的观众区。

朱安民提前一天入村查看，对准备工作给予很高评价。张建设介绍，去年乡里组织的项目开工仪式就是这么弄的，他们是现学现卖，背景的彩纸带是妇女们手剪的，新稻草是农民留下编草绳的，还有那些干玉米，因为有了外财，家里不缺吃喝，才被留到现在。张建设说，老百姓手里攥着余钱，精神面貌比往年高昂得多，村里正考虑如何趁热打铁，把这种安定团结的局面再往上推推，市里的慰问演出真是及时雨呀！同沈玉林碰撞得出的观点，张建设也向朱书记做了汇报，要解决农村的现实问题，就要把促进经济发展、提高农民收入作为根本抓手，老百姓吃饱了、穿暖了，过得舒心了，才会有尊严、有追求，心气才不会掉到地上……

九点刚过，就有人呼哧呼哧地跑来，边跑边喊："来了来了——"

大家争着望向东头，一排车队缓缓驶来，领头的是一辆黑色小车，跟着是一辆白色越野车，接下来是一辆墨绿色的大客车，殿后的是一辆蓝色的小货车。十几个半大男孩骑着自行车，跟在漫天的扬尘里，还有不少土狗追在后面飞跑，浑身上下充满兴奋劲儿。

张建设一声令下，路边点起了连绵的长鞭，在噼里啪啦的炸响中、在弥漫的青色烟雾中、在土狗歇斯底里的狂吠中、在无数好奇目光的追随中，来人纷纷下车。领导被引至会议室休息，演员们步入临时化妆间雕琢扮相，布线的、架音箱的、连话筒的、校准摄像机位的……大家分头忙开，不到半个小时，一切准备就绪。

十点差五分，张建设把领导们请上主席台，龙城县委副书记施庆喜做了简短致辞，宣布演出正式开始。

观众热烈鼓掌，举目凝神中，人影没见到一个，就听到震天动地的锣鼓炸雷般响起，"咚咚锵、咚咚锵、咚咚嘀咚嘀咚锵""咚锵、咚锵、咚咚咚咚锵咚锵"……声音盖过了掌声，压过了欢呼声，把激荡人心的节奏传遍四方。

等开门锣鼓声稍弱，两支衣装鲜艳的队伍从东西两边鱼贯而入。领头的汉子背个大花挑子，竹片弯成弧形挂架，扦插着各色绢花，再用红色绸布挂个硕大的铜锣，枣木把儿的一端用白布裹成拳头大小的槌头，击打出震天响的主音；几个斜挎腰鼓的"兰花儿""鼓架子"在他身侧游走，踢着花腿、舞动鼓槌，跟随铜锣的节奏，组合出各种鼓韵；还有个擎大镲的，精铜镲片上下翻飞，发出"咣咣"的闷声，为喜洋洋的节奏增添了粗糙的力量感；最后出场的是一个年轻英俊的"武伞把子"，手持一把朱漆染把、红绢覆顶的巨大花伞，时而双手托伞在身前飞旋，时而高举花伞在头顶摆动，用炫技诠释开场舞的主题，用伞语指挥节奏的变化。演员们个个生龙活虎，表情神气十足，动作舒展大方，跟随"武伞把子"指引，配合不同的鼓乐风格，不断进退穿插、变换队形，时而"四马奔槽"，时而"二龙戏珠"，直把人看得眼花缭乱、目不暇接。

鼓点变化了数十种，队形也编排了十几个，意犹未尽时，演员们默契地齐向后退，锣鼓声先缓后急、愈加紧凑。快慢衍变之际，又有八名男女两两成对，各从左右上台，穿插到队伍前方。男"鼓架子"头扎明黄色的头巾，身着红黄相间的戏服，一个接着一个，扑腾腾地翻起跟头；女"兰花儿"则用绿色的收腰戏装衬托出玲珑曲线，头戴花丝飘带，左手持巾、右手握扇，满面春风、妙目传情，扇花翻飞、舞姿婀娜！

观众们如痴如醉，有人带头喊了个"好"字，潮水一般的惊呼声和鼓掌声随之而起。

浪潮一波紧随一波,高潮还在后面。就见台上四个壮硕的小伙儿结束一组高难度的"低盘鼓"翻滚,齐齐弓步扎地,右手虚抬、肩胸挺直,姑娘们碎足奔来,一脚踩上搭档的大腿前端,二人右手相握、同时发力,四座"二层罗汉"顺势立起,底层的"大鼓架子"随即站直身躯,上层的"小兰花儿"双手上扬盘玩扇巾,后排的锣鼓大镲也围拢过来,二十几个人组成两朵彩色花团,在高高举起的伞花儿周边绽放。此时锣声更脆、鼓声更急、镲声更糙,仿佛丰收后的农民,要用尽浑身力气,释放全部激情,把喜悦传递给在场的每一个人。

表演到达了高潮,气氛完全被点燃。突然,居中的"武伞把子"将花伞舞个圈圈,刹那间声音、动作戛然而止,如同雪山崩塌后,天和地同时恢复了清明。

场下也猛地静了,"轰"地一下,又像火山爆发了!

林水生站在主席台西侧,脚旁是两个八磅的暖水瓶,作为给领导服务的工作人员,他身处极佳位置,一丝不落地看完了开篇的"大花场"。

只是第一个节目,便让他生出惊艳的感觉——家乡居然有如此动人心魄的表演!他很陶醉,自认为看懂了其中的意义,感受到了其中传递的讯息,那是农村人心中期盼的幸福生活。

他的家人也都来了,布置会场时,张国平在西边观众区头一排摆上小凳占了位子。摆小凳是农村约定俗成的占位方式,无论看戏、看电影、村里选举开会,谁先到场摆上小凳,就等于宣告对这个地块拥有"优先使用权"。张国平这个有着"以权谋私"之嫌的举动,是林平平姐妹跑来商求的结果。听到演出的消息,她俩就一直盼着,姑娘家家的,爱听曲看戏是天性。巴巴地找到哥哥,却被回绝了,二人正撒娇拱火,恰好被张国平撞见,他数落林水生几句,拍着胸脯做了担保。位置是张国平"侦察"后选定的,事实证明,那里无疑是最好的地势,避开了舞台正面,视线不受主席台影响,可以把整个场面和全部细节一览无余。

林水生扭头观察,主席台后的领导还在热情地鼓掌,施副书记正同一个中年男子耳语交流。观众区有些骚动,孔岩派了人手前去维持秩序。升上半空的太阳很艳,照在身上暖暖的,躁动的空气和鼎沸的声潮同时从四面发起冲击。他的感冒还没好透,演出的精彩让他忘记了身体的虚弱,感官的刺激和氛围的烘托使他身上干热,脑门上也有汗渍泅出。这种感觉有些不真实,似在某个梦中有过。噢——他想起来了,第一次与宋兰上台朗诵,他也陷入了类似的状态,直至今日,他仍记得宋兰的每句安慰、每个微笑!很久没想起宋兰了,是渐渐淡忘了吗?她现在好不好,来看演出了吗?

演员如潮水般退去,不用报幕,清脆的鼓声再次敲起。这通鼓声足足延续了一分多钟,在大铜镲几声响亮的定音中骤然终止,伴着一声拖长的"唉——哈——"摇摇晃晃上来两个"丑鼓儿"。同样的短粗身材,同样斜背着花鼓,屈腿向前碎步蹒跚,上身如不倒翁左摇右晃,鼻梁上的"白豆腐块儿"扭成滑稽的形状,夸张的肢体动作和幽默的表演,一上来就赢了个满堂彩。

锣鼓又起,两个"丑鼓儿"更加手忙脚乱,一会儿"钟摆步",一会儿"簸箕步",咋都跟不上节奏、踩不到点上。二人双手搀扶,肩膀相互碰撞,溜开后刹不住车,跟跄地倒在地上,抬手指向对方,摇头晃脑发泄不满,引起一阵哄笑。嘈杂声未落,那名"武丑儿"趴在地上一个翻转,接着一个"鲤鱼打挺",起身又跌坐地面,再使出一段直腿立腰的"低盘鼓",手一支地立了起来,双脚踩出紧碎的乱步,又是一拧一旋做出个"风摆柳",向台下打个照面,摆出一式"金鸡独立",侧身退到一边。另一名"文丑儿"早用一记"鱼跃式"竖直身子,等场外锣鼓骤停,扬手击打出腰鼓独奏,场子里即刻响彻挝击鼓帮"啪啪啪"的敲击声,还有"武丑儿""咚咚咚"的伴奏声。但见"文丑儿"手中的鼓槌敲击渐急,双脚却锚定不动,爆竹一样的脆响一停,张嘴便接一串长长的贯口,他越念越快,脚下"踩山步"舞起,随着贯口完结,"啪"的一个亮相,再冲"武丑儿"喊出一声"咿——呀——",两个人一前一后迈着"鸭子步"下了舞台。观众们这才反应过来,叫好声宛如暗火遇风,再度灼烧在隆冬的打场上。

接下来主持人出场串联,上演了传统小戏《小楼买线》《王婆骂鸡》,用通俗的方言说唱琐屑的生活故事,舞台就像搭在家里,演员就像熟悉的亲人,观众也就和剧情一道,嬉笑怒骂、快意生活了。

中场休息时,市文化局夏局长致了祝词,对乡里村里的重视和农民兄弟的热情表达了感谢,末了他郑重宣布,今天的重点剧目就要上演了!

场边的唢呐声悠然响起,才几个旋律,内行人就听了出来,是市戏剧团的经典保留剧目《摸花轿》。

一位穿着蓝色对襟短褂的青年男子现身场边,立马有人喊出了名字:"那不是著名的青年演员冯世喜嘛!"就看冯世喜摆出丁字步,脚掌微提,手搭凉棚,望向远方,朗声唱道:"锣鼓一打咚咚咚,多少辛酸热闹中。东山西山隔河望,滚滚沃水向南流。三月里来是清明,穷人迎春玩花灯。月亮高挂明如镜,不如盏盏花灯红……"

曲调骤然明快,男主角转个弯儿下了场,女主角兰花疾步上台,回转一圈来到院子中。

"是她!是赵大师!"台下又发出一阵惊呼,人们举目细看,果然是年近六旬的花鼓灯表演艺术家赵香竹。

赵大师踩着莲花步、摆着杨柳腰,先跐起脚瞭望村口,又皱起眉头掐指盘算,念念唱唱道:"红花灯儿柳梢挂,来了看灯的小兰花,兰花是个穷家的女,世世辈辈种庄稼。三月里来小阳春,请来灯班把灯耍。听说柳郎回家转,心里好像吃蜜瓜。和白面,炸麻花,留着见面送给他,和白面,炸麻花,见面就要送给他,送给他……"

熟悉的灯歌在耳边响起,观众的情感不再抑制,喊好的、议论的、叹息的……汇聚成闷雷似的"嗡嗡"声,久久盘旋在打场上空。

胆大的孩童纷纷跑到最前头,有的瞪大眼睛屏气凝神,直到两条"小白龙"溜到嘴边,才用衣袖一把抹去;有的颠起不伦不类的戏步,哼哼跑了调的曲子,陶醉在感人的情节里。

少男少女面上波澜不惊,心脏却"突突突"地跳个不停,痴情男女爱恨离别的桥段,最能够打动萌发的春心。演员们亲密的动作、羞涩的表情,还有用乡言乡音念唱出的诱人情话,如春风摇曳青苗,又像喝下一大杯酸甜的石榴酒,脸蛋脖颈都被烧得通红。

上了岁数的爷爷奶奶,早把"柳郎"和"兰花"的故事看了十遍百遍,却咋都看不够;不少人对剧情唱段如数家珍,随口就能哼上几句;还有些参加过业余演出的,看见台上出没的依稀就是自己的身影。他们一边欣赏一边打着节拍,嘴里跟着低念轻吟,似又回到多年以前。那时候奶奶还是个大姑娘,发丝乌青、面容姣好,她心中一直有个人,可为了生计他出了门呀!他一去就是三四年,也没捎回个音讯,啥时候能回来呀!他在外面好不好,饥了吃啥、冷了穿啥,知不知道心疼自个儿呀!他记不记得,家里还有个等他的人呀!那个人日夜盼他,早些回来一起过日子呀!

看着听着哼着,眼泪忍不住流淌下来。奶奶侧过脸看向一旁的爷爷,白发没剩下几根、双眼浑浊无神、脸上交织着皱纹,完全不是年轻时的样子。只有两行滚滚而落的喜泪,像极了久别重逢的那个时刻!

……

第十七章 鼓欢

第十八章 霜去

初八下午,徐金胜开着车,把项目部的几个人都拉了回来。

听到熟悉的汽车喇叭声,沈玉林从会议室出来,还没说话,黄广斌就嚷嚷开了:"老沈,你准备了多少好吃的?这一路大徐也没舍得请我们一顿,都快饿晕了!"

"就想着吃!"徐金胜没好气地撑了老黄,又告状似的对沈玉林说,"一路走国道,都没见几家店开门,让他先弄点东西垫垫还不干,说无论如何都要挺住,到项目部保管有大餐吃!"

"我说得不对?有老沈在,还怕缺了你吃喝?"黄光斌回撑过去,两个人一唱一和,配合得相当默契。

"吃喝当然不缺,都准备好了,等着给你们接风洗尘哩!"沈玉林笑盈盈地迎上去,挨个儿握手,轮到黄广斌,还亲切地拍拍他的胳膊。

接到徐金胜打来的电话,沈玉林和林水生早早安排开,把会议室收拾干净,一应材料提前处理好,午饭后就着手制作。沈玉林"老军垦"的手艺相当不错,桌上凉的热的摆了十几个盘子,众人又摆上大包小包的土特产,把空余的地方也堆得满满当当。

沈玉林摸出两瓶龙城老烧,冲黄广斌摇了摇:"回家干活辛苦吧?想项目部吧?"

黄广斌故意撇撇嘴,不屑地说:"有啥活好干的!天天喝酒打牌,悠闲得很!"他又自嘲似的叹了一声,"只有两件事不满意:第一不能听女人唠叨,只要她不高兴就没完没了;第二不能想事情,一想到舒服不了几天又要回来蹚泥窝子,就头疼得厉害。"

沈玉林给黄广斌斟了杯酒,半开玩笑地说:"我还不明白你?前脚离开你老婆,后脚头疼就好了一半!等喝了这杯酒,呼呼睡上一觉,保管彻底治愈!"

另外几位也都满上了酒,大家互相拜了年,端起来稍稍呷上一口,就甩开腮帮子大吃上了。

三下五除二,一个大鸡腿下肚,安抚了空空的肠胃,黄广斌双手端杯,举向沈玉林:"老沈,留守辛苦了,敬你一杯!"

众人放下手中的肉菜,也都端起酒杯,共同敬了沈玉林一杯。

黄广斌又夹起一块风干鸡,一边撕扯,一边发着牢骚:"老沈,实话实说,这个年过得不咋的,除了觉得没啥年味,心里还窝得慌!"

沈玉林笑了:"怎么,你老婆又说你了?"

"我老婆也快五十的人了,家里几亩地租给人家弄大棚,自己跑去塑料厂上班,一个月工资加奖金也有几百块,回家还能养点鸡鸭种点青菜,轻轻松松,比我们在外面累死累活挣得还多!村里的老头老太,工厂去不了,就在家糊糊包装盒、做点小配件,也不少挣钱!还有几个当包工头的,穿着皮夹克、挂着BP机(传呼机),见人就发'大中华'。我老婆一说起这个就不住嘴,只要我在家,天天在我耳边叨叨,你说窝心不窝心?"

徐金胜还和黄广斌唱对台戏,不客气地问:"你怎么不说点实在的!今年你们村给每家分了两千多块吧?啥时请我们下顿馆子?"

黄广斌连连否认:"哪有那么多!一点点小钱而已!还能像你媳妇的单位,过个节又发奖金又发东西的!"

"那也比不上你们村,一来能在家边上的工厂上班,二来村办企业挣了钱能分红,三来集体土地出租也是一大笔收入,还不耽误养养鸡种种菜!我老婆那个单位,说好听点是个事业编,实际不就拿个死工资?过年发点奖金、分点苹果,还让人在背后说三道四的!"

"怎么说也是公家人,旱涝保收,吃穿不愁,管看病,还能分房子,农村的能行?"

"公家人才可怜,干啥都得花钱,不像你们,到手的都是净落的!"

见两人又斗起嘴,沈玉林呵呵一笑,调侃道:"我看你们呀,在家没地位,出了门才只说别家的女人好!"

黄广斌气势一泄,无奈地说:"天天在外面跑,管不了家还赚不到钱,回去能有好脸子看?"

"我老婆也是这么个话儿,家里一摊子都扔给她,照顾儿子,伺候老人,工作也不能落后,非要三头六臂才行!"说着,徐金胜摆出一副嬉皮笑脸的样子,"等这个项目结束,还是回南港吧!在外面漂着不是个事儿!"

沈玉林不回答,而是向众人说道:"做这个项目的缘由你们又不是不晓得,不找点方便运作的活干,哪来钱给大家发奖金!说实话,如果有选择,我宁可去干沃河湾大坝,整天在泥塘里扑腾,不过瘾呀!来来,喝酒,喝酒……"

鲍家华举起杯子呷了一口,不疾不徐地来了一句:"要回去还不简单?"说完便卖起了关子,捏起一块蒸咸鱼,撕下一块扔进嘴里嚼着。

黄广斌沉不住气,忙问:"怎么回去?你有内部消息?"

鲍家华这才略带神秘地说:"春节跟交通局的一个亲戚吃饭,他说,我们市马上要搞农村环境大整治,乡镇路面黑化、乡村道路硬化、村容村貌美化,还有河道渠网通畅化,工程多得干不完,有些消息灵通的早就行动了,都想抓个大活干干。老沈呀,你得想想办法,提前联络联络,别等这边结束,好项目都被抢光了!"

徐金胜"嘿嘿"笑笑,夸张地说道:"沈经理你可不晓得,如果再不回去,小杨的女朋友都要吹了!小杨一着急,说不定先跑了!"

杨海宁的脸一下就红了,忙反击道:"我哪有女朋友?路上你亲口说的,这么早回工地,你老婆都生气了,还骂了你呢!"

"你这小子,净瞎说!"

"谁说小杨瞎说?我也听到了,我做证!"

……

林水生并没参与他们的争论,他确实无话可说。

在村办企业做工、从村里领取分红、把农村建设得像城市一样……这些只在传言里才有的好事,就发生在几百公里外的东边,发生在这些人的家乡,发生在想象中封闭落后的农村!

他听到的每一句话,都是一幅图画,一股脑地在眼前铺展,他不敢相信,又不得不信。他抑制不住内心的澎湃,思绪也随着画面飘摇。

"同样是农村,自己的家乡多灾多难、积贫积弱,那边却是生活富足、气象迥然。是什么造就了这样的差异？土地、气候、自然环境？或者人心、干劲、思想观念？"

"要等到哪年哪月，家乡才能变成他们说的那样？"

……

炉子里的火苗蹿出朵朵红焰，映照着众人开心的脸庞，也点燃了林水生心中的渴望。

在融洽热闹的气氛里，这凛冬的夜晚，竟然有了丝丝暖意。

春天来得真快，几天前还是霜雪严寒，一场东风吹过，村口坝上就开满了杏花、李花，人们的心思也如妩媚的花儿般荡漾。

年后一开工，林水生就跟着王长海跑工地，跟踪关键部位的施工进度，根据工程需要调配机械，与班组负责人一起商讨作业方案，有时还要检查机械的技术状态，督促驾驶员对机械维护保养。

林水生算是开了眼：几十亩垃圾烂泥混杂的沟槽地，两台推土机同时作业，一天就能推平；怀抱粗的大树根，一台挖掘机加上两个辅工，用不了一个小时就能清挖出来，顺带还能把作业场地清理平整一遍。

现代工程施工，由于机械装备的广泛使用，再加上科学合理的流程控制和规范有序的管理机制，既节省了人力、提高了效率，又保证了质量、降低了事故概率。更让人惊喜的是，那些看起来庞大笨重的铁家伙，竟有着令人难以置信的灵活性，爬高、下坡、越坎、过沟，几乎没有去不得的地方，干起活来虎虎生威不说，对细节的处理甚至比人工更加到位！

林水生完全被这些机械吸引，特别是对几乎无所不能的挖掘机产生了极大的兴趣，一有时间就缠着驾驶员杨师傅问这问那，还坐进驾驶室，这摸摸那动动，像看大玩具一样新奇。王长海和杨师傅应该得到了某种默许，偶尔闲下来，杨师傅就把挖掘机开到空地上，任由林水生摆弄，抬、落、收、放、前、后、转、旋，没多久，他还真掌握了基础的操作动作。

清明前后，本该是芦苇发芽的时节，往年在这十几天里，家家都会出动人员，采摘新鲜的芦苇芽，这是每个林家洼人都不会忘记的快乐记忆。把芦

第十八章　霜去

苇芽采收回家,用热水煮烫,剥去老皮,再用清水反复洗净浸泡去除苦涩,就是一道本地的传统食材,拿来凉拌、炒菜、煮鱼、炖汤,都有独特的风味。如果谁家有过冬剩下的腊肉,切上几片肥膘,跟芦苇芽一起烧透,更是广受欢迎的一道美食。

今年的情况大不相同,洼塘里的积水早被抽干,曾经茂密的芦苇荡也连同塘底的淤泥被连根挖起、拉走,整个林家洼成了一个望不到边的大土坑。

王长海和林水生蹲在一个高土坡上,望着不远处挖掘机忙得正欢,长长的铁臂一降一起,巨大的铲斗一抓一勾,一个灵活的盘旋,就把一实方泥土装上等待的运输车。杨师傅坐在驾驶室内,双手熟练地推拉着操纵杆,机器就像他身体的一部分,他往哪儿看机器就往哪儿去,他怎么想机器就怎么执行,多年来同老伙计形成的默契,在一落一升、一转一翻中体现得淋漓尽致。

林水生极爱看杨师傅开机器,那感觉就像在大地上绘画,地面是画板,铲斗是画刀,精雕细琢出一件艺术品。

等机器停下调整操控位置,林水生才舍得挪开眼睛,看向王长海,突然开口问道:"王工,开挖掘机挣不挣钱?"

王长海伸出大拇指,赞道:"你小子眼光不错,这可是最挣钱的工种!按工时算的!"

等了会儿,没见林水生继续发问,王长海便主动介绍起来:"想开挖掘机挣大钱,你会的那几招差得还太远!这事入门不难,学上个把月就能干点小活,可遇到复杂点的地况,就不容易把握了,有时候,经验比技术更重要。另外,光会操作不行,还要会检查、会保养、会修理,没个一两年搞不定。有的老师傅还能根据习惯改造机器,那才真正达到了'人机合一'的境界!"

林水生听了,眼睛闪闪发光,又瞄上了机器。

"怎么?你有兴趣学这个?"王长海问,"那你可要做好吃苦的准备,挖掘机是工地上最重要的机器,忙起来连天加夜的,你这个小身板能不能熬得住?"

林水生摇摇头,否定了王长海的猜测:"没啥想法,就是问问。"

其实,林水生确实动了心,他早就想学了,刚才那一刻又入了迷,差一点就张口说了出来。但他有个无法规避的劣势,以他家现在的情况,他不可能走远。不能跟着队伍到处跑,学了也没用。再说,按王工的说法,要达到人机合一需要不短的时间,剩下的工期也不够。

或许是不死心,瞎琢磨一通,他又问了一句:"这台机器要多少钱?"

"几十万吧!小的便宜些,也要十几二十万!不过,在农村挖挖沟还行,不太适合用在工程上。"

听到王工说出的数字,林水生吓了一大跳,挠了挠头,没敢接话。既走不成,更买不起,光有想法也无济于事。王长海也没再多说什么,隔天就带林水生去了另外一个场地。

工地上的物料管理也归王长海负责,收料、过磅、开票、统计、管控、分发,他让林水生把每道程序都熟悉了一遍,最后把制作物料报表的任务也交给了林水生。看着手中的一张张表格,林水生惊讶地发现,平时随处可见的河沙块石,竟然可以卖出意想不到的大价钱。

随着配套的控制工程和灌溉沟渠开始施工,沙石料大量进场,这些毫不起眼的东西,竟是最基础的骨料,一拖拉机河沙买来要几十元,比一个民工一天的工钱还高。

这个发现比开机器更具价值,不需要花时间学习,不需要在外奔波,不需要大把的本钱,只要有人买卖,就有赚取差价的空间。林水生把振奋人心的信息告诉了父亲,让他往外拉土方时,打听打听行情。得到的反馈是正面的,现在工地开得多,沙石早供不应求了,价格还在上涨。

林水生把消息记在心里,对别人来说,这也许只是条信息,可对他来说,任何可能挣钱的路子,都不能轻易错过。

七月中旬,蓄洪区治理项目的施工阶段就结束了,王长海带着大部分机械先行返回南港,其他几个人暂时留下,为审查验收做准备。

联络员的使命业已完成,村里给林水生结了工钱,项目部又给了一些补贴。大半年没日没夜没停没休,林水生习惯了这种生活,每天干完自家地里的农活,没事还往项目部跑。

工程马上验收,杨海宁成了大忙人,资料堆成了小山。林水生也帮不上忙,只能做些清点装订、抄写撰录的杂活。鲍家华和黄广斌也各自忙碌着,

第十八章 霜去

147

特别是老黄，每天埋头整理账目，非常认真。工地上的热火朝天和办公室的严谨细致，都是工程项目的组成部分，就像战场上的流血厮杀和指挥所里的运筹帷幄，哪一边出了岔子，战斗都不可能取得胜利。

沈玉林和徐金胜经常外出，一去就是几天，按老黄的说法，应该是对接下个项目去了，目标地在南港。这样一来，林水生就不得不跟这个项目部说再见了。

沈玉林问过林水生，想不想跟着他们干，同时还说明，身份只能是临时工，岗位要依据需要安排，工钱按实际工作日结算，得有思想准备。林水生说要考虑考虑，可私下里，他萌生了别的想法。夏种结束后，家里的拖拉机就闲了，父子俩商量了下，趁沃河湾大坝和林家洼泄洪闸两项工程还没结束，林泽忠再去试试运气，能进运输队更好，进不去也没关系，试着贩些沙石，卖给工地或村民都行，看能不能蹚出一条挣钱的路子。

最让林水生惦念的是张国平和宋兰。上半年是高考的冲刺阶段，学生们基本没回过家。同样，工程竣工也是最忙最乱的时段，他白天黑夜都跟在现场，没时间去城里看望他们。

考试结束后他才听说，考前宋兰病了一场，或多或少影响了发挥；张国平也说考得不好，却仍旧一副无所谓的样子，并不对结果有太多苛求。

"如果他们考上了，自己打工挣了点钱，一定要为他们贺喜，给他们送行，每人都要准备一份礼物；如果没考好，就有更多理由留在家里。"

八月中旬，张国平带来消息，宋兰被录取到河州财会学校会计专业读中专，他考上了山南省农机学校农机专业大专班，报到的时间都在九月份。林水生专门跑了趟县城，买了一黑一红两个尼龙双肩包和两个十六开的皮面笔记本，还去龙城中学看了光荣榜，回来就叫上张国平，赶到宋集街请宋兰吃了顿饭。

林水生要了几个菜，又点了啤酒和可乐，三个人吃着喝着、聊着、感慨着、畅想着，相互说了一堆加油和祝福的话。林水生无数次憧憬过自己的道路，还有张国平的、宋兰的，在这个场合，有些话可以当面说，有些话只能通过其他形式表达了。他把珍藏的话工工整整地抄写下来，套上信封，夹在皮面笔记本内,送给了珍惜的人。

国平(宋兰):

恭喜你考上了大专(中专),开启下一段精彩人生。在此,我要献上最真诚的祝愿,祝你学业有成、前程似锦!

我为你高兴,不仅仅因为你能够继续学习深造,而是离目标又近了一步。不要轻视这一步,每个人的路都是一步一步走出来的,每一个脚印都有存在的意义。

我为你高兴,却不希望你为我惋惜,我也走在路上,向着目标前进。曾经,我迷失过、痛苦过,但生活总会给努力的人留下空间,给流汗的人留有希望。我已彻底从迷茫中走了出来,找到了新的方向。

我们未来的生活,或许晴空万里,或许风雨交加,或许有喜悦和欢愉,或许还有痛苦和泪水。但是,请不要忘记,我们已经出发,还要赶路。

我们脚下的道路,也许相互平行,也许在某处交汇,也许只能独自前行,也许需要有人搀扶。但是,请你坚信,我们会彼此支持、永不孤独。

在我困苦的时候,你是冲破乌云的阳光,照亮了我枯槁阴暗的心。希望你在困难的时候,别忘了还有我。

前途必定是未知的,但无须恐惧。让我们一起努力,向着远方勇敢前进。这样,当某天回首往昔时,才会更加珍惜青春的价值。

送给你一首《青春》,那是我们一起走过的岁月留下的印记。

我们的青春
萌发于梧桐树下
七彩的校园
清晨
当朝阳升起
你在树下读书

第十八章 霜去

沃野长歌之一：风起大河

轻风

时而吹起发梢

时而扰动桐叶

青春的思绪随晨风起舞

在上课的铃声中飘散

我们的青春

挥洒在辛勤劳作的

地头和田间

春天

在碧绿的麦苗里

浇水除草施肥

仲秋

捧着沉甸甸的垂穗

呼吸沁人的香甜

青春的旋律在收获中荡漾

随着金灿灿的稻浪蔓延

我们的青春

执着于理想与现实

内心的纠缠

曾经

在生活面前

我低下了头颅

而有时

炬火驱赶了霜寒

孤灯照亮了夜暗

青春的呐喊在挣扎中回响

哪怕只有自己倾听

我们的青春

背负着命运和责任

勇敢地前行

汗水

是对付出的回报

意志的修炼

泪水

洗刷心中的恐惧

浇灌希望的幼苗

青春的航船在风雨中前行

乘风破浪向着彼岸

第十八章 霜去

第十九章　光来

　　打记事起，林泽忠就跟着父亲干农活，几十年了，从未想过种地之外的营生。父亲曾无数次向他讲述对土地的情感，强调土地的重要性，在他的意识里，土地就意味着一切，是最根本的依靠。稍大一点，还没等到成家，弟弟就跑出去谋生活了，他理所当然成了土地的经营者，成了父母妻儿的指望。

　　林泽忠的前半生历尽坎坷，童年时的饥荒、少年时的动荡、极度贫困的日子，都是在父亲的翅膀下度过，靠着玉米糙和红薯干过活的；结婚后拼死拼活苦干几年，才盖了两间遮风挡雨的土石厢房；三十岁刚过，家里有了承包地，日子本该越来越红火，可沃河的水患三年五载就来祸害一遭，辛辛苦苦攒下的家当一次次被冲得精光；四十岁那年，他遇到了人生最大的灾难，一场百年罕见的特大洪水袭击了沃河流域，河州和龙城成了孤岛，林家洼的土圩子溃坝，数十万亩农田被淹，他家十几亩地颗粒无收！依靠政府扶助和积极自救，全家人熬过了艰辛的时日，可三间土坯老屋被洪水浸泡得摇摇欲坠，于是他一咬牙，四处借钱盖了新房。

　　洪灾过去了，他更加精心地伺候十几亩承包地，他毫无保留地出卖体力，除了无法外出打工，只要是林家洼附近能挣钱的活计，他从来都不会拒绝，他要靠双手偿清债务。

　　他有他的信念，困难再大他都不会被击倒！担子再重他都要站直了挺着！

　　他有他的座右铭，尽管他没啥文化，甚至忘了在哪里看到的，不过那句话他记得分毫不差——我把心里的苦深深埋藏，依然笑容满面地迎接生活！

　　他有他的道理，没有白流的汗，没有白走的路，收获总在付出之后，春天总在冬天之后！

　　但有时天意难测，收获之前还会有天灾，春天到来后还会有寒流！就像几个月前，负重前行的他，被藕池里的淤泥和看不见的压力联手摧残，铁打的身体被无情撂倒!

那段时间,他彻底失望了,对自己失望,对沃河和林家洼失望,对土地失望,对未来失望,对命运失望。他把自己关在屋里,不愿再出门看见令他失望的一切,他甚至想过要结束这段令人失望的人生。他对不起父母,没能照顾好老父,眼睁睁地看着父亲久病不治、积劳成疾;他对不起孙霞,自打她进了林家门,就陪着自己吃苦受累,没享过一天的福;他对不起孩子,特别是水生,他无法供养儿子追逐理想、开创新世界;他对不起所有人所有事,原本他可以做得更好!

直到那天,父亲把他叫去大骂一顿,他才不得不再次直面自己、直面现实。恢复理智的他,做出了艰难而又无奈的选择,无论怎样,都要保住这个家不能散!他已经使出了全部力气,他早已力不从心,该让水生接上来了!

万万没想到,那天去水生屋里,还没等他开口,水生就说正好有事要同他商量。

水生说,他考虑很久了,家里就他一个男孩,以前只顾贪玩,没心没肺一样,现在他长大了,是时候挑起担子了!他下定决心不上学了,以后家里的活计他要全包下来,他还要供爷爷看病、奶奶养老、两个妹妹读书。水生说,别看他不高不壮,干起活来可不孬,不信让大家以后看!

那天,林泽忠踉踉跄跄回到房里,一下瘫倒在床上,抱着枕头流尽了泪,一遍遍重复道歉的话。等他再次走出家门,上了工地,开起了拖拉机,拉起了土石方,才又尝到了活着的滋味。所有痛苦的经历都是生活的教诲、老天赐予的财富,帮他顶住了砸在头顶的黑云,爬过了人生路上的一道大坎。

现在,他重新振作起来了!为了幸福生活,他要放手一搏!一定要抓住每一个挣钱的机会!

这边从蓄洪区项目撤出,那边他又钉上了沃河湾大坝和林家洼泄洪闸。林泽忠去看了几次,又托请张建设出面,给工地负责人递了好话,想着也能像上个项目一样,进运输队赚些运费。

见了工地的负责人,他们对林泽忠直说,坝顶的路况好,运输车跑得欢,拖拉机就没啥优势了。负责人也表了态,毕竟张支书亲自上门说过,如果他

第十九章 光来

肯到工地做壮工,可以想办法安排。

林家上下的意见一致,干壮工谁都不同意!加上林水生在一旁撺掇,父子俩把目光投向了沙石生意。

林家洼渡口下游七八里外有个私人小码头,停了两台趸船浮吊,装卸铁壳船运来的河沙碎石。政府查得严了,小码头就停,管得松了就开,上堤路垫了挖断、断了再垫,你来我往、斗智斗勇好些年。先前有自家盖房的村民从小码头小批量采购沙石,林泽忠盖房时也去买过。那时候小码头的供应断断续续,有时一连几天都没有船只停靠卸货,要跑几趟才能买齐所需材料。变化发生在去年,周围几个工程开工,货船跟着就来了,小码头骤然热闹起来。

王长海介绍过,工地上碎石的主要供应商是几个外地的私人老板,通常采取项目总承包或者分工期、工段小承包的形式。老板们手里有矿山资源,哪里有工程,他们的船就开到哪里、生意做到哪里。由于货源有保障,质量相对稳定,价格也有竞争力,在方圆几百公里都是数得着的供应商。他们手中也有细沙,但由于沃河里采沙船比较活跃,从外地运来价格不占优势,因而多在当地直接采办。这个信息事实上宣告贩卖碎石的想法基本无望,就只剩下一个可能性——在河沙的买卖上动点脑筋。

林水生算过账,按时下行情,河沙在码头和工地的差价,除去运费还有赚头,只要有客户、有货源,每天多跑几趟,利润看似不多,也总比在家闲着强。当下河沙是实打实的紧俏货,好在码头老板和采沙船、运沙船的老大都是家在附近的人,三拉两扯就能牵上亲戚或者朋友关系,不难托人捎话。王长海还介绍了一位船老板,实在不行可以找船老板帮忙。父子俩合计,先尝试给工地送货挣运费,费用低点也无所谓,或者从小码头买些货来,再想办法卖出去。

主意打定,他们立刻行动,再次找到张建设介绍的负责人,表达了销售河沙的请求,还主动提出价格上可以让步。负责人略一斟酌就同意了,还说就按工地的采购价执行,只是质量必须符合标准,含泥量、含水量都要在规定范围之内。

工地上的问题解决了,小码头那边可不好办,父子俩顶着大太阳跑了七八趟,都没人搭理他们。想上船打听打听,还没开口就被撵了下去;眼见吊机干得欢,就是不见有人下来;坝子边上有几间破旧的房子,不是锁门就是没人。一次,在一间集装箱改成的办公室内,见着了一个三十多岁的男子,父子俩好言好语问了几句,那人只轻蔑地一瞥就闭上眼睡了,连一个字都没说出口。巴掌大的地方,父子俩转来转去,竟没找到个能说上话的人,更别说买货拉货了!他们一次比一次心酸,一天比一天为难,悻悻然打起了退堂鼓。可不干这个干啥?看遍周遭都没有挣钱的买卖!连王长海介绍的肖老板都没见上,咋能说放弃就放弃?正发愁的时候,林泽义听说了这个事,他拍胸脯打了包票,会动用在外面跑生意的关系,请人搭桥牵线。还别说,没几天工夫,林泽义就捎话过来,说给小码头的潘老板递上话了,定好了时间见个面。

于是爷儿俩又去了那间集装箱房,敲开门一看,还是之前见过的男子。林泽忠干咳一声,小心翼翼地说:"我们来找潘老板,事先约好了。"

男子这次没驳他们面子,很干脆地回答:"我就是,找我啥事?"

父子俩如释重负,对望一眼,林泽忠忙从口袋里掏出一包"大河牌",抽出一支递了过去,等男子接过烟点燃,方才满脸堆笑,说明来意:"潘老板,我是林泽义的哥哥,"他一指林水生,"这是我家小子,泽义让我们来找你,想从你这里买些河沙。"

潘老板半靠在躺椅上,跷起二郎腿,一副安然闲适的姿态。他没说话,斜眼打量这对父子。之前,他在码头上见过这两个老实巴交的农民,知道他们想做啥,还嘲笑过他们不自量力,懒得搭理。这次有朋友传了话来,好歹接待一下,他不好直言推辞,便揣摩给他们怎样的答复。

见潘老板不搭腔,话要如何往下说,林泽忠没了主意,不知所措地垂手僵在那里。林水生扽了下父亲的衣角,指指他手中的烟盒,使了个眼色,林泽忠明白过来,又抽出一支香烟,凑近了递过去。

潘老板伸手做了个推让的手势,心中似有了主意,指着墙边的长条椅说:"你们先坐。"

等二人坐下了,潘老板才慢吞吞地说:"朋友给我介绍了你们家的情况,

第十九章 光来

说你们想贩河沙,挣点钱还账。但是——我看你们不像做河沙生意的,对这一行熟吗?具体想咋弄?"

林泽忠看了儿子一眼,林水生心领神会,张口便答:"潘老板,我们家真的很困难,人口多,劳力少,我爷是个老病号,我奶身体也不好,外面欠了不少账。前面我们在林家洼项目上拉土方,那个项目结束后,就想能不能再找个差不多的活计,拉运东西可以,做些沙石买卖也可以。我们不求挣大钱,只想多花点时间、多卖卖体力,力所能及,能做一点是一点。"

"是嘞,潘老板,你行行好!帮帮忙!"林泽忠赔着笑,还拱起双手作上了揖。

潘老板并不回答,掏出香烟,摸出两支,向林泽忠父子做了个让烟的动作,见他们摆手推辞,便又插回一支,把另一支点燃。只抽了三五口,他就把剩下的大半截香烟拧灭,再次问道:"你们准备卖给谁?有固定客户吗?"

"我们村的支书张建设给沃河湾和泄洪闸工地的负责人都打了招呼,我俩去找过,他们同意买我们的河沙。"林泽忠答道。

潘老板"哦"了一声:"张建设我知道,他说了应该管点用,毕竟工地就在林家洼村的地界边上,不少事要仰仗张建设嘞。"

他见二人面露喜色,忽然再次转换了语气:"不过,我这里只是个码头,靠卸货挣点装卸费,船上的河沙不是我的,沙老板卖给谁我可管不了。还有,你们可能不清楚,工地上自行采购的河沙,一般都是整船买进的。你们想想,那些沙船老板一船一船地往工地卖沙,哪有多余的卖给你们,让你们再倒一手吃差价?他们碗里的肉咋会平白无故分给别人吃?"

这话一出口,父子俩顿时傻了,原本满怀的期待瞬间便荡然无存。还是林水生点子来得快,一张嘴就把王长海搬了出来:"林家洼工地的王长海王工给我们介绍了一位肖老板,让我们到码头找他,说他答应过帮忙的!"

"哦?"潘老板好像很感兴趣,略微直了直身体,"你们见到他了?"

"没有,来了几次都说不在船上,谁也说不好在哪里!"

"难怪,他整天不是喝酒就是打牌,的确难找得很!"潘老板的表情严肃起来,做出思虑状,几分钟后才继续说下去,"你们说的也不是完全做不了,往工地卖沙可能不行,你们村有人少量购买应该可以,毕竟老百姓自用的需求还是要满足的,肖老板他们也没工夫做零售生意。"

林泽忠又给潘老板敬上一根"大河牌",他这次没拒绝,接着了但没点上,拿在手里,变戏法似的转动着,耍了几圈,才停下来,语气坚决地说:"给你们说实话,货不是我的,我说了不一定算数,但是他们的货从我这里上岸,多少要给点面子。我就拉下脸找他们通融通融,一来村民自用这块交给你们,二来卖给工地的你们可以帮忙拉运,反正也要找人干,至于给多少钱、怎么结算,就要你们自己去谈了。"

林泽忠心中一阵狂喜,再次抱拳作揖:"知道,知道,谢谢潘老板,谢谢了——"

潘老板摆摆手,带着自夸的口吻说:"毕竟是朋友说了的,这个忙一定要帮!别说张建设和肖老板,就说你是泽义的亲哥这一条,我若是不答应,往后到宋集街咋见泽义?再说了,我也没帮啥大忙,两边牵个线,说几句话的事。你先给船上拉着货,以后想买想卖,关系熟了自然好商量,这个事先别急。哦,对了,我这里有个吊机工小齐,好像跟泽义媳妇是远亲,你们见见面,以后装货会方便些。"

"噢,好嘞,好嘞!劳你费心,劳你费心!"林泽忠不住地道谢。

"问题应该不大,我这就去船上,你们在这儿等我。"说完,潘老板翻身站起,赤着脚就出了门。

好事多磨,运输河沙的生意总算开了张,虽然没有想象中那样赚钱,还好没被堵死全部的门路,林泽忠父子起早贪黑,又忙活开了。他们身上随时装着"大河牌",潘老板、船老大、吊机师傅,还有工地上管事的、经理、调度员、物料员,见人就发一支,脸上挂着讨好的笑,不时说几句恭维的话,遇到难伺候的也不计较,只要装货、卸货顺利,啥委屈不能受着?他们根本不介意长时间的等待,不在乎干活条件的苛刻,只要说声有货要送,他们一定最早赶到、最晚离开,任务没完成决不休息。临时找他们帮忙,也不算计得失多少,一切以客户满意为原则。

没过多久,父子俩就同小码头来往的人打成了一片,博得了他们的好感。潘老板不用说,事成后林泽义请他在宋集街上喝了几顿大酒,林泽忠也

第十九章 光来

隔三岔五往他车里放些东西；和其他人相处得也很融洽，特别是几个吊机师傅，清一色二十出头的小伙子，接人待物简单得很，与忠厚老实的林家父子很能说得来；那个叫齐家杰的还是林泽义老婆的表侄，跟林水生算是平辈的远亲。

码头上的路子顺了，河沙的运输渐渐稳定，村民有需要也让林泽忠代购，就连被私人老板承包的碎石，只要真是村民自用的，他们也能帮着买来并送货上门，渐渐积攒出了一点小名气。

蓄洪区工程验收还没结束，南港的后续项目就有了消息，水建公司的人员陆续撤回。沈玉林也兑现了承诺，凡是勤劳肯干的年轻后生，愿意跟他去南港新项目的，他一股脑全带走了。

林水生的表哥胡庆满也跟着去了南港，从事的是林水生一度最为憧憬的工作——开挖掘机。林水生开不了挖掘机，但不想放弃机会，便把表哥胡庆满介绍给杨师傅当了徒弟。表弟胡庆意也想去，可王长海说，当机手必须有驾驶证和操作证，胡庆意还未成年，不到拿驾照的年龄。

林水生没去南港，而是留在家乡的小天地，和父亲一起谋划挣钱的营生。他们就像黑暗中的鸟儿，只要看见希望的光，就会毫不犹豫地疾冲上去。

这不，在运送河沙的过程中，他们又看到了一道"希望的光"。

林家洼周围的水田，大都覆盖了一层从沃河里冲出的厚厚的黑泥，地里种出的小麦、稻米，不仅颗粒硕大饱满，营养和口感也非同一般，当地的稻米历史上还作为贡品被送到京城，在明朝时便被赐予了"林家洼贡米"的美誉。

年景好的时候，民间有些余粮，就会有外来粮商上门收购，精加工后流向城里人的餐桌。而这一年，两季粮食都实现了丰收，家家户户仓满廪实，得到消息的客商陆续赶来，买粮卖粮的生意出奇地好。

麦收后没多久，林家洼渡口就格外热闹，打着围栏的拖拉机在坝顶排成长龙，满载着质量上乘的小麦。渡口西侧的外档泊位，锚系着一排排蒙着盖布的铁壳船。停靠在泊位上的那条，掀开了半边蒙布，船舱的一头压满了金黄色的颗粒,长长的皮带机轰轰隆隆正往另外一头装载,空气里飘浮的尘土和麦皮直冲向上,像是给陆续赶来卖粮的村民指引方向。

林泽忠家也卖了两拖拉机小麦,还帮人打过围席,有些不愿费心费力的,索性雇他们把粮食运送到渡口,父子俩因此挣了些工时费和运费。还有的农户甚至懒得送去,直接把粮食卖给上门收购的贩子。林水生打听了价格,盘算了买卖的差价,便认准这是个赚钱的差事。跑的次数多了,和排队卖粮的农民聊得投机,他们有了更多发现,这个不起眼的小小的渡口,居然汇聚了周边几个村子的卖粮大军,这可比运沙卖沙的市场大了不知多少倍!兴奋归兴奋,细算一下,收粮需要的本钱太大,他们家那点积累还不够,沙石生意也需要留些周转钱,所以即使心里痒痒的,也只能放弃。

父子俩往返工地和小码头,多少次路过林家洼渡口,就多少次讨论过后面的打算:在蓄洪区项目中攒下不少工钱,冬小麦收成好卖了些余粮,运输沙石的活计还算稳定,为村民代购沙石的生意也开了张,各项收入凑在一起已是个不大不小的数目。如果秋天水稻收成好,留下口粮,其余全部卖掉,手里的本钱该能攒得厚实些,说不定就能少量贩粮了。立了大功的拖拉机,车厢被土石方砸压了几个月,早就坑坑洼洼大洞小孔,秋收前定要彻底修整一下。春天新逮的三头猪崽一天天肥硕,几十只鸡鸭也长势不错,到年底又是一笔收入……

每每想到这些,他们便无比满足。去年的这个时候,幸福还远在天边,只一年时间就打了翻身仗,不能不说是个奇迹!这个奇迹是他们创造的,靠灵活的头脑和勤劳的双手创造的。

他们相信,只要不怕苦不怕累,把家里的地种好,把看准的营生坚持下去,日子就一定会越来越好。

第十九章 光来

第二十章　财进

林泽忠父子站在自家田头,望着即将成熟的水稻金浪起伏,紧实的谷穗像一群群金色的鲤鱼,不断地向上、向上,想要跳出浪尖、跃过龙门。

二十世纪八十年代末,山南省农科院和山南农业大学开始联合推广高产优良水稻品种,龙城县也有小范围试种,平均亩产量高出不少,但对耕种、管理、施肥等的要求也随之提高。增加粮食产量,让锅里碗里充盈起来,这是改善农民生活的有效途径。可对新生事物的观望、对付出和收获的算计、对安逸生活的贪恋,再加上对"林家洼贡米"的自信、对杂交品种的怀疑,保守观念和不确定因素的综合作用,抵消了高产量带来的诱惑。更为重要的是,迄今为止,宋集乡还没有一户率先尝试,大家都在等待那个最先吃螃蟹的人。

这几年,县里也在积极组织优良品种的试种、普种,农业知识讲座开到了村里,乡农技站的培训班办了一期又一期,还有河州近郊几个种粮大户现身说法,终于把林家洼人顽固的思想堡垒撬开了一丝缝隙。就在这个关键点上,蓄洪区项目的江东人来了,带来了他们家乡农村发展的新鲜事,还有海风吹过的新思维。按照他们的说法,在江东省,优质杂交水稻早已大面积种植,每亩产量提高一百多公斤不说,还抗病瘟、防倒伏,有传统品种难以比拟的优势;蓄洪区工程完结后,周边农田的灌溉条件将得到极大改善,正适合发展现代优质农业;要想把日子过好一些,最简单的办法就是种植高产品种,产量上去了,收入才能跟着提高……

利益和希望在心头播了种,一遇春风春雨,谁也无法抑制它们疯狂生长。乘着县乡政府和江东人共同吹起的东风,张建设、林泽传、林泽忠等头脑开明的农户率先响应,从县种子公司买来优质杂交水稻"山优五号",还请来乡农技站的技术员现场指导、手把手传授。这不,那些令人期待的种子还算争气,眼看着就迎来了难得一见的好光景。

夏稻喜人的长势,更加撩动了林泽忠父子不安分的心,盘算好的挣钱买卖,万不能平白溜走!攒了几个月的本钱,无论如何也要蹚蹚贩卖粮食这个路子!他们提前联系了合作过的商家,对方承诺有多少要多少,检验、称量、装船,当场货款两清,条件只有一个,必须保证质量。质量绝对不会出差,林济良、林泽忠都是行家里手,一看一捏一抓一闻,就能做到心中有数。

对于粮食生意,林济良是有顾虑的。别看在农村粮食的私下交易一直存在,国家也取消了统购统销,社会上陆续出现了私人粮商,并且和他家达成协议的也是私人老板,但人家毕竟是卖给粮食加工厂这样的正规公司。个人从事的买卖经营是不是属于私人贩卖,政策上有没有风险?老汉还是不放心。

林水生专门给爷爷做了思想工作,说项目部的老黄告诉他,南港市几乎每个乡镇都有私营的粮食加工厂,民间买卖也都放开了,应该不会有政策风险。他们先小批量试着收卖,万一有问题可以及时退出。

这边说通了老爷子,那边立马着手实施。父子俩把院子前后打扫干净,林泽忠托人放出话,还在路边架了一个"收粮"的招牌,在堂屋的八仙桌上摆好纸笔,就算临时的柜台了。

还别说,头几天过来打听的人真不少,可打听归打听,回头就没了消息。父子俩在家里坐等了五六天,一单生意没成,后来连上门的都稀罕了。就这样,熬过一天又一天,收粮的老板问了几次,每次都丢下几句鼓励的话语快快而去。再有几天成不了生意,一旦错过这一季,就只能彻底黄了,明年再想捡起来,没人还会相信他们!

正应了那句话——天无绝人之路,就在他们心如火燎、大眼瞪小眼的当儿,竟然有人找上了门。

听到屋外有动静,父子俩同时蹿出门去,原来是张建设和林泽传携手而来。没等主人开口,林泽传就用洪亮的嗓音表达了来意:"泽忠,我们来卖粮了!"

"伯!张叔!"林水生激动地称呼他们。

"支书、主任,咋是你们!"几乎同一时间,林泽忠也喊出了声。

张、林二人笑呵呵地往里走。"咋就不能是我们？"张建设回头指了下路边的招牌，"你们家挂了牌，不就表示开门营业了吗？咋了？不欢迎？"

"不是不是，当然欢迎。"林泽忠一边把客人往屋里请，一边向他们解释，"这都多少天了，都觉得希望不大了，没想到这个时候会有人来，更没想到是你们！"

林泽传笑着问："这个时候不来，那该啥时候来？泽忠，你不是有意说反话，埋怨我们来晚了吧？"

"泽传哥，不晚，不晚！"林泽忠拉着堂兄的手说，"不管咋论，你们都是第一个客户嘞！"

"当第一个有啥不好？当年搞大包干我和泽传也是最先签字的！呵呵！"张建设开朗地笑着，"从你的角度看，我俩是第一批客户，而从我俩的角度考虑，可是第一批请你帮忙的人！"

"我给你们帮忙？"林泽忠有些疑惑，反问道。

"是啊！"张建设肯定地说，"村里整天这事那事，忙得屁股不挨板凳，国诚、国平都出门在外，家里全靠国平妈。卖粮这事儿说起来不难，可打围、装车、拉去渡口或者去粮站排队卖掉，两头摸黑也要实实一天，我哪来时间？光指着国平妈也不成！所以我说，是来找你帮忙的！"

"我家也差不多。"林泽传附和道，"我是整天不着家，水平妈还要看店，指望我那两个小子，顶多卖给家门口的粮贩子！我可听说了，你们出的价钱比粮贩子高哇！"

东屋里，林济良正靠在床上听收音机，这几天他大门都没出，锻炼也中断了，就守在家里，想看看这爷儿俩到底咋样弄法。前两天来问的人多，他有点儿提心吊胆，后来没人上门了，他反倒心里打鼓得更急了。从窗户看到林泽传和张建设亲自登门，他关了收音机，还没迎出门，就听到两个人一句接一句地说话。于是他立在窗边竖起了耳朵，先弄清楚村里的两个头头儿是啥意图。

当听到找泽忠帮忙的话，林济良藏不住了，他拉开房门，人还没出来就喊道："建设、泽传，你们来了，快进屋坐！"

几个人快步进了堂屋，张建设拉着林济良的手说："叔，你慢点！"

林泽忠也跑过来,搀扶父亲坐下,又给两位村干部让了座,对林水生说:"给你叔倒茶去。"

"噢!"林水生就往外跑。

"不用倒茶,我们坐坐就走!"

林水生没把客套话当真,从厨房提来暖瓶,往茶壶里加了热水,倒出两大杯温茶。

两个人接了过去,咕咚咚喝了几口,便把茶杯放在桌上。

这样的场合,得长辈先说话,林济良找了个由头,率先发问:"泽传,你爸最近咋样?有几天没见着他了。"

"我爸还好。叔,你也好吧?"林泽传同样礼貌地表达了问候。

"我一天天见好,没事就出门转悠,有时候还锄锄菜地。你看这手脚,"老汉伸手拍拍大腿,"马上就利索了,说不定要不了多久又能下地了!"

"我爸一天下来根本闲不住,老寻思身体好了要下地,咋说都不行。"林泽忠告状似的对林泽传说。

林济良瞪起眼,气鼓鼓地质问儿子:"咋不能想?关在房里天天吃了睡、睡了吃,那不跟后圈的肥猪一个样。"

"哈哈哈!"听到老汉的比喻,张建设笑了,"叔,泽忠是好意,想让你少些心思,多享享清福,下地干活的苦差事,就让泽忠和水生他们干吧。"

"那也不能光待着不做事!"林济良小声说。

"叔,人不服老可不行!体力活不做也罢。再说了,谁说老人就不能做事,你一辈子的经验、一手的庄稼把式,多给孩子们传传,这不也是造福后代嘛。"

"唉,我那经验,都是老皇历了!人老了,观念就跟不上,说多了年轻人不爱听,还不如任他们闯荡!建设——"

林济良看一眼张建设,又把眼皮垂下,斟酌着如何说辞。起初,听儿子说起收粮的事,他就寻思要找张建设问问,今天支书、主任主动上门,还说是来卖粮的,他顺势就把话题引到了关注点上,把想问的话问了。

"泽忠他们弄的这事,真的能行?"

"咋就不行?"张建设反问。

私人贩卖粮食,在村里毕竟是个新生事物,到底符合不符合政策,张建设心里是有答案的。前些日子小邱向他报告,林泽忠挂了收粮的招牌,他先是简单合计了一下,没多挂心,接连又听到有人说起这件事,多数人是质疑和观望,他便放下手头的工作,特意喊了林泽传一起过来,就是为了表达他们的态度。

县里组织村干部培训,张建设和林泽传都出去考察过,到省内农村经济活跃的地市参观学习过;张建设还在县委党校参加过理论学习班,了解上级关于农村和农业发展的相关政策。他们想为村里做些事,带领大家把生产抓好、把经营搞活、把生活提上去。几年前国家放开了粮食交易,本是个好机会,却赶上了百年一遇的洪水,村里把主要精力放在了灾后重建上,从人力物力到人心士气,都不适宜过度折腾。一年多前,周边的几个工程一起展开,村中许多劳力上了工地,村两委的工作重心又转向支援重大项目建设。农村怎么发展、农业经济怎样突破、农民的生活如何改善,他们看了不少先进地区的做法,也有了一些设想,意见虽有分歧,但目标是一致的。特别是和沈玉林交换意见后,大家都有了一个共同观点——农村问题的核心是经济。如何把上级政策和村里的实际相结合,以搞活农村经济这个既便于开展又能给农民带来实惠的方法为突破口,迈出关键的一步,他们认为需要一个机会,有人能够主动站出来,破开这个题!村里更需要树立典型,用实实在在的成绩带动村民思想观念的转变!

张建设看着林济良,这个他最尊重的老人,此刻紧锁着眉头、满脸的疑惑,希望从他这里得到答案。不光是济良叔,上门询问过的那些访客,应该也都在等待答案。现在,他要用最简单的道理,把村里和他的立场传递给济良叔。如果连济良叔都无法被说服,就说明他的方法有问题,就要重新整理一下工作思路。

"关于粮食买卖,前几年国家就取消了限制,只要符合市场规律和公平交易原则,不恶意扰乱粮食市场秩序,都是允许的。我们这里也有落实政策,省里市里对搞活农村经济是支持的。"

用国家政策作为开场白,这是张建设说话的一个习惯,能够最大限度彰显言语的权威性,也便于让听者接受。"既然这样,为啥以前从事粮食买卖的人不多？我细想过，主要原因是我们周边没有粮食加工厂，农民手里的余粮只能卖给国有粮站，民间买卖流通的需求不旺；还有，粮食的产量和质量不稳定，有的年份是天气不给力，有时候是田间管理不够科学，总之林家洼这个大粮仓的名气没打出去，吸引力不足，外面的粮商就不感兴趣。今年就不一样了，老天爷关照，水龙王赏脸，土地公帮忙，再加上灌溉条件好了，人的心思活了，只要是种植了杂交稻的，哪家哪户不是高产丰收？就算那些种常规稻的，收成也比前两年高了一两成。你们算算，周边几十万亩地有多大增量？这么大的粮食市场，他们舍得放过吗？"

"可不是。"林泽传也说，"私人粮商搞得活，比国营粮站的服务好，价格公道，品质也有保障，老百姓情愿卖给他们。叔，这些天你没上坝子看吧？渡口那边热闹得很嘞！"

张建设喝了口茶润了润嗓子，等林泽传说完，他又接上话茬："我看泽忠这事弄得时机正好。我们村像泽传和我家这样的真不少，以前卖粮都是请人帮忙，担人情不说，弄不好还造成矛盾，把好事变坏了，几次状况一出，肯伸手的就越来越少。就说家家门前的泥巴路，车子一不小心陷到坑里，车子一歪洒了粮，谁家没遇到过？一装、一运、一卸，再搭上时间和人力，只要粮食稍微有些损耗，就得不偿失了！如今泽忠愿意出头，用劳动换取报酬，这和出门揽活是一个道理，花时间，靠体力挣钱，同时承担一定风险，做生意不就是这样，想挣钱就要先付出。叔你想想，割麦的时候，有的雇收割机，有的请麦客，不都要好话说着、好烟好饭伺候着？卖粮也是同样的道理。所以我说，是来请泽忠帮忙的！依我看，不仅卖粮能这么干，谁家盖房子帮忙拉建材可以，帮忙买煤卖菜也可以，只要有人需要，咱都能通过有偿劳务的方式满足他们，靠自己的两只手做生意，谁还能挑出毛病来？"

听了张建设的话，林济良算是基本想通了，可他又记起一个茬儿，赶忙问道："听说贩粮食要啥证，泽忠他们要吗？"

"这个来之前我也想到了。"张建设说，"我觉得问题不大，他们只是代收代销，左手买右手卖，不算真正的粮食流通领域的经销商，可以先试着做做，我再让人去宋集粮站打听打听，需要的时候再办也不迟。"

林济良紧锁的眉头这才解开，他站起身来，冲张建设和林泽传拱了拱

第二十章 财进

手:"真要谢谢你们呀！你们哪是卖粮来了,是给我们家送定心丸来了!"

张建设赶紧也站了起来,把林济良轻轻按坐回椅子,开导道:"叔,你别这么说,只要心摆得正、买卖公平,不需要谁送定心丸。"

张建设也坐回去,唏嘘道:"这些年我常常琢磨,无粮不稳、无商不活,想要发展农村经济,改变传统的耕种采养的单一模式,让大家尽快富裕起来,就要打破一些条条框框。对我们来说,最难打破的在这里,"张建设指了指自己的脑袋,"是人的传统观念！如果不能解放思想,眼光就难免受到局限,做事情也就畏首畏尾！要把村镇经济搞活,打破这一潭死水,一定要有个人站出来,就像凤城县率先搞大包干一样,蹚开一条路,做个带头人。作为村支书,我要感谢泽忠才是。"

林泽传紧跟着表明心迹:"我们早有这个想法,可一来没精力,二来找不到肯挑头的,现在泽忠想起事,能不支持吗？"

林济良揉了揉眼睛,不再作声。他知道张建设看问题尖锐、想问题深刻、做事情稳重；林泽传虽说鲁莽一点,但有济安哥把着,也唱不出不着调的谱儿。他们的话有道理,帮人干活和伺候土地是一回事,不偷不抢,靠劳动挣钱,若是还有人说这说那,自己就算豁出去了,也要跟他们评评道理。

收粮从支书和主任家开张,随后便一发不可收拾。上门询过价的人家,在房里把小账反复算计后,就明白了林泽忠的目的,尽管让他挣走一点钱,可少了打围、装车、运输、检验这一堆麻烦事,不必两头摸黑辛苦,不必在太阳底下排几个小时的长队,更避免了十多里地运输和上坝下坝造成损失的风险,既然他肯干,让他挣点又何妨！

才几天时间,找上门来的就多了。林家父子来者不拒,直忙得天昏地暗,一台拖拉机根本拉不过来,不得已借了林泽传家的,屁股着火一般忙完了一个秋收季。

这一茬生意才结束,刚满十八岁的林水生便跑到县城报了驾校。拿到驾照,水生从银行取出辛苦两年攒下的全部积蓄,又拖着他爸去了县里,买了一辆半新的五吨农用车,还顺便拉回一车鞭炮烟花,往宋集街他叔的杂货店一放,没多久卖了个精光。

有了运输车,林水生像是天眼大开,视野一下拓展开来,从前看不到的生意也纷至沓来。把收到的农产品拉到县里,几乎都能卖出好价钱,从县里带回的日用品,也同样广受欢迎。跑的次数多了,他总结出一条规律——在城市的街面上,越是紧俏少见的土特产,越能喊出让人心跳的价格;而在农村的集市上,只要是价格低廉的生活必需品,往往都能够快速脱销。

这个日益清晰的商机,把他牢牢地拴在了城市到乡村的运输线上,手中的农用车就像一部小型印钞机,他一夜暴富的原始愿望一点点膨胀。

他贩卖鸡鸭鹅鱼、腌咸干货、水果蔬菜……他批来锅碗瓢盆、衣服鞋帽、文具箱包……啥挣钱、啥畅销,看好就做。乡村大集上经常能看到一个黑瘦的青年,站在蓝色农用车的车厢上,用稚嫩的吆喝声叫卖着堆积如山的杂货……

他就像一条刚游进大海的鱼儿,日夜奔波在林家洼南部的村集间,面对一个个老汉、村妇,磨破嘴皮做着推销,有时为了一块两块钱争得满脸通红,艰苦心酸却乐此不疲。

他常想起鲁迅先生说过的话——"时间就像海绵里的水,只要愿意挤,总还是有的"。他觉得这句话还不够,他想挤出的不只是时间,还要从时间里榨出大把的钞票来。

第二十章 财进

第二十一章 名升

按老人们的说法,宋集街是个神奇的地方,它整体建在林家洼围堰外东南角的一片土岗台上,而宋集街的神奇就来自这片土岗台。

有一个故事是这么说的。很久以前,这里本是一片荒无人烟之地。北方一个强悍的部落,在一场生死存亡的决战中败落下来,一部分幸存者被迫带着老人和妇孺南迁,渡沃河时,他们向北跪拜,背井离乡的恸哭声惊扰了酣睡中的水龙王,水龙王为了施以惩戒,就挥了挥手,骤起的浪花卷走了牲畜钱粮,放过了逃难的人群。等他们上了岸,拖着疲惫的身体走到这个土岗台上,天都黑透了,他们又饿又累还受了惊吓,实在无法继续前行,只好夜宿于此。然而厄运未尽,天亮后人们发现,土岗台四周已被洪水围住,白茫茫一片毫无生机,身边除了几棵大杨树,一无所有,根本无法满足他们的生存需求,这下人们惊慌了。有个雇来的当地向导心有所悟,说出了疑虑,渡河时水龙王原本饶过了他们,而他们不仅不感念水龙王的恩惠,反而唉声叹气哭号抱怨,招惹龙王老爷发了脾气,这片洪水就是施以的警示。听了向导的话,领头的当机立断,让人们翻开仅存的包裹,找出拜神祭祖的香炉火烛,用泥土垒起祭台,向水龙王祈祷哀求,请他大人大量高抬贵手,并保证一定筹集善资,为水龙王建庙宇塑金身。祭拜仪式还没结束,水面就平静了,稍后洪水便齐齐退去,水去后的淤泥里留下了无数鱼虾鳝蟹。从那往后,这些人便定居于此,这片土地没少经历洪水的蹂躏,水大的年份,土岗台就成了孤岛,即使这样,人们也总能找到可以果腹的水产,不用担心生死安危。他们还相信,这个土岗台下面有一个巨大的老鼋的脊背,能随着水势涨落升降起伏。

多少年来,周边的百姓都想攀上一门宋集街上的亲戚,有些人甚至拐弯抹角也要拉上一门远亲,或者结交几个好友。宋集街的住户也有祖上传下的规矩,每当大水来袭四方遭灾,自家纵有天大的困难,也要尽可能收留逃难的亲朋，家里实在住不下，就先帮他们保存财物，再想方设法给他们寻个栖身之地，留下重新站起的希望。

很早的时候，在去往龙城的土路边，建有一座龙王庙，庙里香火极盛，无论是风是雨是旱是涝，祈求水龙王赐福驱灾的信众总是络绎不绝，后来就连求婚求子、求身体康泰、求家庭和顺，都成了水龙王的功德。二十世纪初，由于连年战乱，庙里的建筑遭到破坏，驻锡者纷纷逃兵而去，既无人力维持又无钱财修整，残余殿宇的砖瓦又被附近的村户盗拆回去修房子盖猪圈，很快就成了一片残垣。新中国成立后，县里把土路扩建成县道，最后的残垣也被推平，建成了道边的那一排店面，以新生的面目继续静观这片土地的变迁。

可百姓对水龙王的信仰依然在延续。离南旺村不远的南漕河中间有个山包包，被当地百姓称作"南漕河的神仙台"，二十世纪六七十年代挖人工河时为啥留下了它，没人能说得清楚。后来有人演绎，或许因为传说中它的不寻常，连挖河的队伍都恭敬有加，不敢擅自开山动土。他们说，原先在山包包中间有个油桶粗的大洞，内里住着一条大白蟒，在一个雷雨交加的夜里，一声惊天炸响之后，白蟒化龙升天而去，山包包亦被连天接地的闪雷削去了尖顶，成了一个面积百多平方米的高土台。他们还说，这个土山包本是二郎神担山赶太阳路过时从鞋靴里倒出的天土，后来被大白蟒当成了修炼的道场，遭天雷炼化之后，便成了南漕河的"定河柱"。打南漕河被开掘出来，无论水情多大，水面都漫不上柱脚坡坡，那是不敢冲撞了成仙的龙王爷。八十年代后期，有人靠着撑船摆渡，在高土台上围起龙王洞、修起龙王庙、供起龙王爷，每逢农历二月初二和六月十三，就有人到庙里焚香祭拜。随着渡河而来的信众越来越多，大家捐钱捐物又新建了两间庙堂，还塑起观音、办起庙会，最多时三台大戏同时在高土台上开演，并且无论上去多少人，高土台都承载得下，从没因为拥挤造成踩踏和落水事件。

除了水龙王的传说，宋集街还留下了赶大集的传统。农历每个月的三、六、九日，周围县乡的商贩们就会带上精选的商货和特色美食，在宋集街的两侧占据个摊位，或铺开地布，或支起货架，或摆起一张张折叠桌椅，把二里长的丁字形街面打造成为商品的世界、色彩的海洋、美食的天地；拥挤的人流、渴望的目光、饥渴的口舌，都汇聚在这里，共同演绎出现代村镇活色生香的"清明上河图"。

在宋集街上,林泽义算是一个名人。他在主街最热闹的位置开了个杂货店,门前是自发形成的市场,每天人流往来不息,遇上逢集的日子,更被围堵得水泄不通。

林泽义店里的生意倒是一般,名气归名气,做生意拼的是货品。店里日常售卖的无非是碗盘盆桶、锹镐耙叉及各色杂货,都是农村人家的必备品,做这行的本就多,大集上还有经营同类货品的流动商贩,价格更有优势。

林泽义爱交朋友,有时朋友喊他帮忙,店里一撂就出门好几天;好容易空了,不甘寂寞的他还会约上几个街上的"脸面人物"到店里喝茶吹牛,不到中午就坐进饭店推杯换盏,酒足饭饱倒头一睡,晚饭时三请四催才肯下床,自个儿还要再呷一杯"透透"。只在逢集或者需要进货时,他才搭把手,平时主要靠他老婆黄慧英打理。去年女儿林彩娟初中毕业没继续上学,黄慧英才算有了帮手。

黄慧英和林泽义是初中同学,他们上学那会儿,学校对农业知识和农业劳动抓得很紧,每周两次到附近生产队参加田间劳动,成了雷打不动的惯例。那时林家的日子还算凑合,有林济良夫妻和林泽忠三个人在生产队干活挣工分,有沃河和林家洼丰富的水产,还有塘畔坝底的野菜野果,林泽义没受多大苦,反而长得瘦高个儿、白净的脸庞,在同龄人里算是长相英俊的。再加上他跟父母兄长学了几手地里的把式,上劳动课时铁锹洋镐都使得有模有样,进校门没几天就崭露头角,吸引了众多女同学倾慕的眼光,这其中就包括情窦初开的黄慧英。上初二那年,有人来学校串联,要组织学生到首都北京,接受中央首长的接见。林泽义才十四岁,却有不凡的志向,被城里来的学生鼓动,心中的激情按捺不住,就找个借口溜回家去,趁父母下地干活,偷偷拿了压在箱底的十几块钱,留下一封短信便跑了出去,一去就是半年多。

林泽义的冲动,在家里掀起了轩然大波,一回到家就被父亲狠狠教训了一顿,他却在宋集中学乃至公社内外出了名。经常有一撮人围聚在林泽义身边,听他讲天安门广场人潮汹涌的场面,讲天坛的庄重、颐和园的华美,讲万里长城的巍峨壮丽,还有在祖国各地受到的热情接待、路途中的逸事见闻。黄慧英始终是人群中最忠实的那个,每次听到林泽义激情四射的讲述,她总带着满脸崇敬,双手握紧在胸前,身临其境一般感动。林泽义也注意到了这个"铁杆听众",给了她充分的耐心和尊重,对她的每个提问都细心解答,还应邀到她在宋集街的家里吃过饭,为此,黄慧英可是得意过一段时间。

事情有前必有后,风光无限之际,林泽义忽然再次消失,没向任何人吐露去向。有人说他到龙城参加了"革命",还有人说去了更远的河州。黄慧英心中挂念这个潇洒帅气又斗志满满的同学,向许多人打听过他的情况,却都模模糊糊说不清楚。

几年时间很快过去,林泽义终于回到家乡。没在家待几天,他就跑到宋集街上,与黄慧英重新相遇相交,不久与她结了婚,住在了她家里,户口也托人迁了过来。他先跟黄家人一起下地干活挣工分,后来倒腾起小买卖,直到三十出头,开了宋集街上第一家私人店面,这一算,也有十年多了。

林水生听说这些事,还是在贩卖沙石之后。跟潘老板渐渐熟了,潘老板才说,当初愿意帮忙,并不是被林家父子感动而大发善心,在生意场上,没有利益反而要搭上人情的蠢事,傻子才会做。他帮忙完全是因为林泽义,他早就听闻过这个人,他想交这个朋友。

名气大就代表能量大,林水生想把叔叔的能量释放出来,还想把农用车的效益发挥到最大。趁着到处赶集卖货,林水生认真核算过货物的利润空间,对比过其他商贩售卖的种类和款式,主动与村民攀谈,了解他们中意的商品类型,他觉得叔叔的杂货店之所以生意不好,是因为经营理念没能跟上农户的需求。据他观察,多数人的注意力不在生产资料上,逛大集更像一种姿态、一种休闲方式,是对富足的展示,是美好生活的一部分。在这里,最博女人欢心的是各式新款衣装,价格未必很高,但一定要样式时髦、色彩亮丽;令男人中意的则是各种电子产品,收音机、电子表、防风打火机,有一定的实用价值,拿在手上要能博人眼球;孩子们除了眼馋各种吃食,对造型新颖的玩具、文具最感兴趣。当然,还有一些不分性别年龄广受欢迎的东西,如各种箱包鞋袜、运动套装、帽子围巾、油脂面霜等,都有不错的销量。

人是物质和精神的结合体，极端穷困时，生活方式也相对简单，依靠艰苦的生产劳动维持最低的生存要求，生产资料和生活必需品无疑是市场的主流。当经济有了发展、生活条件逐渐改善，人们的需求必然随之变化，在精神层面，富裕往往意味着更高的欲望、更多的选择。人的眼光总是向上的，人心永远难以满足。

林水生把他的发现告诉了叔叔婶婶，跟他们商议，他拿些钱出来，两家合伙干，把杂货店改造一下，左右打通，粉刷一新，把商品的种类和布设做个调整，搞成个买卖兼顾、批零兼营的百货商贸店。村民自产的农副产品可以卖给店里，他们运到城里变卖，再批发回来时髦的新款商品，在店里挂牌销售。这样一来，无须再等三、六、九日，店里天天开着大集，一种新的商业模式便有了雏形。店面后的院子也被利用起来，用彩钢瓦搭上顶棚，地面铺上红砖，堆放一些常用的水电管线、瓷砖水泥等民用建材，用来批发或零售。需要河沙碎石的，也可以在店里订下，由林泽忠负责采买送货。如此一来，商贸铺子、建材铺子就合二为一了，店面的价值就发挥到了极致。

林泽义一家合计了几天，觉得可以一试，双方又细谈了条件，说干就干，不到一个月，装饰一新的商贸店便开门营业了。

店面向南的墙壁被完全打掉，换成一排可拆卸的木门，当木门全部开启，后面一溜玻璃柜台正对着宋集主街，各种新奇货色一览无余。店内的一角支了张桌子，专门收购农村的土特产，鸡鸭禽蛋、肉类鱼虾、蔬菜水果，只要有人愿意卖又能找到买家的，一律来者不拒。每隔一天，林水生就要跑一趟县城，天不亮出发，把收来的干鲜杂货拉到农贸批发市场兑给贩子，再去采购精心选定的商品，有时还要赶去河州三马路，为的是保证货品供应充足。

只有一件事让林泽义夫妇很不理解，店里出售的新款服装，都是林水生拿主意批来的，他一个半大男孩，靠什么挑选进货款式？待宋兰放假回到宋集，有几次穿的就是和店里一模一样的衣服，在街面上走过一回，店里的人气就跟着暴涨几分，可能这就是城里常见的"商品广告"，宋兰也顺带充当了店里的"时装模特"吧。

商贸店一出现便红透了宋集街。成功绝非偶然,一方面来自林水生对农村消费市场和农民消费习惯的细致观察和亲身体验;另一方面,是林家人反复讨论、不断尝试的结果。

林泽忠一度认为,种地是农民的本分,无论做啥,都要先种好地。林水生并不否认,但他更看重副业,最好能做到主副兼顾,提高收入。和南港人同吃同住大半年,他多次聆听沈玉林和张建设的灵魂碰撞,跟在王长海和杨海宁身边又开阔了视野,他还被老黄和大徐描述的家乡新貌深深打动。那段时光对他的影响是极其深刻的,他逐步认识到,农村要发展,除了种好地,还有一条更为快捷有效的路子,就是发展农村商品经济和多种经营。

在一些人看来,林家这两年换着花样折腾,始终没个固定的正经行当,实际上他们只瞧了个热闹劲。林家的经营范围始终没有脱离农村这个客观环境,着眼点始终围绕百姓的生产生活,在吃穿用度、生活改善、个性张扬等方面做文章。他们要在经济实力允许的前提下,最大限度地挖掘农村市场的潜力,寻找一条既与农村的现实需求相符合又能走得长久的挣钱路子。

林家的成功路径看上去并不高明,在村民口中的评价也有分化。多数人在眼红之余,心中则不以为然,要说那个连胡子都没几根的毛头小子如何深谋远虑,说啥都让人无法相信。年轻人却不这样想,他们思维单纯,对成功者的敬意真挚,对同龄人的亲近发乎本心;他们比父辈更不安于现状、不自甘平凡、不将就生活,"林水生发达了,为啥不跟他一起闯"!

贩沙石、收粮食、经营商贸店,都离不开体力活,需要有人打理、做帮手。背景干净、品行上没有污点、手脚勤快听招呼⋯⋯从沈玉林那里学来的看人经验,有了用武之处,但凡耗费人力的活计,林水生都会喊人帮忙,遇到合他心意的人选,便一一记在心里。他想,也许某一天,这些人会像蒲公英的种子,只要有一阵自由的风,就能把希望带到梦想的远方。

第二十一章 名升

第二十二章　人故

　　林水生又坐在桌前，整理稍显凌乱的桌面。经济条件改善了，外加跑运输常去县里市里，他捎带着买了不少书，有时急匆匆回来又急匆匆离开，随手就把一本本新书扔在桌上。

　　离开校园，他一直疲于奔波，找不出大块时间学习和阅读，但有个声音始终提醒着他，阅读的习惯无论如何不能放弃。

　　当然，他不会再回学校复读。在社会上闯荡，每天都要与身份、性格各异的人周旋，为赚多赚少而算计，高兴时满脸堆笑，心有不快也不能意气用事。静下来想想，他也觉得好笑，感觉有个身份的套子将他的外表伪装了。

　　伙伴们都在成长，每个人都孕育出了独特的气质。他特别关注张国平和宋兰，在他眼中，宋兰身上满是学生气，没有一点点社会人的油滑世故，高大壮实的张国平也未褪青涩，说话做事依旧直来直去。这恰恰是年轻人的珍贵品质，开朗率真、不矫揉造作、独立的思想、自强的品格……这些品质由内而外发散出来，把他们彰显得光华四射，却把自己映衬得黯然失色。

　　林水生常拿自己与张国平和宋兰做比较，他们那么简单纯粹、近乎透明一样，是生活在象牙塔里的读书人的特征；再看看自己，因为风吹日晒而黑得发亮的脸庞、挥锹搬货磨得满是老茧的双手、行商逐利饱经历练的心态，简直是莲花和污泥的反差，他难免有些自卑。正因如此，他绝不能放弃读书，除了"小老板"的身份，他希望还有一个与他们相近的灵魂。这是他心中的小秘密。

　　上大学的第一个寒假，宋兰送给他一本书——《年轻的思绪——汪国真抒情诗抄》，扉页上写着秀美的蝇头小楷："这是校园中最流行的诗集，我觉得它适合你，愿你的生命，在风雨之后、在坚守之后，仍然精彩。——宋兰，一九九五年一月"。

我不去想,是否能够成功,

既然选择了远方,便只顾风雨兼程。

我不去想,能否赢得爱情,

既然钟情于玫瑰,就勇敢地吐露真诚。

我不去想,身后会不会袭来寒风冷雨,

既然目标是地平线,留给世界的只能是背影。

我不去想,未来是平坦还是泥泞,

只要热爱生命,一切,都在意料之中。

每每读起开篇的这首《热爱生命》,林水生都感慨万千,他觉得这首诗写的就是自己,挫折后的自己、奋斗着的自己、孤身前行的自己。同时,他更加相信,这是宋兰对他的鼓励、对他的希望。

他暗暗下了决心,一定努力拼搏、不放过任何机会,一定热爱生命、活出精彩,一定不让宋兰失望。

宋兰考入的财会学校,在河州市可谓鼎鼎大名,不是说学校的层次和办学水平有多高,而是校友群体太过强势,占据了河州乃至省里许多金融财税部门的重要岗位,给学校带来了超高人气。在河州,如果孩子上不了本科院校,那财会学校的大专班、中专班,一定是许多学生家长优先考虑的。

财会学校有五个系两千多名学生,其中要属宋兰所在的财会系学生最多、教学实力最强。财会系特别注重学生的专业基本功训练,提出了"三手一口"的基本素质目标,人人练出一手好算盘、一手好字、一手好文章、一副好口才,学校和系里的一些活动也会围绕这个目标筹划组织。

财校的校风开放包容,对农村考上来的学生有很大的包容性,这是学校与众不同的风格,也是毕业生的就业流向导致的。城里的学生毕业前,家里通常会动用社会关系,或者托人搭上老校友的门路,给孩子寻个好单位,用人单位也乐于接收。农村学生大多缺乏这样的社会背景,那么留校就成为他们最普遍的愿望,这也进一步促进了校园风气的转变。在这里,城乡学生之间的差异并不明显,平等和谐的氛围相当浓厚。学校准备了不少勤工俭

第二十二章 人故

学岗位,农村的学生有了补助生活的来源,城里的孩子也能做点适应性工作,既可增进友谊,又能挣点零花钱,还能提前为职业生涯做做准备,何乐而不为?

学生们思想活跃、业余生活丰富多彩,也是这种风格的体现。学校对学生参加社会活动持鼓励态度,每学期都会对学生的社会实践做出评价,在毕业时也会作为一项重要的评价指标。每年新生报到,校团委、学生会和各个兴趣小组便四处行动,发动新生报名参加感兴趣的活动团体。宋兰入学时也不例外,许多人看中她良好的形象气质,纷纷向她伸出橄榄枝,有的对她在中学时年年参加诗歌朗诵会的经历甚为了解,频频与宋兰会面,其中几个还以学生会或者团委干部的身份出面鼓励,甚至做出口头上的承诺。宋兰并不为所动,反复斟酌后,申请参加了"校卫队"和"春风关爱"行动小组。第一个国庆节假期,她就去了市儿童福利院看望孤儿,帮孩子们洗衣服打扫卫生,教他们唱歌朗读。再往后,每到节假日,只要不在校卫队值班,她就坚持参加公益活动,成了春风小组的骨干队员。

刻意低调的宋兰,同样无法摆脱来自方方面面的纠缠,最让她烦心的是恋爱问题。有人给她塞过纸条表达好感,有人一封接一封给她写信表白,有人邀请她跳舞、看电影,更有甚者直接去楼下高喊宋兰的名字,让整栋楼都能听到。诸如此类的表白行动,宋兰通常冷静处理,或以"在校期间不考虑"为由回绝,或者保持缄默不予回应,直到"那人"的出现,才浇灭了追求者的热情。

一个周末的上午,值班室里电话铃声突然响起,宋兰拿起电话,听到那个熟悉的声音,不由得愣了一下,又忍不住笑了。

宋兰所在的校卫队是一个由学校支持、学生会主导的组织,平时负责校门和重点区域的值班、校内的安全巡查、安全保卫方面的培训和演练,有时也参与协助处理校内的突发事件。虽说挂了"公益性"的名头,但学校会给队员提供值班和公勤补贴,还有个好处,各个值班室都有电话分机,可以通过学校的总机转接,值班者把值班安排提前告知家人和朋友,就能收到令人欣慰的"亲情问候"。

很意外"那人"会到学校来,还说有事请她帮忙。宋兰找人换了班,出了校门,往东边小卖部前的空地望去,"那人"正站在一辆蓝色的小货车旁,很高兴的样子,边挥手边喊:"在这里,在这里——"

宋兰脸上一热,现出两团红润,毕竟是在学校门前,有很多学生来来往往。她快步走过去,眼睛眨巴几下,惊喜地问:"你咋来了?"

"来进货的。"林水生的脸蛋子更红,在学校大门外等女生,他也是第一次,心里觉得别扭,斗争半天才拨了电话,到现在心脏还在怦怦乱跳。

宋兰瞄了一眼小货车,又问道:"啥时来的?进过货没?"

"刚到,算算时间不紧,就跑来看看你。"林水生没了刚才挥手喊人的勇气,越说越显拘谨。

宋集街上的商贸店,宋兰去看过几次,说实话,弄得真不错,除开农具建材不说,单讲生活用品,至少比学校门口这几家店好,价格也要低一些。她看出来了,店里挂卖的衣服,有几件跟她穿过的款式非常相似,当时她就想,应该是林水生的主意。看破不说破,她还答应给店里当参谋,把了解的流行趋势无条件贡献出来,让农村青年也能穿出城里人的时尚感。

"要不要到学校里转转?"宋兰回头看了一眼,有几个男生正伸着头望向这边。有啥新奇的,不就是个普通人?林水生愿意进去的话,就让他们好好看看,登记时还能顺带查查户口。

"不去了。"林水生回答得干脆,"进完货得尽快赶回去,下午验货规整,晚上全部上架,明天逢集,弄不完又要等几天。"

"那——要我帮啥忙?"想到林水生通话时的请求,宋兰很贴心地问道。

"我想——"林水生吞吞吐吐,说不下去。想过好多次的事,一见到宋兰,他的脑子就不灵光了,嘴巴也笨了。

宋兰没说话,双手背在身后,歪着脖子、睁大眼睛看着林水生。每次他有事都是这个样子,吞吞吐吐不利索,不过不用担心,不用别人接话,等憋不住他就会主动说的。

林水生还不好意思直说,绕了个圈子:"现在店里卖得最好的就是服装,卖服装不累人,利润空间大,还能带动人气。我婶说,现在一个月的生意额,能顶过去半年的,服装就占了一小半!"

"那要恭喜你喽,林老板!让我猜猜,肯定女装卖得最好吧?"宋兰似笑非笑地问。在这个老同学面前,她的内心是敞开的,话语也变得俏皮了。

林水生点点头,脸红到脖子根,双手藏在背后,脚底搓碾着地面尚未完全返青的小草。

宋兰不禁暗笑,这才多长时间没见,就有些生疏了?他跟别的女孩子说话是不是也这样?既然找来了,她能帮必定要帮的,于是爽快地问:"你说吧,让我做啥?"

林水生的表情还有些不自然:"我想——今天要进一些女装,我怕看不好,如果你能走得开,我想请你——请你陪我去三马路,帮忙挑挑款式。"

宋兰做出一副豁然开朗的样子,拍了下手,说:"嗯,这个忙必须帮。事先说好,我可没把握看得准不准,影响了你的生意可不能埋怨!"

"不会不会!"林水生连连否认,"你们同学咋穿,推荐给我就行。"

"那就没问题。"宋兰看了眼手腕上的电子表,"我先打个电话请个假,还要给带班的同学说一声,你等我一下。"

不到十分钟,宋兰就回来了,情况却有了变化。宋兰说:"不如把殷凤华也叫上,这事儿她在行。反正两所学校离得不远,你有车,不会耽误多少时间。"

殷凤华在河州学院读经济管理专业,河州学院恰在财校通往市中心的路上。能考上大专,大家说她"放了颗卫星",张老师却说,殷凤华是茶壶煮饺子——心中有数。高三那年她拼了命,终于在生死关头搏出了彩!填报志愿时她也考虑过财校,无奈财校的大专班太过热门,张老师反复劝诫她要权衡利弊、提升把握性,最终才选择了河州学院。经济管理是个文理兼收的专业,课程设置对文科生来说不占优势,她的成绩不算太好,总是向宋兰诉苦,早知道这么吃力,不如不图大专的虚名,去财校陪宋兰一起读中专。宋兰到校卫队值班,殷凤华又多了一条倾诉渠道,一拿起电话就不愿放下,河州学院的同学私下相传,那个"银凤凰"有个在财校上学的"男朋友"。

殷凤华是个爱美的女孩子,帮林水生挑选服装,无疑她更加胜任。她一直说要找机会让林水生这个宋集乡最大的老板出点血。今天不正好?挑完衣服去馆子吃一顿,算是对她们出谋划策的犒劳吧。

　　做出这样的安排,显示了宋兰的高度谨慎。她去门房打电话,值班的男同学用奇怪的腔调问出一连串问题,来找她的人是谁?看相貌不像在校生,看他开的车也不像有钱的老板,难道是社会上的青年?跟她什么关系?找她做什么?……男同学的反常表现,让宋兰立刻想到一个被忽略的问题——在同学们的眼皮底下,她跟一个男青年单独外出,需要有合适的理由,好让他们能够"理解"。办法不是没有,再邀请一位女性朋友做伴,最好是亲近的女同学,以此消解其他人的疑惑。可宋兰想不起哪位女同学适合做这个"见证者",便想到了殷凤华。她告诉值班的男同学,等在门外的是她的中学同学,他们要去河州学院找另外一位女同学。宋兰本可把理由编得更充分些,可她不愿随意找个借口开脱,她的性格不允许她做那样的事。等她回到学校,不经意间听到有些人窃窃私语,才明白自己的灵机一动并没达到预期目的,小道消息已经无法阻止地在校园内传开了。不过,她并不十分介意,有人爱说就让他们去说,她不是那种为了别人的感受而活的人;而且令别人产生误解也不完全是坏事,也许从今往后,她便有时间和空间去做喜欢的事了。

　　殷凤华也有相似的遭遇,同大多数女生相比,她的故事更具浪漫情怀,结局却令人唏嘘。

　　读大一那年,她被河州本地一个姓连的高年级男生疯狂追求,表白的手段花样百出,给她写信、送花、请她吃饭、看电影、参加舞会……殷凤华没有轻易答应,毕竟感情要建立在熟悉、了解、信任、接受的基础上,行动上的浪漫替代不了平心静气的相处。可连师兄并不放弃,而是策划了一场出人意料的仪式,一举博取了她的芳心。

　　那是一次学生会组织的联谊活动,连师兄向殷凤华和她的室友发出邀请,殷凤华只当是新老生的交流舞会,室友们都能参加也让她非常高兴。活动开始之前,一位背着吉他的师兄登上舞台,说今天是个特别的日子,他的一位好友要用最真诚、最热烈的方式,向一位姑娘表达爱意。台下瞬时一片哗然,有人起哄,有人吹起了口哨,女生们也情不自禁地鼓掌叫好,她们默默

沃野长歌之一：风起大河

祈祷，期待出现奇迹，自己就是那个幸运的姑娘。吉他声响起，从深红色的幕布内款款走出一位男生，穿西装打领带，手捧一束玫瑰，竟然是——连师兄！殷凤华一下就蒙圈了，面色像晚霞一样绯红，耳朵里似有雷声轰鸣，周围的一切都模糊了，室友拍打在她身上也毫无察觉。正当她方寸大乱时，连师兄走下台来，一路唱着《特别的爱给特别的你》，来到殷凤华面前，满面真诚、眼带星辉，单膝下跪，把玫瑰递上……在全场的欢呼声中、在室友的簇拥下，她机械地伸出手，接过了那束象征爱情的鲜花。

随后的日子便充满了幸福的气息，剧场里、小树林里、镜湖边，校园每个角落的花草树木，都见证了他们之间的甜蜜，在彼此心底，深深刻下了对方的名字。

这只沉浸在爱情中的"银凤凰"，享受着男生的觊觎、女生的嫉妒，在爱情的玫瑰绽放得最浓最美的时刻，一切却戛然而止，就像来时那么突然。原因简单得可笑，仅仅是元旦放假期间，连师兄和他母亲偷偷去了一趟宋集街。

这事儿殷凤华没对宋兰说，即使彼此心知肚明，但毕竟两所学校离得如此之近，毕竟有那么多互相熟知的同学。殷凤华暗自发誓，在校期间绝不再考虑感情问题，未来就算终身不嫁，也不再幻想高攀任何富贵人家。现在想来，她几乎每周都要给外校的某个同学打个电话，她常年挂着的一张亲切的笑脸，她时时彰显的不甘人下的傲气……也许这些都是证据，她一直过得很好，她依旧美丽并且自信，她并没有陷入泥沼难以自拔……也许，只有在黑暗的夜里，僵尸一样躺在床上空等天明，才能独自体悟被死死压住的撕心裂肺的剧痛！

和姑娘们相比，张国平的大学生活就枯燥了很多。省农机学校的学生大都是农村考来的，男生占了多数，既不风趣又缺乏灵动；极少数家庭条件好的，不出意外全是系统内的委培生，纯粹为了文凭而来，眼睛大都长在头顶，只在属于他们的小圈子里交往。张国平天生一颗刚直的心，对看不上他和他看不惯的人，从来不屑与之龃龉；而他更不情愿的，是故意摆低姿态，装作谦卑的样子，与所有人"打成一片"。反正他也无所谓，有没有人理解、有没有意气相投的朋友,这些都不重要,好好读几年书,多学点工作技能,不负时光就是了。哪怕交不到朋友,只能做齐秦歌里的"来自北方的狼",等回到龙城家乡,也自有属于他的一片草原,任由他这匹独狼纵情驰骋。

第二十二章 人故

第二十三章　谋穷

一九九五年夏秋,沃河湾大坝和泄洪闸工程陆续结束,从工地回家的民工们,像无声的细雨,流进农田宅院、洇满角角落落,把这片乡野滋润得越发生机勃勃。

村子里忽地热闹起来,打牌的吆喝声、喝酒的划拳声、小伙子的打闹声、姑娘们的嬉笑声,还有不知为何就突然响起的鞭炮声,不分白天黑夜,此起彼伏、高低委婉,汇成了幸福生活的乐章,在空荡荡的大地上回响。

鼎沸的人声也从宋集街上的商贸店里传来,这里几乎天天人流不息,当真有了"小集市"的样子,更被看作家庭富裕程度的"检验所"。

男人们一旦有了时间和精力,口袋里再揣上几个钱,就忍不住折腾。积攒了两年的工钱,加上原有的积蓄,存折上的数字一天天见长,好不容易闲了下来,便盘算起家里的小工程了。在营造宅院上面,老百姓从来舍得下血本,即便在局势动荡和天灾不断的年代,盖房围院也是头等大事,更何况现在水治了、家富了、心气高了,想法自然比囊中羞涩时宏伟许多。

早年被大水漫淹过的人家,有的翻盖了新房,有的刚起一半就因故停了,还有的只简单修了修,能遮风挡雨就行。停下来的也是没办法,不管谋划多好、期待多大,终要靠经济实力说话。

家中新开了工地的老少爷儿们,此时一个比一个有派头,嘴上叼的都是"大河牌",身上的工作服也换成了时兴的夹克衫,再到街上的馆子摆上几桌,往林家店里甩出一沓沓票子,得意的眼神对上老表们羡慕的目光,就像酷暑中喝一碗冰豆羹一般受用。那些没挣下多少钱的,看到左邻右舍不停忙碌,听着房里女人的唠叨怪话,再加上不服气的心态作祟,打肿了脸也要把自家房屋拾掇拾掇。

男人收拾屋子,女人也要收拾自己,身上穿的、头上戴的、脸上抹的,哪一样都要往林家店里"送钱"。林泽义一家整天累得直不起腰,笑得合不拢嘴,实在不好慢待了来往的乡亲,又临时喊了林彩娟的两个表妹过来帮忙。

林泽忠成了宋集乡屈指可数的材料商。没了工地大户,他一跃成为小码头沙石的最大买主,价格上就有了话语权,特别是成本低廉的河沙,包船价越来越低,可操作的空间越来越大,贩卖的利润也开始快速攀升。

林泽义经手的建材亦是紧俏非常,有些品种要事先打招呼才能按时提货。有头脑灵活的商户也学着到城里批发,可他们一没渠道二没车辆,价格、质量、供货速度都不具优势,除非急需的材料,多数人还是首选在林家店里购买放心货。

林水生身边固定跟了几个青年,替他分担了不少差事。运输车交给了他的同学赵剑阳,他只陪着县里市里来回跑了几次,等赵剑阳熟悉了车况和路线,就做了专职驾驶员。表弟胡庆意也被喊来,胡庆意矮矮壮壮的,干活不惜力气,正适合干装卸搬运的活计。

搁下担子的林水生也没闲着,一个念头早在他脑海里有了雏形,腾出时间,他要干一件大事。

专门抽出几天,林水生骑上自行车,村里村外到处转悠,看到盖房修院的就进去瞧瞧,跟叔叔伯伯们唠唠闲话,问问有没有啥困难、需不需要帮忙。前后跑了十几家,情况摸得差不多了,又在屋里闷了两天,心中大概有了数。

一天下午,林泽忠送货刚到家,屁股还没挨到凳子上,听到动静的林水生就跑来堂屋,都没称呼"爸",开口就说:"你有空吗?到我屋坐会儿,我有事想跟你商量一下。"

林泽忠接过孙霞递来的毛巾,胡乱擦了把脸,瞥一眼儿子,问道:"啥事不能在堂屋说?"

林水生冲母亲笑笑,回过头,讨好地说:"你先去坐坐,我给你端杯茶。"

林泽忠把毛巾递给孙霞,抬腿去了儿子的房间,在床边坐了下来。这间泥石小屋被重新翻修过,内墙涂了白灰,地面打了水泥,房顶用木板铺了隔断,再用大白纸细细糊裱过。屋里收拾得很干净,傍晚的阳光从西墙的窗户投射进来,正照在桌上的一摞摞书上。依稀中,林泽忠看到儿子端坐桌前,面前摊开了书本,笑盈盈地扭头看他,脸上稚气未泯,还透露出几分与年龄不相符的成熟。他心里直美,咧开嘴,一双眼都挤成了缝缝,也恰在这时,儿子推门进来了。

林水生双手托着茶水:"爸,你喝茶,我妈特意给你兑的温茶。"

林泽忠接过来,试着抿了一小口,接着咕咚咕咚喝个精光,随手把茶杯放在桌上。他抹了抹嘴,对坐在面对的儿子说:"找我啥事,你说。"

这几天林水生反复权衡,如何把他的决定告诉父亲,他担心突兀地说出结论父亲接受不了,就早早打了腹稿,从简单的谈起,一点一点延伸到那个主题。

"最近忙坏了吧?你的腰疼没再犯吧?"林水生问。

"没事!买料都是吊机或者装载机直接上的,卸料也不费力气,送到地方还有人帮忙卸车。你看,不是好得很!"林泽忠使劲拍了拍腰杆,证明给儿子看,"你倒是要小心,钢筋、水泥、管线、瓷砖,这些都是重货,搬上搬下一定要注意。"

"我知道,注意着嘞!"林水生说,稍顿了下,他又试探着问,"你给人家送货,听没听说除了建材,还有啥能弄的?"

"有啥能弄的?"林泽忠歪着头想了想,"这个——没听说呀!砖瓦都是他们自家从窑厂买的,门窗啥的也都是到木工厂定做的,其他还有啥?你听到啥了?"

"前些天,我在各村跑了跑,听了不少。向前村的李大爷,他家盖房是我们送的料,我问他还缺啥,他拉着我叨叨了半天,说材料进多少没人给个准数,预算施工队也报不具体,还说工人的态度差,非要钉着干才行,包工的师傅想来就来、想走就走,其他人问啥都答不上。"

"这些我都知道,有的材料买多了要退,退不上原价还不满意,我就想问,量多量少能一样?二次装卸和二次运输不要费用?有的沙石料都混在一起,想让我按买的价拉回去,我能答应吗?还有些人家,一次买一点、一次次让送,我实在没办法一趟一趟地跑,他们就老大不高兴,见了面就撂难听话!"

"我说给你听听,是不是这些问题。"林水生从抽屉里摸出小本子,打开后读了起来,"下林的表舅说,他找了好几个包工头,都没看到满意的样式,有的只会盖老式的红砖房,没有一点新意;后张家张支书的堂弟说,对盖房的造价拿不准,想找个内行做个预算,再决定盖不盖、盖几间;黄庄的那家对施工质量不满意,包工头还牛得不行,说如果能找到技术过硬的大师傅,说啥也要把包工头换掉……"

林泽忠耐心听着,不住点头:"我也都听到了,可有啥办法?以往是有几个大师傅,都出去挣钱了,在家的包工头只能矮子里挑将军,干活的还都是临时工,哪比得上专业队伍。"

感觉铺垫得差不多了,林水生出其不意,突然问道:"假如——假如我们手里有专业队伍呢?"

林泽忠闻言一惊,睁大眼睛,久久才回过味来:"咋的?你想拉施工队?"

"不是我想,而是已经具备了基本条件,顺水推舟而已!"林水生自信地答道。

"可我们除了卖卖建材,其他也弄不了啥呀?"林泽忠疑惑地问。

"你听我说!"林水生又摸出张纸,边看边给父亲解释,"首先是需求方面,我们这么大的村子,家里盖了新房的才多少?往后如果家家盖新房,那是多大的市场!再把附近村子都算上呢?建材方面,沙石是我们的强项,全乡最稳定的货源在我们手里,价格上也灵活;水泥、钢筋、管线这些,我们有采购渠道、有运输车辆,质量也有保证,我叔店里能少量备些货,大批量的供应和临时应急都不成问题。砖瓦方面,现在都是业主从厂里买,每家的数量都不多,售价只能由厂里说了算,如果有一个大宗的采购人,达到一定数量可以拿到优惠,那就有的谈。门窗方面也差不多,我们可以和木工厂谈,想用铝合金的,还得从城里进货,这又回到了商贸店的业务上。还有,不管啥材料,不需要频繁地补货退货,这样会避免很多麻烦,也会减少损失,等于降低了成本。至于预算和造价,可以和施工质量结合起来考虑,需要一支可靠的专业施工队伍,小工没问题,在大河湾和泄洪闸干过活的人很多,这么一算,只缺一名懂技术的大师傅了!"

林泽忠想了下,点点头:"去哪里找懂技术的大师傅?"

"国平家盖房我去看过,记得他说过,是从外地请的师傅,你有印象吗?"

这事林泽忠不会忘记,张建设家盖房,请他去帮过忙,开工、上梁还吃过他家的酒席。大师傅是张建设托战友从浙江介绍来的,宅院的样式也带着闽浙风格,在宋集乡范围内,至今依旧独树一帜。特别是朝南的三间大瓦房,屋脊两端飞檐翘角,正门头上镶有雕花装饰,红砖垒砌的墙体,美观精致的勾缝,灰色的水泥墙裙,处处彰显着华美和气派。

"记得嘞,你看他家盖的房,这么多年过去了,不仅质量没得说,样式也不过时,看着就洋气!"

"所以说,一定要请个经验丰富的大师傅,房屋质量要保证,样式也同样重要。我想,这个应该不难,要不请张叔再找找那个浙江师傅,还可以请沈经理帮忙找人。如果师傅能把外面的最新设计一起带来,那就更好了!"

儿子的说法林泽忠都同意,可一来他没有思想准备,二来猜不出儿子想做啥,不放心地问:"你都想好了?真要弄?"

林水生并没正面回答,而是又补充了一个情况:"赵剑阳跟我说,他哥以前帮人搭手盖过房子,在泄洪闸工地干的也是瓦工活,回来后被宋集街的一个包工头请去了,那个包工头爱喝酒,喝完酒就骂人,手下几个早就不耐烦了。赵剑阳说,他哥想出来,问能不能到我们这边干。我没答应他,不过觉得这是个机会,就找他哥谈了谈。他哥说,现在我们乡干包工活的吃香得很,找他们盖房要排队,给的工钱也合适。按当下的行情,只要有人敢挑头,价格上公道点,不愁接不到活。谈完我又去找了水平哥,他也说这个时机好,值得一试。回来后,我合计了几天,我们在材料供应上有绝对优势,会干活的工人也不用担心找不到,只要能请到懂行的大师傅牵头,就能把队伍拉起来!"

林水生提到的水平哥,是林泽传的大儿子,他经常在社会上跑,朋友多、脑子活,在全乡都有些名气。村委会前年砌围墙,就是他带人干的,称得上建筑行当的人。赵剑阳的哥哥叫赵剑刚,也是林泽忠的熟人,论起来算是下林赵家的表侄,他们一起给好几家帮过工,赵剑刚的手艺说得过去,当下也正是干活的年纪。

即便这样,林泽忠还不放心,琢磨半晌,追问道:"就算这些都行,那你想咋干?"

　　林水生仍没有给出答案,反倒向林泽忠抛出个问题:"如果我拉起个施工队,说请了大师傅坐镇,价格合理,设计新颖,质量上也有保证,你会放心找我盖房子吗?"

　　林泽忠看着儿子的脸庞,嘴唇上刚刚长出些许绒毛,掩饰不住的稚嫩,却用这样老到的语气说话,想想就好笑。对农民来说,有房子才有家,盖新房就是盖希望,谁会把希望托付给个毛头小子!他既不能摇头,又无法点头,索性闭上嘴不出声。

　　"爸!"林水生正色道,"我想了很久,即便可以断定是个机会,条件看着也都具备,但仍不能说一定成事,因为还缺少个关键的东西!"

　　"啥东西?"

　　"信誉!"

　　"信誉?"

　　"没错,施工队的信誉!我想信誉或许还不够,而是要有威信!我们卖点建材啥的还行,可盖房子是多大的事?那是把全家的钱财性命都一把手交给外人,无论咋说,一个新拉起的施工队,别人如何肯信?"

　　林水生看看坐着呆愣的父亲,确定已打动了他,按照早先列好的谈话节点,是时候进到下个阶段了,便不等父亲回过神,接着说道:"信誉其实也不难,只要能请动一个让大家服气的人。"

　　"谁?"林泽忠瞪大了眼睛。

　　"国平他爸。"

　　"张支书?"

　　"对!"林水生肯定道,"如果张叔出来挑头,自然有了威信,而他家的房子就是样板,大家都能看得到。"

　　见父亲面色稍缓,林水生不再犹豫,说出了考虑已久的那句话:"我想,如果有人嫌张叔家的房子不够现代、不够新颖,我们家就再盖一栋最新式的样板楼!"

　　万万没想到,万万没想到!儿子连续扔出"重磅炸弹",林泽忠根本来不及反应,只是轻声念叨:"我们家盖楼?盖样板楼?"他怔怔地看着儿子,猜不

第二十三章　谋穷

透小小年纪的孩子,脑子里咋能有那么多匪夷所思的想法,还都是天大的主意。

林水生有些兴奋,仿佛又回到了舞台上,面对台下热忱的观众,激情演绎着精心准备的诗歌,观众们听得如痴如醉,朗诵也到了最高潮。这是一种久违的熟悉的感觉!是他曾经深为陶醉的感觉!他不想停止,便一鼓作气说了下去:"请张叔出面,是让大家伙对我们产生信赖;盖起一栋样板楼,是为了树立一个看得见、实打实的高标准;找来大师傅坐镇,是房屋款式和质量的保证;我们家经营的建材,加上和砖瓦厂、门窗厂谈判的优惠幅度,既能确保价格优势,更是施工和销售双重利润的来源。再找些有经验的工人,请大师傅培训培训,这样一来,我们就具备了所有条件!"

说完,他又问了一句:"如果我这么跟你说,你会不会相信我,愿意找我盖房?"

林泽忠不由自主地点头,以他的见识,根本无法反驳眼前的这个孩子了。

"这么大的事情,我猜你和我爷不会放心由我来做,只有把张叔请出来,你们才可能同意!"林水生最后说道。

林泽忠还是愣愣地坐在床边,很久没有说话。

第二十四章　行速

张建设靠在太师椅上,闭目养神似的,听完了林水生的分析,心里也同林泽忠一般慨叹。世事发展得太快,林家洼被挖尽的芦苇没见新发,田里的庄稼也没收割几茬,下一代就像沃河边栽下的杨树苗苗,趁着和风暖日,茁壮成长起来了。

听不少人说过,就这两年,济良老汉那个瘦瘦黑黑的孙子,表面上不哼不哈,却几乎把挣钱的路数都蹚了一遍,票子挣了多少不知道,欠下的陈年老账也全还清了。张建设并不意外,上有国家政策的支持,下有社会需求急速扩大的现实,当下的确是个做事挣钱的大好时机,只要懂点买卖经,又肯下力气,或多或少都能赚上一笔。他家的鱼塘不也这样?虽说大钱都揣进小舅子的腰包了,他只喝了点"汤水",就算这样,比起在城里工作的战友,他一点儿都不差。他相信,在空前的好形势下,像林水生这样爱折腾、敢折腾、会折腾的青年,一定会做出一番事业。在改革开放大潮中,不止林水生,还将有千千万万的人,只要奉公守法,同国家和社会的前进方向一致,与时代同频共振,就能创造自己的美好生活,这是谁也改变不了的历史进程。

林水生刚才那一段煽动性极强的陈述,足令他刮目相看,让他敏感地发觉到其身上暗藏的潜质。在他这个支书和长辈面前,林水生镇定自若侃侃而谈,仅这一条,就不是一般人能做得到的,几年来的历练确实让这小子有了脱胎换骨般的蜕变。

张建设并不马上表态,静静地坐着,把林水生的想法又捋了捋,提了一个问题:"有些人议论,你们林家做事就像无头苍蝇到处乱撞,我也一直想问问你,明明几个生意都做得很好,效益应该错不了,为啥还要扩大?按说做生意隔行如隔山,你们之前的买卖,只在货物品种上有差异,逃不过低进高出,这边买那边卖,本质上都算过手生意,门道差不多,不算隔行。但说到拉工程队,我不否认你列举的那些有利条件,却也不是随随便便就能弄得成的。你给我说说,咋就产生了这个想法?"

关于拉工程队的可行性,林水生那一套由浅入深的逻辑演绎过程,在家试了几次,每次他说完,听众都会被打动,除了关心家底够不够用,就提不出不同意见。可听张建设的意思,上述理由还不够。其实也不难理解,他请张建设出山的原因是,比起爷爷和父亲,张建设想问题深入得多、做事情严谨得多,谋定而后动,往往在"谋"字上会下更大的功夫。

林水生这次是有备而来,张建设可能会问啥、说啥,他之前都在脑子里过过筛子。刚起步贩卖沙石,是他们最艰辛,也是最快乐的岁月,拉货、送货、算账就是生活全部,每天累得倒头就睡,没时间想这想那。再往后,随着生意活了、收入多了,还有了帮手,他的脑筋才又开转,有精力、有心情思考一些问题。特别是最近这些天,为了拉工程队,他想了又想,比较了各种有利和不利因素,最终才下了决心。

首先,为啥要干?毫无疑问是看见了商机。别说其他村子,仅林家洼村就有一千多户人家,这是一个几乎还没被开发的巨大市场,谁早一步抢占了先机、谁率先创造了信誉、谁赢得了好口碑,谁就掌握了这个市场的优先权和话语权。不可否认,领先者的身后一定不乏追赶者,但如果手中掌握了旁人无法复制的资源,比如无可挑剔的质量、新颖实用的设计、实在优惠的价格,无论抓住哪一条,必能受到村民的欢迎;如果这些资源全部集中于一支队伍,这支队伍便对市场拥有了绝对支配权。这就是整套推理过程成立的基础,同时也是林水生的目的——打造一支拥有绝对支配权的施工队伍!

在此过程中,林水生还想通了一件事,林家的生意为啥能飞速发展,干啥啥都成?除了眼光准、下手快,还有个诀窍,无论经营沙石、粮食、商贸店,他们都是从无到有的第一个,都在行当里拥有优势地位。但这些生意极容易被复制,看到利益的人们跟上了,他们的优势很快会消失,效益也会降下来。想长远发展,诚信经营,保持竞争力是一个方面,更为关键的,是创建一支具有系统性优势的队伍,让追赶者难以企及,至少在一个时期、一定范围内,保持首屈一指的实力。

至于如何才能稳赢,那是经营管理方面的问题,林水生自认能力不足。张建设说得对,隔行如隔山,他完全不懂施工技术,只能做做服务工作,现场管理想要上水平，必定需要懂行的专业人士。还记得在沈玉林项目部，让他感觉人格差异最大的是鲍工，鲍工平日里客客气气从不张扬，一旦涉及工程质量问题，就必须按照设计要求来，天王老子来说都不管用，有时跟人吵得面红耳赤，几天火气下不去。杨海宁说，这就是工程技术人员的特质。林水生并不认为这种特质不好，他担心的是，自己是外行，万一遇上个脾气大的，自己无法控制场面，就会丧失管理的主动权。这方面张建设最擅长，不说能力，单凭身份，在这片土地上谁敢拿村支书的话不当回事？只要能管得住人、能堵得住漏洞，再加上强大的综合优势，这事还能不稳赢？退一万步说，哪怕遇到不可抗拒的因素难以为继，大不了就地解散，材料上的损失都可以忽略不计，这是他的底气。说到这里还不是全部，他还有一个保底手段。万一真到那时人员不好处理，还能求助沈玉林，沈玉林带了不少人去南港，相比之下，施工队的技工应该不难消化。

把上述事实一条条列完，林水生并没停下，而是一鼓作气说了下去。下面的一番话是他爷爷常常念叨的，他猜测，也许张建设更想听到。

一个家庭的家风，决定了为人处世的原则。林家致富之后，爷孙三代在一个方面达成了共识——他们要报恩！要带着恩人们一起致富！

牢记情义、不忘感恩，是农村人心目中纯洁质朴的道理，更是林家自始至终念兹在兹的情怀。林济良有个小册子，是林家与亲友们交往的"账目"，除了红白喜事建房过寿的礼金往来，给林家解过困救过急的，也逐条逐笔记得清清楚楚。对老汉来说，本子里记的既是恩情又是债务，从前他们无力偿还，现在经济条件改善了，这件事就被摆上了桌面。家里的大小生意，陆续请了一些人帮忙，但毕竟只是临时差事，没有太多实惠，他们还不能摆出财大气粗的土老板架势，施舍似的甩出几张票子，那样既是对恩人的不敬，更是对家门的侮辱。合情合理的办法，是找准一门营生，带着大家一起劳动挣钱。记得沈玉林说过，南港是国内有名的建筑业大市强市，南港的建筑公司走遍了全国、走向了世界，建筑业为南港打出了名气，吸纳了大量就业人口，促进了经济发展和人民生活水平提高。沈玉林还说，早在二十世纪六七十年代，河州的经济实力与南港相当，改革开放后，河州还在原地踏步，南港却早早跑到了前面，其中的差距值得反思。建筑业是个劳动密集型产业，入行的门槛不高，若想找个长远的活计，带动村民一起富裕，搞建筑再合适不过。

林水生没有猜错，张建设听完果然竖起了大拇指，哈哈笑道："你这小子，脑袋瓜咋长的？啥事到了你这里，既顺理成章又出人意料。大家伙都说你走了狗屎运！他们哪里知道，你做事之前，会有如此精细的打算！"

林水生心中暗叫惭愧，说他走了狗屎运，没错，就是这么回事！如果不是国家政策的调整，如果没在蓄洪区项目上见了世面，如果没有张建设、沈玉林、王长海、杨海宁等人指路带路，他现在充其量是个眼里只有水田的庄稼汉，想的也只是干活还债，说不定还会有热心人帮他张罗一门亲事。他能有今天，离不开思想上的觉醒和行动上的努力，同时不可否认，"运气好"的的确确是决定性因素。他生活在一个不同以往的时代、一个改革开放的时代、一个飞速进步的时代、一个更加宽松包容的时代、一个充满挑战更充满机遇的时代、一个鼓励人性发展和个性张扬的时代，在一个又一个身边人的关心下、教导下、引领下、帮助下，他才得以与时代共同成长，成为这片小小水域里的弄潮儿。

没等林水生表态，张建设伸出手掌，在空中摆了摆，接着说："我可不觉得你光是运气好这么简单。前阵子，哦，就是你们在宋集街的店铺重新装修开业后，我认真琢磨了下。你有你的特点，别看平时不爱说话，却把耳朵支得老高、眼睛瞪得溜圆、脑子转得飞快，看准的东西，只要条件成熟，便毫不犹豫地出手。你说你干的那些行当别人看不见吗？不是，而是想不清、做不到，畏首畏尾、瞻前顾后，缺了你身上那股说干就干的虎崽子气！我看你就像只小老虎，情况不明耐心刺探，遇到危险掉头就跑，抓住机会快速出击，逮住猎物死咬不放！"

说着，张建设站了起来，夸张地舞动肢体，声调也一下子拔高几度："我就喜欢你这样的性格！"他"啪"的一声拍在八仙桌上，"我没看错你小子！"

张、林两家的合作就此敲定，细节还不着急研究，等大师傅来了再说。当下要做的，是制定一个计划，把事情尽快运作起来。

林水生独自走在回家的路上，在这个阴历十月望日的寒夜里，一轮满月如盘，斜挂在半空，照着泥石路上一片清辉。凛冽的寒风吹过路边的大杨树,树枝上残留的枯叶纷纷飘落,铺满了路面。林水生双脚踩在落满路面的枝叶上,就像手指敲着琴键,响起了"嘎吱嘎吱"的独奏曲。他裹了裹衣服,弓着背、低着头,逆着风向前,思绪随着脚步起落。

张建设对他小老虎的比喻,可谓准确贴切,但那只是外在表现,更深层的原因,源自他藏在心中的隐秘——一种深深的恐惧。

他读过很多书,看惯了故事里的阳春白雪、潇洒风流,中学起每年参加几次诗歌朗诵会,深深喜欢上了热烈欢快的氛围,还有他身边的朋友,张国平的潇洒、宋兰的娴静……这一切,就像一部情节跌宕的小说,两年多前的那个夏天,喜剧抛弃了他这个配角,悲剧把他打落凡间、打回原形。他彻底与理想背离,只能在土地中挥汗、在骄阳下暴晒、在水洼洼里打滚,曾经高高在上的心气,被命运在烂泥里揉躏,在人生的跑道上,只能目送别人冲刺,留下背影让他垂涎。

逆水行舟,不进则退!当他一退再退、退无可退的时候,当他被推至旋涡旁,亲眼看见黑洞吞噬一切的时候,他陷入了恐惧,对当下的恐惧、对未来的恐惧、对不得不沉沦的恐惧、对失去朋友失去宋兰的恐惧!他摆脱不了,就像被绦虫病祸害的猫子,说不好下一刻就会发作,他的内脏被虫子一口口咬烂,痛苦只有他自知!很多次,他心痛难眠,宋兰绝尘而去的镜头一遍又一遍闪过,他一次又一次故作潇洒挥手告别,转过身却独自泪流。

"不一定成为伴侣,只要陪在你身边,看着你成长,看着你幸福,此生就满足。"

可是,紧握的拳头打不碎两个世界之间的藩篱,任他在这边撕裂嗓子呼喊,那边仍是静默无声。

这种恐惧,一直伴随着他,虽然伙伴不离不弃,虽然境遇发生了改变,虽然眼前有了些许光亮,但只要距离还在、隔阂还在,恐惧就不会湮灭,由不得他不努力!

建筑师傅的人选,张建设没做承诺,也没提任何要求,只答应让战友帮忙找人,他还提醒林水生,可以问问沈玉林。林水生是想过找沈玉林的,既然张建设也这么说,他便连夜写了封信。

一年多来，林水生和沈玉林、王长海、杨海宁等人始终保持着通信联络，互相介绍情况、交流信息，林水生遇到拿不定主意的事，也会通过信件寻求帮助。林水生从事的营生，哪些是他和父亲看到的、哪些是在沈经理等人的提醒和建议下才想到的，连他自己都说不清楚。在通信中沈玉林常说，要坚持读书，读书可以开阔视野、拓展思维，要有意识地读一些经营管理方面的书，从别人的成功里寻找经验，在失败的案例中吸取教训。林水生毫无保留地相信沈玉林，沈玉林总能把话说进他的心坎里。别人都说沈玉林严肃得像座冰山，他却认为沈玉林更像座休眠的火山——表面很冰冷、冰冷在表面，皑皑白雪之下，却沸腾着赤红的熔岩。

沈玉林很快回了信，信上说工程方面的专家好找，民居方面的工匠找起来难度大些，毕竟平时不怎么接触，这个行业的师傅又多在相对固定的范围内揽活，技艺上具有明显的地域性特征，即使找到了，也不一定适应龙城的环境。沈玉林说，可以让杨海宁搜集些时下流行的民居样式和结构图纸寄过来，并且又一次提到，如果林水生愿意，随时可以去江东看看。

不久，张建设也回话了，战友找到了帮他家建房的那位师傅，对方说明年开春后才能到龙城来，还提了一些待遇条件。待遇上好说，只要有市场、有利润，高些也无妨，只是还要等上两个来月，不能白白放过这段宝贵时间。林水生灵机一动，找了人四处吹风，说与南方的民建工程师达成了意向，手头还有最新的民居图纸，感兴趣的先来瞧瞧，若有喜欢的样式，先做做预算、备备材料，春节后工程师就会赶到，亲自主持开工仪式。

按照林水生的计划，要把自家的小楼先盖起来。嘴上说得再好，没有样板示人，大家只会当你吹了个牛皮，时间久了，一旦好奇心演变成调侃的谈资，牛皮恐就变成笑话了。

林泽忠召集开了个家庭会议，林水生汇报了他的设想，他在伙房支个铺，两个妹妹睡在堂屋，把两间厢房拆了，在院子西南靠路的位置建一座小楼。他预选了几个样式，大家讨论一下，不满意的话，就在那堆图纸里重新挑一挑。众人一听就炸了锅，先前是说了要盖楼，没过去几天，真就要动工了！守了世世代代的宅院，才盖了三间红砖房，这下又要起楼，祖坟冒了青烟，人人乐得合不拢嘴。感触最深的当属林济良，他一辈子劳累命，临老还摊上个大病，本以为日子差不多到头了，只求活着时少受点罪。哪承想儿孙刚折腾几年，就要在姓林的大家族内率先盖起楼房，喜悦和骄傲难以克制，含笑的眼眶里泪光盈盈。赵奶奶和孙霞只有高兴，主意她们不拿，跟着享清福就成！林平平和林成成可沉不住气，哥哥还没说完就蹦上了天，拽着哥哥的胳膊就不撒手，新楼房啥样儿？几层高？几间房？有没有电影上好看？她们俩住在哪里？……

林家最终选定的样式，是两层七间带厨房，还有一个宽敞的阳台。一楼正中是对开的红漆木门，门头上有四块长条形的透光窗，左右镶嵌着灰砖雕花；堂屋净高三米三，两侧是老人的卧室，靠壁的西北角开了一扇小门，进去是通往二层的楼梯，下面砌成封闭的工具房，右手边伸出一个长方形，围成大大的餐厨空间；二层中间是条过道，朝南一排三间卧室，朝北是方形的阳台，向东还有间储藏室。小楼外部贴着淡黄色的瓷砖，用不同颜色的马赛克拼接成各种吉祥图案；人字形的坡屋顶，在阳台处形成了方形空缺。

这样的小楼，只在城里和电影上见过，现在村里竟要盖起一栋！虽然才刚刚动土，看不出来所以然，但村民还是把现场围得水泄不通。

林水生把人员做了分工，谁维持秩序、谁负责介绍、谁展示图纸……最受欢迎的要数赵剑刚对彩色效果图的解说，新式民居有啥特点、屋内结构如何舒适实用、外观怎样勾勒更显高端大气、细节怎样处理才更加精致美观……一条一目描述得清清楚楚，听众不由得点头称是。

才几天工夫，林家盖样板楼的消息就传到了四面八方，成了茶余饭后的最热门的谈资。楼房结构如何、优点在哪、哪里看不上、哪里待改进，说着说着，大家就争论起来！

让村民不解的是，气氛才被点燃，林水生便收敛场面，起初大张旗鼓的姿态，后来却变成蜗牛爬的速度，快一个月才整好基坑，后续也没有放手大干的意思。有好事者前去打听，得到的答案是咨询盖房的人太多，工人们忙于接待和介绍，几乎没时间干活。

就这样，三等两拖，看热闹的人渐渐稀了，鼠年的春节也就到了。

第二十五章　楼起

农历正月二十,林水生开车去河州火车站,接来了浙江师傅绍连得。同行的还有两人,一个是他徒弟张强,另一个是木工雷师傅。

绍连得五十几岁,细高精瘦的身材,微微有点驼背,看着是和善的面相,却有火急的脾气,不满意就不住嘴地说,稍一着急,晦涩难懂的家乡话便如鞭炮般炸个不停。张强也不忌讳,不管好话坏话,都逐字逐句翻译过来,只把骂人的几个关键字略去而已。

刚到现场,绍连得就不太高兴,前期的准备工作,没一样过得了他的眼。第一把火总是要烧的,他左看右看,最后居然烧向了林水生。

年前林水生买了一批红砖,堆放在院子里。买砖是林水平提醒的,临近年关窑厂着急出货回款,价格比平时便宜些,年后开窑通常较晚,前几窑的质量都不稳定,价格还高,不如囤一些备用。林水生便跑了一趟窑厂,和老板洽谈了批量购买的优惠幅度,顺便采购了一批。

绍连得喊来林水生,指着那堆红砖,连珠炮似的问:"这是什么时候买的?在哪里买的?多少钱一块?一共多少块?"

"过年前在向前村的窑厂买的,一毛二一块,买了一窑,有两万多块。"林水生逐一回答。

"为什么要那时候买?"

"听说春节前窑厂的砖便宜,我想反正早晚都要买,正好过去谈事情,就顺带定了一窑。"

"那个窑厂只卖这一种红砖吗?"

"那倒不是,还有一种,每块要一毛六,我问了窑厂老板,他说那是城里盖高楼用的,个人家里盖房用这种就行。"

问了几句话,绍连得就要炸锅,紧绷着脸,像是在数落人:"我说林老板,你晓不晓得人家为什么一块砖少卖几分钱?"

林水生被问傻了,看看那堆砖,再看看绍连得,不知道该咋说,只在心中暗想:"有啥问题?难道买的不对?"

等不及林水生回答,绍连得就说开了:"就说你是外行,问你也不懂,我来教你个常识。民间盖房通常都用这种黏土烧制的红砖,你们这里靠近沃南煤矿,矿上采煤会有一种伴生的废料叫煤矸石,有些窑厂把煤矸石粉碎后掺在黏土里烧砖,一来可以节约黏土,二来强度更大。"绍连得弯腰捡起一块半截砖,指着断面让林水生看,"你看这里,还有这里,黑色的就是掺进的煤矸石。"

他又拿起一块整砖,在半截砖上随手一磕,"咔"的一声,整砖就碎成了几块。绍连得扔掉砖块,拍了拍手,问林水生:"看见了吗?这批砖便宜是便宜,可砖体脆弱、承压力不足,应该是烧窑时温度不够导致的。"

"买来后我也发现了,稍微磕碰一下就烂了,是质量不过关吗?"林水生小心翼翼地问。

"要我说,春节前烧制的砖瓦合格率都低,至于原因嘛,要不是烧窑师傅着急回家过年,时间不到就开了窑,要不就是冬天煤炭价格高,窑厂老板能省就省、能快就快,时间或者温度不够,没烧透。当然了,不能绝对化,春节前想多卖点货回回款子,便宜些也是有的。林老板,初入这行一定要慎重,不光是砖瓦,盖房子需要的材料种类多了,其中的门道,我慢慢跟你说。"

听了这话,林水生不由得有些心悸,悻悻地望着大大的砖堆,问道:"还能用吗?"

"要用当然可以,窑厂老板不是说了嘛!在家门口他还敢随便骗人?更何况是你这位大老板!不过,真想盖出来的房子坚固耐用,得用质量上乘的黏土砖。你们家这栋楼,大概需要七八万块砖,一块省几分钱,也就省出几千块钱,你说,你是要省这几千块钱,还是要顶尖的质量,住上几十年、上百年都没问题?"

"那还用说,当然要质量!"林水生毫不犹豫地回答。

"那好,林老板,我就不客气了,给你提个建议,以后采购材料,要听听内行怎么说。我们不要最好的、最贵的,但必须质量合格,这样我才能放心跟你干!如果你为了节约成本从材料里抠钱,那我就恕不奉陪了,不能为了挣钱去当睁眼瞎！"

林水生这才明白绍连得的用意，连忙答应道："当然不会，我向你保证，以后这方面一定听你的！"

看绍连得露出了满意的表情，林水生自嘲地一笑，问道："那这些红砖咋办？真要退掉你就说，我不怕麻烦。"

绍连得的语速慢了下来："这倒不用，这些砖我尽量用在非承重部位。还有啊，现在建房的理念不同了，不仅要坚固美观，还要住着舒适方便。在我们那里，每家都要有个独立卫生间，没人愿意再用路边的旱厕所。你考虑考虑，要不要也设计一个？保管干净卫生。阳台上架个储水桶，卫生间装上电热水器，洗澡冲凉自便。楼后建个化粪池，粪便经过发酵，还是很好的农家肥哩！"

林水生常往城里跑，宾馆旅店住过不知多少次，知道独立卫生间的优点，只是没想到在农村也能建，更不懂化粪池是个啥东西。他相信绍连得，也乐见其成，但想到一个问题，张口便问："没有自来水，咋往储水桶上水？"

"这个好办，在井里下个水泵就行。我给你家预排两条水路，等自来水通了，动动手就能接上。"

见林水生点头，绍连得又提醒道："化粪池几年就要清挖一次，楼顶的储水桶还兼做沉淀桶，也要定期清理，不嫌麻烦吧？"

林水生咧开了嘴，连说："不怕、不怕！旱茅坑不也要隔三岔五挖一挖嘛，都是我挖的嘞！"

等林平平和林成成下学回家，得知小楼里又会多出一个卫生间，甭提多高兴了。特别是林平平，已经是初三的大姑娘了，青春期女孩的羞耻心比其他任何年龄段都要强烈，早对自家屋后四面透光还臭味四溢的旱茅坑憎恶至极，总担心有人窥探她的隐私，还怕闻那令人作呕的气味。还有更加恐惧的，有些半大的混账孩子，会远远盯着各家的旱厕，见有小姑娘进去，就跑到后面扔石头，然后哄堂大笑地跑开。姐妹俩见了几次，愤恨难当却无可奈何，留下了不小的心理阴影，大厕都要憋着到学校解决，小解宁愿躲在屋里用木马桶。冲凉洗澡也是个麻烦事，只能在厨房摆个大木盆凑合，一到冬天就得去公共澡堂，里面的热气能把人憋死。这下可好，家里有了卫生间，还有洗澡的冷热水，难以启齿的问题一次性解决，对姐妹俩来说，是多大的福利呀！

绍连得先开了个短训班，一切按照规范和标准，从打地基开始一点一点讲透，房屋轴的定位、基坑的挖填、防水层的铺设、如何扎钢筋、怎么拌砂浆、怎样搭模板、底板浇多厚……看似过细较真，实则是从基础和细节抓起，一边造房子一边带队伍，让大家都能看到他的态度和水平。

进入施工阶段，他让张强画了施工图，一边带着大家干，一边手把手地教，承重的分布、柱子的排立、墙体的堆砌、门窗位置的预留、楼梯的砌筑、水管和电路的埋设……巨大的信息量，把每个人都整得头脑眩晕，干起活来没少被他连吼带骂，好在有张强钉着，雷师傅抽空也给工人们点拨点拨，返工不可避免，总算没出大纰漏。

工人们哪里知道，他们可都是林水生挨个儿挑出来，当成骨干培养的。

绍连得师徒甫一抵达，顾不上休息，就让林水生领着到周围村子实地考察了一番，去小码头看了沙石供应点，还去宋集街的店里看了材料堆储场地，回来后，林水生喊来张建设和林泽忠，几个人在一起碰了个头。林水生把当地民建市场的现状、前景和自己的规划和盘托出；林泽忠介绍了对建材市场的掌控能力和降低原材料成本的设想；张建设则开诚布公地表明，请他们来就是要组建专业的建筑施工队，带动这个新兴市场稳步健康地向前发展。

听了三人的发言，绍连得说，七年前他受人之托给张建设家盖房子，就看中了林家洼这块未曾开发的处女地，当时他有个冲动，想留下来亲手打造一批有特色的精品民居，可那时候人们太穷了，他的想法完全不切实际。这次来，他是做了充分准备的，愿意长期在这边经营，同时他也留了后路，如果各方面条件达不到他的要求，他也会头不回地坚决离开的。

绍连得说，以他人生几十年的经验，人最难控制的是本心，用大白话说就是欲望。农民最大的欲望是什么？成家立业、繁衍子孙、兴旺发达。不管哪样，都离不开房子。生活条件好了，口袋里有钱了，最先想到的，一定是盖几间像样的房子。

绍连得肯定道,今天到各处看了看,又听了几位的介绍,他感受到了这里蓄势待发的潜力,就像强弓业已拉开,只等利箭离弦。现在的林家洼同十几年前他的家乡有几分相似,正是大展拳脚的用武之地。他称赞张建设等人机遇抓得准、对前景分析得透,更难得的,还有原材料供应的全面控制能力,这就更增加了成功的把握。

绍连得提醒大家,民建行业的最大风险是人身安全,尤其在农村这样封闭的环境里,哪怕只是一个小事故,只要使人受到了伤害,都可能引起连锁反应。他建议成立一个劳务公司,门槛不高,以公司名义接手房建,给大家买上保险,一旦发生问题有公司和保险兜底,不会对经营者产生大的影响,等规模大了、实力强了,再想办法成立建筑公司。

最后,他代表师徒三人保证,只要双方都拿出诚意、扬长避短、精诚合作,他有信心把这个事情做好。

事情就此谈妥,由张、林两家共同出资的劳务公司也很快成立,不满二十岁的林水生从此多了个头衔——龙城县隆兴建筑劳务有限公司经理。

这边隆兴公司成立,那边就有人找上门探听口风,目的不外是进公司打工。沃河湾项目结束,村民们又回到村里,陷入耕种、管理、收割的枯燥循环。他们忘不了打工的好日子,盼望再有一次挣大钱的机会。

邹世利家亦是如此,两个儿子无所事事一年多了,工地上挣的那点工钱,根本满足不了他们大手大脚随意花费,金强、金喜再不改改游手好闲的毛病,不用多久就会坐吃山空。还有更让邹世利担心的是,两个儿子口袋里装几个小钱,身上的束缚又被解脱,这哥俩就像披着银鞍子的野马,又开始满世界胡吹瞎混了。邹世利往林家跑了几次,甩下老脸也要给儿子谋个差事,都被林泽忠委婉回绝了。邹世利不死心,有事没事就去林家工地泡着,除了偶尔说些风凉话,还好没做出过分的举动,林家人对他也算客客气气,尽量展现主人的待客礼数。

招人这件事,基本上林水生说了算。他心中有个名单,全是经过检验的人,不放心的绝不招惹,这也是沈玉林的用人之道。张建设平日很少上工地,林水生的资历还太浅,场面上的事便由林泽忠担着,拒绝人的话大都出自他的口中。这样也好,远近乡亲都知道林泽忠实在,他说出的话,应该就是实打实的意思,不会包含别样的意味。

做大工说不通,那就退一步,让金强、金喜搬砖、提泥兜也行,邹世利在林泽忠面前暗示了几次,都吃了软钉子。他背地里把林家祖宗八代挨个儿点了个名,嘴上却不敢太过不敬,不能彻底断绝回旋的余地。其实邹世利的心里明镜似的,工程队里除了浙江来的师傅,林水平、林水云、赵剑刚、胡庆意都是林家实打实的亲戚,另外几个也全是和他家关系好的,"打仗亲兄弟,上阵父子兵",这句话一点儿没错。

但就这一层窗户纸,在最后一点希望被彻底掐灭之后,也终被捅破。

那天邹世利又在林家磨了一上午,憋了一肚子无名火,回家喝起了闷酒。

金强、金喜带着媳妇孩子赶集去了,到了饭点也没回来,邹世利越想越气,几口酒下肚,冲门外就骂开了:"这些喂不熟的东西!一出去就没个早晚,尽是吃喝玩乐的祖宗!"

他女人在一旁扒拉着面条,听到他又撒起酒疯,小声咒了一句,端了碗就扭了出去。

女人也给他脸色看,邹世利更加烦躁,拎过酒瓶斟满杯子,一口下肚,骂得更起劲了:"老子天天哈巴狗一样围着人家转圈圈,你们倒跟没事人似的!有本事你们自己拉几口填肚子!有本事你们自己种地喂小崽子!要不去街上抓几个钱回来也行!……"

喝一口骂几句,劲头正足的当儿,门外飘来叽叽喳喳的声音,金强、金喜每人叼着根烟,进屋喊了声"爸",便在对面长凳上坐了下来。

"吃饱喝足了,想起你爸了!"邹世利眼皮都没抬,两个小崽子他哪哪都看不惯,最让他反感的是一人穿着一条劳动布裤子,小腿肚子裹得竹竿似的,再趿拉一双人造革鞋子,哪有个正经人的样儿!他呷一口酒,酒杯往桌上一蹾,接着骂道:"下次出去就死在外面,别抹了满嘴油回来气我!"

"爸,你孙子孙女吵着要去赶集,我俩也没办法。来,抽支烟消消火。"邹金喜嘴上像抹了蜜,眼睛眯成一道缝儿,摸出支香烟递给他爸,嘴里解释道,"我们不是不想早点回来,你又不是不知道,本来赶集车就难等,晌午那会儿人又多,我们八九个人一起,哪台车也不会留位子。"

邹世利接过香烟,瞄了一眼,便又拉起异样的腔调,挖苦道:"哎哟喂,两位阔少爷,赶个集就抽上了大河牌!你们口袋里装了几个钱就烧成这样?就你们种的那几亩地,够抽几天大河牌?"

"钱不都是人挣的,挣了钱还不给人花!"听他爸又是骂人又是说怪话,邹金强有点不服气,顶了一句。

没想到兔崽子还敢顶嘴,邹世利气不打一处来,瞪起眼睛怒道:"你这口气大的,能把天吹破不?你出去挣给我看看!你能挣到大钱,我喊你祖宗都行!"

邹金强被骂得心烦意乱,刚想再回一句,腿上挨了一脚。他看看弟弟,邹金喜直冲他使眼色,便闭上了嘴。邹金喜索性抓起烟盒递了过去,赔着笑脸说:"爸,你别生气,我觉得我哥说得在理,有活干不就能挣钱了嘛!"

"有啥活干?就你们俩这个熊样,哪个不长眼的找你们干活?"邹世利把烟盒装进衣兜,嘴里却没饶他们。

邹金喜露出神秘兮兮的表情,问道:"爸,你没听说?"

"听说啥了?"邹世利没好气地反问。

"宋集街上都传开了,姓林的公司又招人了,待遇还按以前工地的标准来,不少人都说要去试试嘞。搁家闲了这么长时间,我们也想去试试,你老骂我们没出息,不帮我俩说说去?"

"你们没长嘴,不会自己去说?"

"我们哪有你说话有分量,这个事还得你亲自出马!"

"爸,非你出头不可!"邹金强也是一样的态度,"外面人都说,他们请了姓林的、姓张的、姓赵的,他们还要请别的村的,就是不请姓邹的,我呸!"

邹世利没说话,抓起酒杯灌了一口,又愤愤地蹾在桌面上。

见老头儿没应承,兄弟俩对视一眼,邹金强努了努嘴,邹金喜立马接着说:"现在街面上都说姓邹的最窝囊,领导领导当不上,老板老板做不成,想去打工也没人要,就连作掯磕头都没人受嘞!"

邹金强盯着他爸,逼他表态般不客气地说:"你说你去过几次了,捞到个话没有?眼下就这么个情况,你看看咋弄?"

"咋弄?有本事自己弄去,别指望老子!他是个啥东西,还要我热脸贴他的冷屁股!"说完,邹世利一口干了剩下的酒,把杯子往地上一摔,"啪"的一声玻璃杯被摔得粉碎,邹世利站起身,摇摇晃晃回了屋。

八月中旬,林家的小楼建造完毕,比原先手绘图纸上的还要漂亮许多。

砌外墙之前,绍连得联系了他在浙江的老关系,订购了一批砖雕套件,用长途客车分几次捎带到龙城。绍连得说,就像当年给张建设家建宅院,现在他要再建一栋更具时代特色的民宅精品,这些花砖花瓦是必不可少的点缀。

当小楼的面貌逐渐清晰后,人们惊讶地发现,原本图纸上的普通二层建筑,悄然变身成了豪华与质朴兼具的三层洋房!入户的门头上、向南的窗棂边,都装饰了砖雕的花鸟图案,屋顶檐角被做成了斜飞燕样式,拉伸出了轻盈的感觉,庄重之上平添了灵动,古典与现代结合得恰到好处。

小楼里更让人大开眼界。各个房间均宽敞明亮,雪白的粉墙、黑色的踢脚线、浅褐色瓷砖铺装的地面、铝合金的推拉窗、枣红色的平开门……电路管线被埋在墙内,白色的按键开关分布在墙壁上最合手的位置……厨房的地面和墙壁都贴上了雪白的瓷砖,除了一个圆弧形的三眼柴灶,挨着北墙还砌了一排长条形灶台,给液化气钢瓶预留了位置……楼梯的水泥踏板和木制扶手都被漆成木门一样的枣红色,抬脚上去,内心充满了步高登顶的成就感……三层顶楼架空出一个方方正正的开阔空间,四面都是大扇的玻璃窗,形成一个阳光温房,从玻璃窗向外眺望,无尽的田园风光一览无余……最让村民们惊掉下巴的是,楼梯下的铝合金门后有个宽敞的卫生间,他们家的厕所居然和厨房挨在一起,还装了许多人从没见过的淋浴花洒和抽水马桶……

润照爷和润瑞爷也都让家人推着来看了,他们捶胸顿足、老泪纵横,连连说这真是水龙王保佑、林家中兴呀!眼前这栋三层小楼,比起当年河州府的官邸,竟然丝毫不逊色呀!

第二十五章 楼起

完工那天,林家一上午鞭炮不断,中午老院子摆了流水席,晚上在村委会大院拉开银幕,请乡里的放映员连放两场电影。那隆重的场面,久久留存在村民心中。林水生点起的这把火,烧红了林家洼的半边天空。

住进了新楼房,原来的老屋就空下了,张强带人把三间正房隔开,南边单独开了门,简单收拾后,绍连得师徒便从租住的村民家中搬了进来。绍师傅住东屋,张强和雷师傅住西屋,当中那间留给隆兴公司做办公室。张建设从乡邮电所找了关系,安装了一部固定电话机。一些村民记下电话号码,作为与在外亲人的备用联络渠道,把那一组数字写上信纸、装进信封,寄到东南西北每一个有林家洼子孙足迹的地方……

隆兴公司很快重组了施工队伍,雷师傅、赵剑刚、林水平、林水云担任施工组长,四户村民家同时开工,绍连得带着张强指导监督。

为方便巡查,张建设再次出面联系,从县城买回一辆黑色的二手桑塔纳。这又在林家洼人尚未平复的心湖里,激起了新一轮涟漪。

第二十六章　分忙

那年夏天,宋兰中专毕业了,在找工作的问题上,宋兰和她爸宋有成的想法不尽相同。

宋兰从小羡慕乡供销社的售货员,在她印象中,除了大人们不住念叨供销社的权力大呀、工资高呀,从女孩子的角度,也是爱美的天性使然。在那个满眼都是灰蓝黑白的单调世界里,供销社的几个女人却能把身体养得白白胖胖,脸上涂得又红又香,身上穿得花花绿绿,站在柜台后颐指气使,骄傲得就像鸡群里的孔雀。周边村集的大姑娘小媳妇,只要到了宋集街,一定要去供销社打个转儿,凭票供应的买不上,过过眼瘾心瘾就很知足了。若是有票有钱还赶巧有货,能扯上一块花布,按售货员身上的款式做件外套,那才不辜负雨打日晒辛苦操劳呢。

宋有成却完全无法苟同,当售货员有啥好的?统购统销的年代一去不复返了,供销社早就不是人们眼中的金饭碗、香饽饽了,不信的话,去看看货架上那些老旧款式、店里人迹寥寥,哪能跟私营商店相比?东西卖不掉发不出工资不说,柜台站长了,还会有静脉曲张的风险。关键还不在于此,宋兰可是正规院校毕业的中专生,宋有成希望能给女儿落实个干部身份,也好给家里添彩、给她弟宋振怀撑腰,再不济也要坐办公室,财务专业的学识能用得上,将来好在城里找个像样的婆家。

宋兰明白父亲的意图,坐办公室当然好,能把学到的专长发挥出来。可从她这一届起,国家就不包分配了,毕业生要不自行联系工作,要不就得把档案挂到人才市场,由需求决定去向。这种就业方式不确定性太强,像她这样既无背景又涉世不深的女孩子,还是小心一点为好。既然父亲真心为自己着想,听说还找了一位城里的表亲帮忙,就由着他做决定了。

宋有成还真搭上了一位领导,是他女人老家的一个表哥,在沃丰县轻工局工作。沃丰县隶属沃南市，和龙城紧挨着，县城之间的直线距离不到五十公里，两县接壤处路况很差，从宋集过去坐车、转车都不方便。打探到这个二舅哥的办公地址，宋有成赶早出发，到达沃丰县城时，天色已经晚了。他没敢去麻烦人家，找了个便宜的招待所窝了一宿，第二天上午才去了二舅哥的单位，见面做了自我介绍，说明了来意。二舅哥是轻工局的副局长，举止谈吐很有官员的派头，对这个远亲却颇为和蔼。他先简要回顾了两家的亲密关系，又把宋兰美美夸赞一番，接下来说了一大堆理由，大中专学生就业是热点更是难点、受属地限制人头不熟等等，无非是事情不好办，想帮忙却力有不逮。出师不利，宋有成心有不甘地回到家，又把亲戚朋友仔细扒拉一遍，除了这个二舅哥，还真找不到什么过硬的社会关系。他让女人回了趟娘家，请她老娘出面帮忙说情，他又不辞辛苦几次登门拜访，每次都不空着手。皇天不负有心人，诚意终于得到回报，二舅哥回话说，通过关系几经周折才找到龙城县轻工局的领导，宋兰的干部身份确实落实不下，只能协调到轻工局下属的玻璃器皿厂，坐办公室应该没问题。虽然是个企业，还是工人身份，但眼下毕业生分配难，社会青年就业更难，企业招收的清一色全是合同工，能当上正式工、坐上办公室，已经是最好的结果了。

　　女儿没能成为期盼已久的国家干部，宋有成有不小的遗憾。不过，坐上了办公室，不用下车间劳动，不用三班倒，算是保留了体面。局属企业的级别高、机会多，在社会上吃得开，先踏踏实实干几年，说不定哪天福星高照，提干进机关也不是不可能。要是女儿争气，能嫁到某个政府官员家里，那就更有保障了……这么想着，宋有成的心里才平衡了。

　　宋兰分到的单位叫龙城县玻璃器皿厂，报到后直接进财务科做了见习出纳。这是县轻工局下属的一家老国有企业，在职员工一百多，主要产品是老百姓常用的杯碟茶盏、花瓶烟缸这些玻璃用具，在龙城县，规模算是中等，效益也中规中矩。

　　财务科科长叫楚进梁，四十多岁的中年男子，中等个头，清瘦干练。科里还有三位女同志，主管会计马荣丽，五十岁左右，面容白皙，体态微胖，据说是上面哪位领导的夫人；会计吕金萍，三十来岁，老公在县武装部当政工科科长,她是北方来的随军家属,大脸盘大眼睛,还有一副高大的身材;出纳安小闵,二十四五岁,高中毕业顶替她爸进的厂,先在仓库做管理员,前年被调来当了出纳。

财务科在厂办公楼二楼东侧,整个东半边只有这一间办公室,外加一个财务票据仓库,向外经过一间会议室就是上下楼梯,不开会的时候,财务科实际上是一个清静的独立空间。

不过,科里的几个女同志可不愿让这片空间冷清下来。只要工作不忙,大概率见不到楚科长,办公室内就充满了或高或低优美动听的女声合奏。

科里来了新同事,闲谈的话题大都落在了宋兰身上。每次马荣丽都装作无心,拐弯抹角问那几个问题:"正规院校的中专生,为啥到这个半死不活的企业来?是过渡一下,还是打算长期干?家庭条件如何,有没有啥背景?长得这么漂亮,交没交男朋友?"……总之,对宋兰的一切都十分好奇。宋兰见怪不怪,好回答的就应一声,不方便说的就敷衍过去,反倒在工作上尽心尽责,与同事们和睦相处,很快就获得了相当好的口碑。

宋兰今年二十岁了,已经真正长成为一棵亭亭玉立的蕙兰。她纯净质朴,守拙惜声,在同龄人中相当异类,见过她的人很难不产生好感。最近几年,一个烦恼与日俱增,她逃避不了男青年欣赏的目光,无法阻止他们对她心生仰慕,有些人三番几次要给她介绍对象,有的还会直白地示好,每每让她感到被动和难堪。宋兰一直在推托,与人相处总是极力保持礼貌的距离,但那些自认有机会摘得鲜花的小伙子、那些身边有适龄男青年的叔叔阿姨,每每与她交流时,表情和言语都蕴含着深意。

宋兰对此习以为常了,既然无法改变社会规则,只能选择洁身自好、视而不见。她心里一直有个疑问:"周围的人都在行动,唯独那个人很久不见,他究竟怎么想,有没有交女朋友,会不会哪天突然说出意料之外又是情理之中的话?"

不是林水生不想见宋兰,隆兴公司一炮打响,就让他陷入了分身乏术的状态,新工地陆续开工,商贸店的营业额持续攀升,又是一个创纪录的高产年,粮食生意也迎来了绝佳的发展契机。

第二十六章 分忙

冬小麦成熟前,就陆续有粮商登门拜访,商谈粮食买卖事宜,接触了几家,林泽忠最终与一位老客户签订了购销协议,对方承诺以最优惠的价格敞开收购,而林水生他们务必动员足够多的人广开货源,并把收来的粮食优先卖给对方。

　　形势与往年截然不同,卖方市场已然成势,抢粮大战一触即发。全乡上下广泛关注,乡里专门下发通知,要求各村集中精力,重点保证国有粮库的收储任务,在市场化交易中也不能出现任何问题,对哄抬粮价、强买强卖、实施暴力垄断等违法现象,发现一起,严查一起。

　　要说谨慎还得算张建设,他喊来林泽忠父子,把上级要求一字不落地传达了一遍,还代表村里同二人谈了话,对如何规范经营提了不少建议。其中关键一条是,既然今年粮食交易的规模注定急剧膨胀,大家又都摩拳擦掌、跃跃欲试,就更得遵纪守法、规范经营。他建议林家以宋集店面为依托成立个商贸公司,再想想办法办个粮食经营许可证,做足准备才能不出纰漏。带着这个又急又重的任务,林泽义出去跑了半个多月,别说,这个"能人"还真不是吹出来的,他不仅办下了龙城县隆丰商贸有限公司的营业执照,还把粮食经营许可证也办了下来。

　　办下了许可证,就等于拿到了"铁券丹书",林济良彻底放下了心结,林泽忠兄弟甩开膀子、联手上阵,带着林水生、赵剑阳和十几个后生,全力拓展粮食包购包销业务。

　　一方面,隆丰公司广撒人手,从老百姓手中收购余粮,根据粮食的质量等级统一价格,一手交钱、一手交货;另一方面,组织车队专门从事粮食的装卸运输,实现了收、装、运、卖一条龙作业。买卖的价格和利润是精心计算过的,只计核劳务费、运输费和一定比例的损耗,最大限度保证农民的收益。同时,根据收购次序,卖粮给隆丰公司的农民,有机会进入运输队挣取劳务费,也可以开上自家的拖拉机,加入车队运送粮食赚取运费。刺激措施一出,便广受欢迎,村民的积极性很高,货、车、人都有了保障,隆丰公司一举坐稳了宋集乡第一粮食经营大户的位子。

　　优质高产的"山丰五号"在全乡大面积推广,带头种植的村民尝到了甜头,县里乡里因势利导,种植面积迅速扩大。受此影响,冬小麦优质品种也顺利引进,隆丰公司又给出"定心丸",提前与农户签订购销协议,农户优先把粮食卖给隆丰公司,隆丰公司保证以市场价放开收粮,农民种粮致富的信心日益高涨。

手里的粮食沉甸甸的,心里的期待也同样沉甸甸的,有了钱就有希望,有了希望才有未来。祖祖辈辈在温饱线上挣扎,林家洼的百姓从未这样酣畅过。连续三年粮食大丰收,他们经历了天地和泰、民心思进的巨变,他们尽情享受当下的喜悦,无限憧憬来年的风光,他们脸上的笑容多了、说话的嗓门大了、打补丁的衣服不再上身了,连见面递出的香烟都成了大河牌!

岁末年初的几个月,林水生一直在同时间赛跑,各项生意都要参与管理,方方面面的关系要亲自维护,客户的需求要面对面沟通,算账结钱更要他本人操办。与人打交道是劳神的差事,林水生的身边缺一个信得过的人。

他首先想到的是宋兰,宋兰是专业的财会人员,若能给公司管账最好。可宋兰刚到新单位,住在县城离着又远,这个想法不现实。

张国平适合做管理,每个假期,张国平都来帮忙,从事的都是为之量身定制的管理和协调工作。张建设基本不参与隆兴公司的事务,林水生想,经营权必定要交还张家,张国平若能接手,那是最理想的。

"还得有个类似杨海宁的人。"林水生时常冒出这个念头。每建一栋房子,图纸和资料都是完整的,存放在储藏室的资料柜里,不知不觉就装满了。"将来要找个像杨海宁那样既懂专业责任心又强的人,专门管理这些宝贝!"

前些天接到沈玉林的电话,沈玉林先对林水生鼓励一番,又说做事不要贪急,公司的发展速度不能超过承受能力,并反复告诫,资金上不能有窟窿。沈玉林提醒,离年底没几天了,要把年度工作做个总结,及早核算收支情况,对应收应付的钱款做到心里有数,逐人逐笔收付落实。

"沙石、粮食和商贸店都是自家的买卖,都是现金交易,让我爸和我叔各自算个总账,按比例分成就行。

"工程方面涉及材料采购、员工工资、进度款项的收入等,要认真捋捋,拿出核算数据和分配办法。

"得提前和我爸说好,让他在分成时主动提出来,我们家送沙石、卖材料都有利润,施工队是两家合伙,我们理当拿出一部分收益补贴给张叔。"

想到这儿,林水生算了算日子:"国平快回来了!"不由得开心起来。

张国平在省城读大三,过了寒假就要实习,这可是每个毕业生必不可少的社会实践环节,学的专业知识用不用得上、适应不适应岗位需要、理想与现实有多大偏差、人生和事业要如何规划……都要在这半年找到答案。

实习的重要作用还不止明面上那些。自上一年起,国家取消了大学生毕业分配制度,鼓励毕业生走向市场、自主就业,提高社会竞争力,减轻政府和企业强制安置的压力。学生家长们早早制定了预案,从挑选实习单位入手,让子女提前适应环境,力争给实习单位留下好印象,为找工作抢占先机。

对委培生们来说,农机学校仅仅是个跳板,只要顺利毕业就能进入父母工作的机关,哪怕先从基层做起,好歹也解决了身份问题,以后再考虑如何"曲线救国"。前人走得无比顺畅的捷径,没想到被国家政策一刀切断,从上面卡死了直接分进机关这条路,他们首先慌了。

家长们纷纷行动起来,八仙过海、各显其能。能量大的把目光转向了银行、金融、保险这些待遇好的国有企业,有些则看上了政府下属投资公司、建设公司,最不济也要在系统内找个事业或者企业单位,先干上几年,顺利的话就继续升迁,感觉不好还可以报考公务员。

从乡下考上来的农家娃,同样人心惶惶,但毕竟起点低,要求就不高,县乡农机所、农技站这类专业对口的地方都是好去处。虽然还是跟泥土打交道,但起码比祖辈强,毕竟是工人和农民、技术岗位和下地种田的根本差别。

张建设几次征求儿子的意见,张国平始终秉承一贯的态度——不管干啥工作,饭是能吃饱的,比起林水生,已经足够幸运了。再说分配的事,想得再多都没用,他爸会替他操心的,他有更值得关注的事情。从大二接触专业课程起,他就对工程制图、机械设计和制造基础、农业机械学、汽车拖拉机构造等一切与机械有关的学科产生了浓厚兴趣,尤其是实践课,从金工实习做的小锤子入手,车、铣、刨、磨、钻,只要是动手环节,他都投入大量精力,业余时间也大都泡在实习车间。这样的痴迷状态持续了一年有余,在技师们的指导下,从一般的粗加工向精密加工不断拓展,这也使得他的机械部件加工技艺远远超出其他学生,同车间里的年轻师傅相比也毫不逊色。正因如此,对走上社会可能面临的困难和压力,他更加无感。

前段时间流行一首歌,从校门外两边店铺的大喇叭里常能听到——"一九九七快点儿到吧,我就可以去香港",听得多了,就学会了跟着哼哼。张国平也时不时哼唱那个曲调,歌词却有所不同——"一九九七快点儿到吧,我想看看外面是什么样儿,一九九七快点儿到吧,我就可以去江湖闯荡……"

第二十七章　合乐

隆冬的清晨,太阳刚刚露出地平线,躲在层层浓云后面,懒懒地吐出块块猩红,映衬得墨黑的云团犹如狰狞巨兽,身披金色的甲胄,高挂在东方的天幕上。

林水生早早起了床,简单洗漱收拾利索,夹着羊皮手包,向在厨房烧水做饭的奶奶和母亲招呼一声,便开上桑塔纳出了门。

早就计划好的,今天要跑一趟河州,快过年了,市里的客户要逐一拜访,欠下的人情要当面致谢,剩余的钱款要尽量结清。更重要的是,张国平放寒假了,乘坐的火车下午到达河州站,他要亲自去接。

太阳还在与浓云纠缠,东方天空的火纱越燃越旺,大地被穿射而出的缕缕朝霞照耀,渐渐苏醒过来。宋集街面上稀稀朗朗开始有人走动,几家早点铺子门口,昏黄的灯光正随着晨风轻轻摇摆,在清冷的街道上投射出一个个饱含暖意的光圈。

大寒前后天寒地冻,在太阳还没彻底驱散团团冷雾之前,猫冬的人们是舍不得离开暖和的被窝的,只有那些为了生活辛勤奔波的男女,才不得不套上冰凉的衣裤,裹紧笨重的棉衣,哀叹着走出家门,直冲向那盏盏灯火。他们掀开早点铺子的棉布暖帘,立刻被弥漫的诱人味道包围,锅口的水汽、包子菜汤的香气,与耳边互相问候的乡音一起,混合成浓厚的乡亲乡情的烟火气,驱赶着冬日的严寒,提振着低落的精神,为这个无奈的早晨增添一分值得的意义。

街东边的拐角处有一家牛肉汤馆,是经营了十几年的老店,口径一米开外的铸铁锅内,大块的牛骨牛肉受炉火的催动上下翻滚,丰富的营养在热量的作用下不断析出,筋膜和骨髓的胶质相互融合,数十味香料药材对肉质和汤味的催化和勾兑,最终熬制出宋集人的口舌挚爱,极具特色的民间美食——老火牛肉汤。

林水生把车停在路边,下车锁上车门,双脚踩在地面的坚冰上。一股寒风向他袭来,风丝儿像被超过零下十度的严寒冻成了冰针针,无情地扎戳在脸上身上。他打了个寒战,抬手竖起皮夹克的毛领子,使劲跺了跺脚,快步穿过街面,钻入宋记牛肉汤馆的门帘。

　　"来了,林老板!"正在收拾碗筷的中年妇女用亲切的声音问候道,"今天还是照旧?"

　　林水生点了下头:"照旧!"

　　"好嘞!"中年女人干脆地答应,转头冲操作间里的男人吆喝一声:"大碗牛肉汤一份,多加蒜苗芫荽,鸡蛋饼两张!"

　　林水生在靠墙的一张空桌后坐下,从桌上的小碗里抓出几瓣老蒜,剥好后整齐地摆在面前。

　　他钟爱这家馆子的牛肉汤,小盆一样的青瓷海碗,烫一把香弹的粉丝打底,盖上七八片切成薄片的牛腿肉,用大勺撇开黄澄明亮的牛油,舀一勺透明的牛骨清汤浇进碗里,再抓一把绿油油的蒜苗芫荽,淋上几滴自制的辣油,在老板娘脆亮的吆喝声中,捧送到客人面前。客人端起烫手的海碗,吹开漂在面上的油花儿,迫不及待地吸溜一口,汤里的骨香和肉香、香料药材的浓香、蒜苗芫荽的清香、咖喱胡椒辣椒的混合辣香,轮流刺激着味蕾,火团一样滚烫地下肚,汗珠立马渗出来,再来一口铺了鸡蛋、夹了腌菜的葱油饼,快意和满足充斥口腔,这种感觉,就是给幸福下了实实在在的定义。

　　初二那年,张国平用压岁钱请林水生来汤馆打牙祭,一尝之下,林水生就爱上了这种滋味。囊中羞涩时,每次路过只能多看几眼过过干瘾,现在腰包鼓了,林水生就隔三岔五地来,俨然成了老主顾,往往是清晨最早和夜间最晚的几个食客之一。

　　出发去接张国平之前,他特意过来喝上一大碗,相信这碗汤能带来好运,同时提醒自己,除了做生意挣钱,还有更加值得珍惜和回味的东西。

　　下午四点二十分,随着出站口的大铁门被哗啦啦左右拉开,从省城回乡的人们潮水一样向外涌来。林水生踮起脚尖、伸着脑袋向人群张望,直到大股人流快散尽了,才见张国平不紧不慢地跟在后面。

"回来了!"

"你又黑了!"

两个人同时开口,又哈哈一笑,林水生习惯性地伸出右手,张国平却一把搂上伙伴的肩膀,向外走去。

"路上人多吗?"林水生接过张国平手中的包裹,一边走一边问。

"还好吧,这趟车是从省城到河州的区间慢车,人是不少,秩序不算太乱。在路上看见几列长途车,站台上人山人海,都带着大包小包行李,拼了命地往车上挤,有一节车厢门打不开,车窗玻璃被打烂好几块,碎玻璃撒了一地,老老少少的不顾危险就往上爬。要说中国人多,平时看不出来,就等过年去火车站看看,保管看一次就忘不了!"

"记得那年在项目部,春节前给南港的师傅订火车票,黄会计和大徐带着介绍信,跑了几次都买不到,听说后来几个项目部联合向上反映,县里出面才解决的,就那,还是站票座票搭着买的。"

"不说这个了。"见到了哥们儿,张国平不想破坏了好心情,便改口问道,"你咋样,还好吧?"

"好!都好!就是事情多,忙不开。"林水生答道。

"忙点也好,没时间想乱七八糟的事。"张国平安慰道。

"中午吃饭了吗?"林水生问。

"吃了,上车前买的面包榨菜。"

"有没有地方要去?急着回家吗?"

张国平眨了眨眼:"我没事,不急着回家,咋的,林大老板有安排?"料想林水生话中有话,他反问道。

林水生顶了张国平一肘,假装愠恼地说:"啥大老板?还安排不安排的?这么长时间没见面,想请你吃过饭再回去。"

张国平也装作勉强的样子:"行,听你的!既然你有心,就客随主便了!"

"那你等我一下,我去给宋兰打个电话。"林水生没敢看张国平,挣开他紧搂肩膀的手,把包裹交还给他,向公共电话亭跑去。

望着林水生急急离去的身影,张国平忍不住笑了,就知道这家伙肚子里藏着事,原来要去见宋兰。

天色暗了下来,县城主街两边店铺的灯光陆续点亮,商店门前的大功率音响里,传出费翔悠扬的歌声;下班的人们或急或缓在街面上行走,从各个工厂里拥出无数兴高采烈的年轻男女,叽叽喳喳说笑打闹着,开始了期待一天的美好时光。

人行道被侵占了大半,各个店面都把柜台和货品尽量向外摆放,衣服箱包、茶干熟食、面条烧饼……统统展示到路人面前,勾起他们的购物欲望。一些小贩摆开了地摊,手帕袜子、皮筋发卡,价格不高又广受欢迎的小玩意儿,杂乱地堆放在铺于冰冻地面的防水布上。从街对面的楼上向下看去,琳琅满目的商品、各种口味的吃食,配合着商贩们熟练的动作、大声的吆喝、耐心的演示,构成了一出热闹非常、活色生香的中部小城的生活剧。

坐落在主街正中位置的川扬菜馆,已有不少食客陆续落座,悠闲地聊着天、喝着茶,等待友人的到来。东南角落的一张卡座前,林水生和张国平脸冲外并排坐着,桌面上摆了一盘瓜子和几个蜜橘。张国平身体向后,把脑袋枕在高高的椅背上,非常舒服惬意的样子;林水生双肘支在桌面,手捧菜单前后翻看着。

"回到家了,想吃点啥?"林水生问,也不看满脸坏笑的张国平。

"随便啥都行,只要不是食堂的饭菜,啥都好吃。哦,对了,不要管我,宋兰爱吃就行。"张国平狡黠地回应。

从河州赶回龙城的路上,张国平几次提到宋兰,故意拿捏出阴阳怪气的腔调。可他说他的,林水生就是不接茬,而这次却没饶他,针锋相对地说:"看来你真馋坏了,这就叫'馋不择食'!给你点个红烧肘子吧!好好解解馋,补一补!"

斗着嘴时,林水生就选好了四个菜:红烧肘子、炒木须肉、小炒藕丁、香菇菜心,又向服务员问起鱼虾来。

张国平忙提醒他:"菜够了,点多了吃不完浪费!"

"不多不多,"林水生摇着头说,"我的老板回来了,不给吃饱吃好可不行。"

在服务员的推荐下,林水生又点了沃河里的野生白条和新捕的河虾,一个红烧,一个油爆。在这个季节,新鲜鱼虾可是难得一见的好东西,价格自然也很"难得一见"。

等服务员拿上菜单走了,张国平才笑嘻嘻地问:"林老板这么大方,挣到大钱了?"

"大钱没挣到,倒是差点脱掉几层皮。咋的,你不知道?"林水生反问。

"我爸提过,上个月我哥也给我写了封信,讲了一些工程队的事,知道个大概吧。"张国平漫不经心地说。

"那你这次回来就要仔细了解一下,毕竟你也是老板。"

"我算个啥!"张国平语气轻蔑地说,"你们的事跟我有啥关系。"

"咋没关系?你爸工作忙,我才把日常事务揽过来,重要的决策还需要他定。"

张国平还是那个做派:"现在我哥回来了,有事和他说,我才不跟你们一起瞎掺和!"

见张国平当真没有多少兴趣,林水生就换了个话题:"听说,你准备到市农机公司实习?"

"我爸给弄的,他说省城不认识人,实习单位不好找,市农机公司是托他战友帮忙联系的。"

"我倒觉得这个单位挺好。"林水生劝道,"跟你专业对口,还有你喜欢的机械加工,在农机公司也能派上用场。"

"我都无所谓,我爸认为合适就行!"

"听宋兰说过,毕业生不包分配了,能提前找个单位不容易。"

"我爸也这么说,让我好好表现,说只要农机公司愿意要,就好办了。"

"别担心,以你的能力,应该没问题。"

"谁知道未来啥样,同学们都说,对走入社会没信心,有'就业恐惧症'。"

"恐惧也没用,终究要走到那一步。而且你看,"林水生扒拉起手指头,"农机公司销售的拖拉机、农用车、各种机电产品,农村生产缺了哪样都不行!你到农机公司实习,跟同事关系处好了,有问题才好找他们帮忙。"

"那倒是。"张国平拍了拍林水生的肩膀,"以后林老板要买设备来找我啊,保证不会让你做冤大头!送货上门、服务上门这都不说,出了故障,我还负责保修嘞。"

正聊得欢,服务员领着宋兰和另外一位年轻女子走了过来,二人赶紧站起来,张国平疑惑地瞥了林水生一眼,林水生小声说了句"殷凤华",便抬手招呼她俩:"你们来了,赶紧坐吧!"

张国平没说话,猛一见到两位女生,不由得多看了几眼。宋兰依旧瘦高清丽,穿着绛红色的棉袄,戴着大红色的围巾。殷凤华长高了一些,眉眼长开了,身材更加丰满,再配上一件沙青色的羽绒服,比他记忆中漂亮几分。

四个人面对面坐下了,宋兰微笑着看向张国平,问:"啥时候回来的?"

"下午到的河州,水生去火车站接我,直接开车过来的,刚到饭店不久。"张国平回答道。

"火车上不挤吧?"

"人挺多的,学校提前帮我们订的票,有座位。"

殷凤华挺胸直背端坐着,双膝并拢,双手放在膝盖上,摆出个优雅的姿态。一落座她就憋着不说话,脸色也不太好看,听到他们的问答,再也忍不住,冲张国平说起了酸话:"还是你们兄弟情深,林老板亲自开车去河州接你。我跟林老板也是同班同学,却只能挤长途汽车回来嘞。"

她侧过脸看着宋兰,夸张地说:"你知道长途汽车上塞了多少人吗?我提着个大箱子,身体差点儿散架了!"

"还有你林老板!"殷凤华不依不饶,又把火气撒到林水生头上,"宋兰一毕业你就再没来找过我,那倒无所谓,我听说了,现在都是三马路的商贩主动给你发货,不需要你亲自跑了。不过,今天你可真不够意思,都到了市里也想不起来说一声。"

两个男生面面相觑,不知如何应对,还是宋兰善解人意,小声劝起殷凤华:"吃完饭坐他们的车回去,让他们给你送到家!"一只手搭上殷凤华握起的拳头,轻轻抚摸着。

躲是躲不过的,林水生还真有些愧疚,毕竟人家之前帮过忙,说的都在情在理,便顺着宋兰的话,向殷凤华道歉:"是、是,都怪我,想得不够细,给宋兰打电话才知道你今天回龙城。我认罚,你想吃啥点啥,今晚一定把你送

第二十七章 合乐

到家。"

听了林水生的话，张国平连给他几个白眼，这家伙倒有心机，找借口请宋兰吃饭不说，两个小时之前他就知道殷凤华也在，憋了一路不漏风，猜不透打的啥主意。张国平想缓和一下气氛，端起茶壶给两位女生加了茶水，又把瓜子和蜜橘往她们面前推了推："你们喝水，吃点东西。"

宋兰看看张国平，笑了笑没吱声。殷凤华却扑哧一下咧开嘴，脆生生地说："算了算了，别再假意殷勤了，今晚你们请客，算是饶过你们了！"

她捏起个蜜橘，抬眼环顾一圈，接着说道："这里环境不错嘞！真是羡慕死你们了，早早就工作了，拿工资、挣大钱，有钱买衣服、下馆子，想干吗就干吗。要说谁最可怜，自然是我们穷学生，口袋里摸不出几个子儿，啥都买不起，馆子也下不起，想到肉都流口水！张同学，你说是不是？"说着话，她的目光闪闪，突然射向直勾勾盯着自己的张国平，脸上似笑非笑，把张国平弄了个大红脸，赶忙垂下了眼帘。

"看你说的，还怪心疼人的。"宋兰接过殷凤华递来的半个蜜橘，"别着急，还有半年就毕业了，到时候找个好工作，随便你买多少衣服。"

殷凤华对宋兰亲昵地笑了笑，往嘴里送进一个橘瓣儿，轻咬几口咽下，又瞪大眼睛，询问起张国平来："张同学，省城繁华吧？女同学漂亮吧？在学校有没有交女朋友？"

看到殷凤华逗人的模样，还问出如此敏感的问题，张国平更窘了，心里乱乱的，小声应道："哪有时间交女朋友！人家也看不上农村来的！"

殷凤华还不放过他，笑着追问："原来是没人看得上呀！那——如果有人看上你了咋办？"

张国平哪受过这样的逼问，难得地低下头："咋会。"嘴里嘀咕着。

"咯咯咯——"殷凤华得意地笑出了声，"看在宋兰和林水生的面子上，不难为你了。你说说，在学校忙不忙？"

张国平这才又抬起头，回答道："不算忙，农机嘛，就是跟电机、油液、管线打交道，没有多少高技术，熟了就不难了。我觉得有些理论课没啥用处，不如把动手操作好好抓一抓。"

殷凤华颇有同感，接上说："我们也是，都想不起来两年半是咋过来的，好像啥都没学会。有时候真发愁，毕业后能不能找到工作。"

宋兰剥开一个橘瓣塞进殷凤华嘴里，安慰道："别担心，我倒觉得没啥大不了的，按说我刚参加工作，应该感到吃力才对，实际上每天就是报报销、记记账，根本不需要理论知识。"

张国平点头同意，把脸转向林水生："其实我更羡慕水生，靠自己的能力，想做就去做，在宋集街搅起了一团火，我爸没少夸他。有时我想，我要是不去上学，一定跟水生一起干，只做喜欢的，比天天在教室里耗时间强。"

"几位大学生，别挖苦我了！"林水生满脸无辜地说，"我干的那些，一句话说白了，简单的脑力劳动加上不断重复的体力劳动，你们真以为有啥诀窍？我想上大学还没机会嘞！多学点知识总没坏处，眼下看着没用，以后一定用得上的。"

随着交谈的深入，氛围融洽了许多，年轻就是好，胸中装着个话匣子，遇上亲近的人就停不下来。这时，服务员端着盘子来了，冲他们喊道："上菜了！来，搭把手，把桌上的东西收拾一下。"

菜品陆续端上，荤素搭配、色彩丰富、口味多样，四个人都不拘束，甩开腮帮子，好好地祭起了"五脏庙"。

摆脱了先前的窘迫，张国平的话也多了，边吃边夸："水生，当上老板就是不一样，菜点得不错，味道真不赖！"

林水生偷偷瞄向宋兰，正好宋兰也向这边看来，两人的脸上同时泛起红晕，忙把目光移开。

二人之间的小动作，怎能逃得过殷凤华这个机灵鬼？她装作不解，狐疑地问："咋的？还有秘密？"

林水生似要澄清，辩解道："哪里会点菜？更谈不上秘密！经常到县里办事，和朋友来过几次，感觉环境还好，口味也喜欢，这几道以前都尝过，专门为你们点的。"

张国平会心一笑，想到刚才的情景，脑子里立刻蹦出一个词来——金童玉女。他心里高兴，故意问宋兰："你在县城住，经常来吗？"

宋兰有些心虚，头也不抬地回答："来过一两次，这里离我们厂近，来回都方便。"

张国平冲林水生做了个暧昧的神色,接着对宋兰说:"服务员说今天的白条、河虾都很新鲜,水生特意点的,你抓紧多吃点,凉了腥味就大了!"

殷凤华白了一眼张国平,又提起意见来:"张同学,你真够偏心的,只让宋兰多吃点。"

生怕再次引起殷凤华的误会,张国平忙说:"这些清淡的让他们吃,我们学生缺油水,要多吃肉。大肘子最合适,要不要给你来一块?"

"不敢劳你的大驾。"殷凤华不领情,自己挑了一小块瘦肉疙瘩。

林水生也趁机抢回主动权,连皮带肉夹起一大块,放进张国平的碗里:"就是给你们解馋的,爱吃就多吃,凉了也不好吃了。"

几个人放弃了互相攻击,人人脸上带着胜利的喜色,向碗里的诱人美味发起进攻。

屋外彻底黑了,冬日的夜晚越发寒冷,街上的行人纷纷散去,商户们也陆续收起了摊子。在这样的冬夜,这个小小的卡座前,几个一起成长的年轻人,却感受着久违的温馨。

一个早早离开了校园,走向了社会;一个刚毕业不久,正掀开新的篇章;还有两个在教室里煎熬,对前路茫然无知。当代青年回避不了的状态——无奈、顺从、不甘、抗争,历经失败仍无所畏惧……孤独的人只能品尝一种,甘于分享的人生才丰富多彩。

年轻人的心意又是相通的,他们的眼神比灯光更加明亮,心灵比冰凌更加清澈,彼此无须多言,一个对视便传递了一切,只要用心就能领会。

突然,张国平打破了沉默:"宋兰,今年过年你们厂啥时候放假?"

"还没接到通知。"宋兰轻声回答。

"时间定了告诉我们,我们来接你。"说着,在桌下踢了林水生一脚。

林水生反应倒快:"啊——是,提前告诉我们,我们来接你。"

"我也要来!"殷凤华忽闪着眼睛望向张国平,撒着娇说,"今天你们是单请宋兰的,我是误打误撞碰上的,要不是宋兰硬留,下午我就回宋集了。所以这次不算数,下次来你们要再请一顿!"

"一定,说好了!"张国平没再回避,爽快地答应了。

"宋兰,你听到了吗？张同学和林老板答应要再请一顿嘞！"殷凤华俏皮地说,又看向张国平。

第二十七章 合乐

第二十八章　年好

一九九六年冬天，张国平的哥哥张国诚退伍回来了。

张国诚比张国平大三岁，高中毕业没考上大学，回到家便像丢了魂，情绪消沉，做事也不上心。父母问他要不要复读，他坚决不去，再问有没有别的想法，他也闭口不谈。张建设猜得到儿子琢磨啥，心里有些舍不得，原以为过段时间就会好些，便决定先不管他，等这股拗劲儿过去再说。

年幼时的张国诚，白瓷娃娃一般可爱，母亲带他到部队探亲，战士们谁见谁爱，抱在手里就舍不得放下。那时的经济条件差，津贴费原本就不高，多数人还要抠点下来补贴家用，平日都节俭得很。大家穷是穷，但不耽误每天有人给小国诚拿东西，吃的穿的玩的用的，哪样都不少。手头没现钱的，就算找战友借，也要给大侄子买几块糖吃，下个月再挤出来还上。国诚妈埋怨过张建设，让去连里说说，大家都不容易，不能如此破费，他们也担待不起，张建设就是笑而不语。敏感的女人仔细寻思终于想通了，孩子爸每月寄回家的工资不也常常不够数！那些年，部队率先有了变化，把工作重心逐步转到战备训练上，掀起了一波练兵备战、保家卫国的热潮。战士们纷纷递交了决心书，关系好的还互相拜托了家事，战友之间的感情比铁打的还要牢固。张建设身为班长，还代理副排长的职务，对手下的战士宛如兄长一样关爱，对经济上有困难的也慷慨解囊。尽管他们没被派上前线，一九八〇年还退伍返了乡，但这种情谊依旧延续着，不少战友来林家洼看望张建设，总不忘给小国诚带些礼物，津津乐道他幼时的趣事。张国诚长大后，一直爱看军事题材的书籍，还坚持锻炼身体，高考前也只看军事院校的招生简章，也许从他记事时起，向往军营的种子便埋下了。

在家待了几个月，张国诚实在憋不住了，正式向父母摊牌要去当兵。张建设心里早有准备，知道阻拦不住，也不想阻拦，先说服孩子他妈，又托请乡武装部的领导，把他送到北方某部的高炮分队当了一名司炮手，这一去便是四年。服役期满,张国诚有心留在部队长期干下去,但转志愿兵的名额有限,他爸也不愿拉下脸四处求人。他心中虽有不舍,但还是退伍回了家乡。托运回来的行李不舍得扔,两条白床单也用了很多年,还有床头褪了色的军棉被和军大衣,一直是有棱有角豆腐块的模样。

回乡伊始,张国诚对周围的一切都不习惯,张建设想让他学个泥瓦工或是木工手艺,一旦民建市场起势,这就是个能长久吃饭的技能。想法无疑是好的,换了几个工种却都不合适,一方面师傅们都有任务和绩效压着,没工夫从零开始手把手教他;另一方面他做事求细胜过求快,跟不上快速紧张的节奏。手艺不是一天就能学会的,思维方式和工作习惯的转变更需要个过程,这点大家都能理解,张建设便找林水生商量,让张国诚给绍连得当助手,从事原材料的质量把关和消耗管理方面的工作。

对此绍连得并不抵触,原本他最担心的就是材料质量和施工安全,张国诚做事一丝不苟,凡事只要交代清楚,便无须更多操心。更何况材料的采购和管理是个敏感的差事,有老板的儿子亲自把关,绍连得乐得放手。后来他索性把工地的安全职责事项也做了归拢,交给了这个看似不通世故的年轻人。

隆兴公司是在市场的召唤下应运而生的,成立的条件根据张建设和林水生的口头协议,两家人的互信互让才是基础。起初两家商定,张建设既要对内负责又要对外协调,林水生只管施工。正式开工后,在外有市场的火爆效应,内部得益于绍连得和张强的精心组织,更没有不服管的刺头挑事,除了看看账目,张建设几乎不参与实际运作,钱财物人都是林水生在管。林水生一直在想,希望有个人能替张建设看好这个摊子,张家兄弟就是最好的人选。张国诚加入有两个多月了,张国平假期也要过来帮忙,林水生暗忖,现在就交过去他们肯定接不上手,不如借沈玉林提出的"年度总结"之名,拉上兄弟二人,先让他们对公司有个全面了解。

总结要开大会,还要形成报告,征得张建设和绍连得同意,林水生和张家兄弟组成工作小组,逐个工地"视察"了一番,走访了潘老板的小码头和土窑厂、门窗厂,去龙城拜访客户也是三人同行。回来后,他们喊来会计张娜,用一周时间集中进行了年度清算。结果和预料的相差不多,公司的生意看似红火,流水也很可观,但除去材料、人工、日常开销,并没有外界传言的巨大收益。原因不难分析,一来老新结合的队伍能力不强,施工进度慢,与市场需求不匹配;二来老百姓对建房的质量钉得紧,预算却卡得死,一分一毫都不愿松口。困难也是明摆着的,同质化的工程队不断出现,竞争日益严峻。

报告由张国诚执笔,几经讨论修改才完成。年度总结会也是隆兴公司第一次全体管理人员会议,出席的有张建设、林泽忠、林水生、绍连得、张强、张国诚、张娜,施工小组的负责人雷师傅、赵剑刚、林水平、林水云,以及张国平、胡庆意,还有几位优秀员工也被请来列席。

张娜首先汇报了公司的收支情况,张强代表绍连得对工程技术方面进行了点评,接下来,作为实际负责人,林水生就公司经营情况进行了总结。林水生首次在这么多人面前发言,他做了精心准备,报告几乎通篇背下了,还在家对着镜子反复练习过。最终效果是好的,他一亮相便让众人备感惊艳,相较于今后他的千百次讲话,这次无疑显得稚嫩,却是个成功的开端。

林水生先清了清嗓子,从口袋里掏出折叠整齐的发言稿摊在桌上,他没看稿子,只凭记忆说了起来:"我们的施工队实际运作将近一年了,隆兴公司正式成立也有半年多了,虽然时间不长,但是发展很快,管理人员加上雇请的工人,总人数超过了四十位,项目也干了十几个,手里签了合同和谈了意向的还有不少,至少明年不愁无事可做。一开门便能取得这么好的成绩,是与所有人的共同努力分不开的,特别是绍师傅和张工,付出了大量心血,想了很多办法,也骂了不少人,才打造了今天在座的团队班子,可以说竭心尽力、劳苦功高,在此,向绍师傅和张工、向在座各位表示感谢!"

林水生带头鼓起掌来,大家伙都很兴奋,毫不吝啬地把掌声和笑脸送给那个严厉的瘦老头,很久才平息下来。林水生接着说道:"大家都知道,我家是被逼无奈才走上自谋营生这条路的,我爸多次说过,只要人还能动弹,就不能怕累,宁可干活累死,也不能坐在家里愁死,公司里大多数人也都有相似的经历。正因为这样,步子迈开了就不能再回头,一旦失败必将一蹶不振……回想起来,走上贩卖沙石这条路,起因是张支书派我去项目部帮忙,经沈经理和王工指点的,后来我们一直不停尝试、摸索,目的很简单,就是想多找几条路、多挣几个钱!"

林水生没有照本宣科,他要用自己的语言,带着感情完成这场首秀。果不其然,话到此处,他不由得想起沈玉林的谆谆教导,想起杨海宁手把手教他整理资料,想起王长海看似不经意的提醒,还有一次次上机操作、一张张物料报表……心里感慨起来,眼眶微微湿润了。在这样的场合,必须控制住情绪,他假装低头翻看提纲,稍稍缓了缓,才继续说了下去。

"直到拉起了施工队、成立了隆兴公司,才找到了正规经营和长远发展的路数。庆幸的是,闭着眼瞎扑腾几年,竟误打误撞摸到了建材供应渠道,再加上老百姓富裕了、民建市场兴起了,张支书亲自带着干,绍师傅、张工和各位相继加盟助力,共同创造出了眼下的大好形势。这说明我们的决策是正确的,是与农村的发展趋势相一致的,是有利于迅速做大做强的。天时地利人和都站在了我们这边,可遇不可求的大好时机,能眼睁睁看它溜走吗?当然不能!一年来的实践再次证明,只要肯干,就不怕没饭吃、没钱赚!

"看到成绩的同时,还有很多问题,我们必须有清醒的认识。技术方面张工刚才说过,我只说说业务方面。大家知道,事情能不能干得成,主要看两个方面:市场和能力。我们这里经济刚有些起色,民建市场才起步,潜力相当大,这是有利条件;不利的,这个行当门槛不高,一个工头拉几个小工就能干,很多人想分一杯羹,据统计,在我们乡揽活的专业包工队不下十几支,还有更多人想要进来。队伍扎堆,老百姓的选择多,价格竞争白热化,如果不是绍师傅和张工在,建筑质量把得严,再加上我们在美观性和实用性上独树一帜,单靠砌墙那几把刷子,可能早就关门大吉了。而在能力方面,隆兴公司的优势有两条,一是房屋品质有保障,二是建筑材料能够自控。但优势不是绝对的,是可以跟风复制的,今天看似我们领先,明天别人也能把优势抢走,听说有些施工队也对外宣传,他们也请了大师傅、买了最新的房型图,这就叫作现实威胁。所以,绝不能沾沾自喜,每个人都要有危机感。还有,就是利润率低,老百姓把钱袋子看得紧,把成本算得细,这很正常,自己的血汗钱当然能省就省、能抠就抠。还好,我们按绍师傅的建议实行一口价全包,要不,连垫付材料的钱都不够。刚才张娜汇报了财务情况,在收支平衡的基础上,只略有盈余。明年咋办,如何降低消耗、提高效率,大家都要出主意、想办法,只有利润高了,每个人的收入才能提上去。"

"制约公司发展的关键,是队伍不够强!"林水生抬眼扫过众人,正色说道,"虽然我们有绍师傅和张工坐镇,比其他包工队好些,但自家事自家知,除了雷师傅、赵剑刚和林水平有些经验,大多数人都是从头学起的,现场全靠两位师傅指挥和把控。这种现象再不改观,迟迟没人顶得上来,工地再多咋弄?谁带着干?两位师傅能跑得过来吗?所以说,我们的发展潜力不足。大家都记得绍师傅是怎样培训工人的吧!按现有的摊子,再像当初那样把所有人集中起来强化培训,几乎不可能了,咋办?施工组长就要发挥作用,不厌其烦、边干边教,把你的人带出来。我向张支书请示了,在此宣告大家,哪位组长能再带出个组长来,公司会给予重奖,具体数目还没定,可以先透个底,一定是重奖,让人心动的重奖,并且这个政策长期有效。只要在座的把聪明才智和积极性、主动性发挥出来,创造出一种争先恐后的局面,就不怕后继无人。"

"下面,我要说一件很重要的事情。"林水生看了眼张国平,又表情严肃地望向众人,语调低沉地说,"大家都知道,我跟国平打小就一起玩,不管跟谁闹矛盾,只要动手,我们都是一起上。遇到对方人多,心里也害怕,但为了不被欺负,我俩就专跟挑头的干,只要能把挑头的制服,其他人看看情形不对,往往就散了。可以说从那时起,我们就知道要心齐,心齐就有胆,有胆就不怕事!后来上了学,老师总要我们团结,说'一根筷子易折断、一把筷子硬如钢',团结才有力量。那年我在沈经理的项目部干活,管理人员虽说不多,但每个人都是专家,组起团队,就能走南闯北,干大工程。沈经理说:'五个手指头伸开各有长短,紧攥在一起才是拳头!'为啥要说这个?我想各位心里有数。现在才分了几个组,才干了几个工地,就有人滋生了自满情绪,配合意识淡了,牢骚怪话多了,分配任务挑三拣四,干起活来我行我素,在外人看来,还以为是公司对不住他。在这里,我要郑重申明,既然一起做事就要长久,要长久就必须团结!有意见、有想法都可以提,但一定要在公司的框架内解决,绝不能搞分裂、拉帮结派、搞小团体!这一点也是张支书的意思,他要我在会上摆明态度,谁想单干敬请自便,但在隆兴公司内部,团结是第一位的！只要我们团结一心，调配好各种力量，发挥好规模效应，哪个包工队能跟我们竞争？这需要我们共同努力，在座的要率先示范！"

林水生喝了口水，趁机平复了不平静的心情，继续说了下去："接下来，我想说说发展前景。隆兴公司是在包工队的班底上成立的，但我们不能光想着在农村盖房，思想要更解放些！走出宋集，做更多的工程，这才是长远立足之道。沈经理多次提醒我们，依托民建工程，培养一批技术工人，是既节省又高效的途径，他项目部的鲍工和王工都没有大学文凭，都是在工作中不断学习、积累经验，才有了今天。我们也要向鲍工、王工那样，每个人都要主动学习，以适应形势发展的需要。就像沈经理说的，等团队有了一定规模，再邀请些专业人员加盟，才有胆气走向更广阔的市场！大家不要觉得不可能，也别认为将来的事现在说还早，沈经理是专家，听他的话不会吃亏。每个人都要有所准备，从当下做起、从自己的专业学起，别当那个拖后腿的。我把丑话说在前面，真到那个时候，谁适应不了岗位需要，该调岗的调岗、该淘汰的淘汰，别说我们不够朋友，也别说公司不讲情面！"

……

林水生侃侃而谈，把他在沈玉林项目部学习的收获、这几年经营中的感悟、对未来发展的考虑，全都融入了总结稿中，一点一滴向周围的人传达。他希望大家能够了解他，知道他想做啥，愿意跟他一起付诸努力。

每个人都认真聆听，心潮随着林水生的语调和情绪澎湃起伏。这个年轻的小老板，今天展示了截然不同的一面，还放出了狠话，让人不得不重视，仔细揣摩话中的含义。

张国平听得格外仔细，与前几天拜访客户时的简短寒暄不同，他头一次听到儿时的伙伴用这么长时间说着一件事情，听着那熟悉的声音讲述陌生的话题，看着那坚定的手势和刚毅的目光，感悟其中所蕴含的意志和决心，幻想着描述中的"长久""未来"如何美妙……渐渐地，张国平入了神，继而陷入了深思，连他爸最后的总结发言也都成了耳旁风……

腊月二十五，工地全部收工，隔天，林水生把绍连得师徒三人送上了东去的火车，临别时每人塞了一个大红包。

腊月二十八那天,在张建设和林泽忠的带领下,隆兴公司给村敬老院送去了新年慰问品:整扇的白条猪、十多斤的大草鱼、桶装的菜籽油……林泽传代表村里接收物品并表达感谢,敬老院的老人个个喜笑颜开。还有润照爷、润瑞爷两位祖辈,公司直接把东西送到老人家里,还给每人包了一个厚厚的大红包。

翌日大早,张国平和林水生驾车出发,先在宋集街与殷凤华碰头,再一起到县城接宋兰。

回来的路上,几个人正愉快地交谈、诉说新年的愿望,天空突然飘起了雪花,像是片片白梅从天而降,为最隆重的节日送来了贺礼。雪越下越大,不多会儿,就把广袤的田野铺装成银色的世界,路边大杨树的干枯枝杈也被装扮得晶莹剔透,一栋栋旧房子亦有了生动的韵味。殷凤华摇下车窗兴奋地高喊:"你们看哪,雪花多美!景色多漂亮!你们相信吗,我们一定会过个最好的年!"

第二十九章 沙祸

过完正月十五，绍连得带着张强和雷师傅回到村里，队伍立刻忙了起来。让人始料不及的是，年前陆续停靠在河湾里的一艘艘长脖颈大鼻子的吸沙龙，一夜之间全被拉到宋集乡水域集中停放，潘老板立在小码头的趸船吊机也不知去向，原先自填的上堤路被彻底挖断，还有些官员模样的人日夜不停地在大堤上巡查，防止有人偷运河滩地上被查封的一座座巨大沙堆。

林泽忠急得像热锅上的蚂蚁，自家的项目还好说，趁年前材料价格回落，在各个工地堆储的河沙碎石还能支撑一阵子，但找他买材料的客户却吵翻了天，眼看来源断了，个个眼里冒火、口中生疮。有个包工头堵上门大闹，若是不按说好的数量和时间供货，他就要告到乡里，说姓林的和隆兴公司企图采取非法手段，搞垮其他施工队，垄断宋集乡的民建市场。他还威胁道，如果因为材料供应不上导致工程烂了尾，将会有更多村民到乡里上访维权的。

林泽忠找到张建设，请他到上面打听打听情况。张建设稍加掂量，骑上自行车就去了乡里，半天也没见回来。就在林泽忠忐忑不安望眼欲穿之际，张建设急吼吼地跑到林家后院的办公室，喊来林水生和公司的其他几位管理人员，通报了打探来的坏消息。

张建设说："我到乡里找了黄乡长，他本来不想给我多说，可我就赖在他办公室不走，还把泽忠受到威胁的情况向他汇报了，也许他也意识到了事态的严重性，才多少给我透露了些。黄乡长说，春节后一上班，市里就统一部署，各部门联合开展打击非法采沙的专项执法行动，河州域内沃河段和各支流所有采沙船都被拖到指定地点集中停靠，等待下一步的处置指示。按以往的经验，应该由区县政府组织人力，对没有办理手续的非法采沙船拆机割泵！下游小码头的两艘趸船吊机被拉到了河州港码头，听说也要被拆解。黄乡长还说，春节前有人给省里写举报信，反映沃河河州段采沙船泛滥、盗采河沙的现象非常严重,几十米长的吸沙管插入河床深处,河沙被吸走后河床大面积塌陷,波及两岸的河滩跟着垮塌,不仅给坝内耕地造成了不可逆转的毁坏,还对沃河大坝的安全形成了威胁!有些采沙船非常猖狂,居然在铁路桥和公路桥附近盗采,一旦桥基动摇,后果不堪设想!省里主要领导在举报信上都有批示,节后第二天就转到了市里。据说,市里开会的时候,严市长自嘲地说,刚过新年就接到省委省政府的'问候',要感谢辖区沿岸的各个区县呀,难得他们联手送上了这个'节日大礼包'!齐书记接着说,要感谢这份'大礼包',让我们能下决心放手作为!省里的这个'问候',不能让沃河沿岸几个区县独享,全市所有区县都要行动起来,举一反三,打一场彻底清除非法采沙的歼灭战!"

几个人默默听着,谁都不敢出声,张建设顾不上他们怎么想,接着说道:"黄乡长说,针对非法采沙年年都有告状的,处理起来都是'雷声大雨点小',这次麻烦就大了,直接告到了省里,把情况描述得让人害怕,弄不好要倒坝断桥嘞!告状的人本事可不小!县里的主要领导亲自给下面打了电话,让大家统一思想,杜绝无关和侥幸心态。这次市里的决心很大,必定不会像每年的例行行动走走过场,恐怕要有大动作了!"

林泽忠听得着急,放开嗓门喊道:"那工地要用沙子石子咋办?"

"咋办?你问我,我问谁去?"张建设颇有深意地瞥了林泽忠一眼,反问道,"不仅这些,黄乡长还提醒我,说一直以来都有人反映,我们村贩卖河沙的问题比较突出,叫我多注意影响嘞!他说话时满脸不耐烦,估计是话里有话,就差指着我的鼻子开骂了!"

张建设的话还没说完,林泽忠就蒙了,表情僵硬眼神游离,回头望了儿子一眼,只"唉"地叹了口气,蹲在地上,把头扭向一边。

众人也都识趣地闭上了嘴,你看看我、我看看你,空气好像凝固了。绍连得倒是难得冷静,开口打破了沉默:"大家不要慌,泽忠,你也不要担心,材料应该有办法解决。"

"唰"地一下,几个人的目光同时集中在绍连得身上,林泽忠张了张嘴,又把问话憋了回去。

绍连得咳了一声,慢悠悠地说:"我老家也不许在河道内采沙,政府打击严得很,许多风光一时的老板被抓了进去,有的还被判了几年,赚来的快钱也都被罚了个精光!"

听了这话,林泽忠越发不敢吱声了,心里紧张,蹲着也不舒服,便又坐到墙边的凳子上,不安地看着绍连得。

林水生知道父亲想啥,连忙问绍连得:"那建筑用沙怎么解决?"

"河沙紧张的时候,就用湖沙或是机制沙。"

"机制沙?"林水生问了一句,湖沙好理解,可机制沙是啥,他是头一回听说。

"没错,用制沙机把石头打烂、磨碎,再经过筛选、清洗、脱水,就能充当河沙用。"绍连得答道,"我想,河州港码头应该有湖沙或者机制沙卖,我们有小货车,保障自用不难,大规模的买卖就不好说了。"

"到河州港码头拉货,成本不就高了?回来还能卖掉?盖房子还能挣钱?"看到希望的同时,也想到了问题,林泽忠忍不住问道。

绍连得并没正面答复,而是反问林泽忠:"宋集乡没有服装厂,街上卖的衣服都是从外面进的,很多还是在我老家那边集散的外埠货,你看谁嫌衣服贵光屁股了?你收粮卖到船上,他们运走加工成糕点再卖回来,你见谁嫌贵咬牙不吃了?"

见林泽忠没了话,绍连得又说:"小码头被取缔是迟早的事,有些材料必须从外面拉回来,费用当然要高一些,这是事实,谁都不会做亏本买卖,买家不理解也没办法。要我说,真正需要材料的人家,贵些也得买,除非价格高得承受不住,那样的话整个市场就都完了,别说老百姓,我想没哪个领导愿意看到那种后果!至于我们自用的,目前手里还有些存货,正干着的几家问题不大,并且沙石在房屋整体造价中只占很小比例,成本能控制得住,只是以后再签新合同,报价要重新核算一下。"

张建设深以为然,马上接道:"绍师傅说得有道理,材料不是大事,关键在于买卖河沙如何定性,会不会受到牵连!"

林泽忠心里刚轻松些,听了张建设的话,屁股像被针扎似的,板凳又坐不住了,抱着腿蹲了下去,嘴里不住地叹着气。

林水生想了想,安慰父亲道:"爸,明天我就和赵剑阳跑一趟河州港,看看有没有货、价格贵贱,回来测算下成本。你暂时不要接卖单,也不要跟潘老板、肖老板他们联系,等把情况摸清再说。"

林泽忠有点不死心,问道:"那有急用的咋弄?"

"实在着急用的,你就说已经派人出去找货源了,让他们耐心等几天。"林水生说。

"那价格咋报?"

"价格先不报,就说先要核价!"

"那人家能干?"林泽忠气呼呼地说。

林水生笑了,耐心地说:"据我掌握,我们乡本来就没多少运输车,基本都在外面拉货,白天又不让拖拉机进城,我们有车,就占了上风。以前人人都能去小码头拉货,相比之下,眼下这种情形对我们更有利。只要能把材料从河州港拉回来,就真正是全乡独一份!"

林泽忠露出了喜色:"那价格不得我们说了算?"

"价格谁说了都不算,市场说了才算!"

听儿子说得在理,林泽忠又来了精神,追问道:"就那台车够用吗?你叔店里进货咋办?"

"没关系,当真需要的话,可以到城里租车,租不到就买!"

"买车?"林泽忠惊呼!

"对,买车!"林水生没绕弯子,"收粮的时候我就想过,现在光拖拉机就雇了十几台,只要手头有车绝不会缺活干!况且,不一定非得自己买,只要有货拉、有钱赚,就一定有人愿意买!"

"还可以合着买!"一直没出声的张强突然插了话,"我见过他们这么干,几个人合伙买上一台两台,自己开或者雇司机开,挣了钱按出资比例分成。"

张建设早听出了林水生话中的意味,便顺势跟了一句:"这和水生请赵剑阳开车,给他开工资,是一个道理。"

林水生咧开嘴笑笑:"之前我就考虑过这个问题,就像绍师傅说的,有些必需品本地没有,但一定要用,咋办?"

林泽忠抢着回答:"从外面拉进来呀。"

"这也许又是一个机会。"林水生终于把话挑明了。

张建设跟着笑了,他看着林水生,就像一只老狐狸看着一只虎崽子。

隔夜天还没亮,林水生和赵剑阳就去了河州港,下午真的拉回一车机制沙,还说港口堆得到处都是,售价反倒比小码头的便宜。

十几天后,一辆崭新的东风中型自卸车就被开了回来,出钱的除了林水生,还有张建设和张强。

又过几天,新添的第二辆货车进了门,这次的买主是赵剑阳和赵剑刚。

没多久,林水生的头上多出了一顶帽子——龙城县隆行运输有限公司经理。

四月的脚步还没到来,冬天的寒气已完全褪去,田野的色彩逐渐丰富起来。杨树的新芽萌发,冬小麦的叶片长成了深绿,桃花杏花次第开放,油菜花也吐露出朵朵金黄,春风春雨把村庄滋润得风情万种,春光春色又把人烘熏得昏昏欲睡。

林泽忠躺在三楼阳光房中一张竹椅上,身边的小方凳上立着一个粗大的玻璃杯,外面橘黄色的果珍商标还没被撕掉,杯子里泡着儿子孝敬的黄山毛峰,翠绿的一芽两叶在透明的杯壁内根根竖立,清澈亮黄的茶汤看上去就让人舒服。

一个多月来,林泽忠经历了情绪上的大起大落,再也不肯待在堂屋或坐在门前,来来往往的人员车辆嘈杂纷乱不说,总有人用好奇的目光看他,旁敲侧击地同他说话,问他沙子石子啥时候能掉价,问他知不知道采沙船的老板去了哪里,问他家盖楼、他儿子买车花了多少钱……奇怪的问题林林总总,都离不开他家的生意和钱财。单说邹世利,最多时一天过来几次,故意在门前游荡,眼光在屋里屋外乱射,脸上尽是幸灾乐祸的得意,逮住进出的林家人就不撒手,连好脾气的林济良都难掩憎恶,在饭桌上爆了粗口。林泽忠更愿意一个人躲在楼顶这片小天地里,喝着清香纯润的绿茶,听着半导体收音机,慢慢熬着这看似悠闲的日子。到了这个时候,他才越发觉得小楼样式选得好,特别是二楼北面的阳台和三楼的阳光房,世外桃源一般,就像为他量身设计的。

第二十九章 沙祸

沃野长歌之一：风起大河

　　过完年那次小范围的碰头会之后,在儿子的建议下,林泽忠把生意完全撂下了,这段时间,除了到地里看看,天天喝茶听戏,陪他爸拉拉家常,帮孙霞干干家务,再不想跟挣钱有关的"闲事"。沙石建材买卖交给儿子和赵剑阳他们了,收粮还要等上两个多月,工地和自己没啥关系,干啥都不比躺在楼上享清福。而实际上,想放下的最难相忘,平静的外表下,一颗心烟熏火燎般难受。这个四十多岁质朴壮实的中年汉子,正苦熬着有生以来最艰难的一段时光。

　　十几天前,开始有小道消息传来,后来又演化成几个版本,有的说小码头的潘老板和吸沙龙的船老大们都被有关部门控制了;有的说几个关键人物跑了,公安局正在抓捕;有的说被抓老板的家属分头行动四处打点,就连每家出了多少钱、找了谁、上面有没有人帮忙说话,都传得有板有眼。那天,张建设专门过来说,打听到了比较权威的消息,不仅涉事的船老大一个没跑掉,还有水利和河道部门的工作人员受到牵连,这件事一时半会儿结束不了,让他老老实实待在屋里,轻易不要抛头露面。

　　在家"自闭"的个把月,对林泽忠来说就像坐牢,黝黑的脸庞没养白,两鬓的白发倒冒出不少。心里有话没人听,越憋着感触越深,眼里看得到的苦算不上真苦,嘴里说不出的苦更折磨人。在极度压抑和极端无聊的双重折磨下,这个不爱动脑子的庄稼汉把几年来做梦一样的日子过了一遍又一遍。

　　他家的生意是从贩卖沙石起步的,这是林泽忠从事过的最卑贱的营生,没白天没黑夜,风里来雨里去,走到哪儿都赔着笑脸,还难免遭受冷落和摆弄。他是从别人碗里要饭吃的,却连要饭的都不如！要饭的可以耍性子,性子上来了,能拒绝、能骂人、能发脾气,而他连性格都不能有,只配唯唯诺诺、哈腰低头。有啥办法,家里穷呀！不做不行呀！不得不放下庄稼人最讲究的脸面呀！……贩卖粮食又能好到哪里？谁家都想把质量定得好一点、把数量算得多一点,越是不好卖的越要卖给他,越是家里困难的又越不肯吃亏！外人都说他挣了多少钱,谁知道他听了多少埋怨？谁知道他白帮了多少忙？他恨不得扒开肚肠给人看,没人像他这样做生意,只要有零星的赚头,只要能让乡亲们满意,担待多少他从不计较！

　　"不过挣了点辛苦钱！"他这样想,事实亦是如此。就算他不去小码头贩沙石,也必定有别人干,在他之后的确有不少人跟着干,只是没他肯吃苦,价格上没他家实惠,信誉和销量比不上他家。

最说不出口的,说出来也没人信,林泽忠自己都弄不清到底挣了多少辛苦钱。他没有账本,只有个小本本记下了大概的进出,跟泽义合干后,连这个小本本都交到了弟媳手里,后面的账目他就更不掌握了。至于为啥没留个备份,因为他相信泽义。现在他有些后悔了,若是真有备份,他一定会把良心账算个明明白白。

……

惦记小本本的可不止林泽忠,宋集街的商贸店也来了人。

一辆警车停在商贸店门前,车子将将稳住,副驾驶的门就开了,下来一个三十多岁的精干男子,穿着墨绿色的警服,肩上扛着一杠三星的警衔,左边腋下夹着一顶大檐帽,右手提着个黑色的文件包。紧跟着下来一男一女,开车的男青年上身穿了件蓝色夹克衫,从后座下来的女子则穿着灯芯绒的薄棉服,两人下身同样是墨绿色警裤。

看到三个人先后进了店门,黄慧英忙从柜台里迎出来,两手随着脚下的碎步在体侧摇摆,脸上带着殷勤的笑意,嘴里毫不生分地高声招呼:"哎哟!小周来了!稀客稀客!今天咋有时间?是要买点啥?你们先坐会儿,我这有新到的好茶,给你们泡一壶解解渴。"

穿警服的男子并没理会黄慧英,站在柜台前四处望望,冷冷地问:"林泽义在不在店里?"

"泽义呀,一大早就出去了!"黄慧英的笑容还挂在脸上,满不在乎地回答道。

"那他啥时候回来?"

两句话问得黄慧英犯了疑,不由得放低姿态答道:"这可说不好,他只要一出去就没个早晚。你们找他有事?要不先坐下喝口茶等等看?"

周姓警察摇了摇手,用词简练地说:"不用!他不在,找你也行!"

他向随行的二人使了个眼色,把文件包交至左手,从腋下抓起大檐帽扣在头上,又从上衣口袋掏出个塑封的卡片,在黄慧英脸前扬了扬,语气庄重地宣布:"黄慧英,我是宋集派出所的警员周志鹏,这是我的证件,他们是我的同事。"他指了指一起进来的两个人,接着从包里抽出一张纸片,"我们奉命对这间店铺进行搜查,这是搜查证,请你签字。"

接到周警官的示意,"夹克衫"和"薄棉服"分别走向店铺两端,对傻立在店里的几个顾客劝诫道:"派出所办案,请你们回避!"说着就把人往店外拥。

那几个村民本就没事过来闲逛,谁承想遇到如此难得一见的场面,都好奇地伸长脖子看热闹,在两个青年的催促下不情不愿地出了门。他们还舍不得离开,又在店门外扎起堆来,先是小声嘀咕、猜测,不多时,闻风而来的人越聚越密,这几位第一现场的"目击者"便各自开启了"说书堂",向围在身边的男女老少讲述起他们的"亲眼所见"。

黄慧英被如此阵仗吓傻了,周警官的一反常态,他亮出的证件、手里挥动的纸片,还有一男一女把客人赶出店外关上店门,以为要对自己采取"措施",心里害怕极了,脑子一阵嗡嗡,出了一身冷汗,脸色变得苍白,嘴唇和手脚不住地颤抖。

周姓警察见状,忙喊了声"小杜",穿薄棉服的女子"唉"了一声跑来,一把抓住黄慧英的胳膊,穿夹克衫的男子迅速搬来一把椅子,小杜扶着黄慧英坐下,捏捏她的肩膀,柔声道:"黄大姐,我们只是例行公事,来店里调取买卖河沙的账目,只要按要求配合,就不会有事,你别担心,也不要有任何顾虑。"

这时,在柜台另一端的林彩娟和她表妹也跑了过来,林彩娟蹲在黄慧英膝前,抓着母亲的手,担心地问:"妈,你没事吧?"她表妹则一脸煞白,惊魂不定地站在了姨娘身后。

刚才那一刻,黄慧英确实受到了惊吓,当她听清小杜的劝话,心里就明白了,是因为河沙的事!她听男人说过,政府正在组织调查,当时她没上心,大不了不卖了,却没想到派出所会查到店里。

她缓了缓神,突然从女儿的手中抽出双手,头也不抬,用当地女人特有的受冤后的腔调,向面前的警察哭诉起她的无辜:"周警官呀,我可没参与买卖河沙呀!店里确实订出去一些河沙,可买卖、送货都是泽义他哥在弄呀!跟我没关系呀!谁诬告我可是要遭报应的呀!你可要为我做主呀!哇——啊——"她每说一句,两只手一上一下就拍响一声,像是为申诉伴奏,又像为表白增加可信的筹码。

等黄慧英的哭闹声小了，周警官才摆摆手，依然严肃地说："行了行了，别哭了，哭也没用！你别紧张，我们今天只是来取证，不是追究谁的责任的，至于谁有责任、有啥责任，那要靠证据说话。我就是个警员，没办法为你做主，不过请你放心，我们一定实事求是，不放过坏人，也绝不错怪好人。你说买卖河沙跟你没关系，那就更应该好好配合，把所有账目完整地交给我们，我们拿到账目后立刻离开，不会节外生枝。刚才请闲杂人员回避，是为了办案保密，也是为你们着想，我们走后，你们家的正当生意还可以照做。但是我要提醒你，要你配合你必须无条件配合，如果你故意隐瞒事实、隐匿证据、对抗调查，我们有权依法对你采取进一步措施！"

周警官的话似是一剂良药，黄慧英随即坐起身体，无力地抬起头看了一眼，感受到眼中威严身影的巨大压力，赶紧又垂下去，不敢与之对视，只一遍遍应许着："我一定配合！一定配合！你们要啥我都给！我保证不隐瞒！不对抗！周警官，你要给我做证，我都听你的了，都按你的要求办了！"

"那我要感谢你的配合！"周警官又抖了抖手中的纸片，"你先在搜查证上签个字，再把买卖河沙的账目一本不差地找出来，我们要作为证据带走。"

第二十九章 沙祸

第三十章 风高

太阳渐渐向西去了,林泽义才晃晃悠悠回到家。门前围观的人已陆续离开,几位"目击者"口若悬河的兴奋感抵挡不了咕咕噜噜的饥饿感,只好先回家填饱肚子,再聚集听众,另开"说书场"。商贸店还没开门营业,店面都上了外板,只留了一扇小门,等待当家做主的早早归来。

中午林泽义和朋友喝酒叙旧,没少听恭维的话,让他心里受用无比。朋友们纷纷夸赞林家商店生意红火,引领了宋集街的时尚和消费,说自从有了商贸店,赶大集都少了几分兴致,还说泽义真是人生赢家,大世面见了、大钱挣了、掏心掏肺的哥们一大把,真没白活这一回……席间有人提起了潘老板,说他被抓被罚都值了,这些年两台吊机抓来的钱财,几辈子都花不完。林泽义不免惋惜,潘老板确实给林家的生意提供了不少方便,但话说回来,成功不是别人给的,是靠眼光和汗水换来的,不需要向谁磕头作揖!两大杯下肚,他便刹不住车了,把经营诀窍和盘托出,说到前景,口气难免大了些,在一片夸耀声中,酒也就喝高了。此刻的他还昏昏沉沉,并没发觉店门紧闭有啥异常,哼着小曲,一侧身钻了进去。

他刚进门,趴在桌上半睡半醒的林彩娟便倏地站起,顾不上搀扶她爸,回头便向后院大声叫唤开:"妈!我爸回来了!妈!……"

黄慧英一路小跑来到铺子里,抓住男人的胳膊就往后院拉,顷刻间委屈、后怕、担心……各种情绪齐上心头,眼泪小雨般淋淋而下。她一边哭一边埋怨:"你这个没良心的,又死到哪里去了?家里的天都塌了,净让女人们顶着,你就不能早点回来!……"

林泽义清楚自家女人的性子,一点不顺心就要闹一通,嘴上从不跟她抬杠,让她说几句又能咋地?捂捂耳朵就过去了!不过今天看来有些不对劲,女人心惊胆战的模样不像是装出来的,又不知道抽了哪门子风,还得耐心应付着点,想到这里,醉意就散了一小半。

穿过后院进了堂屋,林泽义想找杯水喝,却被黄慧英一把按在椅子上,不等他开口责备,黄慧英手脚并用,又是表情、又是动作……把警察来搜缴账目的过程完完整整重演了一遍。

开头几句,林泽义没太在意,等他老婆演绎完事情经过,又不停地追问"咋办、咋办",他才意识到事态的严重性,彻底醒酒了。

可他并不像黄慧英想的那样着急上火,事情来得突然,他却并非毫无准备,毕竟是见过大场面的,在省城混世界的日子,他亲眼见证过很多突发事件,有些人头天还高高在上,隔天就成了牛鬼蛇神。他非常清楚,当一棵大树轰然倒下时,没有一枝一叶能够幸存。他听说了,治理非法采沙是省领导亲自圈批的,是自上而下的统一行动,那股风吹了有段时间了,还进去了一批人,基层迟早会有动作,今天就来了。

人是静下来了,主意可不好拿。年轻时他天不怕地不怕,啥坏事都敢往身上揽,多大责任都敢替别人扛,那股不羁和冲动,早就被一次次失败击锤得粉碎,屁股下的尖刺也被发福的身体磨得溜光,只有在酒场上、在一起"战斗"过的兄弟身边、在殷勤的笑脸和谦卑的讨好声中,他才能重温当年那豪气万丈的盖世风采。

河沙生意不是他们一家在做,他们真的不"黑心"。借用他哥的话,他们只是个"搬运工",同向前村土窑厂里的壮工一样,把黄土打成砖坯,把砖坯搬进窑里,再把成砖从窑里搬出来。倒不是他们不想挣大钱,而是他们不想只盯着河沙,不幻想从任何一种商品上获取暴利,这才是真正的生意经。看看自家店里,生产物资、日常家用、衣装穿戴、粮油调料……可以说应有尽有,连瓷砖水泥、铝合金门窗这些建筑材料也都供应充足;不管老少男女,只要到店里瞧瞧,就能找到几乎所有想买的商品。水生说过,只要店里有人气,能时时吸引人流,能让人在说闲话时念叨,就不怕没有赚头。不必非得猪油蒙心,在一种货品上就把好名声都耗尽了。

自家做事的这些讲究,可以拍胸脯、发毒誓,到哪儿说都问心无愧。但警察带着搜查证公开上门办案,这个动静确实不小,出乎了他的意料。

他起身走出屋子,在院子里转了几圈,一屁股坐在一堆电线盘上,点了根烟闷闷抽着。他越想越觉得这个事情不好弄,派出所正式办理的案件,不

第三十章 风高

是谁能轻易摆平的,还是和他哥当面商讨一下,该找人找人、该活动活动,提前递个话表个态,免得后面被动。于是他扔了烟头,跟女人说要回趟家,出门拦了辆过路车,向林家洼村赶了过去。

　　林泽义出门没个把小时,林水生就开着车到了店门口。昨天绍连得说要采购一批按键开关和墙面插座,指明了要飞雕牌。正好他闲着没事,起早开上小车就去了县里,每样还多进了些,准备放在店里售卖。他提着装满开关插座的黑色大塑料袋,推开虚掩的小门走进店内,大堂里黑乎乎的没个人影。

　　"婶,在家吗?咋没营业?"他放开嗓子喊了一声,随手拉开灯,把大塑料袋放在地上。听到动静,黄慧英和林彩娟一起跑来大堂,没等林水生问话,黄慧英又把警察来办案的经过复述了一遍,还说林泽义着急忙慌地赶去了他家,要找他们商量对策嘞!

　　林水生皱着眉头,在店堂里踱了几步,走到西头桌子后面坐了下来,看到婶婶手足无措地跟在后面,又赶忙站起来,安慰她道:"婶,别担心,应该没多大事,你先去忙,让我仔细想想。"他又指着地上的大塑料袋对表妹说:"那是我进的货,你先收着,等有空了再说咋卖,你先陪我婶到里屋休息!"

　　黄慧英的心还悬在半空,好不容易又盼到个主事的人,没讨到放心话哪肯离开,满脸狐疑地问:"真的没事?警察都来了,还带着搜查证,拿走一厚摞收据本本,前后门的邻居都说事情大了,劝我们赶紧想办法嘞!"

　　林水生"嗯"了一声,继续找话安抚婶婶:"要说一点影响没有,那是假话,但要说事情多大,我倒觉得未必。婶,周警官是不是只拿了河沙交易的账目?"

　　"是,他只拿走了那些本本。"

　　"这不就明了,我们买卖河沙啥情况你不清楚?谁家比我们卖得便宜?总共没挣几个钱,就算有事,你说能有多大?"见婶婶还是半信半疑地看他,林水生只好进一步解释,"邻居来提醒都是好意,可他们又不了解详情,看到警察登门,还以为我们做的是非法买卖黑心生意!账目收走也好,我们挣了多少差价,买主都能做证。邻居们爱说就让他们去说,你不要往心里去,我们自家的生意,不关别人啥事!"

黄慧英这才稍稍稳下点神,像是对林水生说话,又像喃喃自语:"要好好想想、好好想想,一定要想出个好办法。"

说着话,她转身要走,不知怎的又回过头来,茫茫然看着林水生,问道:"你抽烟吗?我给你泡杯茶?要不拿瓶水来?"

"不用麻烦,你去歇着吧,我也要走了。"说着给林彩娟使了个眼色,看着堂妹把她妈扶进了后院。

孙霞同样心神不安,小叔子来后,跟丈夫和公公嘀咕了几句,三个人就跑到后院办公室,关了门不知道商议些啥。孙霞提个暖壶跟了过去,想借机听点眉目,手刚搭上门板屋里就没了动静,进了屋谁也不拿正眼瞧她。直觉告诉她,肯定出事了,她男人一个月来吃不好睡不好,成天担心的大事最终还是来了!

咋办?估计他们也商量不出个所以然,在等水生回来拿主意吧。

孙霞只好又回到楼前,搬了把小竹椅坐下,手里择着菜,不时扭头向两边眺望。脖子都酸了,终于看到黑色小车从东边驶来,她忙扔下手中的东西,几步来到路边,手招得像狂风中的杨树叶。车刚在身边停下,她顾不得漫天尘土,趴上车门,用急促又压低的声音说:"你咋才回来,你叔来了,看样子定是有事,都在办公室等你嘞!"

"知道了,妈,你放心,不是要紧的事,我去跟他们说。"语毕一踩油门,小车一个急转弯,拐进了后边的院子。

林济良和两个儿子坐着,哭丧着脸,没精打采的,像斗败的公鸡。林水生推门进来,没等三人张嘴,他就抢先说:"我去了宋集店里,我婶跟我说了事情经过。"

没听到孙子的下文,林济良脱口就问:"这事你咋看?"

林水生想缓解下压力,先放了句宽心的话:"我大致考虑了,只要应对得当,或许没有太大麻烦。"

"哦?你说说看。"

第三十章 风高

林水生走到爷爷身前,拉过一把椅子坐下,用松缓的语调说:"他们这次要查的是非法倒卖河沙,我们虽是这一片最大的交易户,但只给村民代买代卖,可以看作民间的互助互商行为,不是为了获取暴利投机倒把,坚持这一点,事情的性质就不会太坏!"

林济良沉吟片刻,接着问道:"如果警察再找我们了解情况,那该咋说?"

"这是关键!"林水生答得干脆,"以后不管谁问、咋问,都要有个统一的说法。"

"啥说法?"林泽忠问。

林水生看得出,三个人中,眼神最复杂的是他爸,买卖河沙是他爸主管的,自从张建设打探消息回来,这都一个月了,他爸把自己关在家里,几乎失去了耐心,必须给出个解决办法。

林水生又捋了捋思路,一字一句缓声说道:"一定要咬定没有倒买倒卖!有人盖房要用河沙,我们在小码头代买后送到他家里,除了代付的采购款,只收了劳务费和运输费,就像从河州港采购机制沙再卖出去一样,挣的只是辛苦钱。再说,这周围还有不少人囤沙卖沙,我们一来没有囤积,二来价格最低,说明并没加价倒卖,干的就是运输队的脏活累活!在农村,不光是河沙,几乎所有东西都能买卖,从村里买来、运到集上卖掉,今天你买我的、明天我买他的,很多人做这种过手生意,咋能说我们的行为违法?"

"嗯,有道理,早些年粮食由国家统购统销,私下买卖是明明白白禁止的,可农民不管这个,收多了就背到城里卖掉、不够吃就去邻居家买上一兜子,这种交易一直都有,也没人管没人问,哪个领导也不会因为这个抓人,说他违反了国法。"林济良补充道。

"可那些被拿走的本本——唉,提前烧了就好了!"林泽忠有些后悔。

"不能烧!"林水生纠正道,"那些本子被收走了,看似我们被动,买卖来往一目了然,但实际上有和没有都一样!这一片谁家买了啥、卖了啥,能瞒得过人?派出所一调查,再到家里一打听,啥时买的、买了多少、出的啥价,立马清清爽爽,不会和记录有多少出入。真要把账本烧了,还可能背上个销毁证据的罪名。其实可以反过来想,为啥说我们挣的只是辛苦钱?这些记录都是证据,本子里记的买主都是证人,连买主都说我们的价格公道,不就可以为我们做证了?"

林泽义若有所悟,点头道:"怪不得你说要收好,我还以为留着算账分成用嘞!"

"我也没想到派出所会把账目带走,这次是误打误撞,回过头想想,事理和运气都站在我们这边,还有啥好担心的!"

孙子的话让林济良似信非信:"按你的说法,只要买主证明我们没有高价倒卖,就没事了?"

"也不能这么说。"林水生进一步更正了观点,"这阵子我看了不少法律方面的书,也找人打听了,非法采沙是犯罪,我们销售的是非法盗采的国家资源,这是确凿无疑的!目前对我们有利的,是在这个过程中没有违法的主观故意,没有采取非法手段垄断市场、低囤高出、操纵价格、追求暴利,反而通过利润最小化的方式拉低了市场售价,压缩了少数人哄抬价格的空间。派出所拿走的账本,足以证明这一点,也是用来自证的依据。刨除法律,仅从人情世故方面,民间对河沙有需求,我们出卖体力帮人进货送货,在农村是司空见惯的经营行为。所以我刚才说,一定要坚持没有倒买倒卖,只挣了运输和装卸费用!"

"说得对!就按水生的说法统一口径!"林泽忠眯起了眼睛。

林济良说:"实际情况就是这样,不需要胡编乱造一套,照实说就行!"

林泽义还是有所顾虑,提了出来:"我担心,上面要查一件事,如果他们派人一竿子捅到底,我们反倒不怕,把事情摆在台面上,随你看、随你问,都能说清楚,他们把结果带回去就能交差。可眼下是乡派出所调查,省里、市里、县里、乡里,差了这么多级,上面会不会层层向下加码?下面会不会为了应付和讨好上面,一定要拉几个人顶罪,才能顺利交差?"

听了林泽义的话,林泽忠又紧张了,慌张地问:"那该咋办?不会拉我们垫背吧?"

几个人互相看了看,谁也没吭声,林水生也拿不准,又不能不说点安心的话,想了好一会儿,才说:"有这个可能。前面我说的只是个人想法,上面的领导咋看、有没有层层加码、是不是还到别家搜查账本了,这些暂时都不知道,要找人核实。另外,光自己瞎琢磨不行,要找法律人士咨询咨询。既

第三十章 风高

然出了事,躲和怕都是没有用的,只有考虑周全、筹划仔细了,把风险和损失降到最低,才是应对之道!"

林泽义没听到确切答案,又问:"应对是必要的,私下的工作我看也很重要,你们说,要不要找人活动活动?派出所时所长那里我还是能说上话的!"

林济良也不放心:"要不,先找你建设叔和泽传叔打听一下,心里好有个数?"

林水生答道:"回来路过张叔家我去找了,就想问这事的,张婶说他去了村委会。我又赶到村里,孔营长和邱开泰值班,孔营长说张叔、泽传叔、增云叔都被乡里叫去开会了,还没回来。乡里还通知要加强值班力量,看来近期可能会有大事。"

林泽义跟着问:"那你有没有打听开会啥内容?"

"打听了。"林水生说,"当时我就想,这个节骨眼上喊他们开会,八成跟这件事有关。孔营长说乡里只通知让去开会,没说其他的,他们中午吃过饭就去了。我着急来家,就没等,想晚上再去张叔家问问。"

"是嘞,尽早问问清楚,行事更主动。"林泽义附议道。

话说到这个份上,大家暂时都没词了。还没静下多久,就听林水生喊了一句:"爷,你咋了?"

林泽忠兄弟同时一惊,忙望向父亲,只见他眼里噙着泪花,脸上的皱纹更深,似要大哭一场。老汉摆摆手,几个人知道他有话说,便都不再出声。

前一阵子,外面出了大事,家里也都牵肠挂肚,下午泽义又带来店里被查的消息,让老汉陷入了深深的自责:都是因为不争气的身体,拖累了孩子们,几年前就种下的因果,报应这就来了!

这几年林家太顺了,没遇到一丁点挫折,不仅让周围人眼热,自家人的眼睛也被火爆的生意烧红了吧!平心而论,成绩是孩子们拼来的,可当真跟运气好没关系吗?往后哪天看不清了,运气不在自家这边了,还会这么顺吗?跑得太快,没工夫停下来仔细看路,说不定遇到个大沟大坎,脚下跟跄就会摔个大跟头!

他对孩子们无疑是充分信任的,只要他们不走邪路,自己从不干涉,正因为这样,他们受到的告诫就少了,敬畏心就淡了!今天这个局面,不能不说是个教训!如今自己身体这样,谁知道哪天就有个三长两短?有些话再不说,就怕来不及了。

这些念头他酝酿了很久,一直锁在心里,既然今天被派出所查了店,既然儿孙都到齐了,就一股脑说了吧!

"泽忠、泽义!"林济良哽咽着,"我得病这几年,这个家全靠你们顶着。刚病倒那会儿,我心里老拗不过劲来,等回到家,慢慢冷静了,才彻底死了心,接受了现实。"

老汉在眼上抹了一把:"我想明白了,我的身子废了,可又没瘫没傻,天天坚持锻炼也能慢慢恢复,跟医院的病友们比,幸运得多呀!更让我宽心的是,老天爷给我留了时间,让我能亲眼看到这个家渡过难关,看到你们挑起担子,可以说是因祸得福吧。

"这么多年来,我是看着你们一点点长大的,你们都是老实人,我比谁都清楚。泽忠守着家,付出得多些;泽义在外面跑了几年,见惯了人事,可做人的本分没丢。所以,我一直对你们很放心,知道你们做事不会太出格,有时眼看你们吃了亏,也难免心疼,又觉得吃亏才是真福,经事才能成人,只要还能爬起来,就不伸手去扶,你们心里没少怪我吧?"

"没有!""哪能怪你嘞!"兄弟俩争相表白。

林济良缓了口气,才说下去:"每次我坐在枣树下喝茶,看到家里的小楼,我都会想,如果我的身体还好,如果还由我领着这个家,或许还跟以前一个样,最多吃得饱些、好些,哪能有今天的光景!想到这些,我心里真是高兴,高兴过了,还有些难过。我常从收音机里听到,国家在搞改革开放,老百姓要转变观念、要跟上社会发展的脚步,可对我这把年龄的人来说,就算要思想解放,究竟该咋解放,脑筋还是拧不过来的!再看看你们,才多长工夫,就把家里经营得有声有色,若不是亲眼所见,谁能相信?连老婆子都说,把家交给你们是对的呀!

"卖沙的事责任主要在我,只想挣钱还账,没把好最后那道关,让你们担惊受怕了。往后呀,按城里人的说法,我就'正式退休'了,这个家就由你们做主,凡事你们兄弟商量着办,不必再听我的意见。"

听到父亲这话,兄弟俩都觉得不妥,"爸、爸——"他们有话要说。

林济良摇了摇头，没让他们说下去，而是继续着他的嘱托："眼下这事咋处理由你们定，水生，你也帮你爸你叔拿拿主意。要记住，教训也是福报，今后无论如何，不能再做违法乱纪的事，这是死杠杠！"

"除了这个，今天我再给你们留几句话。"老汉坐直了身体，眯起双眼，犹如望向远处的高山、脚下的大河，仿佛做人就要像山一样巍峨、水一样纯洁，好像林家的门风，一定要抬起头来说，挺直腰来听。

"第一，做人要善，做事要真。只要心地善良，人缘就不会差；只要做事认真，日子就不会孬。第二，凡事要有余地，给别人留出路、让别人能进，为自己留后路、让自己能退，这一进一退，就有了空间，万一碰上个难事，只要有搭把手的地方，就会有活路。第三，大事要讲原则，该坚持的一定坚持，不能因为个人感情和钱财利益违反原则；小事要讲灵活，只要合情合理合法，那就怎么方便怎么来，不必认死理、钻牛角尖。第四，家人之间，相处要谦让，遇事要帮衬，困难的时候彼此拉一把，两双手总比一双手力气大些。如果哪天祖宗保佑林家发达了，千万不能见钱眼开、得意忘形，更不能花天酒地、大手大脚，你们要互相监督，关键的时候要互相提提醒。"

老汉又把视线投向孙子："最后呀，遇事不要急、不要怕，前因后果看清楚，盘算好再动手也不迟。实在拿不定主意，就问水生，我看他呀，有文化、有想法、有办法，你们都比不上，我也比不上！"

……

吃完晚饭，没等林水生去找张建设，就接到林水平的电话。林水平是从他家的农资店打来的，听话音有些慌，只说了三句话就挂了："有重要的事告诉你，你在办公室等着，我和我爸马上过来。"

没十分钟，林水平开着店里送货的三蹦子，冲进了林水生家的后院。一进门林泽传就闷声发令："把门关上！"随即摸出一根香烟点上，坐下不吭气地抽着。林水生看了一眼林水平，林水平紧绷着脸，冲他挤了挤眼；他又转过去面向林泽传，等待那个"重要的事"。

连续抽了几口，林泽传把半截烟屁股摁灭在烟灰缸里，长长吐出一口气，缓缓蹦出几个字来："老张被停职了！"

第三十一章　怨浓

当沃河湾的吸沙龙和小码头的浮吊被拖走，打击非法采沙的消息在宋集乡上下传开之际，邹世利仰天长叹："公平和正义终于再度降临！"

蓄洪区项目结束后，邹世利的两个儿子找不到事做，又游荡街面混社会。打工挣下的几千块钱，当初计划好了要细水长流，拿出一些修修房子、添置几件家具物件，剩下的都归邹世利的女人掌管，留一点在家应急，大头都拿到信用社存个定期，每年又有不少利息。想法归想法，现实总有变数。邹世利的这种安排，遭到了儿子儿媳的强烈反对，钱是金强、金喜挣的，他们一身汗两腿泥大半年，凭啥挣下的都由公公婆婆管着，自己只能见个零毛毛钱？两个老家伙有吃有喝就够了，年轻人爱交往爱打扮爱攀比，每家都还有几个小的，吃的零食、穿的衣服、上学的费用，哪样不要开销？婆婆每个月给的几块钱够干啥？金强、金喜不方便说，就唆弄媳妇跟公婆闹，孩子们也在爷爷奶奶身边磨，每天家里叮叮当当，婆媳间的冷嘲热骂此起彼伏，孙子孙女缠着爷爷买这买那，一不顺心就号啕大哭，院子里再也没安静过。金强、金喜成天不沾家，但只要家里有点好菜好酒，这哥儿俩又像长了狗鼻子似的赶着饭点回来，拿起筷子就吃，端起杯子就喝。邹世利就会指着他们的鼻子骂，两个人也不顶嘴，你骂你的，我吃我的，吃喝完毕筷子一扔就走，出了门就说起风凉话，越来越不把爸妈放在眼里。邹世利的女人实在心烦，说啥也不管钱了，最后家里开会商定，房子不修了，家具不买了，那些钱一分三开，每家一份，一日三餐还归老两口管，其他花费各家各包，任你吃山珍海味穿绫罗绸缎，从此各不相干。这下家里清静了，女人不哭孩子不闹，邹世利却更加失落，家再不是从前那个家，孩子们也再不承欢膝下，看着门里门外来来往往，其实他和老太婆就像孤魂野鬼，离人间的温情越来越远了。

邹世利常常怀念从前的日子，尽管有时饿肚子，穿得也不像样，但金强、金喜都听他的，孙子孙女都偎在他左右，偶尔抓了条大鱼回来，再去下林街上切两毛钱豆腐,白肉浓汤炖上一大锅,泡上一碗米饭呼啦啦吃得香,家里就像过年一样热闹,老少三代都笑开了花。

"没钱也有乐子,有钱不一定幸福!"他深有感悟,"要是还像那一年,给金强、金喜找个活干,情况或许还有转机。"

"这个村子里,没几个好东西!"想到那几个得意之人,邹世利便又愤恨起来。

"早年遭的罪,都是林济安父子害的!这个老不死的,嘴上说得好听,分地的时候各家平等挑选,可挑来挑去,好地还不都给了姓林的、姓张的!林泽传带人来搬家具拉木头的场景他到死也不能忘,养了快一年的肥猪也被那帮万恶的王八羔子拽走了!金强、金喜有心阻拦,死秃子竟敢让派出所来家里抓人,吓得小子们跑出去几个月没敢回家!还有人模人样的张建设,去年村里搞土地二轮承包,他咬死不承认亲口应承的事,虽然自家确实多分了点地,可都是清淤工程顺带整理出来的坝底地和乱树丛地,净是些边边角角的新地生地,还不如在洼塘里填的地好种!就这样的地,若不是赵增云递来消息,又去村里大闹一通,鬼知道能不能轮得到自家!张建设还跟林秃子一个鼻孔出气,咬死不给超生人口分地!"呸,邹世利吐了口唾沫,"想想就恶心,居然瞎了眼还给他投过票!他们姓张的姓林的都穿一条裤子,都是一样的坏肚肠!"

"林泽忠更不是玩意儿!金强、金喜的事,上门说了不知几次,都被不冷不热地踢回来,连松口的余地都不留!他们宁可花高价雇外面的人,也不肯关照关照同村的人!自己对林济良一向是尊重的,是把林泽忠当兄弟看的,想来好笑,都是表面一套背后一套,貌似正儿八经,一肚子假仁假义!林家那个小崽子更不着调,面上拿腔作势,实际比谁都心狠手辣,当年在村委会死拦着不让自己进门,现在又丝毫不讲血脉亲情,不给本村兄弟一点机会,狼心狗肺的东西,早晚要遭报应!"

"哈哈,这下好了,河沙不让采了,工地不让干了,我看你们咋办!"

……

又是逢三赶集,儿子儿媳照例带上孩子们凑热闹去了。邹世利心情不坏,吩咐老婆子炒几个菜,自己跑去赵增云家,说还藏了一瓶龙城贡,中午上家来,哥儿俩喝一杯。赵增云也没空着手,提了两片腊肉,邹世利笑嘻嘻地把他迎进门,冷菜热菜一起上桌,两杯酒下肚,就说到治理采沙船,话匣子便关不住了。

"林泽忠算啥玩意儿?话都说不清楚,当面骂他几句都没个屁,我就看不服!"邹世利瞪着红红的眼睛,手中的筷子不停地敲着盘边。

"不服的人多了,有啥用?谁叫他挣到钱了?你也挣给大家看看!"赵增云戏谑道,夹起一大块炒蛋填进嘴里。

邹世利听了满是不忿:"就他做的那些烂事,我不知道能挣钱?我是不稀罕做!现在街面上都传开了,他那是犯罪的生意,采沙船和吊机老板不是一个都没跑掉吗?他们都是一条船上的贼,倒霉也分个先后,就要轮到他了,等着看好戏吧!"

"街面上传开了?你听谁说的?听你两个宝贝儿子说的?"

听赵增云用不屑的口吻说他儿子,邹世利有些不快,唉,又能咋办?谁叫他们不争气!生气也没用,人家说的是实话,况且还有话要问,何必太过计较!

"干吗?生气了?你儿子不能说?"赵增云端了酒杯,"来,敬你一个,赔个罪!"

"有啥气生的!"邹世利呷了一口,把杯子放下,挤出点笑容,"我刚在想事,别多心!"

"啥事?"

"我听你的话里有话!姓林的这次还能跑得掉?"邹世利龇牙笑问。

"跑得掉跑不掉不敢说,我又不是办案人员,谁知道他们要把案子办到啥程度,除了被抓的,对其他嫌疑人会不会一查到底!"

"那就是说他家不一定有事喽?!"邹世利不满地说。

"要说还真是!有事没事,你说我说都没用!"赵增云向上指了指,"那要看上面的意思和办案人员的态度。"

邹世利仔细品味了赵增云话里的隐意,突然喊出一声:"不行!"

赵增云被吓了一跳:"你这一惊一乍的,啥不行?"

邹世利的表情很严肃,拍了拍桌子,大声喝道:"那样不就便宜他家了!捞了多少黑钱,就这样算了?"

"没人说就这样算了,要看案子能不能查到他们!"赵增云不耐烦地解释道。

"查不到就没事?这太不公平了吧!"邹世利不依不饶地嚷嚷着。

赵增云一下子就火了,把筷子往桌上一摆,怒道:"不公平?不公平的事情多了!"只说出这一句,气势又像被压制住,一副欲言又止的样子,摆摆手道,"唉,不说了,说也没用,你说人家之间交往,能像我们一瓶酒一包烟这么简单?不说不说,来来,喝酒,喝酒。"

"唉!"邹世利一声叹息,"都是钱惹的祸!"

两个人都无奈地摇摇头。停了停,赵增云又劝起邹世利:"时代不同了,以前是越穷越光荣,现在是致富更光荣。你呀,也要换换脑子,别总想守着儿孙满堂红,该让孩子们出去闯荡就让他们去,要不天天搁外面瞎混,真要弄出点祸事来,后悔可来不及!"

说到儿子,邹世利又泄气了:"我也想让他们出去干活,可是没人要,有啥办法!"

赵增云脸上布满了疑云,用略带责备的口气问:"没人要?泽忠家施工队招了几十个人嘞,你没让他们去试试?"

话还没听全乎,邹世利两鬓的青筋就鼓了出来:"提到这个就气不打一处来,我去找了几次,他就是不同意!窝囊废!"

"啊?咋能这样!他们家也太——"赵增云瞄一眼邹世利,把后半句咽了下去。

邹世利咕咚灌进一口酒,恨恨地说:"后来我专门跑到他家,挨个儿臭骂了一顿,算是出了口气!"

赵增云用手抹了把脸,默默回味半天,才叹道:"他们姓林的,这几年确实有资格翘尾巴喽!"

"翘尾巴?我看他翘不了几天了!"邹世利也把筷子往桌子上一摔,"我听说,沙子、石子没货,工地都停了,大家都等着看笑话嘞!盖了一半的房子咋办?他请的几十个工人咋办?我还听说,房子停工,主户都不干了,要去找乡领导告他们嘞！"

赵增云摸了根烟点上，边抽边用困惑的目光打量邹世利，惹得邹世利浑身不自在。

"你看啥？"终于，邹世利忍不住问。

赵增云没理他，把烟抽完踩灭了，才反问道："世利，你没听到啥风声？"

邹世利瞪起眼珠子："啥风声？"

赵增云不再客气："我就说你两个儿子净瞎混了，连那个天大的消息都没听到！"

邹世利的眼睛更红了。"天大的消息？"他讷讷道。

"好，今天我就跟你说说。"

赵增云"啪"地一拍桌面，正了正身体，像开会做总结似的，提纲挈领地冒出一句话："他家的工地全都复工了！"

"啊！"邹世利瞪大眼睛，一脸不可思议的神色，"全都复工了？怎么可能？从哪买的材料？"

赵增云似笑非笑，数落起邹世利来："告诉你，不仅复工了，进度比过年前更快嘞！沙子石子是他家车队从河州港运回来的，哼哼，可是宋集乡独一份嘞！市场都是他家的了！那价格高的，比先前赚得多多了！你在这里想人家倒霉，人家却躲在小楼里美美地数票子嘞！"

邹世利愕然了："这——你听谁说的？"

"听谁说的？你没事到宋集街上走一走，听听大家伙都咋说！你们不是查吗？那我就另开一条道，卖得更快，赚得更多，让你们好好看看！嘿！借你们的光，我名正言顺就把宋集乡的市场统一了，同行垮不垮，跟我可没关系！宋集乡都是我的了，你们满意了吧？能把我咋样？！"说完，赵增云抓起酒杯，把剩下的小半杯酒一口干了，"啊——"他呼出一口酒气，似要发泄极度不满。

邹世利怔住了，呆了半天，才明白咋回事，想到白白高兴了这些日子，对方却都美上天了，气得直拍桌子，大喊道："这是个啥世道！这是个啥世道！他们倒卖河沙没事！他们独霸市场没事！他们还敢光明正大地跟政府对着干！这个林泽忠，胆子太大了！"

赵增云"嘿嘿嘿"地干笑，先前他就喝得晕乎，刚刚又是一大口下肚，一股酒劲冲上脑门，很快就无法自制了。他用小臂撑住桌面，眼睛有些模糊，口齿也不太清楚："关林泽忠……啥事？是林水生……胆子大，还有后面那个……劳务公司……"

"劳务公司，劳务公司……"赵增云还不住叨叨着。

"劳务公司！"邹世利张大了嘴，"赵书记，你是说张建设？"

"张建设，哼哼，不止他，不止他！林泽传……的儿子，不也在……在里面？"

"林泽传！"这个名字从邹世利紧咬的牙花子里蹦出，他一下子反应过来，怪不得赵书记说话吞吞吐吐，原来是因为他们！"支书、村主任咋了，眼屎大的官，能无法无天吗？他们在林家洼想干啥就干啥，在乡里县里也能想干啥就干啥吗？"

"世利，你真是……老实呀，你没看……看出来？船老大、小码头、我们村……"赵增云勉强伸出手，掰着指头数着，"还有乡里的税务所、工商所、邮电所、派出所，哪个地方……弄不好，他几个公司能……顺利开业？他能想……干啥就……干啥？你呀你，不知……道吧，他现在又要……开……开运输公司了！"赵增云一边傻笑，一边指点着惊愕难当的邹世利，似嘲弄他的无知，又像嘲笑自己的无力。

"原来这样，原来这样……"邹世利不停重复着，"怪不得他们那么狂，怪不得看不起我家……"

赵增云的头越垂越低，口齿也越来越不清："世……利，可别怪……我没……没告诉你，这个事你……自己知道就……就行，千万……别对……别对别人说，以前……有人要往乡……乡里告，我坚决……没同意，没证据告……告不赢的，再……说，往乡里……告……不行，上面……上面……"话没说完，他就趴在桌上睡了过去，不一会儿，咕咕哝哝说起梦话来。

……

大约半个月后的一个晌午，刚从地里回到家，文书小邱就跟过来找到赵增云，说乡里让他下午去开会。

赵增云有些莫名其妙："去开啥会？"

"乡里没说。"邱开泰如实答道。

"除了我，还有谁参加？"

"支书、村主任都去。"

支书、村主任都去？这就让人很难理解了！一般乡里通知开会，只要求支书或者村主任去，若是两个人同时参加，一定有要事布置，通知三个人一起去开会，他还没遇到过。

到了乡里，赵增云才知道，这是专门为林家洼村召开的小范围碰头会，乡里出面的是书记、乡长和副书记三人，外加一个负责记录的办事员。会议程序很简练，吕副书记传达了县里批转的群众来信，是一封署名为"林家洼草民"的匿名举报信，内容有些杂乱，但主要的人物和事件十分清晰，反映的是发生在林家洼村的非法盗采和倒卖河沙、非法采购和使用盗采的河沙、隆兴公司涉嫌非法经营、村两委主要领导涉嫌参与和包庇非法经营活动等。

之后是黄乡长讲话，他说，接到举报信后，县领导高度重视，为慎重起见，立即派人在林家洼村和附近村庄搜集了解情况，认为举报的内容不是空穴来风，有些与省市部署的打击非法采沙的统一行动有关联性，有些还待进一步查证、定性。上周，县里把朱书记和他喊去专门谈了话，总体要求是，对信里反映的问题，除了市县联合工作组正在调查和办理的涉及刑事案件的部分，对村两委的审查由乡里负责，得出结论后及时上报。县委江书记还特意交代，由于举报信涉及林家洼村的两名主要领导，务必更加慎重、实事求是，既不能大事化小，也不能上纲上线；对直接相关和间接相关人员，要采取不同措施，确保既摸出真实情况，又不能冤枉好人、打击积极性。

朱书记接着说，从县里回来，乡里也摸了摸底，碰了几次头，初步想法是，鉴于张建设同志是隆兴公司的股东，属于直接相关人员，在乡里组织调查的阶段，暂时停止履行职责，由赵增云同志代理村党总支的工作，并负责配合乡工作组的调查；林泽传同志的儿子是隆兴公司的员工，属于间接相关人员，暂不停职，但不参与调查，要把精力放在村委会的日常事务上，确保村务工作的正常开展和全村的安全稳定，绝对不能出任何问题。朱书记说，县领导找他们谈话后，乡里做了一些工作，这些举措是在初步掌握情况的基础上做出的,今天请几位来,既是通报情况,也是确定方案,如果都没意见,明天他就亲自到村里召开党员大会宣布,随后调查工作全面铺开,争取在一周内拿出结论。

在张建设等三人都表示无条件服从,并表态积极配合后,朱书记说,犯了错误就要认错、改错,没犯错也不怕有人查、有人问,心底无私天地宽嘛!越是身处不利的局面,越能检验人、考验人,党性强不强、意志坚定不坚定、能不能做到逆境顺境都一样,这时候最能看得出来。朱书记要求张建设和林泽传不要有抵触情绪,要相信党、相信组织、相信调查组。党员干部来自群众、服务群众,也为群众负责、受群众监督;一名党员干部,如果连一点委屈都承受不住,如果连一个"草民"的监督都不敢直面,那就真的要好好反省一下了!

回到家匆匆扒了几口饭,赵增云便去了邹世利家。进屋坐下,赵增云烟也不接,茶也不端,只盯着邹世利不说话。见他这个样子,邹世利便也修了"闭口禅",神色镇定,自顾自地吞云吐雾。

几分钟过去了,赵增云还保持着那种姿势,甚至看不出情绪变化。邹世利被他盯得浑身不舒服,只得放弃对峙,缓和道:"赵书记,你今天来得晚了些,下次早点来,我让你嫂子扒拉几个菜,我陪你喝点。"

"下午被乡里叫去开会了,哪有时间到你家来!"赵增云阴阳怪气地回了一句。

"谁叫你去开会?书记还是乡长?"

"除了他们,还有一个手眼通天的人!"

"谁?"

"林、家、洼、草、民!"五个字一个一个地从赵增云的嘴里蹦了出来。

"呵——"邹世利被逗笑了,"这个名字不错!'林家洼草民',不就是我们这些人嘛!"

"邹世利!"赵增云喝了一声,"你老实说,你是不是写了啥东西?"

邹世利没看赵增云,把头昂起,悠悠然吐出一串烟圈,心中是大大的得意。等了这么久才有消息!看赵增云的样子,动静应该不小!就是不知道自己好不容易憋出来的两张纸的罪证列得够不够,不知道那几个人会被收拾成啥样儿,最好让他们都脱层皮!

见邹世利摆出一副无赖相,赵增云便直言不讳,向他摊了牌:"我知道那封信是你写的,我也不瞒你,今天在乡里开会就是因为那封信,至于那些人那些事咋处理,过过就见分晓。我来就是警告你,没有证据乱告状,一旦查不属实,当事人就能反诉你诽谤甚至诬陷,是要承担法律责任的!我劝你,现在回头还来得及,明天就去县里乡里承认错误,撤销你的举报,否则,一旦调查启动,就没后悔药吃了!"

邹世利斜视赵增云一眼,装作无辜地说:"啥举报信,我不知道!你别拿屎盆子往我头上扣!"

赵增云不信:"你真的没写?"

"没写就是没写!不光你问,谁问我都这话!除非把我抓走屈打成招!"

停顿了几秒钟,赵增云稍消了火气,补充一句:"不是你就好!记住我今天说的话!"

说完,赵增云站起来就往门外走,走了两步,又回过头,厉色道:"有些事能不掺和就别掺和,有些话能不说就别说,你一个平头老百姓,说多了小心咬了舌头!"

邹世利随口应着,把赵增云礼送出门,看着他越走越远,邹世利"呸"了一声,小声道:"你不说我不说,谁能证明信是我写的?再说了,你不想翻身?你不想告倒他们?那天晚上你喝醉后为啥一直念叨'以权谋私''知法犯法''一手遮天'?当我不明白你的心思?他们压了你这么多年,想出头有那么容易?这次把他们搞臭了,村里谁能顶得上,你自个儿没个数?这个节骨眼上还来向我兴师问罪?看来等这个事了结,还真得找你好好拉呱拉呱!"

第三十一章 怨浓

第三十二章　情急

　　林泽传父子回去了，把林水生一个人扔在办公室。刚才林泽传说起下午开会的经过，一会儿唉声叹气，说做人清清白白，一心给大家办事，却无缘无故遭人冤枉！一会儿恼怒地骂，把那个告黑状的祖坟"翻"了一遍又一遍，说一旦抓住那奸人就要往死里弄！一会儿还心存侥幸，吕副书记毕竟是他小舅子，乡里没让回避，就能暗地里做做周转。等平静下来，林泽传客观分析，他们被打小报告不是一次两次了，每次都是打个电话问问情况，或者派副书记、副乡长下来走走过场，应付一下就过去了。这次可不一样，写匿名信的借了省里市里打击非法采沙的势，直接捅到书记和县长那里，一定有高人指点，是一次有预谋的行动，有心算计无心，才让他们如此被动！

　　林水生被乡里的决定惊呆了，他没想到事情会闹得如此之大，有人告他、告他爸、告隆兴公司他都能接受，却接受不了让张建设、林泽传和身边的无辜人受到牵连。朱书记说一周内要拿出调查结果，说乡里会给出公正的结论、做出公正的处理，可让赵增云负责配合调查，想想他身后站的那些人，真让人担心，会不会出现不可预期的状况？林水生极度不安，脑子里也是一片混沌。在外跑了几年，见了不少人、办了不少事，他仍以一个学生、农民，充其量站在初入社会的生意人的角度思考问题；他处理过的所谓麻烦事，无非用亲情、友情、利益关系就能解决；对党的组织原则、政府的工作方法、官场的运行规则，他仍是白纸一张；对违法犯罪会受到怎样的惩罚，也只是临时抱佛脚，知道些皮毛而已！要说以前他还有依靠，碰到想不明白、拿不定主意的，张建设和林泽传时不时能提醒一下，现在他俩一起被封住了口舌、捆住了腿脚，再有困难还能找谁？先前思想太过简单，心思和精力都放在了"搞清楚事、讲明白话"上面。结合眼下的形势，乡派出所到店里取证，绝不是想象中那么简单，绝不是自证自清就能过得去的！他们早被人盯上了！这是个生死关头，无论谁——张建设、林泽传、他爸、他自己、隆兴公司，甚至是翻身不久的林家,都将面临严峻的考验!这次若安然度过,前路必然通畅;否则,就可能坠入深渊,再也出不了头!

林水生来回踱着脚步,"冷静,冷静!"他不断提醒自己,"越是身处危崖,越要保持冷静!只有心平气和、头脑活泛,才可能找到化解危机的关键!"

正如林泽传所言,为啥一到家就来找林水生?因为消息很快就会传开,张建设、他自己、林泽忠、林水生,都会成为大家眼中口中的"犯罪分子",到那时,他们的一举一动,说了啥话、做了啥事、跟谁见了面、到谁家串了门,都会成为人们背后议论的焦点和打小报告的依据,说不定还有人自告奋勇"监视"他们几个"坏分子"!所以,在调查结束之前,大家就别见面了,实在有事,打个电话通个气。张建设家没装电话,暂时也不会去村委会,联系断了就断了吧!

讯息已然明了,只要乡里一天不拿出结论,他们就得谨言慎行,避免新生枝节。在这个节骨眼上,谁不识时务、不夹起尾巴做人,说不定还会有人效仿"林家洼草民",向调查组反映情况。到那时,即使最终结论有利于他们,调查组把"草民"的意见捧给书记、乡长,支书和村主任的位子他们能不能坐得下去,真就不好说了!

林水生想找人帮他分析分析,把认识的都合计一遍,亲戚朋友、老师同学,没一个合适的;生意上的伙伴,平时都尊称"某总""某经理""某老板"的那帮人,实际上和他一样,都是为生计奔波的普通人,只不过从事买进卖出的行当,有个听起来高大上的头衔。其实林水生心中早早浮现出了一个人,以那人的身份和经历,应该能给出有价值的建议。他时不时望向桌上的红色电话机,电话线的另一头也许就有答案,不过不到万不得已,他不愿抓起它。林水生抬头望向墙上的石英钟,差五分钟八点,他这样来来回回已近一个小时!"嘀嗒、嘀嗒……"秒针又走过一圈,似在不停地说"打吧、打吧"。"是呀,打吧!打吧!这一关过不去,就再没机会了!"徘徊良久,他咬了咬牙,挪到桌前,抬手伸向电话机。

天早就黑透了,宋集乡办公楼二楼的一个房间内仍是灯光明亮。朱安民坐在办公桌前,手里拿着厚厚一沓稿纸,仔细阅读着。这是他第三遍通读

沃野长歌之一：风起大河

这份材料，每看一遍，都更加认定，写这份材料的人不简单，有些想法提法，竟然和他的所思所悟不谋而合。

这份材料是刚上班时一个年轻人送来的，说是林家洼村的。朱安民说先放在桌上，上午有个短会，回来再看。年轻人听了，双手把材料轻轻地放在台灯下的空处，后退两步，深深鞠了一躬，转身走了。朱安民有些意外，那个空位置通常是放置重要文件的地方，工作忙乱一时忘了看，台灯一亮就会提醒他，他一定会在当晚把文件处理完。"小伙子看上去文静又干练，应该是个新人吧，呵呵，还没沾染农村干部身上的油滑世故，看着就喜欢！小伙子咋知道那个地方？还给自己鞠躬，把自己当成啥人了！官老爷吗？有意思！"朱安民看看手表，离碰头会还有几分钟，索性拿起材料，想粗略过一遍，重点是看看有没有反映出实质性问题。目光刚掠过意料之外的标题，就发现他误会了，匆匆扫了几行，像是想起什么，他几步走到门前，那个瘦瘦的身影恰好闪出院门，向街对面一辆黑色的桑塔纳轿车跑去。朱安民会心地一笑，明白了咋回事。

从朱书记的办公室出来，在一楼门房对值班员点了下头，林水生就一溜烟跑了。进来时他被值班员拦住，问他找谁，他说找朱书记；问他是谁，他说是林家洼村的；问他啥事，他说送个重要材料。值班员的消息灵通，在食堂听人议论，有人给县委县政府写了检举信，反映林家洼村两委贪污腐败，支书、主任包庇并参与犯罪，朱书记亲自带了工作组前去调查。张建设、林泽传是乡里的常客，值班员同他俩都熟悉，这二位都是远近闻名敢想敢干的人物，把一个在全县都数得着的大村管理得井井有条。看不出来，他们竟是表里不一的腐败分子！这世道，从上到下都说要经济发展、人民富裕，经济倒没见发展得如何，少数人反而先富了，只不过，不是光明正大的勤劳致富，而是富在了歪处邪处！这不，只隔一夜材料就送来了，他们是把人都得罪光了呀！如果是平时，咋也不能让外人随便上楼找书记、乡长，今天不一样，这是书记亲自抓的大事，哪好拦阻！值班员看看那人的模样，问："你是村里的文书吧？"这么想着，便随口问了一句，"那个小邱没在？""邱开泰吧？在嘞，他走不开！"年轻人回答。"哦，那你知道朱书记在哪个办公室吗？""不知道，头一回来!""上二楼向右第二个门,记得先敲门,朱书记应声了才能进去!""好嘞,谢谢了!""去吧去吧!"值班员挥挥手。

朱安民今年三十四岁,不满三十岁就担任了宋集乡党委书记。朱安民祖籍凤城县,毕业于山南师范大学历史系,先被分配到河州市档案馆,后来市委组织部遴选年轻干部,要求必须是本科生,必须先到县区基层锻炼三年,期满后根据德才表现安排合适的岗位。二十四岁的朱安民顺利入围,选择了河州市人口最多、面积最大的区县——龙城县。他先在陈留乡当办事员,那两年县委办年终统计采稿数,陈留乡均排名靠前,稿件大多挂有他的名字;接下来,他被选调到县委宣传部,不到一年,又被时任县委秘书长施庆喜相中,担任了县委办的副主任。县委办主任下乡锻炼后,他破例升迁顶上了这个关键岗位,成为时任县委书记蒋开华的秘书。不久蒋开华升任河州市委常委、宣传部长,江闻山从市委组织部常务副部长的岗位下来接任。江闻山恰是干部遴选的分管领导,早听说过朱安民这个人,知道他无论能力、人品还是工作实绩都无可挑剔,便大胆留用了他,继续考察了一段时间,果断把他下放到宋集这个全县最大的乡镇当一把手,而这几年正赶上宋集乡历史上发展最快的阶段。坊间有传言,干满这届任期,朱安民极有希望迈过县委常委这道关键门槛,为下一步打基础、做准备。

有关系亲近的人常以此打趣朱安民,他一概一笑了之。从下乡那天起,他想的只有做好工作、服务人民,在基层也好,去机关也罢,升迁也好,交流也罢,都是干事业,哪里不都一个样?

在陈留乡工作时,正赶上大包干经过几年推行,老百姓的生活显著改善,农村面貌初步好转的时期,朱安民常跟乡领导跑村串户,接触了许多扬眉吐气精神焕发的农民兄弟,掌握了大量鲜活的第一手素材,撰写了多篇反映农村改革的通讯报道。在宣传部和县委办任职期间,他又从政策和制度层面,对农村和农业问题进行过深入的研究分析,不少观点被市县党委、政府采纳,作为制定农业和农村发展政策的依据。有段时间市里几个部门挨个儿要他,均被江闻山以"年轻人需要在基层磨炼"的理由挡回了。很多人说,他到宋集乡任职赶上了好时机,只有他自己清楚,跟陈留乡相比,宋集乡需要的,不仅仅是根治水患、改善农业发展的基础条件,更要紧的是,千百年来因为大河湾水患造成的守旧的思维、得过且过的心态、不求上进的保守思想!只有人心变了,从传统的思维定式中跳出来,顺应时代发展的要求,从要我发展、要我富裕变为我要发展、我要致富,才能有动力、有后劲、有前途!

放下材料,朱安民的心情久久不能平静。他听说过那个年轻人,就是时下全乡最热也是流言最多的林水生,他一直关注着,黄兴康、吕连科也给他介绍过。只用了短短几年,林水生带领一帮人,在林家洼的一潭死水里,折腾出了浪花一朵朵。他本想再观察一段时间,等时机成熟了见见林水生,推心置腹地谈谈,当面听听这个风云人物对如何掀起农村经济发展浪潮的真知灼见。没想到今天两个人面对面,他居然"有眼不识泰山"了!直到下午二人再次见面,深谈之后,朱安民不由得感到欣喜,这个林水生并不像传言中趾高气扬、飞扬跋扈,从对方的眼睛,不对,是眼神中,能看到和自己年轻时同样的简单、同样的干净。

思来想去,朱安民有了决定。他拿起闹钟,把闹铃调整为早晨七点,摘下眼镜,一边擦拭,一边整理思绪。自从走上领导岗位,事务性工作太多,静下心来学习的时间难以保证,拿得出手的理论文章和调查报告几乎没有,手下人代笔的材料又不能令他满意。看到林水生的报告,他不禁心潮翻涌,一定要记录下此时此刻的想法,不能辜负了难得的灵感。他又想了想,摘下笔帽,书写下担任书记以来始终盘桓在脑海中的标题——《关于深化农村改革,搞活农村经济的思考》。

尊敬的江书记、施县长、戴副书记:
　　我是宋集乡党委书记朱安民。今天,我以个人名义,向组织和诸位领导汇报思想。其中会涉及我乡正在接受县联合工作组调查的有关企业和个人,首先我表个态,乡党委和我本人坚决拥护县委、县政府的领导,坚决贯彻上级的指示要求,绝不包庇护短,绝不干扰县委、县政府的工作思路,绝不说影响调查的话、做影响调查的事,并不打折扣地接受调查组得出的结论,落实上级给出的处理意见。我用一个共产党员的品格和情操保证,今天所要汇报的,只是我个人的一些思考,绝无为某些人、某些事站边说情之意。如有不妥之处,请组织给予批评教育,我诚恳接受。

我到宋集乡工作四年多了,很多人说我的运气好,上任伊始正赶上国家沃河流域治理的重大工程,大河湾的水患被根治了,再也不用"三年一跑路、十年一清零";农业基础设施得以全面改善,农民的基本生活有了保障;农村经济快速发展,颇有影响力的致富带头人不断冒头。事实的确如此,同一九九一年之前相比,宋集街道、林家洼村、黄庄村、向前村、南旺村等林家洼周边村镇的农民终于过上了安定的新生活,农业科技得到推广,粮食产量逐年提高,鱼禽畜类养殖、经济作物种植蓬勃兴起,农村商品经济萌出新芽,外出务工人员年年增多,老百姓口袋里有了钱,修老屋、盖新房的热情空前高涨,再加上县里的"村村通"工程正从宋集街道向下延伸,农村的基础设施建设也走上了快速发展的轨道。对此,百姓总体上是满意的,我们的心里是欣喜的,这是全乡上下有目共睹的巨大进步,是谁也不能阻挡的发展趋势。

冷静下来,更应该看到不足。我们取得的成绩,同县里市里的先进乡镇相比,同省内的兄弟市县相比,同东南沿海发达地区相比,同改革开放的特区相比,又是多么微不足道! 与党的要求、时代的需要、人民的期盼,还有极大差距! 我们只不过在追赶、在补课,我们的步伐,还远远跟不上领先者的速度! 差距不仅没有缩小,还有日益扩大的趋势! 每每想到这里,我真的心绪难平,愧意难当。

宋集乡及下辖村庄,有着悠久的历史、美好的传说,涌现了无数英才栋梁。我们乡人均耕地面积和耕地质量在全市排名靠前(包括沃河宋集段大坝以内的河滩可耕地),并且土地平整、水田成方,加上有利的灌溉条件,非常适合开展机械化、规模化耕种;我们有沃河和林家洼丰富的水域资源,发展水产养殖业的基础条件相当优越,林家洼的芦苇还是农村手工编织的重要原料;我们乡人力资源丰富,户籍人口数量全县第一、全市第四,这是发展农村商业、流通业、劳动密集型工业企业的深厚潜能;从我们乡走出去,在全国各地从政、经商、办企业、做教育的也

第三十二章 情急

不乏成功之人。这些都是最宝贵的财富,是推动全乡经济社会发展的不竭动力。

江书记、施县长、戴副书记,我常想,手握这么好的资源,为什么落后了?我在大学主修的是历史,习惯于从历史的角度,用历史与现实相结合的方法看待问题,从这方面来说,造成落后的客观条件和制约因素当然有,这一点不可否认。权威数据表明,沃河流域历史上平均每百年发生水灾九十四次,仅二十世纪以来,就发生了特大洪水近十次!每次大水一过,宋集乡境内几乎所有村庄的民间财产都被冲刷殆尽,更别说几年一遇的区域性水灾。每次林家洼开闸泄洪,都要波及周边村镇,小则歉收,大则绝收。不夸张地说,这里的人民忍受了太多、承担了太多、付出了太多。有人说,这些都过去了,现在防洪等级提高到了百年一遇,你们还有理由把责任推给老天、推给历史吗?诚然,我们不能只会眼光向外,更应该看到自我、看到当下,勇于承担责任、主动作为。从主观上看,我们的落后,我认为更重要的原因在于人心的保守,不思进取,主动发展的动力和信心不足,而推动人心进步,比改变硬件条件更难!可以说,沃河和林家洼带来的苦难,塑造了这样的思维方式,人们在这里生存了多久,与沃河的抗争延续了多久,心中的恐惧、忧伤、无奈、放弃就滋养了多久,安于现状、得过且过是普遍思想,挣钱有啥用,不出三年五载就要被水龙王收走!在这样的惯性思维下,谁还乐于奋斗?谁还敢于拼搏?回想我在陈留乡工作时,那里由于历史上天灾较少,人的思想更积极、更阳光,更愿意为了改变命运而打拼,也更舍得为经济发展投入人财物力。而在这里,人心就像林家洼里的水,看似清澈平静,实则幽暗无光。

但我们欣喜地看到,这种现象正在被冲击、被突破,在宋集乡,吹起了一股新风,吹皱了一池春水。率先搅动人心的,是沃河湾和林家洼的几个项目,随后跟上的,是以林水生为代表的新生代、以隆兴和隆行公司为主体的行动派。由于工作关系,我同几个项目部的负责人都深入交谈过,他们走南闯北、见多识广,对如何发展农村经济,特别是宋集乡如何充分发挥水域、地域、交通等潜力,抓住人口红利,都有独到的见解，提出过很好的意见。我与林水生只见过两次面，今天上午他给我送来一份报告，把他们企业的经营情况、谋划的发展思路做了详细总结，对宋集乡如何建设和发展提出了建议（报告附后）。当时我以为他是村里派来送调查材料的，没认出他，没能与他做进一步交流；下午我专门把他找来，进行了比较深入的交谈。与先辈们安常守故、安于现状不同，他胆子大、脑子活、眼光准、行动快、敢创新、敢投入，属于实干派、激进派、敢想派；他和他父亲从贩卖沙石开始，逐步拓展到粮食经营、商贸流通、民用建筑、交通运输等行业，率先致富的同时，还带动了周边市场的快速发展，解决了部分农村剩余劳动力的务工问题，直接受雇参与生产经营的超过了六十人（名单及证明材料附后），因经营需要临时雇用的更多。同时，他们致富不忘乡亲，多次给村办小学、敬老院、孤寡老人奉献爱心，对生活特别困难的家庭也采取了优先雇请等措施。他们的出现，对宋集乡原本死气沉沉的农村经济来说是破局、是开题，他们从事的业务和推出的各项举措，贴近农村和农民的客观需求，起到了良好的示范带头作用。据统计，现在全乡有一定规模的粮食经营户已接近十家，林家洼大粮仓被外界广泛关注，民用建筑施工队伍超过十支，民房建设势头正盛，从事商贸流通的更多，综合商贸店开到了各村，涌现出了一大批农村经济发展、劳动致富的带头人，全乡上下呈现出了前所未见的生机和活力。

江书记、施县长、戴副书记，关于林水生等人和隆兴公司的问题，开始我就表了态，作为一名共产党员，我还想说说心里话。党的十四大后，全国都在加快发展，这不仅是重大的经济问题，也是重大的政治问题！今年又将迎来党的十五大，在送走一个阶段、迎来下一个阶段的关键时刻，我们更要反思，这五年究竟做得好不好？有没有履行好引领发展的职责？拿什么样的成绩向党的十五大献礼？前些日子，改革开放的总设计师邓小平同志离开了我们，但是他的思想、理论、指明的道路，仍是工作中必须遵循的基本准则。关于改革开放，邓小平同志说过，胆子要大一些，敢于试验；看准了的，就大胆地试，大胆地闯；没有一点"闯"的精神，没有一点"冒"的精神，没有一股气呀、劲呀，就走不出一条好路,走不出一条新路,就干不出新的事业。每次读到这段文字,我就有一种感觉,这是总设计师在提醒我们,要从思想上破除"左"的束缚,主动扛起经济发展和改革开放的大旗,要营造鼓励试、鼓励闯的氛围,给勇于试、敢于闯的人留下试和闯的空间,要给他们打气鼓劲,为他们取得的成绩叫好!但如果错了怎么办?邓小平同志还说过,允许看,但要坚决地试,看对了,搞一两年对了,放开,错了,纠正,关了就是了,怕什么?坚持这种态度就不要紧,就不会犯大错误。这两年,我一直在观察隆兴公司和林水生,看他们走的路子到底是对是错,能不能适应农村的现实需要,能不能带动宋集乡经济的快速崛起,能不能为村民谋利造福,能不能打破一潭死水、刮起一阵春风!关于此事,我和黄兴康等同志讨论过,我们一致认为,答案是肯定的。现在有些人反映,在试和闯的过程中,林水生和他的公司可能有些问题,当然结论要等待调查结果,不能做人为的预断。我想说的是,纵然真的有些问题,也不可怕,该停的停、该改的改、该罚的罚,谁涉嫌违法就交给法律处理,谁涉嫌违纪就交党纪政纪处理,谁打了"擦边球""钻了空子",那就更加严谨细致地工作,把边角收紧,把空子补上!我们都知道"傻子瓜子"的例子,他挣了大钱,有人主张动他,邓小平同志说不能动,一动人们就会说政策变了,得不偿失。我举这个例子,是为了引出一个思考:在一些先行者"试"和"闯"的过程中,党委和政府应该怎么看?当他们遇到困难和问题的时候,应该怎么办?在经营过程中,如果与旧的思维方式和管理模式产生了冲突,应该怎么处理?是不是非善即恶、非对即错,要不要缚手缚脚、上纲上线?以几年来的观察,我的建议是,当以打气鼓劲为主、监督管理为辅,把工作重点放在前面、放在服务和引导上,帮助他们走上健康发展的正确轨道,发现他们走歪了,那就及时拨一拨,回正了就是。特别需要注意的是,当前有些部门、有些人,面对层出不穷的新情况、新问题,不主动学习、研究办法,不主动靠上去做工作,而是能躲就躲、能推就推,不敢面对矛盾、不愿承担责任,事前放、事中看、事后骂,这种官僚主义、本位主义、清谈主义作风,通过各种形式发挥着作用、展示着权威,成了影响改革开放和经济发展的一道阻力。如何改善我们的工作作风？如何发挥政府的主导作用？如何改革政府职能以适应当前的发展形势？如何真正从思想上和行动上与党的路线、方针、政策保持一致？这些问题，不是一天两天的工夫，不是谁的一句两句话能够解答的，而将一直伴随着我们，任何时候都不能有丝毫懈怠。

江书记、施县长、戴副书记，最后我想汇报一下写这封信的缘由。一方面，作为一名党员，一个乡党委书记，必须对党忠诚、毫不隐瞒，说真心话、办老实事，以上内容，句句是我的所想所感，理应向上级党委和领导汇报。另一方面，在当前这个时刻，如何看待和处理民营经济在创建、发展、壮大过程中引发的不和谐现象，如何把握和运用政策，如何判断事实和动机，如何处理鼓励和监管的关系，如何既科学引导又不打击积极性，等等，既复杂又紧迫、既尖锐又棘手，将是党和政府在今后工作中面临的新课题、新考验。今天，通过这个形式，我把这个课题提出来，并将在以后的工作中不断求索，力争找到正确答案。

朱安民
一九九七年三月二十六日

第三十三章　粮安

　　林家洼村村委会小会议室的窗户和木门都大开着,桌上的白瓷杯口冒着热气,有人在屋里抽过烟,空气中还有残留的烟草味道。几个人并排坐在会议桌靠里的一侧,同另一侧的张建设和林泽传说着闲话,他们的表情安稳祥和,谈吐亲切热情,不时发出会心的笑声。而事实上,每个人都在刻意回避这个村子刚刚结束的那场波折,言语和目光不自觉地躲闪,不想让对方感到难堪。

　　沃河在宋集乡辖区内由西北向正东扭出了著名的"大河湾",这里河宽流急、水情复杂,本不是非法采沙活动频繁的区域。只是因为宋集小码头的长期存在,再加上近年来快速增长的建筑用沙需求,宋集乡也被列为统一行动的重点乡镇之一,不过工作重心不是非法采集,而是非法运输和销售环节。县联合工作组对林家洼村的现场调查和个别谈话原计划在三月中下旬进行,突如其来的一封举报信打乱了部署。举报信的内容除了与工作组职责重叠的非法运输、销售、使用河沙之外,还涉及村两委主要负责人涉嫌违法违纪,这就不在工作组的职权范围之内了。于是他们临时调整了计划,留出时间让县乡党委先行介入,等得出结论、做出处理意见后再继续调查工作。

　　乡工作组是由书记朱安民和乡长黄兴康亲自负责、副书记吕连科驻村主抓的,先后召开了村党员大会、村民代表大会、村两委委员会议,专门抽出人员接待反映问题的村民,搜集对村两委和班子成员的意见。从掌握的情况看,绝大多数村民对村两委和张建设、林泽传的评价是正面的,对他们的工作是认可的,举报信中支书和村主任"贪污腐化、以权谋私"等内容查无实据,但对少数委员的工作作风、工作业绩存在质疑,特别是林泽传,集中在处理民间事务中态度强势、拖延敷衍、吃吃喝喝等方面。工作组返回后,经过一周的等待，朱安民再次来到林家洼村，参加了党员大会，宣布张建设和林泽传重返工作岗位，代表乡党委对后续工作提出了要求，还对群众反映较大的林泽传进行了诫勉谈话，最后召开了部分村民参加的恳谈会，整个事件才算告一段落。

面对精干且专业的联合工作组，张、林二人有些拘谨，在林泽传身上完全见不到"目中无人、无所顾忌"的样貌，脸上始终赔着笑，说话也轻声轻语，生怕给几位领导留下不好的印象。

居中而坐、身穿藏青色中山装的中年男子抬手看了看表，用眼神征求了其他人的意见，对两位村干部说："时间差不多了，让林泽忠过来吧。"

张建设和林泽传一起站了起来，林泽传"哎"了一声出了门，一转眼便领着林泽忠进了会议室。张建设示意林泽忠坐在门口的方凳上，向正襟端坐的四男一女点了点头，便和林泽传转身离开，缓缓带上了木门。

居中的男子从挎包里拿出个笔记本，摊开后写下几行字，率先开了口："现在开始谈话，你是林泽忠吧？"

"是！"林泽忠答道。他极不适应这样的阵仗，精神高度紧张，连声音都在发颤。

"我是宋集乡副乡长姜建堂。"男子五指并拢，挨个儿向两边指着，"这位是县交通局的何玉竹工程师，这位是龙城河道局的李登峰科长，这位是宋集派出所的民警周志鹏，边上那位是乡里的纪检干事孙加开。"

姜建堂介绍完毕，又问林泽忠："知道为啥找你吗？"

"知道，要找我问话。"林泽忠的声音很轻，飘飘的，有些发虚。

姜建堂低头翻看笔记本，谈话却没停："没错，我们要了解一些情况，你一定要如实回答，并对谈话内容保密。如果我们发现你的回话有不实成分，或者刻意隐瞒、知情不报，对调查工作带来干扰和影响，或者你四处散播谈话内容，给后面的工作造成了被动，我们一定还会找你！听明白了吗？"

"听明白了！"林泽忠真的明白了，姜副乡长的要求，第一要说实话，第二出去不能多嘴！

"你的姓名?""林泽忠。""年龄?""虚岁四十八。""家庭住址?""林家洼村上林西高台。""政治面貌,哦,你是不是党员?""不是。"……

一连串短暂的例行问答后,进入了正题。

姜建堂首先抛出的就是一个直接而犀利的问题:"林泽忠,据我们了解,你一直从事贩卖河沙的生意,你能把情况说明一下吗?"

一个月前,张建设就断言,所有牵涉到的人员,不出意外都会被喊去问话。以林泽忠的水准,准备时间根本不够,一封举报信,是祸也是福,又让他多出小二十天。准备不是为了圆谎,而是要把事实和过程说得更加全面,用统一的说辞应对问话,这是祖孙三代商定的原则,也可以看作为自救不得不耍的"小聪明"!林泽忠本不爱琢磨事,记东西更让他头大,可被逼无奈,憋了不少时日,才把大段大段的陈述记住。今天,他早早被喊来,在值班室坐了快一个小时。起初紧张得不行,毕竟是头一次面对这种场面,坐等的工夫,想到几处还记得不熟,又翻出来默念,情绪也跟着松弛了。不知怎的,听到林泽传喊他,心里又怦怦乱跳,走路都有些不利索,坐下后只觉得小腿肚子抽筋,脑门上还出了不少汗。好在这样的问话,他和弟弟在家模拟演练过无数遍,并没有因紧张而口舌打结。

"领导,我是个农民,平时以种地为生,因为家庭经济困难,农闲时给人帮帮工、挣点零钱,河沙是帮人拉过,但没有一直贩卖!"

"可是有人反映,你和你弟弟林泽义一直从事这个生意!"

这个问题很关键,林泽忠务必回答清楚!"哦,情况是这样,我是一九九四年下半年开始往大河湾工地送材料的,那时候只管送货,不插手买卖。因为常从宋集小码头拉货,跑得多了,跟码头和船上的人就熟了。当时工地上沙石用量大,附近村民自家修房子要用,市场上不好买,就托我帮忙联系,我碍不过面子,找了船上的人给他们牵线,他们自己去拉过一些,有些人家不方便,让我送过去,我就帮忙送了。"

"一九九四年下半年开始,那就是两年多了?"姜建堂很会抓重点。

"没有没有——"林泽忠赶忙否认,"那会儿我刚往工地送货,活紧腾不开身,跟船老板也就见面点头的关系,他们不太买我的账,没送过几家。一九九五年秋天大河湾工程才结束,送货大都是那之后的事!"

"那就是一年多时间了!"

见这位领导一直要定个初起的时日,林泽忠也没办法,只能恳求道:"我说的都是实话,领导你咋说都行,但一定要实事求是呀!"

"你说我们不实事求是?"姜建堂不紧不慢,问出的话却不客气。

谈话伊始气氛就不好,不是个好兆头,林泽忠急得直摇手,一个劲地讨饶:"不敢不敢,我的意思是我全都如实报告,请领导给我做主!"

"只要你老实回答问题,会有人给你做主的!"澄清了事实和时间,姜建堂不再追问,向两边看了看。

得到姜建堂的示意,三十多岁、戴着眼镜的李登峰开腔问话,语气相当严厉:"你知道贩卖非法盗采的河沙是违法行为吗?"

听到"违法行为"四个字,林泽忠心中暗惊不好,额头上的汗珠子直往下淌,他顾不上擦拭,磕磕巴巴地喊道:"我——我没违法!"

"贩卖非法攫取的国家资源,不是违法吗?"这话不仅严厉,而且是质问了!

林泽忠神情极为无奈,求助似的左右望了望,声调中带着哭腔:"各位领导,趸船天天靠在岸边,吊机天天都在干活,运沙船天天停在河面上,老百姓天天看着他们光明正大地卸货,你们给评评理,我们咋知道他们是盗采?我们花钱买东西咋就犯法了?老百姓修路盖房子要用河沙,任谁都能去小码头买,家里有拖拉机的都能去拉,是不是大家都犯法了?"这一段话他们兄弟俩推敲了很多遍,说起来无比顺口。

李登峰毫不松口,驳斥道:"老百姓少量购买家用当然不违法,这和你的性质不一样,贩卖盗采的国家资源牟利,就是违法行为,你不承认吗?"

"领导、领导——"林泽忠的嗓子里像冒火,使劲咽了几口唾沫,才接着说下去,"我报告的都是实情,光天化日,他们公开在河边卸货、卖货,老百姓真的搞不清是不是盗采!我是花钱买的,他卖我买天经地义,有啥不对吗?"兜了个大圈子,把皮球又踢了回去。不好回答就反问,是儿子教的,还真用上了!

"那倒卖河沙牟取暴利,你怎么解释?"李登峰不让林泽忠喘息,一问比一问要命!

林泽忠像受了冤枉,脖子通红,又喊了起来:"我没有倒卖,也没有暴利。"

"那这是什么?"李登峰拿起一个练习本和钉起的一摞纸张,展示给林泽忠,"这是在你们店里查抄的销售账目,不是倒卖的依据吗?"

林泽忠眯起眼看向李登峰手里的东西:"是从我弟店里拿走的吧?那只是订货的记录本。"

李登峰一挥手把那摞纸张摔在桌上:"订货记录本?我看这就是非法买卖的账本!"

"领导,你别上火,听我报告,保证句句属实!"林泽忠此刻忘了紧张,反倒劝起人来,说到他天天从事的行当,口舌也流利了,"我家有个拖拉机,我还有一把子力气,乡邻有活都乐意找我,拉砖、拉煤、拉粮、拉菜,完事后看着收点钱,我干这个好多年了,村里随便找个人问问都知道。帮人拉货要负责装卸,一车货光装卸就要大半天;拉粮要打围席,村里的路不好,还要小心别翻车洒了粮;拉红砖、水泥、钢筋这些重货,我一个人干不下来,要花钱请人帮工。你们别看咱农村人穷,肯干体力活的真不多,好多人情愿家里的拖拉机闲着都要雇人。沙石也一样,先前往工地上送,有时按车、有时按吨结算运费,林家洼和大河湾工地都是这么算账的。等施工结束了,大家看我常跑码头,就来找我帮忙,我先垫钱买下,装车送到别人家里,别人再把材料款和运费付给我,过程就是这样。材料款我一分不加,付多少收多少;运费收得也低,往工地送货习惯了,就按工地上的规矩来,不亏本就行。不怕丢人,我就是个卖苦力的!你手里的东西,记的是谁家要货、要多少、啥时要,我按记下的数量和时间买来送去,不耽误他家用。我说它是订货的记录本,你要说是账本,那就是了。"

李登峰稍停了下,消化了这一大段话的内容,进一步确认地问:"除了挣运费,你真没有加价卖过?"

林泽忠睁大双眼:"没有!绝对没有!我们都是现装现送,不像有些人租了河滩地,赶低价买来囤着,涨了再往外卖!你们打听打听,哦,你们去河滩地看看,我保管没说假话!"

李登峰和周志鹏对了个眼色,见周志鹏微微点了点头,继续问道:"你说没有加价,有证据吗?"

见李登峰的态度有所缓和,林泽忠顿时身上一轻,脑子也活了:"领导,你们可以查呀,谁找我送过货,本本上都记着嘞。他啥时候买的、他自己在码头上问的啥价、我送到他家收的啥价,一问不就清楚了!乡下人穷是穷了点,可都精明得很嘞,哪个不是盘算仔细才下定的?我加价卖给他,他能痛快掏钱?"

李登峰想了想,换了个问题:"你说挣的都是辛苦钱,那总共挣了多少?"

"还真没算过,在农村挣个三五块、十来块,谁会每笔钱都记账?不过后来在店里订货的应该都有记录,因为要跟我弟分账才记了的。"这当然是事实,想隐瞒也没人肯信。

"那你怎么定的收费标准?"

"这要分情况,如果只要一车两车,除了本钱,就再收个十块二十的;如果要的量大,要跑很多次,就按给工地送货那样办,分距离远近论吨计费。"涉及具体钱数,起先他想少说点,水生明言此道不通,一定要实话实说,只有说实话才能让人相信,只有取得工作组的信任才会对事实认定有利。

"哦,还有——"林泽忠想起个事来,忙补充道,"我们乡有不少人干这个,他们要价都比我们高,我们是全乡最低的!领导,这个也可以查!"

李登峰翻了翻笔记本,又问:"隆兴公司的沙石料也是你供应的吧?怎么算账的?"

"也和前面说的一样,都是实打实的价格,隆兴公司有会计负责核算,可以查账。"

"会查的!"李登峰自语道。突然,他提出了一个超出林泽忠准备范围的问题:"有人说你和小码头的潘道山关系不一般?"

"潘道山?潘道山?——"林泽忠眉头微皱,小声重复着这个名字……

姜建堂在一旁提醒:"就是小码头的潘老板。"

"哦,是潘老板!"林泽忠恍然,又赶紧撇清关系,"我跟他不熟,以前根本没听说过,因为给工地拉货才认识的。"

李登峰质疑道:"这是真话吗?怎么有人反映,你还安排了一个亲戚在潘道山手下干活!"

271

"真是冤枉呀！"林泽忠哭丧着脸，大声申诉，"不错，有个开吊机的是我兄弟媳妇的远房亲戚，可他老早就在那儿干了，我是后来才知道的！一定有人诬告！领导，请你们查查清楚，给我个清白呀！"

李登峰盯着林泽忠看了一会儿，合上本子，向两边点点头，表示问完了。周志鹏会意，接着问了一句："除了我在你们店里查抄的账目，你还有没有私藏的？"

"没有！绝对没有！"林泽忠发誓道，"我弟媳妇说，全都交给你了！"

周志鹏看看姜建堂，也不再提问。这时何玉竹说话了，语音轻柔地问："听说你家成立了一个运输公司？"

"是的，领导，三月份才弄的。"没料到会问运输公司的事，这方面他不甚了解，没啥准备，心里又忐忑起来。

"现在的沙石料都是从河州港码头买来的吗？"

"是，应该都是。"

"对外销售的价格是怎么定的？"

"这个不太清楚，运输公司我没掺和，只是大概听说，也只挣运费，价格比从市里雇车拉来的都便宜。"

"你一直强调你们家的价格最低，能说说原因吗？"

"原因？原因……"林泽忠叨叨几声，似被触动心弦，忍不住难过起来，他吸溜几下鼻子，委屈地说了下去，"还不是因为家里穷！我家水生不得不下了学，他本是能考上大学的呀！生活过不去，又没别的出路，只能出来找活干，拼了命挣点钱还账。开始我们眼光浅，看不到能做啥，就因为拉了一年多货，跟小码头熟悉点，才干了这个。后来陆续又开了几门生意，把账还上了，又盖了楼、买了车，早就知足了。你说，乡里乡亲的，谁和谁没互相拉过一把？我们家困难的时候，人家帮手是想挣钱吗？换到我们条件好了，咋能张得开嘴要高价？唉——"他长长地叹了一口气。

何玉竹若有所思，其他人也没吭声，都在回味话中的朴实道理，谁和谁没互相拉过一把？帮手的时候想没想过挣钱？在情义和利益面前，如何取舍才能做到平衡？

沉默中，林泽忠又想起了啥，喃喃道："我爸教育我们，做人要善、要有余地、要给人留下向前的路,我们在外面做事,都是按我爸说的来的。"

"做人要善、要有余地、要给人留下向前的路——"何玉竹重复一遍,低头在本子上记了下来。

五一节刚过,龙城县乡村道路提升改造工程来到了林家洼村,隆行公司的自卸车出尽了风头,来来往往成了工地上的明星。头发白了一小半的林泽忠放下烦心事,再一次出现在民工队伍中,重新攥起了锹把子。

同月下旬,国家计委主要领导来到河州,考察粮食流通领域深化改革的相关课题,林水生作为新兴的农村粮贸大户,被选去参加了市里的准备会,提供了不少新鲜素材。隆丰公司"以务工促进粮食交易、以交易促进粮食种植"的做法颇受关注,被总结成"工贸促种、商贸增富"八字经验,写进了汇报材料之中。不久,河州市评选粮食流通领域改革先进单位和先进个人,隆丰公司和林水生都赫然在列。

次月,对隆丰、隆兴公司的处理意见下来了。关于隆丰公司,调查组认为,虽然林泽忠、林泽义参与买卖非法盗采的河沙数量较大,但主观上没有违法犯罪的动机,客观上没有通过囤积惜售、垄断市场、哄抬市价等非法手段牟取暴利,且所买卖的河沙基本为村民自用,因此不追究刑事责任,没收非法所得两万四千元。至于隆兴公司,虽然采购的盗采河沙数量较大,但全部用于村民的房屋翻建和修缮,未发现操纵购买和销售价格的行为,应被列入正常的民间流通范畴,不予处罚。

那一年夏粮又是大丰收,尽管粮商们答应有粮必收,怎奈林家洼渡口的装载能力有限,小码头又被取缔,宋集储备库的库存余量不足,出现了局部卖粮难。和隆丰公司签订收粮合同的自然不愁,没签合同的也把余粮往那边送,突增的货源让林家高兴之余又犯了难。

六月下旬,上级领导亲临河州考察夏粮收购工作,要求各级粮站不限门槛,按保护价敞开购粮,闻讯的农民欢腾雀跃。林泽义再次组织起运输队,龙城储备库、宋集储备库、陈留乡储备库……把对农户的承诺转化为行动,多头输送、分散消化,丰收后粮食无处可卖的"幸福难题"随之化解。

七月,张国平和殷凤华毕业了。张国平如愿被市农机公司留用,办完手续,就被派去国家粮食储备库跟班保障夏粮收储工作。兴许他的运气太好抑或太差,上班头一项任务,正赶上暑期大会战,让他亲身体会了什么是劳动人民的光荣本色。殷凤华则再次让人咂舌、"一黑到底"!刚好赶上银行系统大举招兵买马,她没和人通气就报了名,竟又一试中的,被河州城市商业银行录取为见习信贷员,成了同学中率先闪亮的一颗新星。

第三十四章 东进

忙过了梦幻般的夏粮收购季,林水生和胡庆意登上了东去的列车。

胡庆意的哥哥胡庆满在南港开挖掘机,听说每个月有一两千块的收入,还不包括香烟、茶叶等福利。如此丰厚的待遇,被同在南港打工的老乡传话回来,村民听闻后像被打了兴奋剂,一个月就比他们大半年挣的还多,比城里人的工资也要多出几倍,比起县长都不差吧!胡家的门槛差点被踩烂,都想沾沾"暴发户"的光。

听说林水生要去南港,胡庆意死缠着要跟去,说他所在的班组刚结束一个工地,新开的光挖基坑就要不少天。表哥不点头,他就去找组长赵剑刚磨,赵剑刚不得不出面说项,小胡离开几天不碍事,出去见见世面也好。林水生正需要有个人同行,本想请上张国诚,既然赵剑刚都这么说,胡庆满也在南港,便遂了他的意。

和胡庆意的欢欣雀跃不同,林水生心中是另一番天地,沙石和粮食生意挣不了多少钱,暗藏的风险却是不可预知的,他们不止一次遇上过,每次都能把人磨掉一层皮;商贸店在短暂的火爆之后重归平淡,本钱不多又容易复制的经营模式,注定不能独家垄断,不说下面村子,光在宋集街上就新开了好几家;民用建筑的需求客观存在且长远,可利润过于单薄,工程队维持不难,资金积累却不易,更何况竞争愈来愈激烈。算来算去,还是在村村通工地干活最挣钱,但自家没有施工资质,只能在外围游走,做点边边角角的配套活计。

此时林水生已拥有了不少头衔,总被乡亲们啧啧称道。他领教过虚名背后的讽刺意味,譬如庄严宝相的泥菩萨,享受着信众的尊崇和膜拜,风和日丽时香烟袅袅、金光闪闪,可当暴雨和洪水来临、基础受到侵蚀时,随时可能化为齑粉;只有背靠大山、凿岩而生的巨石佛龛,才能历经千年而不朽。

去南港也可以说是取经之旅。沈玉林一次次明示暗示,只要他愿意,随时可以去江东发展,暂时走不开也没关系,先去看看也好。沈玉林说,年轻人的眼界和思维不该被禁锢、被局限;只躲在草窝窝里,永远想象不到森林是什么样子;必要的时候去爬爬山、蹚蹚河,风大不大、水深不深,感受过才会有判断。他早就想去了,明里是要长长见识、换换脑筋,暗里他更牵挂分别已久的人,却不料这事那事一拖再拖。现在,终于可以放下一切,踏上向东取经之路了。

林水生和胡庆意都是平生第一次坐火车,难免有些新鲜感,特别是胡庆意,眼睛睁得溜溜圆,里里外外不住打量。绿皮硬座车厢原本宽敞通透,却被塞得满满当当,异常拥挤嘈杂,走廊和过道全都站满了旅客,大包小包行李堆得到处都是。趁假期四处联络的学生们、带孩子旅游的父母们、外出打工的男男女女,有的欢愉、有的兴奋、有的默然、有的轻语,像一场情感交融的情景剧,在"咣当咣当"的主旋律中本色上演。车厢尽头几个中年男人凑在一起猜拳喝酒,毫无顾忌的哄闹声时起时落,是这场剧目中最突兀的音效背景。

林水生坐在车窗边,八月的骄阳把天地烘烤得干燥灼热,车内外的气流被快速行进的火车搅乱,在他被汗渍浸透的身边飞来绕去,又给湿热的身体增加了鼓噪的感觉。他并不被身边的纷乱干扰,黑瘦的脸庞上两只眼睛炯炯有神,随着火车前进的方向,掠扫过窗外的田野。他的两臂交叉支在茶几上,身体端坐不动,念头却不停被撩起。在蓄洪区项目部干活那会儿,他常听老黄吹嘘家乡多好,从他的角度,"好"只是个模糊的概念,听完有些羡慕罢了,没留下多少深刻印记。火车刚进入江东省地界,与他熟知的龙城乡下完全不同的面貌瞬间填满双眼、冲入脑海,突破了他的想象空间。此时他才明白,在老黄、鲍工他们无处不透露出骄傲的对话中,饱含了多少幸福的元素!

胡庆意注意到了林水生的专注神情,也向窗外望去,还真发现了点新鲜东西。"表哥,"他拽拽林水生的衣襟,"你看,这里家家户户都是小楼,好多样式都没见过。"

"是嘞！不出门还真领教不到。"林水生应道，他伸出手，一边向窗外指点，一边向表弟解释，"你看那栋，房顶是三角形的门头，还有白色的圆形立柱，我在资料里看到过，应该是欧式的；那边白色的那栋，白墙青瓦马头墙，典型的南派风格；还有右边那个，和我家的小楼挺像，不过阳台不在背面，整个西边都是，这样楼上的房间更紧凑，阳台的视野也更好……"

胡庆意舔了舔嘴唇，心动地说："要能把图纸都弄回去就好了！"

"等回来再说，可以让张工专程跑一趟。"

"到时候把这些样式全都摆出来让客户挑，他们还不得挑花了眼！"胡庆意晃着脑袋，自得地说。

林水生没有接茬，他想的可不只是这个，如果在林家洼，村民们都能住上这样的房子，那将多振奋人心！又将是多大的建筑市场！

看着看着，林水生又有了新发现，他用胳膊肘碰了碰表弟，指着道边的田野说道："你看这一大片稻田，想来是整理过的，每块的大小都差不多，田垄的宽窄和走向大体一致，不像我们那边地块有大有小、田垄弯弯曲曲的。再看那边的机耕路，也是一并修整的，既方便农机进出开展机械化作业，还不过多占用耕地。还有灌溉系统，大小沟渠全部连通，止水阀都是一个样子，我想整块田里的水源分配也是统一规划过的。"

林水生的掌心向下左右摆动，好似拂过苗壮的禾苗："这一整片稻田，不仅看着漂亮，你仔细观察，行距、株距、长势都大差不差，应该是集中育秧、插秧机插秧，这样做的好处是耕种效率高、植株均匀、成活率高，还减少了人力、降低了劳动强度。这么大块的机耕机种，我只在河州市郊的几个乡镇看到过，没想到这里全都这样。听鲍工说过，世界上第一台水稻插秧机就是江东人发明的，现在看来，他们领先我们真的太多了！"

表哥的话引起了胡庆意的好奇，问道："我们那里为啥不用机耕机种？"

林水生回忆起张建设说过的话，抽出其中主要的，对胡庆意说："我们那边因为农田等级不同，为了公平起见，不得不划成小块块。田块小，人工耕种方便，不利于机器作业。还有，机耕机种要上规模才划算，只有几家几户可用不起。啥时候大多数人都接受了，把雇机器的成本降下来，才可能推广吧。"

胡庆意闻言点头，林水生又盯着稻田看了一阵子，才接着说："庆意，这次出来，不光要看民居、看稻田，脑子还要活些，只要比家里好的，都要认真看、认真记、认真学，能带回去的就想办法带回去，这样才算不枉此行嘞！"

胡庆意又用力点点头，也侧过身，久久望向窗外。

……

火车呼啸着向前飞奔，穿行在希望的田野上，奔向传说中的东方沃土。两侧美丽乡村的场景，如多彩的幕布不断变化，成片的绿毯一样的田野、整齐排列的蔬菜大棚、或聚或散新颖别致的楼房、树荫掩映下乌黑宽阔的乡村道路，还有时不时出现的大小鱼塘、花木苗圃……

乡亲们憧憬中的经济发展、环境美好、生活幸福的新农村景象，真实地展现在眼前，年轻人心中，对此行的收获更加期待了。

下午五点半，火车拉着长笛驶入了南港火车站。他们背上行李，一个提了两箱龙城贡酒，另一个提了两大袋新收的沙土地花生，随着熙攘的人流向外走去。

"林水生、林水生——"出站口外，一个瘦高的男子举着手臂召唤着。

林水生几乎同时看见了杨海宁："杨哥！"他也抬手在空中用力挥舞。

没有拥抱，只握了握手，松开时，林水生快速打量几眼杨海宁。同上次见面相比，杨海宁的形象有了巨大变化，头发梳成三七开，胡楂子剃得干干净净，一身利落的浅色运动衫，散发出浓郁的知识青年的气质。

"还让你亲自来接！"林水生沉浸在惊喜中，想都不想，话就说出了口。

"迎接林大老板，这是我的荣幸！怎敢不来！"杨海宁笑容满面地回答，上下端详林水生，"和我想得差不多，才几天不见，不仅个头见长，还更帅气了！"

林水生这几年的情况，沈玉林和杨海宁都随时掌握着，老黄、大徐他们听了他颇具传奇色彩的发迹史，无不对他另眼相看，聊着聊着，"林老板"这个略带玩笑更像赞赏的称呼，就在几人之间流传开了。

"杨哥，还是习惯听你喊我水生或者小林。"林水生有点儿不好意思，连忙指了指胡庆意，"这是胡庆意，我表弟，胡庆满的亲弟弟。"

他又把杨海宁介绍给胡庆意："这是杨哥，你哥项目部的工程师。"

"杨哥好！"胡庆意操着大嗓门喊道。

"小胡你好，欢迎欢迎。"杨海宁同胡庆意握了握手，另一只手在他胳膊上拍了拍，"你哥可是我们项目部的主力机械手哩！"

胡庆意没出过远门，待人接物没啥经验，听到杨海宁的话，只是憨憨地笑，不知做何回答。他心里倒蛮得意的，暗暗地想："连工程师都这么说，看来我哥干得不赖嘞！"

三人来到站前广场，杨海宁打了一辆出租车，用当地方言对司机师傅说："去南湖宾馆。"

"坐好了！"司机一踩油门，红色的夏利出租车"嗖"地一下蹿了出去，在宽阔的马路上穿梭疾走。

杨海宁坐在副驾驶位置，侧过身子，问向二人："你们这次来，有什么计划？准备待多长时间？"

林水生收回望向窗外的视线，回答道："没啥计划，一直想过来看看，手头总有放不下的事，正好赶个空当，就临时决定来了。"

"沈经理怎么说？"

"他只让来，没说具体安排。"

"他也没对我多说，就让我来接你们，没关系，晚上见面再问问清楚。"

"在哪儿见面？去你们项目部？"

"今天不去，在市里见。"

林水生"哦"了一声，问道："沈经理要来市里？"

"不仅沈经理，他们几个都来！老黄、老鲍天天嚷嚷要沈经理请客，平时在市里根本聚不齐，今天好容易逮住机会，怎么舍得放过！再说，大家都挺想你，常说起你，说你在项目部把杂事都承包了，他们过得可舒坦哩！"

想到那时候傻乎乎的样子，林水生不好意思地笑了。杨海宁继续说道："项目工地离市区比较远，下了班他们开车过来，要一个多小时。我们先去宾馆，你俩休息休息，愿意的话也可以在周边转转，七点钟在宾馆的餐厅吃晚饭。"

知晓了安排，林水生即刻表态："那今天我来请客！"

"沈经理说了，今天的吃住都由他管！你想请客，自己对他说。"

第三十四章 东进

"那咋行！"林水生嘟囔着。

"你就听安排吧！"杨海宁笑道。

一路上，城市的街景不断，杨海宁也适时做着介绍，这栋大厦有何来头、那边是哪位历史名人的故居……尽显东道主的热情。林水生望着窗外，目光下意识地随着杨海宁的解说游走，心潮却如翻江倒海般不平。

由于胡庆意跟在身边，由于沈玉林要求控制那件事的知情范围，刚才见到杨海宁，他极力克制情感，没有说出珍藏许久的"谢谢"，他策划的见面礼——一个激情的拥抱，也没能付诸实现，只能用一声"杨哥"传递想要表达的讯息。计划赶不上变化，还真是这样，不过不必遗憾，心有灵犀一点通，平平淡淡才是真，他相信杨海宁能听得出来。

几个月前，在那个极不平静的夜晚，林泽传和林水平匆匆走后，心如乱麻的林水生，不得已给杨海宁打了个传呼。传呼机是水建公司配给项目部的，日常由杨海宁保管。不到五分钟，杨海宁就回了电话，听完"村领导被停职、公司被调查"的简要报告，杨海宁立马喊来了沈玉林。

沈玉林拿起电话机，静静听完林水生的复述，略加思索，才问："你写过汇报材料没有？"

"没——没有。"

"除了张建设和林泽传，在你信得过的人里，谁写过？"

"张国诚？他家没电话，也不方便见面。"

"你们公司以前有没有给领导写过报告，或者类似的文字稿？"

"没有。"连续三个否定，林水生答得干脆！

又是一阵肃静，沈玉林问："现在急需几个关键数据——这些年你们几个公司分别完成的业务总量、带动就业的人员数量、工人年平均务工所得、每个公司的税费缴纳情况，还有一个数据非常重要——全乡从事相似业务的其他公司和从业者的数量，今晚能统计出来吗？"

林水生想了想说："能！"

"那好！"沈玉林果断地说，"你的情况我们大概了解，今晚我让小杨连夜赶写一篇汇报材料，内容是你们公司的经营业绩、带动就业状况、发展的前景设想,还有对搞活农村经济的尝试和感受、有何建议,等等。你把我说的那些数据准备好,如果今晚能完成,明天我就让小杨坐早班长途车赶到河州,你们找个地方见面,再把材料修改完善一下,内容一定要真实、具体,数据一定要罗列清楚并且有据可查。税费方面,能说清楚的就说,说不清楚的就略去,免得画蛇添足。关于感想和发展前景,你先理个思路,要实打实的干条条,到时和小杨碰碰,整理出几条,要符合当地和你们公司的实际,跳一跳能摸得着,切忌脱离实际、毫无底线地拔高。材料形成后,尽快送到宋集乡朱书记那里。我和朱书记打过几次交道,他是个思想、胆识、魄力俱佳的干部,对新生事物有包容心,说不定能帮你们说说话,前提是,通过汇报材料,让他真正了解你们。你暂时别去找张建设和林泽传,也不要委托其他人转达,想办法自己把材料送到朱书记手里。"

当晚,林水生按照沈玉林的要求忙活了一夜,次日傍晚,当他和杨海宁在河州长途汽车站碰面时,二人眼中的对方,都难掩苍白的面孔和憔悴的神态。杨海宁也熬了一个通宵,凌晨五点不到从工地出发,赶上最早的那趟班车,又在破旧寒冷的大巴车上颠簸了近十个小时,一路上只在司机定点的路边店吃了两碗面条。见了面顾不上客气,更顾不上吃喝,他们买了点卤菜烧饼,在附近的宾馆开了个双人间,又是一个紧张的不眠之夜,一大早林水生开车回宋集乡找朱书记,杨海宁则又乘大巴车返回了南港。

事后林水生才想到,从见面到分开,他竟然连句感谢的话都没说!又打电话过去,杨海宁才交了底,材料是沈经理熬夜加班赶写的,他只不过负责校对和誊抄,关于怎样和林水生的数据结合、怎么帮林水生梳理发展思路,也是沈经理一句一句口述的。

等风波平定,林水生单独同张建设复盘,转述了全部经过。听完后,张建设只稍稍点了下头,一个字都没说,闭上眼睛靠在椅背上,沉默了很久很久……

事情在心里捂了几个月,上了火车就不住发酵,越接近目的地滚得越烈。刚才一出站便见到了杨海宁,马上又能见到沈玉林,林水生的心情如何平静得了!

第三十四章 东进

第三十五章　湖思

南湖宾馆是南港市南湖区政府的招待所，水建公司的总部就在南湖区，两家结成了合作单位。这里地处南湖区的核心地带，西北紧邻南溪湖，南侧是繁华的兴港大街，沿兴港大街向东两公里左右，就到了南港市委市政府的所在地。

南湖宾馆建于二十世纪八十年代中期，是一座十二层高的独栋建筑，曾经是南港市的地标之一。从南大门进来，楼前有宽阔的停车场，东西两侧是黑色铸铁栏杆围成的封闭院子。院子里环境很好，矮墙高树错落有致，亭台雕塑生动精巧，这一片那一蓬盛开的鲜花相映成趣，既清新风雅又夏意盎然。北侧的湖岸边，还有一条亲水长廊，被两排紫藤完全包裹住，每当紫藤花开，亲水长廊就成了一条浪漫的鲜花隧道，许多情侣来此拍摄结婚照。进入宾馆，接待大厅高挑宽敞，当中悬垂一个硕大的水晶吊灯，大门正面一字排开三个接待台，东边还有一个不大的西餐厅。中餐厅在二楼和三楼，装修时特意留出临湖一侧隔成小间，因此所有包房都能看到湖面，并全以"水"字冠名。四层、五层是娱乐和商务接待场所，再往上就是会议和住宿区了。

宾馆的内部装修有些年头了，风格略显老旧，设施也比不上新开的高星级酒店，好在朴素大方、整洁卫生，服务也相当贴心，特别是中餐厅的本地特色菜肴，价格实惠、口味正宗，深受当地食客的喜爱。

这几年，林水生跑了无数次河州，有时为了宴请客户，会在中高档酒店消费，算是见过些世面了。胡庆意却是"庄稼佬进城——头一遭"，一路上眼睛都没眨过，当他跟着办完入住手续，走进一个银色的"铁盒子"，"铁盒子"突然关门启动的一刹，着实惊出了一身冷汗。

简单洗漱休息后，杨海宁领着他俩在院子里走了一圈，又去长廊上的临水小榭坐了坐，感受了风唱鸟鸣的悠然。随后来到宾馆二楼的"观水"厅，这是一间中型包房，乌木的圆形转盘桌边摆放了八个餐位，高背木椅配着大红色的海绵坐垫,进门左手是同色的备餐台,主位后方是一扇落地明窗。

林水生走到窗前向外望去,西下的太阳正悬在两座楼宇之间,耀眼的余晖斜射到湖面,被粼粼的水波抬捧着,如一整片金箔在水面上摇荡。下一刻,清风徐来,柳条斜漾,柔波荡起,金箔被撕扯成金沙状的细碎光芒,闪入观水者的眼帘,又像钻进了躯体,人的身心也跟着闪烁起来。

杨海宁让服务员倒上茶水,喊来林水生,把菜单递过去,让他点些爱吃的,说沈经理吩咐过,可以随意点餐,不必想着省钱。林水生吃过不少餐馆,毕竟都是家乡菜浓厚咸辣的风味,看着满眼的清炖素炒和鱼虾海鲜,实在觉得陌生,遂推给了杨海宁,又跑去窗前看水。

林水生是泡在水洼子里长大的,他从来只觉得水里好玩,没想过还有这等湖景。晚霞映红了天空,湖面飘洒着金辉,岸边的红花绿木交杂,起伏的楼宇构成了对岸优美的城市轮廓……同样的水面,同样的土地,在不同的景观围绕下,竟然会产生如此不同的效果!

杨海宁点好了菜品,四道荤素凉切、八道河鲜菜蔬,考虑到林水生和胡庆意的饮食习惯,还特意点了一道辣炒仔鸡和一道梅菜扣肉。服务员写好菜名出去下单,一开门,沈玉林带着几个老朋友,笑哈哈地拥进屋内。

"好小子!算你讲良心,没忘了我们!"沈玉林咧开嘴巴,不见一丁点儿严肃,一句话,就把姗姗来迟说成了良心发现!林水生心中释然,一个"叔"字真没白叫!

鲍家华也开起了玩笑:"林大老板贵人事多,老沈你要理解!"

"沈经理好,鲍工、黄会计……"林水生同他们逐个握手,不停地道歉,"我早就想来,真的抽不开身!"

黄广斌依旧带着苦不苦甜不甜的笑意,南港味儿的普通话更难懂了:"人家林老板可是忙着挣大钱哩!"

"哪里挣大钱!"林水生无奈地辩解,"还不是我爸当年干的活计,拉拉土方,挣点买卖的辛苦钱。"

徐金胜嗓门大,说出的话听着就有劲,让人难以反驳:"沈经理和小杨都告诉我们了,你小子生意越做越大,不是挣大钱是什么!我们听着都羡慕,你就别谦虚了!"

第三十五章 湖思

王长海围着林水生看了一圈,嘴上没说话,眼里却满是欣慰,拉起他的手使劲握了握,把他拽到主位右侧,拍拍椅背说:"今天你是客,就坐这里。"说完,王长海脱去外衣,搭在旁边的椅背上,也给自己占了个座。

　　简单寒暄一过,沈玉林招呼大家落座。林水生回头找胡庆意,王长海已安排了他的座次,还不忘关照一句:"胡庆满干得不错,明天我带你去见他。"

　　宾主都坐下了,徐金胜一下摆上四瓶南湖大曲,拧开一瓶递给杨海宁,接着又开一瓶,两人把桌上几个分酒器加满。沈玉林拎起一壶,给林水生面前的小杯斟满,他自己的也添上,端起酒杯,很正式地站直身体,致了祝酒词:"欢迎小林到南港,看望一起战斗过的老同事。一晃从龙城回来三年多了,小林成了大小伙子,还白手起家创业有成,大家伙都为你高兴!小胡的哥哥是我们的战友,也不算外人,同样欢迎你!今天老项目部难得聚会,大家不要拘束,放开肚皮,尽管吃尽管喝。小林的酒量不行,小胡我也不强求,但是前三杯一定要干掉,大徐你钉着!"

　　徐金胜"唰"地立正站起:"保证完成任务!"

　　沈玉林淡然一笑,唤道:"来!先干了这杯!"

　　所有人都端起酒杯,挨个儿轻碰:"干杯、干杯——"

　　……

　　太阳还没冒头,林水生和胡庆意就起了床。洗漱完毕,林水生拉开落地窗帘,南溪湖的景致再一次呈现眼前。

　　这次视角更高了,同昨晚的夕阳斜照相比,清晨的南溪湖更显秀逸,宁静的湖面如蓝宝石般深邃,湖边的树木串起了翡翠花环,整个画面透着淡淡的暖意,宛如一位青衣翩然的少女,缓步在江南的晨风中。没来由的,林水生联想到了宋兰,她与这片静湖有着相似的气质,秀丽脱俗、落落大方,无论周围发生怎样变化,总像是令人亲近的一汪净水。

　　"表哥,你看啥?"胡庆意从卫生间出来,随口问了一句。

　　林水生脸面一热,掩饰道:"哦!没啥,这里的景色好,让人觉得非常舒服。"

　　胡庆意趿拉着拖鞋走到床边,自得地说:"那当然,昨天从火车站打出租过来,一路上都是高楼,洋气得很嘞!"

见林水生没搭腔,胡庆意不再啰唆,又爬上厚厚的席梦思床,靠在洁白柔软的大枕头上,让被硬木床板磨惯了的肩背,多感受一会软暖温柔的滋味。

昨晚在饭桌上,主人们太过热情,沈玉林也未加阻拦,不多会儿,林水生就被灌得迷迷糊糊,胡庆意也抵挡不住,很快糊涂了。弟兄俩醒得倒快,长年养成的起早贪黑的生活习惯和年轻健硕的身体状态,让他们在同宿酒的战斗中取得了微弱优势。

林水生在窗前站了会儿,回头坐在了半圆的软椅上,整个身体放松地向后躺着,闭上眼,似在回味什么。胡庆意见状,索性把头一歪,睡起了回笼觉。屋里很安静,空调挂机送出阵阵清凉,那种悠然惬意,真是令人难以拒绝的享受。

来南港之前,林水生也学沈玉林,专门做了功课。他在新华书店没找到介绍南港市的书籍,便去了河州市图书馆,翻遍了地志类书目,还真找到一本,细读后才知晓,南港不仅是建筑之乡,更是轻工之乡、纺织之乡,家纺、成衣、丝绸、面料全覆盖,纺织品的产量和出口量在江东省乃至全国都位居前列。当时他就想,一定要去纺织品批发市场逛逛,若能看到满意的新款服装,便买上几件,或者联络一两家批发商户,为宋集店里多备几个进货渠道。

过了年,林水生就二十一岁了,村里这个岁数的青年差不多都成了家。林家的光景好,三天两头有人到家找孙霞,琢磨她儿子的婚事。有婆子拍着胸脯保证,十里八乡的姑娘家,只要林家提出来,定能撮合得成。孙霞也有些急,林家几代都人丁不旺,林水生这代就他一根独苗。俗话说"不孝有三,无后为大",前些年条件差,他们不敢奢望,现在经济改善了,能不能早点抱上男娃延续香火,就成了一等一的大事。在这方面,林水生从没透过话,孙霞能猜到儿子的想法,他跟宋兰要好这么多年,宋兰上学、工作也没减少来往;每次打扫儿子的房间,都能看到宋兰送给儿子的书,总是端端正正地摆放在最显眼的位置。单看宋兰这丫头,孙霞既满意又爱惜,可好归好,就是不见他俩有实质性进展,每每用言语探试,儿子都说不着急。孙霞却越发放不下心,搞不懂年轻人到底是啥心思,还担心耽搁久了发生变化,有事没事

第三十五章 湖思

就会提醒几句。林水生要去南港,孙霞专门找他,听人说那边经济发达,商场又大又热闹,找时间逛逛去,有好看的衣服别忘了买给两个妹妹,哦,还有,记得给宋兰也买几件。给宋兰买衣服,林水生十二分愿意,就是猜不透宋兰咋想,有没有再进一步的可能。宋兰毕竟是中专毕业,进城吃上了商品粮,正儿八经变了身份,而他只是个泥腿子,他明白这种差距意味着什么。

　　昨天看见南溪湖,林水生只觉得景色优美,刚才站在窗前,突然就想起了宋兰,也许宋兰给人的感觉恰如南溪湖,不热烈、不张扬,平淡中透着温暖。"为啥会想起她?是潜意识在起作用吗?到底该咋办?"

　　还不到八点,杨海宁就来了,进了房间就问:"早饭吃了吗?"

　　"没吃。"林水生如实回答。

　　看看这哥俩的状态,杨海宁估摸,昨晚交代好的事项,早被甘洌的南湖大曲冲刷殆尽了!于是让他们收拾了东西,到二楼大厅吃了自助早餐,退房出门,来到停车场,杨海宁掏出钥匙,打开了一辆黑色轿车的车门。

　　"这车还行吧?"杨海宁一边熟练地操控着方向盘,一边问坐在副驾驶的林水生,"捷达王,沈经理从公司租的,要我这几天开车接送你们!"

　　林水生吓了一跳,专车接送、全程保障是什么待遇!朱书记和黄乡长也享受不上吧!他新奇地左右看看,仪表台一尘不染,内饰干净整洁,想到自己的二手桑塔纳,天天只顾开着到处跑,回去也得收拾一下。

　　胡庆意坐着也不老实,扭扭屁股蹭蹭后背,这感觉真棒!比坐表哥的破车爽多了!空调也好用,车里凉阴阴的。他用崇拜的眼神望向杨海宁的侧脸,像猜测又像恭维,问道:"杨哥,这是辆新车吧?"

　　开上这辆捷达王,杨海宁也很亢奋,傲气地说:"公司去年新买的,最顶配,才跑了两万多公里,除了领导的小车,这台是最好的,平时车队把得可紧哩!都是沈经理的面子,只要他开口,车队就不好拒绝!今早沈经理他们回工地,徐金胜还说想和我换个车开,过过瘾也好!"

　　林水生听出点门道,问道:"他们今早才回工地?"

　　"是!沈经理和徐金胜家在市里,其他人到市里办事,都住公司的招待所。"说着,杨海宁指了指仪表台,上面有本书,"沈经理送给你的,让你翻着解闷,顺便了解这座城市的历史和文化。沈经理说,书里还有旅游景点介绍,对哪里有兴趣,让我带你们去。"

林水生取来一看,是一本他寻而不得的书——《港城记忆——南港历史文化概述》,喜道:"太好了!来之前我就想买一本,可惜没找到。"

"小胡!"杨海宁又喊胡庆意。胡庆意正窝在后座上美着,听到喊他,赶紧应道:"杨哥,我在嘞!"

"你哥很不错,年轻能干,技术没得说,工作态度也好!平常还能主动帮别的班组干活,人缘好着哩!"

胡庆意听了,更得意了,也更期待见到哥哥,想起昨晚的事,忙说:"昨天王工说,要带我去找我哥嘞。"

"没问题!"杨海宁痛快地答应了。

小车沿着兴港大街一路向西,很快出了城市,向郊外驶去。宽阔平直的柏油马路上车来车往,小车的占比颇高,不时有摩托从两边"轰轰轰"飞驰而过。林水生的兴趣点却在大型载重车辆上,这些车比隆行公司的前二后四自卸车大上不少,有的拖着长长的平板,有的四周立着高高的箱栏,还有些拉着铁皮集装箱,不断迎面而来、呼啸而去。道路两旁树木枝叶繁茂,绿莹莹地伸展成蘑菇状的伞盖,那不是龙城常见的大杨树,向杨海宁打听得知,这些树形优美的行道树学名叫香樟,通常生长在大江以南,气味芬芳,四季常绿,是南方的一种优质绿化树种。向路两边的地里望去,一片连着一片全是果园,苹果、枇杷、黄桃,最多的是葡萄!果园入口设计成各种优美的造型,铁艺门头被绿植包围。不少大爷大妈在门前摆起摊位,冲过路的车辆频频招手,水果的清香和听不懂的方言一起飘进车内,让两个初来乍到的年轻人也能感到甜美和亲切。

进入这个果树种植基地,杨海宁放慢车速,把车靠在外道行驶,不失时机地给二人介绍:"我们这里果树种植面积大,产量高,品种也多,应季卖掉一小部分,大多数进入了罐头加工厂,各种水果罐头畅销全国,还有不少出口赚取外汇。"

"其实民办企业的门槛是很低的。"杨海宁让过一辆从后方飞驰而过的摩托，稳住方向盘，继续说着，"就拿罐头厂来说，很多企业老板原先就是水果种植户，收多了卖不掉，又不能长期储存，就办起了家庭作坊，一对夫妻加几个老表，种植、采摘、加工、销售一条龙，靠价格实惠攻占市场，赚了钱再规范生产流程、提高质量标准、扩大经营规模。一家干起来，就有人跟风效仿，等成了气候，按照流行的话说，就是形成了'产业集中地'。当以家庭为单位不足以完成整个产销流程的时候，就要细化分工，集中优质资源专做擅长的一块，有人把这种模式叫'农副业产业化的分工合作方式'，呵呵，是不是很拗口？再往后，随着产业体量增长，相关的配套加工作坊跟着办起来，人才和资源也随之而来，最终的结果是产品种类越来越丰富、生产技术越来越先进、生产流程越来越优化、物流和配套成本越来越低、质量和价格越来越有竞争力、市场占有率越来越高！这就叫'强者愈强'！

"别小看了这些乡镇企业，跟传统的工业大省、强省相比，我们江东在国营大型工业企业的数量和规模上并不占优，就是靠着遍地开花的小微企业把经济带活，到处都是加工厂、人人都能当老板，只要市场上有人买，我们就能做得出来，保质保量的同时，价格还能打到最低！你们听说过吧，在我们这里，每个村都有村办工厂，私人企业更是多如牛毛，民间经济的动力和活力得到了充分释放！这就是江东省的成功经验！谁先走出这一步，谁就占据了民营经济发展的先机。而只有民营经济活跃了，才能最大限度地吸纳就业人口，带动更多人一起富裕。这也有一个专门的名称，叫'江东模式'！"

……

林水生还听得意犹未尽，车子驶进了项目部的小院，眼前出现一栋二层移动式板房，同林家洼村村委会院子里的那栋，形制、格局上几乎一模一样。

三个人进了会议室，沈玉林正仰面躺在靠背椅上，锁着眉头想事情。杨海宁喊了声"沈经理"，说："小胡要去见他哥，我带他过去。"见沈玉林扬扬手同意了，杨海宁冲林水生挤了挤眼，双手攥拳互相摇了摇，示意他"老沈不高兴，你要小心喽"！又做个幸灾乐祸的表情，回头喊上胡庆意，蹑手蹑脚地出了门。

第三十六章　见学

　　杨海宁带上房门,屋里静了不少,墙角的冷气机不识时务地嗡嗡哼哼着,声音不大却扰人心烦。院外的嘈杂和八月的高温从门窗缝隙争相挤入,冷热空气和沈玉林吐出的烟雾又混合在一起,以那张黝黑呆滞的面孔为起点,一阵一阵盘旋向上。

　　沈玉林坐了起来,把烟屁股掐灭,左臂斜趴在桌上,眼睛直直地望向烟灰缸,还在继续刚才的沉思,面部表情看不出哪怕最细微的变化。

　　没有热烈的气氛,也没有感人至深的问候,这让林水生感到非常尴尬。一直以来,他对沈叔感恩戴德、念念不忘,有很多心里话不吐不快,终于单独碰了面,竟是这样清冷,与昨晚在众人面前的轻松亲切截然相反,与想象中的真情流露更是天壤之别。

　　好在有破解窘局的办法,林水生从挎包里掏出两条"大河牌",放在沈玉林面前:"沈叔,这是我爷让带的,他还说,有空请你再到家里坐坐。"

　　"哦,还带东西来了!"沈玉林抬起头,目视林水生回到座位上,问道,"你爷身体还好吧?"

　　"好着嘞!"林水生放松了些许,面露微笑,"手脚都恢复得不错,以前每天都要出去走走,今年村里修水泥路,就在院子里转圈圈,成天乐呵呵的!"

　　等了下,见沈玉林没有后话,林水生便接着问道:"沈叔,你咋样?"

　　"很好——很好!能吃能喝,没啥毛病。"沈玉林刚拿起根烟,说到身体,又放了回去。

　　"鲍工他们也都好吧?"

　　"他们呀!哪里都好,除了这里!还有这里!"沈玉林指了指自己的嘴巴,又指了指脑袋,逗趣说,"天天嚷嚷让我请客,要不就是嫌奖金发得少、家里有事要请假,总闲不住,要找点别扭,有时还真有点烦!"

　　这话林水生听听就算了,真没办法接续,他盘算如何说出心中久久酝酿的"谢谢",找不到恰当的措辞,便把张建设搬了出来:"沈叔,那件事——张叔让我谢谢你!还有我们家——"

沈玉林摆了摆手,做了个不值一提的动作。

林水生的话没停,非要把张建设的话转达到:"张叔说,不服不行,还是你的水平高,一份材料就能让朱书记出面!要不是因为这个,最后会落个啥结果,真不好说嘞!"

"哪是我的水平高?你们县里和乡里领导的水平高才对!"沈玉林舒展开眉头,话匣子也打开了,"那年治理沃河,恰好朱书记去宋集乡任职,关于如何推动乡村经济,他找项目负责人谈了几次,说是想听建议,他自己说得最多!那次县里施副书记带队送戏下乡,我们也有过短暂交流。给朱书记的材料里的观点,大部分是从他的谈话中提炼出来的,还有些施副书记的说法,再加上我们几个'局外人'的建议。'三个臭皮匠——顶个诸葛亮',或者说朱书记认可的,不过是他自己脑子里的东西!"

林水生这才恍然大悟,怪不得沈玉林再三叮嘱不要向外人提及事件经过,特别是报告中的内容,原来是这个缘故,他想到一件事,便随口说了:"施副书记当上县长了。"

"噢,那要恭喜他!"报告的事,沈玉林不愿多说,又把谈话引了回来,"你爸现在什么情况?"

"他也还好,就是不干沙石生意了,种种地、做做工、帮忙收收粮食。"

"看来,他受到的触动不小哩!"

"沙船老板被抓了几个,浮吊也拆了,我们都被工作组找去问了话。"林水生简要汇报了与那件事相关的情况,"从河州港买材料回来几乎没啥利润,我爸的腰眼还有病根,累了就犯,不干家里都支持。"

其实,林水生并没说出全部实情,不能啥事都麻烦人家,既然都过去了,没必要再让人家操心。可话至此处,不由得他不想,那是一段多么艰难的日子!他的家人遭受了怎样的考验!他家的生意陷入了怎样的困境!那些永生难忘的经历,既是身上无法洗刷的污点,更是用多少钱财都买不来的教训。

张建设被停职,遭举报的隆丰、隆兴公司也被责令停业,接受乡工作组的调查。这个决定,就像直接在宋集乡扔下了一枚炸弹,掀起了滔天的波澜!一辈子的积蓄都用在了房子上,盖了半半拉拉停了下来,任他是谁,天王老子来说都不行!隆兴公司正在施工的那十几个家庭,先是相约到乡政府大闹一通,乡里没人给他们具体承诺,他们又把目标转移到林家父子的头上,排着队上门讨要说法。起先,一家出动一个两个,林济良父子感觉理亏,好吃好喝招待着,哪想才过两天,突然就全家上阵,十几户大几十号人,吃喝拉撒都赖在他家,那阵势,比红白喜事吃流水席还要热闹!

赵增云给乡工作组做了反映,吕副书记亲自过来喊话调解,说现阶段只是调查取证,复工要等调查结束,请乡亲们多理解、多支持,再耐心等待几天。无奈乡领导说得再好,就是不敢打包票,万一姓林的被抓了、施工进行不下去,造成的损失谁来赔偿?乡里负责吗?你们负不了责,就不要满嘴假大空!姓林的只有两条路可走,要不全额赔钱,要不就守在他家直到复工。话说到这个份上,吕连科也没办法,只提了几点要求,不能越线违法、不能辱骂动粗、不能群体对抗,乡工作组一定加快工作节奏,早日拿出结论。

领导们无功而返,上门封堵的人更加理直气壮。男人们还理智些,抬头不见低头见,多少点交情,不得不顾些脸面,何况在结论出来前,不能把事情做绝了,便由得林济良笑脸相赔,抽着好烟、喝着好茶,互相打着哈哈。女人们就没这份静心工夫,原本就满心烦躁,周围还有闲人叨咕,很快失去了耐心,有的三句话一说便哭哭啼啼、要死要活;有的嘴上不干不净、指桑骂槐,林济良和老伴又是拱手又是作揖,无奈没人买他们的账。林泽忠气得梗着脖子就要翻脸,大不了砸锅卖铁赔钱就是,往后不管好歹互不相欠、再不往来!孙霞死死抱住男人不撒手,赵奶奶也捡起扫把照头就打,两个女人生拉硬拽,才把这个犯了驴劲的男人拉上了楼。

林水生当时不在家,他上河州进货去了。隆兴公司停工,老百姓闹了几回,乡政府也颇感压力,其他施工队万不能再出问题。林水生被乡里找去,黄乡长亲自同他谈话,说一码归一码,不能因为被调查,运输公司也撂挑子,必须把车队组织好,要保证原材料持续供应!利用这个冠冕堂皇的由头,林水生得以躲开那个被纷扰和丑恶围困的是非之地,等他回到家,听说来人差

第三十六章 见学

点儿动了手,也难得发了脾气!他把爷爷和父亲叫在一起,三个人商定,由林水生代表林家给句准话。林水生请来那十几家当家的男人,摆好瓜子花生,点上"大河牌",说有事同大家伙协商。他深深鞠了一躬,向围坐的人们道歉,接着便直言不讳,有些话必须说在明处,方能各自安心!紧接着他态度一变,放声说道,别看两个公司暂时停业,但运输公司还在、那些新车还在,就算真不让干了,把车子卖了还赔不起?吕副书记当面答应加快调查进度,大家还等不了这几天?他毫不妥协地说,如果哪家实在等不及,姓林的绝不拖泥带水,双方各找"大知",算账赔钱、拿钱了事,往后各走各道、永不相干!如果他们相信乡里、相信林家,那就管好自家的人,不要平生事端,林家一定竭尽全力保障好吃喝。男人们听了,你看看我、我看看你,谁也不肯挑头反对。别看林家小子色厉内荏,毕竟说的有道理,他家车队可没受影响,这些天跑得欢着嘞!以后卖粮还要看他家的脸色嘞!万一真的一拍两散,房子不还要找别人接手?沙石材料不还要依仗他家车队?看看没人吭声,林水生趁热打铁,诚意满满地说,等乡里调查结果出来,隆兴公司若能继续施工,他保证加班加点,把停工耽误的时间赶回来,质量绝不降低、工期绝不推迟,并且看主家的态度,还能再给一定优惠作为回报!真不让干了,就算卖车卖房子,都认赔认罚,眼前的小楼、宋集街上的铺子、运输公司的车辆、两家公司账面上的资产,还有桑塔纳,谁能拿走谁拿走,不会差上一分钱!

　　这番说辞合情合理,除此之外再也想不出对策,户主们虽各怀心思,却不得不吞声接受。矛盾被暂时搁置,林家又提高了保障标准,每顿饭鱼呀肉呀的换着花样上,除了整天胡吃海喝,男人们又打起了哈哈,女人们不再乱嚼舌头根子,剩下的就是焦急的等待。

　　可偏偏有人连表面上的风平浪静都入不得眼,邹世利和他女人成天过来看笑话,动不动就往人群跟前凑,这边动静才小下来,那边又添油加醋、成心挑唆。林泽忠又犯了愣劲,抄起个锄头就冲过去,还好赵剑刚眼疾手快,一把抓住锄把子不撒手,林济良瘸着腿,边跑、边哭、边骂,林泽忠瞪着布满血丝的眼珠子,脖子上的青筋差点爆裂,一时就那么僵持住了。眼见场面无法收拾,林济良双腿一软,跪了下去,"造孽呀!造孽呀!"他大声呼号,"你们都造孽吧!"赵奶奶也号啕着撒腿跑来,跟着瘫在院子里,死死抱住了老头子!"啊!"林泽忠仰天长啸,双目喷火怒视邹世利,牙齿咬得咯咯直响,不得已还是放了手,一转头又冲上楼顶。

一出接一出闹剧,把吕连科彻底触怒了,他带队在村里驻点调查,绝对不能出现一点点意外!情急之下,吕连科把赵增云和孔岩叫了过去,先派孔岩组织基干民兵,去西高台林家轮流值班维持秩序,一旦有事就拿他这个民兵营长是问;再让赵增云敲打敲打邹世利,回来后马上起草了《关于维护全村安全稳定工作的紧急通知》,用大喇叭反复播放,信誓旦旦地撂下狠话,这个节骨眼上,谁再胆敢闹事,影响工作大局,就让乡派出所带回去,等他腾开了手,再好好研究咋样处理!

局势得到了控制,值班的民兵也成了林家的饭客,百十张嘴等吃等喝、几十名工人停业等待、宋集商店关门谢客、老实巴交的林家颜面尽失……等复工通知下来,林家众人几乎到了崩溃边缘,还好有绍师傅、张强他们日夜陪伴,赵建刚、雷师傅等人也都过来帮忙,这从天而降的无妄之灾,才没造成恶性的连锁反应!

"买卖沙石料是有风险的,起初我没想太多,未能及时提醒你们,这是我的疏忽。"沈玉林的歉意声,把林水生从痛苦的思绪中唤回,"可话又说回来,干工程的,谁不想质量好点、造价低点?本地有现成的人员、材料,就尽量不从外面找,从供应商手里买来的石子沙子,难免有些是通过非正规途径获取的,项目部都是睁一只眼闭一只眼,揣着明白装糊涂。可情况在逐步改变,国家打击非法盗采的力度不断加大,有些人受到了处理,你们要认清形势,不能顶风而为呀!"

"你放心,以前我们不懂,为了赚钱不顾一切,现在明白了,违法的事决不再碰!"林水生面色庄重地保证。

"你爸下来也好,都在外面跑,家里就顾不上。还有,干农活也要注意,不能太劳累了。"沈玉林提醒着。

林水生"嗯"了一声,说:"这几年粮食连年丰收,抢收抢种时还是很忙,不过,割稻割麦都用收割机了,能省不少力气。张国平大学毕业去了市农机公司,听他说,国家对我们省的粮食种植非常重视,领导人多次实地考察,鼓励农民的种粮积极性,同时要求减轻农民负担,加大农业科技推广。上面想借这股东风,把农业机械化作业全面推开,正在制定落实政策,其中有一条,给予机耕机种一定补贴,农民购买农机具也有补贴。我们商量好了,只要条件成熟,一定响应号召,能上机械的坚决上。"

"不错!这是趋势!"沈玉林肯定道,"江东也是传统的粮食主产区,农业机械化起步早,加上政府的扶持力度大,农民的思想解放,推行的阻力就小,直接效果是粮食产量和质量都提升了,还解放了大批农村劳动力,转向手工业、建筑业、服务业的都有,去上海和南方打工的也不少。"

林水生点头认同:"我都看到了,和我们那里相比简直是天上地下!"

"天上地下?"对这个用词,沈玉林挺感兴趣,"你昨天刚到,就有这样的感触?快说说!"

"一进江东省就发现了!"接下来,他把在路上看到的农田规模化耕种、农业多元化发展、农村建设的新风貌,把南港与河州、龙城城市建设的差异和差距,把对乡镇企业集群化发展的感想,还有对南溪湖的由衷喜爱,逐一向沈玉林做了汇报,"比起河州,南港的市容更繁华、街道更整洁、农业经济更活跃、农村的住房和道路更现代、种植业和养殖业更发达,和黄会计常说的大差不差。"

"嗯,还不错!用心了。"沈玉林满意地说,"有些事情,光听别人说不行,不亲眼看,不动脑子想,印象和理解不可能深刻,就说你刚才用的'五个更',不跑这一趟,总结得出来吗?这就是我让你走出来看看的原因!当然,印象不能只停留在表面,要解决深层次的问题,就必须看到差别背后的根源。这次既然来了,就别着急走,我让小杨领你转转,不用只想考察生意,到哪看都行,哪怕旅游景点都值得一去,去了就一定有收获。年轻人的眼界要向外拓展,思维要向外发散,要善于接受新生事物,跟上不断变化的发展方向。你正处在黄金年龄,不能封闭在巴掌大的地方,眼里只看到身边的区区人事,甘做井底之蛙,那样别说早晚要被淘汰,我看,连被淘汰的资格都不具备!"

林水生听得心悦诚服,诚心答道:"我记下了!"

沈玉林看着林水生,语重心长地说:"你和一般孩子不同,你善良、诚实、努力、有孝心,但这不是一辈子守着家乡的理由!你才刚起步,就展示了独树一帜的商业敏锐和精准果断的决策能力,这是你的天然优势,更应该把这方面的聪明才智发挥出来,与时代一起进步,靠努力和拼搏收获成功,之后再回报家乡、回报亲人,这才是当代青年的使命,比你天天在地里刨食有意义得多!"

"再看看现在的你,能说成功吗?我倒不这么认为!"沈玉林问着,又像自问自答,"要我说,你的成绩,充其量是必然加偶然罢了!社会已经发展到这一步,思想解放已经成为一种常态,市场需求已经无法抑制,不是人们要求参与,而是不得不参与其中,这是必然;就算没有你林水生,一定会有杨水生、李水生,只不过,你比别人早走一步,挡在别人前面,占据了先发优势,从这个角度看,你的成功也是个偶然!"

"有些话在信里、电话里都不好说,所以今天,我要当面点点你。"没给林水生留下思考的余地,沈玉林便开启了另一轮灵魂轰炸,"你要记住一句话,成功绝不是想象中那么简单!就拿跟着水建公司的包工头举例,有几个你认识,哪个不是年纪轻轻就在外面闯荡,从最底层的学徒做起,小工、大工、技工、工头,一步步成长起来的?老板们发迹前,哪个不是到处求爷爷拜奶奶、挖客户找门路、挨白眼听风凉话,尝够了挫折和委屈,才发掘出渠道、占有了市场,逐步发展壮大的?有人分析了乡镇企业的创业之路,总结出了'四千万'精神——踏遍'千山万水'、吃尽'千辛万苦'、说尽'千言万语'、历经'千难万险',同他们相比,你也走过弯路,眼下也是难题不断,但还是来得过于轻松了!你知道老黄他们为什么喊你'林老板'吗?在我们这里,'老板'这个词,不只是个尊称,更表达了对那些敢拼、敢闯、敢尝试、敢失败的创业者的由衷致敬!"

林水生听得怔怔的,他没料到沈玉林会说出这样一番话,怪不得进门时,沈玉林的表情既严肃又凝重。他深深叹服,张建设说沈玉林的水平高,真不是恭维人!沈玉林的每句话都像撼人的鼓点,每一下都敲击在他的心坎之上,让他震惊、使他警醒!"四千万"精神!"是呀,虽然自己也受过冷落、遭过白眼,甚至一度进退失据、痛不欲生,但同'老板们'相比,同'四千万'精神相比,差了可不止一星半点!如果换成自己,面对'千万'折磨,能挺得住吗？能！一定能！"激情和冲动不停撞击他的胸膛，垂放体侧的双手紧攥成拳头，拳心里满是激动的汗水。

"那接下来该咋办？"林水生似不受控，脱口而出。

沈玉林习惯性地点了一支烟，利用这短暂的时机，整理一下思路。这个问题林水生在信里不止一次提过，他都没回答，认为还不到时候，今天趁这股劲，可以好好说说了。

"首先要坚持！"沈玉林直奔主题，"要想稳定发展，不能光求大、求快，每一步都要踩稳、踩实。你们那几门生意，看着利润空间不大，却非常重要，一来有长期需求，二来能聚集起一批人，还能挣些本钱。有潜力的市场、一定规模的团队、经过培训的工人、合理的利润，每一样都弥足珍贵，不能轻易放弃。"

林水生点点头，这同他的想法不谋而合。摸爬滚打好几年，他几乎把宋集乡的市场研究透了，份额上也占了大头，无论如何都要坚持下去。更何况，不久前乡里朱书记再次找他谈了话，肯定了他搞活农村经济的做法，鼓励他继续努力，为宋集乡的经济社会发展多做贡献。

"关于本钱，我啰唆两句。你们刚起步，不确定因素很多，说不定明天就有坏消息，或是又发现一个新门道，不管怎样，手里要有一笔能够自由支配的活钱。说实话，社会上不缺资金，但使用的代价太高，纵然挣了钱，多半是给别人打工。最好靠自己积攒，用的时候方便，掌握价格和利润的余地更大，还有助于防范经营风险。"

"对生意人来说，有一点很重要，用什么样的心态对待客户！"沈玉林又提出一个观点。

"有人说，做生意很简单，一句话就能概括——'所有问题都能用利益二字解决'。但是，这个'利'和'益'如何把握，我和他之间如何取舍，其中都是学问。有些时候，'利'不光代指钱和物，引申说，还包括人心、情感、社会关系、前景诉求等等，一切对你有价值的因素。也许我说得不太准确，你要理解，做生意不仅要赚钱，还有比赚钱更重要的。至于'益'字，是把'利'合理分配之后的结果。所以说，要有开阔的心胸、良好的心态，要正确理解舍与得的关系。

"企业要发展,什么最关键?人才!你们现在人手不少,称得上人才的却不多。懂管理的张建设勉强算吧,懂技术的也只有绍师傅师徒,何况他们只是民间工匠,没有更多社会关系,更没有做项目的经验和能力。一旦业务拓展,就需要更多的专业人才。这个不急,也不能忽视,随时留意合适的人选,手头有个清单,说不定哪天就用得上。

"举个例子,说说掌握政策的重要性。上次那个事情,有一点对你们非常有利,那就是几个公司都能按时、足额缴纳各种税费!你们自夸守法经营,但空口无凭,这就是证据!"

谈及这个,要感谢张建设,作为村支书,他常说不能违法违规,关心的也是税费的缴纳情况。他说,在农村干的那些活计,满打满算交不了几个钱,用不着煞费苦心省呀抠呀的。不光是施工队,商贸公司和运输公司也学着样儿交了些钱,没想到竟然管了大用!按沈玉林的说法,那可是决定生死的关键点呀!

"还有,要学会同政府打交道。那件事的教训,可不只是要知法守法、规范经营,你们的所作所为,是不是同国家政策和政府的要求相一致,有没有让政府知晓和理解,能不能得到他们的认可和支持?需要通过某些形式,与政府搭起信息交流的通道。这方面你要学学大徐,南港市从上到下,只要让他去办,没有搞不定的。千万别小瞧这个,也是一种能力,有时候,私下沟通协调,比开会吵架更管用。

"最后,你的方向,应该在打牢基础的前提下,找到更大的空间。在龙城,只能靠自己,或者有张建设、林泽传帮你,去寻找、去摸索、去试错。如果你肯到南港来,甚至去浙江、广东,那边机遇更多。别怕当条过江龙,东边的大海宽得很,容得下你的。"

沈玉林站了起来,掸去落在身上的烟灰:"走,上工地看看。"语毕,习惯性地背起双手,朝屋外走去。

林水生在项目部暂住下来,白天由杨海宁领着转工地,观摩商品房建设项目,考察县乡道路改扩建项目,走进村庄参观土地集约化、规模化使用情况,走访花卉苗圃、禽畜养殖、果蔬基地等农村经济合作基地,还专程去杨海宁的家乡临东县，拜访了民办塑料厂、齿轮厂、毛巾厂。他没忘母亲的话，抽空逛了南港商贸大厦和纺织品批发市场，买了不少漂亮衣服。到了晚上，他便与沈玉林等人一起，探讨项目的特点优势、扶持政策、发展前景、复制和推广的可行性等。正如沈玉林所说，这样的安排，何尝不是一场生动的社会实践活动！

沈玉林告诉林水生，今后相当长的一个时期，政府对基建的投入将保持高强度，沙石建材生意看着不上档次，实则市场巨大、需求持续稳定，提高利润率的关键，是如何降低成本、提升竞争力。

沈玉林说，乡村经济的多样化，是解决贫穷落后的有力抓手。以前龙城穷，主要根源是水害频发，民间财富消耗殆尽，难以形成积累，缺乏原始的资金投入，因而无法放开手脚，从根本上斩断了经济发展的动力。现在不一样了，沃河经过集中治理，百年一遇的防洪能力基本形成，能够保证较长的平稳建设期；再加上改革开放不断深化，国家经济加速发展的难得机遇，政府支持农村和农业基础建设的有利环境，老百姓追求幸福生活的根本诉求，上下一心向前进，这就是最好的时候！在这样的大环境下，要学会趁势而起、顺势而为，只要不违法违规违纪，都可以甩开膀子大干！

沈玉林鼓励他，学经济重要，学政治同样重要，常读报、看《新闻联播》，掌握时事和政策，坚定信心，相信党和政府，紧跟国家的规划部署，只要方向正确、步伐稳健、肯下苦功，前途必定是光明的。

……

希望的种子在林水生的心里落了地、生了根，沈玉林的谆谆教导，又像春风化雨，滋润心田。

幼苗业已萌发，下面就要勤加耕耘灌溉了！

第三十七章　入局

　　龙城县城位于沃河南岸,沃河向东的水流,经过大河湾的回缓,行至此地渐趋平稳,不知哪朝哪代,勇敢的艄公们就在岸基上架起了石板,开启了上下游百十里内最大的渡口。在跨河渡船的联通下,加上农业灌溉取水需要和人口聚集商贸兴起,一千多年前,龙城便形成了繁华的农商街镇,逐步发展成为沃河中游的主要渡口和山南省北部的人口大县。

　　二十世纪五十年代末,在县城东岗修建了一座横跨沃河的花岗岩拱形桥,极大地方便了南北交通,促进了两岸的经济和社会交流。但受条件限制,石拱桥的桥面较窄、荷载量小,随着交通运输量的增加,早已不堪重负。县政府早有计划,在城区西侧再建一座较高等级的跨河大桥,缓解过河难题,带动城西片区发展,但由于桥梁选址靠近林家洼蓄洪区东沿,洪水隐患一直没有根除,在桥梁的安全性、施工技术的可靠性和工程的经济性等方面,迟迟拿不出好的办法,便一拖再拖,一晃小十年过去了。

　　随着沃河流域防洪骨干工程陆续完工,特别是蓄洪区综合治理后,影响工程实施的主要问题基本解决,项目被重新提上了日程。县里多次邀请专家研究论证,几番争论才确定建造方案,随后迅速完善手续,一九九七年九月,龙城百姓期盼已久的沃河二桥正式开工。经市县政府极力争取,设计方、施工方、监理方反复协商,最终工期被优化为两年整,被列为向中华人民共和国国庆五十周年献礼的重点工程。

　　沃河二桥的总承包单位是山南省桥梁建设工程有限公司,这是一家省属建筑龙头企业,有着丰富的桥梁、道路建设经验。为了配合大桥施工,在县政府的要求下,宋集乡担负起了帮办工程的职责,协调施工现场的水电供应保障,协助施工方组织民工和运输车辆,帮助解决项目准备和实施阶段的各种难题。隆行公司的几台运输车,被乡里从村村通工地抽调出来,安排在二桥工地运送土方。总算靠上了大型建设项目，林水生担心手下人表现不好，更不想放过学习机会，没事就跟在一线，一边督促所属的人员车辆，一边留心观察现场管理，与桥梁公司的人慢慢熟悉了。

林水生所在工段的负责人叫袁开法，三十七八岁，省城人，中等个头，略胖的体型，眼睛不大，笑起来便眯成了一条线。袁开法对林水生很感兴趣，二十岁刚出头的年轻人，就把生意做得热火朝天，在方圆数十里折腾出了不小动静，跟乡里的几位领导都有不错的交情。俗话说，"人的名儿、树的影儿"，时不时就能听到对林水生的夸赞，乡领导也一次次在人前提及，有些话半真半假不值得深究，可好话听多了，袁开法也就顺水推舟接受了林水生。

沃河二桥南侧引桥有几百米长，路基土层被经年累月漫流浸泡，土壤含水量极大，渗水透水现象多发，给机械作业和车辆通行增加了不少难度，重载车辆陷轮、倾斜甚至侧翻常发，任何一个小小的疏忽，都可能造成施工停滞，对工程安全和进度带来影响。

施工刚启动就不顺利，虽然有预想也有预案，但仍免不了各种突发状况接踵而至，计划的工作量总是无法按时完成，让管理人员头疼不已。项目部多次召开施工方案研讨会，可面对"松、陷、黏、渗"几个简单的字，谁也说不好如何应付。黄总发了话，要求各工段都要行动起来，发动全员开动脑筋、集思广益，谁拿出解决办法，定会给予重奖！

天天来往工地，林水生也发现了问题，与在蓄洪区项目上听到看到的既相似又不同。相似的是土层状况，同样有"松、陷、黏、渗"等难点，不同之处在于，蓄洪区项目是大面积的挖掘、清运、平整，而这里除了清理表层土壤，还要开挖基坑，为后期的打桩、浇筑做准备。他打电话咨询王长海，王长海的答复只有一个字——"干"！现场的问题只能在现场解决，任何脱离实际的所谓"最优方案"，都注定无法完全贴合实际。先甩开膀子干起来，在实践中寻找解决方法，再用时间换取工作量，最终赶上进度。他深以为然，泡在一线的时间更长了，试图在实践中找到办法。

一个阴沉沉的上午，和往常一样，林水生来到施工现场外围，一排运输车停靠在便道的一侧，几个司机无聊地凑在一起抽烟、发牢骚。

看见林水生,赵剑阳向这边走来,沾满淤泥的双脚边走边甩着,人还没到,就大声报告了那边的情况:"才开工挖掘机就被调走了,听说北边有个土坑塌了,要应急处理,这一闹,不知道又要等多长时间!"

来到林水生身旁,一屁股坐在一个表层散发湿气的小土堆上,赵剑阳的不满还在发泄:"这么下去,肯定又赶不上进度,他们这个月的奖金又要泡汤了!最难受的还是我们,本来挺好的工地,大家都想多拉点活,可干不多久准要出状况,每次都让外协的车辆停运等待!大家都憋了一肚子火,凭啥这么欺负人,凭啥在咱自家地盘还要受这份窝囊气!"

见林水生不吱声,赵剑阳用胳膊肘捅了捅他,嬉皮笑脸地说:"你去找袁经理好好说说?不管采取啥措施,尽量保证不要停运!"

林水生故意不应,只打圆场说:"在别人手底下当差,只考虑自己可不行,要听项目部的统一安排!"

赵剑阳有点不服气:"听他们安排?他们还不是要谁停谁就停?时间都干耗掉了,还不是在耗钱?"

林水生拍拍赵剑阳屈起的膝盖,安抚下这个满腹牢骚的人:"对袁经理来说,这里那里、快点慢点都不重要,关键是整个工段要保持大体相当的进度,我要是袁经理,我也这么干!"

赵剑阳撇了撇嘴,赌气地问:"那就干等着?"

"干等也不对!机械、车辆、人员都不能闲着,一旦有闲的,就说明哪个环节出了问题。"

"那你说,现在啥问题,咋解决?"

林水生不急不忙,把他想到的说给赵剑阳:"这里土壤条件特殊,表面是一层厚厚的淤泥,往下挖挖就有积水渗出,在这上面施工,就像在豆腐块上雕刻,难度当然大了,出问题也是正常的。我觉得,应该准备一批应急装备,哪个地块出了状况,就交给应急装备处置,不影响正常的作业秩序。如果各个作业面都能正常施工,不被突发情况干扰,工作计划就不会被一次次拖延,再加加班,提高点效率,工期应该赶得回来!"

"你都想到了,不去跟袁经理说说?"赵剑阳笑嘻嘻地问。

"你以为袁经理想不到?"林水生反问。

"那——"赵剑阳一时语塞。

林水生的脑子转得飞快,一整天一整天泡在工地,哪个工作面啥情况、哪块是重点、哪里有隐患,袁经理十几年的工程经验,会看不出来?为啥不采取措施?

疑问在脑海中闪过,林水生一个激灵,联想到了几个月前的南港之行。那几天他多次听人表扬胡庆满,说他"踏实肯干、爱动脑筋、技术全面、乐于助人",仿佛工地上缺了他就不行,胡庆满却说,这个项目挖掘机的使用率不高,杨师傅一个人就干得过来,与其两个人的收入都得不到保证,不如自己找点事做,把工时还给杨师傅,等后续上新,工作量大了再回来。也许是向沈玉林的反馈起了作用,第二天的参观取消了,改由王长海领他去六建看一批旧机械,推土机挖掘机运输车都有。看了一圈,王长海肯定地说,有些设备状况还行,若有需要,完全可以挑出堪用的买回去,经过彻底检修,不会影响正常使用,并且价格相当划算。

灵光一闪而逝,林水生不由得为之一振!机不可失,时不再来!这是个天赐良机,绝不能与之失之交臂!

林水生想啥念啥,龙王老爷定是通晓,及时送来了一场秋雨,一夜淅淅沥沥过去,迎来的是更坏的天气。乌云越聚越多,雨花越来越密,过晌午才稍稍减弱了些,却没有停止的意味。下午三点刚过,车队接到通知,为预防事故,全体停工,啥时开工等待后续指令。

通知下来那会儿,林水生刚好在工段小会议室躲雨,他把袁开法拉去一边,小声嘀咕了几句,便喊上赵剑阳跑了趟宋集街。他一边开车,一边向赵剑阳仔细交代了一番。

十一月的深秋,雨水把还没落尽的杨树叶子冲洗得越发鲜亮,红色的、棕色的、黄色的、绿色的混杂在一起,在冷风中固执地斑驳。更多的被打落在地,一层层铺在通车不久的水泥路面上,被村民脚上和车辖辘上的泥水肆意踩躏。很快,它们也将零落成泥,与大地融为一体,钻入杨树母亲的根茎,等待来年再跃上枝头。

林家后院小办公室内温暖如春，八仙桌被抬到屋子正中，四大盘凉菜摆在边上，围着两个用蜂窝煤加热的土炉。金黄色的火焰之上，两大盆肉食在沸腾的汤汁里咕嘟着，浓厚的水汽和浓郁的肉香交相氤氲，驱赶着深秋的寒凉，挑动着肠胃的欲望。

土锅炖菜是河州市的特色美食，市中心有一条专门经营土锅的街市，林水生跟客户去吃过几次，打心底喜欢上了围坐炉火的亲切和随性，令人过瘾的烫麻鲜香，也最能体现河州饮食的魅力。林水生馋这一口，专门找白铁师傅——就是殷凤华她爸、宋集街上人人皆知的"殷癞子"——定做了几个小土炉，随心所欲地搭配食材，时不时在家炖上一锅打打牙祭。

围坐方桌的除了袁开法和林水生、赵剑阳，还有两位陪客——张建设和张强。互相做了介绍，一番寒暄后，赵剑阳拧开瓶盖，倒上了龙城贡。

赵剑阳脸上堆着讨好的笑，对袁开法说："袁经理，晚上我开车送你，就不陪你喝酒了。"

"我的酒量不行，白酒一口就倒，我来一瓶啤酒，你可别见怪！"林水生也向袁开法致歉，顺手抽出一根"大河牌"，笑着递了过去。

袁开法接过香烟，讪然自谦道："太麻烦你们了！张支书、林经理，各位，无功受禄、愧不敢当呀！"

"不麻烦、不麻烦！"林水生笑容灿烂，"袁经理，你放开喝，我张叔当过兵，年轻时酒量好得很嘞！"

张建设瞅瞅林水生，怎么瞅都别扭，笑容里似藏着坏坏的味道。他也哈哈一笑，自嘲道："谁还没年轻过，好汉不提当年勇！不过，今天袁经理在，哪怕再豁出去一次，也要陪你喝个痛快！"

袁开法听了，赶忙摆手推辞："我也喝不了多少，大家都适可而止，适可而止。"

谦让中互敬了开席酒，赵剑阳端起个蓝瓷碗，从一个锅里搲出一勺肉块，装上后递给袁开法："袁经理你尝尝，这是我们本地的特色牛三样！下午水生专门跑了趟宋集街，从宋家牛肉老铺买来的，正宗的本地黄牛！"

袁开法略一点头，抬手让道："那我就不客气了！大家一起来、一起来！"

几块下肚，袁经理放下碗筷，挑起了大拇指："不错不错！牛肉醇香酥烂、蹄筋爽滑软糯、牛肚鲜香入味,老铺子的东西果然名不虚传!"

赵剑阳十分殷勤,又拿过一个瓷碗,从另一个盆里盛出一勺:"再尝尝这个,散养的老公鸡,炖了两个多小时嘞!"

袁开法夹起一块放进嘴里,细细品味过,称赞道:"香!真香!炖这种老公鸡,不会还有啥诀窍吧?"

林水生会心一笑,答道:"先把鸡块在大锅里炒透炒香,用柴火炖烂,再换到小锅里,文火煨上,煨到汤汁浓稠,就差不多了!"

袁开法捏起一块鸡腿肉,牙齿轻轻一咬便骨肉分离、浓香满口,他边咂嘴边感叹:"肉质实在、不散不柴,肉香浓郁、鲜辣爽口,好吃!好吃!"

张建设打趣地说:"袁经理真是文化人,乡下的土菜,经你随口一说,就成了高级货了!"

"哪里哪里,常年在外面跑,各地美食都尝过一些,听人介绍多了,就记住了几句,呵呵,见笑了!"

林水生抓住时机,提议道:"袁经理,在外生活不方便,就经常到家里改善改善,我在墙边架张床,哪天弄晚了就在这睡下!这屋里的火炉是定做的,被子褥子也都厚实,肯定比你睡在宿舍暖和!"

袁开法连连推辞:"这怎么行,太麻烦了!不合适!不合适!"

"你可千万别客气见外,实不相瞒,那年我在蓄洪区项目部做联络员,生活上都是我在操持,从来不觉得麻烦!"

"此一时彼一时也!那会儿你是给人帮忙,现在你是我的朋友、合作伙伴,岂敢再劳你大驾!"袁开法左右看看,"几位都是车队的股东,把车队抽调到我的工段,我要感谢几位赏脸才是,哪敢再有非分之想!"

"车队能上工地,我们是沾了袁经理的光,以后还请多关照!来,我敬你一杯!"林水生仰头灌下一大口啤酒,放下杯子,抬眼扫过赵剑阳。

赵剑阳心领神会,抢话道:"袁经理可没少关照我们,就是——"

听话听音,袁开法放下酒杯,眯起眼睛瞄向赵剑阳。其他几人也都心中一颤,齐刷刷地望了过去。

赵剑阳发现自己失了言,没敢往下继续,抬手挠挠下巴,似要掩饰尴尬。

越是这样,袁开法越要澄清,大方地说:"有啥话就说,当着几位股东的面,还有张支书这位土地爷,我敢保证,尽量为你们服务好、保障好!"

赵剑阳四下偷瞟几眼,一咬牙说了下去:"袁经理,我说句玩笑话你千万别生气。我觉得其他都好,就是速度有点跟不上,司机们常发牢骚,还编了个顺口溜——"他拖着长音,又瞥一眼袁开法,见袁开法并未表现出不快,反而似笑非笑地看着他,便一张口,抛出了顺口溜,"'工地一排队,运费抵油费''基坑一塌方,工钱全泡汤''你问工地累不累,三天两头车里睡'。"

袁开法先笑了:"呵呵!这是谁编的,工地上才子不少哇!也难怪他们,这就是实情,我也难得很呀!"笑声停下,他发起牢骚来,"施工场地的土层条件差、意外频发,效率就不能保证。特别是我们南岸工段,泥土含水量太大,从前修桥,只在大坝内的河滩地才有这种情况,在外侧的,几乎没遇见过!另外,作业线太长,调度耗时费力,两岸各个点面都需要机械,力量很难集中。说实话,我也很急,工期有些延误了,上次例会,黄总还发了脾气,要扣工段负责人的奖金。我也没客气,让他再安排一台挖掘机来,我保证能把时间赶回来。黄总就说让我自己找,项目部支持。我早就打听过,这附近根本没有挖掘机对外租赁,听说县城有,黄总派人去谈了,租呀借呀的总是谈不拢,现在他一张嘴甩给我,我到哪去找?"

张强坐在袁开法对面,一直没开口,听到这番话,似是无意中问了一句:"林经理,我们在南港的挖掘机几时能干完活?"

袁开法像被电击:"南港?挖掘机?"他机警地扫过张强,又把目光落在林水生的脸上。

林水生面色平静,细想了下才答道:"我八月份去南港,专门上工地看了,那边在修县道,没啥工作量,胡庆满说挣不到钱,吵吵着要回来嘞!"说着话,他又给袁开法递上一支烟,点烟的工夫,两人的视线对在了一起,又躲闪着分了开来。

闷声抽了几口烟,回过味来,袁开法便不再遮掩,拖着声音问林水生:"你们有挖掘机——在南港?"

"有台二手机器,我表哥开着,一直跟着水建公司干活,去年工作量还行,今年吃不太饱,先在那边应付着,有合适的项目可以随时撤出来。"

"哦,好,好!"袁开法明白了,敷衍一句,没往下接,表情却严肃起来。他夹了口菜填进嘴里，又把筷子随意扔回桌上，不再是先前谦逊的模样。

气氛骤然变冷，变化让人不适，于是都闭上了嘴，只有袁开法吧唧吧唧的咀嚼声，混合雨点击打窗玻璃的噼啪声，在静默中格外刺耳。

没让冷峻的氛围延续，张建设用笑声解了围，他端起酒杯，豪爽地说："来来来，袁经理，我敬你一杯。用我们这边的说法，把杯中酒'炸'了，试试一大口下去，一线烧、满口香的感觉，这才是龙城贡最正宗的喝法！"

袁开法又眯起眼，观察张建设几秒钟，歪头再看一眼林水生，下了决心，端起酒杯，跟张建设递来的酒杯一碰，一仰脖灌了下去！

感受着一团液体火焰从嗓子眼烧到肚子里，享受着一股香醇在口腔内里回旋流转，稍许，袁开法长长呼了一口气，感慨道："以前就听说龙城贡好，这一口下去，还真香呀！"

"香就多喝点，没事就让水生把你接来。剑阳，给袁经理满上。"张建设捏起半枚流着油的双黄鸭蛋，放在袁开法面前，"你再尝尝林家洼的土鸭蛋！鸭子吃的是小鱼小虾，下的蛋个顶个地大，挑出来的全都是双黄！"

至此，大家心照不宣，没人再提工地上的任何事情，直到龙城贡喝到"适可而止"，土锅炖吃得盆光见底，再用红辣的肉汤泡了碗林家洼贡米煮出的白米饭，这顿极具特色的农家土席才算完美收官。

赵剑阳把桑塔纳开到门前，要送袁开法回项目部。临行前，林水生和袁开法并肩站在滴着水的屋檐下，单独说了会儿话，趁这个当口，张强搬来一箱龙城贡酒，放进小车的后备厢。

袁开法拉开车门，坐上副驾驶，车喇叭"嘀"了一声，转个弯走了。张建设和张强也站到门旁，目送小车驶出院子。三个人被昏黄的灯光笼罩，互不相视，沉默站立，不带一丝喜悦，心里反倒空落落的。与此同时，一个沉重的期待，却在袁开法的心中悄然滋生了。

第三十八章　重生

隔天上午,袁开法早早上了工地。他看着有些魂不守舍,直到等来林水生,拉上就往办公室去。进屋关上门,袁开法迫不及待地说:"黄总同意了,我们工段可以外租挖掘机,按市场价计费,条件是必须同正规公司合作,机器由我们管理,作业场地的安全由对方全权负责。"

林水生不由得一阵狂喜,却装作不动声色,问道:"要和啥样的公司合作?"

袁开法解释道:"以往也是如此,工程需要时,经常外租机械。同正规公司合作这条,主要目的有三:第一,对方必须保证施工现场的规范管理;第二,能提供正规的发票用于结算;第三,万一发生安全事故,有承担责任的能力。"

"这都没问题!"林水生打了包票,"我们的运输公司参加了县政府村村通项目,挖掘机也一直跟着国企干。"

"那就好!你们准备用哪家公司与我们合作?"

"运输公司吧,车队也在项目上。"

"以运输公司为主体,结算运费是没问题,机械租赁费不好说!"

"那建筑劳务公司行不行?"

"这要看资质。"袁开法说,"在南港你们怎么开发票?"

"那边没开设备租赁费,开的是劳务费,这边不行?"林水生早有准备,很专业地回答。

袁开法想了一下,说:"这样吧,你先把挖掘机开进来,以运输公司名义和项目部签个租赁协议,我没时间等。至于费用如何结算、发票怎么开,这些以后再说,只要财务给个确定说法,就不难解决!"

"行!"林水生答应道,"我这就去把挖掘机运回来。"

"最重要的是安全!千万不能出问题!"袁开法严肃地说,"丑话说在前头,万一出了问题,你们要独立承担,这点必须体现在协议里!"

因为有陪护爷爷的经历,林水生一向对安全生产极为重视,他自信地说:"安全问题,我向你保证,我们的驾驶员经验很丰富,安全意识很强,并且常设有安全员,如果你还不放心,由你们指派也行。"

袁开法马上推脱道:"安全员还是你们指派,这要体现在协议里,我看的是结果,最好什么都不发生。"

"明白了,我们会管好自己的人的。"

"那好,这就说定了,你快去快回。"

"我回去收拾一下就出发,哦——对了,协议咋办?谁来起草?"

"我来弄,公司有现成的规范格式,按合作条件改动下就行,等你回来审核,有意见再协商。"

"那辛苦你了,袁经理!"

"举手之劳而已。林老板,别嫌我啰唆,请一定记住,你的目的是挣钱,我要的是工期和安全!"

"记住了,我明天就出发!"

"一路顺风!"两个人伸出粗糙的手用力一握。

回到家,林水生立即给沈玉林拨去电话,简要汇报了这边的进展。放下电话,他又开着小车,把张建设、绍连得、张强、胡庆意一个个接来,说有事同他们商量。胡庆意是个直性子,路上问了几次,林水生就是笑而不答,看他的情绪和表情,胡庆意知道应该有好事。回到办公室,又喊来林泽忠,在众人的注目下,林水生终于开口了:"袁经理喊我去,说挖掘机的事——成了!"

小屋里"轰"地一下炸了锅,林泽忠使劲拍着巴掌,张建设攥起拳头用力一挥,胡庆意莫名其妙跟着大家傻笑。绍连得和张强这对师徒倒还冷静,张强试探地问:"后面怎么办?"

高兴归高兴,后续工作更需严谨细致,林水生不再打埋伏,把盘算好的计划一一安排开来:"庆意,你跟我去南港,和你哥一起把挖掘机接回来。爸,你不是对农村多种经营感兴趣吗,能走开的话就一起去,看有没有感兴趣的项目。绍师傅、张工,最近我在外面跑得多,你们多费心,把工地钉紧些,有新客户你们牵头接洽,拿不准的就找张叔。张叔,你给赵剑阳加加码,这些天一定老老实实,不能添乱,不能掺和其他车队的事。最好再去看望下袁经理,给他吃个定心丸。"

众人纷纷点头,林水生接着说:"上次去南港,王工带我去看了二手挖掘机,他说一台要一二十万,具体得看机器状况。我这次去先买一台,让胡庆满回来开。我请几位来,除了通报消息,还想征求大家的意见,你们对采购挖掘机有没有啥想法?"

几个人互相瞅瞅,都没搭话,不清楚卖的啥药,临时让人表态,真拿不准分寸。

"那我先说。"林水生不想耽误时间,主动交底,"那天我突然反应过来,王工带我看机器,就是想再给我们指条路!现在机会来了,袁经理和我们双方都有需求,干或不干,光我们说不行,还要南港那边帮忙。我的意见,不管买挖掘机多少钱,都给南港留两成股份。这个项目结束,再拿一成收益成立个安全基金。还剩下七成,大家考虑下要不要入股,和以前一样,在此说定为算,出门概不反悔!"

大家这才明白林水生的意图。张建设清楚,几人当中,他必须先说话,于是问道:"就我们几个人?有没有限制条件?"

"总共没多少钱,不需要太多人参与。我想先不预设条件,大家都谈谈,合适就按大家说的办,不合适再议。有一点必须说在头里,我们只拿七成收益,但要按比例分摊全部费用。"

张建设点头表示同意,盘算了下,说出个数字:"我出一成。"

林水生看向绍连得,绍连得说:"我就算了,我老了,二桥工地干不了,还是安心做建筑队,这边的事也不少!"

张强也望了下师傅,仔细做了权衡,才说:"我也出一成。"

林水生又问胡庆意:"你咋想的?"

股东谁不想当?但思想上没准备,听到价格更没底气,胡庆意手足无措,脸和脖子都憋得通红。

林水生并不为难他,启发式地问:"我给你做主,你和你哥每人占一成,你哥负责操作,你当安全员,你们平时按月拿工资,年底算账分红,这样行不行？"

胡庆意只是连连点头，眼神躲躲闪闪的，似有话又不敢说。

林水生心中有数，便又追问："是没钱入股，还是对分工不满意？"

胡庆意紧张得身体僵硬，更说不出话来。

林水生正话反说："没钱我先垫上，挣了钱再还我！你要不想当安全员，那我再找个想当的，把你的一成给他！"

这下胡庆意急了，连连喊道："我愿意！表哥！我愿意！"

众人一起大笑起来，等笑声低了，林水生敲了敲桌子，直说道："张叔、张工，我提个建议，你们要有闲钱，就再多出点，一人一成五，咋样？"

张建设看向林水生，绍连得和张强却同时看向张建设，没几秒钟，张建设爽快答应："好,听你的！一成五就一成五！"

绍连得师徒对视一眼，张强说："那我也出一成五！"

……

接到林水生的电话，沈玉林也没闲着，叫来王长海，告诉他小林不日出发，来买二手挖掘机，让他先去市场上挑一挑，去六建选一台也行。王长海并不表态，默不作声考虑着什么。沈玉林知道他的脾气，别看不吭不哈的，却是个心里有数的，只要张嘴，句句都在点上。

果然，没等多少工夫，王长海开口问道："按你的说法，这台挖掘机水生要得很急？"

"他说工期很赶，对方要求越快越好。"

"他那边有没有合适的机手？"

"没有，他说要带胡庆满回去当主机手。"

"他买挖掘机用在哪里？"

"先干大桥的土方工程，之后嘛，我想机器的通用性要好一点，大活小活都能干。"

问清楚这些，王长海随即提出了建议："六建对外出售的几台都不太好，操作间杂乱，仪表台和座椅损坏，外表有大面积锈蚀，一台大臂还有裂纹；长时间不用，封存还不认真，发动机、液压系统、各种管线和滤芯、油液、阀门这些,什么状况也不清楚;还有履带、轴架、梁臂、齿轮、栓销等金属部件内部也可能有伤。况且,公家的机械,操作人员不固定,每个人都有痼弊动作和不良习惯,再加上不懂得爱惜,就容易造成人为的机械磨损和故障隐患。价格合适的话当然能买,但必须经过彻底检修,有的部位还要换件,怎么也要几周吧。小胡操作技术不错,可毕竟干的时间短,后续如果问题频发就麻烦了!所以我觉得六建的机器不合适。"

"那你说怎么办?"

"你还记得在我们工地干过的那个李相成吗?"王长海问。

"记得,怎么了?"

"前些日子他找我,说干不动了,想转行,要卖机器,他那台是一九九一年进口的小松 PC220,用了一万多小时,状态不错,还在工地上干着活,买来就能用,并且这个吨位我看够用了,他要二十三万,应该还能谈。"

沈玉林琢磨了下,说:"你说得有道理,但最终还要水生定。我看这样,你先问李相成机器还在不在,有时间的话,下午再去趟六建,把那几台仔细检查检查,情况搞准了。市场上还有合适的,可以先联系着,等水生来了,都带他看看,让他自己选。"

"好吧。"

沈玉林一个人靠在床头,一根接一根抽着闷烟,一片又一片青纱飘摇向上,在屋顶聚集、纠缠,然后向四面散开,蔓延在狭小密封的空间里,着火一般呛人。

就在刚刚,他和王长海、林水生碰了个头,机器基本定下了,就是李相成的那台小松,王长海与对方约好,明天详细商谈买卖过户的事宜。一切都很顺利,应该高兴才是,可林水生的一番话惹恼了他,他气鼓鼓地回了屋,一个人酝酿久未喷发的火山。

令他恼怒的原因是林水生的好意,要给他和王长海每人一成干股。那小子做了坚持到底的准备,居然说感情是感情、生意是生意,人不能白受恩惠,要懂得感恩回报,还说如果他们不接受,宁可不买,另找货源。

沈玉林不是不了解社会上的风气,很多人表面上干着公家的、私底下经营自己的,身边早有人给他建议,项目部要人有人、要技术有技术、要装备有装备、要资质有资质,不如"近水楼台先得月",大家合伙拉起队伍,干些分包项目简直小菜一碟,施工质量还有保证!

尽管对此无法苟同,沈玉林却要极力维持队伍的稳定。时代不同了,评价人的标准也跟着改变,人们对财富的欲望前所未有,哪个人都不是生活在真空里,都会受到周边人的影响,谁家的吃穿住用都要开支,追求幸福生活就要拿得出真金白银。沈玉林没有老婆孩子,身为中层干部和项目部负责人,工资是不低的,工程完结还有兑现奖,他的收入足以支撑生活。其他人的诉求如何满足?眼看着手里的工程无偿交给别人,大笔大笔的经费划拨到别人账上,外包的私人老板赚得盆满钵满,体制内管事的却享受不到其中的红利,心里怎能保持平衡?这就是国营和私营的根本差别。沈玉林无力左右形势,更不能违法违纪采取所谓"聪明的小动作",只能在规则范围内想办法,尽量多发点奖金,能挨过一天是一天。

但问题还是出现了,同在一个单位哪有不透风的墙!大徐与人合伙组建了施工队,当起了包工头,还从别的项目部承包了工段,劲头大得很!大徐还算讲究,没死乞白赖地找沈玉林要过工程,可该说不说,以前没有,以后会不会,哪有个准信!鲍工把资质拿出去,挂靠了一家市政公司,时不时要去站站台,这种现象在水建公司相当普遍,领导们都是睁一只眼闭一只眼,不影响本职工作就行。老黄又给人代起了账,客户多是从事建筑行业的私营老板,业余时间都用在这上面,连"八十分"都不打了!杨海宁也要走了,他报考了北京一所大学建筑与土木工程专业的研究生,国庆节专门北上拜见了导师,导师说比起啥都不懂的应届生,更喜欢有实际经验的学生,画过的图纸越多、干过的工程越大、处理过的难题越复杂,学习的主动性和针对性才越强!只有王长海始终如一保持了稳定,也难怪,农村出来的孩子,工作和家庭都落在城市里,说得上人生事业双成功了。更何况他还把弟弟王长江也带出来开翻斗车,拿着工资还有运费分成,他才是最知足的那个。

但是,林水生不一样!在这个孩子身上,沈玉林看到的,依稀是年轻时的自己!

沈玉林不会忘记,三十多年前走出学校、走向社会,那种天地混沌的茫然。那时候，三年困难时期将将过去，国家还没从困难中重新振作，又开启了经济调整期，工程压缩、工厂减员、企业关停并转、城市里百废待兴……以退休为代价，为哥哥姐姐换来工作的父母，再无力关照他这个小儿子，由着他在社会上厮混了两年。看到越来越多令人匪夷所思的人和事，经过一次比一次严重的打击，还包括处在陌生世界中的无所适从，最终，他和家人的矛盾不断激化，一气之下，跑到征招上山下乡知青的工作组那里报了名，却误打误撞进了军垦团，一去就是十五年。军垦团很苦，他却无所谓，年轻人嘛，身上的伤好得快，磕磕碰碰怕什么？可那时的他还不明白，正因为年轻，心里的伤才更加刻骨铭心！他的伤来自一个决定，时到今日，他都深深感到后悔。那是刚下到连队的事，因对一位常在一起玩的"女性好友"放不下，便频频给她写信，他认为那只是正常交流，并无超出友谊之外的东西。后来，由于知青中的恋爱风刮得厉害，军垦团安排了针对性的思想教育整顿，听说他同某位女青年通信频繁，连队干部专门找他谈了话，让他认清形势、配合工作、立志边疆、安心军垦……就这样，信件骤然减少，没多久便中断了联系。几年后，一位知青战友告诉他，朋友在来信无意中提到，他的那位"女性好友"不知所终了！心慌意乱的他又开始写信，一封接着一封，询问对方的近况、检讨自己的退缩，把几年来藏在心底、酝酿了无数遍的几句话，一遍又一遍写了出来、发了出去，直到信件陆陆续续被退了回来，看着信封上各种体例的"查无此人"，他的心彻底凉了。打那以后，除了定期给父母寄一些生活费，所有积蓄都买了烟酒，烟熏火燎几十年，终于修炼成了一座"活火山"。

那年在龙城项目上，村支书安排过来一个孩子，起初他是抗拒的，项目归项目，做事归做事，他不愿夹带私情，更何况，来的人是村支书儿子的死党，一个如假包换的"关系户"！可耐不住村支书三番五次地说，于是同意先进来，找个理由再送回去。没几天时间，他便惊讶地发现，这个单纯的年轻人，竟然和少年时的自己如此相像！遭现实驱赶，进入漆黑的小路，却怀揣理想、对美好生活的憧憬；洋溢着青年人珍贵的品格，善良、阳光、偶尔的冲动，坚韧、倔强、不屈不挠、聪明、好学、思维敏捷，真诚、有爱心、讲原则道义；更让他看重的，是孩子对家人的责任担当，对友人的珍惜呵护，对命运的坦然无畏！不错，那就是年少时的自己，很多年前看不清、很多年后审视内心

第三十八章 重生

313

才发现的自己,那个还不懂得珍惜就如流水逝去、只能终身扼腕叹息的大好年华,就重现眼前,愚蠢的自己,差一点又把这份赤子之心赶出门去!他不禁喜欢上了那个孩子,渐渐产生了某种情愫,不希望孩子再走他的老路,不希望孩子的后半生心身孤苦,不希望孩子与好友越走越远,不希望亲手把孩子的前程埋葬!他只要关照几句、拉上一把,就能帮孩子走出泥潭,教会孩子如何迈步,避免孩子误入歧途!几年下来,看着孩子一步步成长,他万分欣喜,心思没有白费,孩子正一天天成熟!

可是,就在刚才,臭小子第一次逆着他的意图说话,令他陷入深深的迷茫,他真的老了吗?思想保守了吗?跟不上时代了吗?

唉!既然想不明白,就先睡一觉,想不通的事留到明天再说!"睡前原谅一切,醒来便是重生!"但愿今晚不会失眠!

第三十九章　突击

小会议室内，一个年近五十、看上去精明干练的男子正发着香烟，见林水生摇手推辞，便解嘲地说："我们开挖掘机的，干起活来就不要命，有时候活紧，一个人硬着头皮也得干，夜班全靠香烟顶着，个个都是大烟枪，林老板，我们抽烟你介意不？"

林水生微笑着，客气地回应道："没事的，李老板，我在工地上没少待，周围都是大烟枪，早都习惯了！"

那个叫李相成的男子也咧开嘴笑着："林老板，听说你十几岁就拉队伍出来干了，真了不起呀！我十几岁那会儿还啥都不懂哩！爹妈喊我干活，就是不肯挪屁股，吃了上顿想下顿，想起来真是惭愧！"

"我也是没办法，家里太穷，由不得自己。"从林水生的眼睛里射出两道感激的光，直投向王长海，"大家都说我运气好，一下学就遇到了王工他们，把我带上了这条道。"

"这话没错，王工真是个大善人！"李相成不失时机跟着夸赞，"对我们包活的，他没少关照，还一点架子都没有！都是多少年的老关系了，要不这么好的机器，我哪舍得这么便宜卖给你们！"

说到了机器和他本人，王长海便顺势接茬："昨天小杨、小胡去试了车，机器总体还不错，除了有些渗油渗液，暂时没发现别的隐患。"

李相成听了，连忙澄清道："机器绝对没问题，正宗的整机进口货，大部件一个都没动过，保养也一直坚持做，这点你们放心！王工你知道的，开挖掘机是个体力活，我年纪大了，实在熬不起，女儿女婿都是老师，马上有外孙了还要我们带，家里也没人来接，这不找了个徒弟小张，平时检查保养都是我说他做，难免有些不够精细。说句实在话，这几年买挖掘机的越来越多，不像从前好干了，大钱难挣到，忙起来还要上工地换班，实在烦了，不如卖了机子，找个轻松的事情做，有时间在家带带外孙，享享清福。"

林水生望向王长海，见王长海微微点了个头，便转头对李相成说："我们当然相信你，可是丑话还是要说，请你别介意，过户前得全面检查一遍。"

"当然当然，诚信买卖、公平交易，检查清爽了才放心。"

"你把机器卖了，手头的工地怎么办？"王长海插话问。

"那个没关系，我不干有人干，巴不得让我走哩！"

"打算怎么安排小张？"

"他嘛，跟了我两年多，技术还不错，人品也蛮好的，如果林老板肯带走，就让他跟着，要不我想办法给他找个出路。"

林水生没回应小张的事，而是抛出了一个关键问题："价格上能不能再优惠些？"

"那可不行！"李相成头摇得像拨浪鼓，"王工好说歹说，我才同意让步的，刚才说了，王工关照我，就算还人情，二十一万八，不能再少了，不信你跑跑市场打听打听，我这样的机器，这个价格买不到的！"

林水生耷拉下眼皮，显示出迟疑的神态，过了十几秒，才加重语气说："李老板，你看这样行不行，我给你加两千，二十二万，但是先付十二万，过半年再付十万。"

李相成扑哧一笑，"林老板不要开玩笑！二十一万八，一次性付清！"顿了顿，又决意地说，"做买卖嘛，要讲诚意！我再让个步，交付前再给机器做个保养，费用我来承担！"

林水生还不放弃，语气更重了："那我再加两千，二十二万二，先付十二万二，剩下十万半年后付清。李老板，我给你算个账，银行半年期定期存款的利率是四厘，十万块存上半年只有两千块利息，我加四千，等于你多赚两千，若你还不满意，我也不强求，就按你说的，二十一万八一次性付清！"

李相成盯着林水生，心里却暗暗斟酌，良久才问："如果半年内机器出了问题怎么办？"

"我向你保证，"林水生举起右手攥起拳头，做了个发誓的手势，"只要一次性验车通过了，再出任何问题都跟你无关，可以写个君子协议。还有，你徒弟愿跟我们回去，我们热烈欢迎，一方面我们需要他这样熟悉机器的人，另一方面还能当个见证人。"

见对方又是一阵犹豫，林水生索性交了底："李老板，不瞒你说，我们摊子才铺开，用钱的地方太多，手头紧得很。一次性付清全款挤挤也够，那就可能影响其他业务，毕竟每走一步都要花钱。至于半年后的款子，完全不必担心，你想想，如果不是接到个大工程，我也不会这个时候来买机器，更不会要得这么急！市场上不缺便宜的机器，我就是没时间收拾，才看中了你这台。工程要后年才结束，我有两年的工作量做担保，还怕没钱给你？"

王长海也跟着劝道："老李，我理解你的苦衷，毕竟林水生是外地人，你们不熟悉，担心是正常的。他说的都是实情，眼下现钱紧，但有工程垫底，不会出问题的。再说这个价格，我觉得不错了，'二二二''○○○'，正经的'豹子号'，大吉大利呀！"

李相成的目光轮流扫过王长海和林水生，内心激烈斗争着。他回了一句"让我再想想"，便点上烟，陷入了沉默。卖机器不是一时的想法，年龄大了、不想干了是主观因素，客观上这个行当趋于饱和，正面临一次洗牌，王长海帮他找到买家，还肯带走他徒弟，无疑是最好的解脱方式。可是，买家极其罕见地主动加价，他从没遇上过！延期付款可不保险，十万块不是个小数，为了四千块钱，要承担十万块的风险，怎么比都不划算。但想想对方又不像做局，项目部的活他做了不少，王长海从没为难过他，如果断然拒绝了，一时半会儿机器又脱不了手，再见到王长海，可就尴尬了！李相成抬眼观察起王长海，王长海也一脸正色望着他，他于心不忍，想松口又不敢，便干脆不表态，以退为进，等对方进一步出价。

果然，王长海没让他失望，提出了一个保险措施："老李，既然你不放心，那我来做个担保人，半年后如果林水生不给钱，我连本带息一分不少付给你！"

李相成的脸色变了几变，终于，他掐掉烟头，拳头重重砸向桌面："那好！王工发话了，我没办法拒绝！不过我也有条件，要有抵押物！只要你们答应，就按林老板说的办，就当交个朋友！小张我对他说，让他跟你们回去，这孩子我了解，人老实还懂事，你们尽可放心用。"

这下，轮到林水生犯难了，资产都在老家，用什么做抵押？王长海却连个顿都没打，一口答应了："抵押物我来办，你我之间写个担保抵押协议，过户时一并交给你！"

"哈哈！"李相成笑了，"那就谢谢王工、谢谢林老板！可别怪我小气，我也是没办法，人老了，胆子小了嘛！"

"小心驶得万年船嘛！"王长海说。

林水生还在疑惑，王长海用什么做抵押，感到小腿被踢了一脚，才不得不跟着表态："李老板，谢谢赏脸！生意成了，大家就是朋友了，欢迎到我们那边看看，顺带看看你徒弟！"

李相成开心地笑着："说好了，有时间一定去！"

沈玉林没参加协商，一大早，林水生跑去征求他的意见，他撂下一句话："这事我管不了，也不想管，如果你坚持给我一成股份，我一定要掏钱的！"说完背着手出了屋，先去食堂扒了口早饭，喊上鲍家华，溜溜达达上了工地。

一路上这停停、那说说，路基夯得实不实、垫层铺得够不够、水稳层厚度和配比是否达标，一项一项检查得格外仔细。

两个人走着聊着，一台挖掘机迎面驶来，离他们不远靠路边停住，杨师傅从驾驶室跳了下来，跑过来问候："沈经理、鲍工，今天怎么这么早？"

"你这是到哪里去？"沈玉林反问杨师傅。

"王工让我把机器开到仓库，要彻底检查一下，再做个维保！"

"小胡呢？"

"他先去仓库了，领些材料，做做准备。"

"小胡要回老家，你知道吗？"

"昨天就知道了。"

"你一个人行不行？"

"暂时还好！以后忙不过来，我就找王工要人。"

"昨天看的那台机器怎么样？"

"机器还不错，后续管理能跟上的话，再用个十年八年都行。"

"那就好！小杨，你费费心，小胡走之前，多给他讲讲注意事项，特别是维保方面。"

"放心吧，小胡没问题的！这台机器平时都是他在管，只要不是大故障，他都能应付。待会儿搞机子,我再帮他往细里抠抠。"

"那好,你去忙吧。"

走开没几步,鲍家华就凑上来,羡慕地说:"老沈,林水生真干大了,当初谁能想到!"

"大什么!"沈玉林没好气地回应,"一台二手挖掘机、几辆车而已,听说不少人有股份。"

"那也不错了,他才干了几年!"

"是呀,才干了几年!说真的,不能小看任何人!从欠一屁股债,到拥有一支颇具规模的施工队,算是个小小的奇迹吧!这还不算啥,抓住接下来的机会,再过几年,才真不一样哩!"

"唉!我们老了,没赶上好时代,不然,我也出去弄个老板当当。"

"老鲍,你还记得林水生他们村的样子吗?"

"怎么不记得?几千人的大村子,别说乡镇企业,连个像样点的小饭店都没有!家庭收入基本靠种地,多数人家还住着土坯房,路况也差得很,晴天一脚土、雨天一脚泥,连我们这边八十年代的境况都比不上!"

"用'一穷二白'形容不过分吧?"

"可不!村里啥都买不到,乡里逢集看着热闹,其实就是个杂货市场,卖的都是便宜的冒牌货!"

"从另一个角度看,穷也是发展的潜力,是林水生的优势!你想想,给他们十年时间,把村子建成你们村那样,那是多大的一块蛋糕!林水生只咬了一小口,就发达了、成老板了,他要能耐下心来,一口一口吃上十年,会胖成什么样!"

鲍家华心里嫉妒,嘴上还是说:"他要真能坚持住,那还不挣大发了!"

"你知道我为什么鼓励他出来看看吗?"

"为什么?"鲍家华问。

"一辈子泡在臭泥沟里,永远不知道大河有多长,大海有多宽!"沈玉林放慢脚步,一边挥舞双手,一边叹道,"老鲍,中华文明领先了几千年,创造了多么辉煌的历史和璀璨的文化,可偏偏在人类科技进步和经济发展最最关键的阶段,在西方工业革命蓬勃兴起的时候,我们选择了闭关锁国!可以说,中国近代被侵略、被奴役、被剥削,根源就在于此!封建君王愚昧自大、故步自封,认为社会只有一成不变,才能稳固统治根基,错过了千载难逢的绝佳机遇!我们搞改革开放,就要打破制约发展的重重壁垒,学习和借鉴西方发达国家的成功经验和先进技术,解放思想、放下包袱、奋起直追。同样的道理,在国内,沿海地区率先发展起来了,也一定要辐射和带动内地,给他们当模范、做表率。有时他们意识不到,那就要拉一拉、破一破。中西部地区地大物博、资源丰富、劳动力充沛,一旦甩开了膀子、迈开了步子,将爆发多么磅礴的力量!"

"可他们真的很守旧!"鲍家华蹙着眉头说,"听说林水生才弄了点名堂出来,就被指名道姓地告了。"

"这又回到了刚才那个话题,解决思想上的问题,只靠说教不行,更需要灵魂触动。对经营者来说,多去先进的地方走走、多和开明人士谈谈,看到差距、有了危机感,追赶起来才有目标、有动力!而对普通百姓,则要让他们尝到甜头、得到收获,用利益和希望帮他们换脑筋,调动积极性。"沈玉林突然停下脚步,问鲍家华,"最近看新闻了吗?党的十五大精神学了没有?"

"嘿嘿,没太关心,那是国家大事,跟咱老百姓关系不大。"

"老鲍,你这个观点有问题啊!"沈玉林拍了拍鲍家华的胳膊,"再大的政策,都要在最基层能够落地,让老百姓看得见、摸得到、用得上的,才是好政策!就拿民营经济的定位来说,国家从前的说法,是对公有制的补充,十五大把邓小平理论确立为党的指导思想,明确了社会主义初级阶段的基本路线和纲领,把以公有制为主体、多种所有制经济共同发展确定为我国社会主义初级阶段的基本经济制度,还提出了非公有制经济是我国社会主义市场经济的重要组成部分,知道这段话的含义吗?"

鲍家华琢磨了下,问道:"那些私人老板能光明正大地干了?"

"是呀!这些年,民营企业虽然发展得快,在有些省份已经形成了相当大的体量,但仍可说是'有实无名''名不正言不顺'。民营企业的优势谁都能看到,可光有优势又如何?从党和国家政策看,如果仅仅定位为公有制的'补充',那只能在边缘和外围游走,上不得桌面。在社会主义国家能不能存在私有经济？可以的话，又将在国民经济中处于什么地位？起到什么作用？这些问题不从根本上搞清楚，民营企业发展得再好，也是'无根之木、无源之水'！私人老板们再有钱，心里也不踏实、睡觉也不安稳。党的十五大从党和国家的最高层面，赋予了私有经济'重要组成部分'这个地位，并且明确了公有制和其他所有制可以共同存在、共同发展，这下，谁也不能对民营企业说三道四了！接下来，私有经济一定会快速成长壮大，吸纳越来越多的就业人口，发挥越来越重要的作用！私人老板们也不用再把钱财东躲西藏，只要是合法经营挣来的，就可以理直气壮地花了！"

鲍家华有点不服气，愤愤地说："那他们还不把尾巴翘上天去！"

沈玉林抬手指了指远处带人干活的一个小包工头，对鲍家华说："你看他们，天天早来晚走，说起来是小老板，其中究竟多苦多累，只有他们自己才体会得到。上规模的民营企业，同样是通过辛勤劳动、苦心经营，一点点积累、一步步发展起来的，哪个环节出了岔子，都要经受生死考验。就说林水生吧，从一无所有到小有成就，外人看来容易，说他运气好，干一个成一个，可哪一次不是胆战心惊、赌上了全部身家？一封匿名告状信，就差点耗尽几年打拼的全部积累！从这方面说，国企的基础条件和生存环境要好太多，同时压力小了许多，工作轻松了许多，正因如此，我们的思想观念、奋斗精神、忧患意识、节俭习惯等等，与他们相比，差了十万八千里呀！你说他们成功后，翘翘尾巴算什么？"

鲍家华听了不免点头："说实话，如果我是个小老板，天天风里来雨里去，还被一堆破事弄得焦头烂额，真不一定能坚持得住哩！"

"坚持不住也得坚持！"沈玉林不同意鲍家华的观点，"你当了老板，你能眼睁睁看着花钱请来的人磨洋工？你能忍受材料的不合理消耗？你能放任不规范的管理？你能甘心公司亏损赔钱？"

"嘿嘿，那当然不行！"

"所以，不是能不能的问题，而是该不该的问题！你必须坚持住！利润的所有者，一定会尽最大努力减少成本、提高效率、扩大收益，不然他就不是一个合格的老板，他的企业也不可能长久！管理者不能尽心尽力，对手下人放任自流，就无法实现效率和效益的最大化。国企的问题往往出在这里。"

"说得有道理。老沈,不是我恭维你,像你这样负责任的领导真不多见!"

沈玉林呵呵一笑,说道:"你刚才说年龄大了,我看未必,现在上从国家政策的支持、经济发展的需要,下到宽松的市场环境、社会上对民营企业的认可,都为他们提供了大好机会,可以说前所未有呀!只要你愿意,就可以名正言顺地去当老板,什么时候都不晚的!"

林水生二赴南港一周后,龙城二桥工地迎来了一个独特的组合:一台正值壮年的中型挖掘机,两个为了生活打拼的驾驶员,一个集股东、学徒、安全员于一身的管理员,还有一位几天几夜守在机器旁的年轻老板。

这个组合一出现,便产生了意想不到的作用,只要施工条件允许,机器就没停下过,工地上马达轰鸣、车来车往,胡庆意把哨子吹得尖响,高调地把控着现场的指挥权。

初始几天,桥梁公司的员工还等着看他们的笑话。可在袁开法的不断催促下,不服输的心理起了作用,渐渐地也被带动了起来。这些老国企的工人师傅,无论经验、技术还是情况处置的能力水平,真不是那几个毛头小子比得了的!偷懒耍滑、故意刁难、贪巧畏难等现象少了,工作效率大幅提高。不过,真遇上雨雪天气、土层条件不好,或者加班加点、连续酣战,老国企的严谨持重和民企的敢想敢干,两种风格便会产生差异,林水生班组不惧困难、不怕辛劳的作风,就越发地体现出了优势。

只用了一个来月,袁开法负责的南岸土方工程不仅赶回了工期,还提前完成工程计划,成了标兵工段。黄总多次到南岸作业区观摩,他通知袁开法,把林水生班组作为项目的机动力量,哪里施工任务紧、地质条件差、作业难度大就派到哪里,发挥好突击队的作用。

林水生班组在二桥工地名声大噪,甚至传到了乡里、县里,传到了有关单位和领导的耳朵里。几个年轻人没意识到,他们看似不起眼的举动,将产生一系列影响。如同亚马孙雨林中的蝴蝶,只要勇于扇动柔弱的翅膀,终会掀起惊天风暴!

第四十章　秋意

当林水生正为改变命运而奋力拼搏时,张国平却春风得意,享受着人生最美妙的时光。

走上工作岗位,张国平是激情饱满的。农机技术员的身份,让他的奋斗更有价值。在师傅韩新成的指导下,他认真钻研农业机械的理论知识和操作技能,熟悉保养维护和管理制度,与同事和县乡农机站的工作人员一起,深入田间地头,保障耕种作业,推广农机技术,有时还要担当小教员的角色,给农民兄弟授课,手把手地教学示范。他快速融入工作之中,和同事融洽相处,就连气质也在同步变化——性格开朗了些、外表精干了些、皮肤黑了些、举止成熟了些。

在生活中,张国平也不缺乏"惊喜"。高挑的身材、潇洒的气质、不羁的性格,活脱脱一个现实版齐秦,再加上一入职就展现出超越常人的技术实力和发展潜力,想不成为焦点都难。

实际上,更早一些,他的魅力就被人发觉和欣赏。还在省农机学校上学时,就有女生暗示,只要他肯张口,或是愿与她交往,她就会动用关系,把他留在省城、留在她的身边,个人幸福和事业前程都将唾手可得。可张国平哪里肯干,他本就对那位委培的"公主"没啥感觉,对前途也不做强求,要他低声下气央求一个虚无缥缈的"幸福",还不如把他打发回农村。何况他还有些底气,农机公司对他的实习评价很高,一手加工技艺也被机械专业的老师看好,主动提出帮他争取个留校名额。但结果并不如意,留校的"帽子"最终没能落在他的头上。于是,农机公司成了兜底的去处。

惊喜也来自农机公司内部。每个单位总有几个热心人,喜欢把红绳两端牵系在他们认为"般配"的青年男女身上,再发自内心感慨一番,说月下老人的安排让人不得不服,谁都不该拒绝天意注定的姻缘。可没过多久,红绳被重新连接,其中的根据,依然是无法抗拒的命运之手。

还有令张国平意外的,这来自一个老相识。一次下班出门,他"偶遇"了殷凤华。张国平和殷凤华没同过班,因为宋兰才熟悉起来。两人站在街边聊了几句,互留了联系方式,说都在市里工作,有事要互相帮助。帮助谈不上,联系倒是挺密,才一个来月,农机公司内部就传开了,张国平有个漂亮的女同学,是个在银行工作的白领!财务部门也提醒,有的办公室市话费涨得挺快,要注意点影响!

逮住个农机下乡活动,张国平回到了林家洼村,这是上班后头一次回来。例行完公事,匆匆回家看了一眼,父亲还好,问了些工作上的事情,叮嘱几句同事间交往的注意事项,母亲却是眼泪唰唰直流,搂着他说不出话来,不知欢喜还是伤感。大黄疯了似的扑上身来,前腿抱上他的脖子就不放开,把他满头满脸舔了个遍!

听到消息,林水生蹬上自行车就来了,有阵子没见面,原先高挑帅气的白面书生,脸面黑了,体格精瘦了,一头蓬松的长发随意趴着,嘴边的胡楂来不及刮去,看上去像成熟了好几岁。

说了不多会儿话,张国平就要走了,同事在村委会等他,还要赶去下一个村子。

就在告别的一刻,林水生忽然心生懊恼,他不是在单位上班的公家人,谁还规定他每天必须在岗?谁还要求他周末必须加班?手头到底有多少事,就忙得分不开身了?张国平和宋兰都孤身在外,该不该去看看他们?

"国平,"他忙唤道,"我送你去村委会!"

张国平坐上自行车后座,林水生双腿发力,自行车立马飞了起来。两个人谁都不作声,好像又回到了从前,只是这路已不再颠簸、尘土也不再飞扬。时间改变了环境,也改变着他们。到村委会就一根烟的工夫,回头看着张国平下来,林水生说:"很久没在一起聚聚了,周末你要有空,我喊上宋兰,去市里找你玩?"

"好呀!那就说定了,到时候电话联系!"

秋日的上午,天空蓝蓝的,干净且透明,太阳像个热情的大男孩,把温暖的光线送到大地的每个角落。河州市李仙园畔的李仙湖,四个年轻人泛舟湖面,享受着和风暖阳、青山绿波的悠然和浪漫。

李仙园和李仙湖的名字,来源于民间"八仙"中的铁拐李,传说他云游时路过这里,在湖里洗了脚,又在湖边睡了午觉,园内一块青石板上,至今保留着他睡过的卧仙石、单腿独立的大脚印,旁边就是铁拐杵地而成的圆石臼。李仙湖向西是个小山包,山顶有座望仙塔,每到阳光明媚的日子,市民纷纷来此登高望远,河州市的全景一览无余,脚下满山青松、一湖碧水,更让人流连忘返。

"宋兰,接着!"殷凤华喊了声,抛了个橘子过去。

宋兰伸手接了:"你咋买了这么多东西!"

殷凤华不作答,笑意浅浅,又从背包里掏出两个,扔给船尾两位帅哥。

今天的活动,是两位帅哥发起的。天亮后林水生从家出发,先到县城接上宋兰,再赶到约定的李仙湖,张国平和殷凤华已经等了不短时间。路上宋兰说,她和殷凤华通了气,她们的共同心愿是划船游湖,除此之外的活动,都由男生做主了。

从游船上下来,他们占据了一小块湖边草坪,平铺了一块白色塑料布,摆上带来的各种吃食,分坐下来晒起太阳。目光所及,尽是休闲度假的人,围聚成无数个大小圈圈,像绿草毯上的团团花簇,在阳光下快乐地绽放。

宋兰和殷凤华搂在一起说着悄悄话。殷凤华经过了精心打扮,发型是流行的披肩大波浪,粉红色的高领毛衣,外罩一件米黄色的休闲小西装,下身是一条紧身的弹力牛仔裤,裤脚收在一双咖啡色的中帮皮鞋里。她还上了淡妆,眉毛描成柳叶般纤长,薄薄一层水粉把圆润的脸蛋衬托得更加娇艳,绯红色的口红涂抹出整个面部最诱人的色彩。她的这身装扮,把火辣的身材包裹得凹凸有致,浑身上下散发出淡淡的清香。宋兰挨坐在美人身旁,调侃说:"在大城市生活就是不一样,小凤凰又漂亮又开朗,不知能迷住多少男孩子!"她让殷凤华老实交代,有几个男生追求过她,有没有人为她打过架!殷凤华一边咯咯笑,一边袭击宋兰腋下最敏感的"痒痒肉",嘴里还不依不饶:"好呀宋兰,几天没见你就变了,看你还敢使坏!"宋兰娇笑着、躲闪着:"不敢了不敢了,你饶了我吧!"殷凤华听也不听:"你也老实交代,像你这么

第四十章　秋意

美丽温柔的,收到过多少封情书?有没有人为你跳河?不说我可不放过你!"宋兰捂着嘴呵呵地笑,一抬腿站起来就跑,殷凤华起身追了上去。

张国平双手抱着膝盖,举目望向远处,湖面清清、暖风徐徐,草地上有小夫妻带着幼儿蹒跚学步,有青年男女在人群中忘情地相拥,南边的欢声笑语来自集体过周末的中学生,最远处是舞蹈歌唱的爷爷奶奶们……这种美好,就像诗里描绘的:

活在这珍贵的人间
太阳强烈
水波温柔
一层层白云覆盖着
我
踩在青草上
感到自己是彻底干净的黑土块
……

他斜过头去,一旁是窃窃私语的女同学,突然有开心的笑声传来,林水生也望向那边,他们相视一笑。张国平回转目光扫过青青的缓坡,优美的曲线和幽幽的草香,恰如银凤凰一样迷人。

自从两人"偶遇",张国平和殷凤华可不只通过很多次电话,他陪她逛过街、看过电影,和她一起挤长途汽车回老家,有时他们还会找一处安静的场所互相交流工作生活中的快与不快……今天殷凤华能来,宋兰给她打过电话,其实是张国平先邀请的。早晨,张国平满怀期待地站在公园门前,胸中似有台手扶拖拉机疾驰,当他望见殷凤华翩翩而来,只一眼就被她摄人的风采迷住了!在张国平眼里,殷凤华大大的眼睛、圆圆的脸庞、比常人稍显丰腴的身材,中学时是她的缺点,现在都成了迷人之处,越发洋溢出青春女子的活力和风采!张国平安静地坐着,心里却总想着她,眼神不由自主瞥向她。他的目光追随着两个嬉笑追逐的倩影,那影子又融入脑海,在最深处盘旋!突然,他腾地蹦起,一个箭步冲了出去,伸手扶住了脚步不稳、张嘴惊呼的那个她!

"咋了咋了?"宋兰跑过来,惊魂未定地问,"没摔着吧?"

"没有没有,踩到了大草根,脚下一滑没站稳!"殷凤华从张国平的怀里挣脱,眼睛也从他的脸上移开。她架上宋兰的肩膀,一瘸一拐地走到塑料布那边,由宋兰搀扶着坐下。

"疼吗?"宋兰心疼地问。

"都说了没事,别担心,揉揉就好了。"殷凤华捏着脚踝,故意眯起媚眼向宋兰示好。

宋兰摆出一副教育人的神态,点着殷凤华小巧的鼻子说:"你可一定要注意安全,万一不小心受了伤,多少男孩子要伤心嘞!"

殷凤华面颊红润,偷瞄了一眼张国平,若有所指地说:"现在的男孩子都是家里的乖宝宝,喜欢的都是文静的乖乖女,哪有人为我这个假小子伤心!"她冲宋兰做出个坏笑,"看你这么心疼我,要不你做我的女朋友吧!"说着就张开双臂,要给宋兰来个拥抱。

……

张国平也坐下了,低着头默不作声,两眼痴痴望着一根青草尖尖,脸上像被野火烧过。他的注意力一直在她身上,才逮住机会"英雄救美",却没时间考虑后果!当他的手指滑过她丰腴弹软的峰侧,当她的双臂环上他厚实有力的肩颈,两个人同时触电了!那种酥麻还在体内游窜,有一种冲动蠢蠢而生!

还是初次无意触碰女生的身体,也是头一回产生强烈的本能反应,张国平有种犯罪感,他憎恶自己龌龊的想法,却忍不住一遍遍回味。那灵魂激荡的一瞬,怀抱中柔柔的躯体,萦绕在鼻端的幽香,浑身上下都有欲望膨胀。他不敢看殷凤华,不敢看宋兰和林水生,他垂下头又抬起来,无所谓似的左右扫视,却无法拒绝地无数次掠过那个玲珑剔透的曲线和那张美艳动人的脸庞。

触电的感觉困扰着他,随后的活动都失去了滋味,游园、爬山、登塔……他毫无知觉地跟在后面,活像一具行尸走肉。中午下饭馆,早想好要买单的,被林水生抢了不说,竟连谁点的菜、点的啥,都糊里糊涂记不清楚。还有

第四十章 秋意

更傻的是,同林水生和宋兰告别后,他直接拦了辆出租车,让殷凤华一个人搭车而去,失魂落魄的他,则背着背包,走了两个小时才回到宿舍。这种影响是持续的,几天都提不起劲来,做事还时常走神。有种无法言说的诱惑,就像心头的稻草在疯长,念念不忘又惴惴不安,伴他度过了许多个难熬的夜晚。

一个又一个周末,张国平压制住心灵的呼声,不敢轻易再见那个人,也不敢主动联系。转变也发生在一个周末,下班前几分钟,殷凤华来了电话,电话中的声音充满了委屈,说她那天忍痛走了那么多路,还不是不想破坏大家的情绪,结果还被塞进出租车,回宿舍上楼都没人扶!她埋怨张国平的粗心,伤脚疼了很久,也不打个电话问候一声!庆幸的是,发了几句牢骚,殷凤华就解了气,说三马路光明剧场正在上演张艺谋导演的喜剧《有话好好说》,她想去看,问他有没有时间陪她一起。鬼使神差地,听到前面几句,张国平只会"哼、哈、唉"地应付,一说起看电影,他嘴里立马就蹦出个"好"来!一出口就不免后悔,毕竟答应了人家,粗心可以,食言不行!这几天干活多,担心身上有异味,他特意去公共浴室搓了个澡,衬衣衬裤都换了干净的。一夜辗转难寐,出门前,他把所有应季衣服都抱出来试了又试,才选中一件立领夹克衫,还对着镜子左照右照,把他标志性的一头乱发梳了又梳,咋看都不满意,蘸水打湿后,好歹拨弄出一个还算顺眼的发型。

再见到殷凤华,打扮又是另外一种风格,乌黑的鬈发被一条银色发带束在脑后,干净的脸蛋上也只涂了点护肤霜,一身素净的银色运动服,运动鞋也是银色的,整个人看起来神采奕奕,真像她的名字,一只银色的凤凰。她身上特有的诱人香气依旧释放着穿透力,让心虚的张国平再一次心动难平。

为了弥补愧意,刚说两句话,张国平便提出要请顿好的。殷凤华歪着头想了想,说:"吃灌汤包吧!离光明剧场不远有家老店,买了电影票过去吃,不耽误时间。"见张国平用似信不信的神情看着自己,殷凤华捂上嘴,笑弯了眼睛,久久才停下,又说:"你真想多花点钱,那家店还有蟹黄包,平时可舍不得吃,秋天正好有新蟹上市,就请一笼蟹黄包!"

蟹黄包的味道超棒,鸡丝蛋汤也不错,没出多少血,吃得却挺高兴。电影票也一样,他们去得晚了,只买到了二等座,在中排靠边位置,一个座椅还有点晃荡。不过这都无所谓,在彼此眼里,对方才是中心,只要看到彼此,所有烦恼——过去的、现在的、将来的——都烟消云散了!

电影开场了,鼎沸的人声随之静下。有趣的故事、扭曲的镜头、夸张的表演、出位的对白……张艺谋的电影,处处散发出独特的叙事风格,看似荒诞的元素,被扭拉交织成为一条温暖的主线,姜文和李保田的黑色幽默,同样让人过目难忘。年轻靓丽的女主角安红,被同样年轻靓丽的瞿颖演绎得风情万种,水汪汪的眼睛、白嫩嫩的肢体、率真泼辣的性格、敢说敢干的脾气,活脱脱就是坐在身边的这只银凤凰……正想着,银幕上闪出被打成熊猫眼的赵小帅,影院里立刻爆发出一阵哄笑,殷凤华也被逗得合不拢嘴,一边笑一边看向张国平。当安红和赵小帅敞开心扉,略带暧昧的画面让张国平脸红耳热,他没尝试过男女青年相亲相爱的甜蜜,欲拒还迎的内心带着不可言喻的渴望。他偷偷瞄了眼殷凤华,谁知她也向这边望来,四道目光一触即散,两颗心灵剧烈地跳动,咚咚擂响的心脏尚未平复,殷凤华竟把小手伸了过来。壮了壮胆子,张国平才握上去,一种从未体验过的细腻嫩滑之感充满手心,整个胳膊也酥痒起来。那一刻,周围的景象虚幻了,脑子空白了,全世界也都消失了,只剩下紧握的柔荑!

……

在一片哄闹中,电影散了场,张国平还紧抓着殷凤华的小手,跟着人流机械地向外走。一直都没说话,他在沉默中清醒了,他陷入了大家口中的"爱情旋涡",就像他的右手,想松开却无法控制。"不是我不明白,这世界变化快",这句歌词写得真好,他为突如其来的变化寻找借口。殷凤华满脸都是幸福的样子,任由张国平牵着手,带到哪里都行,只要那只大手不松开,他们就永远连在一起!

……

已是夜里十点多了,他们还漫无目的地在大街上徘徊。秋夜阴冷寒凉,身体却热烈如火,街灯昏黄幽暗,心里却充满光明。说不清什么时候,殷凤华的一只胳膊挎在了张国平的胳膊上,另一只也抱过去,上身紧贴着他,用无声的语言向他倾诉,今晚他就是依靠。殷凤华没有故作矜持,如同交往多

第四十章 秋意

年的恋人,情感由心自然生发,小鸟一样依偎。她的胸部挺拔而富有弹性,贴着张国平的胳膊,行走间若有若无的接触和摩擦,刺激得他亢奋且躁动。他的心中有暗潮升起,喉咙却干渴难忍,他的下腹随时都会爆裂,却不得不小心掩饰。他突然想起同学中传看的某些小说中的"精彩片段",随之又反复自诫要控制好行为,不能让她察觉"异常",更不能做出格的事!

……

走过的街口一个又一个,没有任何多余的话语,他们好像灵犀相通。殷凤华把头靠在张国平的肩畔,被风吹起的发丝刺挠着他的颈项,却在他的心尖上萌生了无法清除的腻痒。前面有块灯光照射不到的阴影,张国平暗下决心,进入那片黑幕,他要像小说里的男主角那样,向身边的女人表达男子汉的真心!走近了……唉!又走过了!决心下了……唉!又胆怯了!每每他鼓足勇气,却每每在最紧张的一刹那放弃!张国平看了看手表,快十一点半了,当真不能回去太晚。实在没胆也没关系,来日方长,等准备好了再说,不着急这一时一刻!

"国平!"天人交战之际,殷凤华发声了,声音微弱且颤抖,还带着难得听到的羞涩,"我有些冷,你能——抱抱我吗?"

"唰"!一股热血直冲头顶!张国平无暇思考,伸出手臂环住殷凤华纤细的蛮腰,将那个诱人的身体拉到了面前!四目再度交汇,这次没有躲闪、不再害羞,勇气充满了全身,不需要任何表白,就这样互相看着,眼睛里有光芒闪烁,灿烂的星辉胜过千言万语。青春和健康的气息,从殷凤华的身体张扬出来,迷蒙的香气越发浓烈。殷凤华紧闭凤目,娇柔的身躯全部托付给张国平,要融化成他怀里的一汪泉水。张国平不再迟疑,用力收拢了双臂,抱住发抖不止的姑娘!狠狠地抱住,慢慢地捧起,将她装进自己结实的胸膛!他们久久地抱着,紧紧地抱着,不愿让怀中的珍贵溜走,尽情享受此刻的柔情!银凤凰般的姑娘,死死闭住的眼睛,微微颤动的睫毛,急促呼吸的鼻尖,泅满羞红的脸蛋,微微张开的嘴唇……她就躲在他的怀中,锚定在安全的港湾,他会为她遮风挡雨,不让她受到伤害,他的怀抱就是她的爱巢,他要做她的守护者!

……

这一次,张国平不再懦夫般放弃。他猛地俯下去,四片青涩的嘴唇贴在了一起!天地虚空了,只剩下两颗纵情燃烧、将要爆炸的心脏!如胶似漆中,下意识地,他们张开了的热唇,一阵暖流在唇齿间游走,一股惊悸冲上额头!他们在寂静中纠缠、在纠缠中绽放!突如其来的晕眩!悲喜交加的情愫!无与伦比的体验!殷凤华紧闭的眼睛,阻挡不住肆虐的泪水!她的双颊烧得通红,却把头脸抬得高高!假小子一样的姑娘,抛弃了羞涩,勇敢迎接期待已久的幸福!怀抱中,这个桀骜不驯的青年,这个不知惧怕的帅气小伙儿,终于向她展示了自信,如此有力、如此粗暴、如此……笨拙!她不在意,不在意他弄了自己一脸的唾沫,不在意他不安分的大手在自己身上游走,不在意他的一切一切!她愿意随时奉献所有,向这个暗恋了多年的大男孩!

……

"青春啊青春,美丽的时光,比那彩霞还要鲜艳,比那玫瑰更加芬芳……"

当我们再哼起这首老歌,亲爱的朋友,想起彩霞和玫瑰般的青春了吗?如果你还年轻,那就抓紧珍惜吧,在人生最美妙的年华,抓住最值得流连的时光,让生命绽放得更有意义吧!就像春天的花、夏天的树、秋天的叶、冬日晴空下的霜,就像早晨的太阳和雨后的彩虹,在艰难时,也要渲染出动人的色彩!

第四十章 秋意

第四十一章 冬寒

虎年的春节,在"雪花飘飘锣鼓响"的歌舞簇拥下盛装到来。随着电视机进入农村家庭,春晚的吉庆欢笑也被带进村村户户,让守乡守土的农民兄弟,也能享受社会进步带来的成果。

春晚的主持人队伍老中青结合,赵忠祥的儒雅大气、倪萍的脉脉温情、朱军的幽默机智、周涛的端庄舒娴、亚宁和王雪纯的英气勃发,无疑是国家气度和民族精神的全面展现。范伟的小品、冯巩的相声、杨丽萍的舞蹈,成了村民口中津津乐道的话题;还有喜闻乐道的歌曲,《好日子》《走进新时代》《好汉歌》,精品一首接着一首;最受欢迎的当属那首《相约一九九八》,陶醉在两位歌手亲切委婉的歌声中,人们的心情也随之起舞,不知不觉中,忘却昨日的不快,迎接春天的问候,拥抱彼此的梦想。

宋有成和林水生却感受不到春天的喜悦,本来毫无牵连的两个人,因为一场谈话影响了心情,虽没说出面子上过不去的言语,但宋有成"钝刀子割肉",使林水生的心里更受伤、疼痛更久远!

这要从腊月里"林水生送礼"说起。

宋兰上班后,家里对她并无经济上的要求,可她每个月只留下生活费,多数工资都主动上交了。宋有成夫妇知道这是闺女的一片心意,独立后的姑娘总是想着家里多些,尽量多给些经济上的回报。他们也同样关心着闺女,每月收到的钱,大部分都存上留作嫁妆;宋兰每次回家,总变着花样给她改善伙食,不让懂事顾家的闺女受到慢待。

同往年相比,宋家今年还有了笔计划外收入。

腊月二十三上午,林水生带着两个人,事先没通气就来到宋家,送来两千元钱,还有几只鸡鸭、几条大鱼、半扇子白条猪。面对这么大一笔钱物,宋兰的母亲伍桂枝有些心颤,又拿不准轻重不好收下。林水生告诉她,前几年街上商贸店才启动时，售卖衣装的品种和款式，就常请宋兰当参谋，放假在家她还没少过去帮忙，甚至穿着店里的同款服装当过促销员！林水生说，按城里流行的话，宋兰就是店里的营销顾问，几年下来，一直没付过报酬，前阵子把商贸店的账目盘点清了，才把宋兰应得的拿了过来。宋兰给他们帮忙，伍桂枝是知道的，集上也有传言，宋兰是林家商店的"模特"，宋集街的流行趋势也由此而来！即便这样，伍桂枝还是犹豫，林水生信誓旦旦地说，这些钱确实是宋兰应得的，原本还能多算些，怕宋家不收才先拿了这个数，正好年前公司慰问敬老院，采购了一些年货，就一并送来了，过几天见到宋兰，会如实告诉她的。闺女和林水生的关系，伍桂枝心里明镜似的，街上没少传出他俩相好的消息，特别是林水生发家之后，婆子们纷纷劝她早早给闺女办了婚事，免得夜长梦多、节外生枝。她并不排斥这个林水生，她也知道自家男人对闺女的婚事有不同态度，可她不掺和那事，只要闺女中意，她乐见孩子们自由选择。见伍桂枝半推半就拿不定主意，林水生连解释带宽慰，一起登门的两个青年也跟着劝说，她才勉强接了下来。

倒是宋有成知晓后，气得一声不吭，一张脸拉得老长。

宋兰可是宋有成的心头宝！打小宋兰就出落得与众不同，不像别家孩子，就知道疯玩疯跑，宋兰喜欢躲在屋里看书，或者偎在奶奶身边，听她讲家乡的逸事奇闻，说"好人有好命、坏人遭报应"的故事。宋兰没有农村女孩的健硕身体和泼辣性格，她面容白皙、高挑纤瘦，少言寡语、安静平稳，看似柔弱内向，却有同龄人少见的坚韧。在小学担任班长时，她对工作之尽责、对任务之认真、对纪律之严格，都令人刮目相看。老师们闲聊时说，宋兰就像电影《追捕》里的"真由美"，既机智又勇敢，绝不是看上去那么简单弱小。在宋有成眼里，宋兰哪像个农村姑娘，只不过生在他家，才落得个农民命！

最初听人说起林水生，只是闺女参加朗诵比赛的搭档，宋有成没太上心，接连几次在各种朗诵会登场，他敏锐地察觉应该重视这个后生。宋兰上了高中，宋有成打听到，那后生也考上了龙城中学，依旧是闺女固定的搭档，高二时又被分到同一个班里。不采取行动不行了！宋有成用心调查了林水生的家世，是个祖上就在林家洼的生根户，在前后村子算是口碑极好的清白人家，老人们行事为人非常稳重，有个叔叔在宋集街开个店铺，不过林家的经济实在一般，同他心目中女婿的标准还有差距。他还探听到，林水生成绩好，谋个前程不难。就在他观望掂量的当儿，林水生辍学了，宋有成一下轻松了，不再犹豫不决，以后一心供闺女上学，帮她在城里寻个好工作，再觅个好婆家。

　　谁知情况发展并不如宋有成所愿，宋兰不仅没跟林水生断了往来，林家商贸店开业后，一放假她就去掺和，没少让人扯闲篇，她自己反倒不太在意。

　　宋有成却一百个不情愿！闺女在城里有了正式工作，安置了户口，算落了脚、扎了根。那小子再红火，毕竟还在农村这片浑水池子里捞食，泥腿子永远洗不干净，跟闺女分明是不同世界的人。去年他家被告，在宋集街上传得沸沸扬扬，据说家门都被封了，差点就彻底关张！看似有惊无险熬过一劫，说不定哪天还会因为别的祸事翻车落马！眼看闺女年龄大了，不能由着她的性子，是时候给她找个人家了。可自己在城里没啥熟人，思来想去，还得找她二表舅帮忙。

　　心里有了决断，宋有成就等闺女回来过年，摊开了说说这个事。还没等闺女到家，就听女人说林水生送来了钱物。宋有成害怕了，他不明白林水生究竟打啥主意，他决定找这小伙子谈谈，把想法挑明。他还担心，若是因为动作迟缓耽误了闺女的终身幸福，就会落下一辈子的遗憾。

　　在家合计了两天，宋有成刻意收拾了行头，套了件八成新的深蓝色羽绒服，蹬上崭新的黑色三接头皮鞋，又找出一顶黑呢子鸭舌帽扣在头上，买了一网兜糕点糖果，骑着自行车去了林家洼村。

　　就算宋有成从没去过林家，上林西高台那栋三层楼房也不难找，不用向人打听，他知道眼前就是了。

　　"砰砰砰"，宋有成拍拍半开的红漆木门。"有人在家吗？"他收敛着嗓音问道。

　　"来了来了！"一个女孩的声音从屋里传来，从中堂侧面的小门中闪出一个二八年华的姑娘，一双大眼睛忽闪忽闪的，望着这个陌生人，"伯，你找谁？"

　　"你是——"宋有成猜测，该是林水生的大妹，宋兰提起过，在龙城中学上高中,可他忘了名字,只好装作不知。

"伯,我叫林平平!"

"对、对,林平平,林家的大姑娘,在龙城中学上高二。"

"是嘞,伯!"林平平会心地笑笑,"您咋知道?"

"我是宋兰她爸。"宋有成也笑笑说,"这不过年了嘛,到家里看看!"

"宋伯!"林平平惊喜异常,脱口而出,"赶紧进屋坐!"

宋有成迈腿进门,把手里的东西递给林平平,一边四处打量一边问:"你放寒假了吧?这学期课业紧不紧?"

"是嘞,老师布置了好多作业!"林平平把东西放在桌上,"伯,您先坐,我给您泡杯茶。"

"哦,不麻烦,不麻烦。"宋有成摆摆手,接着问话,"你家还有谁在?"

林平平站在八仙桌的对角边,落落大方,同亲人聊天一样说:"真不巧,我爷我爸去看我大爷爷了,我奶和我妈去了我舅家,估摸着,不要多久他们就回来了!"

"这么巧!"宋有成暗中称好,他本不想与林家有过多瓜葛,老人们不在家,反而更觉轻松。他担心林水生也外出了,让思来想去才备好的说辞派不上用场,赶紧问道:"你哥在不在?"

"我哥应该在后边办公室,我去喊他来!"

宋有成忙站起来:"那就好,不用喊他,我过去说几句话!"

"那我带您过去!"林平平把辫子一甩,陪着宋有成出了门。

林水生完全没有思想准备,宋兰她爸怎么会突然到访!他和宋兰的友谊,无疑比一般男女青年更长更深,但也仅此而已,两个人从未谈及超越友谊的话题,双方家人也从未正式交往过。

宋兰有一双和蔼的父母、一个比平平还小的弟弟,林水生只知道这些。宋兰她爸的来意,林水生猜测,可能和送去的东西有关,除此之外想不出其他理由。林水生打定主意,既是长辈找上门来,就让长辈先说,他听着就行。

"水生呀,早听说你家楼房建得气派,今天来看了,果然名不虚传嘞!"宋有成并不看林水生,只盯着新泡的茶水,金针似的嫩芽根根笔直,茶汤碧绿

第四十一章 冬寒

335

清澈,茶香随着上升的热气直扑鼻端。

"叔,我们就是干这个的,盖个小楼花不了多少钱。"

每人只一句话,交谈就中断了,屋里非常安静,还好取暖炉上的铝壶嘴巴不停冒着白烟,发出"嗞嗞"的声响,就像调解矛盾的和事佬,用单调的声音填补不寻常的空白。

话还是要说的,闷着不是个事,宋有成抬头看向林水生,恰巧林水生也同时看他,四目相遇又各自移开,到嘴边的话只好咽了回去。

又是半盏茶工夫,实在难堪得很,身为主人,林水生不得不率先发声:"叔,我再给你兑点热的。"

这一句提醒了宋有成,暖壶肚子里热水再多,不倒出来谁能喝到!不管好话坏话,就算是个屁,也要放出来,才能让人听到响动!他摇摇头,两只手抓在一起稍一揉搓,再次酝酿了措辞,才缓缓地说:"你给我家送的东西,实在贵重得很嘞!本来不该收的,是家里女人不懂事,回去我就说她了。不过,收都收下了,再刻意送回来,反倒落了下乘,今天登门,就是来道谢的!"

听到宋有成的客套话,果然因为那事,林水生心里一轻,回道:"叔,你说的哪里话,我给婶说明了,都是宋兰应得的!"

"我听说了,我们家小兰帮过你的忙。小兰就是这么一个人,又善良又热心,能帮上一定会帮!不只是你,她还帮过不少人,可不是为了钱财呀!"

"我知道,我知道——"林水生连连应承。

"小兰这样的孩子,别说乡里,就是县里也难找!知道为啥?她就不该生在农村!唉!都怪她命不好,投到我们这个家,让她受委屈了!"宋有成难过地停了下,"做父母的,哪个不爱自己的孩子?她投到我家没办法,我只有一个心意,等她大了,一定要把她送到城里!"

宋有成好似有一池塘委屈,开了闸就停不住:"还好她二舅帮忙,分到了比较满意的单位,户口也落在城镇。她二舅说,小兰在单位表现得可好了,人际关系也处得不错,我们听了,真为她高兴呀!"

说话间,宋有成间或扫一眼林水生,那张黑红的脸上,表情并没太大变化,只是听得用心,还不住点头,知道没懂话里的含义。宋有成狠狠心,不能再这么不疼不痒地下去了!

"上个月我又见到小兰她二舅了,她二舅关照,小兰也不小了,到了谈婚论嫁的时候了,正好有朋友打听小兰的情况,说有个条件不错的男青年,无论家世、人品还是学历、工作,都挺适合小兰的,就准备等小兰回来征求她的意见嘞!

"她二舅还说,小兰的意见要听,但不能全听,关键时刻非得父母拿主意不可!在婚姻大事上,哪个父母不为儿女着想,不真心向着孩子?走过半辈子的路,毕竟生活经验丰富些,多替孩子们考虑考虑,总不能任由他们头脑不清楚,走了弯路吧!"

宋有成扔出的炸弹,终于震醒了迷惑中的林水生,他的脸色一变,内心像被火烧:"宋兰咋没告诉我?按她爸的说法,是不是她还不知道?她会答应吗?我该咋办?……"

宋有成的眼睛半睁半闭,不管林水生如何反应,说了就不停下:"我知道,你跟小兰有些交情,趁这次当面道谢的机会,给你透个信,你也为她高兴吧!哦,对了,有句话我得挑明,无论怎样,你和小兰还是朋友,彼此正常交往就好,送钱送物这样解释不清的,我看就没必要了!我还知道,你们家这几年不容易,好歹挺过来了,越是这时候越不能大手大脚!早先我也见过家境好的,别看日子一时风光,遇着一两个破败子孙,没几年就糟蹋光了!当然,你们家不一样,说起你们家都是挑大拇哥的,我也就提醒一下!还有哇,农村人家最讲干净清白,平白无故地,钱呀物呀的往别人家送,让那些烂嘴婆娘看到了,说不定就能编派点故事出来!我们身正不怕影子斜,但风言风语能杀人呀!特别对个姑娘家,可是事关名节的大事呀!我们家穷是穷了点,也是要脸的,绝不能任由别人坏了名声……"

宋有成絮絮叨叨地把憋闷已久的话一股脑吐了个干净。林水生的头越垂越低,心中越来越乱,耳边的声音越来越模糊……不知怎的,他就送走了宋有成,一个人回到屋里,把头埋在桌上,昏昏沉沉睡了过去……

厂里放了假,按事先约好的,宋兰通知林水生,开车把她接回了宋集。张国平和殷凤华也说要回来,后来又打电话说,班要上到年二十八,让林水生别管他们,张国诚会到市里去接。

第四十一章 冬寒

林水生有些兴奋,路上不停唠叨,话题无外乎他有多忙,哪边都缺不了。这不,年前本该停工歇着了,有个主户告状,说工程队撤走前没拾掇利索,砖瓦垃圾堆得乱七八糟,绍师傅和张强都回浙江了,他要赶紧过去看看。到了宋兰家,只把人放下,都没下车帮忙提行李,油门一轰就不见了踪影。

　　目送桑塔纳愈行愈远,宋兰反倒有些欣慰。林水生做事必是全身心投入的,不到满意绝不撒手。有时大家都觉得无事可做,他总能找到各种各样忙碌的由头,从不肯清闲片刻,难怪有人说他精力旺盛,喜欢"瞎折腾"。更何况听他所说,现在是"紧要关头",能不能从村里乡里走向更广阔的空间,就看这几个月的结果!这不仅仅是他一个人的想法,也是沈经理、张支书等人的一致意见,由不得他不付诸努力。

第四十二章　父爱

宋兰提着行李进了家门,伍桂枝立刻迎上去问这问那。听到动静,宋振怀出来喊了声"姐",就躲回房间不再出声。

闺女两个月没回家了,伍桂枝抓着她的胳膊看了又看,半天才舍得撒开。还好还好,闺女既没黑也没瘦,还是那么漂亮。伍桂枝说:"你的体质一直偏弱,趁着过大年,得好好给你加点营养。"等母亲撒了手,宋兰才叹道:"都说冬天爱长肉,一点都不错,嘴巴稍管得松点,两个月就长了三斤,再回家过个年,开春后还不知道咋减肉嘞!"伍桂枝一巴掌拍在闺女肩膀上:"你这丫头,哪个姑娘不比你壮实?再要减肥,一阵风就能把你吹上天。过年可不兴说扫兴的话。"

宋兰把行李拿进屋里,娘儿俩顺势挨坐在床沿上,才聊了几句,伍桂枝就把林水生送来钱物的经过说了个大概。宋兰先是一愣,怪不得这个人神神道道的,把人家放在门口就跑,原来是偷偷藏了事情,还不敢当面明说!她不由得滋生出少许埋怨,自己只不过力所能及地帮了些忙,从没想过要任何回报,他就私自做了主张!唉,也难怪在车上他提都没提,一定是怕让他拿了东西才能离开!

夜里躺在床上,宋兰又琢磨起这个事儿,不难理解,站在不同立场,就会有不同看法。林水生是个生意人,习惯了用商业规则思考问题,一切有形和无形的,包括咨询和服务,都可以运用等价交换的原则折算成一定数额的钱物作为报酬,只是没想到被他用在了这里!

宋兰心里暗笑,这个人的一点小心机,哪能逃过自己的慧心!如今他有钱了,希望能和朋友分享。这是他的优点,也是弱点——通过分享的方式,向亲近的人表达善意。

几年来的经历,把宋兰磨炼得更趋老练,常人口中的"三观"她也有,但在是非曲直上，她不愿轻易下结论，更相信多样性、差异性、包容性。以她的观点，每个人对成功的理解不同，男人和女人、老人和青年、城里人和乡下人，甚至同一个人在不同阶段，思想认知都会有很大变化。就林水生而言，几年前，他也许只想走出农村，跳过龙门，从事一份不好不坏的差事，平平淡淡过好普通人的生活。现在看来，这并不难，她和张国平走的都是这条路，而林水生的退出，不是能力不足，仅仅因为家庭贫困！如果那时有这两千元钱，他必定也能"成功"，但成功之后呢？他天生是个有想法的人，"有想法"就意味着"不安分"，平淡的生活真能让他知足吗？他能在日复一日单调枯燥的工作中找到乐趣吗？他能够实现"变幻不定"的理想吗？即使暂时满足了，等他年龄增长了、境遇变化了，会停止"瞎折腾"吗？

每每想到林水生，看到他不断变化，宋兰都更加坚定地认为，他的现状，未必不比之前的目标更适合他。至少，他接触到的人和事都是新鲜的、刺激的，他的每一天都是在奋斗中度过的，他在不停的角色变换中付出努力并收获成功，而一次次成功又进一步激发了他探索新世界的动力。对于一个"有想法"的青年、一个"爱折腾"的青年，从不放弃思考、从不停止行动、从不畏惧尝试、从不错过突破，亲手开拓与常人不同的道路、争取极具个人特征的成果，这样的生活，难道不值得拥有吗？至于在农村被看重的"城里人"身份，不再那么吃香了，河州和龙城头几年就有商品房出售，买了房就能落户，除了上学、当兵、投亲，在多少人梦寐以求的进城道路之外，还会有更多的途径！她还在报上读到，随着改革开放不断深化，进城务工的农民工不断增多，城乡二元结构的坚冰终将被打破，被人为割裂的城市和乡村，将更加快速地融汇、融合！

宋兰还知道个秘密，自从林水生退学，他们几个"死党"之间就多了一层隔阂，不再简单纯粹。张国平和她还一如既往地与林水生交往，可林水生心中一直被自卑笼罩，从他看人的眼神、说话的语气、通信中的措辞，都能发现微妙的变化。这不怪他，这是人之常情。宋兰想，人在意气风发的时候，精神抖擞地做成一件事其实不难，难的是，在冗长得看不到头的失败、迷茫、枯燥、烦闷、压力、疲惫里，不灰心、不泄气，顽强坚韧地向前走！以宋兰的观察，林水生这些年好似无休无尽地"折腾"，几乎经历过以上的全部状态，支撑他走下来的动力只有一个,就是赚钱。从前他最缺的就是钱,他放弃理想的唯一原因也是缺钱,他的自卑来源于没钱造成的人生失败。所以,在他获得成功后,当他变得富有时,才更希望用分享"成果"的方式换回曾经的自尊,再次与"死党"平等地站在一起!

"能怪他自作主张吗?劳务费只是借口,渴望得到认可才是本意。也许高高兴兴地收下,让他觉得受到了尊重,才能帮他早日找回自信。不过,下次见面一定要说说清楚,仅限这一次,以后绝不能再收。"

想通就宽心了,宋兰欣然接受了林水生的美意,同时她也有些自豪,自己是真心实意帮助过他的,是在"林家企业"的起步阶段就出过力的,说是"创业元老"不为过吧!至今在宋集街上,还有人提及自己当"模特"的逸事,那都是实打实地给林家铺子做的贡献呀!

放下"送礼"的心事,宋兰便乐呵呵地跟随母亲忙活起来。原先家里就准备了不少卤菜腌货,有人又送来了鸡鸭鱼肉,这个年要过得丰盛些!

宋兰越是平静,在宋有成的眼里,越成了难以捉摸的态度。宋有成原以为闺女会气恼、会退还,毕竟她从没真正给林家打过工,和林水生也没处过男女朋友,应该不会接受这么大一笔钱物。谁知宋兰非但没说退回去,反而和她妈商量,要把林水生送来的食材做成除夕的美味!往年的八大碗不够看了,今年要增加几个大荤菜品!

如此一来,宋有成更加确信了。"一定要跟小兰谈谈!费尽千辛万苦才把她送进城里,万不能再走回头路!"

伍桂枝在沃丰县轻工局当领导的二表哥叫蒋道宏,他们的母亲出生在同个村子,家门还有绕弯的远亲关系,两个女娃年岁相近、脾气相投,在你来我往之间成长,结下了浓厚的姐妹情。蒋道宏不爱管亲戚托办的事,说不在一个市是托词,不愿沾染农村的麻烦才是主因。给宋有成帮忙,开始蒋道宏也没使劲,后来老娘让大哥打来电话,他推不掉才过问的。蒋道宏平时不咋回家,只在每年春节和中秋回去陪老娘几天,宋有成也是利用过节上门的时机,才跟蒋道宏打上招呼、聊上几句天。宋有成还是注意分寸的,除了闺女

第四十二章 父爱

的工作,没给这位二舅哥提过更多要求,凭他的直觉,二舅哥对自己的印象不会太差。

依宋有成的盘算,这个春节一定要去蒋家拜年,就算拉下脸皮,也要再央求二舅哥帮个忙,给宋兰在县城介绍个"合适"的对象,好让林水生断了不清不楚的念想。去找二舅哥之前,他要先向小兰交个底。闺女的性格脾气他比谁都清楚,上了劲比牛皮筋还韧!她不认同的事理,面上不吱声,内里却是死拧!闺女没吃过苦,对世道险恶全无了解,对生活中的现实困难料想不全,考虑问题难免情绪化,需要有人耐心劝解。平时她上班忙,周末也不常回,趁着春节假期,父女俩好好谈谈,她应该懂得做父亲的良苦用心。

初一午后,伍桂枝就带上儿子回了娘家。按老规矩,女儿应在初二回家,今年伍桂枝特意提前赶过去,和儿子每人骑了一辆自行车,驮了猪后座一个、鸡鸭各一只、大米白面各一袋,还到街上买了两箱水果。

家里光景好,伍桂枝也想多贴贴娘家,宋有成不仅不反对,反而建议她初一就走,把儿子也带去,多驮些年货,别忘了包个大红包。伍桂枝听着有理,往准备好的红纸包里又塞了二百块钱,吃完午饭,回屋洗脸梳头,换了身新衣服,喊上儿子匆匆忙忙出了门。

宋有成坐在堂屋,边看电视边盘算心事。电视机里重播着央视春节联欢晚会,牛群、冯巩正向大家问好,宋有成扫了一眼,恰好看见相声名,叫《坐享其成》。他应景地苦笑笑,这个名字就如同他此时的心境,只不过其中的"成"不是他宋有成的"成",他宋有成要的是儿女事业有"成"、生活中心想事"成",如果啥都不做,只想着"坐享其成",等到木已"成"舟就晚了。

宋有成把视线转向门外,耳边牛群的语重心长和冯巩的幽默亲切就模糊了。"洗个碗筷咋这么久?"他有些忐忑,但决心还是下了,"今天必须对小兰挑明了说!"

总算收拾利索了,宋兰提了个瓷茶壶走进堂屋。"爸,我给你泡了壶新茶。"她从茶盘里取出个青瓷耳杯,倒了一杯递给父亲。

宋有成接过瓷杯,脑海中又回泛起旧日的点滴。那年给小兰联系工作,他一连往沃丰县跑了几趟,她二表舅都没给个定数。不过,她二表舅态度还是好的,掏心掏肺的话没少说,还请自己下了两顿馆子!最后一趟才来劲,本抱着再去磨磨的想法,就算再次无功而返,能拉近些感情也值当!谁承想,她二表舅不仅当场敲定了工作单位,临走还送了自己这套青瓷茶具,说是来沃南考察的景德镇客人给拿的,是实实在在古法烧制的限量版精品。如此珍贵的礼物,宋有成不时捧出来擦拭观赏,几次有心泡壶茶试试,就是舍不得。昨天上午,小兰和她妈不知怎的就一时兴起,一定要拿出来用,劝了几句也不听,便由她们显摆去。此时此刻,他把青瓷耳杯捧在手中,从杯壁传来的细腻和温热,令他心中无比踏实,这是她二表舅的心意,也是他的底气,你还别说,娘儿俩的决定还真应景!

宋有成的脸上好似开了花,难得有这么高的兴致,正好同小兰交交心。

"小兰,你坐。我有个事想问问你。"

他起身关了电视,回到桌前,也满了杯茶给闺女端过去。宋兰赶紧起身接着,埋怨道:"我想喝茶自己来,咋能让你帮我端茶!"

宋有成看着低头品茶的闺女,一举一动都让人舒服。他暗自叹息,自己和女人都是没见过世面的乡下人,从没给过闺女特殊教育,也没有高深的道理传授,却难得小兰如此卓尔不凡、如此秀丽大方、如此善解人意!哪个臭小子能有福气把她娶回去!想到小兰出嫁,他还有些难过。难过归难过,男大当婚,女大当嫁,这是自然规律。古语说:"天上无云不成雨,地上无媒不联姻。"新时代了,不再每桩婚姻都要媒人牵线,但找个放心人帮忙介绍还是最可靠的办法,最好是亲戚或者熟人,家门清楚的才更稳妥。至于那个林水生,任谁来说破了嘴,他都不会同意的……

见父亲一会儿乐,一会儿愁,宋兰猜不透他在想啥,好奇地问:"爸,你有心事?"

"噢,没有!"

宋有成从胡思乱想中回转过来,咳了两声,稍稍掩饰刚才的失态,用和蔼的口吻说:"小兰呀,你平时回来得少,偶尔一次也住不了几天,我们父女俩也没咋说过话。今天你妈你弟都不在,你陪我拉拉呱,把你在县城的事说给我听听。"

第四十二章 父爱

"好呀,爸!"宋兰眨眨眼,"你想听啥?"

"上班一年半了吧?在单位还好吧?工作累不累?"宋有成问。

"都挺好的,坐办公室能累到哪儿去?就算周末加班,也只是单据多点,记账做账麻烦点,耗点时间而已。我和很多同学聊过,比起他们成天陪领导、写材料啥的,不知轻松多少!这可都是爸的功劳,多谢啦!"宋兰有些俏皮地说。

"哦,那就好,那就好!"宋有成直为当初的正确决定而得意。先前听说闺女节假日经常加班加点,以为工作多忙多重,原来只是处理账目,这是个不容出错的活计,是要认真点,多花点时间。

放下心来,宋有成又关照一句:"需要些啥不?跟爸直说。"

"都挺好的,啥都不需要!"

宋有成略一停顿,念头一动,继续问道:"生活上咋样?顺心不?有没有啥困难?"

"生活上也都好,食堂伙食不错,有时还跟同事一起出去吃大餐嘞!"

"工资该花就花,家里的开销够用,别总想往家拿钱,太抠自己!"

"哎,我知道。"

宋有成喝了口茶水,没放下水杯,双手在杯壁上摩挲着,再次细细斟酌一番,才切入正题:"小兰哪,你也不小了,按说遇事要自己拿主意,可在父母的眼里,再大也是孩子!孩子的事,父母能不操心?"

宋兰听话地点点头,宋有成却装出犹豫的样子,问道:"你在城里有没有交男朋友?"

父亲咋突然问起这个?宋兰有些诧异:"这可没,我才多大,不着急。"

"哎!"宋有成用了个婉转的叹词,否定了闺女的话,"在农村,你可不算小了!城里虽说时兴晚婚晚育,可没说不让处对象吧!你说不急,等几年就成老姑娘了,到那时再找,就不吃香了!我和你妈当了一辈子农民,好不容易把你送进城,说啥不能亏了你,一定给你找个条件好的。话是这么说,我们在城里也没熟人,前些天我就想,过年去你表姨奶家拜年,再求二表舅帮帮忙,给你寻觅一个好人家,也好让你妈和我放心!"

听了父亲发自肺腑的一番说辞,宋兰明白他把母亲和弟弟打发走是为什么了。父亲的话,她完全理解,也很感动,但她有她的主张。参加工作之前,她对城里人的身份是无比向往的,不说衣食住行的优越,单是不用下地干活这一条,就让人憧憬不已。可完成身份转换之后,她却看到了被光环掩盖的更真实的一面。就说在城里生、城里长的青年人,多少初中毕业甚至没毕业就流入社会的,多少上完中学或技校在家待业的,就算能拿到中专、大专甚至更高文凭,依然面临激烈的择业竞争和工作压力。在她眼中,无论户口性质如何,不管从事什么行业,自身不够努力,没有超出常人的业绩,做什么都难以出头。没大出息,能平平安安生活还好,有些不安分混社会的,让人看着都揪心!在这方面,城市和农村没多大区别。她想直接告诉父亲,不让他管自己的事,但又不愿惹他生气,正推敲着措辞,宋有成又开口了。

"小兰,婚姻大事一定不能随性子,找个好人家,是一辈子的福气。若是拿捏不准遇到个不省心的,可要受一辈子的委屈!还有,大家都往城里跑,没人愿意回农村,你要给我找个农村的女婿,我是万万不能答应的!你可要把握好,不能不仔细思量呀!凭你的学历人品,要找个有文化的吧,上过大学的吧!最好是国家干部,家里还要有点背景,对你的工作也是个支持。我们家条件虽然不好,但你放心,有多大力出多大力,绝不会拖你后腿的。"

宋兰心里一下子就毛了,父亲话里有话,她如何听不出来?特别是"城里人""上过大学""国家干部"这些,就像专门为某人设定的门槛,一定是有意为之。难道林水生来家"送礼"刺激了父亲?或是听到啥飞短流长?她轻轻咬着嘴唇,柔美的脸蛋失去了光彩,两手大拇指紧扣着杯沿,沉声说道:"爸,你对我好我明白,但是婚姻不能光看条件,更重要的是人品好不好,两个人对不对眼,自己喜不喜欢。一辈子在一起生活,没有感情基础,咋会有共同语言?成天话都说不到一起,哪还会有幸福?"

不出所料,闺女果然犯了脾气,不等她说完,宋有成忙道:"感情当然重要,对你没感情的,我死也不会同意的!可话说回来,感情可以慢慢培养,所以我说要找个身份相当的,有文化、有见识、有教养,两个人有话说,不是更好相处吗?你放心,我对你二表舅说,文凭上不能将就,人品家世都要清白才行!要不你跟我一起去表姨奶家拜年,有啥要求,当面给你二表舅汇报!"

被父亲打断了话头,又听了这段交底的话,宋兰明白父亲的心意已定,她深吸一口气，淡淡地说："无论如何，这个事我要自个儿拿主意！不过你别担心，我看中的人，你和我妈不同意，我不会出嫁的！"

"你也别太倔了，我知道现在流行自由恋爱，但能不能遇上合适的人，谁也不敢保证！找个放心的中间人牵牵线也是需要的！你二表舅在外面几十年，又是局里的领导，认识的人多，这个事找他不会弄差的！"

"我自己的事我自己有数，不用你们为我操心！我也不会去麻烦二表舅！"

闺女如此抵触，再说下去就没意义了！宋有成暗想，越是这样越要抓紧，只要她二表舅帮忙，等双方见了面，相处一段时间，彼此了解了，难说小兰不会动心。

看着寒霜侵面的闺女，宋有成又想到了林水生，前天见到那孩子，印象还是不错的，相貌穿着、接人待物、说话办事，都显得踏实稳重，对自己也礼重有加，只是可惜了，他连高中都没毕业！还有，别看他现在能得很，还不是困在农村户口上！就这一条，他这辈子别想端上铁饭碗！农民就是农民，和国家干部差得可不止几个台阶！既然小兰进了城，万不能再走回头路！

宋有成冲闺女摆摆手，示意让她去忙，随后靠上椅背，闭着眼睛，沉思起来，登门要带什么礼物，见了面要如何说辞，才能让二舅哥答应再给他家帮一次忙。

第四十三章　潮涌

阳历二月，开工没几天，许多人还没从春节的喜庆喧闹中走出来，脸上带着吃吃喝喝留下的红光，嘴上谈论着节日期间的逸闻趣事，完全不用担心产量和业绩，尽情享受一年之中难得的清闲。

玻璃器皿厂财务科办公室内也同样热闹。终于熬到周五下午，结束一周枯燥乏味的工作，迎来令人期待的周末，整个人都是亢奋的。更何况科里根本无事可做，科长照了个面就不知所终，女人们便心安理得地开起了"三八会"。

过完年马荣丽一直穿一件咖啡底带黑色方格的毛呢长大衣，两个斜插式侧兜，大翻领下是两排毛呢包裹的硕大纽扣。这是她老公托人从厦门买回来的，据说是个意大利品牌，要小两个月的工资嘞。吕金萍并不看好花哨却不保暖的样子货，春节她跟老公回了河北老家，专门从石家庄最大的百货商店选了一件深红色的半长款羽绒服，再配上淡黄色的羊毛围巾，既时尚又暖和。这种安然舒适，给马荣丽说不明白，不如省了无用功。安小冈身着一款红黑间拼的厚实棉袄，她的身材本是最好的，可高高凸起的肚子让她不得不放弃轻薄修身的款式，棉袄的面料看着很不错，并不因为是孕妇装就显得低档。宋兰的穿着最为朴素，还是经常上身的一件淡绿色薄羽绒服，看上去干净素雅，别有韵味。

家长里短显摆了一大堆，马荣丽渐觉无趣，她目光戏谑，投向始终没搭腔的宋兰，又给吕金萍使了个眼色，见吕金萍装没看见，心里暗骂了句"装相"，便亲自出马了。

"小宋。"马荣丽亲切地喊了一声。

"马大姐，有啥事？"宋兰抬起头来看向马荣丽。

"上班快两年了吧？"

"还差几个月。"

马荣丽眼神一闪，问道："看你平时不爱乱花钱，应该存下不少吧？咋的，过年没给自己买件新衣服？"

要说新衣服，宋兰还真有，林水生从南港回来，特意带给她一件烟灰色的羊绒短大衣，说在南港新找了家服装批发商，这是拿来的样品，让宋兰穿上试试效果。再说宋兰不是爱赶时髦的，怎会看不出林水生的小九九！那是当年的最新款式，面料、做工都无可挑剔，价格肯定不低。有个周末她去市里探访殷凤华，俩人在河州百货大楼看过羊绒上装，质量相似但款式稍老的，最少也要好几百块！林水生送的"样品"，她还不打算穿，这件礼物的特殊意义超过了价格本身，她要好好珍藏，留待需要时再说。

宋兰不想同马荣丽过多纠缠，便应付道："我有衣服穿，过年我妈要给我买，我没要。"随即就把话题岔开了，"我觉得这件新大衣很适合你，款式、料子都好，穿上显洋气！"

"还是你的眼光好！"马荣丽的眼睛笑成了一条线，"我老公说略微长了点，不满意就让人带回厦门退掉，我倒觉得挺合身的，男人的眼光，哪能看出来好看不好看！"

"长些也好，冬天低温风大，遮住膝盖更保暖！"宋兰顺着马荣丽的意思说。

"那是当然，长款大衣本就要遮住膝盖才好看。"马荣丽一翻眼皮，又浮现出一抹窥探隐私的兴奋，"小宋，你那个开小车的男朋友，过年没送你礼物？"

林水生开车接送过宋兰几次，小道消息就散布开了，宋兰尝试做了解释，可大家一致认为那是掩饰。听马荣丽又把话题扯了回来，宋兰既无聊又无奈，还不得不耐心应对："马大姐，都说过多少次了，我没有男朋友，那个人就是我的同学和同乡。"

"还不好意思，我都知道了，他每次进城都来找你，不是喜欢你还能是啥？听说那小伙子是个小老板，挣了多少钱？在县城买房了吗？"

见宋兰不再搭腔，马荣丽以为点中了她的心结，便继续规劝下去："大姐是过来人，看得多了，找对象要不有权，要不有钱，实在不行也要有点关系，咋都要占一头。有吃有喝，有穿有玩，遇事能找到门路，那日子才叫美。天天劳神累命、粗茶淡饭,这种生活有啥过头!你又年轻又漂亮,知道厂里厂外多少人眼巴巴地看着?千万别犯傻,别幻想小说、电影里那样,老公又能挣钱,脾气又好,还一表人才、潇洒浪漫,你说可能吗?每天上班累个半死,回家还有一大堆家务事等着做,哪有时间和精力搞情调?在婚姻问题上一定要务实点,条件比感觉重要,有好人选一定要抓住!"

宋兰默默叹了口气,恨不得把耳朵缝上。不是她不愿搭理马荣丽,而是不知道如何接话。马荣丽说得不对吗?大家不都这么认为?她爸不也持同样的观点?对物质上有所要求错了吗?谁不想有钱花、过好日子?

吕金萍拉来椅子,坐得靠近些,捅了捅宋兰的胳膊,用近似标准的普通话说:"你说你没谈对象,那我问你,给你介绍个年轻军官怎么样?军官学历高待遇好,人老实还顾家,级别到了就能分房子,可抢手呢!你要愿意,我保证给你相个最好的!"

"吕姐,我还小,不想考虑这个。"宋兰推托道。

"都二十二了吧,不小了!"吕金萍说,"你看小闵,才比你大一岁,都结婚两年多了,这不,眼瞅着就有孩子了。再说了,也没让你马上结婚,先听听对方的要求,能接受就约出来见个面,感觉不错的话再处处朋友,双方都满意了才考虑结婚,没个一年半载,可到不了那个阶段!"

马荣丽翻了吕金萍一个白眼,也跟上说:"我手头也有,刚分配到县政府的大学生,家庭条件也不错!我老公说,大学生才更吃香,只要好好干,都会有大好前程!科级、县级都可能的!哦,对了,政府工作人员也能分房子!"

宋兰只好点点头,苦笑着双手合十道:"谢谢,谢谢二位大姐,我现在真没这个心思,过过等我想好了,一定给你们说。到时候,你们可别嫌麻烦,要给我介绍条件最好的!还要个儿高、长得帅的!"

……

几个人你一言我一语,正在兴头上,"吱扭"一声门开了,楚进梁出现在门口,嘈杂声瞬时平息了。

"我和宋兰说句话。"楚进梁直截了当地说,又走到宋兰近前,"给你安排个任务,今年的医药费报销有新规定,要写个通知,今天来不及了,明天上午你来加个班,我告诉你怎么写,九点钟到办公室吧。"说完回头出去了。

第四十三章 潮涌

屋里又叽叽喳喳起来，有对新规定的猜测，有说老干部的管理要改革，还有对周末生活的憧憬、对宋兰加班表达同情……

星期六上午八点四十分，宋兰打扫好办公室卫生，又去打来开水，泡了杯茶，准备好记录用的纸笔，端坐在办公桌前静静等待。写文件、通知这些，以前都是楚科长亲自动手。财务科有台四通打字机，只有楚科长和安小闵会用，可安小闵只是初中毕业，打字不慢但文笔欠佳，等宋兰来了，便全盘交给了她。

楚进梁是从机关被下放到玻璃器皿厂的，是个非常另类的人。他对财务专业非常精通，与只会做账的会计不同，喜欢下到车间，与技术人员和一线工人打成一片，研究如何优化生产流程、提高生产效率，计算怎样才能减少消耗、降低投入产出比。他曾试图站在财务管理规范化的角度，拒绝核准不明支出和不正规凭据的报销；他主张财务部门要参与企业决策，用成本和效益以及二者之间的相互转化关系，为经营管理提供依据；他还建议加强现金流的管控，使账上有限的资金发挥更大作用……他的努力换来的大都是领导的批评、同行的不解、同事的非议、少数人的责难，厂里专门开过一个小范围会议，主要矛头针对楚进梁，要求他必须尊重领导、服从管理、履行好岗位职责。同时，领导也默许了他，只要听话不捣乱，爱跑车间就跑去，能找到人就行。正因如此，他成了一个领导忌惮、中层疏远、员工亲近的怪人。

九点整，楚进梁推门进来，宋兰站起来，问候道："科长早上好！您先坐，我打了开水，给您泡杯茶。"

楚进梁往下压压手心，示意宋兰坐下，自己拿水杯泡了茶，拉开安小闵的椅子坐下，与宋兰面对面。

在财务科工作了一年半，除过业务上的接触，宋兰从未与楚进梁单独相处过。楚进梁高深莫测的表情、冷峻迫人的目光，还没说话就让宋兰生出了压迫感。她有些不适应，还微微有点紧张，正襟危坐，垂着眼皮，手中握着圆珠笔，等待楚进梁布置任务。

办公室难得如此冷寂，空气中充斥着怪异气氛，还好没太长时间，楚进梁打破了沉默，面色凝重地说："你刚进厂的时候，先被分去行政科，是我把你要来的。我到厂里十个年头,你是头一个分来的财务专业的学生,还是我龙城中学和财会学校的双重校友,听到消息,我就去找孙厂长要你。以前我向领导要人,他们一定找各种理由不给,而这一次,可能因为你是某位领导推荐的,他们对你放心,加上我的死缠烂打,还有安小闵的个人原因,几方面叠加,不得已才同意的。"

听到如此开篇,宋兰很是亲切,楚科长说起这段往事,似乎是对"自己人"才会有的态度!不过这跟写通知有啥关系?正在揣摩着,楚科长又说了下去。

"我很希望搞财务的都是懂专业的人,我一直认为,财务是企业最重要的部门,它绝不是记账报销那么简单,更不是随便安排个听话的人就能胜任的。你来以后,我一直拿不准你的性格和人品,另外也不想引起某些人的猜忌,于是决定先观察观察,任由你发展,在这个过程中逐步建立起对你的分析判断。看得出来,你是个正直善良、有原则有主见的人,我觉得是时候了,有些话可以对你说了。哦,我先声明,你听到某些情况后,可能会有不适,处理不好的话,说不定还会有负面影响!所以,正式交谈之前,你可以选择听或是不听!如果你决定听,后面又觉得与你无关,我也不反对,但你务必保守我们之间的秘密,能做到吗?"

宋兰心里直打鼓,楚科长的话中有何隐义?要透露什么"内幕消息"?会对她产生什么"影响"?她相信楚科长的为人,直觉告诉她应该听听,保守秘密不难做到,便郑重地点了下头。

楚进梁吹开浮茶抿了一口,捋捋思路,看到宋兰准备的笔和纸,似是找到了话引子,径直开口说道:"你不用记录,听着就行。你是主管出纳,现金都要过你的手,不知你发现没有,我们厂有些不明不白的大项开支,通常由固定的几个人办理,有些用各种发票充账,有些就是收据和白条,还有的没有任何手续,仅凭领导的批示就能单独列支。当然,这不是秘密,也不一定代表什么,但就财务管理来说,这样做是绝不允许的。我曾极力反对过,后来厂领导开会形成了意见,说有些开支需要控制知情范围,不列明细并不代表是不合理支出,让我无条件服从上级的要求,只要厂领导签过字的必须照办。这是集体决议,我没权拒绝,只能死抠会议纪要的字眼,坚持经办人和

第四十三章 潮涌

分管领导签过字后我才接手。我查了库存的老票据,这些开支一直都有,延续至今,从开始每个月几千几万,到了后来十几二十万,个别月份更多,日积月累,就是一个相当大的数目。"

宋兰咋不知道楚进梁所说的开支？这是她每月必须经手的项目,是除原料采购外最大的一笔费用。她原来只觉得用收据和白条报销不够严谨,没过多联想,忽听楚科长这么说,心里偷偷算了算,一下被那个大概的数额吓呆了！

不容宋兰发问,楚进梁又说:"我们厂紧挨着凤城县的石英砂矿区,原料的采购和运输成本很低,新生产线上马时,在国内算比较先进的,产量和品质都很不错,投产后效益非常好,产品畅销国内甚至国际市场,是县里的利税大户,员工的待遇也让人羡慕。近年来国际市场逐渐萎缩,国内又陆续新开不少集体和民办的日用玻璃企业,他们身上没有负担,生产设备又比我们的新,成本压得下来,质量也不差。为了占领市场,他们故意把出厂价定在我们的生产成本上下,让我们非常难受。玻璃器皿是日常消耗品,消费者更看重价格,我们不得不跟着降价,导致年年亏损。好在我们的名气和信誉不错,底子还有,又利用国企的身份多方筹资,好歹坚持到了今天。"

宋兰茅塞顿开！为啥那么多人的医药费报销不了,为啥每个月的工资一拖再拖,楚科长一席话就说透了！工厂亏损、出多进少,沉疴才越积越重！连带着她也理解了,为啥楚科长爱往车间跑,为啥他会要求优化生产流程、加强生产管理、减少原材料的无端浪费,这些明面上与财务没有丝毫关系的提议,想来就是楚科长找到的应对策略。

楚进梁压低了声音:"前几年,国家开始推动国有企业改革,在北京、上海和其他一些省市,开展了现代企业制度的试点。据可靠消息,我们市马上也要开启这项工作,动作和力度都将是空前的。我们这样的小型国有和集体所有制企业,极可能被纳入首批,根据情况不同,该破产的破产,该重组的重组,具体怎样执行,听说很快就有文件下来。我们厂这几年连续亏损,从银行借了不少贷款,还有一些未偿债务,同时也还有很多优质资产,绝对不是资不抵债！我担心有人趁机浑水摸鱼,以企业亏损和三角债为由,人为制造出零资产甚至负资产的假象,就可以光明正大地把国家财产装进私人腰包!在这件事上,财务科是关键,资产的管理和评估、债务清查核算都是我们的主要业务,财务报表需要我们牵头出具,无论他们怎么运作,这是必经的程序,他们没办法改变!所以,我要郑重提醒你,从今天起,千万不要发表未经深思熟虑的言论,不经我同意不能出具数据和材料,更不能在没审核清楚的文件、档案、表格上签字盖章,如果有人逼你,就往我身上推!"

宋兰越听越心惊,厂里看似水波不兴,实则暗潮翻涌!若真如楚科长说的那样,那些人的胆子有多大!她有些胆怯,不禁问道:"那您不会有事吧?"

"放心,我心里有数,这些年我明面上不再和他们顶着干,他们对我的戒心也少了。马荣丽和安小闵是他们手中掌握的人,分别把持会计和出纳的岗位,如果不是安小闵实在被逼得很了,加上结婚后迟迟没能怀上孩子,你不会这么顺利就接上班!同她俩交往要注意分寸,特别是人情往来涉及钱物的,免得沾上污水。吕金萍和她们没多深的关系,知道些事情,又把责任择得一干二净。你最好学吕金萍,能躲就躲,躲不了就装傻,首要的是保护好自己!"

宋兰听得直打冷战,下意识地说:"我记住了,谢谢科长,您也要保护好自己。"

"我知道。"停了一下,楚进梁仔细回顾了交谈的经过,想说的大致说了,才提及那个通知,"关于医药费报销的新规定,你写个通知,大概意思是从下个月起,需要提前一个月提交报销申请,每月限定一定额度,财务科、行政科、工劳科共同拟制报销计划,经厂领导审批后执行。你查查往年的报销数据,算个平均数充当额度,再提一些关于票据正规有效、张贴要合乎规范等的要求,弄好后,周一上班先给马荣丽看看。"

"好,明白了。"

想说的都说完了,楚进梁站起来刚要走,又站住了,补充道:"昨天下午我来找你,凑巧听到她们问你男朋友的事,就跟着八卦了一回。你那个'同学加同乡'是叫林水生吧?这小伙子不错,给我们县争了脸,上上下下都知道二桥工地有个'林水生班组',每天加班加点,专拣急难险重的活干,连桥梁公司的老班组都比不上!"

楚进梁冲宋兰竖了竖大拇指,闹她一个大红脸。单位是单位,内幕是内

第四十三章 潮涌

幕,她是她,林水生是林水生,几个不相干的人和事,被楚科长放在一起掺和着说,她的心情也犹如过山车,一上一下、一紧一松,感觉有些怪怪的!好在,最后听到的是个好消息!

她静了静心,打开四通打字机,等待开机那会儿,思绪竟不受控地再次飞翔。

楚科长口中的那人,整个冬天都在工地战北风、斗严寒,居然成为名人了!难怪春节前见到他,他更黑更瘦,眼睛却更亮了!记得他曾说过,要走出宋集,走向更大的空间!那么现在的他,正在迈出至为关键的一步吧!

第四十四章 酣战

一九九八年，注定是个不平凡的年份！元旦那天，《中华人民共和国防洪法》正式实施，接下来的几个月，似乎是冥冥之中注定，举国上下从西到东、从北到南，用一场场惊心动魄、荡气回肠的人与自然的大决战，为这部新问世的法律、为中华民族人定胜天的意志、为这个国家不屈不挠的精神，进行完美的诠释。

自头一年五月份起，全球发生了一百年多来最强的厄尔尼诺现象，一直持续到第二年六月，强大的暖湿空气给大江流域带来频繁降水，强度大、范围广、时间长。再加上前年冬季西部高原地区降雪异常增多，东亚季风推迟、夏季季风偏弱、主要雨带南移，大江流域发生大范围降雨的概率进一步加大。

针对异常气候可能带来的危害，一月中旬，国家召开了全国防办主任会议，部署防范暴雨洪涝灾害的专项任务，从上到下、七大流域同步展开，法律和行政力量共同推动，做好应对最坏情况的准备。

二月中旬的最后一天，龙城县沃河二桥项目部前的小广场上，新年后的首次全体负责人会议正在召开。不大的会场，布置得简单又庄严，中间摆了几排桌椅，四周插满了五颜六色的旗帜，二楼栏杆外拉着大红色的横幅：四十年征战未尝一败，一百天决胜何惧万难。

黄总坐在主席台上，桌面上放了几份文件和一个厚皮笔记本，手边是一个银色的不锈钢保温杯，他正襟端坐，高昂着头，前后左右不停打量。等刘书记结束了开场白，黄总接过话筒，郑重其事地发表起讲话："刚才刘书记宣读了上级文件，传达了各级领导的指示，相信大家都清楚了会议的主题，就是要做好防范特大洪水的各项准备！去年开始的厄尔尼诺现象持续了一年有余，我参加工作三十多年，简直闻所未闻！据专家分析，极有可能对我国今年的整体水情产生重大影响,尤其是大江和沃河流域,更是重中之重。从国家到省市都有要求,公司和县里都下达了紧急通知,上周二,刘书记和我去公司开了会,受领了任务,大前天,施县长也专门把我们找去,反复叮嘱了一个多小时。上级的指示重点在两块,一是涉水工程的进度要尽量往前赶,二是要保证施工范围内大坝的绝对安全,并且要求我们调整工作计划,优化施工方案,完备处置力量,一旦暴雨和洪水来临,必须确保万无一失。前几天,我和各部门负责人碰了头,研究了具体的落实措施,有些已经布置下去了,有的工段率先开展了行动,这很好,就要有这种争分夺秒的劲头!今天请大家来,是要再次全面、全员思想发动,讲清形势、分解任务、明确时限、区分责任。这件事有多重要,听了刘书记和我的介绍,想必大家都能领会,我不再浪费时间。在这里,我先把工作方案调整的总体要求通报一下。"

黄总把笔记本翻到折页处,清清嗓子,读了起来:"五月底前,所有涉水施工必须停止,所有工程机械归由项目部统一管理和调配,所有工段长以上人员和机械手、驾驶员必须保持在岗在位,所有预案和措施要充分演练优化,所有防汛物资要储备充足!组织施工时,严禁损坏包括沃河大坝在内的任何防洪防汛设施,施工范围内的防洪隐患务必彻底整修加固,缺失或损坏的标志标牌要补充完毕,因载重车辆碾压受损的坝顶路面要修缮完毕,河道内所有的结构、部件、建筑材料、建筑废料必须清理完毕!"

黄总放下笔记本,抬眼扫视会场,肃声说道:"时间节点和目标任务都是上级明确的,都是硬杠杠,不能变通!对我们来说,河堤外的施工都好说,棘手的是河道内的桥梁桩基,如果洪水下来之前不能完工,河滩地上的基坑和未完工的桩基一旦被过水冲埋,你们想想,会是怎样的后果!只能前功尽弃!有的要重新施工,有的要砸掉重来,不仅会造成难以挽回的损失,还可能严重拖延工期,无法完成为新中国成立五十周年献礼的光荣使命!还有,如果河道内的阻水物不能及时清除,对行洪造成了影响,还将承担无法推卸的法律责任!从今天到五月底还有整整一百天,要完成原计划八月份结束的工作量,各位知道意味着什么?意味着工期要压缩一半,还不包括河道内物料的清理清运!意味着至少要付出三倍的努力,才能按时完成任务!意味着每个员工都要脱层皮,有些人一层还不止,要脱两层、三层！这是我们从未遇到的艰苦战斗,更是对我们的严酷考验！"

听到"一百天""脱层皮",下面交头接耳的声音立刻大了,黄总拍拍桌子,继续放声说道:"大家对一百天能不能完成心存疑虑,但形势就是这样,形势比人强！躲是躲不掉的！不干也得干！我有言在先,就算当不成抗洪抢险的英雄,也不能做被困难吓倒的懦夫,更不能沦为千夫所指的罪人！刘书记和我向公司和县里都做了保证,五月底前无论如何清理完河道,绝对不会影响行洪安全,至于能不能完成桩基任务,最终是仓皇败落还是得胜而归,就看在座的各位了！"

黄总倏地站了起来,神情激动,挺着胸膛说:"我是项目的第一责任人,我向大家保证,绝不会逃避责任！'百日会战'由我总负责,刘书记担任总监督,在座的都是各个部位的直接责任人！只要我们团结一心、各司其职,'百日会战'的目标就一定能够实现！在此我提个要求,等最新调整的施工计划下达后,大家要第一时间对照计划、细化实施方案,集中全部人力物力,务必打个漂亮仗！"说着,伸出手臂在空中用力一挥,下面紧跟着鼓起掌来。

"现在还不是鼓掌的时候。"黄总双手向下压了压,表情相当凝重,又指了指头顶上的大红横幅,"这条标语是我要求做的,我们省桥梁公司成立四十多年来,没有一次因为主体责任造成工期延误,没有一次因为自身过失发生重大安全事故,没有一个工程质量验收不合格！特别是在涉水项目上,修造过的桥梁、堤坝、水库数不胜数,没有一次对防洪安全造成过冲击！这次虽然时间紧、任务重,但越是在困难面前,人越要能顶得上去,任务越要能拿得下来！四十年不败的战绩,能不能在我们手上延续,明年能不能为五十周年大庆献礼,那要到一百天后再看！我相信,胜利定将属于我们！到那时,我们再鼓掌欢呼、喝酒庆功！"

参会的人们受到了鼓舞,嗡嗡声又大了,突然,袁开法站了起来,挥手喊道:"有黄总和刘书记带着我们干,保证能完成任务！"还有人大声附和:"放心吧,黄总！我们有信心！"紧接着,人群中陆续爆发出一阵激昂的赞同之声。

黄总笔直地站着,一脸踌躇满志的豪情,目光一遍遍扫过众人,像是检阅即将上战场的士兵！他特意留了点时间，让这种氛围持续酝酿发酵，达到更好的效果。等大家表完态坐下，他又望向包工头座席那边，慷慨陈词道："各位经理、各位老板，把你们请来，是让你们也掌握情况，从今天起，你们的人员、装备、车辆，就归项目部全权指挥了！回去后，请你们把会议精神给手下人都转达到，提提要求，特别是驾驶员、操纵员，要挨个儿讲清楚，不能胜任的，或者有畏难情绪的，必须立马换掉！进入决战阶段，所有人都要服从项目部的统一安排，不能搞特殊化、不能讲价钱提条件、不能挑三拣四阳奉阴违！我先把丑话狠话说在前面，不管是谁，敢不服从管理、扰乱工作秩序，我们一定严肃处理，负有领导责任的，我们也要追究！当然，也请你们放心，对真心合作的朋友和伙伴，我们也不会让他吃亏！"

听着黄总煽动性极强的话语，林水生只觉得一股热流翻涌，雄心满满、斗志昂扬！他还没来得及表态，身边猛然蹿起一个中年人，舞动双手，大声呼喊："请黄总放心，我们一定无条件配合，回去就给他们说清楚！"

黄总哈哈大笑，双手抱拳，答谢道："那好，我就提前谢谢各位了！有你们的大力支持，我的信心更足了！有你们这样的伙伴，再大再难的工程都能干得成！"

与沃河相比，大江流域的防洪形势更为严峻，也正因为如此，刚想打退堂鼓的沈玉林被命运推上了更大的舞台。

地处大江下游入海口的南港，同龙城的沃河湾类似，一直以来都是洪水的重灾区，而这里的水灾，又有另外一种成因。

南港周边湖塘盘点星布、河道蛛网纵横，并且大多与大江通连，形成了巨大的江河湖综合水文系统。同时，由于江面的绝对海拔低，水面宽阔，流速缓慢，水位高度受潮汐作用变化明显，当上游来水到达入海口附近，遇到较高潮位，极有可能无法顺流入海，被迫灌溢至通江水道，造成支流和湖泊的严重内涝。

年初以来，综合各方面消息，结论逐渐趋于一致，厄尔尼诺现象引发的强降水、东南季风带来的云雨带、西太平洋副热带高压的异常活动，都强烈地预示，大江流域发生特大洪涝灾害的概率极大。

年后不久,南港水建公司就接到上级通知,作为市属涉水工程企业,还顶着国字号和行业龙头的桂冠,义不容辞被委以重任,组建一支在市防办直接指挥下的应急抢险突击队。水建公司的行动是迅速的,几天内便成立起一把手亲自带队、一位副总经理担任副手的专业队伍,开上了大江防汛的一线。起初,他们没被安排值守江堤,而是被赋予了一项更复杂、更艰巨的任务——消除河湖水网中的非法阻水壁障,减少内涝带来的损失。

南港市是国家经济的先发地区,大中型企业和小微作坊共促共生,现代农业、养殖业、种植业也十分发达,正因为这样,社会就需要更大的承载力,土地资源更为紧张,供求矛盾更为突出。没有地怎么办?随处可见的湖泊湿地、河渠水道,在老百姓眼里并不稀罕,而在有心人的算计中,就成了土地最方便的来源,自然淤积、隔塘养鱼、人工围垦、填湖造地等现象十分严重,有的基层乡镇为了经济发展招商引资,任由工厂企业圈湖围地。近年来,政府的管理整治力度不断加大,但历史遗存的痼疾太多,处理起来难度太大,有时由于主管部门失职失察,旧的隐患还未消除、新的侵占又不断冒头,最终导致江河湖通道堵塞、水网沟渠隔离、河道层层设障、洪水出路不畅,整个流域的实际水容量大幅降低,蓄洪能力逐年减少。

二月,国家防总和水利部的专家组对南港市的防洪准备进行了专项检查,现场指出了一大堆问题,还列了清单,南港市立即组织了整改,动作不可谓不大,进度和效果却不理想。后来,市里把责任压实到县区党政一把手的头上,工作才迅速推开,公安、交通、水利、河道等部门组成专案组强力推进,水利施工队伍全力实施,对违反《中华人民共和国水法》《中华人民共和国防洪法》《中华人民共和国河道管理条例》《水库大坝安全管理条例》等涉水法律、影响行洪安全的,一律限期彻底消除,水建公司承担的就是这项任务。

到了一线,突击队才发现,即使他们手里握有尚方宝剑,即使身边有政府相关部门全程护航,但在实际操作中,远没有想象中顺利,影响施工的不利因素层出不穷,无论是现场的组织管理、各利益方关系的厘清、与基层村镇和工厂企业的协调、涉及村民个人资产的棘手问题,等等,都需要有个更为强力的领导牵头、专项负责。公司从经验、能力、工作姿态等方面综合考虑,尤其是面对危情的胆气和作风,把沈玉林从原先的项目上抽调出来,并由他挑选人员装备,组成了一个精干队伍,专门解决"难以推进""落实不下"等难题,成为南港市"清淤扩容"行动的关键力量。

四月,国家防总召开全体会议,得出了大江全流域可能发生一九五四年型大洪水的判断,随后对全国七大江河进行汛前检查,各流域相关的地方政府也积极行动,开始了防洪防汛的直前准备。

六月,大江防总、国家防总先后下发了《关于大江流域防汛抗洪工作的紧急通知》,要求全流域各级领导立即上岗、随时在位,落实抢险队伍和车辆装备,备足抢险物料,做好蓄滞洪区运用的各项准备,确保大江干堤万无一失。

春夏两季,上天一直考验着江东人民的意志!六月中旬起,大江中下游连降大暴雨,断面流量迅速增加。与此同时,受潮汛影响,江东省沿江潮位全线超过警戒水位,南港水文站最高潮位已达历史第三!沿江而上的极潮和滚滚而下的洪水在这一段江面汇集,形成了罕见的水位峰值,使得各内河支流排水受阻,沿江水系形成了"外洪内涝"的严峻局面!再加上梅雨季节来临,持续时间较长,至七月下旬,南港水文站最大流量已高居历史第二!大江告急!江东告急!南港告急!

以沈玉林为代表的水建公司的精兵强将,与数十万南港防洪大军手挽手、肩并肩,吃住一线、坚守阵地、外堵内疏、固坝清渠……连续奋战四个多月,保住了南港境内一百多公里江堤和数十条内河支流的安全,圆满完成了抗洪抢险任务!

九月,在江东省抗洪抢险总结表彰大会上,南港水建公司被评为先进集体,沈玉林被授予先进个人。

追随沈玉林的脚步,林水生也冲上了抗洪一线,从爷辈父辈手中接过了护堤保家的重担!林家洼的年轻一代,正式走上前台,成为征服沃河水患的主力军。

五月底,二桥项目的建设者们终于完成了几乎不可能的突击任务!就在大家盼望歇口气的当儿,六月初开始,沃河流域连降暴雨,部分地区雨量超过三百毫米,沃河水量急涨。在家休整的林水生接到乡里通知,黄书记有急事找他,让他尽快上大坝一趟。放下电话,林水生换上雨衣雨鞋,就匆匆出了门。还没到乡里的值班帐篷,远远地就看见套着雨衣、戴着宽边草帽的黄兴康,正对两个同样装束的人吼着啥。也许是大草帽的反衬,他本来圆嘟嘟的脸庞瘦出了下巴尖尖,还泛着疲惫的蜡黄色,不过看他指手画脚的样子,精神头还算不错。见林水生来了,黄兴康打发那两个人离开,招手示意林水生过去,还差着十来步远,就面带喜色地喊上了:"小林,你来得还真快!走,我带你上大河湾看看!"没等林水生说啥,他迈开双腿就往西边走。

坝头已不再清静,每隔十几米就有一顶军绿色帐篷,穿雨衣、戴草帽、箍着红袖章的中青年男子来来往往,在各个要点往复巡查,不少是林水生熟悉的,没时间问候寒暄,只点个头便擦肩而过。他们都是乡里派来监视水情和处置险情的值班人员,林水生还在二桥项目上日夜酣战时,这些人就陆续上了坝子。

"我们乡辖区内十八公里长的沃河大堤,重中之重还在大河湾。"一边疾走,黄兴康一边介绍,"每次汛期,就数那一段水情最复杂、形势最危险!虽说大堤按百年一遇的标准加固了,但没经过大洪水的考验,谁也不敢说效果怎样,不做好防范万一的准备,我还真不放心!"

"按县里要求,我们上坝值班一个多月了。前些日子还好,最近天就变了,像被捅漏了似的,谁知道要下到啥时候!"黄兴康伸手向上指了指,又抹了一把脸,"再这么下去,我看不要几天,上游的洪峰就可能下来,能不能顶得住就难说了!"

接到电话,林水生便猜出了黄兴康找他的目的。上了坝,看到随处都是备战的景象,还有黄兴康的开场白,林水生心里也产生了一股按压不住的劲头。他靠上黄兴康,试探地问道:"需要我们做啥?"

黄兴康停下脚步,取下草帽,用力甩甩再扣到头上,拍了拍林水生的肩背,说道:"小林啊,按说这事不该找你,你刚从二桥工地下来,那边也是防洪的重要战场呀!马不停蹄地干了几个月,铁打的身体也受不了,应该好好休息休息的!可是——"他又指着河面,"你看看这水势、这水位,就要到主汛期了,我们的力量太弱了呀!你知道,我们是个农业乡,没有像样的企业和单位,没有常驻部队,市里县里也没像往年派舟桥团和武装部的民兵来!施县长说,大河湾经过加固,完全具备抵御洪水的能力,县里实在分不开人,再有困难,都要靠乡里自行解决!可我担心,一旦大坝有情况,我们就怕有心无力呀!"

黄兴康的眼神闪烁:"我想——"

见黄兴康吞吞吐吐说不下去,林水生反倒释然了,爽快地说:"黄书记,我们的机器和车队刚好闲下了,但你知道,我们是和二桥项目部签了合同的,那边要有安排,必须无条件服从。我回去就找黄总,把这边的情况原原本本做个汇报,只要黄总同意,我们就把装备开上大河湾!"

"不瞒你说,我找过黄总了,他说汛期只在坝外施工,人员装备够用,你们的事他不好管,参不参加防洪要你们自己定。"黄兴康面带愧色,总算说出了真实意图。

没让乡里的一把手为难,林水生痛快答应了:"那就没问题,我回去就布置!"

"太好了!"黄兴康喜道,他握住林水生的手,使劲地摇晃,"小林,你真是帮了我大忙了,让我咋谢你嘞!"

"黄书记,说谢就见外了,大河湾有事,谁家躲得过!守着自己的家、自己的地、自己的粮,还不是应该的!"

"好、好,应该的、应该的!"黄兴康又重重拍了拍林水生的肩膀。

告别黄书记,又向黄总当面核实了,回到办公室,林水生便召集几家公司的所有管理人员开了个紧急会议。张建设在守堤没能参加,张国诚说,有事需要投票或者发表意见,他可以代替他爸。

会议的节奏极快,意见也都一致,胡庆满带一台挖掘机、三台翻斗车,仍归属二桥项目部指挥,其他所有装备抓紧准备,次日上午十点统一到乡防汛指挥部报到。人力也做了分工,绍连得和雷师傅带几个人留下,继续完成无法停止的混凝土承重柱浇筑,其余所有能调动的人员,包括隆兴、隆行、隆丰公司的长期和临时雇工,全部上大坝值班,随时准备参加抗洪抢险战斗,这些人员的工资和加班补助,由所属公司承担。

人员装备就位后,经林泽传、张强等人反复劝说,张国诚也带了张建设的话来，林水生才做了让步，在装备上拉开标语，在值班帐篷前立起旗帜，志愿者也都戴上袖箍，鲜红色的底子上，用金黄色的行楷题写了醒目的标志——林水生突击队！

第四十四章 酣战

第四十五章　泥猴

　　夏收前，林泽忠赶了回来。去年跟儿子去南港参观蔬菜种植基地，公园一样整洁优美的环境，营房一般统一规范的大棚，掀开帘子钻进去，紫莹莹的茄子、红彤彤的西红柿、黄澄澄的柿子椒……各种色彩扑面而来，一下就被吸引住了！回到家他就用木棍细竹搭起个简易棚子，搞起了试种。怎奈看事容易做事难，那个棚子既不保温又不防风，棚内温度根本上不来，要达到想象中的效果简直是天方夜谭！儿子见状提醒一句："你真想弄大棚，自个儿捣鼓可不成，不如去学习一段时间，掌握技术再干不迟。"这句话挠得他心底直痒，孙霞也意外地没反对，于是托请黄光斌帮忙联系了一家种植户，过了年便去了南港。

　　林泽忠从南港回来，搁下行李，屁股都没坐热，就上了坝。见到张建设，一开口就说准备弄个大棚试试，就选在靠近路边的承包地。

　　看着老伙计跃跃欲试的样子，张建设哪忍心说个不字！何况他的脾气，倔得像头驴，哦不对，该比驴还倔，决定的事，除了他爸，谁也拉不回来。

　　建大棚是好事，别看龙城是产粮大县，专业种菜的还不多。那些年交通运输不发达，本地蔬菜是城里人日常供应的主角，大面积种菜只限于河州附近的几个乡镇；随着国家交通骨干路网的完善，来自山东、河南、江东的反季节暖棚蔬菜大量输入，抢占了大部分市场，挣走了高额利润，本地菜农只在时令菜上守着阵地，种植收入和积极性逐年下降。现在国家越来越重视"三农"问题，农村发展要立足于改进农业生产、改变农村面貌、改善农民生活，国家政策只是外力，实现美好生活最终要靠农民自己，开展多种经营，增加家庭收入，用勤奋和汗水创造这一切。从东部和南方发达省市的实践经验看，这是根本途径，必由之路，是无法辩驳的事实。如何把国家政策转化为发展红利，前几年林水生带头搞活农村经济，取得了很好的效果，但那只是少数人的游戏，对大多数农民来说意义不大。农村的根子在土地上，一旦林泽忠的大棚搞起来，影响一定更广、作用一定更大、风险一定可控，必将再一次起到示范作用！

从漫游的思绪中回到现实，张建设冷静思量，不确定性也有，种植技术是一个，资金投入是一个，需求是一个，眼下尚未消除的洪灾隐患是一个，为稳妥考虑，还是先劝了劝："你弄大棚我支持，但你看这水情，过几天啥样儿真说不准，万一再要开闸泄洪，那就得掂量掂量！"

林泽忠却似成竹在胸，嘴皮子也越发利索了："回来前我去见了沈经理，他说沃河几个工程他都了解，设计施工都好着嘞，不是特别大的洪水，林家洼不会有事。沈经理还说，他们那里的水情比这边还大，情况比这边还糟，大家还不是该干吗干吗！"

张建设并不反驳，而是问道："你跟水生通气了没？"

"去大河湾找过他了，他也说让我弄，说要真守不住，淹粮淹菜还不一回事！"

"既然这样，我就不多啰唆了，要我做啥？只要不违反纪律就行！"

"主要是手续问题。"林泽忠直说，"村里没人搞过大棚，不知道要不要上级批准。"经历过被调查、被问讯、被罚款，林泽忠谨慎多了，在宋集乡蔬菜大棚还没见过，一定要问问清楚再干。

"要我说，种菜也是农业耕种，不改变土地性质，要啥审批手续？不过，毕竟要在地里建大棚，为保险起见，回头我问问乡里。你放心，真要办手续，不用你操心，我负责去弄，保证不会误你的事！"

支书打了包票，就不怕再出意外，林泽忠果断地说："那好，我准备准备，等你消息。"

张建设很感兴趣，问道："具体——你准备咋弄？"

"先挨着机耕路西开一块地，那边靠路靠渠进出灌溉都方便，还不影响其他地块连片耕种，效果好的话，向西向北加盖都行。我带了图纸回来，给绍师傅看了，他估摸，个把月就能盖好一栋。"

"那你准备啥时候开干？"

"水生说，队伍都守坝呢，下来再说。我也是这个意见，先得把麦子收了，把地整整好，着急不得。"

"你自己能忙得过来？要请几个人吧？"

"技术活我带着干,准备再找几个种过菜的老农。"

"想好种点啥没？"

"这还没定！南港的老师说了,他们那边的反季菜,品种和数量都是客商预定的,有成熟的种销流程,是一种'订单化'和'产品化'种植。我自己弄就不行,棚子少供应量就不大,客户单独过来采购的成本就高。老师要我先试种一些本地常见的品种,这样比较保险。水生说,他在县城果蔬批发市场有熟人,等空了他去问问,如果有人愿意要,就按他们的意见办,没人要也没关系,一个大棚的菜,拉到集上说不定不够卖的,先从好种的开始,有些经验再说。"

一连问答了几个问题,林泽忠丝毫不见磕巴,大出张建设所料,不禁夸道:"泽忠,你这几个月跑得值呀,不仅把技术学到了,说话都不一样了！"

林泽忠嘿嘿讪笑,挠挠头说:"我嘴笨讲不好话,就把别人说的搬出来了！"

话说得没错,但也不是全部,林泽忠不会轻易对人坦诚他的糗事。去南港前,林泽忠从没想过方言的影响,好歹他在南港人的项目上干过,听"南普"不是问题。可刚到地方他就傻了眼,在农村,"南普"是听不到的,每个人都是一嘴土话。起初听不懂他还不爱问,只按自己的想象来,被老师骂了几次,啥难听话都有,他再不懂,还不至于傻到不明白老师的意思。没办法,只能放下面子,硬着头皮,一根根给老师敬烟,一遍遍追问问题。再到后来,等他彻底不要脸面,老师们反倒被追得着急,看见他都要躲着走,免得一搭上话就脱不开身。就这么一次次、一天天,耳力逐渐练了出来,口才也磨得麻利了。

张建设感喟道:"不瞒你说,我要有时间,也想跟你一块弄,可村里一头地里一头的,还有忙不完的杂事,现成的鱼塘都管顾不上！你这劲头提醒了我,咋着也得抽个空儿过去瞅瞅。说实话,以前我弄鱼塘,也因为家里穷,后来日子好过了,就没那股子劲了。我真羡慕你,难关熬过了,还能干劲十足,扑在喜欢的事上。我也要好好想想,是不是也撂下牵挂,趁着还能干得动,可了劲折腾几年！"

"是嘞!"林泽忠也叹道,"以前干这干那只为吃饱,哪有时间想七想八!只有真正吃喝不愁了,人的心思才活泛。我弄大棚不为别的,就是闲不住,去年跟水生去南港,看到满大棚的辣椒茄子,一下就喜欢上了,心尖尖像长了草,撩得痒痒的,不弄一个还真放不下。"

张建设哈哈大笑道:"怪不得你心心念念要弄个大棚,是为了治心病呀!"

张国平也回了林家洼村,机械收耕正在推行,农机公司要下乡保障。他申请来到宋集乡,顺便领师傅到村里看看。

他的师傅——河州市农机公司的工程师韩新成——三十四五岁年纪,机械专业的大学生,在农机方面算是技术大拿,在公司上下说话很有分量,到宋集乡也是他向领导争取来的。

到农机公司上班没几天,张国平在机械加工方面的造诣就被韩新成发现了,韩新成主动提出带他参加夏收保障,又担当起他的业务指导员。在与家人的通信中,张国平没少夸赞这位师傅,这次韩新成来村,张建设毫不客气地"以权谋私"了一回,特意请假从坝头下来,诚心邀请韩新成到家里吃了顿饭。

韩新成是个爽快人,不像有些知识分子,把心思藏在厚厚的眼镜片后面,再用中山装把身子包裹得严严实实,外人只能雾里看花、水中望月。他性格外向、爽快健谈,坐下了就不客气,高度的龙城贡酒就着麻辣鲜香的红烧大公鸡,白净的脸庞不大会儿便红润了。

张国平颇显稳重,虽是在自己家,除了刚进家门搂着他妈说了几句亲热话,便不再多语,他的酒量好像涨了不少,频频端杯敬着韩工。

"我真的很喜欢国平,"韩新成对张建设说,"这小子性格好、技术好、工作态度好,干啥都好,不像有些大学生,说是学农机的,除了有张文凭,狗屁都不会,交办点具体工作,跟欠了他似的!只有国平是个例外,又爱动手、又肯钻研,进步相当快嘞!"

张建设的心里乐开了花,嘴上不见一点放松:"韩工,这小子在单位还听话吧?他从小就不好管,脾气死硬,几个臭孩子一起,可没少惹事,你要多教育、多担待呀！"

听到"几个臭孩子"的说法，韩新成立刻说出了一个名字："有林水生吧！他现在名气可大，在市里都听说了。"

顿了下，韩新成宽慰道："男孩子调皮是天性，谁小时候没做过几件荒唐事！我就看不惯有些家长，把男孩当女孩养，要听话、要守纪律、要做乖宝宝、千万不能惹是生非，反而女孩子们咋咋呼呼，脾气一个比一个大！"

好久没见着林水生了，原以为回村能见面，一打听却不在家，正好师傅提到他，张国平便问了一句："水生现在咋样？"

不问还罢了，一问张建设就生气："不咋样，天天守着沃河湾，白天黑夜都跟着熬，按他那个熬法，铁打的都受不了！"

闻言张国平脸色一黑，责备道："那你咋不说说他？"

"你还不了解他们姓林的，看起来个个好脾气、好说话，可打定的主意，谁说管用？再说了，眼下这个形势，二桥工地和沃河湾大坝都是重点部位，他手里掌握着全乡最大一批车辆装备，钉得紧些也是应该的！你还别说，这小子真能挺，大伙儿看着都心疼，年轻轻的，咋有这么大的毅力！"

特意到林家洼村来，韩新成就想见见林水生，没看到挺遗憾的，本想下次再说，听张建设这么一介绍，不免来了兴致，都什么年代了，还有如此拼的人！他拉了把张国平："想不想他，要不我俩去沃河湾看看？"

张国平没回答，先问他爸："能上去吗？"

鉴于林水生的状态，张建设也想有人找他聊聊，缓解缓解紧张的神经，国平无疑是最佳人选。想起那边的条件，又怕怠慢了城里来的贵客，便对韩新成说："下了这么多天雨，还老有重车来往，上坝的泥巴路烂得很，走一趟就抹得像个泥猴子，我下来就是那个样子，为了见你，特意洗了澡、换了衣服嘞！"

韩新成爽朗地笑笑，说："不怕！我们干农机的，除了一身泥还有一身油嘞！这可是我们的必修课！"

"那好，吃完饭让国平带你去！来、来，多吃点菜！"

沃河湾坝头一顶帐篷里，几个人分散坐在凳上、床上。这是一间临时办公室,摆了一套桌椅和三张行军床,最靠里还架了一张桌面,上面堆满了东西。显然这里刚收拾过,却仍不利索,屋里阴暗潮湿,啥东西都像发了霉,离人近了,还能闻到身上的酸味。几张风尘仆仆的脸,带着深深的倦意,这会儿都洋溢着兴奋。

见到林水生,张国平一把抱起了他,感觉他身体轻飘飘的,还没上高中那时沉。"你咋的啦,把自己搞成这样!"张国平用责备的口吻质问道,丝毫没跟他客气,管他是老板还是谁。

"天天进行体能训练,把多余的脂肪都减掉了,剩下的才都是肌肉!"林水生鼓起肱二头肌,以此为证据,又指指张国诚,"你哥不也一样,我们管这个叫'又黑又瘦又精神'!"

"哥——"张国平难过地喊了一声,说不下去了。父亲形容得真形象,脸蛋子看着还算干净,身上却没一个利索的,个个都是"泥猴子"!还有跟他哥上坝子的大黄,浑身滚的都是泥浆,只剩眼睛和牙舌保持了原样。大黄应是也有些"自知之明",没往张国平身上扑,只是伏在脚边,目不斜视,直直盯着小主人的脸。

还算张强社交经验丰富些,他向韩新成抱了抱拳,风趣道:"欢迎韩工来看望我们、指导工作!这屋里有点乱,还有点不好闻的味道,我们管这叫'河鲜',韩工千万别介意啊!"

韩新成赶忙摇手,谦虚地说:"岂敢指导!岂敢介意!你们可是全河州最可爱的人!我们是来学习的、来致敬的!这个帐篷是个临时指挥部吧,到指挥部来,荣幸才是!"

"韩工客气了!"张强乐呵呵地说,"不过,你的话听着顺耳,这可是小一个月来,我们受到的最高评价哩!"

来时张国平想了一路,见面后说些啥,看到他们的模样,一句也说不出口。在这种地方,大家都一样,咋劝都没用,他爸不也是黑瘦黑瘦的,到家后为啥要洗个澡换身衣服,估计那边的条件也好不到哪儿去!回头再想想,去年韩新成带他参加河州粮库集中收储,大太阳天人热得想扒了皮,无处不在的麦皮黏得满头满身,还有睡觉时老鼠横行、蚊虫肆虐。做体力活是这样,说起银行的工作,殷凤华不也常常叫苦不迭?哪个岗位是好干的?哪个行当没有压力？除非抱着无所谓的态度当甩手掌柜，确实有不少人是混过来的！……这就是生活，它不是虚无缥缈的仙宫幻境，不是理想国和乌托邦，而是牵肠挂肚的故乡他乡，是实实在在的你我他，是既享受着爱情、正义、善意、和谐，又逃不开饥饿、困苦、恶念、不公的芸芸众生，但无论如何，用尽全力换来的幸福，必定是值得珍惜的！

告慰了本心，张国平便不再纠结，换了个轻松的语气向大家介绍："我师傅可是河州市农机行业最牛皮的工程师，机械方面没他搞不定的！今天主动送上门了，你们可要逮住机会，有问题抓紧时间请教啊！"

"别听这小子忽悠！"韩新成哑然失笑，"技术有一点，不懂之处更多！就说机械方面，我们卖的都是农村用的小家伙，可没有坝子后面的那台小松，也没有十吨自卸车！"这些铁家伙就整齐地停在坝子下面，做好了随时出征的准备。

张国诚却有不同意见："那不都差不多，大小不同而已。"

一说起机械，还有人质疑他的说法，韩新成来了兴致："不仅仅是大小的问题，即使同一类型、同一厂家的产品，功率不同、功用不同，在结构、原理、器件上都可能差异很大，更别说不同品牌。特别是进口机器，都有技术和专利壁垒，有些我们研究明白了，一些器件实现了国产化，有些还没搞透，坏了只能高价进口，在这方面，还有不小差距。就说挖掘机，国内不少厂子都能生产，有些厂家也积累了一定的产品线，但为啥大家还都认卡特、认小松，自然是好用耐用，价格才能比国产的贵上一大截。当然了，机器再好，管理跟不上也不行，这方面你们是专家，我就不班门弄斧了。"

"我们哪能称得上专家！"林水生自谦地说。

"咋就不能？"韩新成反驳道，"说实话，在河州，搞机械的我接触过不少，提起你们的大名，大家都佩服得很嘞！"

"佩服我们？"林水生很诧异地问。

"是呀！你们在二桥工地的事迹大家都听说了，把几台老机器的功能发挥到淋漓尽致，不是一般人能办到的。"

原来是说这个！谈及这方面的经验，林水生还真总结了一些，说起来简单，"磨刀不误砍柴工"，督促操作手和驾驶员，严格依据王长海给的登记表，按时、逐条完成检查维护项目,不管再忙、再累、工作再紧,这是雷打不动的准则。那台小松,还有后来买的卡特,虽说都是二手货,可对林水生来说,就是几个公司名下单价最高的资产、是他们的大宝贝,如果连大宝贝都管不好,还干啥工程?人往往都有惰性、有侥幸心理,忙了累了,耍个滑就过去了,需要有人钉着干。他甚至设想过,以后机械车辆越来越多,就需要找一个甚至一些懂行的人,专门负责管理,日常维护保养到位、小故障能及时排除、更换的部件要正规可靠、不带隐患上工,只有把这些都想到了、计划到了、做细做实了,机器才能发挥最大效率,寿命也才更长。看似多付了些工资,实际上节省下来的维修费,再加上机器正常工作的效益差,一定远远高于维保的花费!

"我也听说了!"张国平证实了师傅的话,"先前只听说林水生班组,现在是林水生突击队了!你这家伙,不佩服不行嘞!"

"还不是你爸和泽传叔的主意!"林水生没好气地说,还瞥了张强一眼。

双方越说越投机,韩新成便不再拘束,开起了玩笑:"就是因为外面传得邪乎,我才向领导提出来宋集,偷空开个小差溜一趟林家洼村,想看看张支书、林水生,看看你们的工程队,是不是真有'三头六臂'!"

"到底是不是?"张国平配合师傅,两个人讲起了对口相声。

"看起来好像不是,一个个还没我壮嘞!"韩新成接住徒弟的捧哏,"可就在刚才,我突然明白了,一个人不是,但许许多多的人聚在一起,既齐心协力又密切分工,国平你说说,是不是比'三头六臂'还厉害?"

"那是当然!"张国平高高竖起了大拇指!

第四十五章 泥猴

第四十六章　东风

"'林水生突击队'！这个小伙子不简单哪！"

河州市委办公楼的小会议室内，十几个人围坐在长条形的会议桌前，桌上零零散散摆放着许多稿件，市委书记齐东明拿着其中一份，一边敲点，一边赞许道。

专题会议正在召开，主题是市委宣传部汇报抗洪抢险先进集体和先进人物的宣传报道工作。前期，根据市防办提供的名单，宣传部组织《河州日报》《大河文艺报》的记者和河州作协的会员，分工采访并撰写了事迹材料，待市委常委会审查通过，分发至全市各机关、院校、团体和企事业单位，并抽调代表进行先进事迹巡回报告，之后，市委、市政府还要召开专门的总结表彰大会。

负责汇报的是宣传部副部长朱安民，他是去年底就任这个关键岗位的。这次飞跃式的职务升迁，比前几次岗位调整都要曲折得多，其中突出的意见分歧，竟来自他先后服务过的几任龙城县领导。

江闻山当时已由龙城县委书记升任河州市委常委、组织部长，对于多年前就看好的年轻人，江闻山的想法是，发挥朱安民对农村农业相对熟悉的优长，把他放在一个与农村工作，特别是农村改革相关的岗位上继续锻炼。江闻山认为，从干部培养的角度考虑，越是有希望的苗子，越要培植在营养土中，才能使之根深叶茂、茁壮成长。时任市委常委、宣传部长的蒋开华则力主让朱安民到宣传部来，理由也很充分，原本他的突出优势就是理论功底强，自从到乡里担任一把手，就难得见到他立意观点独特新颖的政策法规方面的研究文章。蒋开华说，使用干部不光要关注能力、经历、资历，还要能够充分发挥优势和潜力，使其作用最大化。而龙城县上报的方案，是让他担任县政府的常务副县长，在成长的土地上继续发挥才华，做更大贡献。无独有偶，县里的方案体现的主要是朱安民的第一个伯乐、县长施庆喜的意思。除此之外，还有其他领导提出，可以让他到年轻后备干部缺乏的部门，边任职、边锻炼、边培养，毕竟干部使用要"德才兼备、以德为先"，"才"可以通过学习提高，"德"却很难通过外力改变。

也是在一次小范围碰头会上，江文山单独向书记、市长汇报干部调整补充方案，对于朱安民的情况和使用建议，特意单独列了出来，把各种意见做了汇总。江闻山说，组织部门虽是干部工作的主管部门，但各方面意见的出发点都是好的，都是秉承对党负责的态度提出的合理化建议，他们不能也不应该一家独断。

听完汇报后，齐东明先没发表意见，而是对江闻山说："你们几位老领导，扶上马还要送一程，为了这个小朱，可是操碎了心哪！"

江闻山倒是镇定，正色答道："他是施庆喜同志率先发现、蒋部长大力培养的，我只是顺势而为，把他放下去多磨了几年。"

"不用谦虚！"齐东明说，"对素质好、有前途的年轻人加以必要的关心和培养，这有啥错？要我说，就数你的功劳最大，能够准确认识和真心接纳一个前任领导的身边人，这份眼光和胸襟，令人钦佩哪！"

市长严时康也说："现在这个局面，说明你们都没看错他！"

"想在年轻人中间找到一位能力品行兼优的后备干部，还真不容易。"江闻山肯定道。

这时，齐东明和严时康交换了眼神，突然提出个奇怪的问题："老江，你知道宋集乡有个叫林水生的吗？"

"知道！是个搞经济的年轻人。齐书记，您也知道他？"

齐东明没做正面回答，接着问道："去年春节前，有人给省委安书记和吴省长写人民来信，说沃河流域的非法采沙非常猖獗，当时市里组织了统一行动，你那时还在龙城当县委书记吧？调查报告反映，这个林水生确实有所涉及，我听说县里也收到了对他的举报，并进行了查证核实，怎么市调查组的处理意见里没提到这个人，也没听说县里对他采取处罚措施？"

"哦，这个事！"江闻山不慌不忙地说，"当时除了市里签批下来的人民来信，县里还收到一封举报信，主要针对包括林水生在内的几个人和相关企

第四十六章 东风

业，我们没有干扰市联合调查组的工作，而是根据举报信的内容，又单独组织人员进行了专项调查，结果是除了买卖河沙，举报信里的绝大多数内容是不属实的，或是人为夸大的，而市调查组已经就买卖河沙给予了处理，罚没了非法所得，根据'一事一罚'原则，我们没再另加处罚。"

"按你这么说，县里的决定没错。"严时康说，"但我也听说了，后来他不仅没受到影响，反而成了带头致富的典型了！"

听了严市长的话，江闻山不禁疑惑，今天是怎么了？书记、市长居然一起关注上了林水生！难道这个人通过谁的渠道，同时找到了市里的两位主要领导？或者有人又告了他一状？看来，以前确实小看了他！不过身正不怕影子斜，自己既没有违反原则帮助过他，也没有无缘无故得罪过他，不管书记、市长问什么，实事求是回答就是了。

"严市长，情况是这样的。"江闻山解释道，"林水生后来获得的荣誉，我认为主要是赶上了好时机，国务院和国家计委的主要领导连续下来开展粮食生产和流通领域的考察调研，各级都要推出有代表性的典型人物。另外，宋集乡多次向县里报告林水生和他家企业的事迹，朱安民还给县里写过信，建议对他们多鼓励、多帮助、多扶持。关于林水生，说实话，县里掌握的情况并不多，但是朱安民、黄兴康对他应该了解，县里建立在基层推荐的基础上做出的决定，我想也是合理的。"

严时康笑了："你个老江，说得这么严肃，是不是以为我们联合起来向你兴师问罪了？呵呵，这么说也没错！我们的确有事问你！"

江闻山更是一头雾水，表情迷茫地看看严时康，又看向齐东明，就见齐东明拿出一厚沓信纸，晃了晃说："不摆八卦阵了，你看，这就是朱安民写的信吧，还有林水生写给朱安民的报告，是老蒋推荐给我们的！我估计呀，他担心调到启川人走茶凉，就先下手为强，为他的爱将再说几句话。他对老严和我说，关于朱安民下一步的安排，他绝对没有私心，完全从工作角度考虑，建议我们看看朱安民的这封信。至于到底把朱安民安排到哪个岗位，作为河州市的党委委员，他已经提出了建议，今后作为启川市委的工作人员，他不会再多说一句话，用在哪里他都没意见。"

"这封信写得好呀！"严时康用指尖点了点桌面，"拿什么样的成绩向党的十五大献礼？如何打破农村改革开放的一潭死水？如何对待经济发展的开路人？政府的职能如何转变才能顺应形势的发展？还有，各级领导和工作人员落后保守的思想观念如何才能破除？信里虽没给出答案，但同样发人深省呀！"

"一个年轻的基层干部，一个大家眼中的'政治新星'，能够站在党和政府政策的高度，站在促进经济发展和改善人民生活的角度，为一个素无交往的'嫌疑人'仗义执言，这份胆识、这份德行，也值得我们学习！"齐东明感叹道。

"这么好的材料，你们一直私藏着，也不拿出来和我们分享，所以说是兴师问罪也不为错呀！"严时康补充道。

江闻山终于明白是怎么回事了："齐书记、严市长，原来你们是说这个！"他继续解释，还带着自责的语气，"当时，我们也觉得朱安民这封信写得很真实、很深刻，却没站在更高层次考虑问题，认为仅仅是涉及农村基层改革发展层面的东西，就只在县委、县政府领导的范围内分发学习了，没报到市里来。是我们认识不深、站位不高，兴师问罪得对呀！"

严时康也向江闻山解释道："老蒋说，他原本是想找一些小朱以前的理论文章，没想到打电话到县里一问，就拿到了这个。他特意说明，绝不是打小报告、做小动作，党的干部不做摆不上桌面的事情！"

"我知道，蒋部长的品行是有目共睹的！那朱安民下一步的工作安排，是不是就按照蒋部长的建议办？"江闻山试探性地问。

齐东明摆摆手说："不见得，在党内，每个人都有权发表意见，最后的决定权还在党委！越是能力突出、引人注目的人，越要安排到最合适的岗位上，这也是原则之一！我不瞒你，上午我跟老严通气，老严还想把小朱要到他手下去嘞！"

"当然了，搞经济工作除了要有高超的理论水平，丰富的实践经验同样不可或缺！"严时康的表情变得严肃了，"我们有些领导和部门，既不深研理论也不掌握实际，习惯于坐在办公室内，埋头伏案、苦思冥想，你说下功夫了吗？我不否认！整天关在屋里闭门造车，八股文写得再好，数据和事例有多少是真实的？对策和措施有多少是管用的？我看未必！我们不是不重视、不理解、不心疼机关干部,但靠写这种'空心材料'出身的人,究竟能够托付多大的担子? 看了小朱的材料,我有种很清新的感觉,与常看的那些官样文章天差地别,当然想要了! 说不定,还能改一改政府机关的风气嘞!"

"党委办事机构也存在类似的问题!"齐东明不客气地说,"老江,你们是干部工作的主管部门,一定要把握一点,干部的使用调整,能力、经历、资历、发展潜力综合考虑这没错,我觉得还有一个重要因素也不能忽视,那就是工作需要。"

"工作需要?"

"是的,工作需要! 听起来不像个褒义词,不管好坏对错,一个'工作需要'就能糊弄过去。究竟是什么样的工作、需要到什么程度,才是问题的关键! 要我说,那就是最重要的工作、需要最合适的人才! 把人才放在这样的岗位上,才能说对组织负责、对工作负责、对个人负责!"

"最重要的工作、最合适的人才!"江闻山喃喃复述,品味着齐书记的语言艺术。

严时康似问似提醒:"老江,你说党和国家今年最重要的工作是什么?"

"开好十五大,学习贯彻好十五大精神!"江闻山不假思索地回答,他猛然回过味来,"严市长,您的意思是,让朱安民负责这项工作?"

"呵呵,"严时康笑了笑,"就像老齐说的,'最重要的工作、需要最合适的人才'! 如果让他去了别的地方,我说不定会有点舍不得,让他去做这个事情,一定举双手赞成!"

"这才是真的'工作需要'呀!"齐东明一句话定了调调。

"齐书记,这个林水生是我以前任职的宋集乡的一个青年企业家,他的材料是日报社的记者邢晓玲采编和起草的。"朱安民汇报道,"当时看到防办发来的简要事迹,我们觉得是个很有特点的案例,就请日报社重点关注了。从邢晓玲撰写的事迹报告看,确实有独特性。为了慎重起见,辛部长特意安排做了进一步调查核实,就目前掌握的情况,他的施工队在龙城县二桥工地连续突击三个多月后,立即转战沃河湾大堤,发挥了重要作用。更为难能可贵的是,他们不讲条件、不计代价,动员了所属各个公司的全部人力物力,为抗洪抢险、保家护粮做出了突出贡献。据宋集乡党委书记黄兴康反映，在经济补偿方面，他们只参照普通民工的标准，领取了少量值班费，在机械使用、油料消耗、生活保障等方面，没提任何要求，反而捐出不少方便食品和应急物资。有人算了账，一个多月的消耗，加上公司内部的人头补助，他们自行承担的财物价值有好几万元，说他们在二桥工地挣的钱，都撒进了沃河湾。辛部长说，这次巡回报告一定要安排林水生参加，好好谈谈他们的想法、做法，让市里的那些大单位、大企业看看，民营企业能把所谓'吃力不讨好'的差事做到什么地步！"

"是的！"市委常委、宣传部长辛存续肯定道，"据防办反映，市里有些单位，口头上说支持，一旦涉及出人、出力、出装备，就这困难那困难，别说先进了，评后进才真的当仁不让！"

"这种情况我也遇上了！"常务副市长金学武接上辛存续的话，"今年舟桥团的主力被抽调到大江防线，军分区、武警支队也去了一些人，市里的防汛基础力量极其薄弱，市委、市政府和各局委办能动员的人力都动员了，可光有人顶啥用，关键是机械装备！为此我找了不少大单位、大企业，希望他们尽量多抽些机械装备支援政府，呵呵，话说得都很到位，其实都打了埋伏，心里都有小九九！洪水一旦漫堤，什么后果谁不清楚？可就是推托呀、观望呀！如果不是以行政命令强行摊派，没几家愿意拿出诚意来！是应该让他们好好听听，好好反思反思！"

"在这方面，反倒是工商联的民营企业家更加积极！"市委常委、统战部长占晓进忍不住插话。

严时康点点头，肃容道："经济建设是首要任务，经济建设和社会责任的关系如何处理，不是每个人都能想清楚的！更有甚者，一些人揣着明白装糊涂，谈优惠条件时据理力争，谈责任和义务时推三阻四，只要没到生死存亡的关口，就不肯贡献出真家伙来！在总结表彰大会上，一定不能回避这些问题！"

……

听完大家的热烈讨论，齐东明最后表态："我们党、我们国家、我们民族向来有居安思危的优良传统，这也是能够一次次战胜困难、迎来转机的无上法宝。以往沃河的防洪能力不强，每个人都有忧患意识、危机意识，我们就能团结一致、共克时艰。而现在，沃河的防洪条件改善了、标准提高了，大家都认为水情可防可控，坐等观望的情绪就浓了，这是我们面临的新情况、新问题。举一反三，跳开防洪这件事，再看看当前社会上的主要矛盾，下岗工人的问题怎么办？改制企业的人员怎么分流？待业青年的就业怎么解决？贫困人口的生活如何保障？在改革开放的关键时期，大单位、大企业如何发挥应有作用，积极配合党和政府，主动参与到化解社会上最突出、最紧要的矛盾中来，这是当下的又一个新课题。当然，在吸纳再就业人口方面，中小企业也有不可替代的重要作用，也需要做好他们的工作，大家人心相向、一起使劲，问题才好解决。在工作不顺的时候，在遇到阻力的时候，生闷气发牢骚都不管事，作为党委和政府，如果只靠行政手段、靠强行摊派，那么今年过去了，明年怎么办？这件事弄好了，下件事怎么办？我看哪，要解决这一系列棘手的矛盾和问题，必须从政策和策略上统筹考虑，对先进的要有支持的理由，对后进的要有鞭策的依据。面对困难，我们不能回避，市委、市政府要坐下来拿出个有效的办法，上下齐心、共同发力，力争早日妥善解决！同志们，尽管形势逼人，也不能冒进，就从开好这次总结表彰大会开始吧！"

听着齐东明的反思，会场的气氛庄重起来。朱安民的笔头飞快，把齐书记提出的问题一字不落地记在了笔记本上。随着改革的不断深入，一些失去竞争力的国有企业纷纷改制，下岗工人群体牺牲巨大且上岗无门，民营企业不断出现并迅速做大做强，先富带动后富的设想还停留在口头上，社会上有人对社会主义制度的优越性产生了怀疑……作为党的理论战线的工作人员，还是党和政府的喉舌，如何看待和理解这些现象，如何向社会大众传递出正确的声音，如何让普通百姓看到未来、看到希望，他还没有时间深刻思索。齐书记的自问提醒了他，既然从事了这项工作，就应该找出既通俗易懂又令人信服的答案来。

齐东明打破了肃静："小朱，你知道林水生的政治面貌吗？"

"据我所知，他辍学后一直没有正式的工作和身份，也没有任何党派背景，至于我离开后有没有变化，会后我立刻打电话到宋集乡了解清楚，再向您汇报。"朱安民答道。

"别向我汇报了,你搞清楚后,向江部长和占部长汇报就行。我们不仅要关注一个林水生,对所有的先进分子,都要主动贴近他们、关心他们、引导他们,主动联络和争取他们向组织靠近,在更大的舞台上施展拳脚。组织部和统战部能不能拿出个这方面的计划?对这些有责任有担当、愿意为百姓和乡亲吃亏的人,怎么能怠慢!辛部长,请宣传部门也考虑一下,对那些为河州的建设发展做出贡献的单位和个人,如何加大宣传力度,让全社会都知道他们、尊重他们、敬爱他们。这次总结表彰大会只是开始,不是结束,报社和电视台要进一步深挖典型、深入报道,在全市开展一场向先进学习的大讨论,让那些守旧麻木的思想触动触动,为我们下一步的全面行动开个口子,这就叫'趁水势、刮东风'!"

第四十六章 东风

第四十七章　朝阳

几个月来,林水生一直是在超高强度的劳作之中度过的。

二桥的工程突击,给他留下的最大印象就是疲惫。刚开完动员会,林水生就找到黄总,经批准后,再次去南港买来一台挖掘机,这次是六建的卡特三二〇,请王长海和杨师傅帮忙彻底整修好,又雇了两名驾驶员,加入了会战的队伍。任务紧的时候,两台挖掘机、四个机手都忙不过来,胡庆意有时也被要求上机操作,干点简单的工作。只要眼睛睁着,林水生肯定跟班在现场,哪怕不说不做,只钉在那里,保证不出安全问题,也是对会战做贡献! 一忙乱起来,生活上就不讲究,又累又困吃不好睡不好,人人都瘦了一大圈。再加上每天在泥水窝子里蹚来蹚去,卫生条件跟不上,个个头发乱得像鸡窝、衣服脏得像乞丐、胡楂子密得像新发的麦苗,完全是一副邋遢落魄的模样。即便这样,大家也没工夫互相嘲笑,有那精神头还不如多睡一会儿,两脚再一挨地,不知道啥时候才能上床嘞!

人受了不少罪,收获却是空前的! 两台挖掘机、十几台运输车、两班或者三班工人,人停车不停,每时每刻都在创造价值。最后清运物料,河滩地上几十台装备同时作业,吊车、推土车、挖掘机、大挂车、翻斗车……袁开法说,这种大场面,他也有几年没见过了! 一百天如期完工,开总结会刚受到表彰,下来黄总就对林水生说,收拢了人、买了机器,不代表入了工程这一行,脱完一层皮,才勉强看到点门道! 而你脱了三层都不止,算是踩到了门槛槛上! 这一百天你没白过,将来能做成什么样子,这一百天的经验至关重要!

从工地下来,洗了澡、理了发、换了衣服,觉还没补过来,就带着更多人上了沃河湾坝头,这几十天又是另外一种感受。大雨小雨断断续续,几乎没停下过,直到七月下旬才出了梅。人们的神经每天都是高度紧张的,啥时候上游就会滚下个大水团,没人能预料得到。坝上的生活条件比二桥工地更为简陋,方便面火腿肠吃得闻到味儿就想吐,满脸满身的湿腻让人说不出地难受,帐篷里的地面像是泥糊糊,不分白天黑夜的呼噜声和臭脚味更滋生了彼此的厌恶,还有些人不停发泄牢骚和不满,尖刻的话语苍蝇一样在耳边嗡嗡,让人心绪不定、心浮气躁、心烦意乱、心力交瘁!

接下来,就是一个多月的抗洪抢险先进人物巡回报告。一行十人中,林水生年龄最小、事迹最突出,邢晓玲撰写的事迹报告用了一个异常响亮、极具战斗性的标题——"沃河湾上战旗红",副标题是"记无私无畏的'林水生突击队'",其中的内容更是给力,为他增添了许多人气。在采访的时候,还发生了一个小插曲,也起到了锦上添花的作用。

那是七月初的一天,乡指挥部通报,连续几天都是难得的好天气,在保证值班力量的前提下,可以安排人员轮流回家洗澡换衣服,但晚上十点前必须全部归位。好消息总令人亢奋,头晚大家都没咋睡,三四点钟便纷纷下了床,吵吵闹闹中收拾起东西。上坝子一个多月了,除了收麦子回去了几天,好久没吃过老娘做的手擀面,没摸过媳妇柔嫩的小腰身,没亲过儿子香喷喷的脸蛋蛋,心里急吼吼的像被茅草撩过,扔下几个主动要求留守的,趁着满天星光,着急忙慌地就往回跑。林水生没下去,他给家里捎了话,说要留下来看装备,还说自己一切都好,让他们不要挂念。等大伙儿溜得差不多了,他站在黑漆漆的坝头,放肆地张开肢体,让干爽清冽的晨风尽情吹拂,吹散浑身酸胀、吹去一身霉腐。渐渐地,天边泛起红丝,继而燃起耀眼的朝霞,太阳还没露头,就烧得灰蒙蒙的天空如火如焰、绚丽无边。那情景,真叫人激动,张强大呼小叫,顺嘴喊出个好听的名字,叫"希望之光"。可惜,对这"破天荒"的美景,没几个人上心。吃过午饭,张强钻进帐篷,见林水生正在笔记本上涂画着啥,抢到手里一看,是一首刚完成的小诗,转身便跑了出去,十几分钟后才还了回来。不久,一首林水生专门为突击队写的战斗诗,便在沃河湾坝子上流传开了。来采访的邢晓玲听闻,也把那首诗抄了回去,修改后刊发在了《沃河日报》上,还专门找了两张"破天荒"的日出照作为配图。

第四十七章 朝阳

心中的朝阳
——献给突击队的战友

又见红霞挂满天,喜迎朝旭洒良田。
惊涛骇浪凭翻涌,铁马流牛竞向前。
斗志昂扬风雨怒,精神汇聚战旗悬。
危情每遇排头立,恶水临先坝下眠。
苦干方能成大事,勤学必定有精专。
路遥任重才弘毅,道阻行难更韧坚。
烈酒当留得胜日,清音再唱奋发篇。
乌云散尽长空碧,礼炮缤纷捷报传。

林水生到宣传部报到时,辛部长就提起了这首诗,说没想到他年纪轻轻,还是个没读完高中的农村娃,竟有如此兴致和志向,更难得的,是诗中蕴含的意境和风骨,让人不得不由衷钦佩。林水生忙给辛部长解释,他只是编了个顺口溜,根本不能叫诗,后来能够发表,是邢记者修改的功劳。这样的解释,在后来的各种场合,几乎都要一遍遍地重复。除了名气,这首诗还给他带来个"幸福的烦恼"。每天下午的报告会结束,所在单位就会安排晚上的接待,他每每"隆重声明"不能喝酒,但一句"烈酒当留得胜日",就让他有口难辩,不得已端起了啤酒杯,夜晚都在昏昏沉沉之中度过。最后一天,宣传部也摆了庆功宴,辛部长又提起这一句,无奈之下,林水生道出了实情,他写的是"美酒当存得胜日",是邢记者改成了现在的样子。辛部长点评道,"美"和"烈"一字之差,心境却大不相同,不过小伙子用了个"美"字,女记者改成了"烈"字,好像有些不对味!不管林水生如何推托,硬逼着他喝下了一小杯得胜的"烈"酒。

辛部长不愧是市里的领导,一句话就道破了林水生深埋的隐痛。自从腊月里宋有成找他谈过话,他再没去见宋兰。他忘我地工作,每天累得倒头就睡,他不再留意衣着容貌,甚至刻意疏远了书本,无论怎样糟践自己,只要手脚停下、脑子静下,立马就会想起宋兰。与宋兰交往了快十年,他一直以为,他们之间只有超出寻常又简单纯粹的友谊,就像和张国平一样,但宋兰她爸的一席话,为啥把他刺得如此之痛?他真的了解自己吗?和宋兰真的只是友谊吗?为啥不敢却又不能不想起她?为啥一想起她就魂不守舍?为啥心中总有一种被轻视、被伤害的委屈?

从二桥到沃河湾,从几台车辆到六十多个工人,他早已走上了一条"任重而道远"的征途。为了实现"理想"、为了体现"人生价值"、为了生活更有"安全感"、为了对追随者的不离不弃,还可以为了更多,为了他遇见的每个人、经历的每件事,无论如何,都停不下了。现在看来,他似乎很成功,同刚辍学那会儿相比完全是两个状态,但他没上过大学、没有正式工作、没有国家干部身份、没有有背景的家庭,就算哪天真的进了城、吃上了商品粮,宋兰她爸的那些"特殊条件"依旧遥不可及。虽然是新社会了,儿女的事该由他们自己决定,但就像他常常听到的,谁家父母不爱孩子?谁家父母不想孩子好?对孩子,父母有监管的责任、有提醒的义务、有替他们着想的权利,在中国这样的人情社会里,"父母反对"四个字,就是一道无法跨越的门槛!更何况是婚姻!

年轻人忙点累点不算啥,在为了理想而奋斗的过程中,身体的劳累是最低代价,更让人担心的,是方向的迷失、情感的挫折、内心的挣扎、世界观的错乱,林水生全都遇上了!于是,他玩命地折磨自己,让身体疲乏到不愿动弹,让思想麻木到忘记思虑,让世界变得单调乏味,让时间带走所有的往事!他又不甘心这样下去,沉沦一段后,又强迫自己振作,他欣赏每次朝阳、每道晚霞,他感恩周围每个人和他们的每声问候、每张笑脸,他努力完成好每项工作、每个任务,可悲的是,只要如此,他就会想起宋兰,在辗转反侧之后、在痛心疾首之后,又一次陷入低谷。很长一个阶段,这种情绪周期性无数次往复,宛如无解的死循环,他找不到跳出去的办法,在无穷无尽的轮回中,他甚至失去了仅存的耐心。

幸亏后来上了坝头!在守堤的日子里,紧张的氛围时刻提醒他,若不能抖擞精神、全力以赴,一旦误了防洪的大事,必将造成无法挽回的后果!那天,突然见到了久违的朝阳,又或"希望之光",他竟莫名感动起来,就像迷途的人找到了路口，失明的孩子感受到光亮。他不禁想起沈玉林描写涂山的小诗，用了"直抒胸臆"这个词，他也萌发了"直抒胸臆"的冲动！他要把那一刻的感悟记录下来，他要为自己和同事加油打气！他胸中有不平，他要宣泄压抑已久的情感！

参加巡回报告的日子，他彻底脱离了生产一线，一切都正常进行，并没有出现哪怕一丁点儿的混乱。以往，他习惯了没事就往工地跑，这一离开才发觉，各项业务都按照既有节奏正常运转，有他没他都无所谓。于是，他干脆哪儿也不去，除了时不时县里乡里有人来找他，多数时间他就待在屋里。连续跑了几趟江东省，见到数不清的小楼、洋房，有些据说还是从海外带回来的设计图，只要条件允许，他都留心观察过，终于能和张强坐在一起，一个人说一个人画，绘出一栋一栋房子的外观样式，再把收集来的意见揉捏综合，没几天工夫，就拿出了十几套崭新的民居设计图来。

他还捡起了书本，至于这样会不会再次勾起对宋兰的牵挂，他都无所谓了。巡回演讲的那些天，听着别人的事迹，他同样受到了教育和触动，他下定决心，要摆脱先前那种困扰不断的境况。印象最深的是一个叫姜达陆的团员，开朗乐观的外表下，却有一个悲剧人生，亲人们一个个离开、孤苦伶仃地活着、下岗失业的考验，但姜达陆并不消沉，自力更生干起小生意，参加了民间的应急救援组织，做起了服务社会的公益活动。这次抗洪抢险，姜达陆关闭了小卖店，作为志愿者，始终奋战在最危险、最需要冲锋的地方，一待就是两个月。听他们的事迹、与他们交往，都让林水生更加清醒了，人生的不如意再多，也敌不过一颗热爱生活的心，不能因为一两次打击就意志涣散、浑浑噩噩，放弃还远望不到头的前程！他也要过想要的生活，他要看书、做想做的事，想谁就任他想、念谁就任他念，单相思也是一种美好，是一种特殊的人生体验。

他又坐在了书桌前，阅读一本本书，自从经济条件改善以后，他就把书柜填了个满满当当。他看了《人生》、看了《平凡的世界》、看了《在最困难的日子里》……路遥是张国诚向他推荐的作家，当他满怀期待地翻开路遥的书，就深深陷入其中难以自拔。他如饥似渴地一遍遍读着，拿小说中的人物同自己作比较，高加林、孙少平、马建强……有时候，他甚至觉得自己也是路遥笔下的男主角,正以身体为笔,书写着另一部长篇巨著。最终他发现,相较书中的悲欢离合,他是幸运的,当初家里艰难不假,但背靠着林家洼总有吃喝,逮住一条大鱼就能换一身新衣服,随着社会的发展,物质条件获得了根本改善,也带来了更多机遇,只要愿意干,未来一定在自己手里。

除了读小说诗歌、人物传记、历史典籍,他还学起了企业管理和社会经济,这是源于沈玉林的建议。在学习中他逐渐领悟到,他所从事的工作,看起来似乎件件自然而然、水到渠成,没有深奥的经济学原理,实际上,只有与市场的供需关系深度契合,并对农民的消费习惯和心理心态巧妙引导,才能在农村这个商品经济的荒原里开垦出一片绿洲。他认识到,发展方向一定要与身处的环境相一致,当前看来,就是不能脱离农村这个经济和社会基础,要在农村的大市场里做文章。

他在桌前一坐就是几个小时,每次站起来活动筋骨,就能看到书柜最上层立着的那本《汪国真诗集》,这时宋兰也会从他的心底探出头来,脸上带着浅浅的笑意,挥挥手说:"你是林水生吧?我知道你,我叫宋兰。"还是轻声细语,还是婉转清晰。

"她最近忙不忙?一个人在外面过得好不好?是不是应该放下包袱,去看看她?"

近些日子,宋兰始终忐忑不安,几个月前楚科长与她的谈话,极大地刺激了她,她的心在空中悬了很久,一个月两个月不见动静,才慢慢放下。可就在前几日,她又听马荣丽透露了企业改制的消息,说方案争论了多次,写了废掉、废掉再写,最终才定了下来。事情就在眼前了,刚沉淀下的情绪,又猛然漂浮上来,咋办?该咋办?

宋兰无疑是个充满正义的人,但在大是大非面前,她根本没有经验,难免有些进退失据。楚科长应该是好心,提前给她通了气,避免她糊里糊涂地被卷入黑幕、做了别人的枪手,也未必没有与她结交同盟的意思。她有心帮助楚科长,却不可避免地担忧害怕,更担心露出马脚,被别人发现了秘密。

林水生忙得像一只停不下来的工蚁,张国平和殷凤华在河州开拓着新的空间,除了他们,她又无人可以倾诉。当得知林水生结束巡回报告回到家后,犹犹豫豫中,她还是拨通了电话。听到电话那头熟悉又亲切的问候,宋兰眼眶湿润了,忧郁的眉头舒展了,只是两天时间的等待,却异常漫长难熬。

"宋兰,这边。"林水生站在川扬菜馆那张熟悉的餐桌前招着手,面容如阳光一样灿烂,胸腔里却有小鹿欢跳。

前天接到宋兰的电话,他的心情就再次荡漾了。他站在二楼阳台仰望天空,又是一个美丽的秋天,云儿那么白、太阳那么暖,风儿也柔和,他使劲蹦了起来,双拳高高地向上举起,"啊——"长长地喊出了畅快的一声。

宋兰穿着米黄色的短外套,背着黑色的小皮包,快步走到卡座前,愣愣地望了他一会儿,才慢慢坐了下来。

"林大英雄,终于忙完了?有时间来县城了?平平咋没来?"宋兰明显有些反常,失去了往日的含蓄内敛,上来就是一连串尖刻的问题。

林平平在龙城中学上高三,林水生每次来县城都要去看看她。今天是周末,理应把她带出来,吃点好的改善一下,居然没见到她,宋兰有些意外。

"平平说马上换季了,趁我来县里,把过季的衣服都带回家,说要收拾一下,吃完饭我去接她。"林水生小心翼翼地回答。

"吃完饭不能再收拾?"宋兰还在埋怨。

夹杂的私心被宋兰发现,林水生暗自羞愧,赶紧补救道:"走前点几个好菜带着,晚饭给她补一补。"

宋兰靠在沙发椅上,没再多说话,似乎有心事。上次见到宋兰,还是腊月里接她回家,大半年时间,宋兰越发清瘦,气质也更加彰显,宛若一支纤细的兰花草,在芸芸众生中孑然孤立。进城的路上,林水生左思右想、思绪翩飞,见面的刹那,竟还有些紧张,不知宋兰找他干吗,应该对她说啥。听到宋兰略带尖锐的问话,他反而冷静不少,见面的目的不是他以为的那样,一定不能自作多情!看到宋兰不开心的样子,想来是遇上事了,还是难以解决的大事!他暗暗决定,宋兰若有困难,哪怕是天大的麻烦,也一定帮她解决!当然,对宋兰他也有秘密,她爸说的那些话,发誓要烂在肚子里,向谁也不会透露,包括眼前的这个姑娘,他不能给她幸福,更不能增添烦恼。

"林老板,你的菜齐了。"老板娘亲自端了两盘菜过来,"宋兰,好久没见了,单位忙吗?咋不常来?"

宋兰苦笑下:"我也想常来!不瞒你说,总想起你家的菜嘞!无奈单位不景气,那么点工资还总拖欠。等我以后发了财,一定天天来。"

老板娘含蓄地一笑,客气道:"一个人在外面,千万注意身体!单位伙食不好就来,我给你打折。林老板,你们慢用,有事喊我!"

目送老板娘离去,林水生把菜盘往宋兰面前推了推,轻声说:"多吃点!食堂的伙食不好吧?你比以前又瘦了!"

"还好,大锅菜,看上去不咋样,味道其实不错。"

"工作忙吗?平时累不累?"这老半天了,林水生才逮住机会,向宋兰表达问候。

"我还好,你多想想自己吧!干活别那么拼命,又不是没饭吃!都是名人了,还把自己弄得像个小猴儿似的!"宋兰没忍住笑出了声,"小猴儿!"她被自己闪现的灵感逗乐了,没笑几声,又皱起了眉头。

"咋了?不高兴?"林水生问。

"没啥,就是心里挺烦。"

"生活上的事儿?"林水生猜测。

宋兰瞅着林水生,好一会儿,才小声答道:"单位的。"

"哦,还是报销的事吧?又不是你的错,他们爱说你别介意就是了。"宋兰之前说过,退休工人的医药费报销难,每个月报账都要闹几天。林水生故意提起这个老话,想引导宋兰袒露心声。

宋兰不吭声,又望向林水生,能看出来,他是打扮过的,新理的短发,清爽的脸庞,胡楂子刮得干净,还难得穿了套正装,可无论怎样修饰,都让人感到——陌生!对,是陌生!他咋这么黑、这么瘦!宋兰没听过报告团的演讲,却没少听人说他的事迹,宋兰知道半年多来他都做了啥,赴约之前,心理有准备,咋一见面,还是被吓住了!看到他令人惊悚的模样,她一下子就蒙了,几乎忍不住想哭,慌不择口带出了几句责问,实则是本能的掩饰!除了心中深藏的那个秘密,没啥事能让她如刚才那般不知所措!

这个笑吟吟的人,到底过着怎样的日子?经受了怎样的磨难?他把自己弄成了这个鬼样子,咋还能再给他增加负担!她早想好了,父亲的那些

第四十七章 朝阳

387

话，是到死都不会说出去的，不管今后各自如何发展、两人的关系怎样，绝不能对他有丝毫轻视，更不能拿任何人的言语侮辱他、伤害他。但早先想好请他出主意的事咋办？是不是不该让他烦心，让他多保留点轻松？可是——可是如果我是他，应该愿意听吧，哪怕很小很小的事，只要对方说出来，都愿意听吧？哪怕又是很大很大的事，只要开了口，都愿意分担吧？就像——如果他对我说，无论啥话，我都愿意听的！

"碰到难题了？"盯着默不作声的宋兰，林水生又问。他了解宋兰，一定是非常难非常难，才会如此纠结，"相信我，两个人总比一个人办法多。"

宋兰差点哭出来，脱口而出："我们厂要破产了！"张口的瞬间，她就后悔了。

林水生不相信自己的耳朵："破产！不是好好的吗？"

宋兰叹了口气，既然没忍住说了，不妨告诉他吧，听听他的意见也好："我也说不清楚，楚科长先告诉我的，马会计也说，马上就要开始了。"

林水生吃了一惊，隐隐地，又生出一丝窃喜。他不敢让幸灾乐祸的卑鄙心态扩大，赶紧安慰道："破产就破产吧，还有很多单位能去！国营的不行，私营的也有！现在不比从前，沈经理说，党的'十五大'早给私营经济正名了，国营、集体、私营都是国民经济的一部分！你不嫌弃的话，我们公司给你兜底，你这样科班出身的财务专家，求之不得嘞！"

"可是——"宋兰欲言又止。

"可是啥？"

"破产要经过财产清算，而清算又离不开财务科！"

"哦——"林水生皱起了眉头，这才是关键！"你先吃点东西，让我想想。"

过了几分钟，见宋兰放下了筷子，林水生重新发问："是不是你们科长告诉你，财产清算可能会出问题？"

"是。"宋兰瞪着眼看向林水生。

"是不是担心牵连到自己？"

"嗯。"她小声答应。

"是不是感觉没办法躲，又不得不躲？"

"是！就是这种感觉，想逃逃不掉，不逃又不甘心！"林水生的提问，就像一个射术高超的箭手，每一箭都正中靶心。

"都有谁知道这事？"

"目前还不能对外说，我没告诉任何人。我也不想拖你下水，可就是不清楚该咋办，想听听你的意见。"宋兰像犯了错的孩子，垂头丧气的，声音越来越小。

"楚科长咋说？"

"他要我聪明些，保护好自己，实在不行就往他身上推！"

"那你咋想？"

"楚科长的压力太大了，哪能都推给他！"

"那你准备自己扛了？"

"不知道，真的不知道！"宋兰无奈地摇头，眼泪噙在眼眶里，差点儿掉了下来。

林水生心里有了数，眯着眼靠上椅背，良久，才有了主意。

"依我看，解决这件事，只有两条路可走。"

他见宋兰投来渴求的眼光，便微笑着点了点头，传递出信心："第一条，把事情交出去，回去告诉你爸，让他再去找那个当领导的亲戚帮忙，随便找个借口把你调走。但是在这个节骨眼上，调不调得走，能调到哪里，就不好说了。这条路容易想到，并不代表好实现。"

宋兰微微摇摇头，事情都到了这一步，咋再去找二表舅？更何况，她暂时还不想让她爸知道。

林水生没让她失望，马上给出了后续建议："这第二条路，又分上中下三策。先说下策，"他掰着手指头，"公事公办，实事求是，这个选择最直接，也最艰难，极有可能造成对立、激化矛盾、引火烧身。再说中策，编个借口，不参与财产审计，反正厂子要破产了，只要借口编得好，估计没人会强求！大不了找个人顶你！至于上策——"林水生拉长了声调，故意没继续下去。

"你说！"宋兰催促。

林水生本想卖个关子，又怕宋兰着急，赶紧答道："呵呵，上策我告诉过你了呀！"

第四十七章　朝阳

"啥时候？"

"就在刚才,你说厂子要破产的时候!"

宋兰仔细回想了一下:"辞职？跳槽？去你的公司？"

"主动地、彻底地离开,离开那个让你无法选择也无法逃避的地方,这样做最简单,也最有效！听说过一些单位破产清算吧？你去打听打听,与你类似的岗位和工龄,能拿多少补偿金。如果你觉得这笔补偿金能够支撑你等待下去,最终被迫参与到乱局中,那就留下,否则,早走早了,就算用补偿金换来了自由。至于去处,有理想的单位当然好,实在不行就来我们公司。"

见宋兰又锁起了眉头,林水生宽慰道:"不是还没正式消息嘛,不忙做决定,说不定还有转机。"

宋兰没搭腔,她在矛盾斗争中,眼睛里看不到光。

"宋兰!"林水生有些冲动,看到宋兰凝重的神情,赶忙又变了口吻,"实在拿不定主意,那就等等看,无论最后怎样,我都支持你!"

"我知道,我要再想想。"

"别担心自己的选择是对是错,只要坚信是对的,就勇敢选择并接受后果!"

林水生深情地注视宋兰,她也抬头望向他,慢慢地,一双美丽的眼睛复现了神采。

这是一种让林水生牵肠挂肚的神采,一种"坚定的温柔"!

第四十八章　繁星

经过数月周折,二桥项目重新走上正轨,新的施工方案很快下达,林水生班组的小松被安排在了新的作业场地——早先贩卖沙石的宋集小码头。

又回到这个梦开始的地方,岸堤前的防护林肃立如故,码头边的景象却已迥然相异。

袁开法恰巧也在,靠在一棵杨树下休息,旁边还坐着一个桥梁公司的班组长。看到林水生,袁开法高兴地招招手,没等林水生走近,就嚷嚷开了:"欢迎欢迎!我们的抗洪英雄胜利归来了!"

林水生快步迎上去,同袁开法握手,从手包里摸出两包大河牌,一人扔过去一包,三个人都盘腿坐下,林水生问:"咋拾掇起这块地了?要建码头还是堆场?"

袁开法撕开烟纸包,抽出一根点上,缓缓说道:"是要建个临时性的卸货码头。这不,马上就要大规模浇筑,需要大量的沙石、水泥、模板、钢筋,有些可以用车运来,有些只能靠船了。河州港码头离工地太远,还要穿过市区,县城东边的老桥拥堵不说,承重还小,开始小批量用料尚能应付,一旦上量,保障难度太大、代价太高,运输安全也是个问题。黄总找了县领导帮忙协调,先利用这段岸线搞个临时性的卸货码头,工程结束再撤掉。"

林水生默默点头,略作思考,又问:"对了,袁经理,我在河州港码头打听过,除了少量从西边来的小船,不管大船还是拖队,都要从大江进运河绕个大圈子,多跑上千公里,少说也要十几二十天,水情不好用时更长,为啥不直接车运过来?"

袁开法想都没想就答道:"要说你也有运输队,但毕竟只跑短途,不太出远门。真正的长途货运,一旦跨市、跨省,未知因素太多,除了运费,额外的费用更大。车老板不能做赔本买卖吧?只能找货主要钱,这么大的费用,哪个货主掏得起!船运就省钱多了,沃河里一个单机能装两千吨,一个拖队几千上万吨,一平均就把运费降下去了。所以说,只要通水路的地方,大宗建材运输,包括一些工业原材料,船运是首选。当然船运也有弊端,时效性差些,这个也好解决,提前安排好货源,把路途、天气和季节因素导致的水情变化考虑进去,掌握好发船节奏,就能保证持续不断的供应。真遇上情况特殊运期难以把控,也没关系,通常上规模的工地都有物料堆场,你再看看这河面上来来往往的货船,找几条应应急不难的。"

袁开法有个疑问找不到答案,边说边留心观察林水生,却看不出任何异常。土方施工即将结束,桥梁公司的机器都有些吃不饱,黄总却亲自安排林水生班组来这边干活,到底什么情况?他俩私下有交易?自己还拿着分红,算是一条绳上的蚂蚱,就算林水生想多做点,总要先通个气才对!按照公司的惯例,等自己负责的工作结束了,就要回总部待命,那时林水生会不会变卦,把说好的事情推翻?这些天,袁开法寝食难安,总算等到正主回来了,一定要问个清楚。

袁开法望了望作业区,"小贺,"他给身边的班组长扔去一根香烟,"这块地先前垫了不少建筑垃圾,你去看看,给他们提提醒,别伤了人。"

等贺组长走远了,袁开法才试探着说:"水生,有个事给你通个气。工地土方干得差不多了,等把这边整完,我可能就要去别的项目了。以前我总不放心你的班组,在黄总和刘书记面前说了不少好话,你们也确实争气,我也觉得有面子。现在看,黄总对你不错,你的班组不愁没活干,这我就放心了。我在工地上混了小二十年,见过的包工老板不少,真正交朋友的没几个。你很年轻,做人没有世故心,我是真心把你当朋友处的!以后不管到哪里、还能不能再碰上,我都会记得这份情。"

林水生有些意外,忙问:"袁经理,你真要走?"

"惯例是这样。别看国企在管理上没有私企较真,程序上还是很讲究的,工作结束了,宁可让人回公司等任务,也不会白白耗在工地。以往都是如此,这次也跑不了。"

话已经说得明白无疑,袁开法的担心不是没有道理,他只负责一个小工段,一旦离开就无法掌握局势了,只能把担忧提前说出来,希望得到预期的承诺。

林水生果然没让人失望,斩钉截铁地说:"我们能来工地,还不都是你关照的,这份情义,我们不会忘记!你放心,不管怎样,说好的事情绝不会变!"

袁开法表情复杂地看着林水生,稍许,慧黠一笑,说道:"把这个临时码头整利索,最快也要个把月,涉水施工的工时费还高不少。另外,黄总这么安排,必定对你高看一眼,肯定不会让你的机器闲着。水生,去年那一趟南港,你可没白跑,了不起、了不起!"

被袁开法当面揭穿了秘密,林水生有些难堪,他揉了揉脸,嘿嘿笑笑说:"袁经理,以后有机会,还要继续合作!"

有了想要的答案,再纠缠下去便无意义,袁开法指指水面,问了个问题:"为什么选在这里建临时码头,你知道吗?"

"以前这里就是呀!难道还有啥讲究?"

"当然了!"袁开法拍了下大腿,依旧指指画画着说,"你看,这里岸基坚固,水流平稳,天然条件好,我估计那个浮吊老板为了方便船只靠泊,对河道进行了深挖清淤。黄总专门来实地考察过,他在河边干了几十年,选的地方不会错的。"

袁开法意味深长,继续说道:"项目结束就把这个临时码头拆掉,那就太可惜了,往后这边的大宗材料从哪上岸?现在量少,可以去河州港拉来,贵点贱点无所谓,以我的经验,只要二桥一通,开发是必然的事,将来修路、盖楼、建开发区,需求量大了怎么办?成本要上升多少?眼前这个码头,虽是临时性的,但也要用一年多,让我来做基础,我敢马虎吗?出了事谁承担责任?这么好的码头,用完说拆就拆,不心疼吗?最好有人出面,到有关部门跑一跑,能留着就留着,为大开发服务,这事应该有戏!"

林水生听出了袁开法话中的隐意,但现在惦记这个不现实,以他的能力,差了不止十万八千里。先把线索记在心里,等时机成熟再说。

他想了想这几天的安排,对袁开法说:"前段时间忙坏了吧?先钉着赶工,又上坝子防洪,没少受累吧?周末我弄点土菜,给你改善改善!"

"你这么忙,怎么好意思麻烦你!"

"在农村这个简单,到时候我来接你。"

林家洼村的第一个蔬菜大棚建起来了,还是个令人咂舌的大家伙!北边是五十多米长、两米多高的红砖挡墙,两侧是红砖的侧壁,东边靠路有一间十多平方的管理房,半弧形的镀锌管骨架向南伸出五米开外,每隔三米立有一组圆木立柱。

　　大棚建成那天,张建设叫来一班锣鼓喇叭,和村干部们一起登门道喜。几家公司统一停工半天,数十个工人都在大棚内外忙活,挂上望不到头的彩带,点燃连绵不断的鞭炮,在林泽忠的指挥下做着清理和准备。

　　全村老少纷纷来到地头,满脸好奇和惊羡,评说着林家带来的又一个新鲜事物,想象着还能为林家洼带来怎样的改变。邹世利也带金强、金喜来了,在人群中伸长脖子向这边眺望,眼睛里分不清是喜是怨。

　　林水生陪同爷爷奶奶下到地里,站在敞亮的暖房中,阳光照在林济良沧桑的脸上,纵横交错的皱纹堆积又舒展,如同路边平凡的老菊,在秋日的轻风中绽放。

　　一辈子和土地打交道,每一道田垄都是老汉亲手垒起的,他熟悉这里的一切。他和土地互相奉献又互相索取,来来往往之间,情感越发难以割舍。他哆哆嗦嗦地捧起一把泥土,泥土里有他的汗、他的泪、他的血!直到今天他才明白,这把泥土的胸怀远比想象的宽广,只要人们敬它爱它,它就会给人们以收获,只要人们赠予它温暖,它就会回报人们更多!

　　"这是我们的根哪!"那个声音,在老汉的心坎上一遍又一遍回响!

　　当深秋来临,玻璃器皿厂的改制工作拉开了序幕,宋兰第一时间把消息告诉了林水生,却没说会选择哪条建议。

　　林水生也没去县城找宋兰,而是把自己关在屋里,想了很久很久。历经痛苦和挫折之后,他彻底挖掘出收藏已久的真心,他不能无视这份积压多年的情感,被自己的虚伪和懦弱埋葬!不管最终结局如何,他要勇敢地表达爱慕,他愿意承受一切后果!他凝思再三,写了撕碎、撕了再写,终于,完成一封踌躇很久、却迟迟无法下笔的信。

宋兰：

　　你好。

　　得知你说的那件事要来了，我很为你担心，不知道你到底怎么想，做什么决定，而这个决定，将对你产生怎样的影响。

　　……

　　当时我提出了四条措施，现在看来，仍是我能给出的全部建议。也许你还有更好的办法，无论你如何抉择，我都坚决支持，为你加油，哪怕有不好的结果，我都不会食言，定与你一起承担。

　　……

　　你知道，我是个不善言辞的人，一直以来，有些话想对你说，有时候话就在嘴边，却没有勇气说出来。我们相识于九年半之前，见面的那一刻我永远记得，正是那一刻，我领略了第一道晚霞，告别了平淡的灰黑，拥有了动人的色彩！我多想和你携手，把生活装扮得更加美好！可命运总是戏弄爱它的人，把理想无情地撕碎，让期待彻底破灭！家庭的变故、生活的压力，硬生生地把我们分开，使我们走上了两条互不相干的道路，无论怎样努力，这条路都无法回头。

　　……

　　曾经以为，我们再不会再有交集，我只能看着你越走越远，直到天各一方；如今我才明白，那是我的自卑心理作祟，看似放手，实则逃避，不敢面对自己的内心。

　　……

　　今天，我要大声说出来，宋兰，我希望与你一起生活、拥抱幸福，我希望与你同甘共苦、风雨同舟，我希望与你携手向前、创造未来。

　　……

　　繁星闪烁着——
　　深蓝的太空，
　　何曾听得见他们对语？
　　　　沉默中
　　　　微光里

第四十八章　繁星

他们深深地互相颂赞了。

林水生
一九九八年十一月七日

几天后,林水生收到了宋兰的回信。

水生:

见字如晤!

来信收悉,其中所谓,今复如下:

关于第一件事,经反复思量,已有主张,我想先实施我的计划,如有不利,再作请教。

关于第二件事,我明白你的想法,感激盛情,请容我三思,稍后会有信复。

近日事务繁忙,唯有长话短说。

念君苦心劳身,万望保重!

宋兰
一九九八年十一月十二日

宋兰还不能告诉林水生,她信里说的主张是啥。她把信纸叠好装入信封,随手从旁边拿来一个笔记本,就是考上中专那年林水生送给她的。翻开封皮,他的信还夹在其中,信封下面,在笔记本的扉页上,是她亲手抄录的一首小诗:

孤兰生幽园,众草共芜没。
虽照阳春晖,复悲高秋月。
飞霜早淅沥,绿艳恐休歇。
若无清风吹,香气为谁发。

对玻璃器皿厂的资产清查核算,是在县里联合工作组的指导和监督下进行的,相关人员被分成几个小组,各管一摊,各司其职。

宋兰被安排进资产清查组,负责对固定资产和库存原材料的清点、计价、造册。她并没选择林水生希望的妥协和退让,也没与楚进梁结成同盟,而是始终不攀不附、恪守本心、实事求是、履行职责。凡是经她手的东西,一定弄个清清楚楚,数量对不上,她一遍一遍往返现场,逐条逐项清点登记;质量拿不准,厂里谁最专业就请教谁,或者找到先前的直接管理人员,直到弄准为止;数据对不上,她不厌其烦,反复核算,力求每一处都准确无误。

对宋兰的做法,马荣丽很是意外,作为财务主管会计,又是清查小组的负责人,她理所当然是业务上的领导,岂能容忍这个小姑娘跳出自己的手掌心?她时而旁敲侧击、时而冷言冷语、时而提点暗示、时而恶目相向,无论怎样,宋兰都假装看不见、听不到,依然我行我素、坚持原则,对分配给自己的任务,必是做得一板一眼、分毫不差!宋兰还信誓旦旦地说:"马大姐,你放心,只要经过我手的东西,一定不会出错!我要为厂里负责,为自己负责!"马荣丽一时气闷,却无应对办法。

吕金萍私下提醒宋兰,"躲字诀"效果最好,"不懂、不会、不能、不知道",随便抬出一个"不"字,能跑多远跑多远,凡事让马荣丽担着,没必要针尖对麦芒。宋兰听了,向她微笑致以谢意,说声"知道了",俯下身去,又沉浸在认真工作之中。

产后的安小闵也出动了,她先偷偷在宋兰办公桌上放了个皮包,又在抽屉里塞了条项链,还约宋兰周末一同外出游玩,都被委婉回绝了。东西原封不动退了回去,宋兰还拿来两套长绒棉婴儿内衣,彻底堵上了她原本就不情愿说话的嘴。

就这样一来二去,不到一个月,宋兰接到厂办通知,由于成品仓库积压的货物品种多、数量大,清点统计缺少人手,进度大大落后于清查的整体节奏,考虑到她严谨细致的工作态度,经研究并报工作组同意,决定抽调她去仓库工作。

听到消息,楚进梁才反应过来,当真"人不可貌相"!这个小姑娘不是想象中那么柔弱单纯!既逃无可逃又没有实力冲锋,于是她选择了隐忍。那些人认为她只能束手就擒,她却当着所有人的面,用难得的聪慧和执着,把自己推离了风暴中心！

"不简单！不简单！让人不服不行，她比想象中要有心计多嘞！"楚进梁由衷地赞叹。

新年来临之前，林水生接到了沈玉林的电话，说大江抗洪结束后，江东省动作非常迅速，新一轮水利大基建又要开始了，这可是个大好机会，若能走开，最好再来江东蹚蹚路。

没几天，王长海又打来电话，语调带着罕有的亢奋。王长海说，由于在抗洪抢险中的杰出表现，沈玉林不仅没退，反而升了一级，成了水建公司一分司的总经理。公司党委研究决定，一公司把手中的项目全部移交出去，专项负责省市统一部署的水利大建设。王长海形容，现在沈玉林的手头兵强马壮、项目多、投资大，可谓红得发紫，来来往往的访客踩烂了门槛。王长海提醒林水生，看似机会遍地，同时也转瞬即逝，让他别顾虑太多，抓紧时间过去，哪怕不确定去做什么，先到地方再说！

"看来无论如何要去待上一阵子了。"林水生对张建设和林泽忠说。

三个人站在林泽忠的大棚前，脚下茁壮的冬小麦吐着嫩绿，一直向北，铺到大坝下边，在欢悦中孕育着希望。

那时天高云淡、晴空如洗、暖阳斜照、喜鹊高飞。

忽然，身后棚顶的覆膜"哗啦哗啦"响了起来，林泽忠不用回头看，便脱口而出："要起风了！"